Gilbert Morris
Wakefield Chronik
Band 2
Zwischen Liebe und Hass

GILBERT MORRIS

Zwischen Liebe und Hass

Aus dem amerikanischen Englisch
von Laura Zimmermann

SCM
Stiftung Christliche Medien

SCM Hänssler ist ein Imprint der SCM Verlagsgruppe, die zur Stiftung Christliche Medien gehört, einer gemeinnützigen Stiftung, die sich für die Förderung und Verbreitung christlicher Bücher, Zeitschriften, Filme und Musik einsetzt.

Dieser Titel erschien zuvor unter der ISBN 978-3-7751-2435-5.

1. Auflage 2019 (2. Gesamtauflage)

© der deutschen Ausgabe 2019
SCM Hänssler in der SCM Verlagsgruppe GmbH
Max-Eyth-Straße 41 · 71088 Holzgerlingen
Internet: www.scm-haenssler.de · E-Mail: info@scm-haenssler.de

Originally published in English under the title: *The Winds of God*
© 1994 by Gilbert Morris
Published by Tyndale House Publishers, Inc.

Übersetzung: Laura Zimmermann
Umschlaggestaltung: Jan Henkel, www.janhenkel.com
WAPPEN: Adler: © Potapov Alexander / shutterstock.com,
Schild: pashabo © Valdis Skudre / shutterstock.com;
HINTERGRUND: Schiff: © Elina Pasok / shutterstock.com,
Soldat am Meer: © Nik Keevil / Trevillion Images
Satz: Satz & Medien Wieser, Stolberg
Druck und Bindung: GGP Media GmbH, Pößneck
Gedruckt in Deutschland
ISBN 978-3-7751-5930-2
Bestell-Nr. 395.930

INHALT

Geschichtlicher Überblick 7

Erster Teil: Maria die Blutige 1553–1558 9

1 Dunkle Wolken 10
2 Eine Warnung zur rechten Zeit 26
3 Königin Jane 42
4 Ein Ehemann für Maria 56
5 Bis dass der Tod uns scheidet 75
6 »Ich werde in unserem Sohn weiterleben!« 89
7 Ein schwacher Schrei 102

Zweiter Teil: Die junge Königin Elisabeth 1568–1577 . . . 117

8 Das zehnte Jahr 118
9 Eine zweite »Königin Maria« 133
10 Heimkehr von der See 147
11 Das Kriegsschiff 163
12 Ein neues Mitglied des Hofstaats 178
13 Ein Besuch von der Königin 194

Dritter Teil: Allison 1580–1585 213

14 Die Heimkehr des Seefahrers 214
15 Die Schlinge des Fallenstellers 232
16 Allison 247

17 Der heilige Stand der Ehe 265
18 So leichten Schrittes ging sie aus der Welt 283
19 Gefangen! 289
20 Ein sicherer Hafen 305

Vierter Teil: Armada! 1586–1588 321

21 Die spanische Dame 322
22 Der Tod einer Königin 338
23 Ein sonderbarer Engländer 354
24 Die Armada sticht in See 369
25 Der Sturm Gottes 381
26 Der Herr auf Wakefield 390

Leseprobe Band 3 405

GESCHICHTLICHER ÜBERBLICK

England unter dem Haus Tudor

1553–1558: Maria Tudor

1553–1558 Maria Tudor, auch »Maria die Katholische« (1516–1558), eine Tochter aus der ersten Ehe Heinrichs VIII. Unter ihr erfolgt der Versuch der Rekatholisierung Englands mit grausamen Verfolgungen der Protestanten. Man nennt die Königin deshalb »Bloody Mary« (Maria die Blutige).
1554 Heiratsvertrag zwischen Maria und Philipp, dem Sohn Karls V. und künftigen Philipp II. von Spanien.
1558 Tod Marias. Die aus der Ehe Heinrichs VIII. und Anne Boleyn stammende Tochter besteigt den Thron.

1558–1603: Elisabeth I. (1533–1603)

1559 Die englische Staatskirche wird gesetzlich wiederhergestellt.
1568 Maria Stuart wird auf der Flucht aus Schottland gefangengenommen.
1570 Der Papst exkommuniziert Königin Elisabeth.
1587 Krieg in Spanien.
8. Februar Hinrichtung Maria Stuarts.
1588 Englischer Seesieg über die spanische Armada im Ärmelkanal.

Die Wakefield-Dynastie

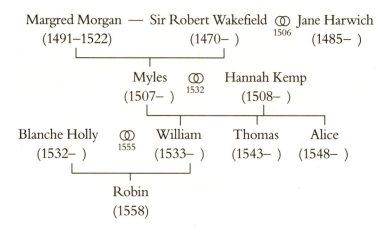

I

Maria die Blutige
1553–1558

1
DUNKLE WOLKEN

»Ihr seid doch wohl keine Hexe, Mistress Holly?«

Miss Blanche Holly blinzelte vor Staunen, ihre schönen Augen wirkten bedrohlich, als sie ihrem Tanzpartner eine scharfe Entgegnung zuwarf. »Eine Hexe, Mr Wakefield? Wie könnt Ihr es *wagen*, so etwas anzudeuten!«

Die hochgewachsene junge Frau, deren Hände wie angeschmiedet in William Wakefields Händen lagen, versuchte sich zu befreien, brachte es aber nicht zustande. »Lasst mich los!«, flüsterte sie zornig, während sie sich nach allen Seiten umsah. Sie bot ein reizvolles Bild mit ihren blitzenden dunklen Augen und ihren fest zusammengepressten, üppigen Lippen. Als sie merkte, dass ihr Gastgeber und zwei seiner Söhne sie beobachteten, zwang sie sich augenblicklich zu einem Lächeln und tanzte weiter.

William Wakefield war um nichts größer als diese junge Frau, daher konnte er ihr geradewegs in die Augen schauen. »Ich stelle diese Frage nur, Mistress Holly, weil ich mir mein Verhalten anders nicht erklären kann.« Wakefield war ein schlanker junger Mann von zwanzig Jahren, und seine schwarze Kleidung bot einen perfekten Hintergrund für sein rotes Haar. Er hatte blaugraue Augen, ein scharf geschnittenes Kinn und war alles in allem recht gut aussehend.

»Ich habe keine Ahnung, was Ihr damit andeuten wollt, Sir!«

»Nun, ich meine einfach«, sagte der junge Wakefield, auf den Lippen ein Lächeln, »kein Mann würde sich beim ersten Treffen so sehr zu einer Frau hingezogen fühlen, es sei denn, er wäre närrisch … oder behext.«

Die strengen Lippen der jungen Frau verloren ein wenig an Spannung und zogen sich in den Winkeln fast unmerklich nach oben.

Natürlich hatte sie bemerkt, dass Mr William Wakefield sie seit ihrer ersten Begegnung vor weniger als zwei Stunden kaum noch aus den Augen gelassen hatte! Und um ehrlich zu sein, hatte sie durchaus ihr Vergnügen an seinem offenkundigen Interesse gehabt, aber das durfte sie ihn nicht merken lassen. Er war ohnehin schon unverschämt genug!

Sie hob das Kinn ein wenig an und sagte so streng, wie es ihr nur gelingen wollte: »Dann, Sir, muss ich Euch vorschlagen, dass Ihr Euch eilends ins Irrenhaus Bedlam begebt, denn da ich keine Hexe bin, müsst Ihr nach Euren eigenen Worten vollkommen närrisch sein.«

»Ja, Mistress Holly, das fürchte ich auch. Heute ist Vollmond, und es ist eine bekannte Tatsache, dass junge Männer unter seinem Strahl nicht selten dem Wahnsinn verfallen.« Er zog sie näher an sich, während sie tanzten, und drückte ihre Hand. Als sie sich wehrte, schüttelte er den Kopf. »Nein, zieht Euch nicht zurück. Wenn der Mond mich tatsächlich zum Wahnsinn treibt, wer weiß, was ich Schreckliches tun könnte, wenn Ihr Euch mir entziehen wollt!«

Blanche Holly amüsierte sich über Wakefields Kapriolen. Er war, soviel sie wusste, der Sohn von Sir Myles Wakefield, einem der angesehensten Edelleute in England. *Er ist reich, er ist hübsch – und er ist noch zu haben*, dachte sie plötzlich. *Was konnte eine junge Frau von einem Bewerber noch mehr erwarten!*

Als er seine liebliche Beute zögern sah, nutzte Will Wakefield die Gunst der Stunde. Er hielt Blanche noch fester und sagte: »Ich glaube, dieser Wahnsinn wird immer ärger. Ich glaube, das Einzige, was mir noch helfen kann, ist eine Kutschenfahrt.« Das Lachen blinkte in seinen offenen blauen Augen, und er nickte, als müsste er sich selbst Mut zusprechen. »Ja, ich glaube, das könnte mir meine geistige Gesundheit wiedergeben. Der schöne, alte, silberne Mond und eine liebliche Dame an meiner Seite –«

»Mir scheint, Ihr werdet belästigt, Mistress Holly!«

Wakefield wandte sich rasch um und sah einen hochgewachsenen Mann von etwa fünfundzwanzig Jahren, der ihn aus kalten grauen

Augen anstarrte. Bevor die junge Frau noch ein Wort hervorbrachte, sagte Wakefield kurz angebunden: »Sir, wir kommen sehr gut ohne Eure Hilfe zurecht. Entfernt Euch.« Dann wandte er dem Eindringling verächtlich den Rücken zu und sagte: »Nun, Mistress –«

Aber er brachte den Satz nicht zu Ende, denn er wurde abrupt unterbrochen, als eine starke Hand seine Schulter packte und ihn grob zur Seite stieß. Wakefield hielt sich mühsam im Gleichgewicht und starrte in die unverschämten Augen des Angreifers.

Der Mann lächelte ihn lässig an und sagte: »Es wäre wohl am besten, wenn Ihr mein Haus verlassen wolltet. Ihr passt nicht in die Gesellschaft von Gentlemen.«

»Bitte –!«, sagte Blanche rasch und sah sich nach allen Seiten nach den Tanzpaaren um, die allmählich bemerkten, was vor sich ging. »Keine Szene!«

Wakefield starrte den hochgewachsenen Mann an, der ihm gegenüberstand. Seine Nerven vibrierten vor Zorn. Aber auch ihm war bewusst, dass viele im Raum ihn eindringlich anstarrten, und er zwang sich, in ruhigem und gedämpftem Ton zu sprechen. »Euer Haus, Sir? Meines Wissens ist dies das Haus des Herzogs von Northumberland.«

»Und ich bin sein ältester Sohn, wie Miss Blanche Euch bestätigen kann.« Ein hämisches Lächeln verzerrte die Lippen des Mannes. »Ich brauche nicht nach Eurem Namen zu fragen, denn Ihr werdet Euch hier nicht lange aufhalten!«

»Jack Dudley, das ist nun wirklich ungehörig!«, sagte Blanche scharf. Sie reckte den Kopf hoch, und ein helles Erröten peinlicher Verlegenheit färbte ihre Wangen. »Ich versichere Euch, dass Mr Wakefield mich in keiner Weise belästigt hat!«

Dudley hob leicht die Augenbrauen, als zweifelte er an ihrer Ehrlichkeit. »Ich schätze Eure Bemühungen, Euch als freundlich zu erweisen, Mistress Holly. Allerdings fühle *ich* mich von ihm belästigt.« Er wandte sich mit herablassendem Ausdruck wieder an Will. »Wer hat Euch zu dieser Gesellschaft eingeladen, wenn ich fragen darf?«

Sein Blick glitt über Wakefields einfachen schwarzen Anzug, und er fragte: »Und was seid Ihr überhaupt, Mann? Eine Art Pfarrer?«

Bevor Will noch antworten konnte, meldete sich eine tiefe Stimme hinter ihnen zu Wort. »Jack, gibt es hier Ärger?« Er sah sich um und entdeckte einen zierlichen Mann von nicht einmal durchschnittlicher Größe, der durch den Saal auf sie zugekommen war und nur knapp einen Meter von ihnen entfernt anhielt. Er hatte sehr schöne Augen, braun und glänzend – aber merkwürdig ausdruckslos, wie Kastanien. »Ich muss doch nicht annehmen, dass du unsere Gäste beleidigst, oder?«

Betroffen von den Worten des Mannes, stotterte Jack eine Antwort. »Nun, ich –«

Der zierliche Mann schnitt ihm mit einer Handbewegung das Wort ab und wandte den Blick Will zu. »Mr Wakefield, wenn ich nicht irre?«

»Ja, ich bin William Wakefield.« Augenblicklich war Will bewusst, dass dieser Mann sein Gastgeber war, Herzog John Dudley – vermutlich der zweitmächtigste Mann in England. Er wusste, dass manche sogar so weit gingen zu sagen, der Herzog sei der mächtigste überhaupt, denn er hatte mehr Einfluss auf den jungen König Edward als irgendein anderer.

Der Herzog lächelte. »Das dachte ich mir. Ich bin sehr froh, dass Euer Vater meine Einladung angenommen hat, Euch heute Abend in unser Haus zu bringen.« Er warf seinem Sohn einen vernichtenden Blick zu und sagte brüsk: »Ich glaube, das genügt dir als Antwort, Jack. Du kannst dich jetzt zurückziehen.«

Jack Dudley war es nicht gewohnt, zurechtgewiesen zu werden; es gab nicht viele Leute, die das gegenüber dem ältesten Sohn des Herzogs von Northumberland gewagt hätten. Zorn stieg in ihm auf, und sein Gesicht rötete sich, aber er gab keine Antwort. Er warf Will jedoch einen hasserfüllten Blick zu, ehe er auf dem Absatz kehrtmachte und in steifer Haltung mit hoch erhobenem Kopf davonschritt.

»Ihr müsst meinen Sohn entschuldigen«, sagte Dudley lächelnd. »Er ist krankhaft eifersüchtig auf jeden Mann, den Miss Blanche mit Zuneigung betrachtet.« Er warf Blanche ein Lächeln zu, und sie errötete aufs Reizendste. »Ich hoffe doch, Ihr werdet Jack nicht böse sein, meine Liebe.«

»Gewiss nicht, nein, Mylord«, gab sie zu.

»Gut, gut. Ich hoffe, das gilt auch für Euch, Mr Wakefield. Wir müssen Nachsicht mit der Leidenschaft haben, wenn sie einem so bezaubernden Objekt gilt, nicht war?«

Will blickte Blanche in die Augen und lächelte. »Ja, Sir, gewiss.«

»Nun, und ist auch Euer Vater hier?«

»Nein, Sir, aber er bat mich, hier auf ihn zu warten, deshalb nehme ich an, dass er in Kürze hier auftauchen wird.«

»Ah, das ist großartig! Wenn er hier ankommt, sagt ihm bitte, er möge zu mir kommen, – und seid so freundlich, ihn zu begleiten, wenn ich bitten darf. Nun dürft Ihr dieser Dame weiterhin Eure Aufmerksamkeiten erweisen.«

Einen Augenblick verharrte das Paar in Schweigen, während sie dem Herzog nachsahen, dann sagte Blanche in gedämpftem Ton: »Wir sollten lieber weitertanzen, Sir.«

»Ja«, sagte Will und nickte. »Wir haben die anderen Gäste lange genug unterhalten.« Sie bewegten sich in den Mustern des Tanzes. Beide waren von dem Zusammenstoß ein wenig betroffen. Will versuchte, sich zu amüsieren und sich auf seine graziöse Partnerin zu konzentrieren, aber der Auftritt mit dem Sohn des Hauses hatte ihm den Abend verdorben. Blanche schwieg, und schließlich fragte Will in steifem Ton: »Der Sohn des Herzogs verehrt Euch, nicht wahr?«

Sie warf ihm einen ausdruckslosen Blick zu. »Er ›verehrt‹ eine beträchtliche Anzahl junger Damen, Sir.«

Die Antwort klang scharf, und Will zögerte nicht mit der Antwort. »Ich entschuldige mich für mein Verhalten, Mistress.« Seine glatte Stirn krauste sich plötzlich, und er schüttelte in leiser Verwirrung den Kopf. »Ich … ich mache mich gewöhnlich nicht so zum Narren wegen einer Dame.«

»Macht Euch keine Gedanken deshalb, Mr Wakefield. Jack ist grenzenlos verwöhnt. Früher oder später verdirbt er es sich mit jedem.«

»Das freut mich zu hören. Aber dennoch, – ich muss Euch versichern, das ist wirklich das erste Mal in meinem Leben, dass ich versucht habe, eine junge Dame zu vereinnahmen.«

»Dann seid Ihr also wirklich ein Pfarrer – zu heilig, um Euch mit jungen Frauen abzugeben?« Ihre Augen funkelten humorvoll, und er sah, dass sie den unerfreulichen Zwischenfall aus ihren Gedanken verbannt hatte. Ihm wurde klar, dass sie ruhiger als er selbst gewesen war, und er bewunderte und beneidete sie dafür. »Ich erkläre mich in einem Punkt der Anklage für schuldig, und im anderen für unschuldig.«

»Lasst mich raten! Ihr seid kein Pfarrer, aber Ihr habt Bedenken, mit jungen Damen umzugehen.«

»Völlig falsch geraten!«, sagte er und wirbelte sie im Takt der Musik in einer graziösen Drehung herum. »Ich bin tatsächlich Pfarrer – auf eine gewisse Art jedenfalls –, und ich finde den Umgang mit jungen Damen nicht im Geringsten bedenklich.«

»Ihr tanzt zu gut, um ein Geistlicher zu sein.« Blanche lächelte ihn an. »Ich glaube nicht, dass ein tanzender Fuß und ein betendes Knie am selben Bein wachsen können.«

Er lachte und freute sich über den Schalk in ihrer Stimme und ihren Augen. »Meine Lehrer in Cambridge hätten dazu Amen gesagt! Aber ich sage Euch die Wahrheit, meine Dame, ich bin tatsächlich Geistlicher.« Er sah ihren ungläubigen Blick und machte sich daran, sie mit einigen seiner Eskapaden in Cambridge zu unterhalten, jener vornehmen Universität, von der man ihn beinahe verwiesen hätte.

Blanche lauschte amüsiert. Wakefield war ein guter Geschichtenerzähler und zu einer gewissen Selbstironie fähig, denn er machte sich in allen seinen Geschichten in erster Linie über sich selbst lustig.

Sie bewegten sich durch einen gewaltigen, massiv gebauten Raum, dessen Wände mit farbenfrohen Gemälden geschmückt waren. Sie zeigten die Könige und Fürsten der Christenheit, alle in die Kostüme ihrer Zeitepoche gekleidet und in dem jeweils stimmigen historischen und geografischen Umfeld. Tische und Schränke aus seltenen Hölzern, kunstvoll gefertigt und geschnitzt und verziert, schimmerten unter den vielen Lampen und Kerzen, die den Raum erhellten. Einige der größten Tische waren übermäßig mit Speisen bedeckt, und die reich geschmückten Geschirre aus Silber und Gold schienen in einem warmen Glanz zu erglühen.

Will nahm die Umgebung mit einem zustimmenden Blick in sich auf. »Ein grandioser Saal, nicht wahr? Genug Gold und Silber, um ein zweites Cambridge zu erbauen.« Er warf dem Herzog einen Blick zu und fügte hinzu: »Aber der Geschmack des Herzogs geht nicht in diese Richtung, nicht wahr?«

»Was meint Ihr, Mr Wakefield?«

»Man redet davon, er gäbe ein Vermögen für seine Privatarmee aus.«

»Ich habe einige seiner Truppen gesehen«, sagte Blanche und nickte. »Sie sind besser ausgebildet als die Truppen des Königs, so habe ich es jedenfalls gehört.« Sie sah sich im Raum um und schüttelte den Kopf. »Der Herzog ist aus kleinen Anfängen hoch aufgestiegen. Ihr kennt doch seine Geschichte, oder?«

»Nur zu einem geringen Teil.« In Wirklichkeit wusste Will viel besser Bescheid, aber er wollte Blanche vom Tanzboden wegholen. »Warum sehen wir uns nicht ein wenig im Haus um, Mistress Holly? Meine geistliche Kleidung passt nicht zum Tanz.«

»Ihr tanzt sehr gut für einen Geistlichen.« Sie lächelte ihn an, dann neigte sie leicht den Kopf, und die beiden verließen den Tanzboden. Während sie durch das Haus wanderten, stellte Wakefield erstaunt fest, dass der üppige Zierat des Ballsaals sich in jedem anderen Raum wiederholte. Es gab fünf Innenhöfe, in denen Wasserspiele plätscherten. Will und Blanche durchschritten einen davon und spazierten durch ein Labyrinth von Räumen und Suiten und Empfangszimmern. Sie bemerkten die üppigen Draperien, die Samtvorhänge und die Gemälde und Porträts, die überall hingen. Will hielt einmal inne und berührte sanft einen Vorhang. »Dies ist zart genug, um einer Königin als Schleier zu dienen!«

»Ja, das stimmt.« Er sah Blanche interessiert an, denn sie wirkte unbeeindruckt. Dann erinnerte er sie daran, vom Aufstieg Herzog Dudleys zu erzählen, und sie tat es, während sie weitergingen. »Er stammt aus kleinen Verhältnissen«, sagte sie, »und so ist er der erste Engländer, der keinen Tropfen königliches Blut in sich hat und doch ein Herzog wurde ...« Sie sprach davon, wie Dudley durch seine Reitkünste die Aufmerksamkeit des Königs auf sich gezogen hatte und wie er es auf dem Schlachtfeld durch seine ausgezeichneten militärischen Fähigkeiten zum Kommandanten gebracht hatte. »Als Heinrich VIII. starb, schaltete er die Onkel des Knabenkönigs, Edward, aus und machte sich zum Ratgeber des Königs.«

»Hat er wirklich so viel Einfluss auf den jungen König, wie man behauptet?«

»Ja, es scheint so. Und er machte sich zum Herzog von Northumberland.«

Sie blieben neben einem hohen Schrank stehen, dessen Laden offen standen und den Blick freigaben auf Münzen, Juwelen und Kuriositäten, die aus Gold und Silber gefertigt und mit Juwelen in allen Größen und Formen verziert waren. Will sah die unbezahlbaren Schätze an und sagte plötzlich: »Sie glitzern, aber es ist keine Wärme darin, nicht wahr? Seht Euch diese Diamanten an, sie sind wie Eis!«

Blanche warf ihm einen Seitenblick zu, als finde sie Gefallen an seiner Bemerkung. »Ja, sie sind kalt«, antwortete sie mit einem Kopfnicken. »Aber Männer sind imstande, um ihretwillen zu töten.«

»Frauen auch«, gab er zurück, aber er dachte daran, dass ihre schönen dunklen Augen und weichen Wangen schöner waren als all die Juwelen, die in den Schaukästen glitzerten. Er wollte schon eine Bemerkung machen, aber etwas bewog ihn, den Mund zu halten. Er hätte nicht erklären können, woher das Gefühl kam, aber er war beinahe überzeugt, dass er es hier mit einer jungen Frau zu tun hatte, der solche Reden nichts bedeuteten. Er betrachtete einen Augenblick lang eindringlich ihr Gesicht. »Euch liegt nicht viel an Komplimenten, Mistress«

»Zu viele davon sind hohl und leer«, antwortete sie leise, aber ihm schien, dass Überraschung in ihren Augen auffunkelte, weil er in so kurzer Zeit so viel über sie herausgefunden hatte. »Mir liegt nichts an diesen höfischen Liebesspielen, die heute so beliebt sind. Sie sind scharfsinnig ausgeklügelt, aber unter den blumigen Phrasen stinken sie nach Lust.«

»Aber –«

»Schockiere ich Euch, Mr Wakefield?«

Er nickte langsam. »Um die Wahrheit zu sagen, ja. Ich muss zugeben, dass Ehrlichkeit mich immer ein wenig schockiert. Sie ist ein seltenes Juwel in unserer Welt.« Er deutete mit einer Handbewegung auf die Rubine und Diamanten. »Weitaus seltener, will es mir scheinen, als dieser Schnickschnack da.« Er betrachtete sie genauer. *Ich war so versunken in den Anblick ihrer Schönheit, dass ich die edle Frau darunter vollkommen übersehen habe.* Laut sagte er: »Ich will Euch trotzdem ein Kompliment machen, obwohl Ihr für dergleichen nichts übrighabt. Mistress, Ihr seid eine junge Frau mit ungewöhnlich viel Verstand und Geistesschärfe.«

Ein Lächeln blühte auf ihrem Gesicht auf, so strahlend, dass er sich ein wenig geblendet fühlte, und sie antwortete: »Danke, Mr Wakefield. *Solche* Komplimente schätze ich durchaus.«

Sie wandten sich von dem Schrank ab und kehrten in den großen Saal zurück, in dem die Tänzer sich zur Musik bewegten. Will sah sich um und entdeckte einen Neuankömmling in der Gesellschaft. »Da ist mein Vater. Ich möchte, dass Ihr ihn kennenlernt.« Sie drängten sich durch die Menge, bis Will einen älteren Mann am Arm berührte und sagte: »Sir, dies ist Mistress Blanche Holly. Mistress, mein Vater, Sir Myles Wakefield.«

Der Gentleman wandte sich Blanche zu, und sie blickte in ein Paar durchdringender blaugrauer Augen. Sir Myles lächelte galant. »Sehr erfreut, Euch kennenzulernen, Mistress Holly.«

Blanche murmelte eine kurze Antwort und bemerkte dabei, dass der Vater noch besser aussah als der Sohn. Sir Myles Wakefield war über sechs Fuß groß und trotz seiner sechsundvierzig Jahre noch muskulös und sportlich. Er hatte kastanienbraunes Haar, das in einer Spitze in die Stirn wuchs, und kühne Augen in einem viereckigen Gesicht. Er hatte eine kurze Nase, breite bewegliche Lippen und ein kampflustiges Kinn. *Er scheint ein sehr gutherziger Mann zu sein*, dachte die junge Frau, dann riss sie sich zusammen und sagte laut: »Oh! Ich hätte es beinahe vergessen. Der Herzog möchte Euch sprechen, Sir Myles. Und Will.«

»Ja, das stimmt, Vater.«

»Nun, dann komm mit, Will«, antwortete Myles. »Es ist niemals klug, einen Herzog warten zu lassen. Vor allem diesen hier.«

Will nickte, dann wandte er sich widerwillig Blanche zu. »Nur der Herzog kann mich von Eurer Seite reißen, Mistress Holly. Aber ich werde Euch gewiss wiedersehen.«

Myles beobachtete überrascht, wie sein Sohn sanft die Hand der jungen Frau ergriff, sie an die Lippen hob und küsste. Er bemerkte voll Interesse das zarte Rosa, das ihre Wangen bei diesem Vorgang färbte, und als sie sich abwandte und davonging, hob er fragend eine Augenbraue. »Nun, Will, hast du bei deinen Studien in Cambridge auch gelernt, wie man die Damen bezaubert?« Wills Gesicht überzog sich mit flammender Röte, und Myles lachte und klopfte ihm auf die Schulter. »Mach dir nichts draus, Junge. Sie scheint eine sehr nette junge Frau zu sein.«

»Ich mag sie sehr, Sir.« Will sah, wie sein Vater die Augenbrauen ein wenig hochzog, hob aber trotzig das Kinn. »Ich habe vor, sie näher kennenzulernen.«

»Oh?« Myles betrachtete seinen ältesten Sohn aufmerksamer als zuvor, denn zum ersten Mal hatte er ein Anzeichen dafür entdeckt, dass der junge Mann Interesse daran hatte, jungen Frauen nachzustellen. Offenbar hatte er zuletzt doch eine gefunden, die er beeindrucken wollte. »Ja, natürlich, sieh zu, dass du sie näher kennenlernst, wenn das dein Herzenswunsch ist. Allerdings erst, nachdem wir unseren Gastgeber aufgesucht und herausgefunden haben, was er von uns will.«

Während sich die beiden auf die Suche nach dem Herzog machten, fragte Will seinen Vater: »Warum hat der Herzog uns hierher eingeladen, Vater? Ich wusste gar nicht, dass du ihn kennst.«

»Ich kenne ihn im Grunde auch gar nicht.« Myles zuckte die Achseln. Er hielt inne und sprach leise mit einem der Diener, der sie aus der Halle führte. Während sie dem Mann folgten, fuhr Myles fort. Dabei sprach er in gedämpftem Ton, sodass der Bedienstete ihn nicht verstehen konnte. »Ich bin dem Herzog zweimal begegnet. Aber bislang war ich seiner Aufmerksamkeit nicht wert, denke ich.«

»Was könnte er nur von dir wollen?«

Sie erreichten eine massive Tür, gerade als Will die Frage stellte. Der Diener klopfte, wartete mit lauschend geneigtem Kopf, dann öffnete er die Tür und wandte sich ihnen zu. »Bitte tretet ein.«

Myles und Will gingen durch den Vorraum und fanden sich in einem Raum von wenigen Quadratmetern wieder. Zwei der Wände waren dicht mit Büchern und Landkarten bedeckt. Der Herzog hatte an einem massiven Schreibtisch gesessen, erhob sich aber augenblicklich und kam ihnen mit ausgestreckter Hand entgegen. »Ah, Sir Myles, – ich freue mich, Euch zu sehen. Euren Sohn habe ich bereits kennengelernt.« Er lächelte Will an und schüttelte traurig den Kopf. »Ein Hitzkopf. Beinahe hätte er sich mit meinem Jack wegen einer hübschen Frau geprügelt.«

Myles warf seinem Sohn einen interessierten Blick zu. »Oh? Davon habe ich noch gar nichts gehört.«

Der Herzog lachte und fuhr mit seiner weißen Hand durch die Luft. »Nun ja, wir Väter dürfen nicht zu hart mit den jungen Leuten umgehen. Mit zwanzig waren wir vermutlich auch nicht anders – ich jedenfalls nicht!« Er schritt zu einem Tisch, auf dem Flaschen mit verschiedenen Arten von Alkohol das Licht des massiven Kronleuchters auffingen. Der Herzog unterhielt sich über die Schulter hinweg mit ihnen, während er Drinks einschenkte. »Setzt Euch und wir wollen ein stilles Gläschen miteinander trinken. Einander kennenlernen.«

Während der nächsten halben Stunde waren die Wakefields wie betäubt vom Witz und der Intelligenz des Herzogs von Northumberland. Er hatte lange Zeit im innersten Kreis der hohen Ratsversammlungen Englands gesessen und warf mit großen Namen herum, als handelte es sich um Normalsterbliche.

Will saß da, fast benommen von der lebendigen Intelligenz des Mannes. *Kein Wunder, dass er es so weit gebracht hat! Ich hatte keine Ahnung, dass ein einzelner Mensch so viel wissen kann!*

Myles lauschte aufmerksam, während er winzige Schlückchen von seinem Drink nahm. Er hatte den Herzog schon früher sprechen gehört, wenn auch nicht in so intimem Rahmen. Er wusste, dass der Mann einen brillanten Verstand hatte, aber das war nur natürlich. Man erreichte eine so bedeutende Stellung schließlich nicht, wenn man ein Dummkopf war. Aber das bestätigte Myles nur einmal mehr, dass der Herzog sie mit einer bestimmten Absicht eingeladen hatte.

Schließlich kam der Herzog auch darauf zu sprechen. »Es tut mir leid, Euch sagen zu müssen, dass der König krank ist – sehr krank sogar!«

Myles schüttelte traurig den Kopf. »Er ist niemals sehr kräftig gewesen, nicht wahr, Sir?«

»Nein, nicht einmal als Kind.« Dudley ließ die bernsteinfarbene Flüssigkeit in seinem Glas langsam kreisen und starrte hinein, als enthielte sie eine bedeutsame Wahrheit. Sein Gesicht war zart, fast weiblich, aber seine Kraft sprach aus den festen Lippen und dem durchdringenden Blick, mit dem er nun das Paar vor ihm betrachtete. »König Edward hatte niemals die körperliche Kraft seines Vaters. Ihr wisst ja, wie Heinrich VIII. war – ein Bulle von einem Mann!«

»Elisabeth ist das einzige seiner Kinder, das diese Vitalität von ihm geerbt hat!« Wakefield sprach leise, seine Augen forschten im Gesicht des Herzogs – und es erschien ihm, dass er einen Riss in der gefassten Haltung des Mannes bemerkte.

»Wollte Gott, dass Edward sie geerbt hätte, nicht diese Brut einer Hexe!«

Will war schockiert, als er ihn Elisabeth so nennen hörte. Er hatte das Gerücht gehört, Anne Boleyn, Prinzessin Elisabeths Mutter, sei eine Hexe gewesen, aber das hatte ihn nicht auf den Hass vorbereitet, der in den Augen des Herzogs aufflammte. Der junge Wakefield warf seinem Vater einen Blick zu und meinte, dass er ebenfalls den stummen Gefühlsausbruch des Herzogs bemerkt hatte, als er ihn Elisabeth bei ihrem Namen nennen hörte.

Mit einem tiefen Atemzug fand der Herzog zu seiner ruhigen Gelassenheit zurück. »Nun ja, daran lässt sich nichts ändern.« Er zuckte die Achseln, dann lehnte er sich in seinem Sessel zurück und begann von den inneren Angelegenheiten Englands zu sprechen, wobei er eins nach dem anderen die Probleme aufzählte, die der Nation zu schaffen machten. Nach zehn Minuten klang es, als sei er müde.

»Nun, die Zukunft ist uns verborgen«, sagte er, dann wandte er seine merkwürdigen Augen Myles zu. Will ignorierte er geradezu. »Die schlimmste Krise in der Geschichte Englands ist vielleicht nur noch Stunden von uns entfernt, Sir Myles«, sagte er mit gedämpfter Stimme. »In der Zeit zwischen dem Tod eines Monarchen und der Krönung eines anderen ist der Staat in Gefahr. Eine Gefahr« – er flüsterte beinahe – »für uns alle.«

»Es stimmt, wir leben in schweren Zeiten, Mylord«, stimmte Myles Wakefield ihm zu. Dann fing er den stechenden Blick des Herzogs auf und fügte hinzu: »Gott wird uns beistehen, wenn wir seiner Wahrheit treu bleiben.«

Der Herzog von Northumberland schien bei dieser Bemerkung zu erstarren. »Gott wird uns beistehen«, wiederholte er, »wenn wir seiner Wahrheit treu bleiben.« Seine Lippen bewegten sich kaum, als er sprach, und dann fragte er im Flüsterton: »Aber was ist Wahrheit? Das ist die Frage, die Pilatus an Jesus Christus stellte, nicht wahr?« Er hob den Kopf, und ein gequälter Zug zeigte sich auf seinem Gesicht, als er fortfuhr. »Aber Pilatus erhielt keine Antwort, nicht wahr? Nicht einmal von Christus. Die Wahrheit ist wohl ein Fisch, der nicht leicht zu fangen ist, nicht wahr?«

»Jede Tugend ist schwer zu fangen, Mylord, aber wenn wir unsere Netze feinmaschig genug machen, werden wir Erfolg haben.«

»Ah, sehr gut! Wirklich sehr gut!« Der Herzog erhob sich, und die beiden anderen Männer, die merkten, dass sie entlassen waren, erhoben sich mit ihm. »Man kennt Euch als einen Mann der Tat – und einen ehrlichen Mann«, sagte er plötzlich zu Myles. »In den Tagen, die jetzt über uns kommen werden, brauche ich solche Männer.« Er hielt inne, als wäge er seine Worte ab. »Lasst mich wissen, Sir, kann ich auf Euch zählen?«

Myles spürte die Macht, die von dem Mann ausging, und merkte, dass hinter der Frage mehr als das Offenkundige steckte. »Ich bin sicher, dass die Wakefields immer aufseiten der Wahrheit stehen werden.«

»Ah! Das wollte ich hören!« Der Herzog streckte die Hand aus, drückte Myles' Hand mit herzlichem Griff und wandte sich dann Will zu. »Kommt oft hierher, junger Mann. Freundet Euch mit meinen Söhnen an – o ja, ich weiß, Jack kann ein schrecklicher Langweiler sein, aber er ist ein guter Junge. Dieses Land wird junge Männer wie Euch und Jack brauchen.«

Mit diesen Worten führte er sie aus dem Zimmer und schloss die Tür nachdrücklich hinter ihnen. Will fasste seinen Vater am Arm und drehte ihn um, sodass sie einander ins Gesicht sahen. »Was sollte *das* nun eigentlich bedeuten?«, fragte er. »Er hat kein Wort davon gesagt, was er eigentlich wollte.«

Myles schüttelte den Kopf. »Doch, das hat er, Will.«

»Nun, ich jedenfalls habe es nicht gehört!«

Das Gesicht des älteren Wakefield war plötzlich angespannt. »Er sagte, wir müssen entweder für ihn oder gegen ihn sein.«

»Worin?« Will schüttelte verdutzt den Kopf. »Was wird geschehen?«

»König Edward wird sterben«, sagte Myles langsam. »Und wenn das geschieht, wird es Krieg geben.«

»Krieg um die Herrschaft in England?«

»Ja, Will. Um die Herrschaft in England.«

Will dachte scharf nach. »Auf wessen Seite wird der Herzog stehen, Sir? Sicherlich auf Elisabeths Seite! Er würde niemals für Maria eintreten. Er hasst die Katholiken, habe ich gehört.«

»Ja, das tut er, und es scheint eine logische Annahme, dass der Herzog für Elisabeth eintreten wird, aber …« Myles unterbrach sich und schüttelte den Kopf. »Lass uns diesen Ort verlassen, Will. Mir gefällt es hier nicht.«

Während sie sich zur Abreise bereit machten, versuchte Will einen Blick auf Blanche zu werfen, sah sie aber nirgends. Als sie in der Kutsche saßen, sagte er niedergeschlagen: »Ich weiß nicht einmal, wo ich sie finden könnte!«

»Wen?«

»Nun, Blanche Holly natürlich!« Er warf seinem Vater einen überraschten Blick zu, dann sagte er: »Du weißt doch, ich habe mich immer über die armen Narren lustig gemacht, die sich Hals über Kopf in eine Frau verlieben!« Er lachte einfältig. »Und jetzt ist es mir selbst so ergangen!«

Myles entspannte sich und lehnte den Kopf zurück. Er schloss die Augen und schien in Schlaf zu sinken – aber nach einigen Augenblicken murmelte er: »Sohn, denk nicht an eine Eheschließung.«

»Warum nicht? Du und Mutter, ihr seid doch beständig hinter mir her, ich sollte mir ein nettes Mädchen suchen, das ich heiraten kann, und euch Enkelkinder schenken.«

Das war eine Art Familienwitz, aber diesmal lachte Myles Wakefield nicht. Er sah Will gerade in die Augen und sagte: »Es gibt eine Zeit zum Heiraten und eine Zeit, sich der Ehe zu enthalten. Wie es zurzeit um England steht, braucht ein Mann seine ganze Kraft, um die kommenden Tage zu überleben. Warte noch eine Weile, Will. Dann kannst du heiraten.«

Die Kutsche holperte weiter. Will saß schweigend da und durchlebte in Gedanken noch einmal die Ereignisse des Abends. Er dachte an den seidigen Schimmer auf Blanche Hollys Wangen und den feuchten Glanz ihrer dunklen Augen. Sie zog ihn an, wie keine Frau ihn je zuvor angezogen hatte, und er wusste, dass er sie wiedersehen musste. Dann blickte er wiederum seinen Vater an, der plötzlich alt und beinahe kraftlos wirkte.

Er ist nur müde. Morgen wird es ihm wieder gut gehen. Will war so sehr an die zuverlässige Kraft seines Vaters gewöhnt, dass es ihm unmöglich schien, sich eine Welt ohne diesen vorzustellen. Aber während die Kutsche über die Pflastersteine rumpelte, überkam ihn ein plötzlicher düsterer Gedanke – ein Gedanke an die Vergänglichkeit aller Dinge. Aber da er noch jung war, schüttelte er diesen mühelos ab; dann lehnte er sich zurück und dachte daran, welch wundervollen Hintergrund Blanches glatter, runder Hals für die schlichte Perlenkette geboten hatte.

2
EINE WARNUNG ZUR RECHTEN ZEIT

Der größte der Karpfen schwamm majestätisch durch das grüne Wasser nach oben. Er war beinahe 45 Zentimeter lang. Als die Nachmittagssonne seine ausgefransten Flossen berührte, schien er einen weiß glühenden Glanz auszustrahlen. Er schwebte lässig knapp unter der Oberfläche und formte sein Maul zu einem O. Es sah aus, als meditierte er über die Natur seiner wässrigen Welt. Die geringeren Bürger dieses Kosmos, den der große Fischteich bildete, drängten sich am Boden zusammen, unbestimmte schattige Formen, die geisterhaft in den schlammigen Tiefen dahintrieben.

»Ich wünschte, ich hätte keine anderen Sorgen als du!«

Die Sprecherin war eine junge Frau von zwanzig Jahren, die auf den Felsbrocken am Rand des Fischteiches saß. Dieselbe Sonne, die den Karpfen aufleuchten ließ, berührte ihr Haar und verwandelte es in eine Funken sprühende rote Krone – so fein wie Seide. Ihr Gesicht war schmal und spitz, fast wie das eines Fuchses. Ihre Augen waren von einem blassen Blaugrün, und Leute, die sie gut kannten, sagten, wenn ihre Augen blau seien, sei alles in Ordnung, – aber hütet euch vor Prinzessin Elisabeth, wenn ihre Augen in blassgrünem Feuer auflodern!

Der Klang ihrer eigenen Stimme schien die junge Frau aufzuschrecken, denn sie warf einen jähen Blick auf die schwere Eisentür in der Mauer, die das Haus und die Gartenanlagen umgab. Einen Augenblick lang verhielt sie sich vollkommen still, nur die losen Strähnchen ihres Haars flatterten. Ihre Haltung hatte etwas von der Vorsicht eines Wilds an sich, hatte Ähnlichkeit mit einem Reh, das erstarrend und angespannt auf das Geräusch eines Feindes lauscht, der sich an sein Versteck anschleicht.

Sie könnten heute schon kommen – und ich kann mich nirgends in ganz England verstecken!

Auf ihrer hohen Stirn, glatt wie Alabaster, zeichneten sich drei feine Furchen ab, aber sie blinzelte, und mit einer für sie charakteristischen blitzschnellen Bewegung beugte sie sich vor und hob ein Stöckchen auf. Sie fasste dieses und stieß es jäh in den Teich. Dann lachte sie, als der plötzliche Stups den Karpfen so erschreckte, dass er einen Purzelbaum schlug. »Hab ich dich erwischt!«, rief sie, »lass dir das eine Lehre sein!«

Sie beugte sich vor und spähte in die Tiefen des großen Teichs hinunter. Sie strengte ihre Augen an, um den Fisch zu sehen, aber er hatte sich hinter einem der großen Steine am Boden des Beckens verkrochen. Sie warf das Stöckchen mit einer zornigen Geste beiseite und sprach den Fisch von Neuem an: »Warum versteckst du dich, du Feigling? Du bist der größte Fisch im ganzen Teich! Schande über dich! Wenn ich der größte Fisch in meiner Welt würde, wäre ich kein solcher Feigling!«

Elisabeth neigte zu jähem Stimmungswechsel, und ihr Gelächter brach ganz plötzlich los – ein herzhafter Klang, der viele an ihren Vater, König Heinrich VIII., erinnerte. Heinrich hatte seiner Tochter Maria seine mächtige Stimme vererbt, Elisabeth sein Lachen und sein Durchhaltevermögen, aber seinem Sohn Edward fast gar nichts. Keiner der drei war mit dem mächtigen, kraftvollen Körper des Vaters geboren worden. Elisabeth hatte die schlanke, aber wohlgerundete Gestalt ihrer Mutter geerbt – dieselbe Gestalt, die Heinrich dazu getrieben hatte, sich von seiner Frau Catherine scheiden zu lassen, damit er sie besitzen konnte.

Gute fünf Minuten lang saß Elisabeth da und starrte in die Tiefen des Teiches. In ihrem Kopf jagten sich die Gedanken, ihr Körper verharrte reglos. Der riesige Karpfen vergaß seine Furcht, tauchte hinter den Steinen auf und schwebte von Neuem zur Oberfläche des Wassers empor. Seine vorquellendes Auge betrachtete die Gestalt der jungen Frau, aber da sie sich nicht rührte, empfand sein Fischherz keine Furcht. Er erlaubte der Bewegung des Wassers, mit seinen ausgefransten Flossen zu spielen – Anzeichen hohen Alters, wie Elisabeth annahm.

Mit gedämpfter Stimme flüsterte sie: »Vater Fisch, du bist sehr alt, nicht wahr?« Es war eine ihrer Gewohnheiten, dass sie sich ein Pferd oder einen Hund als Gesprächspartner suchte – irgendein Wesen, das ihre Worte nicht gegen sie verwenden konnte. Sie war im Schatten der Gefahr aufgewachsen; und das hatte sie gelehrt, ihre Zunge zu hüten. Von Natur aus war sie eine gesprächige junge Frau und sehnte sich danach, sich auszusprechen, wann immer ihr danach zumute war, aber unter gewissen Umständen konnte das den Tod bedeuten. So verbrachte sie viel Zeit allein, mit Spazierengehen oder Ausreiten, und teilte die Gedanken, die sie vor keinem menschlichen Wesen aussprechen konnte, mit ihrem Pferd oder mit dem Hund, der ihr auf den Fersen folgte.

Sie betrachtete den Fisch nachdenklich. »Als meine Mutter noch am Leben und voller Schönheit war, da hast du schon genau dasselbe getan, was du jetzt tust – du bist herumgeschwommen und hast Brotkrumen gefressen.« Sie brach ein Bröckchen von dem Stück harten Brotes ab, das sie mitgebracht hatte, um die Fische zu füttern, warf es ins Wasser und beobachtete, wie die Kreise sich über die Oberfläche verbreiteten. Sie nickte dem Fisch zu, als er darauf zuschwamm. »Du bist so sicher in deiner Welt! Der Tag, an dem meine Mutter auf dem Block starb – der war für dich wie alle anderen Tage auch, nicht wahr?«

Sie hatte schon vor langer Zeit die Einzelheiten von Anne Boleyns Tod den Leuten abgequält, die Augenzeugen gewesen waren. Nur zu wissen, dass ihre Mutter gestorben war, aber nicht, warum oder wie, hatte ihr Albträume beschert. Sie war überzeugt gewesen, dass sie die Schrecken loswerden konnte, wenn sie alle Einzelheiten erfuhr, dann konnte ihre Fantasie nicht diese schattenhaften und grausamen Bilder herbeizaubern und sie damit quälen. Sir Myles Wakefield, ihr

Freund, hatte schließlich Verständnis dafür gehabt und ihr die Einzelheiten erzählt.

»Als sie erfuhr, dass sie sterben musste«, hatte Sir Myles gesagt, »da sagte sie, wenn der König es erlaubte, so wollte sie wie die französischen Adeligen enthauptet werden, mit einem Schwert und nicht wie die englischen mit einem Beil.« Elisabeth starrte in das schlammige Wasser. Sie hatte Sir Myles Stimme beinahe so im Ohr, wie sie damals geklungen hatte, als er schließlich ihren Bitten nachgegeben hatte. »Es gab keinen solchen Scharfrichter in England, also musste die Hinrichtung verschoben werden, bis man einen aus Frankreich geholt hatte. Man sagt, sie schlief in dieser Donnerstagnacht nur wenig. Sie konnte in der Ferne das Hämmern hören, als das Schafott gezimmert wurde.

Am nächsten Morgen wartete der Henker bereits, als der oberste Beschließer des Towers erschien, gefolgt von Eurer Mutter. Sie trug ein wunderschönes Nachthemd aus schwerem grauen Damast, mit Pelz verbrämt, unter dem ein scharlachrotes Mieder aufleuchtete. Sie hatte diese Kleidung gewählt, weil sie den Nacken bloß ließ. Man hatte ihr eine große Summe Geld gegeben, um es als Almosen unter der Menge zu verteilen. ›Ich bin nicht hier‹, sagte sie schlicht, ›um euch zu predigen, sondern um zu sterben. Betet für den König, denn er ist ein guter Mann und hat mich so gut behandelt, wie er nur konnte.‹ Dann nahm sie ihre mit Perlen bestickte Haube ab und enthüllte, dass ihr Haar kunstvoll aufgesteckt war, um den Scharfrichter nicht zu behindern.

›Betet für mich‹, sagte sie, dann kniete sie nieder, während eine der Hofdamen ihr die Augen verband. Die Zeit war noch nicht vergangen, die man braucht, um ein Vaterunser zu sprechen, da beugte sie den Kopf, murmelte mit gedämpfter Stimme: ›Gott, erbarme dich meiner Seele‹. Der Henker trat vor und zielte – und mit einem einzigen Schlag war sein Werk getan.«

Einen Augenblick lang schien es Elisabeth, dass sie das Zischen dieses Schwertes hören konnte – und sie erhob sich rasch und schritt rund um den Teich, die Augen voller Qual. Einen Augenblick später holte sie tief Atem, dann setzte sie sich wieder auf die Felsen und zwang sich, den Fisch in ruhigem Ton anzusprechen.

»Nachdem er meine Mutter hatte hinrichten lassen«, flüsterte sie, »erschien mein Vater in Gelb gekleidet, mit einer Feder an der Mütze, und zehn Tage später war er mit Johanna Seymour verheiratet.« Sie hob einen Stein auf, wog ihn in der Hand, blickte den Fisch an, dann zuckte sie die Achseln und warf den Stein wieder zu Boden. »Sie war die Frau, die er am liebsten hatte – immer unterwürfig. Aber sie starb achtzehn Monate später, alter Fisch.« Sie neigte den Kopf zur Seite, beugte sich vor und fragte: »Was hast du an dem Tag getan, an dem meine Mutter starb? Ich nehme an, du hast nichts weiter getan, als herumzuschwimmen und Brot zu fressen.«

Das Geräusch eines Reiters in schnellem Trab drang an ihr scharfes Ohr, und wieder schien sie zu erstarren. Sie witterte geradezu die Gefahr in der Luft. Als sie das Pferd anhalten hörte, flüsterte sie: »Nun liegt Edward VI., das Kind, bei dessen Geburt Johanna Seymour starb, selbst im Sterben – und was wirst du tun, Elisabeth Tudor?«

Als die Tür in der Mauer aufgestoßen wurde, stand sie auf und sprach von Neuem, als redete sie mit sich selbst: »Was werde ich tun –?«

Immer noch auf dem Pferderücken jagte der Reiter durchs Tor. Als sie sah, wer es war, überschwemmte eine Welle der Erleichterung die junge Frau. Ein einzelner Atemstoß drang über ihre Lippen, und eine Sekunde lang verspürte sie eine Schwäche, die sie schwanken ließ. Sie ging recht ungeduldig mit Schwäche um, sei es ihre eigene oder die anderer Leute, also stieß sie das Kinn vor und rief: »Sir Myles – hierher!«

Myles Wakefield folgte augenblicklich dem Klang der weichen Stimme. Als er Elisabeth sah, lächelte er und sprang mit einer leichten, lässigen Bewegung vom Pferd. Er warf die Zügel einem Knecht zu und murmelte: »Füttere das Pferd gut, ja? Es war ein harter Ritt.« Dann wandte er sich um und schritt über den Hof, ein hochgewachsener, kraftvoller Mann mit einer ungewöhnlichen Eleganz in seinen

Bewegungen. Er ergriff Elisabeths Hand, küsste sie und lächelte dann. »Ausnahmsweise finde ich Euch nicht über Euren Büchern. Habt Ihr damit aufgehört?«

Elisabeths schmales Gesicht ließ deutlich die Freude erkennen, die sie über Wakefields unerwarteten Besuch empfand. Sie lächelte, und ihre Augen funkelten, als sie sprach. »Ich würde lieber in Menschen lesen als in Büchern! Nun, Sir, setzt Euch zu mir und lasst mich in Eurem Gesicht lesen.«

Myles setzte sich neben sie und ließ sich necken. Er wusste, unter welch schwerem Druck diese junge Frau schon seit Jahren stand. Er war ein viel beschäftigter Mann, aber es war seine Pflicht gewesen – und seine Freude –, sein Bestes zu tun, um ein wenig Leichtherzigkeit in ihr Leben zu bringen. Als sie jetzt rasch zu sprechen begann, wobei ihre Gedanken wie Bienen durcheinandersummten, dachte er: *Ich glaube nicht, dass es eine Frau in ganz England gibt, die ihr gleichkommt! Sie hat Heinrichs Verstand und starken Willen geerbt und die Schönheit ihrer Mutter.*

Elisabeth sah etwas über Wakefields Gesicht huschen und verlangte zu wissen: »Nun, welcher Gedanke ist Euch gerade gekommen? Ihr habt ein allzu ehrliches Gesicht, Sir Myles! Ihr müsst lernen, Eure Gedanken zu verbergen, denn unser England ist kein Ort für einen ehrlichen Mann.«

»Das möchte ich denn doch nicht denken, Elisabeth.«

»Nur in einer Welt, in der alle ehrlich sind, kann es auch der Einzelne sein«, stellte Elisabeth mit Entschiedenheit fest. »Wahrhaftig, Myles, ich kann die ehrlichen Männer und Frauen, die ich je kennengelernt habe, an dieser Hand abzählen!« Sie hob ihre schlanke, wohlgeformte Hand in die Höhe, und Zorn malte sich auf ihrem Gesicht. »Ehre und Wahrheit bringen uns nur auf den Block – oder noch Schlimmeres. War es nicht so mit Eurem guten Freund William Tyndale?«

»Ja, aber er hätte es nicht anders haben wollen.« Myles dachte an die Tage, die er mit Tyndale verbracht hatte, dem großen Gelehrten, und ein Lächeln huschte über seine Lippen. »Er schwor, er würde dafür sorgen, dass jeder Pflüger in England die Bibel in seiner eigenen Sprache würde lesen können – und er erreichte sein Ziel.«

»Und um welchen Preis? Er ist tot, auf dem Scheiterhaufen verbrannt!«

»Wir alle müssen sterben, Elisabeth«, ermahnte Wakefield sie sanft. »Wichtig ist nur die Sache, für die wir sterben.«

Elisabeth starrte Wakefield mit halb geschlossenen Augen an. »Ihr glaubt das allen Ernstes, nicht wahr?«

»Ja, das tue ich.«

»Irgendwie glaubt Ihr auch, dass letzten Endes das Böse eine Niederlage erleiden und die Gerechtigkeit siegen wird?«

»Ja, das glaube ich auch.«

»Warum?«

»Weil, wie ich annehme, Gottes Wort uns dieses Versprechen gibt. Es wäre unerträglich, zu irgendeinem anderen Schluss zu kommen.«

Die beiden saßen sich von Angesicht zu Angesicht gegenüber, und ein paar Augenblicke lang herrschte Schweigen zwischen ihnen. Myles erinnerte sich, dass er schon vor Jahren solche Gespräche mit Elisabeth geführt hatte. Sie war gemeinsam mit ihrer Schwester Maria für unehelich erklärt worden, und für beide jungen Frauen war das Leben hart gewesen. Maria hatte sich niemals beklagt, aber Elisabeth war schon als Kind von forderndem Charakter gewesen, erinnerte sich Myles, als er ihr ins Gesicht sah. *Sie wollte immer über die Dinge Bescheid wissen – und die meisten Dinge, die sie wissen wollte, können nicht erklärt werden.*

Elisabeth seufzte stürmisch, dann streckte sie mit einem ihrer seltenen Beweise von Zuneigung die Hand aus und ergriff Myles' Hand, die sie innig drückte. »Ihr tut mir gut, Sir Myles Wakefield!«, rief sie mit seltsamem Nachdruck aus. »Seit ich ein Kind war, war ich immer von Leuten umgeben, die mich benutzen wollten – und von solchen, die mich vernichten wollten. Aber Ihr wart immer da – um mich zu lieben.« Sie warf ihm einen verlorenen Blick zu und fügte hinzu: »Ich bringe das Wort *Liebe* kaum über die Lippen. Ich habe so wenig davon erfahren!«

Myles hatte sie noch nie so offen von sich selbst sprechen gehört.

»Was ich an Ergebenheit und Treue habe, Prinzessin«, sagte er ruhig, »steht Euch zur Verfügung, wie schon Eurer Mutter.«

Tränen traten in Elisabeths Augen, und sie zog rasch ihre Hand aus der seinen. Sie hasste es zu weinen, und hatte seit Jahren nicht mehr unter den Augen eines Mannes geweint. »Ich weine wie eine Närrin!«

»Nein, gewiss nicht. Ihr weint um Eure Mutter, wie ich selbst es getan habe.«

»Erzählt mir von ihr, Myles. Ich höre so viele Geschichten über sie – wie schrecklich sie mit den Männern umging.«

»Lügen! Alles Lügen! Glaubt kein Wort davon!«

»Seid Ihr ehrlich, oder versucht Ihr mich nur in meinem Kummer zu trösten?«

»Nein, nie im Leben!« Myles suchte nach den richtigen Worten, um diese seltsame junge Frau zu trösten. »Königin Anne war auf ihre Art eine liebevolle Frau – aber einige Leute missverstanden das und hielten es für etwas anderes.« Er sprach in tiefem Ernst; erzählte ihr von der Zeit, als er ein junger Mann gewesen war und tiefe Bewunderung für Anne Boleyn empfunden hatte. Schließlich schüttelte er traurig den Kopf. »Sie war freundlich zu mir, Elisabeth, und ich war damals ein Niemand. Sie hatte ein ungezügeltes Temperament – eine Eigenschaft, die sie Euch vererbt hat –, aber sie ließ es mich kaum merken.« Er zögerte, dann fügte er hinzu: »Euer Vater war derjenige, der untreu war. Er brauchte eine Entschuldigung, um sich von Eurer Mutter scheiden zu lassen, und seine Untergebenen fabulierten sie. Wie ich gesagt habe: Eure Mutter war manchmal allzu offenherzig, allzu kühn in ihrer Ausdrucksweise und ihrem Auftreten, und das machten sie sich zunutze. Sie fälschten Beweise, um Anne wegen Ehebruchs zu verurteilen – ich weiß es! Eure Mutter liebte Euren Vater!«

Eine lange Zeit saßen sie da. Wakefields Worte überschwemmten Elisabeth wie ein beruhigender Regen. Sie setzte ihr Vertrauen in seine Ehrlichkeit, wie sie es bei keinem anderen Mann in England tat. Er war ihrer Mutter treu geblieben, wie es nur wenige andere bei Hofe taten, und während Elisabeths Kindheit war er ihr so nahe geblieben, wie die Umstände es erlaubten. Sein Zuhause befand sich weit entfernt vom Hof, und er war ein viel beschäftigter Mann, aber er war oft zu Besuch gekommen und hatte noch öfter geschrieben. Als das Mädchen zur Frau herangewachsen war, war ihre Gewissheit, dass sie ihm vertrauen konnte, stärker und stärker geworden.

Schließlich sprach Elisabeth mit gedämpfter Stimme. »Ich bin froh, dass Ihr gekommen seid, alter Freund. Ich ... brauchte ein wenig Trost.« Dann, als schämte sie sich für diese Enthüllung, erhob sie sich. Er stand zugleich mit ihr auf, und sie sagte: »Nun, Ihr müsst unbedingt über Nacht bleiben. Wir wollen sehen, ob Mr Parry ein ordentliches Abendessen zustande bringt.«

Es gab sogar ein sehr gutes Abendessen, aber Myles fiel auf, dass Elisabeth nur einige wenige Bissen aß. Eine fast spürbare Spannung schien das Haus zu durchdringen, und später, nachdem Elisabeth sich zurückgezogen hatte, bemerkte Myles, dass Mr Parry, der Verwalter des Haushalts, sich beständig in seiner Nähe aufhielt. Myles hatte sich in die Bibliothek zurückgezogen und las in der Bibel, aber als der Verwalter zum dritten Mal eintrat, legte er das große Buch beiseite. »Wolltet Ihr mich sprechen, Mr Parry?«

Thomas Parry war ein ängstlicher Mann, der in jeder Lebenslage das Schlimmste erwartete, aber seine große Tugend bestand darin, dass er Elisabeth völlig ergeben war. Nun sagte er nervös: »Ich möchte Euch nicht lästig fallen, Sir Myles – aber ich mache mir schreckliche Sorgen.« Er blinzelte wie eine Eule im Sonnenlicht, fuhr sich mit der Hand durch das schütter werdende graue Haar und sagte schließlich: »Gibt es Schwierigkeiten, Sir?«

»Ja, ich fürchte, es könnte dazu kommen, Thomas.«

Parry biss sich auf die Unterlippe und runzelte die Stirn. »Ich verstehe nichts von diesen Dingen, Sir Myles. Hat es mit der Krankheit des Königs zu tun? Aber wieso sollte Mistress Elisabeth deshalb in Schwierigkeiten kommen?«

Myles wusste seit Langem, dass Parry ein einfältiger Mann war; er würde ihm diese Sache wirklich sehr einfach erklären müssen. »Setzt Euch, Parry, und trinkt ein wenig Wein, während ich es zu erklären versuche.«

Parry protestierte gegen den Wein und fühlte sich unbehaglich dabei, in Sir Myles Gegenwart zu sitzen, statt respektvoll zu stehen. Schließlich ließ er sich nieder und hörte zu, was der andere sagte.

»Die Schwierigkeiten entstehen aus der Frage, wer über England herrschen wird, wenn Edward stirbt. Als König Heinrich starb, war Edward noch ein Knabe und obendrein ein kränklicher Knabe.«

»Ja, Sir, ich bete jeden Tag für den König!«

»Gut für Euch, Parry. Ich tue dasselbe. Aber Edward geht es zusehends schlechter, und wenn Gott ihn abberuft, wird es Streit geben, wer in England regieren soll.«

»Nun, da Maria die Älteste ist –«

»Ja, sie ist siebenunddreißig und Elisabeth ist erst zwanzig – aber da gibt es ein Problem. Maria ist Katholikin, Parry. Ihre Mutter, Catherine, war eine strenggläubige Anhängerin dieses Glaubens, und sie gab ihre Leidenschaft für die römische Kirche an ihre Tochter weiter.«

Parry warf ihm einen angstvollen Blick zu. »Ich habe von der Spanischen Inquisition gehört, Sir. Man sagt, die Katholiken foltern alle, die ihrer Kirche nicht beitreten wollen – und verbrennen sie auf dem Scheiterhaufen. Würde Lady Maria so etwas über England bringen?«

»Nun, das ist das Problem«, stimmte Myles ihm kopfnickend zu. »Viele Leute fürchten, dass Maria genau das tun würde. Heinrich selbst hat sich von der katholischen Kirche losgesagt, und jetzt haben wir unseren eigenen Glauben, die Kirche von England. Falls jemand einen Versuch machen würde, England zum alten Glauben zurückzubringen, nun, da gäbe es schreckliche Schwierigkeiten.«

»Und Mistress Elisabeth?«

»Sie ist keine Katholikin, deshalb wollen einige Leute sie auf dem Thron sehen, wenn ihr Bruder stirbt.«

Parry bedachte diese verzwickte Situation eine Zeit lang, dann schüttelte er den Kopf. »Wollt Ihr damit sagen, Sir Myles, dass wir auf jeden Fall Schwierigkeiten bekommen, ganz gleich, ob Maria oder Elisabeth den Thron besteigen?«

Myles zögerte, unsicher, ob er die Sache noch weiter komplizieren sollte. *Der alte Bursche muss sich darauf einstellen – wir alle müssen das. Er hängt an Elisabeth, und ich muss versuchen, ihn auf alles, was über uns hereinbrechen kann, vorzubereiten.*

»Tatsächlich ist es noch viel schwieriger, Parry. König Edward steht unter dem mächtigen Einfluss eines Mannes namens Lord Dudley. Einige von uns befürchten, dass dieser Mann den König dazu bringen wird, seine Schwiegertochter, Lady Jane Grey, als Königin zu nominieren, wenn Edward stirbt.«

»Aber – sie ist keine Tochter König Heinrichs!«

»Nein, aber einer ihrer Vorfahren war Heinrich VII., der Vater Heinrichs VIII.« Er ließ dieser Mitteilung Zeit, ihre ganze Wirkung zu entfalten, dann erbarmte er sich des alten Mannes. »Nun, wir hoffen, dass alles gut geht.«

»Gott wird nicht zulassen, dass Mistress Elisabeth etwas Böses zustößt«, sagte Parry leidenschaftlich, dann fügte er hinzu: »Danke, dass Ihr es mir erklärt habt, Sir. Ich werde darüber beten.«

»Das werde ich auch tun, Parry – das werde ich auch tun!«

★ ★ ★

»Mistress Elisabeth, bitte wacht auf!«

Die Stimme fuhr Elisabeth in die Glieder. Sie setzte sich augenblicklich auf, die Augen weit aufgerissen, eine Hand an der Kehle. »Was ist los?«, verlangte sie zu wissen, während sie die Beine über den Bettrand schwang und zur Tür stürzte. Sie schob den Riegel zurück und sah Thomas Parrys bleiches Gesicht mit weit aufgerissenen Augen vor sich.

»Es ist jemand vom Palast –«, begann er, aber Elisabeth schnitt ihm das Wort ab.

»Ich komme sofort hinunter. Sieh zu, dass man Sir Myles weckt, und sag ihm, ich muss ihn sprechen!«

Sie schlug die Tür krachend zu und lehnte sich daran. Ihre Gedanken überschlugen sich. *Es kann nichts anderes sein als die Botschaft, dass es Edward besser geht.* Sie schob den Gedanken beiseite, denn die Ärzte hatten ihren Bruder schon vor einer Woche aufgegeben. Sie schlich sich ans Fenster und spähte hinaus, wobei sie sich sorgfältig verborgen hielt. Das Licht der frühen Dämmerung berührte die Steine und Ziegel des Hofes, und die wartenden Pferde stampften und kauten an ihren Gebissen, während sie die Köpfe hin und her warfen. Die Bewegung ließ die Schwärme von Fliegen auf ihren Flanken in zornigen Wolken aufsteigen, die sich langsam wieder niederließen.

Acht bewaffnete Männer – zu viele, um eine schlichte Botschaft zu überbringen! Furcht schnürte ihr die Kehle zu, aber sie hatte schon längst gelernt, mit der Furcht zu leben. Ruhig schlich sie vom Fenster weg und schlüpfte in ein rosafarbenes Kleid, dann setzte sie sich nieder und wartete. Fünf Minuten später wurde leise an ihre Tür gepocht. »Kommt herein, Myles.«

Sir Myles hatte sich nicht damit aufgehalten, sein Haar zu kämmen, und die kastanienbraunen Locken fielen ihm ins Gesicht. Er verschwendete keine Zeit, verlangte sofort zu wissen: »Was ist los?«

»Ich weiß es nicht«, antwortete Elisabeth. »Geht hinunter und sprecht mit dem Anführer, dann bringt mir Nachricht.«

»Ja, Prinzessin.« Myles machte auf dem Absatz kehrt und verließ den Raum. Sobald er verschwunden war, sprang Elisabeth auf und begann, im Zimmer auf und ab zu laufen. Ihre fruchtbare Fantasie zauberte ihr eine Szene nach der anderen vor Augen. Diese Fähigkeit, innere Bilder hervorzurufen, war zugleich ein Fluch und ein Segen, denn obwohl sie dadurch die Möglichkeit hatte, sich beinahe jede Schwierigkeit im Voraus auszumalen, waren diese Bilder oft von Vorboten nahenden Verhängnisses umdüstert.

Die Zeit schien endlos langsam zu verrinnen, aber schließlich kehrte Wakefield zurück – und diesmal trat er ohne anzuklopfen ein.

Er hielt ein Stück Papier in der Hand und reichte es ihr augenblicklich. Sie öffnete es, überflog die kurze Nachricht und blickte dann zu Myles auf. »Es ist von Edward«, sagte sie mit ausdrucksloser Stimme. »Er sagt, er liege im Sterben und er wolle mich noch einmal sehen.«

Myles stand schweigend vor ihr; er wusste, dass sie hören wollte, was er dachte. Er ging im Geist in aller Eile die verschiedenen Möglichkeiten durch, und schließlich fragte er: »Seid Ihr sicher, dass die Nachricht von Edward ist? Ist es seine Handschrift?«

»Der König ist zu schwach, um zu schreiben«, antwortete Elisabeth langsam. »So sagt man mir jedenfalls.« Sie warf einen kurzen Blick auf die Nachricht, studierte sie und sagte dann: »Er nennt mich bei einem Kosenamen: ›An meine süße Schwester Temperance.‹ Nur Edward nennt mich so.«

»Wissen andere von diesem Kosenamen?«

»Oh ja, jeder im Haus.« Elisabeth beobachtete sorgfältig sein Gesicht. Sie hatte so lange am Rande der Gefahr gelebt und sich auf ihre eigene Klugheit verlassen, dass sie es nicht gewohnt war, einen anderen um Rat zu fragen. Einmal war sie – ein Mädchen von erst fünfzehn Jahren – unter der Anklage der Unzucht vor Gericht gestellt worden und hatte sich vor einem Tribunal scharfer Richter selbst verteidigt. Aber diesmal ... diesmal musste sie die Sachlage mit den Augen eines anderen sehen.

»Soll ich gehen?«

Selten war Myles so überrascht gewesen – er hatte es nie erlebt, dass diese Frau um Rat gebeten hätte. Als Kind war sie sanfter und vertrauensvoller gewesen, aber sie hatte eine harte Schule durchgemacht. Vorsichtig antwortete er: »Es könnte harmlos sein – oder es könnte den Tod bedeuten, Elisabeth.«

»Das weiß ich, Myles!« Ihr Gesicht war bleich, und ihre Augen waren so scharf wie grüne Diamanten. »Sagt mir, was Ihr denkt.«

Myles schüttelte den Kopf. »Ich habe aus meinem Fenster geblickt und mir die Eskorte angesehen, aber ich kannte keinen einzigen von ihnen. Ich habe auch den Anführer nie zuvor gesehen. Vielleicht solltet Ihr mit ihm sprechen. Erkennt Ihr irgend jemand von der Eskorte?«

»Nein, keinen Einzigen.« Ihre Lippen pressten sich zu einer schmalen Linie zusammen, »Ihr fürchtet eine Falle? Von wem?«

»Von demselben Mann, den auch Ihr fürchtet. Herzog Dudley.«

Die Lippen der Prinzessin entspannten sich ein wenig, dann verzogen sie sich zu einem bitteren Lächeln. »Man könnte Euch für diese Worte in den Tower bringen.«

»Ich war schon einmal dort und mein Vater genauso.«

»Ja, das hatte ich vergessen. Nun, wir sind derselben Meinung, Sir Myles.« Sie überlegte rasch, dann sagte sie: »Dudley hat seinen Sohn Guildford mit Lady Jane Grey verheiratet. Sie ist kein unmittelbarer Abkömmling des Königs, aber immerhin stammt sie aus der Linie der Tudors. Nur drei Menschen stehen zwischen ihr und dem Thron: König Edward, ich selbst und Mary.«

»Nur zwei, denke ich.« Myles nahm den geschockten Blick, den Elisabeth ihm zuwarf, gelassen hin. »Ich glaube, dass Edward, Euer Bruder, bereits tot ist.«

»Aber wir hätten davon gehört –«

»Wer übernimmt alles Nötige? Wer hält sich beständig in den Gemächern Eures Bruders auf?«

Elisabeth blinzelte, dann nickte sie. »Ja, das ist möglich, Myles.« Sie warf einen Blick nach unten, wo der Bote wartete, dann schauderte sie. »Wenn Eure Worte wahr sind, dann ginge ich in den Tod.«

»Und Maria ist in derselben Gefahr. Jemand muss sie warnen.«

Elisabeth fasste einen Entschluss. »Geht und sagt dem Boten, ich sei krank – und Parry soll nach dem Arzt schicken.«

Myles nickte. Der Blick in seinen Augen war warm. »Ich halte das für weise.« Dann kam ihm ein Gedanke. »Ich werde mein Schwert umschnallen, nur für den Fall, dass der Bote Widerspruch erhebt.«

Er wandte sich um und ging in seine Kammer, dann, nachdem er sich bewaffnet hatte, ging er nach unten. Der Mann, der ihm die Nachricht gegeben hatte, hieß Jennings. Er war ein hochgewachsener Mann in mittleren Jahren, mit harten Augen und einem hochmütigen Verhalten. »Nun, Sir, ich hoffe, Lady Elisabeth ist reisefertig.«

Der Blick, den Sir Myles Wakefield Jennings zuwarf, war kalt wie Polareis. »Mistress Elisabeth ist krank, Sir. Das mögt Ihr Eurem Herrn ausrichten und hinzufügen, dass ich selbst sie zum König geleiten werde, sobald sie reisefähig ist.«

Jennings blinzelte, dann färbte lebhafte Röte seine mageren Wangen. Einen Moment sah es aus, als wollte er heftigen Widerspruch gegen das Gesagte erheben, aber er schluckte nur, murmelte: »Nun gut!« Dann drehte er sich auf dem Absatz um und stampfte aus dem Raum.

Von ihrem Fenster sah Elisabeth zu, wie der Mann sein Pferd bestieg und davonritt. Seine Männer folgten ihm. Sie wandte sich um, als Myles eintrat, ihre Augen waren misstrauisch. »Der Gentleman scheint schlecht gelaunt zu sein. Ich fürchte, ein Ritt mit ihm wäre höchst – unerquicklich verlaufen.«

Sie wussten beide, dass die Sache damit nicht erledigt war, und Myles sagte: »Ihr müsst Euch zu Bett legen. Ich selbst werde den Arzt holen.«

»Damit Ihr mein Zeuge sein könnt, falls ich wegen dieser Sache vor Gericht gestellt werde?« Elisabeth schüttelte den Kopf, und ein sarkastisches Lächeln huschte über ihre Lippen. »Für einen ehrlichen Mann, Sir Myles Wakefield, denkt Ihr beinahe wie ein Advokat und Schurke!« Dann wurde sie ernst und fügte hinzu: »Es tut sehr gut … einen vertrauenswürdigen Freund zu haben.«

Er trat an sie heran, ergriff ihre Hand und küsste sie. »Gott wird Euch durch dies alles hindurchhelfen, Elisabeth.«

Sie lächelte plötzlich, dann sagte sie: »Das sagt Ihr immer. Das habt Ihr schon gesagt, als ich noch ein Kind war und die Masern hatte. Muss es denn immer Gott sein, der uns errettet?«

»Ja, gewiss! Ein Narr ist, wer sich auf Menschen verlässt.«

»Nein, nicht immer. Manchmal schickt Gott einen der Seinen zu Hilfe.«

»Engel, meint Ihr?«

»Manchmal, vielleicht …« Elisabeth richtete ihren festen Blick auf den hochgewachsenen Mann und flüsterte voll warmer Zuneigung: »Manchmal sendet er Sir Myles Wakefield!«

3
KÖNIGIN JANE

Still wie ein Stein saß sie da und versuchte, sich klein zu machen … Lady Jane Grey, die bereits so klein war, dass man sie von hinten für ein Kind halten konnte. Der Tisch bildete eine Insel, und im Kreise rundum saßen der mächtige Herzog Dudley und seine Anhänger, alle viel größer und stärker als diese kleine junge Frau, die die wichtigste Frau in England geworden war.

Während die laute Rede über Maria in dem prächtig ausgestatteten Speisesaal widerhallte, blickte Jane auf ihre Hände nieder und versuchte den Anblick der glänzenden Juwelen auszuschließen, die die Versammelten trugen, und das Blitzen grausamer Dolche und juwelenüberkrusteter Schwertgriffe. Sie selbst trug weite Samtärmel, und ihr Haar war unter einem großen weißen Kopftuch versteckt. Ein kleines Duftsträußchen, *Nasenwonne* genannt, steckte vorne in ihrem Mieder, wo es sich in den hohen weißen, bestickten Kragen öffnete, und sie beugte rasch ihre gerade kleine Nase, um daran zu schnuppern.

Plötzlich kam eine weiße Motte aus der Nacht hereingeflattert. Jane sah ihr zu, wie sie sich torkelnd im Raum herumbewegte – und dann in die Flamme einer Kerze flog, wo sie augenblicklich zu Asche verbrannte. *Tot*, dachte sie, und ihr Gesicht verkrampfte sich vor Schmerz. *Und nun sagen sie, dass Maria sterben muss.* Sie hatten alles geplant – und ihr Herz schrie auf, dass es nicht recht und richtig war! Ihr Vater hatte gesagt, Maria sei eine Papistin, damit war die Sache erledigt. Aber Jane wollte nicht daran denken, dass Maria sterben musste. Maria war nett zu ihr gewesen, sie hatte ihr eine Halskette aus Perlen und ein Kleid aus goldenem Tuch geschenkt. *Ich wünschte, sie würden Maria erlauben, Königin zu sein! Am liebsten wäre ich gar nicht da!*

Herzog Dudley sagte soeben: »Wir werden sie finden, das sage ich Euch! Sie kann nicht entfliehen!« Sein Blick fiel auf Jane, und er sagte abrupt: »Seht Ihr nicht, dass die Königin sich nicht wohlfühlt?« Seine Stimme schnitt ihr ins Herz wie ein scharfes Messer. »Ihr seid unpässlich, Euer Majestät. Kein Zweifel, es ist an der Zeit für Euch, ins Bett zu gehen.«

Augenblicklich wurde Jane von einer hochgewachsenen, kräftigen Zofe auf die Füße gezerrt, aber sie schrie auf: »Ich will nicht Königin werden – ich will nicht!«

Dudley kümmerte sich nicht um sie, und als die kleine Gestalt aus dem Saal gezerrt worden war, schnauzte er: »Kümmert Euch nicht um das Gegreine eines weinenden Kindes!« Sein Blick fiel wie ein Hammerschlag auf Janes Vater, den neu ernannten Herzog von Suffolk. »Ihr habt sie schlecht erzogen, Sir, aber wir werden ihr schon beibringen, eine Königin zu sein! Nun, macht Euch auf den Weg. Ihr habt nichts weiter zu tun, als Maria und ihre paar Höflinge in die Enge zu treiben, sie in den Tower zu stecken, und die Sache ist erledigt! Eure Tochter wird Königin von England, und mein Sohn, der ihr Gatte ist, wird König!«

»Gewiss, Mylord.« Suffolk nickte nervös. »Aber Ihr seid der beste Soldat im ganzen Königreich, und Ihr solltet den Oberbefehl über die Armee haben. Ich war überhaupt nie Soldat. Der Rat – wir alle sind der Meinung, dass das der beste Weg wäre.«

Herzog Dudley verfluchte ihn nach Kräften, aber schließlich hatte er keine andere Wahl.

»Der Alte ist ein Narr«, sagte er später schnippisch zu seinem Sohn Guildford. »Es wird keine Schwierigkeiten geben, denn Maria ist allein – aber ich darf nicht riskieren, dass sie entkommt.«

Guildford nickte. »Das ist das Beste, denke ich. Soll ich mit Euch reiten, Sir?«

»Nein, bleib hier und achte darauf, dass der Rat nichts unternimmt.« Ein Lächeln huschte über Dudleys Lippen. »Hast du ihren Widerstand schon überwunden?«

Das hübsche Gesicht Guildford Dudleys überzog sich mit Röte. Es war sein wunder Punkt, dass Lady Jane, die zur Hochzeit mit ihm gezwungen worden war, sich von ihm fernhielt und sich weigerte, irgendetwas mit ihm zu tun zu haben, sodass ihre Ehe nur auf dem Papier bestand. »Wenn ich erst König bin, Sir«, knirschte er, »dann wollen wir sehen, wer den Schlüssel zur königlichen Bettkammer in der Hand hat!«

»Gut! Freut mich zu sehen, dass du wenigstens in *einem* Punkt energisch wirst!«

Im selben Augenblick war die junge Königin in ihrem Schlafgemach mit einem Mann zusammen – aber es war nur ihr Erzieher, Sir John Cheke. Cheke, der auch der Erzieher Edwards VI. gewesen war, stand vor der kleinen jungen Frau. Sie fragte ihn abrupt, wie es ihre Art im Umgang mit ihm war: »Meint Ihr, ich sollte Königin werden?«

Cheke, hochgewachsen, gut aussehend und von finsterer Strenge, nickte. »Welche andere Möglichkeit gibt es? Nur durch Euch kann die Kirche von England überdauern. Erinnert Euch, all das wurde vor langer Zeit von König Heinrich VIII. selbst geplant, als er seine Töchter enterbte.«

»Aber er setzte sie wieder in ihre Rechte ein«, sagte sie mutlos.

»Nur in einige dieser Rechte und nur unter dem Vorbehalt, dass die Krone – falls König Edward und die Prinzessinnen alle kinderlos sterben sollten – an die Nachkommen seiner Schwestern gehen sollte, von denen die jüngere, Maria Rose, Eure Großmutter war.«

Jane lauschte, die Augen weit und starr aufgerissen. »Aber was ist mit Maria? Muss sie sterben?«

Cheke antwortete vorsichtig: »König Edward hat Euch, seine Cousine, zu seiner rechtmäßigen Erbin erklärt. Es war sein Wille, dass Ihr die neue Religion rein erhaltet, unbefleckt von der Papisterei und dem Aberglauben der Messe.« Während er sprach, beobachtete Cheke das Spiel der Gefühle auf ihrem kindlichen Gesicht.

Welch eine Schande, dass diese Last auf die Schultern eines Kindes geladen werden sollte! Sie verlangte nicht nach Macht – aber sie wird als Bauer im Spiel gebraucht werden. Und wenn die Pläne derer, die sie benutzen, misslingen, dann wird sie für die Sünden anderer mit ihrem Leben bezahlen! Dieser letzte Gedanke war beinahe unerträglich. Er öffnete den Mund, um sie vor den Gefahren zu warnen, die sie erwarteten, aber sie sprach als Erste.

»Schreibt einen Brief, der veröffentlicht werden soll, Sir John. Es soll darin stehen: ›Wir nehmen dieses Königreich nach Recht und Gesetz in Unseren Besitz, da Uns Unser geliebter Cousin König Edward als die rechtmäßige Königin dieses Reiches eingesetzt hat …‹«

★ ★ ★

Myles war es nie leichtgefallen, etwas vor seiner Frau Hannah geheimzuhalten. Ihre Ehe war beinahe zu vollkommen, sodass sich viele fragten, ob das wirklich wahr sein konnte. Ein entfernter Cousin hatte die Bemerkung fallen lassen: »Es ist einfach unmöglich, dass sie so gut miteinander auskommen, wie es erscheint. Niemand kann so vertraut mit einem Ehemann oder einer Ehefrau sein. Das ist bloße Schau, die sie der Öffentlichkeit vorspielen!«

Myles hatte von dieser Bemerkung erfahren und gelächelt. »Eine gute Ehe gibt es nur zwischen guten Freunden.« Als man ihn drängte, das näher zu erklären, sagte er: »Man lässt seinen besten Freund nicht im Stich, und Hannah ist meine beste Freundin – wie ich ihr bester Freund bin. Freunde mögen streiten und zanken, aber wenn es hart auf hart geht, halten sie zusammen.« Solch eine Einstellung zur Ehe war den Menschen dieser Zeitepoche so fremd, dass die meisten einer Meinung mit dem Cousin waren: Sir Myles und Lady Wakefield waren einfach bessere Schauspieler als die meisten anderen.

Aber sie waren im Unrecht. Es war keine Schauspielerei, die die Wakefields verband. Es war die reinste Form von Liebe. Diesmal jedoch, als Myles heimkehrte, die Kleider schmutzig von der Reise und das Gesicht von Erschöpfung gezeichnet, wünschte er, dass er ausnahmsweise einmal etwas vor seiner Frau verbergen könnte. Aber sie warf einen einzigen Blick auf ihn und verlangte zu wissen: »Was ist geschehen, Myles?«

Er hatte das Schlafgemach betreten, als sich die Dämmerung herabsenkte, und das bleiche gelbe Kerzenlicht ließ seine Augen aussehen, als seien sie tief in den Höhlen versunken. Er sprach nicht, sondern streckte die Arme aus, und sie kam augenblicklich zu ihm. Einen langen Augenblick hielten sie sich aneinander fest, dann ließ er sie los. »Wie ist es dir ergangen? Wie geht es den Kindern?«

Hannah starrte ihn an und ließ ihm genug Zeit, um ihr zu erzählen, was er auf dem Herzen hatte. »Uns geht es sehr gut«, sagte sie mit ausdrucksloser Stimme. »Soll ich dir etwas zu essen bringen?«

»Nein, ich habe in Blakelys Herberge gegessen.« Er schlüpfte aus seinem Mantel, warf ihn auf den Boden und ließ sich dann mit einem tiefen Seufzer schwer in einen Stuhl sinken. »Beim Himmel, was bin ich müde!« Er zog erst einen Stiefel aus, dann den anderen, ließ sie fallen – und dann blickte er abrupt in ihr Gesicht auf. »Ich konnte noch nie etwas vor dir verbergen, nicht wahr?«

»Was ist geschehen?«

»William.« Das einzelne Wort schien Myles zu erschöpfen, und er lehnte sich in den Stuhl zurück und schloss die Augen. Mit Mühe brachte er die Worte hervor: »Ich versuchte mit ihm zu reden, aber es hat keinen Sinn.«

»Er hat sich mit Dudley zusammengetan?«

»Ja.«

»Oh Myles, sieht er denn nicht, wie gefährlich das ist?«

»Ich glaube, er sieht es, aber es ist ihm gleichgültig.« Myles öffnete die Augen und setzte sich gerade im Stuhl auf. Er fuhr sich mit den Händen durchs Haar und schüttelte hoffnungslos den Kopf. »Er kann nur daran denken, was geschehen würde, wenn Maria auf den Thron käme. Nur Lady Jane kann uns vor dem Papsttum retten.«

Hannah blickte ihn an und sagte einen Augenblick später mit ausdrucksloser Stimme: »Er könnte recht haben, Myles.«

»Ich weiß, aber Lady Jane wird niemals Königin sein.«

»Vielleicht doch.« Hannah trat zu ihm und begann, Myles den Nacken zu massieren. Ihr Gesicht war ruhig, aber ihre Augen waren aufmerksam, als sie in aller Eile die Möglichkeiten durchging, denen sich ihre Familie gegenübersah. »Es ist wie ein Schachspiel, Myles«, bemerkte sie ruhig. »Es scheint einfach, aber in Wirklichkeit ist es ungemein verzwickt. Wenn wir einen falschen Zug machen, wird man uns nehmen und vom Spielbrett werfen.«

Myles hatte die Augen geschlossen, grunzte aber zustimmend. »Eine treffende Analogie. Im Augenblick, Hannah, sieht es so aus, als hätte Herzog Dudley all die Türme und Pferde – und alles, was Maria hat, sind ein paar Bauern wie wir.«

»Was würdest du gerne sehen? Maria als Königin?«

Myles setzte sich plötzlich gerade hin, dann stand er auf. Unzufriedenheit lauerte in seinen blaugrauen Augen, und er sagte brüsk: »Am liebsten hätte ich Edward VI., aber der ist tot. Wenn Lady Jane Grey Königin dieses Landes wird, werden wir es mit einem Tyrannen zu tun bekommen, gegen den Heinrich VIII. wie ein sanfter alter Landgeistlicher wirkt!«

»Du meinst Dudley?«

»Ja. Jane wäre eine bloße Gallionsfigur. Dudley hat sie mit seinem Sohn verheiratet, damit er dieses Reich völlig in der Hand hat.« Er legte die Hände auf ihre Schultern und blickte in ihre schönen Augen. »Sie ist verloren, Hannah. Sie kann nicht gewinnen.«

»Und was wird aus Will?«

»Wir müssen beten, dass er sich im Hintergrund hält. Maria wird den Sieg davontragen, aber sie kann nicht jeden hinrichten lassen, der Lady Jane unterstützte.«

»Lass uns jetzt gleich beten«, sagte Hannah augenblicklich, und die beiden knieten nieder, schlangen die Hände ineinander und begannen zu beten. Diese völlige und augenblickliche Bereitschaft, sich mit allen ihren Sorgen und Bedürfnissen an Gott zu wenden, war etwas, das Hannah in ihre Ehe mit eingebracht hatte. In ihrer Hochzeitsnacht hatte sie Myles um eine Gunst gebeten: *»Lass uns die Dinge* *nicht einfach nehmen, wie sie kommen, Myles. Lass uns über jedes Problem beten, sobald es auftaucht. Lass uns ruhig unsere Berufung erwarten – und zu augenblicklichem Gehorsam bereit sein!«*

Es war eine Bitte, die ihnen nun schon viele Jahre von großem Nutzen war. So war es ganz natürlich für sie, dass sie niederknieten und beteten, in schlichter Einfalt wie zwei Kinder, und Gott baten, ihren Sohn zu beschützen. Als sie sich erhoben, sagte Myles: »Schwere Zeiten stehen uns bevor – aber Gott wird uns nicht verlassen.«

»Nein, niemals!«

★ ★ ★

William Wakefield ritt nicht in der ersten Reihe der stahlgepanzerten Ritter, sondern in der Nachhut. Er hatte sich Dudleys Streitkraft angeschlossen, voll innerer Begierde, an einer großen Schlacht teilzunehmen – aber es hatte überhaupt keine Schlacht stattgefunden. Sie waren in Richtung Nordosten durch flache Felder und Sumpfwiesen geritten und von Zeit zu Zeit durch ein Dorf gekommen. Die Hitze laugte die Reiter aus, und die wenigen grauen, steinernen Burgen, an denen sie vorbeikamen, wirkten wie Schatten in dem Dunst, der den Horizont verschleierte.

Gelegentlich hörten sie Glocken läuten, und einmal fragte William den Anführer seiner Einheit: »Läuten diese Glocken für Königin Maria oder Königin Jane?«

Der Offizier warf ihm einen säuerlichen Blick zu und antwortete: »Gott weiß es, aber wir wissen es nicht!« Er war ein kurzbeiniger, klobiger Mann namens Brighton, und während die Armee in langsamem Tempo Maria verfolgte, freundete er sich ein wenig mit William an. Als sie nach Newmarket kamen, sah er sich um und sagte angewidert: »Keine Verstärkung! Die Feiglinge haben den Schwanz eingezogen!«

»Wir werden bald neue Truppen aufnehmen«, sagte William voll Selbstvertrauen.

»Was für Truppen?«, verlangte Brighton zu wissen. »Wir hätten Maria schon längst festnehmen müssen. Solange sie frei herumläuft, haben die Adeligen nicht den Mut, sich uns anzuschließen!«

»Aber die Flotte ist auf Herzog Dudleys Seite!«

»Ach ja?«, fragte Brighton, und seine Stimme troff vor Zweifel. »Wir werden sehen, Wakefield. Wir werden sehen!«

Herzog Dudley hatte viertausend Mann, ein Viertel davon Berittene, und stellte sie strategisch geschickt auf, um den Streitkräften den Weg abzuschneiden, die sich auf Marias Seite geschlagen hatten und für sie marschierten. Das Wetter schlug um, und ein starker Ostwind trieb schweren Regen und abgerissene Blätter über die Straße. Am dritten Tag der Reise wurde Leutnant Brightons Kompanie an die Spitze des Zuges berufen. Für den jungen William Wakefield war es eine aufregende Sache, Herzog Dudley und all den hohen Offizieren so nahe zu sein, dass er sie Befehle rufen hörte.

In der Dämmerung kam ein Reiter die Straße entlanggedonnert, eine Staubwolke auf den Fersen. Er zügelte sein schäumendes Pferd, und der Herzog rief ihm zu: »Was gibt es Neues, Jack?«

Der Reiter, sah William, war Jack Dudley, der älteste Sohn des Herzogs. Sein Gesicht war verzerrt vor Wut. »Sir – die Flotte!«

Augenblicklich schrie Dudley alarmiert auf. »Die Flotte? Die Schiffe sind doch nicht im Sturm gesunken?«

»Nein, sie liegen sicher im Hafen von Yarmouth, aber sie sind zu Maria übergelaufen!«

Herzog Dudley starrte seinen Sohn an, dann begann er zu fluchen. »Nein! Das würden sie nicht tun!«

»Sir Henry Jernigham hat das getan, Sir«, sagte Jack Dudley voll Bitterkeit. »Er ritt nach Yarmouth und stachelte die ganze Flotte zur Meuterei gegen uns auf!«

Brighton war nahe genug bei William, um ihm zuzuflüstern: »Damit sind wir erledigt!«

»Wir können auch ohne die Flotte gewinnen!«

Brighton starrte den jungen Mann angewidert an. »Und womit wollen wir kämpfen?«

»Das Volk wird sich erheben«, sagte Will voll Vertrauen. »Es wird keine katholische Herrscherin auf dem Thron dulden.«

Aber das Volk erhob sich nicht. Als Stunden und Tage vergingen, wurde es offenkundig, dass das einfache Volk auf Marias Seite stand. Dudley setzte in Verzweiflung alle Kräfte daran, die kleine Frau zu fassen, aber sie saß sicher in den Türmen von Schloss Framlingham.

Nun begann Will zu hören, wie das »einfache Volk« murmelte: »Es ist nicht richtig, dass man Lady Maria um ihr Geburtsrecht betrügt!«

Einmal versuchte Will, mit einem Schmied zu argumentieren, der vor seiner Werkstatt stand. »Willst du die Inquisition hier in England haben wie in Spanien?«

»Weiß nichts davon«, sagte der Mann trotzig. »Aber Maria ist nun mal die Tochter Heinrichs VIII.!«

Will starrte den Mann an, dann wandte er sich ab. Er sah, dass Leutnant Brighton dem Gespräch zugehört hatte. »Sind das die einfachen Leute, die dafür kämpfen werden, Jane auf den Thron zu setzen?«, verlangte er mit rauer Stimme zu wissen.

»Wir werden siegen!«

Brighton starrte Will an, als hätte er etwas ausgesucht Dummes gesagt. Er schüttelte den Kopf, trat zu seinem Pferd, saß auf und beugte sich dann hinunter. »Ihr solltet lieber mit mir kommen, Junge.«

Will starrte ihn an. »Wohin?«

»Nach Frankreich – oder vielleicht nach Holland.«

»Ihr desertiert?« Will wollte seinen Ohren nicht trauen. »Es ist noch nicht vorbei! Wir können immer noch gewinnen!«

Brighton warf ihm einen traurigen Blick zu. »Maria hat gewonnen, Wakefield. Und jeder, der Jane Grey unterstützt hat, sollte lieber auf sich achtgeben, denn sein Kopf wird nicht mehr lange auf den Schultern sitzen, sobald Maria einmal gekrönt ist. Jeder Einzelne von uns wird den Kopf auf den Block legen müssen!«

★ ★ ★

Tatsächlich, wie durch ein Wunder hatte Maria gesiegt.

Diese adrette alte Jungfer war verkleidet durchs Netz geschlüpft mit einer winzigen Begleitmannschaft von sechs Edelleuten. Alle hatten sie zu bewegen versucht, sie möge nach Frankreich fliehen, aber sie weigerte sich. Sie war allein, ohne Geld, ohne Waffen und ohne Ratgeber. Sie ritt nach Framlingham, einer der stärksten Festungen im ganzen Königreich, und gelangte sicher dort an.

Dann geschah das Wunder. Die Menschen begannen, sich um sie zu scharen. Als Erster Sir Henry Bedingfeld, dann Sir Henry Jerningham, dann viele andere – bis innerhalb weniger Tage ihre Armee auf dreizehntausend Mann angewachsen war, alles Freiwillige. Viele Bauern kamen, manche mit langen Bogen bewaffnet, andere mit Heugabeln. Sie wussten nicht viel über Maria, aber sie waren überzeugt, dass man sie um ihr Geburtsrecht betrogen hatte, und sie scharten sich um sie.

Sie fanden eine kleine Frau mit einer mächtigen Stimme vor, die an ihren berühmten Vater erinnerte. Sie hörten sie lachen und sahen sie nicht weinen. Sie nahm die Parade ihrer Truppen ab, und obwohl ihre Jubelschreie sie in Verlegenheit brachten, eilte sie geschäftig zwischen den Abteilungen hin und her und zeigte sich stolz auf sie.

Schließlich kam der Tag, an dem sie die Nachricht erreichte, dass Herzog Dudley ein Gefangener war und seine Söhne mit ihm zusammen verhaftet worden waren. Maria war in jeder Stadt Englands zur Königin ausgerufen worden, und die »Herrschaft« Janes war vorbei!

Maria sammelte augenblicklich ihre Truppen und zog nach London. Ihr Hauskaplan begleitete sie, während sie durch Städte und offenes Land ritt, die widerhallten von Glockengeläut und Gesang und wie von Sinnen vor Freude über ihren Triumph waren. Sie wandte sich ihrem Kaplan zu und sagte: »Gott hat mich auserwählt, so dumm und schwach ich auch bin, um seine Dienerin zu sein!«

»Amen!« Der Hauskaplan, Bischof Clapton, war ein hochgewachsener, breitschultriger Mann. »Nun wird die wahre Kirche für immer in England verwurzelt sein!«

»Ich möchte niemand gegenüber grausam sein, Bischof«, sagte Maria nachdenklich. »Mein Vater schickte viele in den Tod, aber ich möchte, dass man mich als ›Gute Königin Maria‹ in Erinnerung behält.«

Bischof Clapton starrte sie an, dann sagte er diplomatisch: »Wir werden gewisslich dafür beten, denn Nächstenliebe ist die vornehmste aller Tugenden. Es werden jedoch einige sein, die Euer Majestät nicht willkommen heißen. Euer Vater hat sich vom katholischen Glauben losgesagt, und Euer Bruder, König Edward, hat den Protestantismus im Land eingeführt.«

»Die Wahrheit wird angenommen werden, wenn wir die Menschen richtig lehren«, sagte Maria mit glühender Leidenschaft. »Unser Volk muss die Häresie zurückweisen, die mein Vater und mein Bruder eingeführt haben!«

In diesem Augenblick erschien plötzlich eine große Gesellschaft, die eilig auf sie zuritt. Viele Damen und adelige Herren in glitzernden Kostümen und Rüstungen kamen und dann Hunderte Reiter in Weiß und Grün. Ihre Mäntel aus Satin und Samt schimmerten wie die Wellen des Meeres. An ihrer Spitze ritt eine hochgewachsene Frau, deren Haar wie reifes Korn leuchtete.

»Eure Schwester, Lady Elisabeth, ist gekommen, um Euch nach London zu geleiten«, bemerkte der Bischof.

Beim Anblick Elisabeths wurde Marias Gesicht hart, und sie sagte so leise, dass der Bischof es kaum noch hören konnte: »Und sie wird genauso wie alle anderen die wahre Religion annehmen müssen!«

»Ich begrüße Euer Majestät!« Elisabeth hielt ihr Pferd an. Ihr Gesicht strahlte. »Wir sind gekommen, um Euch in Eure Hauptstadt zu begleiten.«

»Ihr habt Euch ziemlich rasch von Eurer Krankheit erholt«, sagte Maria. Eine gewisse Schärfe schwang in ihrer Stimme mit.

»Als ich vom Sieg Eurer Majestät hörte, blieb mir nichts anderes übrig, als rasch wieder gesund zu werden!«

Maria hatte bereits davon gehört, wie Elisabeth aus den Klauen Dudleys entkommen war, und verlangte nun zu wissen: »Wer hat

Euch gewarnt, dass die Einladung des Königs eine Falle war, die Euch in Dudleys Hände locken sollte?«

»Nun, ich habe es erraten, Madam.«

»Ihr seid sehr klug.«

»Nicht klüger als Euer Majestät«, protestierte Elisabeth.

»Ich erhielt eine Botschaft, die mich warnte«, sagte Maria in bitterem Ton. Im Stillen dachte sie: *Sie ist klüger als ich. Ich hätte nie erraten, dass es eine Falle ist.*

Elisabeth sagte rasch: »Ich dachte eher daran, wie Euer Majestät über den Feind triumphiert hat. Kein General hätte es besser machen können. Der Wille des Volkes hat Euch auf den Thron gehoben!«

»Es war der Wille Gottes!«, sagte Maria scharf.

Plötzlich wusste Elisabeth, dass dies der wirklich einschneidende Unterschied zwischen ihr selbst und Maria war. Elisabeths Glaubenssatz war es, dem Volk zu vertrauen; Maria kümmerte sich wenig darum. Maria war überzeugt, wie Elisabeth nun sah, dass ihr Aufstieg an die Macht ein Akt der göttlichen Vorsehung war. Sie spürte einen leisen Stich der Furcht, denn die milden Augen ihrer Halbschwester waren zornig. »Ja, der Wille Gottes«, stimmte sie eilig zu.

Maria starrte Elisabeth an, dann blickte sie auf die vornehmen Herren, die sich hinter ihr drängten. Einer von ihnen fesselte ihre Aufmerksamkeit, und sie hob die Stimme und rief: »Sir Myles Wakefield!«

Myles trieb sein Pferd näher heran und verbeugte sich im Sattel. »Euer Majestät, es ist mir eine Freude, Euch zu sehen.«

Marias Augen wurden schmal. »Ich sehe Euren Sohn nicht, Wakefield.« Sie sah Elisabeth zusammenschrecken und begriff die Wahrheit. »Ich habe gehört, dass Euer Sohn sich mit dem Verräter Dudley zusammengetan hat. Ist das wahr?«

Myles hob den Kopf und antwortete mit klarer Stimme: »Ich fürchte ja, Euer Majestät. Ich bitte um Gnade für seine Jugend und Unerfahrenheit.«

Wakefields offene Art erregte die Bewunderung der neuen Königin. *Dies wird mein erster Akt der Barmherzigkeit sein*, dachte sie und sagte laut: »Mein Vater hätte ihn schleifen und vierteilen lassen – aber wir wollen Gnade erweisen.«

»Ich danke Euer Majestät«, sagte Myles aus tiefstem Herzen. »Es tut gut, eine Monarchin zu haben, die sich der Macht der Vergebung bewusst ist.«

Maria nickte und ritt weiter, und Elisabeth wandte ihr Pferd zur Seite, sodass sie Zügel an Zügel mit Myles ritt. »Sie ist anders als sonst«, murmelte sie.

»Das ist die Wirkung der Macht«, antwortete Myles. »Aber es könnte eine Veränderung zum Besseren sein. Sie sprach die Wahrheit, was meinen Sohn angeht. Euer Vater ließ viele wegen geringerer Vergehen hinrichten.«

Elisabeth beobachtete Maria sorgfältig. Sie merkte, dass die Leute sie anstarrten statt Maria, und ihre Ohren fingen die Worte auf:

»Das ist die Rote!«

»König Heinrichs Tochter, kein Zweifel!«

»Seht nur das Haar an! Eine echte Tudor!«

Eine der Frauen warf eine Blume, eine rote Rose, und Elisabeth fing sie auf und winkte damit der Menge zu, die applaudierte und vor Freude schrie.

In diesem Augenblick jedoch wandte Maria sich im Sattel um und starrte Elisabeth an. Myles fuhr zusammen, denn der flammende Zorn auf dem Gesicht der Königin war unverkennbar. Als sie sich wieder von ihnen abwandte, murmelte er: »Macht Euch nicht *allzu* beliebt beim Volk, Lady Elisabeth.«

»Nein, das wäre nicht gut für die Gesundheit.« Elisabeth warf ihm einen verstohlenen Blick zu, dann sagte sie: »Sagt Eurem Sohn, er soll sich von Ketzern fernhalten, Myles. Maria wird ihn unter Beobachtung halten – und Euch ebenfalls.«

Die Kavalkade ritt weiter und zog in die Innenstadt von London ein. Die Sonne sank im Westen, und die Straßen waren ein Meer verschwommener weißer Gesichter. Die Leute jubelten laut, und der neuen Königin Englands schien es, dass ebenso viele ihrer Un-

tertanen ihrer rothaarigen Schwester zujubelten wie ihr, der rechtmäßigen Monarchin. *Sie lieben sie, wie sie mich niemals geliebt haben*, dachte sie betrübt. Sie warf Elisabeth einen Seitenblick zu, nickte ein wenig und fasste den Entschluss: *Sie mögen Elisabeth lieben, aber sie werden mir gehorchen!*
In diesem Augenblick war Maria von einem einzigen Gedanken besessen: Die katholische Kirche sollte in England wieder an die Macht kommen. Wenn dafür Blut vergossen werden musste, so sollte es sein! Ein Gefühl der Macht durchströmte ihren kleinen Körper, und sie saß steif aufgerichtet auf ihrem edlen Pferd, in Gedanken bei dem herrlichen Tag, an dem all ihre Untertanen in der Wahrheit wandeln würden – und nicht in der protestantischen Ketzerei!

4

EIN EHEMANN FÜR MARIA

Wie ein Schauspieler, der seine Rolle mit viel Überschwang, aber eher schlecht gespielt hat, schlich das Jahr 1553 davon und machte einer neuen Truppe Platz. Das alte Jahr wurde von den Kirchen Englands ausgeläutet, und die Glocken feierten die Thronbesteigung Königin Marias, und ihr einst so kränklicher Bruder Edward verblasste bereits zu schemenhafter Erinnerung.

Die Anhänger der protestantischen Sache weinten um den Knabenkönig, der im Gehorsam gegenüber den Wünschen seines Vaters alles getan hatte, um »die neue Religion« zu fördern und den Katholizismus auszurotten. Auf der anderen Seite beobachteten die Katholiken Englands mit großer Aufmerksamkeit Maria, die nun auf dem Thron saß, und hofften, die alte Religion würde wieder eingeführt werden.

Am fünften Januar betrat Elisabeth den Raum, in dem die neue Monarchin wartete. Die beiden Frauen beobachteten einander sorgfältig. Maria, die etwas kurzsichtig war, wartete einen Augenblick und sagte dann: »Guten Morgen, Schwester. Ihr habt gut geschlafen, nehme ich an?«

»Sehr gut, Euer Majestät, und ich hoffe, bei Euch war es ebenso?« Elisabeth trug ein eher einfaches Kleid, das überhaupt nicht zu ihrem üblichen, eher verschwenderischen Stil passte. Sie war der Meinung, dass es vielleicht klüger war, etwas zurückhaltender aufzutreten, jedenfalls so lange, bis sie herausgefunden hatte, wie die Dinge zwischen ihr und der älteren Schwester standen. Die beiden Frauen unterhielten sich einen Augenblick, dann sagte Maria: »Ihr möchtet gewiss die Juwelen sehen, die ich geerbt habe. Ja, sogar die Stücke sind darunter, die aus dem Grab des seligen Märtyrers, Sir Thomas

Becket, geraubt wurden. Sein Grab war die Zierde der Christenheit, und es wurde geplündert, um alberne Ringe und Halsketten für den König und die Königin von England zu machen. Seht her!« Sie hielt einen großen roten Rubin in die Höhe, der in rotem Feuer aufloderte, als er die Strahlen der Morgensonne auffing – ein Glänzen, das Elisabeth in Marias Augen reflektiert sah, als sie mit scharfer Stimme hinzufügte: »Eure Mutter hat ihn getragen. Würdet Ihr ihn auch gerne tragen, Schwester, an Euren zierlichen Händen, die Ihr so gerne aller Welt zur Schau stellt?«

Elisabeth errötete vor Verlegenheit. Sie war immer peinlich berührt, wenn irgendjemand eine Bemerkung über ihre Mutter machte, vor allem, wenn eine solche Bemerkung von Maria kam. Maria konnte natürlich nicht vergessen, dass Heinrich ihre eigene Mutter, Catherine, wegen Anne Boleyn verstoßen hatte.

Elisabeth schüttelte den Kopf. »Mir liegt nichts an solchen Dingen. Wann habt Ihr mich Juwelen tragen oder mein Haar auffrisieren gesehen, wie es die modebewussten Frauen tun?« Sie berührte ihr Haar, in der Hoffnung, das Thema wechseln zu können. »Gefällt Euch meine Frisur jetzt?«

»Nein«, sagte Maria. »Die Schrift sagt uns, das Haar sei die Krone einer Frau. Ich sehe keinen Sinn darin, alles unter ein Netz oder eine Kappe zu stopfen, wie Ihr es tut.« Und dann fuhr sie sie voll Erbitterung an: »Es sei denn, es fällt durch irgendeinen wirklich merkwürdigen Zufall in einer flammenden Aureole heraus, wie es bei unserem Einzug in London geschah.«

Elisabeth hatte gewusst, dass Maria ihr die Aufmerksamkeit der einfachen Leute übel nahm, aber ihr fiel keine Antwort ein.

»Ach, macht, was Ihr wollt«, sagte Maria. »Aber ich habe wegen einer wichtigeren Angelegenheit als Kappen, Kleider und Frisuren nach Euch gesandt.« Sie erhob sich von ihrem Sitz, trat drei Schritte aufs Fenster zu, dann starrte sie einen Augenblick lang hinaus und beobachtete einen Schwarm Amseln, die mit heiseren Schreien vorbeiflogen. Sie schienen sie zu faszinieren, und sie beobachtete sie so lange, dass Elisabeth sich bereits fragte, ob ihre Schwester sie vergessen hatte. Dann wandte Maria sich um und schritt zurück. Vor Elisabeth blieb sie stehen und blickte ihr ins Gesicht. »Ich habe nach Euch gesandt, weil Ihr gesagt habt, Ihr braucht Bücher, ehe Ihr Euch der wahren Kirche zuwendet. Ihr verlangt nach Büchern, als wäre die Religion eine intellektuelle Übung, aber was ist mit Eurem Gewissen und Eurer Seele?«

»Ich bedaure es, dass ich Euch in dieser Hinsicht enttäusche. Es liegt einfach daran, dass ich nicht dieselbe Erziehung genossen habe wie Ihr und mir alles schwerer fällt.«

»Aber warum habe ich Euch letzten Sonntag nicht in der Messe gesehen?«

»Ich war krank«, sagte Elisabeth schlicht. »Ich bin nicht gesund, müsst Ihr wissen.«

Maria starrte sie an, keineswegs zufriedengestellt von der Erklärung, aber sie wusste, dass Elisabeth nie einfach zu durchschauen gewesen war. Sie wechselte das Thema und sagte: »Mein erster Parlamentsakt wird darin bestehen, meine Mutter wieder in ihre Rechte als die vor dem Gesetz angetraute Gattin König Heinrichs einzusetzen und daher mich selbst als das einzige überlebende eheliche Kind. Ist Euch das klar, Elisabeth?«

»Euer Gnaden könnten nicht klarer sprechen.«

»Habt Ihr etwas dagegen einzuwenden? Ihr seht nicht gerade glücklich aus.«

»Welchen Einwand könnte ich erheben? Ich hatte eine Mutter, wie auch Euer Gnaden eine hatte. Ich habe nicht das Glück, sie in derselben Erinnerung zu haben wie Ihr Eure heiligmäßige Mutter. Ich habe keinen Grund, in der Öffentlichkeit Einwände zu erheben, aber gestattet mir wenigstens, mich im stillen Kämmerchen darüber zu grämen, dass man ihr Andenken mit Schmutz bewirft.«

Maria starrte Elisabeth an, die kleinen Augen halb geschlossen. All die Jahre hatte sie dieses junge Mädchen mit sehr gemischten Gefühlen betrachtet, und jetzt – Königin oder nicht – fühlte sie sich alt und unfähig, mit ihr zurechtzukommen. Sie machte eine unbehagliche Bewegung mit den Schultern, dann streckte sie die Hand aus und berührte nervös ihr Haar. »Ihr wisst, dass meine Ratgeber mich bedrängen zu heiraten.«

»Das habe ich gehört.«

»Nun, ältere Frauen als ich haben geheiratet und Kinder bekommen. Ich bin noch nicht einmal achtunddreißig, obwohl das einer, die noch nicht einmal zwanzig ist, gewiss steinalt vorkommen muss.«

Elisabeth sah nun ebenfalls etwas nervös aus. Jahrelang hatte sie Maria als alte Jungfer betrachtet. »Madam, vergebt mir, dass ich mir niemals Gedanken über Eure Eheschließung gemacht habe, aber das liegt daran, dass ich für mich selbst ebenfalls niemals daran gedacht habe.«

»Nein?«, fragte Maria.

»Nein, Madam, ich hatte wenig Grund, in den vergangenen Jahren an eine Eheschließung zu denken.«

Maria schämte sich plötzlich dafür, dass sie ihre Schwester auf diese Weise reizte, und sagte: »Nun, ich kann Euch versichern, Elisabeth, ich habe ebenfalls nicht daran gedacht. Aber nun scheinen sie alle wild entschlossen, mich zu verheiraten. Das Problem ist, dass sie mir alle junge Männer anbieten, etwa halb so alt wie ich. Ihr Favorit ist Edward Courtenay, der erst vierundzwanzig Jahre alt ist.« Und dann platzte sie mit der Frage heraus: »Was haltet Ihr von ihm, Schwester?«

Elisabeth antwortete: »Er sieht natürlich gut aus, ein sehr hübscher junger Mann, aber wohl kaum passend.«

»Vielleicht nicht für mich, aber er ist nur fünf Jahre älter als Ihr.« Sie lächelte unerwartet – ein Lächeln, in dem Bosheit lauerte – und sagte: »Ich habe ihn sagen gehört, wenn Ihr keine Dame von Hofe wärt, so wärt Ihr gewiss eine erfolgreiche Kurtisane.«

»Nun, das hört sich kaum nach einem zukünftigen Gatten an«, sagte Elisabeth ruhig.

Die beiden Frauen unterhielten sich noch einige Augenblicke lang, wobei Elisabeth beiläufig bemerkte, dass der Kaiser von Spanien an einer Eheschließung für seinen Sohn interessiert sei, und dann sagte sie: »Bestand nicht ein Plan, als ich ein kleines Mädchen war, Euch mit dem Kaiser und mich mit Prinz Philipp zu verheiraten?«

Maria schüttelte den Kopf. »Wie gewöhnlich wurde nichts daraus. Ich frage mich, warum?«

Elisabeth antwortete leidenschaftlich: »Weil wir beide zu Bastarden erklärt worden waren, und als der Kaiser verlangte, dass wir in unsere Rechte wiedereingesetzt würden, wollte unser Vater nicht zurücknehmen, was er gesagt hatte.«

Marias Mund spannte sich auf charakteristische Weise an, wie immer, wenn sie eine Bemerkung als schmerzlich empfand – als hätte sie in etwas Saures gebissen. Sie ließ die Worte nur widerwillig über die Lippen dringen. »Ich habe an Philipp gedacht.« Das Eingeständnis schien ihr peinlich zu sein, und sie schüttelte den Kopf und sagte: »Ach was, die Ratgeber werden darüber reden, damit hat es sich.« Dann hob sie eindringlicher die Stimme, und jäher Zorn schien sie zu überkommen, als sie sagte: »Und seid nächsten Sonntag in der Messe und jeden Sonntag. Habt Ihr mich gehört, Elisabeth?«

»Ja, natürlich, Euer Majestät. Ihr müsst mir Zeit geben. Ich habe noch viel zu lernen.« Dann fügte sie hinzu: »Wenn ich jetzt in mein Studierzimmer zurückkehren dürfte, könnte ich mehr über die alte Religion lernen.«

»Dann geht.«

Sobald Elisabeth die Tür hinter sich geschlossen hatte, ging Maria ans Fenster und starrte wieder hinaus, schweigend, tief in Gedanken versunken. Während sie hinausblickte, brach sie schließlich die Stille im Raum. »Philipp ... wenn es nun Gottes Wille für mich wäre, dass ich Philipp heirate?«

Aber Maria sollte nicht glücklich werden, so hoch sie auch ihre Hoffnungen gesteckt hatte. Es hatte ihr bereits das Herz gebrochen, als die Vornehmen zwar ihren Irrtum gegenüber dem Papst eingestanden hatten, sich aber strikt geweigert hatten, auch nur ein Fitzelchen des Kircheneigentums, das sie an sich gerissen hatten, wieder herauszugeben. Dann war da die veränderte Haltung des einfachen Volkes bei ihrer Krönung, wo es notwendig geworden war, alle möglichen Vorsichtsmaßnahmen zu treffen, um sie vor denselben Menschen zu beschützen, die sich bei ihrem Einzug in London vor Freude heiser gebrüllt hatten.

Sie machte ihre ersten Versuche, den Katholizismus wiedereinzuführen, und ließ die Messe in aller Öffentlichkeit lesen, obwohl es nach den bestehenden Gesetzen des Landes noch illegal war. Einige waren froh, sie wieder zu hören, und sogen in tiefen Zügen den Klang des Lateins ein, den sie vermisst hatten. Sie wollten wieder den Klang der Kirchenglocken hören, der so tröstlich war in der schwarzen Stille der Nacht; sie wollten wieder Licht in den Gästehäusern der Klöster sehen, die lange dunkel gewesen waren und keinem müden Wanderer ein Willkommen geboten hatten.

Aber das war die ältere Generation. Die jüngeren Leute verlangte es nach einer Veränderung. Sie glaubten, die Welt sei aus ihrer Dunkelheit herausgetreten, und nun wollten sie nicht ins Dunkel zurückkehren – um sich wie Kinder schelten und mit den alten Geschichten von der Hölle und dem Fegefeuer ängstigen zu lassen. Rom war das Monstrum, der heimliche Eindringling, und die tastenden Finger ferner Länder stahlen dem Land das Geld und überschwemmten es mit Ausländern.

England befand sich in Wahrheit im Taumel eines neuen nationalen Stolzes. König Heinrich hatte ihnen keine militärischen Eroberungen oder Siege verschafft, aber er hatte ihnen ein Gefühl des Einsseins gegeben. Er hatte das getan, indem er sie von der katholischen Kirche abgetrennt hatte – und der jüngeren Generation schien es, dass England mit einem einzigen riesigen Satz einen großen Schritt in die Zukunft gemacht hatte.

Englands Königin jedoch erschien das als Blindheit. Wie Maria es sah, war England in die Dunkelheit zurückgekehrt. Es war ihre Mission, das Land auf »die Wege meines Vaters« zurückzurufen. Sie würde die Messe und die alte Treue zu Rom wiedereinführen. Sie hatte etwas noch weit Schlimmeres vor, wie die Gerüchte behaupteten, und das war, die spanische Inquisition ins Land zu bringen.

Aber Marias größtes Problem bestand im Augenblick darin, was sie mit Prinzessin Elisabeth anfangen sollte. Sie wusste um Elisabeths Popularität – und fürchtete sie. Schließlich machte sie eine einzige Handbewegung, die die Sache ein für alle Mal entschied.

Königin Maria veranstaltete ein Bankett, an dem alle Adeligen, der ganze Hofstaat, anwesend waren und sorgfältig beobachteten, was geschah. Elisabeth machte einen tiefen Hofknicks, als die Königin vorbeischritt, und erhob sich, um ihr zu folgen, wie es ihr zustand – dann erstarrte sie auf der Stelle. Maria hatte nicht ihrer Schwester die Hand entgegengestreckt, damit sie den Vorsitz übernahm, sondern ihrer Cousine, der Herzogin von Suffolk, der Mutter von Jane Grey.

Elisabeth erbleichte, denn durch diese Handlung erklärte die Königin in aller Öffentlichkeit, dass sie die Mutter einer verurteilten Aufständischen als die zweite Dame am Hof betrachtete – anstelle ihrer eigenen Schwester! Es konnte kein deutlicheres Zeichen geben, dass Maria sich weigerte, Elisabeth als Erbin des englischen Throns anzuerkennen.

Augenblicklich wirbelte Elisabeth herum, riss sich los und rannte in ihre eigenen Gemächer. Sie wusste, dass es hier um mehr als eine bloße Beleidigung ging. Die Gunst der Königin zu verlieren, konnte eine bloße Formalität sein – oder es konnte den Tower bedeuten. Elisabeth brach in einen ihrer blinden Wutanfälle aus. Sie lief im Raum auf und ab, ein Wirbelsturm raschelnder Seide, fluchte mit schockierender und überraschender Wortgewalt und schlug nach allem, was ihr in die Quere kam. Sie hatte eine erstaunliche Ähnlichkeit mit ihrem Vater, Heinrich VIII., bei einem seiner Tobsuchtsanfälle. Jedenfalls erschien es ihrem Sekretär so, Mr Parry, der an seinem Schreibtisch saß und versuchte sich unsichtbar zu machen. Schließlich jedoch wandte sie sich ihm zu.

»Schreibt meiner Schwester, dass ich den Hof verlasse.« Als Parry zögerte, sagte sie: »Idiot, tu, was ich dir sage! Warum zittert deine Hand? Was murmelst du da? Sie wird ihre Erlaubnis geben. Sie wird es tun!«

* * *

Maria Tudor war eine wohlmeinende Frau mit rigiden moralischen Grundsätzen – eine schlichte, überaus aufrichtige Frau mit einem engen Horizont und geringer Lebenserfahrung. Sie war hoffnungslos verloren in der komplizierten, prinzipienlosen Welt der hohen Politik und hatte nicht die Zähigkeit, die für eine erfolgreiche Monarchin unabdingbar ist – wie man es bei Elisabeth beobachten konnte. Man war allseits überzeugt, dass Maria einen Gatten brauchte, der ihr die Last der Regierungsgeschäfte abnahm, aber zur Enttäuschung und Bestürzung des ganzen Landes machte Königin Maria klar, dass sie keinen Engländer zum Mann nehmen würde. Als sie ankündigte, dass sie vorhatte, den Sohn des Kaisers, Philipp von Spanien, zu heiraten, ging eine Welle des Zorns durch England, wie man sie schon lange nicht mehr gesehen hatte.

Der Widerstand gegen die spanische Eheverbindung schwoll rasch an, aber Maria klammerte sich an ihre Entscheidung. »Ich weiß, dass es Gottes Wille für mich ist, dass ich Philipp heirate«, beharrte sie, und nichts konnte ihre Meinung ändern. Sie kümmerte sich nicht um jene Freunde und Ratgeber, die sie vor dem Sturm zu warnen versuchten, der ausbrechen würde, wenn sie ihre Pläne ausführte. Das Ergebnis war, dass es im Februar 1554 zu der ernsthaftesten Revolution gegen die Autorität der Krone von England kam, die je in den Annalen der englischen Geschichte verzeichnet stand. Sir Thomas Wyatt und seine Männer von Kent waren tatsächlich nahe daran, dass die Hauptstadt in ihre Hände geriet. Dass sie scheiterten, lag zu einem großen Teil an Marias eigener Tapferkeit – und ihrer hartnäckigen Weigerung, sich von Gewalt einschüchtern zu lassen. Sie ignorierte die Ratschläge, sich um ihre eigene Sicherheit zu kümmern, fuhr in die Stadt hinunter und hielt eine Kampfrede in der überfüllten Guildhall – eine Rede, wie sie selbst Elisabeth nicht besser zustande gebracht hätte. Da stand sie mitten in der Schlacht und wich und wankte nicht, eine tapfere kleine Gestalt, die von der Galerie über dem Pförtnerhaus die Nachricht ausschickte, dass sie keinen

Zoll zurückweichen würde, und ihr Volk, ihre Soldaten zusammenrief, die Rebellion niederzuschlagen.

Marias Streitkräfte triumphierten, aber die Königin konnte sich nun nicht länger den Luxus erlauben, ihren Feinden Gnade zu erweisen. Ihre Ratgeber sagten ihr: »Es ist an der Zeit, dass Köpfe rollen.«

Bald tat Königin Maria, die den Thron in der Absicht bestiegen hatte, als die »Gute Königin Maria« in die Geschichte einzugehen, den ersten Schritt auf dem Weg, mit dem sie sich den Titel »Maria die Blutige« verdienen sollte.

★ ★ ★

Lady Jane Grey wurde am zwölften Februar auf dem Tower Green enthauptet. In der letzten Nacht ihres Lebens schrieb sie Briefe, in die sie in diesen letzten Stunden ihre ganze Seele legte. Es wurde dunkel, als ihre Zofen ihr Kerzen brachten und die sinkende Nacht aussperrten. Sie bat darum, wieder alleingelassen zu werden, und sie sprachen unter Tränen in sanften Worten mit ihr. Schließlich, als sie allein war, holte sie ihre Flöte hervor, sang dann ein Lied und ein Abendgebet. Aber schließlich entglitt die Flöte ihren Fingern, Tränen sprangen ihr heiß in die brennenden Augen, und beinahe hätte sie sich in den Schlaf geweint. Aber sie dachte: *Was brauche ich jetzt zu schlafen, da ich doch bald schlafen und nie wieder aufwachen werde?*

Dennoch sank sie in Schlaf, und sie träumte von ihrer Kindheit. Wie sicher hatte sie sich im großen Haus ihres Großvaters gefühlt! Sie erinnerte sich an die warmen, roten Mauern, die eindrucksvollen Obstgärten und die Gärten voll duftender Blumen. Sie träumte von dem Forellenbach, der über die glatten Steine sprudelte, und sie erinnerte sich an den Wunschbrunnen, an dem sie mit ihren Lehrern gesessen hatte – wo sie den Wunsch ausgesprochen hatte, dass sie und Maria und Elisabeth immer gute Freundinnen sein würden.

Sie war wach, als die beiden Hofdamen sie abholten und dann mit ihr zur Richtstätte schritten. Sie weinten, aber Jane selbst war ruhig.

In einer kurzen Ansprache auf dem Schafott gestand sie ein, dass sie Unrecht getan hatte, als sie die Krone angenommen hatte. Sie bat die Umstehenden, Zeugen zu sein, dass sie als gute Christin starb, die ihre Hoffnung auf Erlösung »auf nichts anderes setzte als auf das Erbarmen Gottes und die Verdienste des Blutes seines einzigen Sohnes, Jesus Christus. Und nun, ihr guten Leute«, endete sie, »bitte ich euch, mir mit euren Gebeten Beistand zu leisten, solange ich noch lebe.« Im letzten schrecklichen Augenblick hatte dieses junge Mädchen, mochte es auch zerbrechlich wie ein Schilfrohr sein, die Kraft, dem protestantischen Glauben treu zu bleiben und den seit Jahrhunderten üblichen Trost der Gebete für die Toten zurückzuweisen.

Ihre Augen wurden mit einem Tuch verbunden. Dann war sie allein und tastete in der Dunkelheit herum. Jemand trat vor, um sie zu führen, und sie legte den Kopf auf den Block, streckte sich aus und sagte: »Herr, in deine Hände empfehle ich meinen Geist.« Dann tat der Henker den tödlichen Schlag. Später an diesem Tag wurden die hingemetzelten Überreste von Heinrichs VIII. ältester Großnichte ohne alle Feierlichkeiten in ein Grab geworfen, in dem sie zwischen seinen beiden kopflosen Königinnen, Anne Boleyn und Catherine Howard, ihre letzte Ruhestätte fanden.

★ ★ ★

Elisabeth bestieg die Sänfte, die bereitstand, um sie in den rauchigen, dunklen Dunst der Stadt zu bringen. Sie ging auf Befehl der Königin. Es hatte keinen Sinn gehabt, sich krank zu stellen, der Befehl war unmissverständlich.

Sie versuchte für Janes Seele zu beten, die kleine Jane, die sie liebte. Jane hätte sie niemals so behandelt. Ihre letzten Worte auf dem Schafott widerhallten in Elisabeths Gedächtnis: »Ihr guten Leute, betet für mich, solange ich noch am Leben bin.«

Elisabeth sah Jane und sich selbst immer als zwei kleine Mädchen vor sich, wenn sie an sie dachte. Sie erinnerte sich an eine Weihnachtsparty, auf der Maria, die freundliche ältere Cousine, ihr fünf

Meter gelben Satins geschenkt hatte, um sich einen Rock daraus zu machen, und eine Halskette aus Gold und Perlen um ihren mageren Nacken gelegt hatte. Heute hatte Marias Scharfrichter diesen zierlichen Nacken durchhauen.

Ihr Leben lang hatte Elisabeth ihre Schwester immer als die arme alte Maria betrachtet, eine alte Jungfer, die immerzu kränkelte, ohne Kraft oder Motivation. Aber nun handelte Maria so kühn und schnell, wie Heinrich VIII. selbst es getan hätte. Für Jane hatte das den Tod bedeutet. Elisabeth fragte sich, was es wohl für sie selbst bedeuten würde.

Sie betrat den White Hall Palast durch den Garten, und sie wurde in die große Halle geführt. Sie nahm ihre Kraft zusammen, machte sich bereit, Maria in die Augen zu schauen, nach den Zeichen des Todes zu forschen. Sie hätte sich die Mühe sparen können; die Königin weigerte sich, sie zu sehen.

Drei Wochen lang wartete sie in ihrem Zimmer in White Hall, immer von Wachen umgeben, um herauszufinden, was Maria mit ihr vorhatte. Sie wusste natürlich, dass man die Königin drängte, diese Gelegenheit zu nutzen und ihrer Schwester den Kopf abzuschlagen, aber Maria schien es nicht eilig zu haben. Stattdessen reiste die Königin nach Oxford, um das Parlament zu eröffnen und ihre Lords zu bitten, Elisabeth sicher zu verwahren. In dieser Zeit konnte Elisabeth zum ersten Mal wieder ruhig atmen.

Rund um sie wartete England und regte sich unbehaglich, wie ein Händler es in Worte fasste: »Diese Lady, Elisabeth, sie war der eigentliche Anlass für Wyatts Aufstand.« Zeugen hatten geschworen, dass Elisabeth an Thomas Wyatts Bemühungen, die Krone zu stürzen, beteiligt gewesen sei, aber sie war freigesprochen worden.

Elisabeth wusste, dass die Verfolgung durch Maria begonnen hatte. Die kleine Lady Jane lag nun in ihrem Grab, und die Holzbauern in ihrer Heimat erhoben sich, nahmen ihre Äxte und hieben den Eichen die Wipfel ab, um ihren Zorn und ihre Trauer über ihren Tod zu bekunden. Die alte Goody Carickle war vor einigen Monaten lebendig verbrannt worden, weil sie sich dem Kreuz auf den

Knien genähert hatte; der junge Tom aus Ramsun war gestäupt worden, weil er sich weigerte, vor demselben Kreuz zu knien. Pfarrer Smith hatte eine hohe Geldbuße bezahlen müssen, weil er seinen Dorfmädchen nicht erlaubt hatte, vor dem Bildnis der Jungfrau zu beten, und Pfarrer Manley wurde an den Pranger gestellt, weil er ihr Bildnis auf den Misthaufen geworfen hatte. In ganz England wurden Heiligenbilder gestürzt und wieder aufgestellt. Elisabeth begann zu fürchten, dass Maria einen Sturm entfesselt hatte, den nur ein Bürgerkrieg wieder stillen konnte.

Schließlich erschien eine Abordnung von neun Mitgliedern des Rates der Königin und befragte Elisabeth stundenlang. Sie sagten ihr, Wyatt habe sie beschuldigt, die treibende Kraft hinter der Revolution gewesen zu sein. »Gesteht«, sagten sie. »Sie haben alles ausgeplaudert. Gesteht und Ihr sollt begnadigt werden.«

Die Gesichter der Ratsherren verschwammen Elisabeth vor den Augen. Sie sah sich nach einem freundlichen Gesicht um und entdeckte eines. Es gehörte einem hochgewachsenen, klobigen, ältlichen Mann mit einem rosigen Gesicht, das bereits einen leicht bläulichen Ton hatte. Er stand mit den Daumen hinter dem Gürtel da und merkte gar nicht, dass er sie mitleidig betrachtete.

Elisabeth erinnerte sich plötzlich an seinen Namen. »Mylord Sussex, Ihre Majestät wird mich doch gewiss nicht an diesen Ort schicken?«

Aber offenbar gab es nichts, was Sussex für sie tun konnte. Als der Tag anbrach, begleitete der Earl von Sussex Lord Rochester und die Wächter, um ihr zu sagen, dass die Barke wartete, die sie zum Tower bringen sollte.

Kalter Regen peitschte ihr ins Gesicht, als Sussex ihren Arm ergriff und ihr in die wartende Barke half, deren Boden bereits unter Wasser stand. Elisabeth wusste, als sie an Bord stieg, dass sie keine Chance mehr hatte – und der wilde, graue, unbarmherzige Fluss trug sie eilends davon. Schließlich brachte die heftige Strömung, die die schweren Regenfälle ausgelöst hatten, sie in einem feierlichen und schrecklichen Augenblick zum Verrätertor. Mit plötzlicher

Klarheit erinnerte sie sich an einen Augenblick im Mai vor achtzehn Jahren, als alle Vögel sangen und sie und ihre Mutter, eine junge und liebreizende Frau, an diesem Ort von Bord gegangen waren.

Plötzlich schien es Elisabeth, dass sie Teil eines gewaltigen Planes war, größer, als sie gewusst hatte, und sie hob den Blick zum Himmel und rief Gott an. Dann starrte sie die düsteren Tore an, die sich am oberen Ende der Stufen aus dem Wasser erhoben, und sah die Wächter und Diener des Towers versammelt, um sie zu erwarten.

»Ich lande da nicht. Ich bin keine Verräterin.«

»Euer Gnaden hat keine andere Wahl«, sagte Rochester mit rauer Stimme und warf ihr seinen Mantel über, um sie vor dem heftigen Regen zu schützen. In einem Zornausbruch schleuderte sie ihn beiseite und trat hinaus in das wirbelnde Wasser und die Treppe hinauf.

Aber dann ereignete sich etwas Merkwürdiges. Einige Diener des Towers fielen auf die Knie, und einer rief aus: »Möge Gott Euer Gnaden beschützen.« Einige der Soldaten taten dasselbe, und ihr Hauptmann versuchte sie im Zaum zu halten und drohte ihnen mit Strafen. Dann nickte Elisabeth und sagte: »Gott weiß, wie es um mich steht. Er wird mich nicht verlassen.«

Damit wurde sie nach drinnen gebracht, und ihr Kerker wurde enger und enger, bis er die Form eines Grabes annahm.

★ ★ ★

Bischof Hugh Latimer blickte aufmerksam den jungen Mann an, der nervös vor ihm auf und ab schritt. *Er wirkt beinahe wie ein gefangenes Tier*, dachte Latimer, *und das ist kein Wunder. Es geht ihm genauso wie uns allen, er hat Angst, was noch geschehen wird.*

Laut sagte er: »Setzt Euch, Will. Ich muss mit Euch sprechen.«

Will Wakefield wandte sich abrupt um und schritt auf den Stuhl zu, der ihm gegenüberstand. Seine Augen lagen tief in den Höhlen, und um seinen Mund hatte die Anspannung tiefe Furchen gegraben. »Es tut mir leid, dass ich Euch belästige, Herr Bischof«, sagte er, »aber ich weiß nicht, an wen ich mich sonst wenden soll.«

»Ihr habt das Richtige getan, mein Junge, aber ich muss Euch die Wahrheit sagen – jetzt ist nicht die Zeit, um den heißen Brei herumzureden. Ihr wisst natürlich, dass Maria zugestimmt hat, Philipp von Spanien zu heiraten?«

»Was sonst hat mir all diese Wochen den Schlaf geraubt, seit das öffentlich verkündet wurde?«, sagte Will bitter. Er hob den Blick, und Zorn stand in seinen Augen geschrieben. »Es wird eine Revolution geben. England wird das niemals dulden.«

»Die Zeit mag kommen«, sagte Latimer, »aber bis dahin müssen Ihr und ich und andere, die unsere Überzeugung teilen, sehr weise sein. Das Land ist trocken wie Zunder, und ein einziger Funke kann es in Brand setzen. Königin Maria hat zwei Revolten erfolgreich überstanden. Die Leute werden es nicht eilig haben, sich einer dritten anzuschließen, denke ich.«

Der junge Wakefield starrte ihn mit umwölkter Stirn an, und Schweigen breitete sich über den Raum. Als er sprach, klang seine Stimme düster. »Ich habe daran gedacht zu heiraten, Herr Bischof.«

Augenblicklich schüttelte Latimer den Kopf. »Ihr wisst, was der Apostel Paulus zu diesem Thema sagt. Er riet Männern und Frauen, ledig zu bleiben. Es war damals eine gefährliche Zeit für die Christen – und das gilt heute ebenso.«

»Ja, aber die Leute können nicht einfach zu leben aufhören, nur weil es gefährlich ist. Das Leben ist immer gefährlich.«

»Da habt Ihr natürlich recht«, sagte Latimer müde. *Wie unmöglich ist es doch, jungen Leuten einen Rat zu geben*, dachte er mit einem Seufzer. *Ich bin alt und trocken, und dieser junge Mann ist voll Leben und Liebe. Er ist nicht hierhergekommen, damit ich ihm sage, er soll sich von der jungen Frau fernhalten.* Dennoch versuchte er es noch einmal. »Ich bin überzeugt, Euer Vater hat Euch gesagt, William, wie gefährlich die Situation werden könnte, vor allem für Euch.«

Will warf ihm einen verwunderten Blick zu. »Warum ›vor allem für Euch‹? Ist die Gefahr nicht für alle gleich?«

»Oh nein. Einige Männer und Frauen üben ihren Glauben in aller Stille aus. Ihr tut das nicht. Ihr«, sagte er mit einem trockenen Lächeln, »wärt imstande, Euren Glauben lauthals im Palast zu verkünden. Ihr seid genau der Typ, der als Erster auf dem Block – oder im Feuer – landet.«

Will blickte den Bischof entrüstet an. »Aber Sir, es ist uns befohlen, von den Hausdächern zu verkünden, was wir glauben.«

»Es ist uns auch befohlen, klug wie die Schlangen zu sein.« Latimer schüttelte den Kopf. »Obwohl ich immer den Eindruck hatte, das sei eine merkwürdige Vorstellung. Ich habe nie verstanden, warum Schlangen ein Symbol der Weisheit sein sollen. Dennoch ist die Bedeutung offenkundig. ›Ein weiser Mann‹«, zitierte er, »›achtet auf seinen Schritt.‹ Und das muss ich Euch auch raten, mein Junge. Achtet auf Eure Schritte.«

Will rutschte unbehaglich auf seinem Sitz herum und nickte. »Genau das sagt mein Vater auch, und natürlich werde ich das auch tun.«

Die beiden unterhielten sich noch eine Weile, schließlich erhoben sie sich. Latimer trat näher und berührte den jungen Mann an der Schulter. »Seid vorsichtig, William, überaus vorsichtig. Denn wir gehen durchs Feuer, und wenn wir in unserem Glauben nicht standhaft bleiben, wird Gott uns richten. Aber wir müssen auch daran denken, wie ich gesagt habe, dass es an der Zeit ist, weise zu sein. Ich werde für Euch beten und für die junge Frau und für Eure ganze Familie.«

»Und ich für Euch, Bischof.«

Die beiden Männer blickten einander voll Zuneigung an, dann sagten sie einander Lebewohl. Will verließ die Kirche und eilte sofort zu Blanche, die auf ihn gewartet hatte, um die Ergebnisse des Zusammentreffens zu hören. Sie trat ihm an der Tür entgegen, eine Frage in den dunklen Augen. Voll Eifer zog sie ihn ins Innere des Hauses. »Was hat der Bischof gesagt?«

Einen Augenblick dachte Will daran, sie zu täuschen, aber er brachte es nicht zustande. Er nahm ihre Hände in die seinen. Sein Gesicht war ernst. »Er sagte, was wir bereits wissen – jetzt, wo Maria auf dem Thron sitzt, kommen harte Zeiten für diejenigen, die an das wahre Evangelium glauben.«

»Was hat er über uns gesagt?«, fragte sie zögernd.

Will schüttelte den Kopf, aber ein Grinsen huschte über seine Lippen. »Er sagte, es wäre besser, wir würden nicht heiraten.«

»Ach, das hat er also gesagt?«

Will blickte sie an, und Zuneigung wallte in ihm auf, wie so oft, wenn sein Blick auf sie fiel. Sie war sanft und schön, aber sie hatte noch mehr als das aufzuweisen. Da war eine innere Kraft, die er schon lange bewunderte, und nun schlang er die Arme um sie und hielt sie fest. »Wir werden dem Rat des Bischofs nicht gehorchen.« Dann presste er seine Lippen auf die ihren, und einen Augenblick lang umklammerten sie einander. Er genoss ihre Wärme und ihre weiche Haut, und sie drückte sich an ihn und hielt ihn eng umschlungen.

Blanche hatte das Gefühl, dass sie ihn vom ersten Augenblick an geliebt hatte, und sie hatte getreulich gewartet, aber nun wollte sie Ehefrau und Mutter sein. Sie ließ ihn los, Entschlossenheit in den Augen. »Will, ich möchte dich heiraten, und ich möchte, dass wir Kinder haben.«

Wills Augen waren ernst, aber nun zwinkerte er ihr doch zu. »Ja, das ist die richtige Reihenfolge. Aber zuerst werden wir uns um die Hochzeit kümmern.« Dann presste er die Lippen zusammen und schüttelte den Kopf. »Es ist nicht fair dir gegenüber, Blanche, es ist überhaupt nicht fair – aber ich muss dich haben. Komm, wir sagen es Vater und Mutter, dann können wir es deinen Eltern erzählen.«

★ ★ ★

Philipp von Spanien legte Kleider aus weißem Tuch, mit Silber und Gold bestickt, an, um zum ersten Mal mit seiner zukünftigen Braut zusammenzutreffen. Er hatte eine schlechte Zeit erlebt, seit er nach England gekommen war, obwohl er all die Ratschläge seines Vaters, wie er sich angenehm machen könnte, befolgt hatte. Er hatte die geflüsterten Worte seiner Großmutter im Ohr: »Diese schlitzäugigen Tudors, sie sind nicht stark, aber sie vermehren ihre Kräfte durch List. Hüte dich vor ihnen, wie du dich vor der lächelnden, lockenden

See hüten würdest – der grausamen, verräterischen See. Hüte dich vor den Meeren rund um England – sie sind starke Verbündete. Vor allem aber hüte dich vor der Liebe, die wilder als tosende Stürme ist.«
Als Philipp jetzt durch die dichte Dunkelheit in den Garten des Bischofs schritt, dachte er an seine Großmutter – man hatte allgemein behauptet, sie sei eine Hexe. Mit einem ungeduldigen Seufzer verbannte er sie aus seinen Gedanken.

Er folgte dem Butler in die Privatgemächer der Königin, die genau genommen aus einer langen Galerie bestanden. Mehrere Leute standen wartend herum und beobachteten eine kleine Gestalt, die ruhelos auf und ab eilte, wobei bei jeder Drehung Juwelen auffunkelten.

Maria kam rasch herbei, sie ließ den beiden Fackelträgern, die ihr voranschreiten mussten, kaum die Zeit dazu. Sie küsste ihre eigene Hand, wie es altenglische Sitte war, bevor sie sie Philipp entgegenstreckte, und er erinnerte sich an seine Verhaltensmaßregeln und küsste sie auf die Lippen. Ihre Lippen waren trocken und ziemlich hart, und sie begegneten den seinen unsicher, aber voll Eifer. In England gab es keine Männer, die hochrangig genug gewesen wären, ihr auch nur einen zeremoniellen Kuss zu geben. Sie war schüchtern und zurückhaltend wie ein junges Mädchen – und vielleicht war sie das im tiefsten Herzen auch –, aber an der Oberfläche sah er eine Frau in mittleren Jahren, deren durchdringender Blick an ihn appellierte, nicht nur als politischen Verbündeten und Partner, sondern als ihren Herrscher und Geliebten.

Maria erholte sich von ihrer Verlegenheit, wurde liebenswürdig, herzlich, beinahe munter. Er bemerkte, dass ihre Haut hell und sehr klar war. Ihr ziemlich dünnes Haar hatte helle Streifen darin wie das Fell eines sandfarbenen Kätzchens, wo es noch nicht ergraut war. *Als junge Frau muss sie sehr hübsch gewesen sein,* dachte er. Aber ihr kleines rundes Gesicht und ihr spitzes Kinn, die so lange ihre jugendliche Form bewahrt hatten, waren nun eingefallen, und der Kampf mit ihrem undankbaren Reich ließ sie alt aussehen.

Die Männer rundum, vor allem Lord Admiral Howard, ein unbekümmerter alter Seefahrer, machten Scherze, die Philipp nicht verstand. Der alte Bischof Gardener, der Kanzler von England, stand dicht neben Maria, fast als müsste er sie beschützen. Schließlich fragte Philipp: »Warum ist Eure Schwester Elisabeth nicht hier?«

Ein unbehagliches Schweigen senkte sich über die Gruppe, bis Howard sagte: »Lady Elisabeth war in Wyatts Aufstand verwickelt. Wir haben sie eine Zeit lang im Tower, wusstet Ihr das nicht?«

»Nein. Ich hoffe doch, nicht für lange?«

Maria hörte das und sagte fröhlich: »Bis wir uns entschieden haben, ob sie unsere getreue Dienerin ist oder nicht.«

Philipp zog die Augen zu schmalen Schlitzen zusammen: »Und habt Ihr Euch entschieden, Euer Majestät?«

Maria zögerte, dann schüttelte sie den Kopf. »Sie ist ehrgeizig. Und sie ist noch nicht zum wahren Glauben zurückgekehrt.« Beinahe vorsichtig berührte sie den Arm ihres zukünftigen Gatten und flüsterte: »Ihr müsst mir in dieser Sache helfen. Ich brauche Eure Weisheit!«

Die Nacht wurde Philipp lang, aber schließlich nahm sie ein Ende, und er kehrte in seine Gemächer zurück. Während der nächsten paar Tage benahm er sich, wie es sich für einen zukünftigen Gatten gehörte. »Der einzige Zweck«, sagte er zu seinem Adjutanten, »ist, dass diese Frau einen Sohn bekommt. Das wäre das endgültige Siegel des Himmels, dass er diese Verbindung bejaht. Dann wird Spanien über England herrschen!«

Zuletzt kam der Tag der Hochzeit heran, und Maria legte ihre trockene kleine Hand, wie ein dürres Blatt, in Philipps. Ihre dünnen Lippen bewegten sich in lautlosem Gebet, ihre kurzsichtigen Augen, blank und blind vor Entzücken, hingen abwechselnd an dem Kruzifix und an dem schlichten goldenen Ring, den Philipp ihr an den Finger steckte.

Für sie erfüllte sich mit dieser Ehe der Sinn ihres Lebens. Die alten Zeiten würden zurückkehren, das alte Recht, die alte Art, Gott zu dienen durch seine einzige wahre Kirche und seinen Stellvertreter auf Erden, den Papst. Alles würde wieder so sein wie in den Tagen ihres

Vaters, als er mit ihrer Mutter zu Messe gegangen war und sie selbst als kleines Mädchen ihrer beider Hände gehalten hatte.

So sah es in Marias Herzen aus, aber viele Herzen in England waren von Traurigkeit erfüllt, als Maria Tudor Philipp von Spanien heiratete – denn sie fürchteten, dass dem Königreich eine dunkle und gefahrvolle Zeit bevorstand.

Und sie hatten recht.

5

BIS DASS DER TOD UNS SCHEIDET

»Die Ärzte sind jetzt sicher, dass Königin Maria ein Kind erwartet.« Hannah blickte von ihrer Stickerei auf, Sorge in den Augen. Sie sah, dass Will, der am langen Tisch saß und einen Brief schrieb, in der Bewegung erstarrt war, als sein Vater sprach.

Myles legte seine Bibel nieder und starrte die langen Reihen von Büchern an, die auf Regalen an der Wand standen. Sein viereckiges Gesicht war kraftvoll und gelassen, aber in letzter Zeit bildeten sich feine Fältchen um die Winkel seiner blaugrauen Augen.

Seit Königin Maria Philipp geheiratet hatte, war Myles schweigsamer geworden, nachdenklicher, als er über die Gefahren nachgrübelte, die jenen bevorstanden, die »Lutheraner« oder »Protestanten« genannt wurden.

»Die Ärzte können nicht wissen, wie es ausgehen wird«, sagte er ruhig, »vor allem bei ihrem Alter und ihrer zarten Gesundheit. Sie könnte im Kindbett sterben.«

»Aber wenn das Kind lebt, wird es in England vermutlich eine weitere Revolution geben«, sagte William düster.

»Ja, Will. Was die Königin nicht einsehen kann«, sagte Myles und schüttelte matt den Kopf, »ist, dass das Land niemals zum Katholizismus zurückkehren wird.«

»Sie muss blind sein, wenn sie das nicht sieht!«, schnappte Will. Er warf seine Schreibfeder beiseite und machte einen Klecks auf den Tisch. Er schüttelte erbittert den Kopf. »Wie kann sie darüber hinwegsehen, dass praktisch das ganze Land zornig auf sie ist, weil sie Philipp geheiratet hat? Warum können ihre Ratgeber sie nicht überzeugen, dass sie einen Fehler gemacht hat?«

»Dafür ist es zu spät, fürchte ich«, antwortete Myles. »Du musst daran denken, Sohn, dass Maria als Tochter einer tiefgläubigen Katholikin aufwuchs. Sie würde sich niemals von ihrem Mann scheiden lassen oder ihn verlassen. Königin Catherine konnte König Heinrich nicht halten, aber als sie ihn an Anne Boleyn verlor, war sie entschlossen, dass ihre Tochter ihrem Glauben immer treu bleiben sollte.«

Hannah lauschte still, als die beiden davon sprachen, wie es um das Königreich stand. Sie wusste so gut wie ihr Gatte und ihr Sohn, dass sie knapp vor einer erschreckenden Umwälzung standen, und bei dem Gedanken war ihr Herz bekümmert. Schließlich sagte sie leise: »Gott wird mit uns sein, was auch immer in der Politik geschehen mag.«

Beide Männer blickten überrascht auf, dann tauschten sie ein Lächeln. Will erhob sich und ging zu seiner Mutter, um sie auf die Wange zu küssen. Er richtete sich auf und murmelte: »Ich glaube dir, Mutter. Ich habe das von dir und Vater schon vor langer Zeit gelernt.« Er wandte sich um und eilte aus dem Raum.

»Er ist wie du, Hannah«, sagte Myles, als er sich ebenfalls erhob und neben ihr niedersetzte. Er ergriff sanft ihre Hand und lächelte sie an. »Wer eine Frau findet, findet etwas Gutes.«

Hannah zog seinen Kopf herab und küsste ihn, dann hielt sie ihn fest in den Armen. »Wer einen Ehemann findet, findet auch etwas Gutes.«

»Steht das in Tyndales Bibel?«, neckte Myles sie.

»Nein – aber es steht in meinem Herzen geschrieben!«

* * *

Am selben Morgen, an dem sie so miteinander sprachen, gingen Maria und Philipp entlang des Flusses spazieren, der am Hampton Court vorbeifließt. Sie war im April 1554 in den Palast gekommen, um ihr Kind zu gebären. Hampton Court, den ihr Vater Kardinal Wolsey entrissen hatte, war immer ihr Lieblingswohnsitz gewesen.

Der Morgen war klar, als sie am Fluss entlangschlenderte, und sie blickte über die Schulter zurück und bewunderte den Palast aus roten Ziegeln, der sich wie eine Wolke aus dem Tal mit seinem Flussbett erhob. Sie wandte sich Philipp zu, der sich ein Rosmarinzweiglein an die Nase hielt, während sie den ziegelsteingepflasterten Pfad entlangschritten. »Ist es nicht wunderschön, Philipp?«

»Sehr schön«, sagte er und nickte. Er sprach ein Weilchen von den Schlössern in Spanien, dann lächelte er. »Wir werden eines Tages hinfahren und sie unserem Sohn zeigen.«

Marias Gesicht überzog sich mit flammender Röte, und sie griff nach seiner Hand. Philipp ergriff sie und dachte dabei, wie alt und trocken sie ihm erschien. Er hatte sich keine Illusionen über Marias Äußeres gemacht, aber es war ihm schwergefallen, die Rolle des aufmerksamen frischgebackenen Ehemannes zu spielen. Er war glücklich verheiratet gewesen, mit einer Frau, die er vergötterte. Nachdem seine Frau gestorben war, hatte er sich eine wunderschöne junge Frau zur Mätresse genommen. Diese jungen, leidenschaftlichen Frauen gegen eine vom Alter ausgedörrte Frau einzutauschen, war schwierig gewesen. Dennoch hatte er seine Rolle aufs Beste gespielt.

Die Folge war, dass er für gewöhnlich seinen Willen durchsetzen konnte, und nun sagte er beiläufig: »Ich denke, es wäre klug, Lady Elisabeth zu einem Besuch einzuladen.« Er merkte sehr wohl, welchen eifersüchtigen Seitenblick Maria ihm zuwarf, und war klug genug, nur gedämpftes Interesse zu zeigen. »Nachdem du dich geweigert hast, sie hinrichten zu lassen, wäre es günstig, wenn wir uns mit ihr einigen könnten.«

»Einigen! Du kennst sie nicht! Sie möchte Königin von England werden!«

»Das glaube ich gerne.« Philipp lächelte gütig. Er streckte die Hand aus und streichelte ihr Haar, das immer noch Spuren ihrer jugendlichen Schönheit aufwies. »Aber sie wird es niemals sein. Wenn unser Sohn geboren ist, wird England einen männlichen Thronerben haben.« Wie er vorausgesehen hatte, beruhigten seine Worte Maria, und sie warf ihm ein dankbares Lächeln zu.

Was habe ich von meiner Schwester zu befürchten? Ich habe einen Ehemann – und sie hat keinen! Maria war es unmöglich geworden, wohlwollend an Elisabeth zu denken. Als sie heranwuchsen, war Maria die weitaus Ältere gewesen. Sie und Elisabeth waren von ihrem Vater beide für unehelich erklärt worden – das hatte sie miteinander verbunden. Jetzt war Maria für ehelich erklärt worden, aber das beeindruckte die einfachen Leute anscheinend überhaupt nicht. Wie es aussah, hätten sie immer noch lieber Elisabeth zur Königin gehabt. *Elisabeth sieht sogar so aus wie Vater!* dachte sie ärgerlich, dann schnappte sie: »Sie ist eine Heuchlerin – und noch Schlimmeres! Oh, sie tut so, als wäre sie katholisch, aber das ist alles nur vorgetäuscht.«

»Vielleicht nicht –«

»Sie bezaubert jeden Mann, den sie sieht, obwohl ich nicht weiß, wie sie das macht!« Maria warf Philipp einen misstrauischen Seitenblick zu. »Ich habe Angst, wenn sie mit dir zusammentrifft.«

»Wie närrisch!«, lachte Philipp. »Du bist meine angetraute Frau, und niemand kann das ändern.« Er sah die angstvolle Sorge in ihren Augen und sagte in beschwichtigendem Ton: »Lade sie hierher ein. Das wird zeigen, dass du fair und gerecht bist. Und was das angeht, dass sie mich bezaubern könnte – nun, falls sie das tut, meine Liebe, kannst du sie in den Tower zurückschicken.«

Er hatte einen Scherz gemacht und war ein wenig schockiert, als Maria die Lippen zusammenpresste und nickte. »Ja! Das kann ich tun!«

Die Tage vergingen, Englands Augen hingen an Maria, der Königin, und warteten auf den Thronerben.

Aber das Kind kam nicht. Die reich geschmückte Wiege stand im Zimmer und wartete auf den großen Tag. Babykleidung und Wickelbänder waren bereit, eine Rassel mit silbernen Glöckchen, eine goldgefasste Koralle, um beim Zahnen daraufzubeißen, ein Schachtelteufel und sogar ein bemaltes Schaukelpferd zum Reiten.

Aber kein Kind wurde geboren.

Die Ärzte sagten beruhigend: »Es muss jetzt jeden Tag so weit sein, Euer Majestät –!« Aber man flüsterte, sie sagten das nur, um die verzweifelte Frau zu trösten. Die Leute fragten sich voll Staunen: Erwartete die Königin nun ein Kind oder nicht?

Elisabeth kam nach Hampton zu Besuch, und vom ersten Tag an spähte Maria nach Anzeichen aus, dass ihr Zauber bei Philipp zu wirken begann. Wenn man scharf genug Ausschau hält, bekommt man fast alles zu sehen. Wenn sie Philipp mit Elisabeth ausreiten sah, wurde sie krank; und als man ihn zu ihr brachte, schrie sie auf: »Ich hätte sterben können, während du ausgeritten bist – mit ihr!«

»Nein, meine Liebe, es geht dir gut.«

»Sie ist eine Hexe!«, beharrte Maria. »Sie ist die Tochter einer Hexe. Anne Boleyn hatte die Wurzel eines sechsten Fingers an der Hand – ein sicheres Kennzeichen einer Hexe!«

Es war die erste von vielen Streitigkeiten, und ein ums andere Mal ließ Maria Elisabeth zu sich bringen. Die junge Frau musste die Sturzbäche der Wut ertragen, mit denen die Königin sie überschüttete, und gelegentlich war Elisabeth sicher, dass sie auf dem Weg in den Tower war.

Nach jedem Wutausbruch weinte Maria stundenlang, die Hand auf der geschmückten Wiege, und wusste, dass ihre einzige Hoffnung darin bestand, in dieser Wiege einen neugeborenen Prinzen liegen zu sehen.

★ ★ ★

»Ich glaube, nichts kommt einem englischen Morgen im Mai gleich.« Hannah und Myles schritten durch ihren Garten und bewunderten die winzigen Farbexplosionen, die so hell leuchteten, dass es beinahe in den Augen schmerzte. Hannah beugte sich vor, pflückte ein zerbrechliches, himmelblaues Vergissmeinnicht und strich sich damit über die Wange.

Myles war eine Stunde zuvor angekommen, und die beiden hatten gemeinsam gefrühstückt, ehe sie sich aufmachten, den kühlen Morgen zu genießen. Myles streckte die Hand aus und berührte ihre Wange, dann sagte er: »Du bist schöner als jede Blume, Hannah.«

»Ach, sei nicht töricht!«

Er lächelte und schüttelte den Kopf, aber sie sah etwas in seinem Gesicht, das seine scheinbare Ruhe Lügen strafte. »Ist etwas nicht in Ordnung, Myles?«

»Die Königin hat ihr Kind bekommen. Einen Knaben, hörte ich.«

Hannah ließ die Blume fallen und wandte sich ihm zu. »Wie hast du davon gehört?«

»Ein Schiff aus Antwerpen hat angelegt. Sie sagen, die große Glocke habe geläutet und die Geburt des Kindes verkündet. Ein neuer Prinz für England.«

Sie standen mitten im Garten und dachten an die vergangenen Monate zurück. Das Baby war lange überfällig. Die Königin lag in der Gebärkammer in Hampton Court, und schließlich hatten die Ärzte zugegeben, dass sie einen Fehler gemacht hätten – das Kind würde erst in einigen Wochen geboren werden.

Aber Myles hatte das Gerücht gehört, wenn ein Prinz geboren würde, so sei es kein Sohn von Philipp und Maria, sondern ein Kuckucksei, das im königlichen Nest ausgebrütet worden sei. »Hast du von Mrs Malt gehört?«

»Nein, warum?«

»Sie wohnt in Aldersgate. Ich habe aus vertrauenswürdiger Quelle gehört, dass gewisse Lords, die verkleidet bei ihr auftauchten, sie überreden wollten, ihnen ihren neugeborenen Sohn mitzugeben. Aber sie sagte, sie würde es nicht tun – nicht für alles Gold im Tower.«

»Das darf doch nicht wahr sein?«

»Da bin ich ganz deiner Meinung, aber ich kann nicht anders, ich mache mir Gedanken. Es dauert einfach zu lange!«

Genau das dachten die meisten, und einige wagten es auszusprechen. Die Zeit verging, die Ärzte schoben das voraussichtliche Geburtsdatum immer weiter hinaus – und immer noch kam kein Kind. Bald war es offenkundig, dass es kein Kind geben würde. Schließlich veröffentlichten die Ärzte die Nachricht, die Königin habe an einem Tumor gelitten, es gäbe kein Kind.

Philipp sah, dass sein Plan, Spanien und England zu vereinigen, indem er König beider Länder wurde, misslungen war. »Ich werde hier niemals akzeptiert werden«, sagte er zu seinem Adjutanten, »außer als der Gefährte der Königin. Wir müssen nach Spanien zurückkehren.«

So verabschiedete er sich Ende August von Maria und versprach zurückzukehren. Er hatte ein volles, abscheuliches Jahr in England verbracht und nicht das Geringste erreicht.

Maria bestand darauf, ihn nach Greenwich zu begleiten. Als sie durch die Straßen fuhren, schrien sich die Landleute und Herumtreiber heiser und umdrängten die Sänfte der kranken Frau. Sie brüllten vor Wut und zeigten ihr deutlich, wie sehr sie ihren Ehemann und ihre Kirche hassten.

Nachdem Philipp abgereist und sie selbst in den Palast zurückgekehrt war, schritt Maria langsam durch die reich geschmückten Säle. Ihr Gesicht war bleich vor Krankheit und vor Wut verzerrt. Ein abgründiger Zorn brodelte in ihr, den sie ebenso wenig beherrschen konnte wie den Wind oder die See.

Sie war allein. Als sie sprach, knirschte ihre Stimme heiser vor Bitterkeit. »Sie sind böse, diese Dämonen, die gegen die wahre Kirche streiten! Ich habe versucht, milde zu sein, aber jetzt sollen sie sehen! Und mögen sie mich Maria die Blutige nennen, bevor ich fertig bin, ich werde die Ketzer doch aus meinem Reich ausrotten!«

* * *

Elisabeth wurde unter Aufsicht des getreuen Sir Henry Bedingfeld nach Woodstock gesandt. Niemals war ihr Leben in schlimmerer Gefahr gewesen, und eines Tages benutzte sie einen Diamanten, um eine trostlose Botschaft in eine Fensterscheibe zu ritzen:

Anklagen gibt es viel
alles ist falsches Spiel
sagt Elisabeth, die hier gefangen sitzt.

Die Nachricht von Königin Marias schlechtem Gesundheitszustand verbreitete sich rasch im ganzen Land, aber ihre schwache Gesundheit hinderte sie nicht daran, einen Kreuzzug gegen die tapferen Gegner der katholischen Kirche auszurufen. Mehr als dreihundert Männer und Frauen wurden wegen Ketzerei auf dem Scheiterhaufen verbrannt – einschließlich Bischof Cranmer, der Marias Vater gedient hatte. Smithfield, wo die Hinrichtungen stattfanden, war in den Rauch gehüllt wie in einen schwarzen Mantel.

Kurz nach Anbruch der Dämmerung am 16. Oktober 1555 betrat William Wakefield die Zelle, wo Hugh Latimer und Nicholas Ridley ihre Hinrichtung erwarteten. Latimer erhob sich augenblicklich und trat herbei, um seinen Schüler zu umarmen. Er war bleich und ausgemergelt von der Haft, aber sein Gesichtsausdruck war nicht anders als sonst auch – gelassen und freundlich.

»Will, mein Junge, ich freue mich, Euch zu sehen.«

Die Wärme der Begrüßung trieb Will die Tränen in die Augen. Er blinzelte, um sie loszuwerden, und klammerte sich einen Augenblick lang an den Älteren. Er spürte den gebrechlichen Körper, und bei dem Gedanken daran, was in drei Stunden damit geschehen würde, überschwemmten ihn Kummer und Zorn.

»Mr Latimer, kann denn *gar nichts* getan werden?«

»Gar nichts, Will.« So ruhig, als stünde er in seinem Studierzimmer, wandte sich der Bischof zum Tisch und griff nach einer Flasche. »Setzt Euch, trinkt ein Glas von diesem Sherry – er ist ganz ausgezeichnet, ein Geschenk des Kerkermeisters.«

Will setzte sich auf einem Stuhl nieder. Seine Lippen zitterten. Er hatte seit zwei Nächten nicht mehr geschlafen, ein wilder innerer Drang hatte ihn nach Smithfield getrieben. Seine Eltern und Blanche hatten es ihm auszureden versucht, aber er hatte hartnäckig darauf bestanden: »Ich muss gehen!«

Nun, wo er in der Gegenwart der beiden Männer war, versagten ihm die Worte. Er starrte stumm in das Weinglas und schüttelte den Kopf. Schließlich musste Latimer das Wort ergreifen. »Ich bin froh, dass Ihr gekommen seid, Will. Ich wollte Euch Lebewohl sagen.«

»Es ist … es ist *hart*, Sir! Ich kann Euch nicht sagen … wie betrübt ich bin! Obwohl ich weiß, dass es noch viel schwerer für Euch ist.«

Latimer stellte die Flasche zurück und warf einen Seitenblick auf seinen Gefährten. Ridley starrte aus leeren Augen die Wand an und schien nicht einmal zu bemerken, dass sie einen Besucher hatten. Der Schatten des Todes lag schwer über ihm, und er hatte nichts von der heiteren Gelassenheit des anderen Mannes an sich.

»Oh nein, für Euch ist es viel schwerer, mein Junge«, bemerkte Latimer. Er setzte sich nieder und betrachtete den jungen Mann eindringlich. »Ihr dürft nicht vergessen, ich glaube wirklich daran, was die Bibel sagt. Ihr nicht?«

»Gewiss doch, Mr Latimer!«

»Dann werdet Ihr Euch an die Worte des Apostels Paulus erinnern, als er seinem Hinscheiden aus der Welt entgegensah. Lasst mich sehen …« Er hob eine abgegriffene Bibel vom Tisch auf, und sein Mund entspannte sich, als er las: »Denn es setzt mir beides hart zu: Ich habe Lust, aus der Welt zu scheiden und bei Christus zu sein, was auch viel besser wäre; aber es ist nötiger, im Fleisch zu bleiben, um euretwillen.«

Will Wakefield lauschte den vertrauten Worten, und als Latimer zu ihm aufblickte, sagte er: »Ich finde aber, es ist nötig, dass Ihr hierbleibt, Sir! Ihr seid der Hirte der Herde.«

»Gott wird andere Männer erwecken, Will. Aber für mich ist die Zeit des Abschieds gekommen, und ich freue mich darüber!«

»Aber – der Schmerz und die Erniedrigung!«

»Nur der Schmerz eines Augenblicks, mein Junge, und dann werde ich ihn sehen, dem ich so viele Jahre gedient habe.« Er erhob sich und trat neben seinen Mitgefangenen, dann legte er ihm die Hand auf die Schulter. »Ist es nicht so, Mr Ridley?«

Ridley schien aus seiner Starre zu erwachen und antwortete wie betäubt: »Ja, es ist herrlich, für den Glauben an Jesus zu sterben.«

Latimer ließ die Hand auf Ridleys Schulter liegen, während er weitersprach. »Nun, Will, müsst Ihr die Last auf Euch nehmen, von der ich schon so bald befreit sein werde. Euer Glaube ist stark, und es war meine Freude, Christus in Euch Gestalt annehmen zu sehen. Andere mögen schwach sein, aber es wird Eure Aufgabe sein, ihnen ein Beispiel zu geben. Kämpft den guten Kampf, mein Junge, und Ihr werdet den Lohn des getreuen Dieners erhalten!«

Will blieb noch eine halbe Stunde in der Zelle, dann kam ein weiterer Besucher. Als Will sich zum Gehen wandte, erhob sich Latimer und umarmte ihn. »Mein Sohn, Ihr wart die Freude meines Herzens. Seid dem Herrn Jesus getreu!«

Nachdem er die Zelle verlassen hatte, wollte Will auch Smithfield verlassen, aber irgendetwas hielt ihn dort zurück. Es war nicht die morbide Neugier des Pöbels, sondern das Bedürfnis, den Glauben eines gottesfürchtigen Mannes zu sehen. Er biss die Zähne zusammen und wartete am Rand der Menge, wo er betend auf und ab schritt. Dann, als die Schreie der Menge lauter wurden, drängte er sich vor und fand einen Platz, wo er stehen konnte.

Latimer und Ridley waren bereits an die Pfähle gebunden worden. Die Menge lärmte, als der Henker dürres Holz um ihre Füße häufte. Dann herrschte einen Augenblick lang Stille, und in diesem Augenblick konnte Will Ridley weinen hören. Sein Kopf war auf die Brust gesunken, und es tat im Herzen weh, sein jämmerliches Weinen zu hören.

Hugh Latimer wandte den Kopf und sah seinen Freund an. Seine Stimme war wie der klare Klang einer Posaune, als er ausrief: »Tröstet Euch, Master Ridley, und tragt es wie ein Mann. Wir wollen heute ein Licht anzünden, das mit Gottes Gnade in England nicht mehr ausgelöscht werden soll!«

Bei seinen Worten fuhr ein Schauder durch Will Wakefields Nerven, und er wusste, dass dieser Ruf in seinem Herzen widerhallen würde, solange er lebte. Er sah zu, wie einer der Männer die Holzbündel anzündete. Ein Seufzen ging durch die Menge, wie der Wind in einer Winternacht im Kamin heult.

Die Flammenzungen begannen an dem trockenen Holz zu lecken. Es war ein fröhliches Prasseln – dasselbe Geräusch, an dem

Will immer seine Freude gehabt hatte, wenn er ein kuscheliges Feuer schürte, um sein Zimmer zu wärmen. Die Flammen wuchsen länger und wilder und entzündeten die Kleider der beiden Männer. Wills Augen hingen in wildem Entsetzen am Gesicht seines Freundes, als die Funken hochflogen und in seinem Haar nisteten. Seine Lippen bewegten sich betend und seine Augen waren nach oben gewandt.

Plötzlich konnte Will es nicht mehr ertragen. Er wandte sich um und kämpfte sich aus der Arena nach draußen. Der unablässige Lärm der Menge folgte ihm. Während er die Tränen zurückdrängte, hörte er von Neuem Hugh Latimers Worte, tapfer und furchtlos, und er wusste, dass sein Freund keine Angst hatte.

Wie du, lieber Freund, will ich auch keine Furcht zeigen, schwor er und hob den Kopf hoch. *Mit Gottes Gnade will ich keine Furcht zeigen!*

Er ritt den langen Weg aufs Land hinaus, ohne wahrzunehmen, was um ihn herum geschah. Er war von Natur aus ein grüblerischer junger Mann, und die Szene, deren Zeuge er gewesen war, trieb ihn dazu, über die Zukunft nachzudenken. Als er Blanche Hollys Vaterhaus erreichte, hatte er bereits seine Pläne gemacht. Er glitt vom Pferd und warf die Zügel einem Diener zu. Blanche kam heraus und begrüßte ihn, als er sich dem Haus näherte.

»Will, komm herein«, sagte sie rasch. Sie kannte ihn gut genug, und die Anspannung auf seinem Gesicht war nicht zu übersehen.

Er ließ es zu, dass sie ihn in die Bibliothek führte und war dankbar, dass ihre Mutter ihn nur kurz begrüßte und wieder ging. »Wir haben uns Sorgen um dich gemacht«, sagte Blanche. »War es – schrecklich?«

Die Spannung war noch nicht aus ihm gewichen, und doch bewunderte Will seine Blanche, wie sie da vor ihm stand. Sie war hochgewachsen und von edlem Körperbau, mit einer geschmeidigen Gestalt. Ihre schwarzen Augen und ihr dunkelbraunes Haar waren reizvoll, und sie hatte eine sympathische Art, lässige Eleganz an den Tag zu legen. Er sog ihre Gegenwart in sich auf und spürte, wie sie seinen betrübten und ausgedörrten Geist belebte.

»Ja, das war es«, sagte er müde. Sie streckte die Hände aus, und er ergriff sie. Sie waren warm und kraftvoll, und plötzlich zog er sie an sich.

Blanche spürte die Spannung in Will, und sie hielt ihn eng an sich gedrückt. Ihre Lippen waren breit und mütterlich. *Wenn er nur weinen würde!* dachte sie, wusste aber zugleich, dass er das kaum tun würde. In einem solchen Fall gab es nicht viel, das eine Frau tun konnte, aber sie erkannte an der Art, wie er sich an sie klammerte, dass sie ihm Trost spendete.

Schließlich trat er zurück und seine Augen wurden klarer. »Ich möchte nicht darüber sprechen, jedenfalls nicht über Einzelheiten. Aber ich muss dir von Mr Latimers letzten Worten erzählen.«

Blanche lauschte, als er die Worte des Bischofs wiederholte, und als er geendet hatte, flüsterte sie: »Er war ein erschreckend eindrucksvoller Mann, dieser Hugh Latimer!«

»Das war er! Ich wusste nicht, dass ein Mann einen solchen Tod mit so einer – so einer Freude auf sich nehmen könnte!«

Blanche blickte ihren Liebsten mitleidig an. »Du wirst ihn vermissen.«

»Ja, das werde ich.«

»Was wird jetzt geschehen?«

Will verstand, was sie meinte. »Du fürchtest um meine Sicherheit. Nun, ich kann dir keinen Trost bieten.«

Er wandte sich von ihr ab und starrte aus dem Fenster. Sie trat neben ihn, und er spürte ihre Gegenwart in allen Fasern seines Körpers. Es war immer schon so gewesen. Sie musste nur den Raum betreten, in dem er sich aufhielt, und all seine Sinne schienen augenblicklich schärfer zu werden. Er wusste nicht, was er sagen sollte, und sah schweigend zu, wie ein fettes junges Kaninchen über den Hof hüpfte, an einem Blumenbeet anhielt und anfing, an dem Grün zu knabbern. Plötzlich wurde das wütende Gebell eines Hundes laut, und das kleine Tier raste in Panik davon. Will sah zu, wie der schwarze Bluthund immer näher kam, und dann, als das Kaninchen nur noch fünf Fuß von seinem schützenden Bau entfernt war, packte der Hund das kleine Tier und schüttelte es mit einer einzigen Bewegung zu Tode.

Abrupt drehte Will sich um und sah die Frau an, die neben ihm stand. »Blanche, du und ich dürfen einander nicht mehr sehen.« Er sah, wie heftig seine Worte sie trafen, und fügte hastig hinzu: »Es wäre gefährlich für dich.«

Sie senkte den Blick in den seinen. »Liebst du mich, Will?«

»Aber – aber natürlich!«

»Und glaubst du daran, dass ich dich liebe?«

»Ja, aber das ist –«

Sie hob die Hand und legte sie auf seine Lippen. Ein Lächeln malte sich auf ihren Lippen, und ihre Augen waren zugleich sanft und wild. »Ich liebe dich, William Wakefield, und wir dürfen uns niemals voneinander trennen. Gott hat uns füreinander geschaffen. Haben wir das nicht immer gesagt?«

Will nickte, dann wisperte er mit rauer Stimme: »Du kannst einen das Fürchten lehren, Blanche Holly!«

»Ich bin eine liebende Frau«, sagte sie schlicht und zog seinen Kopf herab. Als sie sich von ihm löste, sagte sie: »Wir müssen heiraten.«

»Jetzt?«

»Wenn wir warten, werden unsere Eltern Einwände erheben. Ich hole meine Sachen. Du gehst und schirrst den kleinen Wagen an. Wir können heute noch heiraten.«

Will hatte Blanche nie so entschlossen gesehen. Er wollte protestieren, stellte aber fest, dass sie sich nicht von ihrem Entschluss abbringen ließ. Schließlich sagte er verzweifelt: »Wir wissen nicht, wie viel gemeinsame Zeit uns bleibt.«

»Wir werden so viel haben, wie Gott uns geben wird, Will«, sagte Blanche mit ruhiger Stimme. »Jetzt geh und spann die Pferde an.«

Sie heirateten noch am selben Tag, und als sie an diesem Tag in ihrem Zimmer in der Herberge waren, hielt er sie fest umschlungen. Sie regte sich in seinen Armen und hob ihm die Lippen zum Kuss entgegen. Sie hielten einander eng in den Armen, und schließlich sagte Blanche: »Wir haben einander, Will. Das genügt. So viele Männer und Frauen werden niemals eine Liebe wie die unsere erleben.« Sie sah den Zweifel in seinen Augen und flüsterte: »Solange Gott uns Zeit gibt, werden wir einander haben, seien es fünfzig Jahre oder fünfzig Tage!«

6

»ICH WERDE IN UNSEREM SOHN WEITERLEBEN!«

Es war ein kühler englischer Februarmorgen im Jahre 1558, als Myles Wakefield zum Haus seines Sohnes ritt. Er stieg vom Pferd, stapfte langsam die Stufen zum Tor hinauf und klopfte. Die Tür wurde geöffnet, und Blanche stand da. Sie blickte ihn durchdringend an. Myles brachte kein Wort über die Lippen, aber es war auch nicht nötig. Sobald Blanche das Gesicht ihres Schwiegervaters sah, wusste sie alles.

»Es geht um Will, nicht wahr?«

Myles trat in die Mitte des Zimmers. Sein Gesicht war bleich. Er hatte nichts mehr gefürchtet als das, was er jetzt tun musste. Langsam nickte er, und die bitteren Worte entrangen sich seinen Lippen. »Er wurde nach dem Treffen unter der Anklage der Ketzerei verhaftet.«

Die Worte schienen wie Messer in Blanches Herz zu dringen, und plötzlich schwankte sie. »Hier, setz dich, meine Liebe«, sagte er und setzte sich neben sie. Als er beobachtete, wie sie gegen die Ohnmacht ankämpfte, hallte ein bitterer Gedanke in seinem Sinn wieder: *Nur wenig mehr als zwei Jahre – zwei kurze Jahre! Das ist alles, was ihnen vergönnt war!* Dann sagte er so tapfer wie möglich: »Wir dürfen nicht aufgeben. Es wird gewiss bedeuten, dass er ins Gefängnis kommt, aber wir können hoffen.« Blanche holte tief Atem, und ein wenig Farbe kehrte in ihre Wangen zurück. Sie forschte in Myles' Gesicht, dann schüttelte sie den Kopf. »Bei anderen könnte das der Fall sein, aber nicht bei Will.« Sie sah ihm in die Augen, und ihr Gesichtsausdruck ließ ihm das Wort auf den Lippen ersterben. »Das wissen wir beide, Myles. Will war ein Gezeichneter. Marias Agenten waren seit Wochen hinter ihm her.«

Myles wollte widersprechen, wollte erklären – aber er wusste, dass sie recht hatte. Dennoch sagte er tapfer: »Es gibt immer noch Hoffnung, meine Liebe. Wir müssen auf Gott vertrauen.«

Blanche saß eine Zeit lang reglos da. Sie wusste, wie erzwungen Myles Bemühungen waren, optimistisch zu wirken. Schließlich sagte sie: »Ich muss zu ihm, Myles – auf der Stelle.«

»Ich weiß nicht, ob sie dir erlauben werden, ihn zu sehen.«

»Ich werde so lange bleiben, bis sie es tun.«

Myles zuckte die Achseln. Er wusste, dass seine Schwiegertochter eine junge Frau mit eisernem Willen war. »Pack ein paar Kleider zusammen. Ich miete dir ein Zimmer in London, damit du Will so oft wie möglich besuchen kannst.«

Blanche legte ihre Hand auf seinen starken Arm. »Du und Hannah … ihr leidet schrecklich.« Er brachte es nicht über sich zu antworten, und sie ging in ihr Zimmer, um zu packen. Als sie zurückkehrte, schritten sie gemeinsam aus dem Haus. Er hatte seine Kutsche mitgebracht, und er half ihr hinein, dann sagte er zu dem Kutscher: »London. Und zwar rasch, Ned.«

★ ★ ★

Als die Wächter Will an den gefürchteten Ort brachten, blickte er zu den vier Turmspitzen auf, die den Tower von London kennzeichneten. Er musste verschiedene Tore passieren und wurde von Staunen ergriffen, als er das Herzstück der Festung, den Weißen Tower, vor sich sah. Er hatte einen Palast erwartet, nicht eine Zitadelle, und war in keiner Weise darauf vorbereitet, eine Stadt in der Stadt vor sich zu sehen, die sich über rund dreizehn Hektar erstreckte – und in der es von Soldaten und Wächtern wimmelte.

Vierhundert Jahre alt war dieser Tower – ein Ort der Gespenster, der geschichtlichen Ereignisse und der fantasievollsten Legenden. Wie Wills Vater ihm erzählt hatte, befanden sich darin nicht nur ein Ratssaal, eine Kapelle und ein Festsaal, sondern auch Kasernen, Verliese und die Folterkammer. Ein unwillkürlicher Schauder lief ihm über den Rücken, als er daran dachte, und er stählte sich dagegen, um sich keine Furcht anmerken zu lassen.

Schließlich wurde er zu einer Zelle gebracht, die in einem Labyrinth von Gängen versteckt lag. Der Wächter deutete mit dem Kopf auf die Tür, grunzte: »Rein mit Euch«, und wartete nur, bis Will drinnen war, um die Tür zuzuschmettern. Das scharfe metallische Klirren des Riegels ließ Will zusammenzucken – aber er war jetzt allein, und niemand konnte seine Reaktion sehen.

Die Zelle war nicht mehr als neun Quadratmeter groß und hatte ein vergittertes Fenster hoch oben in der Mauer. Augenblicklich eilte er zu der hölzernen Pritsche darunter. Indem er sich auf die Zehenspitzen streckte, gelang es ihm, einen Blick auf die Außenwelt zu werfen – die aus einem Stück Gehweg und einer Art Exerzierfeld, das von einer altertümlichen Steinmauer flankiert wurde, bestand. Er sprang herunter und sah sich um. Das trübe Licht erhellte kaum die Zelle. Es gab keine Entlüftung, das Fenster ausgenommen, und keine Kerze. Die einzige Möblierung bestand aus einer Pritsche, einem Hocker und einem Eimer in einem Winkel.

Langsam ließ Will sich auf die Pritsche nieder und lehnte sich an die steinerne Mauer. Er hatte diesen Augenblick seit Monaten gefürchtet, denn er war ein Mann, der die freie Natur liebte. Sein Leben lang war es ihm eine Qual gewesen, wenn nur eine kurze Krankheit ihn ins Haus verbannte – und jetzt war er hier!

Die Zeit schleppte sich dahin, und das Licht verblasste, bis der Raum in völliger Finsternis lag, von einem dünnen Lichtfaden abgesehen, der den unteren Rand der Zellentür kennzeichnete. Er legte sich auf die Pritsche und döste unruhig. Sooft die gedämpften Geräusche aus dem Korridor an sein Ohr drangen, schreckte er unruhig auf. Wie er dalag, war es ihm unmöglich einzuschlafen; erst nach Stunden, wie es ihm schien, gelang es ihm. Der Schlaf wäre ein Segen gewesen – alles war besser als dieses Gefühl, lebendig begraben zu sein!

Wenn er wach war, quälte Williams lebhafte Fantasie ihn damit, dass sie ihm die Szenen vorspielte, von denen er wusste, dass sie kommen mussten. Diese Zelle war nicht das Schlimmste, soviel wusste er. Er dachte an Latimer und Ridley und viele andere seiner Bekannten, die in den Feuern von Smithfield gestorben waren – und er musste einen harten Kampf ausfechten, um nicht mit den Fäusten an die Wand zu schlagen und zu schreien, man sollte ihn herauslassen.

Es wäre ohnehin nutzlos gewesen. Es würde keine Entlassung geben. Als diese Erkenntnis bis in die Tiefen seines Wesens drang, schrie ein Wort in seiner Seele auf: *Blanche!* Ein sengender Schmerz durchfuhr ihn; er lehnte den Kopf an die Wand und presste die Lider zusammen.

Was soll aus ihr werden?, dachte er ein ums andere Mal in der Nacht, als seine Gedanken wieder und wieder um den Augenblick kreisten, an dem man ihn auf den Scheiterhaufen bringen würde. Seine lebhafte Fantasie malte ihm jeden Schritt bis ins kleinste Detail aus – er konnte beinahe den Rauch riechen und das Prasseln der Holzbündel hören.

Schließlich brach der Morgen an, und ein Wächter brachte ihm zu essen. Will versuchte, ihm ein paar Worte zu entlocken, aber der Mann fluchte nur und schmetterte die Tür grob hinter sich ins Schloss. Wiederum klang das Einschnappen des Schlosses wie eine Totenglocke.

Der Tag verging, und die Nacht kam heran. Will hatte es noch nicht über sich gebracht, von den Speisen zu essen, die der Wächter ihm dagelassen hatte, aber nun tastete er in der Dunkelheit herum, bis er sie fand. Sie waren kalt und fettig, aber er aß davon und trank dann durstig aus dem Krug mit dem lauwarmen Wasser.

Danach lief er stundenlang hin und her, um sich warm zu halten. Alles war besser, als sich unter der dünnen, übel riechenden Decke zusammenzurollen, die sie ihm gegeben hatten. Ein neuer Morgen kam, der Wächter brachte Essen und leerte den Eimer, dann ließ er den Gefangenen allein. Der Tag verging langsam, und oft kletterte Will auf die Pritsche und spähte zum Fenster hinaus. Zweimal sah er

Wächter vorbeihasten, aber offenbar befand er sich in einem nur wenig frequentierten Abschnitt des Towers. Er betrachtete die Gitterstäbe und kratzte mit dem Daumennagel am Mörtel – dachte an Flucht.

Das ist albern! Niemand entflieht von diesem Ort! Er schritt auf dem Fußboden auf und ab. *Mein Großvater war einmal im Tower eingekerkert. Ich frage mich, ob das hier seine Zelle war?* Der Gedanke fuhr ihm durch den Kopf, dass sein Großvater aus dem Tower entlassen worden war und noch viele Jahre gelebt hatte – aber er schob ihn beiseite. *Er lebte nicht in den Tagen von der Blutigen Maria!*

Der Mittag kam und verging, und allmählich neigte sich der Nachmittag seinem Ende zu. Er saß auf seiner Pritsche und starrte die Wand an, als das Geräusch des Riegels, der aufgestoßen wurde, ihn aufspringen ließ. Die Tür schwang auf, und der Wärter sagte: »Nur zehn Minuten!« Er beugte sich vor und stellte eine Kerze auf den Boden, dann verließ er die Zelle wieder, wobei er die Tür hinter sich zuknallte.

Will war nicht an das Licht gewöhnt, das den Türrahmen erhellte, und so konnte er nur eine schattenhafte Gestalt erkennen. Dann spürte er Arme, die ihn umschlangen, und Blanches Stimme flüsterte: »Oh, Will!«

»Blanche!«

Die beiden hielten einander umschlungen, und inmitten der übel riechenden Zelle fing er den süßen Duft von Veilchen auf, der sie immer umgab. Er atmete tief ein und erinnerte sich an die wunderbaren Zeiten, die sie zusammen verbracht hatten. Er spürte, wie er ruhiger wurde. »Wie bist du hereingekommen?«, flüsterte er.

»Ich glaube, dein Vater hat den Kerkermeister bestochen.« Sie trat einen Schritt zurück und blickte ihm forschend ins Gesicht. »Geht es dir gut, Will?«

»Ja, sie haben mich nicht misshandelt.« Jetzt, wo sie da war, wusste sie nicht, was sie sagen sollte. Er starrte sie an, und sie schien ihm eher ein Traum als eine Frau aus Fleisch und Blut zu sein. Als müsste er sich vergewissern, dass sie wirklich da war, streichelte er ihre weiche Wange mit einer zitternden Hand. »Es tut mir leid, dass du an einen solchen Ort kommen musst.«

Blanche schüttelte heftig den Kopf und wisperte: »Will, alles ist gut.«

»Nein, das ist es nicht«, murmelte er grimmig, dann hielt er sie von Neuem fest. »Es wird schlimm, Blanche.«

»Will –«

»Ich hätte dich niemals heiraten dürfen«, sagte er voll Bitterkeit.

»Sag das nicht!« Blanche hob die Hand und bedeckte seinen Mund, dann zögerte sie. Schließlich flüsterte sie: »Wir werden ein Kind haben, Will.«

Wakefield stand still, sein Herz schien zu hämmern. Er schluckte, dann flüsterte er: »Blanche, bist du sicher?«

»Ja!«

Ihre Stimme war ruhig, und Stolz klang darin mit. Aber Will stöhnte und wandte sich von ihr ab. »Blanche ... das ist ... das Schlimmste von allem!«

Sie ergriff seinen Arm und zog ihn herum, sodass sie einander von Angesicht zu Angesicht gegenüberstanden. »Du darfst nicht traurig sein, Will. Das darfst du einfach nicht!«

»Was kann ich dagegen tun? Was wirst du jetzt tun?«

»Ich werde tun, was Gott mir befiehlt, wie du und ich es auch seither getan haben.«

»Das Kind wird keinen Vater haben!«

»Das weißt du noch nicht«, beharrte sie. »Aber wenn du gehen musst, so ist doch Gott der Vater der Vaterlosen. Er wird uns beistehen, mein Liebster, was auch geschehen mag.«

Sie stand da und hielt ihn in den Armen. Nur allzu bald öffnete sich die Tür, und der Wächter redete sie mit rauer Stimme an. Blanche streckte die Hand aus und berührte Wills Gesicht mit sanften Fingern, und ein Ausdruck zärtlicher Liebe trat auf ihr Gesicht. »Ich muss gehen, Liebster. Aber wir werden wieder miteinander reden. Ich musste dich sehen, um dir von dem Kind zu erzählen – und dir das hier zu geben.« Sie reichte ihm ein kleines Päckchen, dann küsste sie ihn, während er sie eng umschlungen hielt.

Sie unterhielten sich noch kurz miteinander – nur Sekunden, wie es ihnen erschien –, dann meldete sich der Wächter wieder zu Wort. »Kommt schon, es ist Zeit!«

Die Tür schloss sich mit einem schrecklichen Krach, und Will war wieder allein. Die Kerze flackerte, die gelbe Flamme stand steil aufrecht in der luftlosen Zelle. Er blickte auf den Gegenstand nieder, den sie ihm gegeben hatte, und sah, dass es eine kleine Bibel war – eine von Tyndales Bibeln.

Er setzte sich nieder und versuchte zu lesen, aber ihre Worte hallten in seinen Gedanken wider. Er hatte nicht entfernt daran gedacht, dass so etwas geschehen könnte – dass er eine Witwe *und* eine Waise zurücklassen könnte. Die Sehnsucht nach Leben wallte in ihm auf, und er musste die Lippen hart zusammenpressen, um das Stöhnen zu unterdrücken, das in seiner Brust aufstieg. *»Tragt es wie ein Mann, Mr Ridley.«* Hugh Latimers letzte Worte widerhallten in seinen Gedanken, fast so deutlich, als würden sie in dieser dunklen Zelle ausgesprochen. Mit zitternden Händen öffnete Will das kleine Buch und begann zu lesen.

★ ★ ★

Elisabeth starrte den hochgewachsenen Mann an, der vor ihr stand, dann sagte sie: »Myles, Ihr wisst nicht, worum Ihr da bittet!«

Myles Wakefield neigte leicht den Kopf, sagte aber in leidenschaftlichem Ton: »Doch, Prinzessin Elisabeth, das weiß ich nur zu gut.«

Die blassen Augen der Prinzessin zogen sich zu Schlitzen zusammen, und sie schüttelte ungläubig den Kopf. »Ihr wollt, dass ich zu meiner Schwester gehe und um Gnade für Euren Sohn bitte?«

»Ja, Prinzessin.« Myles richtete sich auf, und sein Mund wurde straff. »Ich habe es immer verabscheut, um einen Gefallen bitten zu müssen, und ich würde es nicht um meiner selbst willen tun. Aber dies ist mein erstgeborener Sohn, und ich würde alles tun, um ihn zu retten.«

Eine heftige Antwort lag auf ihren Lippen. Viele kamen zu Elisabeth Tudor, um eine Gunst von ihr zu erbitten, aber niemand würde es wagen, um eine solche Sache zu bitten! Sie starrte eindringlich in das ehrliche Gesicht des Mannes, der vor ihr stand, und sie erinnerte sich an seine vielen Freundschaftsbeweise – seine unerschütterliche Loyalität, als es nicht populär gewesen war, einer illegitimen Prinzessin seine Gunst zu erweisen.

Ihre Lippen wurden weicher, und sie sagte sanft: »Myles, Ihr hättet Euch keinen schlimmeren Fürsprecher aussuchen können! Meine Schwester verabscheut mich. Es würde die Lage Eures Sohnes nur noch verschlimmern, wenn ich sie bitten wollte, ihm die Freiheit zu schenken.«

»Nichts kann seine Lage noch verschlimmern«, sagte Myles schlicht. Er richtete sich mit Mühe auf und neigte den Kopf. »Aber es war ein Fehler von mir, Euch damit zu belasten. Eure schmalen Schultern haben schon zu viele Lasten getragen. Vergebt mir.«

Elisabeth wartete, bis er die Schwelle erreicht hatte, dann rief sie aus: »Myles! Ich – ich werde es versuchen.«

Er kehrte augenblicklich um und kniete vor ihr nieder. Berührt von seinem Verhalten, legte sie die Hand auf seine Schulter. Er erhob sich und sagte mit heiserer Stimme: »Ich danke Euch, Prinzessin. Ich danke Euch von ganzem Herzen!«

Dann war er verschwunden, und die hochgewachsene Frau blieb verwirrt zurück. Sie hatte impulsiv ein Versprechen gegeben – etwas, das sie nur selten tat. Aber sie wusste, dass die Zeit mit rasender Geschwindigkeit ablief, und so schickte sie augenblicklich einen Boten mit der Bitte um eine Audienz zu ihrer Schwester. Zu ihrer großen Überraschung erhielt sie schon am nächsten Morgen eine Nachricht, sie möge in den Palast kommen.

Bald wurde sie in Marias Privatgemächer geleitet. Die Königin erhob sich nicht, starrte ihr aber geradewegs in die Augen. »Nun, was ist los?«, verlangte sie zu wissen.

»Ich weiß kaum, wie ich meine Bitte in Worte fassen soll, Euer Majestät.« Elisabeth zögerte. »Sie wird Euch nicht gefallen.«

»Sagt mir, was Ihr wollt«, fuhr Maria sie an. »Ich werde selbst entscheiden, ob es mir gefällt.« Maria sah krank aus. Sie hatte Gewicht verloren, seit Philipp abgereist war, und ihre Augen lagen tief in den Höhlen.

»Sir Myles Wakefield sprach gestern bei mir vor«, sagte Elisabeth vorsichtig. Sie wusste, dass sie sich auf gefährlichen Boden begab, und einen Augenblick lang verließ sie der Mut, und sie brachte kein Wort hervor.

Maria warf ihr einen scharfen Blick zu, dann sagte sie mit aufwallender Wut: »Und er verlangte von Euch, um das Leben seines Sohnes, des Ketzers, zu bitten?«

»Ja, Euer Majestät.«

Marias Gesicht, so bleich es war, überzog sich plötzlich mit flammendem Zorn. Sie hob ihre mächtige Stimme, die bei einer so kleinen Frau immer erschreckend wirkte, und begann zu schreien. »Ihr *wagt* es, mir mit einer solchen Bitte unter die Augen zu treten? Ihr wisst, dass der Mann ein Ketzer ist! Und Ihr wisst es deshalb, weil Ihr selbst nichts Besseres seid!«

»Nein, Euer Majestät –!«, protestierte Elisabeth, aber sie sah sofort, dass ihre Schwester von einem ihrer unkontrollierbaren Wutanfälle gepackt wurde. Sie stand schweigend da und ließ den wildesten Zorn der Frau über sich ergehen, bis Maria nach Atem rang. Sie wusste, dass Maria Männer und Frauen gleichermaßen dem Tod überantwortet hatte, wenn solche Wutanfälle sie schüttelten, und sie war überzeugt, dass man sie in den Tower schicken würde.

Aber Maria, so schien es, hatte ihre Wut erschöpft. Sie saß mit bebendem Busen da und sagte schließlich: »Verschwindet von hier, bevor Ihr dem Ketzer Gesellschaft leistet.«

»Ja, Euer Majestät«, flüsterte Elisabeth und verließ augenblicklich den Raum. Ihr Herz schlug hart und schnell, und als sie sich beruhigt hatte, schrieb sie eine kurze, traurige Nachricht: »Myles, es war hoffnungslos – obwohl ich es versucht habe.« Sie versiegelte den

Brief, gab ihn einem Diener, dem sie vertraute, und legte eine Münze dazu. »Sorge dafür, dass dieser Brief in die Hände von Sir Myles Wakefield gelangt.«

Später, als sie allein war, gab sie ihrem Kummer Raum. Myles war einer ihrer treuesten und am meisten geschätzten Freunde, und sie hasste den Gedanken an den Schmerz, den er nun ertragen musste. Aber sie wusste, Maria würde sich nicht umstimmen lassen.

★ ★ ★

Will stand auf, und seine Eltern umarmten ihn. Seine Mutter weinte, aber sie flüsterte: »Oh, mein Junge, ich bin stolz auf dich!« Sie küsste ihn, dann wandte sie sich ab und schritt zur Tür, wo der Wächter wartete. Ihre Schultern zuckten.

Myles brauchte all seine Kraft, um seine Stimme ruhig klingen zu lassen, als er die Hand seines Sohnes ergriff. Er sagte schlicht: »Will, du bist ein Mann Gottes. Wir werden uns wiedersehen.«

Will nickte sofort, dann sagte er: »Ja, Vater, alle Christen werden einander wiedersehen. Gott segne dich. Ich weiß, du wirst Blanche ein Vater sein. Und dem Kind auch.«

»Ja! Du hast mein Wort, Sohn!«

Dann verließ Myles den Raum. Er hatte den Arm um Hannahs Schultern gelegt. Als sie hinausgingen, trat Blanche ein. Sie trat rasch auf ihn zu und schlang die Arme um ihn. »Will, mein Liebster!«, flüsterte sie.

»Blanche, wir haben nur einen Augenblick Zeit.« Will trat zurück, seine Augen waren voll Frieden, seine Stimme ruhig und klar. »Setz dich. Ich möchte dir etwas erzählen.«

Als sie sich gesetzt hatten, begann er ihr zu erzählen, wie Gott ihn gestärkt hatte. »Zuerst hatte ich furchtbare Angst, aber in diesen letzten Tagen hat Gott mir einen Frieden geschenkt, den ich mir nie erträumt hätte.«

»Ich weiß, was du meinst.« Blanche nickte. »Er hat auch mir Frieden geschenkt.«

»Ich werde so viele Dinge vermissen. Am meisten dich natürlich. Und ich werde das Land und die Flüsse Englands vermissen.«

»Du wirst ein viel besseres Land haben.«

Er lächelte und küsste ihre Hand. »Ja, da hast du recht. Das ist es, was Gott mir gezeigt hat. Ich werde auch das Kind vermissen – meinen Sohn, wovon du so überzeugt bist.«

»Gott hat mir gesagt, dass es ein Knabe werden wird«, sagte Blanche mit leiser Stimme.

»Ich glaube dir.« Will sprach ruhig über einige Dinge, die ihm auf dem Herzen lagen, was das Kind betraf, dann sagte er: »Eines sollst du wissen, meine Liebe, du wirst einen Freund an meinem Vater haben. Und Gott wird dir beistehen.«

»Gibt es … noch irgendetwas zu sagen, was unseren Sohn betrifft?«

Will sagte langsam: »Ich verlasse diese Welt, um eine bessere zu finden. Aber in gewisser Weise werde ich immer noch da sein. Ich werde in unserem Sohn weiterleben, Blanche.« Seine Augen wurden strahlend hell, und in seiner Stimme schwang ein triumphierender Ton mit. »Das ist es, was Gott mir in meiner Zelle gezeigt hat – wenn ich nicht mehr bin, wird der Sohn, den ich hinterlasse, Dinge tun, die zu tun mir nicht vergönnt war. Ich habe ihm einen Brief geschrieben.« Er zog ihn aus der Tasche. »Gib ihn ihm zu lesen, sobald er groß genug ist, um zu verstehen.«

Sie sprachen miteinander, bis die Tür geöffnet wurde, dann erhoben sie sich. Will nahm sie in die Arme und flüsterte: »Gott wird dich und den Jungen begleiten. Sein Name soll Robin sein.«

»Ja, mein Liebster.« Blanche umschlang ihn leidenschaftlich, dann ließ sie ihn langsam los. »Du warst mein Leben«, sagte sie schlicht, dann wandte sie sich um und verließ den Raum.

Will blieb allein zurück. Er flüsterte: »Und du warst mein Leben, mein Herz!«

Myles und Hannah schlossen Blanche in die Arme, und sie verließen schweigend das Gefängnis. Als Will verhaftet worden war, hatte Myles Blanche gesagt, Wakefield sei von nun an ihr Heim.

Nun half er seiner Frau und seiner Schwiegertochter in die Kutsche, und sie verließen London so schnell wie möglich.

Sie waren immer noch in Hörweite der Glocken der Stadt, als die Glocken zwölf schlugen, die Stunde, zu der Wills Hinrichtung angesetzt war. Blanche stieß einen lauten Schrei aus und sank in Hannahs Arme. Keiner der drei sprach ein Wort, und Myles erschien es, als hätte die Welt in ihrem Lauf angehalten, und die Zeit sei stehen geblieben. Er schloss die Augen und kämpfte gegen Tränen des Kummers an. Mit gebrochener Stimme flüsterte er: »Vater, ich gebe dir meinen Sohn. Heiße ihn willkommen in deinem Reich.«

★ ★ ★

Myles Wakefield hatte die Aufgabe, den Leichnam seines Sohnes heimzubringen, seinem getreuen Verwalter übertragen, Hal Bedlow – eine Aufgabe, die Bedlow mit großer Sorgfalt und in tiefer Traurigkeit wahrnahm. Zwei Tage später wurde das Begräbnis unter freiem Himmel abgehalten. Der Pastor der Kirche am Ort hatte angeboten, es in der Pfarrkirche abzuhalten, aber Myles wusste, dass der gute Mann dafür seine Stelle verlieren konnte, wenn er nicht überhaupt in den Tower geworfen wurde.

Eine große Menschenmenge hatte sich um das offene Grab versammelt – die Familie, die Diener und viele Nachbarn, die Will geliebt hatten. Sie lauschten, als Myles selbst die Predigt hielt. Er erzählte ihnen in schlichten Worten, was für ein guter Sohn Will gewesen war, dann sprach er über die Liebe seines Sohnes zu Gott. Er sagte nichts über den Staat, sondern schloss seine Rede damit, dass er aus der Bibel las, die Will in seiner Zelle gelesen hatte. »Denn dies Verwesliche muss anziehen die Unverweslichkeit, und dies Sterbliche muss anziehen die Unsterblichkeit. Der Tod ist verschlungen vom Sieg. Tod, wo ist dein Sieg? Tod, wo ist dein Stachel? Gott aber sei Dank, der uns den Sieg gibt durch unsern Herrn Jesus Christus.«

Dann schloss er die Bibel und sagte: »Will war getreu bis in den Tod. Jesus Christus war sein Erlöser. Obwohl Will nicht zu uns kommen kann, können wir zu ihm gehen. Und eines Tages *werden* wir uns wiedersehen.«

Blanche stand neben Hannah, das Gesicht von einem Schleier bedeckt. Sie hatte während des ganzen Gottesdienstes kein Wort gesprochen, aber nun flüsterte sie wie ein Echo von Myles' Worten: »Ja, ich will zu dir kommen, Will!«

7

EIN SCHWACHER SCHREI

Das schwache Licht einer trüben Septembersonne drang durch ein hohes Fenster und schien auf die Frau, die auf einem großen Stuhl saß. Winzige Staubkörnchen tanzten in den goldenen Strahlen, und das bernsteinfarbene Licht formte eine Art Heiligenschein um den Kopf des Kindes zu ihren Füßen.

Plötzlich wurde Blanche Wakefield von einem Krampf gepackt, so schmerzhaft, dass ein leises Stöhnen über ihre Lippen drang. Sie ballte die Fäuste, als eine Welle von Übelkeit in ihr aufstieg, dann sank sie schwer in den Stuhl zurück, die Lippen fest aufeinandergepresst.

»Tante Blanche – bist du krank?«

Alice Wakefield sprang augenblicklich auf die Füße, die großen blauen Augen von Sorge erfüllt. Sie hatte Blanche zu Füßen gesessen und ihr zugehört, wie sie ihr vorlas. Sie war die einzige Tochter von Myles und Hannah Wakefield und mit zehn Jahren immer noch sehr schüchtern. Blanches Freundlichkeit jedoch hatte rasch ihr Herz gewonnen. Sowohl sie als auch ihr Bruder Thomas hatten rasch herausgefunden, dass ihre neue »Tante« eine Menge Spiele kannte und fast immer bereit war, mit ihnen zu spielen. Tom, der bereits fünfzehn war, behauptete, schon zu groß zum Spielen zu sein, aber Alice merkte, dass er üblicherweise anwesend war, wenn die Zeit zum Spielen kam.

»Oh nein, Alice«, sagte Blanche und zwang sich zu einem Lächeln. »Mir ist nur ein wenig schwindlig.« Sie streckte die Hand aus und berührte das goldene Haar des Mädchens, das mit besorgtem Ausdruck zu ihr aufblickte. »Wenn eine Frau ein Baby bekommt, wird ihr manchmal ein bisschen schwindlig.«

»Wann wird das Baby da sein?«

Blanche lachte und kümmerte sich nicht um den Schmerz, der ihren Leib umklammerte. »Oh, erst im November.« Sie streckte die Arme aus, und Alice kam augenblicklich zu ihr. Blanche schloss das Kind in die Arme und flüsterte: »Wäre das nicht ein guter Grund, dem lieben Gott zu danken? Ein brandneues Baby, das einmal genauso aussehen wird wie dein Bruder Will?«

»Aber – aber woher weißt du, dass es ein Junge wird, Tante Blanche?«

»Der Herr hat es mir gesagt.«

Alice starrte Blanche an, ihr ovales Gesicht war ganz still, als sie über diese Tatsache nachdachte. »Wie hat sich Gott angehört? Hat er eine laute Stimme wie Reverend Holland?«

Blanche schüttelte den Kopf und wartete, bis der Schmerz nachließ, dann brachte sie ein Lächeln zustande. »Gott spricht für gewöhnlich nicht laut.« Als sie erklärte, wie Gott sich im Herzen regt, dachte sie daran, wie lieb Alice und Tom ihr geworden waren. Sie hatte niemals eine Nichte oder einen Neffen gehabt, und die beiden hatten ihr geholfen, nicht ständig über Wills Verlust nachzugrübeln.

Hab Dank, Gott, für Myles und Hannah, dachte Blanche. In den vergangenen Monaten hatte sie das oft gedacht. Ihre eigene Mutter war gestorben, als sie zehn Jahre alt war, und ihr Vater hatte eine kränkelnde Frau geheiratet. Wären Wills Eltern nicht gewesen, so hätte Blanche kein Dach über dem Kopf gehabt, also hatten sie sie mit offenen Armen willkommen geheißen. Sie wohnte jetzt seit sieben Monaten bei ihnen – seit Februar – und die Zeit war ihr kostbar geworden.

Ich kann es kaum glauben, dass es bereits September ist, dachte sie und warf dem Kalender, den sie an die Wand gehängt hatte, einen Blick zu. *Nur noch zwei Monate und ich werde mein Baby haben.*

Alice fragte plötzlich: »Tante Blanche, darf ich mich um ihn kümmern?«

»Aber natürlich darfst du das, mein Liebes!«

Die Tür wurde geöffnet, und Hannah trat ein, einen Stapel frischer Bettwäsche auf dem Arm. »Alice, Tante Blanche hat dir schon genug vorgelesen«, sagte sie mit fester Stimme. »Sie muss sich jetzt niederlegen und ausruhen.«

»Aber Mutter, sie las mir gerade aus dem neuen Buch vor.«

»Sie kann später weiterlesen.« Hannah legte die Wäsche auf einen Tisch und nickte. »Raus jetzt mit dir, aber du kannst einen der Kuchen haben, die ich zum Abkühlen hinausgestellt habe.« Als Alice hinauseilte, rief Hannah ihr nach: »Nur *einen*, verstanden?«

Die Tür knallte zu, und beide Frauen zuckten bei dem Geräusch zusammen. Blanche sagte: »Sie leistet mir so nett Gesellschaft, Hannah.« Sie wollte aufstehen. »Komm, ich lege die Wäsche in die Truhe.«

»Du wirst nichts dergleichen tun! Du wirst dich ins Bett legen, sobald ich die Laken gewechselt habe«, verkündete Hannah. Sie ging zum Tisch und begann, die Laken in die Truhe zu legen, wobei sie fröhlich über Kleinigkeiten plauderte. Während sie das Bett abdeckte und mit frischen Laken bezog, warf sie einen Seitenblick auf die junge Frau, die so still dasaß. Sorge furchte Hannahs Stirn. *Es geht ihr nicht gut – wir werden den Doktor bitten müssen, dass er vorbeikommt und sie sich ansieht.*

Blanche hob den Blick und fing den Ausdruck auf Hannahs Gesicht auf. »Mach dir meinetwegen keine Sorgen. Es geht mir gut.«

Hannah blinzelte überrascht, aber sie hatte schon herausgefunden, dass ihre Schwiegertochter in Menschen lesen konnte wie in einem offenen Buch. Sie strich das Laken ein letztes Mal glatt und setzte sich dann Blanche gegenüber nieder. »Es kann nicht schaden, wenn Doktor Gilley auf einen Sprung vorbeischaut.«

»Nein, es kann nicht schaden.« Blanches Zustimmung wurde von ihrem Tonfall Lügen gestraft, der deutlich besagte: *Und es wird auch nicht viel nutzen*. Aber die jüngere Frau wusste, dass Hannah und Myles sich beide Sorgen um sie machten. Sie hatte eine schwierige Schwangerschaft. Nicht nur die übliche morgendliche Übelkeit, sondern schreckliches Erbrechen und Schmerzen, die ihr durch Unterleib und Magen fuhren wie ein weiß glühendes Schwert. Es war unmöglich gewesen, die Schmerzen zu verbergen, obwohl Blanche sich bemüht hatte, nicht zu klagen.

»Ich werde froh sein, wenn das Baby da ist«, murmelte Hannah.

»Es war eine schwere Zeit für dich.«

»Es war auch eine schwere Zeit für dich und Myles.«

»Für uns ist es ein Segen, dich hier zu haben, Liebste. Du warst Alice eine so gute Freundin. Und Tom.«

Sie saßen in stilles Gespräch versunken nebeneinander, bis sie die Haustür gehen hörten. »Das muss Myles sein.« Hannah nickte. »Er hat in seinem ganzen Leben noch keine Tür leise zugemacht!« Sie lächelte, dann fügte sie hinzu: »Alice und Tom haben gelernt, dass das die einzig richtige Art ist, eine Tür zuzumachen.«

Stimmen drangen gedämpft herein, dann wurde die Tür geöffnet, und Myles trat ein. Er trug Alice huckepack, und Tom klammerte sich an seine Hand. Es war ein Bild, das Blanche im Gedächtnis blieb – die Art, wie die Kinder sich an Myles hängten, und die liebevolle Art, in der er sie behandelte. *Ich wünschte, alle Väter gingen so liebevoll mit ihren Kindern um.*

»Wann gibt's zu essen?«, verlangte Myles zu wissen.

Hannah funkelte ihn an. »Ich wünschte, Myles Wakefield, du würdest nur ein einziges Mal etwas anderes sagen, wenn du nach Hause kommst, als: ›Wann gibt's zu essen?‹«

Myles blinzelte Tom zu, machte aber ein ernstes Gesicht, als er antwortete: »Na, wenn es so weit kommt, dass ein Mann um sein Abendessen betteln muss, ist ohnehin Hopfen und Malz verloren!« Plötzlich holte er Alice von seinem Rücken herunter und warf sie hoch in die Luft, sodass sie vor Entzücken aufkreischte, dann stellte er sie auf die Füße. Er wandte sich Tom zu und fragte: »Du hast wohl keine Lust, in aller Morgenfrühe jagen zu gehen?«

»Doch, Sir!«

»Na schön, dann lauf in den Schuppen und richte unsere Ausrüstung her. Und kein Gejammer, wenn ich dich morgen noch vor Tau und Tag aus den Federn reiße!«

Tom grinste und stürzte aus dem Zimmer. Alice folgte ihm. Sie ließ sich nie von seinen Bemerkungen über »lästige kleine Schwestern« abschrecken. Alice knallte die Tür zu, und Hannah blickte mit einer resignierten Gebärde auf. Myles trat an seine Frau heran, beugte sich über sie und küsste ihre Wange – dann tat er dasselbe bei Blanche. »Gott ist gut zu mir, da er mir erlaubt, mit zwei der hübschesten Frauen in ganz England zusammenzuleben!«

»Vergiss das!«, befahl Hannah barsch. »Hast du das Tuch mitgebracht, das ich in der Stadt bestellt habe?«

»Tuch?«

Hannah schüttelte angewidert den Kopf. »Ich wusste doch, du würdest ins Schwatzen kommen und alles vergessen!«

Myles grinste sie an. Im verblassenden Sonnenlicht sah er sehr jung aus. »Nun, dann möchte ich dir mitteilen, dass ich das Tuch sehr wohl mitgebracht habe – und auch noch einige Bänder dazu. Jetzt kannst du anfangen, dich dafür zu entschuldigen, dass du den besten Ehemann in ganz England so schändlich behandelst!«

Blanche saß da und sprach wenig, hatte aber ihr Vergnügen an dem Geplänkel zwischen den beiden. Sie kannte nur wenige Ehepaare, und bevor sie selbst geheiratet hatte, war sie der Meinung gewesen, die Ehe sei eine recht trübselige Angelegenheit. Ein Stich des Bedauerns durchfuhr sie, scharf und sengend. *Will und ich waren wie diese beiden hier – wir waren immer vergnügt und zu Scherzen aufgelegt. Ich sehe jetzt, wie er das von seinen Eltern übernommen hat. Und wir hätten dasselbe an unsere Kinder weitergeben können ...* Der Kummer über ihren Verlust war nie ganz aus ihrem Herzen verschwunden, und nun rang sie darum, ihre Gedanken zu unterdrücken. Es hatte keinen Sinn, darüber nachzugrübeln, dass sie niemals ein so fröhliches, zufriedenes Zuhause mit Will haben würde.

Sie holte tief Atem und blickte ihren Schwiegervater durchdringend an. »Gibt es irgendetwas Neues, Myles?«

Er zögerte, dann nickte er düster. »Giles Stafford wurde verhaftet.«

»Oh nein!«, rief Hannah aus. »Unter welcher Anklage?«

»Das Übliche. Ketzerei.«

Seine Worte schienen in der Luft zu hängen, und Hannah erhob sich rasch und begann, geschäftig die Kerzen anzuzünden. »Es betrübt mich, das zu hören. Er ist ein rechtschaffener Mann.«

»Es gibt noch andere«, sagte Myles. Seine gute Laune war verflogen, und die Linien in seinem Gesicht wurden härter. Die Kerzen warfen ihren Schein auf sein Gesicht und zeigten die Anspannung auf seinen Zügen. Die letzten drei Monate waren unglaublich hart für ihn gewesen. Die Geheimagenten der Krone waren überzeugt gewesen, dass er als Vater eines Ketzers die treibende Kraft hinter dem leidenschaftlichen Widerstand seines Sohnes gegen die katholische Kirche sein musste. Die Wakefields waren von Spionen beobachtet worden, und selbst in ihr Heim hatte man Spione eingeschleust. Myles war dreimal nach London berufen worden, um vor der Ratsversammlung auszusagen, und sowohl Hannah wie Blanche wussten, dass er nur knapp einer Verhaftung entgangen war.

Nun fügte er rasch hinzu: »Es gibt einen Hoffnungsschimmer.«

»Was ist das?«

»Die Königin ist schwer krank. Und obwohl es mir widerstrebt, meine Hoffnung auf das Unglück eines anderen Menschen zu bauen, mag es sein, dass Gott uns auf diese Weise erretten will.«

Schweigen breitete sich über den Raum, und Myles zuckte die Achseln. »Die nackte Wahrheit ist, dass kein Protestant in England seines Lebens sicher sein kann, solange Maria auf dem Thron sitzt. Sie ist fest entschlossen, alle auszurotten und zu vernichten, die nicht die katholischen Anschauungen teilen.«

»Sie war immer schon kränklich, nicht wahr?«, fragte Blanche. »Und dennoch hat sie überlebt.«

»Ja, aber ich habe es aus sicherer Quelle, dass es diesmal etwas anderes ist.« Myles schnitt ein Gesicht, dann fügte er hinzu: »Wie gesagt, ich wünsche Ihrer Majestät kein Unglück, aber –«

»Es ist schwierig, sie nicht zu hassen, nicht wahr?«, murmelte Blanche. »Aber wir dürfen es nicht!«

»Nein, da hast du recht, Tochter«, nickte Myles. »Ich habe viele harte Kämpfe deshalb ausgefochten, aber die Heilige Schrift spricht in klaren Worten.«

»Wenn Robin erwachsen wird«, sagte Blanche mit leiser Stimme, »wird er eines Tages erfahren müssen, wie sein Vater durch die Hand von Königin Maria und der katholischen Kirche starb. Er könnte leicht lernen, diejenigen zu hassen, die seinen Vater getötet haben, aber das darf nicht sein.«

»Nein, wir werden dafür sorgen, dass er nicht in diese Grube fällt.«

Blanches zarte Gesichtszüge leuchteten im bernsteinfarbenen Licht der Kerzen, und ihre weichen Lippen wurden fest. Sie streckte die Hände aus, und als die beiden anderen sie ergriffen, sagte sie: »Wir wollen darum beten, dass Robin ein Mann der Liebe und nicht des Hasses wird.«

»Ja, meine Liebe«, stimmte Hannah ihr augenblicklich zu. »Wer Bitterkeit und Hass in seinem Herzen regieren lässt, zerstört sich selbst.«

Die drei senkten die Köpfe und beteten für das Kind, das geboren werden sollte. Heilige Stille füllte den Raum, und Blanche wusste, dass Gott sie erhört hatte – und dass er ihren Sohn getreulich vor den Gefahren der Bitterkeit bewahren würde.

★ ★ ★

Das Jahr 1558 war voll von Todesfällen. Kaiser Karl V., der ein Leben lang ein Imperium regiert hatte, legte seine Krone ab, seine königlichen Gewänder, seine Macht – und trat in das Reich des Todes ein wie alle menschlichen Wesen: nackt und allein. Kardinal Pole, der Mann, den Maria aus Rom geholt hatte, um den Katholizismus in England einzuführen, starb im selben Jahr, im vollen Bewusstsein, dass er bei der Erfüllung seiner Aufgabe versagt hatte.

Königin Maria von England starb in der Morgendämmerung des 17. November 1558. Die letzten drei Jahre ihres Lebens waren von schlechter Gesundheit, Unglück und Enttäuschung gekennzeichnet gewesen. Es war eine Zeit wirtschaftlicher Depression und politischer Unruhe gewesen, und alles wurde noch schlimmer durch die religiöse Verfolgung, die, wie ihr bewusst wurde, die Erinnerung an ihre Regierungszeit für immer überschatten würde.

Und wirklich, als die Königin starb, gab sich kaum jemand den Anschein der Trauer. Die Kirchenglocken läuteten und Feuer erhellten die Straßen, aber das Volk aß, trank und freute sich, dass die Zeit von Maria der Blutigen vorbei war – und dass die Regierungszeit der neuen Monarchin, Königin Elisabeth, anbrechen sollte.

Sir Robert Dudley, der Earl, Sohn desselben John Dudley, der die Revolte gegen Königin Maria angeführt hatte, ritt durch Felder, die in Rot und Gold leuchteten. Er war der Katastrophe entkommen, die sein Vater über seine Familie gebracht hatte, und war seit Langem ein Günstling Elisabeths. Im Tower waren die beiden eine enge Beziehung eingegangen, und wäre er nicht verheiratet gewesen, so hätte sie ihn ernsthaft als Gatten in Erwägung gezogen.

An diesem Tag entdeckte er Elisabeth, wie sie unter einer Eiche saß, und er rief ihr einen schallenden Gruß zu. Sie erhob sich, um ihn zu begrüßen; ihre Augen funkelten vor Vorfreude – wie immer, wenn er sich blicken ließ.

»Die alte Königin ist tot«, rief er, sobald er abgestiegen war und näher trat, um sich vor ihr zu verneigen. »Ihr seid Königin, Elisabeth!«

Die junge Frau lachte vor Freude, und er ergriff ihre Hände und rief aus: »Ganz England wird jetzt lachen!«

Er behielt recht, denn die Menschenmengen, die die Straßen säumten, als Elisabeth nach London zur Krönung ritt, lachten vor Freude, als sie sie sahen. Sie trug ein glitzerndes weißes Kleid, und ihr rotes Haar glühte in bleichem Feuer. Sie wusste, dass die Buchmacher Europas ihr nicht mehr als sechs Monate auf dem wackeligen Thron gaben, aber die düsteren Vorhersagen konnten die Freude nicht trüben, die in ihr aufwallte – und die sich auf den Gesichtern der meisten ihrer Untertanen widerspiegelte.

Ihre erste Prüfung erwartete sie im Somerset House, als all ihre Lords und Ladys und die ausländischen Gesandten sich vor ihr drängten. Sie unterhielt sich mit ihnen auf Lateinisch, Französisch, Italienisch und in der Hauptsache auf Englisch. Die Worte strömten von ihren schön geschwungenen roten Lippen und hörten sich genauso an, wie ähnliche Worte aus dem dünnlippigen Mund ihres Vaters.

Dann näherte sich ihr der Grande Spaniens mit dem diamantenen Orden des Goldenen Vlieses. Schweigen breitete sich über den Raum, denn alle wussten, dass dieser Mann das Haupt der spanischen Aristokratie war – und dass er gekommen war, um festzustellen, welche Politik die Königin der römischen Kirche gegenüber verfolgen würde. Sehr vorsichtig fragte er: »Wie kann ich Euer Majestät zu Diensten sein?«

Was der Grande damit meinte, war: Ob sie sich als Protestantin oder Papistin erklären würde. Elisabeth begriff die Gefahr nur zu gut. Wenn sie Rom trotzte, so würde sie die Krone fast unweigerlich in einem Krieg mit Spanien oder Frankreich verlieren. Wenn sie sich andererseits als Katholikin erklärte, so hätte sie die Unterstützung aller verloren, die ihr während der blutigen Herrschaft ihrer Schwester treu geblieben waren.

In dieser gewaltigen Versammlung stand sie ganz allein da, aber ihr Blick flackerte keine Sekunde lang. Sie ließ das Schweigen andauern, dann sagte sie mit tiefem Ernst: »Meine Absicht ist es, Gott von ganzem Herzen und ganzer Seele zu dienen.«

Nun, was hätte der Abgesandte des Papstes darauf sagen sollen? Ihre Antwort erfreute den Hof, und ein murmelndes Lachen breitete sich aus.

Für den Augenblick bin ich gerettet! dachte sie voll Freude. *Aber es wird weitere Prüfungen geben.* Sie wusste nicht, wie es ihr dabei ergehen würde, aber in einem Punkt war sie sicher: Sie würde England regieren. Und das war genug.

Sie verstand es, das heikle Gleichgewicht zwischen den beiden Kräften zu halten, bis ihr Krönungstag am 15. Januar 1559 anbrach.

Ganz in goldenes Tuch gekleidet, Juwelen auf dem rotgoldenen Scheitel, wurde sie in einer offenen Kutsche zu der Zeremonie eskortiert. Eine Prozession von tausend glitzernden Rittern folgte ihr. Unterwegs drängten sich die Menschenmengen immer wieder dicht an sie heran – und sie tat, was Maria niemals hätte tun können. Sie empfing sie mit Freuden und sammelte die schlichten winterlichen Duftsträußchen auf, die arme Frauen und zerlumpte Jungen in ihren Wagen warfen.

»Seht euch das an!« Der Sprecher war ein katholischer Priester, der mürrisch und niedergeschlagen danebenstand, als die Kutsche vorbeifuhr. »Das einfache Volk ist ihr gleichgültig! Sie macht eine neue Religion für sie, das sage ich euch. Eine protestantische Religion! Sie wird *uns* verbrennen lassen, wie ihre Schwester die Ketzer verbrannte!«

Die Zeremonie ging weiter, obwohl es schwierig gewesen war, katholische Bischöfe zu finden, die bereit waren, den Gottesdienst abzuhalten. Aber Elisabeth lächelte, als die priesterliche Robe aus Gold um ihre Schultern gelegt wurde, auf dieselbe Weise, wie ein Bischof geweiht wird. Ihr Herz jubelte, als sie an die kommenden Jahre dachte. Sie beendete die Zeremonie, der Reichsapfel und das Zepter in ihren Händen glitzerten im winterlichen Licht des Tages, und auf ihrem Scheitel leuchtete der große Rubin des Schwarzen Prinzen, den Heinrich VI. bei Agincourt errungen hatte. Dann stieg ein Schrei aus Tausenden Kehlen auf, der die Erde zu erschüttern schien.

★ ★ ★

Am selben Tag, an dem Maria starb und Elisabeth Königin von England wurde, dem 17. November 1558, streckte Blanche Wakefield sich in Todesqualen auf dem Bett. Nach zwanzig Stunden Geburtswehen war sie dem Tode nahe, aber ihr Geist war stark, und sie wollte nicht aufgeben.

Vor dem Raum, in dem der Arzt und die Hebamme sich mit

Blanche eingeschlossen hatten, stand Myles wie erstarrt, die Zähne zusammengebissen und die Fäuste geballt. »Wie lange kann sie das noch ertragen?«, fragte er mit heiserer Stimme.

Hannahs Gesicht war eingefallen, als sie neben ihn trat. Sie hatte keine Antwort. Sie konnte nur schweigend den Kopf schütteln und ihren Arm um ihn legen. Sie standen schweigend da. Alles, was es zu sagen gab, war längst gesagt worden. Die Wehen hatten rasch eingesetzt, aber sie wollten kein Ende nehmen. Der Arzt konnte ihnen keine Hoffnung machen.

»Es geht ihr nicht gut«, murmelte er. »Es gibt da irgendein Problem. Irgendetwas, das meine Kunst zuschanden werden lässt.«

Als die Stunden langsam vergingen und keine Erleichterung sich abzeichnete, wandte sich Myles an Hannah, das Gesicht bleich und eingefallen. »Ich wusste nicht, dass es einer Frau so ergehen kann!«

»Unsere Kinder kamen leicht zur Welt«, sagte Hannah. »Wir hatten Glück.« Sie war verkrampft vor Anspannung, denn sie verstand mehr von diesen Dingen als Myles. Jetzt wollte sie ihm Mut zusprechen, hatte aber Angst, ihm falsche Hoffnungen zu machen. »Könntest du einen Bissen essen?«

»Nein!«

Sie wusste, dass er nicht vorgehabt hatte, sie anzufahren, dass seine scharfen Worte der Sorge um Blanche entsprangen – und sie trat von Neuem an ihn heran und schlang tröstend die Arme um ihn. Eng umschlungen warteten sie. Schließlich öffnete sich die Tür und Doktor Gilley kam heraus. Augenblicklich trat Myles auf ihn zu. »Geht es ihr gut?«, verlangte er zu wissen.

Doktor Gilley war ein Mann in mittleren Jahren, der mehr von seinem Beruf verstand als viele andere. Er hatte eine hohe Stirn, dunkelblaue Augen und einen festen Mund. Er presste die Lippen zusammen und schüttelte düster den Kopf. »Ich sage es Euch nicht gerne, Sir Myles, aber Eure Schwiegertochter kann nicht –« Er unterbrach sich und warf Hannah einen Blick zu, dann verbesserte er sich: »Ihr Zustand ist ernst – äußerst ernst!«

Hannah hob den Blick und sah ihm in die Augen. »Ihr wolltet eben sagen, dass sie nicht überleben kann.«

Gilley senkte den Blick und starrte zu Boden. »Das fürchte ich, ja. Es tut mir leid.« Die Frustration entrang ihm ein scharfes Schnauben, und seine Lippen verzerrten sich. »Ich kann es nicht verstehen – äußerlich betrachtet, ist sie eine gesunde junge Frau; sie sollte keinerlei Probleme haben. Aber sie liegt im Sterben, und ich kann nichts für sie tun!«

»Was ist mit dem Kind, Doktor?«, fragte Myles, die Lippen zu einer bitteren Linie zusammengepresst.

»Ein hübscher Junge, rundherum gesund.«

»Dürfen wir hineingehen?«

»Ja, ein Besuch schadet nichts.«

Myles trat auf die Tür zu, dann zögerte er. Er wandte sich Hannah zu und flüsterte heiser: »Warum ist das geschehen? *Warum?*«

»Gott weiß es, mein Lieber. Und wir können ihm nur vertrauen. Komm, Blanche braucht uns.«

Als sie den Raum betraten, sah Myles, wie die Hebamme das Kind wusch. Er trat an eine Seite des Bettes, Hannah an die andere. Als er auf Blanche niederblickte, setzte sein Herz einen Schlag aus, denn er dachte, sie sei bereits tot.

Aber Hannah beugte sich über sie, ergriff sanft die schlaffe Hand und flüsterte: »Blanche?« Die Augenlider der sterbenden Frau flatterten, dann hoben sie sich langsam. »Blanche, du hast ein schönes Baby. Ein Junge, wie du die ganze Zeit über gesagt hast. Robin ... und er ist gesund und stark.«

Blanches Gesicht war gedunsen und eingefallen, und ihre Wangen bleich, beinahe farblos. Aber als sie die beiden anblickte, flüsterte sie: »Gott ist getreu.« Dann wandte sie den Kopf und sagte mit kräftiger Stimme: »Gebt ihn mir. Bitte.«

Hannah trat neben die Hebamme, ergriff das Bündelchen und ging zurück zum Bett. Sie legte das Kind neben Blanche und zog die Decke zurück, um das kleine Gesicht zu enthüllen. »Er sieht seinem Vater ähnlich, Blanche.«

»Und dir auch, Tochter«, sagte Myles. Er hatte Mühe, das Zittern in seiner Stimme zu unterdrücken. »Ich kann euch beide in ihm sehen. Er ist ein hübscher Junge!«

Hannah und Myles standen da, so lange sie es wagten, und beobachteten, wie Blanche in immer schwächer werdendem Flüstern auf das Baby einredete. Dann schwieg sie still.

»Soll ich ihn wegbringen?«, fragte Hannah.

»Ein wenig später.« Blanche wandte nicht den Kopf. Sie war selbst dafür zu müde. Ihre Augen hingen am Gesicht des Babys, und lange Zeit bewegten sich ihre Lippen lautlos.

Dann wandte sie sich um und sah die beiden an, die ihr so viel Trost und Liebe erwiesen hatten, und als sie sprach, war ihr Atem so schwach, dass sie kaum sprechen konnte. »Lasst … ihn nicht … hassen«, flüsterte sie, dann mühte sie sich, noch etwas zu sagen, konnte aber die Worte nicht über die Lippen bringen.

Als das Leben sie eben verlassen wollte, kehrte noch einmal ein Augenblick der Kraft zurück. Sie öffnete die Augen, und Frieden malte sich auf ihrem Gesicht, als sie mit klarer Stimme sagte: »Lehrt unseren Sohn … zu lieben!« Plötzlich wölbte sie den Rücken, holte tief Atem – und ein strahlendes Lächeln huschte über ihre müden Lippen. »Will –?«, flüsterte sie, dann seufzte sie leise, schloss die Augen und lag still.

Einen Augenblick lang herrschte Stille im Raum. Dann wisperte Myles: »Sie ist tot!«

»Ja«, sagte Hannah, und Tränen traten ihr in die Augen, »aber sie hat etwas von sich selbst hinterlassen. Und etwas von Will.«

»Ja, etwas von ihnen beiden.«

Myles hob das Baby auf, und Hannah faltete Blanches reglose Hände, dann strich sie ihr das Haar aus dem Gesicht. Schließlich trat sie neben ihren Gatten, und beide blickten das kleine Bündel Mensch an, das plötzlich zu schreien begann. Es war ein schwacher Schrei, als wüsste der Kleine, dass er etwas verloren hatte – so jedenfalls erschien es Myles.

»Weine nicht, Sohn«, sagte er sanft und hob das Kind in seinen Armen auf. »Du bist nicht allein. Du hast Menschen um dich, die dich lieben.«

Hannahs Augen waren plötzlich blind, und sie wischte die Tränen weg. Aber sie sagte beinahe wild: »Ja, und du wirst lernen zu lieben, Robin Wakefield! Das schwöre ich!«

»Amen!«, sagte Myles wie ein Echo und zog Hannah in den Kreis seiner Arme. Sie hielten einander eng umschlungen und dachten an die Jahre, die vor ihnen lagen. Die Erinnerung an ihren Sohn war stark und lebendig in ihnen, und als sie sich umwandten, um den Raum zu verlassen, da beteten sie beide, Robin Wakefield möge zu einem Mann heranwachsen, dessen Leben seinen Eltern Ehre machte.

II

Die junge Königin Elisabeth 1568–1577

8
DAS ZEHNTE JAHR

Robin war vor Tau und Tag aufgestanden und hinausgeschlüpft. Sein Herz schlug schneller, als er auf den Fluss zulief. *Wenn ich um zehn Uhr nicht zurück bin, wird Großvater mich sicherlich durchprügeln!* Er hatte seinem Großvater am Abend zuvor die Erlaubnis abgerungen, seine Schlingen im Fluss einzuholen, und hatte die Warnung erhalten: *Nun, dann mach dich auf den Weg – aber wenn du zu deiner eigenen Geburtstagsfeier zu spät kommst, dann salze ich dir den Hintern!* Robin wusste nur zu gut, dass sein Großvater Ungehorsam ebenso pünktlich bestrafte, wie er gutes Benehmen belohnte – und außerdem hatte man nur einmal im Leben seinen zehnten Geburtstag!

Er schauderte, als ein winterlicher Windstoß an ihm vorbeibrauste, dann zog er seinen Mantel enger um sich. »Ich werde zurück sein, bevor sie aufwachen«, verkündete er Pilot, dem riesigen Mastiff an seiner Seite. Pilot hob den massigen Kopf, machte mit kehliger Stimme *Wuff* und begann dann, in einem so flottem Trab auf den Fluss zuzulaufen, dass der Junge Mühe hatte, mit seinen riesenhaften Sprüngen mitzuhalten.

Der Winter hatte die Bäume ihrer Blätter beraubt, sodass es aussah, als streckten sie magere Arme zum Himmel empor. Beide Ufer des Flusses waren – ausgenommen an den Stellen, wo Häuser und das Dorf standen – von dichten dunklen Wäldern bedeckt, durch die streckenweise tiefe Karrenwege führten. Eichhörnchen, Dachse, Füchse und Hasen gab es dort im Übermaß, selbst im Winter. Der Wald hatte etwas köstlich Unheimliches an sich, und Robin wagte sich oft hierher, obwohl sein Herz manchmal vor Furcht hämmerte. Als seine Großmutter Hannah ihn vor den Gefahren des Ortes gewarnt hatte, hatte er nur gesagt: »Aber Großmutter, *es macht Spaß, Angst zu haben!*«

Vielleicht hatte er die Geschichten in sich aufgesogen, die im Herrenhaus erzählt wurden – Geschichten von Hexen, die angeblich dort wohnten. Aber er hatte nie ein solches Wesen gesehen. Gesehen hatte er Kate Moody, die in einer Hütte an der Westseite des Flusses wohnte. Wer weiß, vielleicht war sie eine Hexe! Robin hatte sich mehr als einmal dicht an das Haus herangeschlichen, mit angehaltenem Atem und prickelnden Nerven – aber er hatte niemals das Glück gehabt mitanzusehen, wie sie irgendjemanden in ein kriechendes Reptil verwandelte, wie man es von ihr erzählte. Er hätte so etwas gerne gesehen, vorausgesetzt, er selbst war nicht das Opfer!

Das Geräusch von Pilots heftigem Hecheln holte ihn in die Gegenwart zurück, und er sprang über ein paar ausgetrocknete Bäche. Während der Regenzeit füllten sich diese Bachbetten mit schimmerndem, öligem Wasser. Jetzt jedoch war der Wasserspiegel abgesunken, sodass sie mit schweigendem gelblichem Schlamm gefüllt waren, und die einzigen Geräusche rund um den Jungen waren die Rufe und das Geflatter der Vögel, die sich fast wie das Weinen von Kindern anhörten.

Robin erreichte den Fluss, der sich in Serpentinen durch das Tal wand. Augenblicklich lief er zu der Stelle, wo er seine Schlingen ausgelegt hatte, und schubste Pilot beiseite, während er eine davon einholte. Leer! Aber was noch schlimmer war, der Köder war verschwunden. Die nächsten beiden Reusen waren ebenso leer.

Er wagte kaum noch zu hoffen, als er die letzte Reuse einholte – und japste, als er ein schweres Gewicht darin fühlte. Pilot drängte sich herbei und bellte aufgeregt, als Robin die Reuse einholte. »Da ist was Großes drin!«, rief er, denn das Gewicht war schwerer, als er je zuvor erlebt hatte.

Aber er wunderte sich, dass sich nichts rührte. »Das ist ja, als zöge man einen Baumstamm an Land!«, sagte er zu dem riesigen Hund. »Vielleicht hat sich ein Ast verfangen –« aber er unterbrach sich, als er, schwer atmend, beinahe hintenübergefallen wäre, als er eine dunkle Form aus dem Wasser zog.

Robin krauste zornig die Stirn. »Elende alte Schildkröte!« Er hatte gar keinen Fisch an Land gezogen – dennoch, Schildkröte schmeckte auch nicht schlecht. Er zerrte das riesige moosbedeckte Tier ans Ufer, und Pilot umkreiste es, wobei er gewaltig knurrte und bellte – während er sich die ganze Zeit sorgfältig von den schrecklichen schnabelähnlichen Kiefern fernhielt. Der Schädel des Monsters war riesig, und Robin zog vorsichtig sein Jagdmesser. Die bösartig wirkenden Augen der Schildkröte hingen an ihm.

»Du könntest mir den Arm rundweg abbeißen, nicht wahr?«, sagte der Junge. Er hatte Angst, aber da war auch eine Spur Trotz in ihm, die ihm nicht erlaubte, zu kneifen. Er packte einen Stock, der in der Nähe lag, und streckte ihn der Schildkröte vor die Kiefer – und zog sich rasch zurück, als der Stock prompt entzweigebissen wurde.

Er überlegte scharf, dann leuchteten seine Augen auf. »Ich krieg dich doch!«, murmelte er. Er blickte nach oben, bemerkte einen dicken Ast und warf die Leine darüber. Dann zog er die Schildkröte drei Fuß hoch in die Luft. Er band die Leine an einem jungen Baum fest und beobachtete, wie das Gewicht der Schildkröte ihren Hals in die Länge zog. Vorsichtig stieß er mit dem scharfen Messer danach, und obwohl der Schnabel sich wild nach allen Seiten drehte, gelang es dem Jungen schließlich, den Kopf abzuschneiden, und der gepanzerte Kadaver plumpste zu Boden. Robin sprang vor Aufregung herum, dann bemerkte er, dass die Kiefer der Bestie sich immer noch öffneten und schlossen. Das faszinierte ihn, und nachdem er eine Schlinge um eines der Beine gebunden hatte, starrte er den Schädel an.

»Ich werde einen der Männer bitten, ihn für mich auf einen Spieß zu stecken«, verkündete er laut.

Vorsichtig wickelte er den mächtigen Schädel in sein Taschentuch und knotete es an seinen Gürtel, dann blickte er zum Himmel auf. Er knüpfte ein Stück Schnur um eines der hornigen Hinterbeine der Schildkröte, band das andere Ende an seinen Ledergürtel und machte sich auf den Heimweg nach Wakefield. Pilot sprang neben ihm her. Das Gewicht seiner Beute zwang ihn, sich vorzubeugen, und mehr als einmal hätte er beinahe aufgegeben. Er wusste jedoch, dass seine Großmutter Schildkrötensuppe liebte, und so machte er weiter.

Er beschloss, nicht dem kaum sichtbaren Pfad durch den Wald zu folgen, denn der sperrige Kadaver hätte sich an den Wurzeln und Schößlingen verfangen. Stattdessen hielt er sich an den ausgetretenen Pfad, der den Windungen des Flusses folgte. Pilot schien der Richtungswechsel nichts auszumachen. Er folgte ihm und schnüffelte mit lässigem Interesse in der Luft herum.

Der Wald, der den Pfad säumte, war dicht, und als Robin an einen stark ausgetretenen Pfad kam, der in östlicher Richtung verlief, zögerte er, dann löste er die Schnur von seinem Gürtel und wandte sich um. Etwa hundert Yards weiter hielt er inne und schlüpfte hinter eine knorrige Eibe. Sein Blick glitt über das kleine Häuschen, das inmitten einer gerodeten Lichtung stand. Er schlich sich argwöhnisch näher heran, wobei er von einem Baum zum anderen huschte, und stellte sich vor, er sei Robin Hood, der den Sheriff von Nottingham belauerte.

Er war etwa zwanzig Fuß vom Haus entfernt und sehr stolz darauf, wie lautlos er sich angeschlichen hatte, als eine Stimme die Stille der Lichtung zerriss.

»Wer ist da? Lass dich ansehen, wenn du ein ehrlicher Mann bist!«

Robin wirbelte herum und sah Kate Moody dort stehen. Sie hatte neben ihrem Häuschen gesessen, fast verborgen hinter einer kleinen Hecke. Er widerstand dem Drang, sich auf dem Absatz umzudrehen und davonzulaufen – das hätte ihm sein Stolz nicht erlaubt. Er sprach so selbstbewusst, wie er es nur zustande brachte: »Ich bin Robin Wakefield.«

Mistress Moody saß auf einem dreibeinigen Hocker und beobachtete den Jungen mit einem Paar scharfer, tiefbrauner Augen. Ihr ganzes Gesicht war scharf, aber sie war nicht alt, nicht älter als fünfundzwanzig oder so, schätzte Robin. Sie trug abgetragene dunkle Kleider und war hochgewachsen und mager. »Wakefield, hm?

Komm näher heran, Junge!« Als Robin zögerte, lachte sie, und er war überrascht, dass es ein fröhlicher Klang war. »Meinst du, ich würde dich in einen Frosch verwandeln, mein Junge?«

Robin hatte diese Möglichkeit tatsächlich erwogen, aber jetzt straffte er den Rücken und schritt tapfer auf sie zu. Ein schwarzer Hund lag neben ihr. Er hob den Kopf und knurrte Pilot an, der Robin gefolgt war, sich jetzt aber sorgfältig im Hintergrund hielt und seinerseits knurrte. Ein Rabe, der auf einem der Dachbalken saß, gab ein feierliches rauhes Krächzen von sich, bei dem es Robin kalt über den Rücken lief.

»Wakefield, ach ja? Dann bist du Myles' Enkel.«

Der Rabe ließ sich plötzlich von seinem luftigen Sitz fallen und landete auf ihrer Schulter – und nun sah sie in Robins Augen einer Hexe *tatsächlich sehr* ähnlich. Dennoch – ihre Gesichtszüge waren nicht grausam, wie er immer vermutet hatte. Ihr Haar war dunkel, aber ihre Haut war glatt, und ihre Lippen waren rot und zeigten die Spur eines Lächelns.

»Ich – ich wollte nicht spionieren«, sagte Robin abrupt. Er schämte sich für seine Handlungsweise. Eine plötzliche Erleuchtung überkam ihn, und er sagte rasch: »Eine unserer Mägde, Meg, hat Wechselfieber oder etwas dergleichen. Sie hustet fürchterlich. Ich – ich dachte, Ihr hättet vielleicht eine Medizin für sie.« Er gratulierte sich zu seinem raschen Verstand. Die Geschichte war nicht ganz gelogen: Meg, eine der Mägde, war krank, und Robin hatte gehört, dass viele Leute zu Kate Moody kamen, um Kräuter und Arzneien bei ihr zu kaufen.

»Du bist nicht der Erste, der hinter Kate herspioniert«, sagte die Frau und lächelte, als durchschaute sie mühelos seinen kleinen Schwindel. Sie nickte, dann neigte sie den Kopf und beobachtete ihn scharf. Ihre Augen, sah Robin, waren so hell wie die des Raben, der auf ihrer Schulter saß. »Aye, ich kann das Mädchen heilen. Eibisch und Lakritzen, das ist es, was sie braucht.«

Robin blinzelte überrascht. Was jetzt? »Ich – ich habe kein Geld.«

»Was hast du da am Gürtel, Robin Wakefield?«

»Nun, das ist der Kopf einer Schildkröte.«
»Lass sehen.«
Robin knotete das Taschentuch auf, und als der Kopf zu Boden fiel, erschrak er bei dem Anblick der mächtigen Kiefer, die sich plötzlich öffneten und dann zuschnappten.
»Ah, das ist ein schönes Stück.« Kate nickte, dann sah sie ihn an.
»Wo ist der Rest?«
»Unten am Fluss. Ich wollte sie heimbringen.«
»Hol sie und bring sie her. Ich bereite die Medizin für dich vor.«
»In Ordnung.« Robin hatte es ohnehin satt, die schwere Last zu schleppen, und außerdem mochte er Meg. Er drehte auf dem Absatz um, eilte zum Fluss zurück und schleppte den Kadaver zu der Hütte zurück. Kate Moody warf einen Blick voll Anerkennung darauf, dann reichte sie ihm ein kleines Päckchen und ein tönernes Töpfchen, das mit Wachs versiegelt war. »Koch die Blätter in siedendem Wasser und lass die Frau davon trinken. Die Lakritzen nehmen den Husten weg.«
Robin nahm die Arzneien entgegen, starrte sie an und fragte dann: »Woher wisst Ihr so gut über Heilmittel Bescheid?« Er schüttelte den Kopf und sagte: »Es muss gut sein, Menschen heilen zu können.«
Kate Moody blinzelte vor Überraschung; wenige Menschen machten ihr Komplimente. Die meisten, die zu ihr kamen, hatten solche Angst, dass sie kaum ein Wort hervorbrachten. »Gut? Ja, doch, wenn du nicht deshalb als Hexe verbrannt wirst!« Dann fesselte irgendetwas im Gesichtsausdruck des Jungen ihr Interesse. »Interessierst du dich für Kräuter?«
»Nun, ich weiß nicht viel darüber – nur was meine Großmutter mir beigebracht hat. Ich würde gerne mehr wissen, vor allem darüber, wie man Tiere heilen kann. Dann könnte ich den Kühen und Hunden helfen.«
Die Frau starrte ihn an, dann deutete sie auf den Hocker. »Setz dich, Junge«, kommandierte sie, und als er sich zaghaft niedersetzte, begann sie zu reden. »Safran gegen Masern, Steinbrech für Gallen-

steine, Hahnenfuß gegen Frostbeulen ...« Kate Moody hatte wenige Zuhörer, und keinen, der ihr so hingerissen lauschte wie dieser Junge, dessen ruhige graublaue Augen an ihr hingen. Die Zeit verging, und ihre Stimme hallte durch das Schweigen der stillen Lichtung. Sie sprach fast eine Stunde lang und hielt von Zeit zu Zeit inne, um eine Kostprobe ihrer Waren zu holen und dem Jungen zu zeigen.

Schließlich krächzte der Rabe, der auf dem Zweig eines nahen Baumes saß, mit heiserer Stimme, und Kate Moody warf dem Jungen einen scharfen Blick zu. »Was hältst du von einem Pakt, Robin Wakefield. Du bringst mir hin und wieder ein Stück Wild – Kaninchen oder Eichhörnchen – und ich bringe dir etwas über Kräuter bei.«

Robin starrte das dunkle Gesicht an und fragte sich, ob das ein Trick war, um einen Hexer aus ihm zu machen, aber was er sah, stellte ihn zufrieden. Diese Frau war keine Hexe, dessen war er sich ganz sicher. Er würde sich nie wieder vor Kate Moody fürchten. »In Ordnung. Ich komme, so oft ich kann.«

»Erzähl es niemandem«, warnte sie ihn. Seine rasche Antwort schien ihr Freude zu machen.

»Ich sage es meinem Großvater. Dem sage ich alles.«

Wiederum schien seine Antwort ihr Freude zu machen, und sie nickte. »Gut so! Aber jetzt verschwinde. Ich koche mir Schildkrötensuppe zum Mittagessen!«

Robin hastete davon und pfiff nach Pilot. Er bemerkte, dass die bleiche Wintersonne bereits beunruhigend hoch in den Himmel gestiegen war. Er begann zu laufen, während er über alles nachdachte, was Kate ihm erzählt hatte – denn er erinnerte sich an beinahe jedes einzelne Wort –, und sich fragte, wann er wiederkommen konnte, um mehr zu lernen.

Als er bei dem Tor ankam, das als Haupteingang in das Herrenhaus diente, eilte er an den Stallungen vorbei, dann rief er einigen Ackerknechten, die vor der Windmühle herumstanden, einen Gruß zu. Er rannte über den offenen Hof, wandte sich nach rechts und lief auf das Herrenhaus zu, das einen viereckigen Platz auf drei Seiten umschloss. Die vierte Seite blickte auf eine weitläufige Senke hinaus, die einst ein Flussarm gewesen war, aber nun war diese Seite offen, mit Ausnahme eines zinnengekrönten Turmes mit niedrigen Mauern zu beiden Seiten und einem mächtigen Tor unter dem Turm. An der Nordseite des Hauses befand sich ein weiterer Turm mit Schießscharten für Bogen oder Musketen. Von dieser Stelle aus konnte man jeden Näherkommenden sehen. Das Haus war auf allen Seiten von Bastionen und Dämmen beschützt, ein Zeichen dafür, dass es vor langer Zeit erbaut worden war, als jeden Augenblick Feinde auftauchen konnten, die es zerstören wollten.

Robin schlüpfte durch eine Seitentür ins Haus, hastete in sein Zimmer, schlüpfte aus seinen schlammbespritzten Kleidern und wusch sich in dem Becken, das auf einem Tisch an der Wand stand. Rasch schlüpfte er in die neuen Kleider, die seine Großmutter für seinen Geburtstag genäht hatte – dunkelgrüne Breeches, ein zierlich besticktes weißes Hemd und ein neues Paar weicher Lederstiefel, schwarz und glänzend. Schließlich kämmte er seinen Schopf kastanienbrauner Haare durch, so gut er konnte, und als er eben fertig wurde, hörte er seinen Großvater kommen. »Robin –?«

Die Tür öffnete sich, und seine Großeltern traten ein, ein Lächeln auf dem Gesicht, als sie seine neue Kleidung betrachteten. »Sieh sich einer das an!«, grunzte Myles voll Anerkennung. »Kein Baby mehr, Hannah!« Selbst mit einundsechzig Jahren war Sir Myles noch eine jugendliche Erscheinung. Sein Nacken war stämmig, und Fältchen bildeten sich in seinen Augenwinkeln. Silber glänzte in seinem üppigen Haar – aber in einem Zeitalter, in dem die durchschnittliche Lebenserwartung fünfunddreißig Jahre betrug, war Myles Wakefield ein wandelndes Wunder. Er ritt immer noch besser als viele seiner Gefährten, und er war agil genug, seinen Enkelsohn den Gebrauch von Lanze, Schwert und Degen zu lehren.

»Alles Gute zum Geburtstag, Robin. Du siehst großartig aus!« Hannah war ein Jahr älter als Myles, aber auch sie war mit einer guten Gesundheit gesegnet. Auf wunderbare Weise waren sie und ihr Gatte mit schönen Zähnen ausgestattet. Viele Leute litten an hohlen Zähnen, und selbst reiche Leute zeigten gelbe und faulende Zähne beim Lächeln. Hannahs Zähne jedoch waren gleichmäßg und weiß, als sie lächelte. »Dreh dich um«, befahl sie. »Lass deine hübschen Sachen ansehen.«

Das Paar betrachtete den Jungen von Kopf bis Fuß, und beide dachten plötzlich an Will, als er in diesem Alter gewesen war. Hannah hätte beinahe gesagt: *Er ist Will sehr ähnlich, nicht wahr?* Stattdessen warf sie Myles einen Seitenblick zu, und er nickte. Myles bewunderte die hagere, starke, athletische Gestalt des Jungen, den ruhigen Blick der blaugrauen Augen (die den seinen so ähnlich waren) und die Art, wie der Junge seine Füße fest auf den Boden setzte. Hannah betrachtete eindringlich die feinen, wie gemeißelten Gesichtszüge – die kurze Nase, den festen, breiten Mund, den Schopf kastanienbrauner Haare mit dem spitzen Haaransatz und die tief liegenden, schön geformten Augen. *Ein gut aussehender Junge!* dachte sie, dann sagte sie: »Nun, du siehst ganz annehmbar aus. Ich nehme an, du erwartest Geschenke?« Sie lachte über seinen Gesichtsausdruck, dann zog sie ein kleines Päckchen aus der Tasche.

Robin ergriff das Päckchen, öffnete es und sah es mit freudigem Ausdruck an. »Großmutter, das ist ja hübsch!« Er starrte den schweren Goldring mit dem leuchtend roten Rubin an. »Das ist der Ring meines Vaters!«

»Das war er, aber jetzt gehört er dir.« Hannah lächelte. »Ich habe ihn vom Goldschmied kleiner machen lassen, damit er dir passt. Wenn du ein Mann wirst, wird er ihn größer machen müssen.«

Während Robin ihr dankte und den Ring bewunderte, ging Myles nach draußen und kehrte dann mit einem Schwert in der Hand zurück. »Für das hier musst du erst noch wachsen, mein Junge! Aber das wird nicht lange dauern.«

Robin starrte die Waffe an, packte sie aufgeregt und zog das Schwert aus der Scheide. Es schien sich in seine Hand zu schmiegen; der kostbar gearbeitete Griff passte genau in seine Handfläche, der Korb schloss sich über seiner Faust. Er schlug damit nach der Wand, dann fuhr er damit durch die Luft und erzeugte ein höchst zufriedenstellendes Zischen.

»Vorsichtig!«, lachte Myles. »Deine arme Großmutter verkriecht sich schon in der Ecke!«

»Oh, Großvater! Das ist – das ist das beste Schwert, das ich jemals gesehen habe!«

»Nun, wir werden bei den Übungen sehen, wie gut du damit umgehen kannst – aber nicht jetzt. Komm, es ist Zeit, zum Fest zu fahren!«

Die drei verließen Wakefield Manor und fuhren in das Dorf Wakefield. Die Luft war kalt, aber als sie in der kleinen Stadt ankamen, schien das niemanden zu stören. Überall leuchteten Farben – die Dorfleute trugen ihre besten Kleider, um das zehnjährige Regierungsjubiläum Königin Elisabeths zu feiern. Jedes Jahr wurde ein Fest gefeiert, aber das Ende eines Jahrzehnts war etwas Besonderes. Girlanden aus scharlachroten, grünen und gelben Tuchstreifen flatterten an jedem Haus und Laden, und die Straßen waren von Musik und Gelächter erfüllt.

»Ein schönes Fest, nicht wahr, Robin?«, fragte Myles.

»Ja, das kann man sagen.« Robin zögerte, dann fügte er hinzu: »Als ich klein war, dachte ich, das ganze Fest würde wegen meines Geburtstags abgehalten.«

Hannah lachte und tätschelte sein Knie. »Nein, wirklich? Nun, es ist ganz praktisch, am selben Tag geboren zu werden, an dem Elisabeth Königin wurde. Du kannst dich darauf verlassen, dass großartige Feste gefeiert werden und alle in bester Laune sind.«

»Und es macht es dir leichter, dich an deinen Geburtstag zu erinnern, nicht wahr?«, kicherte Myles. Dann krauste er die Stirn, als ihm ein Gedanke kam. »Ich wünschte, Alice und Tom wären hier.« Alice hatte vor sechs Jahren einen netten jungen Mann namens Matthew Blacken geheiratet. Blacken war in den Norden Englands gezogen, und die Reise war lang. Myles und Hannah bekamen Alice' zwei Kinder nur bei seltenen Gelegenheiten zu sehen.

Dass von Tom die Rede war, interessierte Robin. »Wann kommt mein Onkel nach Hause, Großvater?«

»Das weiß niemand, mein Junge. Er macht eine lange Reise mit Sir John Hawkins und Francis Drake.« Plötzlich senkte sich düstere Melancholie über Myles' Gesichtszüge, und er fügte hinzu: »Es wird wohl ein Jahr oder noch länger dauern, fürchte ich, bevor sie zurückkehren.«

»Warum fahren sie so weit weg?«, fragte Robin.

»Nun, die Spanier sagen, sie kämen als Piraten, um ihr Gold zu stehlen. Königin Elisabeth nennt sie ihre Seefalken oder auch ihre ›abenteuerlichen Geschäftsleute‹«.

Hannah lachte laut. »Elisabeth ist so habgierig, sie würde sie ›Teekuchen‹ nennen, wenn sie nur genug Gold und Silber und Juwelen von den spanischen Kauffahrern zurückbrächten.«

Myles war verärgert, als er das hörte. »Sie bestieg den Thron und musste feststellen, dass England bankrott war. Ich weiß, die Ratsversammlung macht ihr Vorwürfe, weil sie so geizig sei, aber während ihrer kurzen Regierungszeit hat sie das Vertrauen in die Währung wiederhergestellt und das Land reich gemacht.«

»Dennoch setzt sie ihre Hoffnung auf die Seefalken, wenn es um Bargeld geht«, beharrte Hannah. Dann fügte sie hinzu: »Aber du hast recht. Sie ist eine eitle Frau, aber England ist unter ihrer Herrschaft aufgeblüht. Ich wünschte nur, sie würde heiraten, du nicht?«

»Ich bezweifle, dass sie jemals heiraten wird. Wir brauchen einen Thronerben, aber wenn sie nun einen Katholiken heiraten würde? Das wäre ein Rückfall in die Tage unter Königin Maria.« Er zögerte, dann zuckte er müde die Achseln. »Es wird Robert Dudley sein, fürchte ich. Sie erweist ihm mehr Gunst als jedem anderen Mann.«

Elisabeth hatte Dudley zum Marschall gemacht und ihn mit Aufmerksamkeiten überschüttet. Dieser hochgewachsene, gut aussehende Sportsmann, dessen dunkle Haut ihm von seinem Feind Lord Sussex den Spitznamen »der Zigeuner« eingetragen hatte, wich der Königin kaum von der Seite. Er hatte Amy Robsard im Alter von siebzehn Jahren geheiratet, war ihrer jedoch fast augenblicklich müde geworden. Als man sie mit gebrochenem Nacken tot aufgefunden hatte, summte das ganze Land von Gerüchten. Elisabeth hatte sie ignoriert, und skandalöse Geschichten über die Beziehung zwischen der Königin und Dudley waren überall im Umlauf. Elisabeth war eine Frau, die Bewunderung wie die Luft zum Atmen brauchte und nur zu bereit war, mit den hübschen jungen Männern zu flirten, mit denen sie sich umgeben hatte – aber Dudley war ihr Günstling. Lord Burghley, Elisabeths oberster Ratgeber, hatte Myles unter vier Augen mitgeteilt: »Ich lebe in Angst, dass sie Dudley heiraten könnte. Er wäre ein Tyrann, wie England keinen je erlebt hätte!«

Plötzlich mischte sich Robin ins Gespräch. »Ich bin heute zehn Jahre alt; wie alt ist die Königin?«

»Fünfunddreißig.«

»He, das ist aber *alt!*«, bemerkte Robin.

Hannah warf Myles einen amüsierten Seitenblick zu und sagte: »Wenn fünfunddreißig alt ist, dann müssen wir in deinen Augen ja *uralt* sein, Robin.«

Robin blickte erst sie an, dann Myles. »Nein, ihr seid nicht alt«, verkündete er. »Ihr werdet noch lange nicht sterben.«

»Das freut mich zu hören«, sagte Myles trocken. »Und nun wollen wir das zehnjährige Regierungsjubiläum der Königin feiern und dein zehntes Jahr auf Erden.«

Robin ließ an diesem Tag kein Vergnügen aus – weder die Gaukler noch die Akrobaten noch die Bärenhatz. Aber Letztere missfiel ihm. Sie bestand darin, dass ein großer schwarzer Bär an einen Pflock gebunden und von Jagdhunden angefallen wurde, bis das Tier starb. »Elisabeth hat Vergnügen an dergleichen«, sagte Myles angewidert. »Ich halte es für grausam. Komm weiter, Robin.«

Die drei hatten das Ende der Straße erreicht, wo die fliegenden Händler mit ihren billigen Schmuckstücken und Süßigkeiten aufgereiht standen, als Hannah sagte: »Seht an, da ist Martha Spenser. Und das muss ihr kleines Mädchen sein. Wir haben sie seit ihrer Geburt nicht mehr gesehen.«

»Ja, tatsächlich.« Sie überquerten die von Menschen wimmelnde Straße, und Hannah sagte: »Und wie geht's der jüngsten Spenser?«

Martha Spenser war klein gewachsen und übergewichtig; sie hatte die zusätzlichen Pfunde, die sie in der Schwangerschaft angesetzt hatte, noch nicht wieder verloren. Sie war nicht älter als dreißig und hatte sich Spuren einer jugendlichen Schönheit bewahrt. Die Spensers waren Katholiken und deshalb ziemlich distanziert gegenüber den Wakefields, aber Myles und John Spenser kamen gut miteinander aus. »Sie ist so lebhaft wie alle Vierjährigen.«

»Erlaubt mir, sie zu halten, Martha«, bat Hannah und nahm das warm eingehüllte Kind entgegen. Sie spähte unter das Häubchen des Kindes und sagte entzückt: »Was für eine kleine Schönheit! Sieh nur, Robin.«

Robin starrte das Kind an und sah nichts weiter Attraktives. Sie hatte feines blondes Haar und dunkelviolette Augen. »Wie heißt sie?«, fragte er.

»Wir haben sie Allison genannt, ein alter Familienname.« Martha Spenser freute sich über Lady Wakefields Bewunderung. Sie selbst stammte aus einer Familie, in deren Adern adeliges Blut floss, wenn auch nicht genug, dass ein Graf oder Herzog sie geheiratet hätte. Sie hatte John Spenser in einem Anfall jugendlicher und romantischer Glut geheiratet – und es fast augenblicklich bereut. Sir John Spenser war ein rechtschaffener Mann, aber trotz seines Titels war er im Grunde ein Bauer. Martha, die an ein weitaus luxuriöseres Leben gewöhnt war, war verbittert und hatte ihre Ehe damit unglücklich gemacht. Sie beneidete Hannah Wakefield, verstand aber, dass es klüger war, in gutem Einvernehmen mit ihr zu leben.

Hannah hielt das kleine Mädchen so lange im Arm, dass Robin herumzuzappeln begann. Sie blickte ihn nachsichtig an. »Lauf und amüsier dich, Junge!«

Dankbar, dass er entlassen wurde, eilte Robin davon, fand einige Jungen in seinem eigenen Alter und gab sein Taschengeld für Süßigkeiten aus. Er reichte sie herum, und während sie alle gierig aßen, bemerkte einer der Jungen namens Giles Horton: »Ich bin erstaunt, dass ihr mit den Katholiken so dicke Freunde seid.«

»Warum?«, fragte Robin beiläufig. Er wusste um die Spannungen zwischen Katholiken und Protestanten, hatte sie aber ohne Groll akzeptiert.

Horton war der Sohn eines Schulmeisters und kannte seine Geschichtsbücher – und auch die Geschichte der Wakefields. »Na, wenn jemand *meinen* Vater umgebracht hätte, würde ich mit denen nachher nichts mehr zu tun haben wollen!«

Robin stand wie zur Salzsäule erstarrt da und starrte den Jungen an. »Was meinst du damit, Giles?«

Horton zuckte die Achseln. »Du weißt doch sicher, dass es Maria die Blutige war, die deinen Vater auf dem Scheiterhaufen verbrennen ließ. Sie und die Katholiken. Und eines Tages wird Philipp mit der spanischen Armada kommen, und wir müssen sie bekämpfen. Ich will Soldat werden und so viele Papisten umbringen, wie ich nur kann!«

Robin wurde blass und sagte nichts mehr. Auf dem Heimweg war er sehr still, aber Hannah schrieb das dem Umstand zu, dass er müde war. Dann, gerade als sie das Haus erreichten, fragte er abrupt: »Haben die Katholiken meinen Vater ermordet?«

Myles und Hannah hatten immer damit gerechnet – und gefürchtet –, dass dieser Augenblick eines Tages kommen musste. Sie hatten es vermieden, ihm Näheres über Wills Tod zu erzählen, hatten ihm nur gesagt, er sei gestorben und seine Mutter sei bei seiner Geburt gestorben. Nun sahen sie beide das bleiche, angespannte Gesicht des Jungen, und Myles wusste, dass er sprechen musste.

»Du musst daran denken, Robin«, sagte er vorsichtig, »dass auf der ganzen Welt seit langer Zeit Krieg herrscht. Diejenigen, die katholisch sind, und diejenigen, die es nicht sind, liegen in England seit vielen Jahren im Kampf miteinander. Auf beiden Seiten sind viele Menschen getötet worden, Katholiken und Protestanten.«

»Aber hat Maria meinen Vater getötet?«

Myles warf Hannah einen Blick voll Todesqual zu, dann begann er, die Wahrheit zu erzählen – so viel davon, wie der Junge seiner Meinung nach ertragen konnte. Aber wie vorsichtig er auch die Worte setzte, er sah, dass der Schock dem Jungen bis in die tiefste Seele gefahren war. Er endete mit den Worten: »Es war sehr traurig, Robin, aber das geschah vor langer Zeit. Jetzt haben wir eine Königin, die solche Dinge nicht dulden würde.«

»Aber sie ist keine Katholikin, oder?«

»Nun, das nicht, aber –«

»Und bringen die Katholiken immer noch Menschen um?«

Myles gab keine Antwort – konnte keine geben, denn er wusste, dass die Inquisition in aller Welt Menschen tötete und folterte. Robin blickte seinen Großvater an und begriff die Wahrheit.

»Ich *hasse* sie dafür, dass sie meinen Vater getötet haben!«

Sie kamen nach Hause, und Robin rannte davon, sobald die Kutsche angehalten hatte. Als er zum Tor hinausstürzte und verschwand, sagte Myles: »Gott helfe uns, Hannah.«

Sie ergriff seine Hand, und die beiden saßen schweigend nebeneinander. Schließlich sagte Hannah: »Er hat gutes Blut, Myles. Und er hat uns. Wir werden ihn lehren zu lieben – wie Will und Blanche es gewünscht hätten!«

9

EINE ZWEITE »KÖNIGIN MARIA«

»Der Falke gehört dir, Robin. Ein Weihnachtsgeschenk!«

Myles und sein Enkel hatten das Herrenhaus in aller Morgenfrühe mit den Vögeln, die ihre Hauben trugen, verlassen und waren nun auf freiem Feld angekommen. Myles hatte dem Jungen erlaubt, den größeren Falken zu tragen, während er seinen kleineren Gefährten trug. Die Vögel saßen mit ihren Kappen auf dem Kopf reglos auf ihren Handgelenken. Die beiden Männer waren abgestiegen, und Robin war vollkommen damit beschäftigt gewesen, Mars, wie der Falke genannt wurde, auf dem Handschuh zu halten, der seinen linken Arm schmückte. Nun leuchtete sein Gesicht auf, und seine Augen füllten sich mit Staunen. »Wirklich, Großvater?«, rief er aus. »Aber es ist noch nicht Weihnachten.« Hastig nickte er und fügte hinzu: »Aber danke, Sir.« Er streichelte beinahe ehrfürchtig die Kappe, die den wilden Kopf bedeckte.

Myles betrachtete den Jungen, wie er den Vogel hielt, und bewunderte seinen Anblick. An der gesunden Röte auf dem Gesicht des Jungen erkannte er, dass er die klare Morgenluft ebenso sehr genoss wie Myles selbst. Der Tag war einer jener seltsamen Dezembertage – grimmig und dennoch in gewisser Weise lebendig. Eine außergewöhnliche Wärme hatte das Eis aufgebrochen, und man konnte das Wasser in Strömen und Bächlein fließen hören, wie es aus den Schneebänken im Wald tröpfelte und in die Hufabdrücke der Pferde sickerte. Wolken wie Wattebäuschchen hoben sich von einem Himmel ab, der klar und rein wirkte. »Ein schöner Tag für die Falkenjagd«, bemerkte Myles, als er zum Himmel aufblickte. »Ich finde, es sind meine liebsten Tage, die ich mit dir hier auf dem freien Feld verbringe.«

»Für mich auch, Sir«, sagte Robin hastig. Er blickte voll Zuneigung zu seinem Großvater auf. Die Erinnerung an viele solche Vormittage durchzuckte ihn. Aus der Vergangenheit schien er die ruhige, gleichmäßige Stimme von Neuem zu hören, die ihn den edlen Sport der Falkenjagd lehrte.

Diese Lederriemen, die an den Klauen befestigt sind, sind Fußfesseln. Wenn der Vogel sich auf deinen Arm setzt, binde seine Klauen damit an deinem Arm fest.

Wenn ein Falke auf einem Gegenstand landet, der zu dünn ist – etwa auf einer Wäscheleine –, kippt er kopfunter und hängt dann hilflos dort. Ein guter Falke landet nie auf dem Boden. So können wir sie lehren, sich auf den Handschuh zu setzen.

Niemals darfst du deinen Falken überfüttern!

Robins Erinnerungen wurden unterbrochen, als die Stimme seines Großvaters in seine Gedanken drang: »Genau genommen, mein Junge, brechen wir das Gesetz, wenn wir einen Falken fliegen lassen.« Myles amüsierte sich über den erschrockenen Ausdruck, der über Robins Gesicht huschte. »Oh, das ist ein altes Gesetz – niemand kümmert sich mehr darum. Aber es heißt, dass nur ein Graf einen Falken fliegen lassen darf.«

»Springwind ist der schönste Falke, den wir haben«, sagte Robin, während er den kleineren Falken auf Myles' Handgelenk bewunderte.

»Ich hatte einige Schwierigkeiten damit, ihn abzurichten. Aber er ist sehr kräftig. Er attackiert sogar große Hasen – hat kein bisschen Angst vor ihnen.« Er machte süße, glucksende Geräusche, die dem Vogel galten.

Robin hielt seinen Falken hoch. Er bewunderte die kraftvolle Brust und genoss das Gefühl an seinem Handgelenk, als Mars seine Klauen öffnete und schloss, wobei er beinahe den schweren Lederhandschuh durchbohrte, auf dem er saß. »Ich liebe es, wenn Mars hinter den Saatkrähen her ist.« Er sah einen Schwarm Saatkrähen in der Nähe und fragte eifrig: »Kann ich ihn jetzt fliegen lassen?«

»Ja.«

Robin zog die Kappe vom Kopf des Vogels, dann hob er seinen Arm. Der Falke schlug die Luft mit starken Schwingen, und die beiden beobachteten, wie er rasch höher stieg. Bald war er hoch über den Krähen. Dann ließ er sich fallen, wobei seine Schwingen ihn mit ungeheurer Geschwindigkeit in die Tiefe trugen. Als er eine der Krähen traf, schienen die schwarzen Federn zu explodieren, so gewaltig war der Aufprall. Die Krähe war augenblicklich tot und fiel zu Boden, und Mars folgte ihr.

»Ich liebe es, sie töten zu sehen«, gestand Robin, als sie auf den Vogel zuschritten, der den Kadaver der Krähe zerfleischte. »Ist das unrecht, Großvater?«

Myles warf dem Jungen einen Seitenblick zu und schüttelte den Kopf. »Ich weiß nicht recht, Junge. Wir essen die Beute der Vögel nie. Es ist nicht so, als ob man auf die Jagd nach Nahrung geht.« Trotz des Vergnügens der Jagd war Robins Gesicht irgendwie angespannt, und Myles war sicher, dass er an den Tod seines Vaters dachte. *Ich wünschte, ich könnte ihm helfen – aber er hat Hannah und mich da irgendwie ausgesperrt. Und er denkt immerzu an den Tod.* Rasch versuchte er den Jungen von seinen düstern Gedanken abzulenken. »Ich habe eine Überraschung für dich.«

»Ja, Sir?«

»Ich fahre übermorgen nach London – zum Hof. Die Königin hat nach mir geschickt. Ich dachte, du würdest gerne mitkommen – nur wir beide allein.«

Augenblicklich leuchtete Robins Gesicht auf, seine Augen funkelten vor Erregung. »Oh ja, Sir!«, platzte er heraus. Er war erst zweimal in London gewesen und noch nie bei Hofe. »Werde ich die Königin sehen?«

Myles nickte, erleichtert, dass die Stimmung des Jungen umgeschlagen war. »Ich würde nicht darauf schwören, aber wir werden sehen. Und jetzt wollen wir sehen, ob wir diese Vögel dazu bringen können, etwas Eindrucksvolleres zu schlagen als eine Krähe.«

★ ★ ★

Myles sollte die Reise nach London mit seinem Enkel niemals vergessen. Auch in Robin blieb die Erinnerung an diese Reise sein Leben lang wach. Schon die Fahrt selbst war aufregend genug, denn die beiden ritten zusammen auf edlen Pferden und übernachteten in Herbergen, in denen sich eine faszinierende Vielfalt von Reisenden aufhielt. Einige davon waren Seeleute, und auf das Drängen des aufgeregten Jungen hin überredete sein Großvater einen davon, ihnen im Austausch für eine Mahlzeit Seefahrergeschichten zu erzählen.

Nach einer besonders wüsten Geschichte erlaubte Myles dem wild aussehenden Seemann, sich zurückzuziehen, dann grinste er. »Ich würde nicht jedes Wort von diesem Seemannsgarn glauben, Robin.«

»Hat er gelogen?«

»Hin und wieder.« Ein Ausdruck der Enttäuschung störte die Freude auf dem jugendlichen Gesicht, und Myles fügte hinzu: »Das Leben eines Seemanns ist hart – vielleicht das härteste von allen, denke ich. Aber in einer Weise ist es wie jeder andere Beruf. Lange, harte, langweilige Stunden, in denen selten etwas los ist und es nur wenig Ruhm zu erwerben gibt. Die Seeleute neigen dazu, die langweiligen Monate zu vergessen und sich nur an den Lärm und die Wut der Schlachten zu erinnern. Das ist ganz natürlich.«

»Ich hoffe, ich werde auch einmal Seemann wie Onkel Thomas!«

»Ich würde dir ein leichteres Leben wünschen, aber wir wollen sehen.«

Am nächsten Tag wies Myles geradeaus auf eine Rauchwolke, die sich vor ihnen erhob. »Das ist London«, kündigte er an. »Aber die Königin und ihr Hof halten sich in Theobald auf – William Cecils Haus. Es ist schöner als der Palast.« Als ein Ausdruck der Enttäuschung über Robins Gesicht zog, fügte er hinzu: »Cecil hat Unsummen ausgegeben, um das Haus erbauen zu lassen, nur damit er einen passenden Ort hat, an dem er seine Königin empfangen kann.«

Als sie die Kuppe eines kleinen Hügels erreichten und auf das Gebäude hinunterblickten, schnappte Robin nach Luft. Der Ort war riesenhaft! Als die beiden eine geschmückte Auffahrt entlangritten, die in den Vorhof des Hauses überging, sagte er: »Es ist *groß*, nicht wahr, Großvater?«

Die drei Stock hohe Fassade aus Stein, Ziegeln und Glas erhob sich zu gewaltiger Höhe über ihnen. Vier quadratische Türme standen da, jeder mit vier Türmchen, auf denen sich goldene Wetterfahnen in Gestalt von Löwen drehten, um den Wechsel der launischen Brise anzuzeigen. Zusätzlich gab es noch vierundzwanzig kleine Türmchen. Im Zentrum des Ganzen befanden sich das Eingangstor und eine breite Freitreppe. Neben dem Gebäude befand sich noch ein gewaltiger Turm in Form einer Laterne, in dem zwölf Glocken hingen – jede von anderer Größe, Klangfarbe und Tonhöhe – die mittels einer kunstvollen mechanischen Anlage die Stunden des Tages schlugen.

Die beiden Wakefields stiegen vom Pferd und betraten das Herrenhaus, in das ein Diener sie einließ. Innen fanden sie sich Dutzenden von Menschen gegenüber, die in eine flammende Palette von Farben gekleidet waren. Robins Augen wurden groß, als er die Frauen sah, die alle in die reichsten und zartesten Seidenstoffe, Satins, Tafte, Samte und Spitzen gekleidet waren. Die Männer trugen Beinkleider und lose, dekorativ um die Schultern geschlungene Mäntel oder kostbar bestickte Jacken, die eines orientalischen Fürsten würdig gewesen wären.

»Hier ist ganz schön was los, nicht wahr, mein Junge?«, grinste Myles. »Ganz anders als unser armseliges Wakefield, hm?«

»Mir gefällt Wakefield besser«, antwortete Robin wacker, dann fügte er hinzu: »Sind sie immer so angezogen?«

»Ja, und es wird mit der Zeit ziemlich ermüdend. Nach einer Weile möchte man seine alten Kleider anziehen und sich mit seinen Hunden und Falken auf den Weg machen.« Er hätte noch mehr gesagt, aber ein kleiner Mann mit einem Paar scharfer brauner Augen hatte sich ihnen genähert. Myles neigte den Kopf und sagte: »Mylord, es tut gut, Euch wiederzusehen. Dies ist mein Enkelsohn, Robin. Und dies ist Sir William Cecil.«

Der Mann, der vor ihnen stand, war in mancher Hinsicht der

mächtigste Mann in England. Er war der Erste gewesen, den Elisabeth in ihre Ratsversammlung berufen hatte, indem sie ihn zum Ersten Staatssekretär ernannte. Er war ein ruhiger, strenger Mann – und Myles kannte ihn gut genug, um Lord Sussex beizustimmen, der gesagt hatte, Cecil sei »unter allen geistvollen Männer der langweiligste, unter allen Geschäftsleuten der genialste«. Aber Robin hatte unterwegs ein schärferes Bild des Mannes erhalten. »Er ist das genaue *Gegenteil* der Königin«, hatte Myles ihm erzählt. »Sie ist eine überaus dramatische Frau, während Cecil immer versucht, unsichtbar zu bleiben. Aber er ist die Art Mann, die sie braucht – jemand, der sie vor den wilden Einfällen warnt, die ihr andauernd kommen!«

Nun begrüßte Cecil Sir Myles aufs Höflichste, kam aber augenblicklich zur Sache. »Sir Myles, die Königin möchte Euch so rasch wie möglich sprechen.«

»Darf ich wissen, in welcher Sache?«

Cecil warf einen Seitenblick auf Robin, schätzte das Gesicht des Jungen ab und fühlte sich dann frei, die Bemerkung zu machen: »Es geht um die schottische Königin, glaube ich. Aber sie wird es Euch selbst sagen. Wenn Ihr mitkommen wollt, arrangiere ich Euer Zusammentreffen.«

Myles und Robin folgten dem Sekretär in einen großen, reich geschmückten Raum. Ein großer Tisch, um den Eichenstühle standen, beherrschte den Raum. »Ich werde nachsehen, ob die Königin zu sprechen ist, aber vielleicht müsst Ihr lange warten. Ich werde Euch einige Erfrischungen bringen lassen.« Ein nervöser Ausdruck zog über Cecils Gesicht. »Ihr wisst ja, wie sie ist, Sir Myles – sie kann einfach nicht pünktlich sein.«

»Ich weiß. Ist schon in Ordnung, Sir William.« Der kleine Mann schlüpfte hinaus und schloss die Tür, und Sir Myles lachte. »Nun, kann sein, dass wir lange warten müssen. Möchtest du dich ein bisschen umsehen?«

»Ja, Sir.«

»Verirr dich nicht«, ermahnte ihn Myles. »Wenn du zurückkommst, klopf an die Tür. Aber tritt nicht ein, bevor ich es dir sage.«

»Ja, Sir.«

Robin schoss zur Tür hinaus und lief während der nächsten halben Stunde in dem riesigen Haus herum, die Augen weit aufgerissen vor Staunen. Er war fasziniert von einem Brunnen, der seinen Wasserstrahl beinahe bis zur Decke schleuderte. Das Becken war aus kostbaren Steinen in allen erdenklichen Farben und Schattierungen gefertigt, und das Wasser wechselte von Zeit zu Zeit die Farbe, von einem Röhrensystem gespeist, das Farbe ins Wasser schleuste. Das Wasser wurde dort, wo es herunterfiel, von zwei Statuen junger Frauen aufgefangen. Sie waren aus weißem Marmor gemeißelt – und splitternackt! Robin versuchte sie nicht anzugaffen, aber seine Augen schienen wie von selbst dorthin zurückzukehren.

»Nun, seht Euch das an. Ein junger Höfling!«

Robin wandte den Kopf und sah eine Frau in einem tief ausgeschnittenen Kleid, das aus Gold gemacht schien. Sie lachte ihn an, und er errötete und senkte den Kopf. Der hochgewachsene Mann an ihrer Seite trug ein Wams von tiefer weinroter Farbe und einen Hut mit einer weißen Feder.

»Hütet Euch vor schönen Frauen mit steinkalten Herzen, Sir«, sagte er und lachte. »Ich könnte Euch da ein paar Geschichten erzählen!«

Die junge Frau lachte laut und streckte die Hand aus, um Robins Wange zu streicheln. »Und wer seid Ihr, mein hübscher junger Mann?«

Robin schämte sich plötzlich – es ärgerte ihn, dass er dabei ertappt worden war, wie er die Statuen anblickte. Er murmelte: »Ich bin Robin«, dann drehte er sich auf dem Absatz um und rannte davon. Eine Zeit lang sah er sich noch im Haus um, dann begann er sich in dieser Umgebung einsam zu fühlen. Abrupt drehte er um und machte sich auf die Rückkehr zu dem Raum, in dem er seinen Großvater zurückgelassen hatte.

★ ★ ★

Nachdem Robin gegangen war, setzte Myles sich nieder und fragte sich, was die Königin wohl von ihm wollen könnte. Die Tür öffnete sich, aber es war nur ein Lakai, der eine silberne Platte mit Rindfleisch, Huhn und Schweinefleisch brachte und eine goldene Flasche Wein. Während Myles aß, kehrten seine Gedanken wieder zu der Königin zurück. Der Sekretär hatte Maria, die Königin der Schotten, erwähnt. Die Geschichte dieser Frau war allgemein bekannt. *Aber was könnte ich mit dieser ränkeschmiedenden Frau zu tun haben?* fragte sich Myles.

Er ließ sich in seinen Sessel zurücksinken und ging in Gedanken noch einmal die Geschichte Marias von Schottland durch. Das Wichtigste an ihr war, dass Maria Königin von England werden würde, wenn Elisabeth starb. Sie hatte jetzt bereits mit allen redlichen und unredlichen Mitteln versucht, auf den Thron zu gelangen. Jedermann wusste von ihrer katastrophalen Heirat mit Lord Darnley im Jahre 1565, und man war allgemein überzeugt, dass sie bei seiner Ermordung in Kirk o' Fields im Jahre 1567 die Hände im Spiel gehabt hatte.

Danach hatte sie unter zwielichtigen Umständen Lord Bothwell geheiratet und in der Folge ihren Thron verloren. Sie war nur knapp mit dem Leben davongekommen, war nach England geflohen und hatte sich Elisabeth auf Gnade und Ungnade ergeben.

Myles Gedankengänge wurden plötzlich unterbrochen, als die Tür aufgestoßen wurde und Elisabeth eintrat. Myles sprang auf die Füße, ergriff die Hand, die sie ihm entgegenstreckte, und küsste sie, wobei er eine tiefe Verneigung machte. »Euer Majestät«, sagte er, aber bevor er noch weiterreden konnte, ergriff Elisabeth das Wort.

»Sagt mir nicht, ich sähe noch hübscher aus als bei unserer letzten Begegnung!« Elisabeth lachte plötzlich über den Ausdruck auf seinem Gesicht. »Aber das wolltet Ihr mir ja gar nicht sagen, nicht wahr, Myles?«

»Nun – ich glaube nicht, Euer Majestät.«

Elisabeth starrte ihn an, und ein Lächeln huschte über ihre Lippen. »Sie tun es alle, müsst Ihr wissen. Alle außer Euch und Cecil.

Ich könnte hässlich wie eine Krähe sein und über und über voller Pockennarben. Sie würden es trotzdem sagen.«

»Um ehrlich zu sein, Ihr seht tatsächlich gut aus, meine Königin. Verzeiht mir die Vertraulichkeit, aber Eure Taille – sie ist um nichts dicker geworden als zu der Zeit, als Ihr sechzehn wart und ich Euch besuchen kam. Und Ihr habt viel Bewegung im Freien gemacht, wie ich sehe. Eure Haut leuchtet förmlich.« Er hatte absichtlich die beiden größten Vorzüge Elisabeths erwähnt und war erleichtert, als er sah, dass sie sein Lob gnädig entgegennahm.

»Setzt Euch, Myles, und erzählt mir von Eurer Familie.« Elisabeth trug ein prachtvolles Kleid aus weißer und scharlachroter Seide, über und über mit Perlen bestickt, die so groß wie Vogeleier waren, und mit einer Halskrause geschmückt, in der winzige Diamanten wie Tautropfen glitzerten. Sie lauschte aufmerksam, als er kurz von sich selbst sprach, und als er hinzufügte, dass er seinen Enkel mitgebracht hatte, nickte sie. »Wir wollen ihn sehen, bevor Ihr uns wieder verlasst. Aber ich bin sicher, Ihr fragt Euch bereits, warum ich nach Euch geschickt habe.«

»Nun –«

»Gewiss nicht deshalb, damit Ihr mir Komplimente machen könnt. Ich habe haufenweise Leute hier, die *dafür* gut sind!« Sie legte ihre Hände flach auf den Tisch, und er sah, dass sie so lieblich wie eh und je waren – und dass sie sie mit Absicht zur Schau stellte. Er erinnerte sich plötzlich daran, dass ihre Schwester Maria sie um ihre lieblichen Hände beneidet hatte, und dass Elisabeth deshalb Handschuhe getragen hatte, um sie zu verbergen, wenn sie sich mit ihr traf.

»Ich hoffe, Eurer Majestät auf jede ehrenhafte Weise zu dienen.«

Seine Worte trafen die Königin, und sie wiederholte sie. »Tatsächlich? Auf jede *ehrenhafte* Weise?!« Ihre Augen wurden schmal, und sie verlangte zu wissen: »Und wenn ich etwas von Euch verlangen würde, das Euch unehrenhaft erscheint?«

Myles hielt Elisabeths Blick einen Augenblick lang fest, und die Stille wirkte bedrückend. »Ich kann mir nicht vorstellen, dass Königin Elisabeth etwas dergleichen verlangt.«

»Und wenn ich es doch täte?«

»Dann müsste ich Euer Majestät enttäuschen.« Myles sprach mit ruhiger Stimme. Er wusste nicht, wie Elisabeth darauf reagieren würde. Sie war so leicht entflammbar wie Schießpulver, und er wusste von Fällen, in denen sie wilde Wutanfälle gehabt hatte, weil ein Mann etwas weit weniger Explosives gesagt hatte, als er es soeben getan hatte.

Aber Elisabeth lächelte, ihr Gesicht entspannte sich, und sie sagte in trockenem Ton: »Das sähe Euch ähnlich, Myles. Das sähe Euch nun wirklich ähnlich!« Sie schlang die Finger ineinander und schien tief in Gedanken versunken. Schließlich sagte sie: »Ich brauche Eure Hilfe, Myles ... was die Königin von Schottland betrifft.«

Myles sagte vorsichtig: »Genau genommen, Euer Majestät, ist sie *nicht* die Königin von Schottland. Die Schotten haben sie abgesetzt und hätten sie hingerichtet, wäre sie nicht nach England geflohen.«

»*Gott* hat sie als Königin eingesetzt!« Elisabeth glaubte von ganzem Herzen an das Gottesgnadentum der Könige – das Prinzip, dass alle Könige von Gott eingesetzt waren. Sie rief leidenschaftlich aus: »Ich kann nicht zulassen, dass eine Schwester auf dem Königsthron hingerichtet wird! Sie ist zu mir gekommen, um hier Zuflucht zu suchen, und ich muss sie ihr gewähren!«

»Was sagt Sir Cecil?« wollte Myles wissen.

»Dasselbe wie viele andere – dass sie eine Gefahr für meinen Thron darstellt.«

»Er ist ein sehr weiser Mann, Euer Majestät. Diese Frau hat bereits versucht, Euch die Krone zu entreißen. Wenn Ihr zulasst, dass sie in England bleibt, wird sie eine ständige Gefahr für Euch sein. Jeder Ränkeschmied und Intrigant wird sie unterstützen. Von Rom gar nicht zu reden.«

Elisabeth starrte ihn an. »Meint Ihr, ich wüsste das nicht? Aber ich werde sie *nicht* den Schotten ausliefern, damit die sie in Stücke reißen können!«

Myles war zu klug, um zu streiten. »Was kann ich für Euch tun?«

Elisabeth beugte sich vor. »Ich habe die Königin in Schloss Tutbury untergebracht. Ich möchte, dass Ihr sie kennenlernt, Myles.«

»*Ich*, Euer Majestät?« Myles war selten so schockiert gewesen. »Zu welchem Zweck?«

»Um in ihrem Herzen zu lesen, Myles. Um sie kennenzulernen. Vielleicht sogar, um ihr Vertrauen zu gewinnen.«

Myles starrte die Königin an. »Um ein Spion zu werden, wollt Ihr das damit sagen?«

Elisabeth schüttelte den Kopf. »Nein, das ist es nicht. Dafür habe ich andere. Ihr seid aus einem anderen Holz geschnitzt.« Sie starrte ihn an, und ihr Gesichtsausdruck wurde weicher. »Ihr seid ehrlich, und Ihr seid mein Freund, Ihr wärt überrascht, wenn Ihr wüsstet, wie wenig *wahre* Freunde ich habe.« Sie schien sich zu schämen, dass sie eine solche Bemerkung gemacht hatte, und fuhr hastig fort. »Ich brauche Euer Urteil darüber, wie Maria denkt. Andere mag sie täuschen, aber Ihr seid scharfsinnig. Es wäre mir eine große Hilfe, wenn Ihr das für mich tun könntet.«

Myles senkte den Blick, denn diese Bemerkung aus dem Mund einer so stolzen Frau kam einem Hilfeschrei gleich. »Ich werde tun, was Ihr verlangt«, sagte er schließlich. »Tutbury liegt ganz in der Nähe von Wakefield, also kann ich den Ort leicht aufsuchen. Aber ich kann nicht versprechen, dass sie mich empfangen wird – und schon gar nicht, dass sie mir vertrauen wird.«

»Sie wird Euch ganz gewiss nicht vertrauen, Myles, aber sie wird Euch für ihre Zwecke benutzen. Sie hat ihr eigenes Netz von Spionen. Sie wird wissen, dass Ihr einer meiner alten Günstlinge seid, also werdet Ihr ihr willkommen sein. Sie wird alles tun, was in ihren Kräften steht, Eure Gedanken zu lesen.«

»Ich werde mein Bestes für Euch tun, meine Königin.«

»Wie immer«, sagte Elisabeth, dann lächelte sie. Bald aber wurde sie wieder ernst und fügte hinzu: »Nun müsst Ihr mit Walsingham darüber reden.« Sir Francis Walsingham war Elisabeths Staatssekretär für Äußeres. Er war ein überzeugter Protestant und der einzige Mann in Elisabeths Kabinett, der es wagte, ihr ins Angesicht zu widersprechen. Er weigerte sich rundheraus, auf die Lust der Königin an Schmeicheleien einzugehen, und sprach so ungeschminkt mit ihr, wie es kein anderer Minister wagte.

»Sir Francis, Euer Gnaden?«

»Ja. Er hat seinen ›Geheimdienst‹, wie er ihn nennt, eingerichtet. Das bedeutet ein Netzwerk von Spionen und Agenten an allen Höfen Europas – mehr als siebzig, soviel ich gehört habe.« Ihr langes Gesicht wurde trübselig, und plötzlich fluchte sie, eine Gewohnheit, die Myles verabscheute. »Wenn er siebzig Agenten in Europa haben kann, kann ich doch wohl *einen* hier haben. Maria von Schottland bedeutet eine größere Gefahr für mich als all die Armeen Frankreichs und Spaniens!«

Sie streckte die Hand aus, und als er sie küsste, seufzte sie vor Erleichterung. »Nun – wo ist Euer Enkelsohn? Lasst ihn ansehen. Seid Ihr so verrückt nach ihm wie andere Großväter?«

»Noch mehr, fürchte ich –« Als er von Robin sprach, wurde ein zaghaftes Klopfen an der Tür hörbar. »Robin –?«, rief er. Die Tür öffnete sich, und Robin trat ein – und blieb wie zur Salzsäule erstarrt stehen, als er sich der Königin gegenübersah, die plötzlich aufstand und vor ihn hintrat.

»Unglaublich, Myles – er ist Euch wie aus dem Gesicht geschnitten!« Sie streckte die Hand aus und strich über die üppigen kastanienbraunen Locken und lachte, als Robin errötete. »Du wirst ja ein schlimmer Herzensbrecher sein, wenn du erst mal älter bist, nicht wahr, Robin?«

»Oh nein –«, rief Robin laut, dann fiel ihm wieder ein, was sein Großvater über eine Begegnung mit der Königin gesagt hatte. Er verbeugte sich unbeholfen und brachte die Worte hervor, die er einstudiert hatte.

Elisabeth wandte sich Wakefield zu, ein Lächeln in den Augen. »Er ist ein reizender Junge, Sir Myles Wakefield. Ihr müsst ihn oft an den Hof bringen. Wenn er älter ist, werde ich ihn vielleicht hierbehalten und einen Höfling aus ihm machen.«

»Bitte – Euer Majestät – ich würde lieber Seemann!«
Elisabeth fand das überaus komisch, und ihr Gelächter ließ beinahe die Wände erzittern. »Einige Männer sind beides – komm und wir werden sehen, was sich machen lässt.«
Dann verließ sie den Raum, und während Myles ihr folgte, sagte er: »Nicht viele Jungen deines Alters werden aufgefordert, sich dem Hofstaat Königin Elisabeths anzuschließen.«
Robin schüttelte trotzig den Kopf. »Ich möchte lieber Seemann werden!«

★ ★ ★

Als der Earl von Shrewsbury Maria ankündigte, dass Sir Myles Wakefield um eine Audienz ersuchte, verlangte sie augenblicklich zu wissen: »Wer ist er?«
»Nun, ein sehr vornehmer Mann«, informierte sie der Earl, ihr offizieller Bewacher, und erzählte ihr einige Einzelheiten. Anfangs schien sie nur mäßig interessiert. Als er ihr jedoch erzählte, dass Myles »viele Jahre lang ein Favorit der Königin« gewesen sei, leuchteten ihre dunklen Augen vor Interesse auf.
»Wir werden ihn empfangen, Sir.«
Maria wartete, ihre blühende Fantasie spielte verschiedene Möglichkeiten durch. Als der hochgewachsene Mann in Begleitung eines Jungen eintrat, sagte sie liebenswürdig: »Sir Myles, wir freuen uns, Euch zu empfangen. Und Euch ebenfalls, junger Herr.«
»Mein Enkel, Robin«, sagte Myles. »Wir machen eine Reise, und ich konnte ihn in niemandes Obhut lassen –«
»Er ist herzlich willkommen. Man soll Erfrischungen bringen.«
Die zwei Besucher waren beide von der schönen Frau angetan – vor allem Robin. Myles bewunderte die dunkle Schönheit der Frau, aber ihm war eindringlich bewusst, dass eben das eine ihrer schärfsten Waffen war. Als sie einige Kuchen zum Tee gegessen hatten, sagte Myles: »Euer Majestät, ich wohne nur wenige Meilen von diesem

Ort entfernt. Der Sekretär, Sir Cecil, bat mich, Euch meine Aufwartung zu machen. Diesem Wunsch komme ich gerne nach und biete Euch meine Dienste an.«

»Ich wusste nicht, dass Sir William so besorgt um mein Wohlergehen ist«, sagte Maria ziemlich frostig. Sie wusste nur zu gut, dass der Sekretär gegen ihren Aufenthalt in England war.

»Die Königin erwähnte ebenfalls, dass es ihr gefallen würde, wenn ich Euch besuchte.«

»Ach? Dann seid Ihr doppelt willkommen, Sir Myles, und Ihr ebenfalls, Robin.« Maria nutzte augenblicklich die Gelegenheit, die sich da bot. »Ich kann Euch natürlich nicht besuchen –«, sie wies mit einem sarkastischen Lächeln auf ihre Umgebung – »aber es würde mich sehr freuen, wenn Ihr kommen wolltet. Und vielleicht Eure Frau mitbringt?«

»Ja, gewiss«, sagte Myles und nickte. »Sie wird sich freuen, Euch zu besuchen.«

Während der nächsten halben Stunde zeigte Maria sich von ihrer liebreizendsten Seite – eine ihrer besonderen Gaben, wenn sie darauf Wert legte, davon Gebrauch zu machen. Als Myles eine Bemerkung machte, dass sie sich nun wieder auf den Weg machen müssten, erhob sie sich und sagte: »Es war sehr angenehm, das kann ich Euch versichern. Ich bin an eine solche Umgebung nicht gewöhnt«, sagte sie mit einem Blick auf die ziemlich grimmigen Mauern. »Es würde mir große Freude machen, wenn Ihr mein kleines Gefängnis mit Eurer Gegenwart aufheitern wolltet. Bitte kommt so oft Ihr nur könnt.«

Myles stimmte zu, und als die beiden sich wieder auf den Weg machten, fragte Robin: »Ist sie wirklich eine Königin, Großvater?«

Er dachte an die schmutzigen Geschichten über Marias Zeit in Schottland und antwortete: »Sie war einmal eine Königin, mein Junge.« Er beugte sich vor und tätschelte den Hals seines Pferdes, dann flüsterte er: »Und sie würde sehr gern wieder eine sein!«

10

HEIMKEHR VON DER SEE

Ein feiner Nebel bedeckte die tief liegenden Täler, die sich unter den sanft gerundeten Hügeln erstreckten. Als Robin ein frisch gepflügtes Feld überquerte, sog er tief die Luft ein und genoss den Duft eines neuen Frühlings. Der Winter war rauh gewesen, er hatte die Erde mit Schnee belastet und die Ströme mit dicken Eisdecken gelähmt. Dann hatte der warme Hauch des April das Land von der grausamen Hand des Winters befreit. Robin hatte an der gefrorenen Weiße des Winters seine Freude gehabt, aber nun entzückte ihn das musikalische Gurgeln des Wassers, das über Steine plätscherte.

Als er den Rain des Feldes erreichte, stieg ein Schwarm Vögel auf. Ihre Schwingen hörten sich an wie ein winziger Donner, als sie in den Himmel entflohen. Robin erschrak, dann lachte er. »Wartet nur! Euch röste ich demnächst an einem Bratspieß!«

Er machte sich in Gedanken eine Notiz, wo der Ort zu finden war, und schwor sich, er würde später zurückkommen und Schlingen auslegen. Geistige Landkarten zu zeichnen, war eine Gewohnheit – und eine Begabung – des Jungen. Die Lage jedes Tales und jedes Hügels – ja, jedes Baumes und jedes Grashalms, wie sein Großvater zu sagen pflegte –, waren in seinem Gedächtnis aufgezeichnet wie auf einer Karte, die an die Wand geheftet hing. Er konnte sich an jede Wildspur erinnern, jeden Fluss und die besten Fischstellen darin, jedes Feld, das den Wakefields gehörte.

Als die Nebel auf den Feldern in der Sonne verbrannt waren, hatte Robin das Haus der Spensers erreicht. Es war ein großes Fachwerkhaus mit einem schilfgedeckten Dach, das dringend repariert werden musste. Zwei hohe Schornsteine hoben sich scharf vom blassblauen

Himmel ab. Robin hielt inne und sprach einen Mann an, der die Wandtünche ausbesserte. »Ist dein Herr zu Hause, Clem?«

»Nein, ist er nicht, Master Robin. Er ist ins Dorf geritten, um ein Pferd zu kaufen.«

Robin biss sich enttäuscht auf die Lippe. »Nun, ich werde versuchen, ihn ausfindig zu machen, aber wenn ich ihn verpasse, sag du ihm, mein Großvater hätte gesagt, er sollte das Weizenfeld drüben bei der Wiese brach liegen lassen. Kannst du dir das merken?«

»Ja, Sir, ich sag's ihm.« Clem war ein ungeschlachter Mann von siebenundzwanzig Jahren mit buschigen Brauen und einem Mund wie ein Katzenfisch. »Master Robin, ich hab ein paar von den Kräutern gesehen, nach denen Ihr gefragt habt – die hohen Stängel mit den blauen Blüten?«

»Safran?«, fragte Robin voll Eifer. »Wo hast du sie gesehen?«

»Ihr kennt doch den Bach, der um das Haferfeld fließt? Die drei großen Eiben an der Flussbiegung? Nun, dort ist der Boden geradezu bedeckt von ihnen.« Clem kratzte nachdrücklich sein wolliges Haar. »Kann mir nicht vorstellen, was Ihr mit Kräutern wollt, Master Robin.«

»Bettys Kinder haben die Masern«, antwortete Robin. »Safran ist gut dagegen.«

In den Augen des plumpen Dieners leuchtete es auf. »Kate Moody hat Euch das gesagt, eh?«

»Ja, das hat sie getan.«

Clem senkte den Blick und trat von einem Fuß auf den anderen. Er war gelegentlich selbst zu Kate Moody gegangen, aber immer heimlich. Er hatte, wie viele andere auch, Angst vor der dunkelhaarigen Frau – obwohl er keinen Grund hätte angeben können, warum er sie eigentlich fürchtete. Nun wurden seine Augen schmal und er sagte mit gedämpfter Stimme: »Nun, Master Robin, ich sag's Euch rundheraus – sie ist eine Hexe!«

»Sei kein Narr, Clem!«, gab er zurück.

»Jeder weiß, dass sie einen Pakt mit dem Teufel geschlossen hat. Sie kann einen Mann in eine Schlange verwandeln!«

»Ich kenne sie jetzt seit sechs Jahren. Sie hat mich viel über Kräuter und ihre Anwendung gelehrt, und das ist alles. Ich habe nie gesehen, dass sie irgendjemand in irgendetwas verwandelt hätte.« Robin hatte all das schon früher gehört und sich nicht darum gekümmert. »Und denk daran, deinem Herrn auszurichten, was ich über das Weizenfeld gesagt habe.«

Er wandte sich zum Gehen und hörte nicht mehr, wie der Knecht murmelte: »Na, du wirst schon noch anders denken, wenn sie und ihr Meister, der alte Pferdefuß, dich in die Hölle schleppen!«

Robin ging am Haus vorbei, auf ein Weizenfeld zu, als eine junge Stimme ihn beim Namen rief. Er wandte sich um und sah Allison Spenser zur Tür herausstürzen. Der Aprilsonnenschein verwandelte ihr aschblondes Haar in Gold. Sie hielt an und blickte ihn voll Eifer an. »Du kommst uns besuchen!«

»Nun, ich habe Clem eine Nachricht für deinen Vater hinterlassen.« Er blickte auf das junge Mädchen hinunter und bewunderte, wie immer, ihre dunklen Augen. Die meisten Leute, die er kannte, hatten blaue Augen, aber ihre waren von einem tiefen Violett. Sie standen in scharfem Kontrast zu ihrer hellen Haut und ihrem blonden Haar. »Ich muss weiter, Allison.«

»Oh, geh noch nicht!«

»Muss ein paar Kräuter besorgen. Ich komme ein andermal wieder –« In diesem Augenblick trat Martha Spenser aus der Tür, und Robin sagte hastig: »Guten Tag, Mrs Spenser.« Sein Ton war höflich, aber nicht mehr. »Mein Großvater hat mich mit einer Nachricht zu Eurem Mann geschickt.« Als er die Botschaft wiederholte, fiel ihm der harte Ausdruck auf Martha Spensers Gesicht auf. Er war nicht überrascht, denn er wusste längst, dass sie ihm mit Argwohn begegnete. Er wusste auch, dass es seine eigene Schuld war, denn er hatte kein Hehl aus seinem Hass auf die katholische Religion gemacht.

»Ich werde es ihm sagen, wenn er heimkommt.« Mrs Spenser wandte sich zum Gehen, hielt aber inne, als Allison ausrief: »Mutter, kann ich mit Robin Kräutersuchen gehen?«

»Er hat sicher keine Lust, dich mitzunehmen.«

Das stimmte; Robin hatte tatsächlich keine Lust, das Mädchen mitzunehmen, aber die steife Haltung der Frau irritierte ihn. Aus purem Widerspruchsgeist sagte er: »Ach, ich gehe nur zum Haferfeld hinunter. Sie kann mitkommen, wenn sie will.«

Mrs Spenser schüttelte den Kopf, aber als Allison flehte: »Oh, Mutter, *bitte* lass mich mit Robin mitgehen!«, zuckte sie die Achseln und kehrte ins Haus zurück. Allison war mit einem Satz an der Seite des jungen Mannes und packte seine Hand. »Na, siehst du? Jetzt können wir beide aufs Feld gehen!«

»Setzt du immer deinen Kopf durch, Mädchen?«

»Ach nein. Meistens nicht.«

»Was mich angeht, scheint es dir aber immer zu gelingen.«

»Ja, aber du kommst nicht oft hier vorbei. Komm schon, ich möchte dir den Bau der Bisamratten zeigen!«

Robin ließ es zu, dass sie ihn den Pfad entlangzog, der zu den Feldern führte. Während das Mädchen schwatzte, beobachtete er ihr lebhaftes Gesicht. *Sie ist jetzt zehn Jahre alt – und ein hübsches Kind – ich habe nie solche violetten Augen gesehen!* Laut sagte er: »Weißt du, wann ich dich das erste Mal gesehen habe?«

»Nein, wann war das?«

»An meinem zehnten Geburtstag. Es war auf dem Dorfplatz, und du warst richtig pummelig und kamst ganz komisch dahergewatschelt!«

»Das stimmt nicht!«

»Doch; alle kleinen Kinder sind so.« Er sah, dass seine Worte sie verletzt hatten, und fügte hastig hinzu: »Aber sieh nur, wie hübsch du geworden bist – bildschön!« Wie er es vorausgesehen hatte, machten seine Worte dem Kind Freude. *Ich wünschte, alle wären so leicht zu erfreuen!*

Allison plauderte ohne Unterlass, zeigte da auf eine Blume, dort auf einen Vogel, und Robin war – wie immer – erstaunt über ihren wachen Verstand. Es machte ihn traurig, dass ein so intelligentes Kind so wenig Aufmerksamkeit oder Zuneigung fand. Bei zwei älteren Schwestern und zwei jüngeren Brüdern fand sie kaum jemals

Beachtung, es sei denn für irgendein kleines Vergehen. Robin hatte ihren Vater, John Spenser, oft genug gesehen, um zu wissen, dass er ein von Sorgen zermürbter Mann war, der aus den Schulden nicht herauskam. Er hatte oft gehört, wie Mrs Spenser an ihrem Gatten herumnörgelte, er möge mehr Geld ins Haus bringen. Robin hatte sie mehrmals mit seinem Großvater besucht, und das Haus war immer von Spannung erfüllt.

Was er nicht bemerkt hatte, war, dass diese Spannung zum großen Teil von seiner unverhohlenen Kritik an den Katholiken und ihrer Religion verursacht wurde. Trotz der häufigen Ermahnungen seines Großvaters beharrte er mit einer Sturheit, wie sie für einen Sechzehnjährigen, der von der Richtigkeit seines Standpunkts überzeugt war, typisch war.

Allison war die einzige Ausnahme in seiner allgemeinen Verachtung für Katholiken. In ihrer Gesellschaft fühlte Robin sich wohl. Vielleicht war es ihre offenkundige Bewunderung für ihn, die dazu geführt hatte, dass er sie in Gedanken von ihrer Familie absonderte. Er wusste natürlich, dass sie zur Messe ging und Katholikin war – aber irgendwie betrachtete er sie immer für sich allein, unabhängig vom Rest der Familie. Was verstand ein hübsches zehnjähriges Kind schon davon, dass Menschen auf dem Scheiterhaufen verbrannt wurden?

Während der nächsten zwei Stunden streiften die beiden über die Felder, planschten im Bach und untersuchten ein Loch, von dem Allison behauptete, eine Sippe von Bisamratten wohne darin. Robin versicherte ihr mit feierlichem Gesicht, dass von Bisamratten keine Rede sein könnte; vielmehr hauste ein Troll mit langen scharfen Zähnen in dem Loch.

»Oh, das ist albern!«, rief Allison verächtlich. »Ich glaube nicht an Trolle!«

»Tust du nicht?« Plötzlich packte Robin sie und hielt sie über den Höhleneingang. »Na, dann stecke ich dich jetzt da rein, und du kannst selbst sehen, ob es stimmt!«

Allison kreischte und klammerte sich fest an Robin. »Nein, bitte tu's nicht!« Sie hatte solche Angst, dass sie zu weinen begann, und sofort war Robin betrübt.

»Komm schon, weine nicht«, sagte er hastig und trat vom Bachufer zurück. »Ich wollte dich nur necken. Es gibt gar keine Trolle.« Er war hochgewachsen und sehr stark für sein Alter, und ihm wurde bewusst, wie zart das junge Mädchen war. Sie schien ihm so leicht wie Luft, und nun schüttelte sie ein Schauder nach dem anderen, als sie sich an ihn klammerte. Vorsichtig setzte er sich nieder und lehnte den Rücken an eine der Eiben.

Was bist du für ein dummer Klotz, Wakefield!, schalt er sich selbst. *Du hast das arme Kind beinahe zu Tode erschreckt!*

Er murmelte ihr beschwichtigende Worte zu, bis sie sich beruhigte, dann lächelte er ihr ermutigend zu. »Lass uns ein Weilchen hier sitzen, und ich erzähle dir vom Palast und den schönen Kleidern, die die Damen dort tragen.« Er ließ sie neben sich auf den Boden plumpsen, aber sie klammerte sich fest an seinen Arm, als er Geschichten vom Hofe erzählte – die meisten frei erfunden, um sie zu amüsieren. Bald lachte sie wieder, und als er ihre fröhlichen Augen und ihr ansteckendes Lachen bemerkte, dachte er wieder, was für ein liebenswürdiges Kind sie doch war.

»Ich bringe dich jetzt nach Hause«, sagte er. Er war selbst überrascht, dass er das Ende ihres Zusammenseins bedauerte. »Ich muss mich auf den Weg machen.«

Während des größten Teils des Rückweges bettelte Allison ihn an, er möge bleiben, und als sie damit keinen Erfolg hatte, rang sie ihm das Versprechen ab, dass er zurückkehren würde. »Ich sag dir was«, antwortete er, und ein herablassendes Lächeln malte sich auf seinen Lippen. »Mein Großvater und unsere Diener werden am nächsten Mittwoch hierherkommen, um mit den neuen Feldern zu helfen. Vielleicht können wir beide uns davonschleichen und Vogelnester suchen.«

»Oh ja, Robin!« Ihr blondes Haar hüpfte, als sie aufs Heftigste nickte, und sie umklammerte seine Hand, als sie den Pfad entlangwanderten. Sie näherten sich der Lichtung, auf der das Haus stand, als sie abrupt fragte: »Warum magst du meine Mutter nicht?«

Er sah sie verdutzt an. »Nanu, ich habe nie irgendwelchen Ärger mit deiner Mutter gehabt!«

»Du magst sie trotzdem nicht. Ich merke es.« Robin suchte nach einer Antwort, die er dem Kind geben konnte, denn der bekümmerte Ausdruck auf ihrem Gesicht beunruhigte ihn. Aber bevor ihm noch eine passende Antwort einfiel, sah sie ihm in die Augen und fragte: »Liegt es daran, dass wir Katholiken sind?«

Robin Wakefield hatte sich selten unbehaglicher gefühlt. Etwas in der Einfalt der Frage des Kindes und der verletzliche Ausdruck in ihren dunklen Augen ließen ihn schweigen. Er suchte vergeblich nach irgendeinem Weg, wie er ihr seine Gefühle erklären konnte – aber als er seine Gründe überprüfte, wusste er nur zu gut, dass keiner von ihnen in diesem Fall etwas taugen würde. Schließlich sagte er zögernd: »Nun ... wenn die Menschen verschieden über die Dinge denken, Allison, dann ... kommen sie manchmal nicht gut miteinander aus.«

»Magst du mich nicht?«, flüsterte sie mit zitternden Lippen. »Ich bin auch katholisch.«

Robin war es schon vorher schwergefallen, eine Antwort zu finden; jetzt fühlte er sich völlig in die Ecke gedrängt. »Doch«, sagte er augenblicklich, wenn auch ein wenig lahm. »Natürlich mag ich dich. Wir sind Freunde, nicht wahr?« Als er sie anblickte, sah er ihre wundervollen Augen in Tränen schwimmen, und er fühlte sich schrecklich.

Er fiel auf ein Knie nieder, nahm sie in die Arme und sagte rasch: »Oh Allison, bitte weine nicht.«

Aber zwei große Tränen flossen aus den Augen des Mädchens und liefen ihre Wange herab. »Ich – ich kann nicht anders!«, stöhnte sie. Sie schlang die Arme wild um seinen Nakken und presste das Gesicht an seine Brust. »Bitte hasse mich nicht, Robin!«

»Das werde ich niemals tun!«, versprach er. »Wir werden immer

Freunde sein, Allison. Das verspreche ich. Und ich mache niemals Versprechen, die ich nicht halte.«

Sie blickte ihm in die Augen, und er hatte das sonderbare Gefühl, dass sie in seinem Herzen zu lesen versuchte. Nach einigen Augenblicken nickte sie. »Wir werden immer Freunde sein?«, fragte sie leise.

»Immer«, versicherte ihr Robin. »Jetzt muss ich mich aber auf den Weg machen. Und du musst ins Haus gehen.« Er sah ihr ins Gesicht und krauste leicht die Stirn. »Wenn möglich, lass deine Mutter nicht merken, dass du geweint hast. Sie würde schlecht von mir denken.«

Sie nickte feierlich, und er wandte sich ab und ging, während sie ihm nachsah.

Als er nach Wakefield zurückkehrte, war sein Gemüt von beunruhigenden Gedanken umdüstert. Seit seinem zehnten Geburtstag hatte er Hass für jene empfunden, die am Tod seines Vaters schuld waren. Nachdem es in seiner Umgebung aber nur wenige Katholiken gab, nahm seine Feindseligkeit selten feste Gestalt an. Die Katholiken, die er kannte, wirkten durchaus harmlos, aber das *System* – die Struktur der katholischen Kirche als solche – war bei ihm zu einer fixen Idee geworden.

Er hielt seine Ansichten für keineswegs ungewöhnlich. Er hatte viele Engländer, Männer und Frauen, von ihren lebhaften Erinnerungen an die Verfolgungen unter Maria der Blutigen erzählen gehört. Einige hatten unter ihrer Herrschaft Verwandte verloren; noch viel mehr hatten mildere Formen der Verfolgung erdulden müssen, wie beispielsweise die Beschlagnahme ihrer Güter durch die englische Krone.

Viele Leute, die Robin kannten, dachten wie Giles Horton, der Junge, der Robin als Erster enthüllt hatte, wie sein Vater gestorben war. Giles war zu einem wütenden Katholikenhasser herangewachsen. »Wart's nur ab, Robin!«, sagte er oft. »Als König Philipp von Spanien Maria geheiratet hat, hat er das nicht wegen ihrer schönen Augen getan. Er hält sich für den wahren König von England, und früher oder später wird er kommen und den Thron fordern.«

Einige ihrer Freunde hatten protestiert, so etwas würde niemals geschehen, aber Giles hatte nur heftig genickt. »Wartet nur! Wenn Philipp kommt, wird er als Erstes die Inquisition hier einführen! Wenn euch der Foltermeister auf der Streckbank reckt oder euch das Fleisch von den Knochen reißt, werdet ihr sehen, dass ich recht gehabt habe!«

Als Robert nun in den Wald eindrang, durch den eine Abkürzung nach Wakefield führte, wirbelten seine Gedanken durcheinander. Er konnte die Schrecken der Inquisition und das unschuldige Gesicht Allison Spensers nicht unter einen Hut bringen. Schließlich sagte er laut: »Ich werde gegen die Spanier kämpfen, wenn sie kommen, aber Allison Spenser hat nichts damit zu tun!«

Er schlug einen Seitenweg ein, gelangte an den Fluss und folgte ihm, bis er Kate Moodys Hütte erreichte. Er traf sie vor ihrer Tür stehend an, als hätte sie ihn erwartet. »Nun, Master Robin, was bringst du mir da?«

»Safran«, sagte er und reichte ihr das sperrige Bündel. »Ich nehme einen Teil davon nach Hause mit für Bettys Kinder, aber du kannst den Rest haben.«

»Ja, das ist ein nützliches Kraut.« Sie nahm die Kräuter entgegen und legte sie auf ein Wandbrett, das an ihrem Haus befestigt war, dann setzte sie sich nieder und begann mit ihm zu reden, während er sich neben ihr auf einem dreibeinigen Hocker niederließ.

»Hast du jemals ein Glühwürmchen bei Tageslicht gesehen?«, fragte sie abrupt.

»Nein, ich glaube nicht.« Robin war an Kates merkwürdige Art gewöhnt, obwohl ihre abrupten Fragen ihn immer noch verblüfften. Er liebte es, ihr zuzuhören, liebte es, von ihr befragt zu werden, denn niemand schien so viel wie sie über ihre Welt zu wissen – die Tiere, die Insekten, die Reptilien und jeden Busch, jedes Rohr, jede Blume. Offenbar fand sie es nötig, ihr Wissen mit ihm zu teilen, und sein Kopf war vollgestopft mit Dingen, die sie ihm beigebracht hatte.

»Das Weibchen leuchtet heller als das Männchen. Wenn sie Eier trägt, wird sie von innen heraus von ihnen erleuchtet, wie kleine glühende Kohlen im Feuer.«

»Woher weißt du, dass es ihre Eier sind?«

»Woher ich das weiß? Nun, ich haben sie aufgeschnitten und es mir angesehen!« Kate starrte ihn an, als hätte er eine dumme Frage gestellt. Dann strich sie ihr langes schwarzes Haar aus der Stirn zurück. Ein weißer Streifen durchzog es leuchtend hell, und ihre Augen waren so dunkel wie die Nacht. Sie beugte sich vor und wisperte: »Ich habe schon ganz andere Dinge aufgeschnitten als Glühwürmchen, mein Junge!«

Wider Willen fühlte Robin, wie ein Schauder der Beunruhigung ihn durchfröstelte. Er hatte viel Zeit mit dieser seltsamen Frau verbracht, obwohl ihn fast alle vor ihr gewarnt hatten. Als er jetzt das durchdringende Glitzern in ihren Augen sah, fragte er sich, ob die Gerüchte, die über Kate Moody umgingen, nicht ihre Berechtigung hatten!

»Was nützt es einem, über Glühwürmchen Bescheid zu wissen?«, fragte er rasch.

»Du musst deine Welt kennen, Robin Wakefield!« Kates Stimme war sehr tief für eine Frau, und sie starrte ihn eindringlich forschend an, als wäre er einer der Frösche oder Schlangen, die sie manchmal im Hause hielt. »Und *diese* Welt«, sie wies abrupt mit ihrem langen Arm auf den Wald, »ist eine bessere Welt als die der Menschen.«

»Oh, Kate, das ist nicht wahr!«, protestierte Robin. »Denk doch nur – denk nur, wie *blutig* der Wald ist! Erinnerst du dich nicht mehr an das Wiesel, das wir sahen – das tanzte, bevor es tötete?«

»Tiere töten um der Nahrung willen, Menschen töten manchmal aus schlimmeren Gründen – manchmal einfach, weil es ihnen Spaß macht!«

Als sie das sagte, dachte Robin plötzlich an den Tod seines Vaters. Er nickte. »Ja, das tun sie.«

Sie verstand augenblicklich, was den düsteren Ausdruck über die Züge des Jungen gebreitet hatte. »Oh ja, du verstehst etwas von diesen Dingen, so jung du auch bist«, sagte sie und nickte. »Aber lass nicht zu, dass es dich verbittert, Junge. Es gibt nichts Schlimmeres als einen verbitterten Mann.« Sie grinste. »Es sei denn, eine verbitterte

Frau! Und wenn du nicht auf dich achthast, wirst du schlimmer werden als diejenigen, die deinen Vater getötet haben!«

»Niemand ist schlimmer als sie!« Die zornigen Worte waren ihm über die Lippen gekommen, bevor er es richtig begriffen hatte. Seine Wut schien die Stille zu zerreißen, die die Hütte umgab, und der große Rabe, der sich nie weit vom Hause entfernte, erschrak. Er breitete die Flügel aus und protestierte mit heiserem Krächzen.

Kate starrte den Jungen einfach nur an, ihre Augen hingen an seinen knabenhaften Zügen. Schließlich zuckte sie die Achseln. »Weißt du, dass das Licht von drei oder vier Glühwürmchen genügt, um zu lesen?«

★ ★ ★

Als Robin durch die Tore von Wakefield Manor streifte, begrüßte ihn Pilot, der an ihm hochsprang und ein tiefkehliges Gebell ausstieß.

»Runter, Pilot!«, ermahnte er ihn. Aber der riesige Hund stellte sich auf die Hinterbeine und legte die Pranken auf Robins Brust, so dass sein Gewicht den angewiderten jungen Mann beinahe umwarf. »Du lernst es wohl nie, was?« Er trat mit leichtem Druck auf eine Hinterpfote des Tieres, das ein kurzes, empörtes Kläffen ausstieß, als es sich wieder auf alle viere fallen ließ. »Du hast kein bisschen Würde an dir. Und kein bisschen Verstand!«

Pilot warf seinem Herrn einen vorwurfsvollen Blick zu, machte Wuff und trottete dann bis zur Eingangstür hinter ihm her.

Als Robin ins Haus trat, begrüßte ihn augenblicklich ein hochgewachsener Mann, der mit einem breiten Lächeln auf ihn zutrat. »Onkel Thomas!«, rief er aus und ergriff die Hand, die ihm entgegengestreckt wurde. »Wann bist du angekommen?«

»Vor kaum einer Stunde.« Tom Wakefield schlug seinem Neffen auf die Schulter. »Nicht zu glauben, du bist seit letztem Jahr einen Fuß gewachsen!«

»Nicht ganz, Onkel. So groß wie du bin ich noch nicht.«

Der Ältere betrachtete den Jüngeren mit forschendem Blick. »In einem Jahr wirst du größer als ich sein«, sagte er. »Aber ich lege dich immer noch aufs Kreuz, mein Junge!« Mit einunddreißig war Tom das genaue Ebenbild seines Vaters in diesem Alter. Wie Myles auch, war er hochgewachsen und breitschultrig und hatte dasselbe kastanienbraune Haar und die blaugrauen Augen. Und er liebte seinen Neffen Robin sehr.

Jahrelang hatte er versucht, dem Jungen ein Gefährte zu sein, so oft er konnte. Dass er sich zum Seemann berufen fühlte, bedeutete, dass er oft lange Zeit von zu Hause fort war, aber Robin war häufig in Thomas' Haus in Southampton zu Gast gewesen. Was Robin anging, so schätzte er keinen Mann auf Erden mehr als seinen Onkel – seinen Großvater natürlich ausgenommen.

Myles und Hannah waren in die Halle gekommen, und Hannah sagte: »Kommt jetzt, das Essen wird schon kalt. Ihr beide könnt euch später miteinander unterhalten.«

Robin überhäufte seinen Onkel mit Fragen, während sie die Halle entlanggingen, und als sie bei Tisch saßen, hob Tom die Hand. »Schluss jetzt, Junge! Ich kann nicht gleichzeitig essen und reden!«

»Doch, das kannst du«, grinste Robin. »Du hast niemals gute Manieren gehabt, Onkel, und ich möchte alles über Drake und die Spanier erfahren.«

Die nächsten zwei Stunden faszinierte Tom seine Zuhörer mit seinen Geschichten. Er war ein guter Erzähler und hielt sie in seinem Bann mit den Berichten über die Seereisen, die er gemacht hatte. Robin beugte sich, auf die Ellbogen gestützt, vor, sein Essen war vergessen, und sein Großvater blinzelte Hannah zu, als er sah, wie hingerissen der Junge lauschte.

»Habt ihr viele Schätze erbeutet? Wie ist Drake? Wann wirst du – «

Tom hob die Hand, um die Flut von Fragen einzudämmen. »Nein, nicht viele Schätze. Und Francis Drake ist der beste Seefahrer der Welt.«

Myles fragte mit einem trockenen Grinsen: »Was ist aus all dem Gold und Silber geworden, das ihr zurückbringen solltet? Die Königin erwartet eine Belohnung dafür, dass sie euch Seeleute alle zu Piraten macht.«

Tom blickte auf, Entrüstung blitzte in seinen Augen auf. »Nicht Piraten, Vater. Wir sind Abenteurer, die unter dem Schutz und Schirm der Königin zur See fahren.«

»Ich fürchte, Philipp sieht eure Freibeuterschiffe in einem anderen Licht, Tom. Er hat bereits einige sehr scharfe Bemerkungen darüber gemacht.«

»Ach, er stößt Drohungen aus, natürlich. Aber er hat zu viel anderes zu tun, um einen Krieg mit England anzufangen.«

»Da wäre ich mir nicht so sicher«, sagte Hannah. »Es ist kein Geheimnis, dass er England seinem Reichsgebiet einverleiben will. Er hat schon fast alles andere erobert.«

»Nein, Mutter, England wird er niemals erobern«, beharrte Tom. »Nicht, solange wir vom Meer umgeben sind. Es stimmt, er verfügt über eine gewaltige Armee, aber wie soll er sie hierherbringen?«

»In Schiffen, würde ich sagen.« Myles zuckte die Achseln. »Die Spanier haben viele neue Galeonen gebaut. Wozu sollte Philipp eine Flotte brauchen? Ich denke, er wird eines Tages hierherkommen.«

Tom lehnte sich zurück und betrachtete seinen Vater. *Er sieht gut aus für einen Mann von siebenundsechzig Jahren, besser als jeder andere in diesem Alter, den ich kenne.* »Hast du aus Maria irgendwelche Informationen herausgeholt?«

Myles warf seinem Sohn einen raschen Blick zu. »Sie ist jetzt seit sechs Jahren eine Gefangene, Tom. Sie hat alles in ihren Kräften Stehende versucht, um Elisabeth vom Thron zu stoßen, damit sie selbst Königin werden kann.«

»Warum lässt Elisabeth ihr nicht den Kopf abschlagen?«

»Das würde sie niemals tun«, sagte Myles. »Nicht, solange sie an das Gottesgnadentum der Könige glaubt. Wie sie es sieht, wäre jeder Schlag gegen Maria ein Schlag gegen Gott selbst.«

»Aber Maria ist niemandes Königin«, protestierte Tom. »Die Schotten haben sie aus dem Land gejagt!«

»Elisabeth würde niemals die Hand gegen sie erheben.« Myles'

Stimme klang entschieden, und er fügte hinzu: »Die Königin weiß, dass Maria Pläne für ihre Ermordung geschmiedet hat. Sir Francis Walsingham hat ihr unwiderlegliche Beweise vorgelegt, dass Maria an Verschwörungen beteiligt war, sie ermorden zu lassen und den Thron an sich zu reißen. Aber sie hört nicht zu.«

»Hat Maria Kontakte mit Spanien?«

»Natürlich! Vergiss nicht, Tom, sie ist Katholikin, und Philipp ist der mächtigste katholische Herrscher in aller Welt. Es ging die Rede, sie sollte ihn heiraten, und sie würde es sofort tun. Sie würde alles tun, um ihren Kopf durchzusetzen.«

»Wie ist sie, Vater?«

Myles lächelte plötzlich. »Frag Robin. Er hat mich einige Male begleitet, als ich sie besucht habe.«

Robin bemerkte das Interesse seines Onkels. »Maria ist sehr höflich – und schön. Aber es ist eine merkwürdige Art von Schönheit.« Er dachte scharf nach, dann sagte er: »Du weißt doch, wie eindrucksvoll eine Giftschlange aussehen kann, nicht wahr? Du kannst einfach nicht anders, als sie zu bewundern, aber du weißt, dass du dich in sicherer Entfernung halten musst!«

»Ein gelungener Vergleich, Robin!«, nickte Myles. »Sie ist tödlich. Und einige Männer sind so geblendet von ihrer Schönheit, dass sie es nicht zu sehen vermögen.«

»Der Herzog von Norfolk ist einer dieser Männer«, bemerkte Hannah scharf. »Er ist völlig behext von dieser Frau!«

»Ja, und er wird eines Tages dafür bezahlen müssen«, stimmte Myles ihr zu. Er hatte das Thema satt. Er hatte Maria von Schottland ziemlich gut kennengelernt, seit er sie das erste Mal besucht hatte, und er empfand Widerwillen gegen jedermann, der Elisabeth nicht treu gesinnt war. Aber er kannte Robins Hass gegen die Katholiken nur zu gut und hielt es für klüger, das Thema nicht weiter zu verfolgen. »Nun, Thomas«, sagte er frei heraus, »was hast du nun für Pläne? Willst du wieder mit Drake zur See fahren?«

»Nein, Sir, ich habe andere Pläne, aber ich kann sie ohne deine Hilfe nicht verwirklichen.«

Myles warf Hannah einen Seitenblick zu, dann wandte er den Blick wieder dem hochgewachsenen jungen Mann zu, der ihm so ähnlich war.

»Du warst immer ein guter Sohn, Tom«, sagte er schlicht. »Seit wir William verloren haben, ruht unsere ganze Hoffnung auf dir. Und du hast uns niemals enttäuscht.«

»Was hast du vor, Tom?«, fragte Hannah. Sie lächelte plötzlich. Ihre klare Haut und die Schönheit ihrer Züge standen in scharfem Gegensatz zu ihren achtundsechzig Jahren. »Du hast doch nicht etwa vor, selbst ein Schiff zu kaufen, oder?«

Tom Wakefield starrte sie verdattert an, dann brach er in Lachen aus. »Ich konnte niemals etwas vor dir verbergen, nicht wahr?«

»Ich bin keineswegs überrascht«, sagte Myles mit einem Lächeln auf den Lippen. »Hannah hat mir schon vor langer Zeit gesagt, wir sollten uns darauf vorbereiten, dir ein Schiff zu kaufen.«

»Was für ein Schiff, Onkel?«, verlangte Robin zu wissen.

»Ein Kriegsschiff, Robin. Eines, mit dem ich bis vor Philipps Haustür segeln kann!« Tom beugte sich vor, seine Augen glänzten. »Philipp finanziert sein Reich mit den Schätzen, die er aus der Neuen Welt gewinnt. Er muss sie mit Schiffen nach Spanien bringen, und diese Schiffe können von tapferen Männern aufgebracht werden – Männern wie Hawkins und Drake!«

»Nun«, murmelte Myles mit gedämpfter Stimme, »dann bist du also doch ein Pirat.« Er schüttelte den Kopf, bevor Tom protestieren konnte, und fügte hinzu: »Ich habe nichts gegen deinen Plan, Tom. Du sollst dein Schiff haben.«

»Wir werden eines von Philipps Schatzschiffen aufbringen, Vater, und ich bringe eine Truhe voll Gold zurück!«

»Das ist nicht der Grund, warum ich das Schiff gerne kaufen möchte.« Myles blickte ihn über den Tisch hinweg an und hielt inne. Seine Augen waren nachdenklich. »Eines Tages werden die Spanier kommen. Und sie werden auf dem einzigen Weg kommen, der ihnen offen steht – über das Meer. Wenn das geschieht, müssen wir Kriegsschiffe haben und erfahrene Seeleute, sonst wird England verloren sein. Ich möchte meinen Sohn an Bord einer Galeone sehen, als einen Kapitän, der für Königin Elisabeth kämpft.«

Sie saßen zu viert noch längere Zeit zusammen und unterhielten sich über das kühne Unternehmen. Tom erklärte ihnen, dass man ein Schiff nicht kaufen konnte, dass es gebaut werden musste, und er zeichnete Skizzen auf Papier, um ihnen klarzumachen, was er sich vorstellte.

Schließlich meldete sich Robin zu Wort. »Onkel, nimm mich mit!«

Tom zögerte. Er warf seinen Eltern einen raschen Seitenblick zu. »Dazu musst du Vater um Erlaubnis fragen.«

Robin wandte sich seinem Großvater zu. »Bitte, Sir, darf ich mitfahren?«

Myles betrachtete den Jungen einen langen Augenblick lang. »Die Königin möchte, dass du an ihren Hof kommst. Das ist eine großartige Gelegenheit für einen jungen Mann!«

Robin schüttelte trotzig den Kopf, dann antwortete er seinem Großvater mit denselben Worten wie damals der Königin: »Ich möchte lieber Seemann werden!«

11

DAS KRIEGSSCHIFF

Im Jahre 1575 war ein Schiffsbauer nicht weniger ein Künstler als ein Maler, der Bilder auf Leinwand festhält. Ein Unterschied allerdings bestand zwischen beiden: Ein misslungenes Bild kostete niemanden das Leben. Aber wenn ein Schiffsbauer schlechte Arbeit tat, konnte es geschehen, dass Männer auf der anderen Seite des Erdballs Futter für die Haie in der grausamen See wurden.

Keine zwei dieser hölzernen Schiffe waren je völlig gleich. Für ein Schiff brauchte man zehntausend Eichbäume, und keine zwei dieser Bäume waren jemals vollkommen gleich. Die sanft geschwungenen Kurven des Schiffes machten es erforderlich, dass die Männer nach Bäumen suchten, deren natürliche Form und Gestalt diese Kurven zuließ, und dann musste die Eiche über Dampf erweicht und in schweren Pressen in Form gebogen werden.

Es war möglich, einen Arbeitsplan zu zeichnen, der jede Rippe und jeden Sparren aufs Genaueste angab, und dennoch würden zwei Schiffe, die nach diesem selben Entwurf gebaut wurden, einander *nicht* ähnlich sein. Es gab immer feine Unterschiede im Baumaterial, und die Handwerker, die die Schiffe bauten, nahmen immer wieder kleine Abänderungen vor.

All das wurde Robin von seinem Onkel an einem klaren Maimorgen erklärt, als sie neben einem halb fertigen Schiff in Portsmouth standen. Der Designer und Erbauer, ein kurzbeiniger Schotte namens James McDougal, hatte ein feuriges Temperament, das zu seinem rötlichen Haar passte. Er schenkte seinen Arbeitern nichts, aber Thomas hatte Robin versichert: »Es ist nicht einfach, mit ihm zusammenzuarbeiten, aber er baut die besten Kriegsschiffe der Welt!«

Robin starrte die kühnen Kurven an, die das Skelett eines Schiffes bildeten, und seine Augen wurden groß. »Wie wissen die Männer, wie sie die Rippen machen müssen, Mr McDougal? Sie sind doch ganz verschieden voneinander?«

»Nein, Junge, jede muss ihre eigene Form haben –« McDougal unterbrach sich und bellte: »Du da! Johnson! Pass auf, was du tust!« Er starrte einen jungen Mann, der sein Missfallen erregt hatte, ingrimmig an, dann wandte er sich wieder an Robin. »Komm mal mit, Jungchen. Ich zeig dir, wie's gemacht wird!« Er wandte sich um und eilte in das schäbige Gebäude, das dicht am Meer stand.

Robin folgte ihm und starrte das Durcheinander von Werkzeugen, Sparren, Tauen, Teer, Hanf, metallenen Beschlägen und tausenderlei anderem Kram an. *Mir ist es unbegreiflich, dass er hier überhaupt etwas findet!* dachte er.

»Dies ist ein halbes Modell, Junge«, bemerkte McDougal, während er ihm ein wunderschön ausgeführtes Modell unter die Augen hielt – oder besser gesagt ein halbes Modell, denn es war die linke Seite eines Schiffes, das in der Mitte glatt durchgeschnitten war. Es war aus sehr dunklem Holz gemacht und glatt wie Glas.

Robin streckte die Hand aus und ergriff es sorgfältig. »Warum ist es nur zur Hälfte gemacht, Sir?«

»Weil die Rippen auf der anderen Seite zu diesen hier passen müssen«, antwortete McDougal. »Ich brauche ein Modell, um zu sehen, wie das Schiff im Wasser liegt. Aber dann mache ich eine Zeichnung von jeder Rippe. Siehst du das hier?« Er wühlte in einem Haufen Zeichnungen, die sich auf einem kleinen Tisch stapelten, fand eine und erklärte Robin: »Ein Schiff taugt nichts, wenn die Männer sich nicht an diese Zeichnungen halten.« Er warf das Blatt Papier auf den Stapel und schnauzte: »Und jetzt komm, und wir wollen mal sehen, wie aus diesem Stückchen Papier ein richtiges Holz wird.«

Er stürmte zur Tür hinaus, dann hielt er neben einem kahlköpfigen Mann mit bloßer Brust an. Er deutete auf einen mächtigen Eichenstamm. »Da – siehst du das?« Robin sah, dass die kleine Zeichnung auf den Stamm übertragen worden war. Der kahlköpfige Mann schnitt vorsichtig das überschüssige Holz weg, und die Form der geschwungenen Rippe war bereits deutlich erkennbar.

McDougal war voller Stolz auf seine Arbeit und erzählte aufgeregt von dem Schiff. »Es wird vom Bugspriet bis zum Heck einundsiebzig Fuß lang sein, mein Junge. Nicht so groß wie manche anderen, aber es wird seinen Mann stehen. Es wird gute Masten haben, gute Wanten und doppelte Segel.« Seine kleinen blauen Augen funkelten, als er nickte. »Ja, das wird ein wackeres Schiff.« Er rannte dahin und dorthin wie ein Terrier, während er auf verschiedene Einzelheiten hinwies: »Das Schiff hat sieben bewaffnete Pfortluken auf jeder Seite, und im Inneren können achtzehn Geschütze untergebracht werden – dreizehn aus Bronze und der Rest aus Gusseisen.«

»Es wird auch eine eigene Schmiede haben, in der man Nägel, Stachel und Riegel herstellen kann«, fügte Thomas hinter ihrem Rücken hinzu. Er war herbeigekommen, um zu sehen, was vor sich ging, und fuhr liebevoll mit der Hand über eine der Rippen. »Und wir werden jede Waffe, die man für Geld kaufen kann, an Bord haben – Kanonen, Mörser, Kettenkugeln, Musketen, Pistolen, Piken, Brandbomben, Bogen und Pfeile, Schießpulver und alle Arten von Geschossen. Wir werden eine schwimmende Waffenkammer sein!«

Robin war hingerissen. Er war zu einem kurzen Besuch bei seinem Onkel nach Portsmouth gekommen, und jeden Tag war er bereits auf der Schiffswerft, wenn McDougal und die Arbeiter ankamen. Er blieb dort, bis der Meister ihn mit Anbruch der Dämmerung nach Hause schickte, und einmal sagte McDougal: »Du trägst die Liebe zu den Schiffen im Herzen, Junge. Wenn du als Lehrling zu mir kommen möchtest, könnte ich einen guten Schiffsbauer aus dir machen.«

»Danke, Mr McDougal«, hatte Robin gesagt. »Aber ich möchte lieber Seemann werden.«

»Überleg es dir lieber noch einmal, Junge«, hatte der Schiffsbauer ihn gewarnt. »Hier bei mir reißt dir keine Kanonenkugel den Kopf ab.«

Aber Robin wusste bereits, dass er an Land gefesselt niemals glücklich sein würde. »Ich muss mit dir zur See fahren, Onkel«, hatte er ein ums andere Mal gesagt. »Du musst dafür sorgen, dass Großvater mir die Erlaubnis gibt!«

»Ich glaube, er wird dich gehen lassen«, nickte Thomas, dann grinste er. »Vater und Mutter wissen beide, dass du sie zum Wahnsinn treiben würdest, wenn sie dich die Reise nicht mitmachen lassen!«

»Ich wünschte, wir könnten heute schon aufbrechen!«

»Nun, das tun wir nicht – und Dienstag fährst du heim. Es wird Monate dauern, bis die *Falke* gebaut ist, und bis dahin solltest du dich von deiner besten Seite zeigen, damit Vater und Mutter dich gehen lassen.« Er lachte laut und streckte die Hand aus, um dem Jungen durch den dicken kastanienbraunen Schopf zu fahren. »Oder vielleicht wäre es noch klüger, du zeigst dich von deiner schlimmsten Seite, damit sie froh sind, dich loszuwerden!«

»Ach, Onkel Thomas –«

Toms Augen glitzerten heiter, aber dann wurde sein Gesicht rasch wieder ernst. »Du wirst einen Schock abbekommen, Robin. Alle Jungen möchten zur See fahren – bei mir war es genauso. Aber es ist nicht so, wie du es dir vorstellst. Harte Arbeit, schlechtes Essen und noch schlechteres Wasser. Es gibt wenig anderes als Langeweile, keine Gelegenheit, einmal für sich zu sein, und rohe Behandlung. Du bekommst keine Sonderbehandlung, nur weil du der Neffe des Kapitäns bist.«

»Das ist mir gleich«, antwortete Robin augenblicklich. »Ich muss einfach zur See fahren, Onkel!«

Wakefield nickte, in seinen Augen spiegelten sich die Erinnerungen an seine eigene Jugend. Die jugendlichen Züge seines Neffen und dessen Entschlossenheit erinnerten ihn daran, wie er selbst in diesem Alter gewesen war. »Ich weiß, Junge. Ich weiß, wie es ist. Aber zuerst musst du heimfahren und abwarten, bis die *Falke* ihre Segel setzen kann. Dann schmeckst du das erste Mal die spanischen Gewässer!«

★ ★ ★

Maria nickte graziös, als Myles sich über ihre Hand beugte und sie küsste. »Es tut gut, Euch zu sehen, alter Freund«, sagte sie. Ihr Lächeln war warm, und wieder einmal war Myles beeindruckt von der Kraft, die von ihr ausströmte. »Ihr seid zu lange fortgeblieben«, fügte sie hinzu, dann wandte sie sich Robin zu, und ihre Augen wurden groß. »Und Ihr, junger Robin – nicht zu glauben, Ihr seid ein Mann geworden!«

Robin konnte Maria nicht ausstehen – jedenfalls dann, wenn er weit weg von ihr war. Aber in ihrer Gegenwart schien etwas aus ihren Augen zu blitzen, das ihm das Gefühl gab, er sei ... *wichtig*. Er hatte bemerkt, dass die meisten Leute nicht wirklich hinhörten, wenn sie mit anderen sprachen. Sie dachten daran, was sie sagen würden, wenn sie mit Reden an der Reihe waren, und was sie zu Abend essen wollten oder wie sehr sie sich langweilten. Aber Maria tat das nie. Er hatte schon vor langer Zeit bemerkt, dass sie, wenn sie ihm zuhörte, ihre wundervollen dunklen Augen fest auf sein Gesicht richtete und ganz versunken in seine Reden und Gedanken schien.

Er spürte das auch jetzt, und trotz der Verachtung, die er für ihre Religion hegte, konnte er nicht vermeiden, dass er bei ihren Worten vor Freude errötete. Er machte eine Verbeugung. »Ihr seht liebreizend aus, Lady Maria, aber das tut Ihr ja immer.«

Marias Augen wurden groß, und ihre Lippen öffneten sich in einem plötzlichen Kichern. »Oh, Robin, Ihr habt heimlich geübt, wie man hübsche Komplimente macht!« Als sie sah, dass ihn das peinlich berührte, trat sie augenblicklich an seine Seite und streckte die Hand aus.

Sie fühlte sich warm und kraftvoll in der seinen an, und er sah, dass ihre Haut so rein und schön wie die Haut eines jungen Mädchens war. »Ich hätte das nicht sagen sollen«, flüsterte sie. »Ihr seid Eurem Großvater ähnlich.« Sie warf Myles, der über die beiden lächelte, einen Seitenblick zu. »Sir Myles ist einer der wenigen wirklich aufrichtigen Männer, die ich kenne. Keiner von Euch beiden würde etwas sagen, das er nicht wirklich meint.«

»Der Junge spricht die Wahrheit«, sagte Myles augenblicklich. »Ihr seht tatsächlich sehr gut aus.«

»Danke, Sir Myles. Und danke auch Euch, Robin. Nun, wie lange könnt Ihr bleiben? Ich will doch hoffen, dass es ein langer Besuch wird?«

»Ich fürchte nein«, sagte Myles. »Wir sind auf dem Weg nach London. Mein Sohn Thomas baut ein Schiff, und ich muss das Geld dafür auftreiben. Die Wucherer werden mich in ihre Klauen bekommen, fürchte ich.«

»Ein Schiff? Was für ein Schiff?«

»Robin, du kannst Lady Maria davon erzählen. Du konntest die ganze Woche von nichts anderem reden!«

Robin fand sich in einem Sessel, von Angesicht zu Angesicht mit Maria, der früheren Königin der Schotten. Er hatte sie gekannt, seit er zehn Jahre alt war, aber sie erschien ihm nicht älter als an dem ersten Tag, an dem er sie in ebendiesem Zimmer kennengelernt hatte. Ihre Haut war durchscheinend und verdankte ihren rosigen Schimmer keiner künstlichen Farbe – jedenfalls konnte er nichts dergleichen entdecken.

Sie trug ein Oberkleid von hellblauer Farbe über einem Unterkleid aus tiefem Mitternachtsblau. Das Material war im Nacken tief ausgeschnitten, und sie trug einen großen einzelnen Diamanten an einer goldenen Kette. Sie war eine schöne Frau, und Robin fühlte sich erst unbehaglich, aber bald schilderte er ihr die *Falke* mit lebhafter Begeisterung.

»Sie hat vierzehn Kanonen an Bord, und die meisten sind Feldschlangen, und –«

»Feld- was?«, unterbrach Maria.

»Nun, Feldschlangen, Ma'am.« Robin nickte. »Das sind Langstreckengeschütze. Ihr müsst wissen, die alten Kanonen sind nicht sehr treffsicher. Ein Schiff muss Flanke an Flanke mit einem anderen liegen, um sicherzugehen, dass die Geschütze treffen. Aber wenn man das macht, dann kann einem der Feind natürlich ebenfalls eine Breitseite verpassen.«

Maria war von der Erklärung fasziniert. »Und diese neuen Geschütze, die sind also besser?«

»Oh ja, Mylady! Um vieles besser! Mit den Feldschlangen kann unser Schiff auf Distanz bleiben und trotzdem dem Feind einen Treffer verpassen. Mit ihren altmodischen Kanonen können sie uns nicht erreichen ...«

Maria lauschte aufmerksam, während der Junge sprach. Wie immer spürte Robin den Eindruck, den ihre ungeteilte Aufmerksamkeit auf ihn machte, und schließlich fragte sie: »Und werden diese neuen Geschütze nur von den Engländern eingesetzt? Wenn andere Schiffe sie auch hätten, dann wären sie doch schwieriger zu versenken, nicht wahr?«

»Oh, mein Onkel sagt, wir werden kaum auf spanische Schiffe mit Feldschlangen an Bord stoßen. Die *Dons* verwenden nur die alten Kanonen.«

Myles spürte, wie Alarmglocken in seinen Gedanken schrillten, und er sagte: »Nun, mein Junge, du darfst Lady Maria nicht mit deinem neuesten Steckenpferd langweilen.« Er wandte sich an Maria und sagte: »Ihr wisst, wie Jungen sind – kaum haben sie eine neue Idee im Kopf, können sie an nichts anderes mehr denken. Wir hören morgens, mittags und abends von nichts anderem als von Schiffen, seit Robin wieder zu Hause ist.«

»Ich habe mich nicht gelangweilt, Sir Myles«, sagte Maria ruhig. »Ich würde gerne mehr über dieses wunderbare Schiff hören.« Sie blickte zu dem hohen Fenster hinaus und schien plötzlich ganz still zu werden. »Ich komme nicht nach draußen, müsst Ihr wissen. Es ist ein großes Vergnügen, wenn Gäste kommen und mir erzählen, was in der großen Welt draußen vorgeht – außerhalb meines winzigen Käfigs.«

»Wir werden Euch einen längeren Besuch abstatten, wenn wir aus London zurückkehren.«

»Ihr werdet die Königin sehen?«

»Oh ja, das werden wir, nehme ich an.«

»Richtet ihr meine Grüße aus. Sagt ihr, ich beginne mich hier einsam zu fühlen.« Ein melancholischer Ausdruck trat in Marias Augen, und sie wirkte sehr verletzlich, als ein Strahl bleichen gelben Sonnenlichts auf ihr Gesicht fiel. »Es wäre wunderbar, einen Besuch bei Hof zu machen – ein wenig Farbe zu sehen und liebliche Musik zu hören …«

Myles erhob sich und machte eine Verbeugung, wobei er sagte: »Ich werde Eure Botschaft der Königin überbringen. Nun – komm mit, Robin. Wir müssen gehen.«

Als sie wieder zu Pferd saßen und auf der staubigen Straße unterwegs waren, sagte Robin: »Sie tut mir leid, Großvater.«

»Mir auch, Robin.«

»Warum erlaubt die Königin ihr nicht, an den Hof zu kommen?«

»Nun, das ist eine komplizierte Angelegenheit, Robin. Da geht es um alle Arten politischer Verwicklungen. Die Ratgeber der Königin würden sich niemals damit einverstanden erklären. Um ehrlich zu sein, die Ratsversammlung drängt Elisabeth seit Langem, Maria hinrichten zu lassen.«

»Warum das?«

»Weil dieses Land, mein Junge, zwischen zwei Glaubensrichtungen zerrissen ist.« Myles wandte sich dem Jungen zu und betrachtete ihn nachdenklich. Schließlich schien er zu einem Entschluss zu kommen. »Du bist ein wunderbarer Enkel, Robin, in jeder Hinsicht – mit einer Ausnahme.«

»Sir?«

»Deine Großmutter und ich machen uns Sorgen wegen deines Hasses auf die Katholiken.«

»Sie haben meinen Vater getötet!«

»Die katholische Kirche hat Unrecht getan – schreckliches Unrecht! Aber Katholiken wurden von protestantischen Fürsten hingerichtet – die ebenfalls Unrecht getan haben. Der Herr Jesus hat uns befohlen, für unsere Feinde zu beten, nicht sie zu töten. Das sind die Wege der Welt – Hass und Gewalt. Aber das Königreich Gottes ist

Vergebung und Friede. Alle, die Jesus folgen wollen, müssen seinen Worten in dieser Sache gehorchen.«

»Dann kann ich kein Christ sein!«, sagte Robin bitter. »Wie kann ich diejenigen lieben, die meinen Vater ermordet haben?«

»Hasst du etwa Meg Tyler? Sie ist Katholikin, aber sie ist den Wakefields seit Jahren eine gute Freundin. Und was ist mit Allison Spenser? Du hasst doch nicht etwa dieses Kind, oder?«

»N-nein, Sir, aber –«

»Kämpfe für dein Land, Robin. Das ist die Pflicht eines Mannes! Aber es ist nicht recht, diejenigen zu hassen, die in Glaubensdingen anderer Meinung sind als du. Kannst du nicht sehen, wohin diese Bitterkeit führen wird? Sie wird dich zerstören.« Myles zögerte, dann sagte er leise: »Das eine kann ich dir sagen, dein Hass hätte deinem Vater und deiner Mutter großen Kummer bereitet.«

Robin sagte nichts, denn er spürte die Kraft in den Worten seines Großvaters. Aber in seinem Herzen loderte eine finstere Leidenschaft, die sich nicht auslöschen ließ. »Es tut mir leid – ich werde versuchen, es besser zu machen.«

»Guter Junge!«

★ ★ ★

Später am Abend, als sie sich in ihrem Zimmer zum Zubettgehen bereit machten, sagte Myles: »Maria zeigte großes Interesse an der *Falke*.«

»Ja«, stimmte Robin ihm zu. »Das kann man sagen! Die meisten Frauen interessieren sich nicht für solche Dinge.«

»Weißt du auch, warum sie so interessiert war?«

»Nun, ich nehme an, sie mag solche Sachen.«

»Nein, das ist es nicht, mein Junge.« Myles zog einen Stiefel vom Fuß, beugte und streckte die Zehen und starrte ein Loch in seinem Strumpf an. »Ich verstehe nicht, wieso es keine Socken gibt, aus denen nie die Zehen herausschauen.«

Robin sah zu, wie sein Großvater den zweiten Stiefel auszog und sich ächzend aufs Bett zurücksinken ließ, ehe er fragte: »Großvater, warum war sie so an der *Falke* interessiert?«

»Sie interessiert sich für alles, was sie auf den Thron bringen könnte, Robin. Das ist ihr ganzer Lebensinhalt.« Er wandte den Kopf und richtete den Blick fest auf den jungen Mann. »Das ist der Grund, warum sie mir leidtut. *Dir* tut sie leid, weil sie eine Gefangene ist. Aber sie hat einen Stab von vierzig Dienern, die sich um sie kümmern, und Kleidung und Essen, so viel ihr Herz begehrt. Und wenn Königin Elisabeth nicht wäre, dann hätte man sie an die Schotten ausgeliefert, die ihr im Handumdrehen den Kopf abgeschlagen hätten!«

»Aber – sie ist eine Gefangene!«

»Ja, und sie hat sich selbst in dieses Gefängnis gebracht«, sagte Myles grimmig. »Wäre sie klüger gewesen, so würde sie immer noch über Schottland regieren. Aber sie hat das weggeworfen, und nun wendet sie all ihre Zeit und Energie darauf, Verschwörungen gegen die Königin anzuzetteln – eben jene Frau, die ihr das Leben gerettet hat, als sie nach England kam!«

»Aber was ist mit der *Falke*?«

»Kannst du das nicht erraten, Robin?«

»Nun, ich habe dich sagen gehört, die Spanier würden übers Meer kommen, um gegen uns Krieg zu führen –« Robin hielt abrupt inne, als ihm die Erkenntnis dämmerte. »Du meinst, sie will alles herausfinden, was den Spaniern von Nutzen sein kann?«

»Genau das, und du hast ihr einige wertvolle Informationen gegeben.«

»Aber ich wollte nicht –«

»Ich weiß, Robin, ich weiß. Sie ist eine attraktive Frau, und sie versteht sich darauf, aus Männern herauszuholen, was sie von ihnen haben will. Sie hat schon mehr als einen Mann ruiniert, der sich in ihr Netz locken ließ. Aber hasse sie jetzt nicht«, fügte Myles hastig hinzu. »Bete für sie – aber vergiss niemals, dass sie zu allem bereit wäre, um den englischen Thron zu erringen!«

»Warum besuchen wir sie, wenn sie eine Verräterin ist?«

»Die Königin hat mich darum gebeten. Sie ist beunruhigt, was Maria angeht, und möchte, dass jemand Vertrauenswürdiger sie im Auge behält. Nicht als Spion«, fügte er rasch hinzu. »Davon gibt es genug! Maria hat ihr eigenes Spionagenetz – und Sir Francis Walsingham hat viele Späher, die im Dienst der Krone stehen. Ihre Majestät möchte, dass jemand Maria auf einer mehr persönlichen Ebene beobachtet.«

»Und deshalb erstattest du der Königin Bericht, Sir?«

»Ja. Und bislang habe ich all diese Jahre nichts Gutes zu berichten gehabt.« Myles war so ermattet, dass er kaum die Augen offen halten konnte, aber er sagte mit heftigem Nachdruck: »Robin, du musst achtsam sein! Maria würde dich benützen – und sie ist nicht die Einzige. Höre auf deine eigene innere Stimme. Sprich mit niemandem über Maria – und sage nichts zu ihr, das gegen England verwendet werden kann.«

Robin sagte: »Ich werde sehr vorsichtig sein, Großvater.« Er legte sich neben Myles nieder und lag noch lange wach. Er versuchte zu beten, war aber selbst dafür zu müde, und der Schlaf streckte ihn nieder wie ein Schlag …

★ ★ ★

Irgendwie vergingen die Monate, die sich jeder zu einem Jahr dehnten, wie es Robin erschien. Er tat seine Arbeit besser denn je, und schließlich kam der Tag, an dem er in eine Kutsche stieg, um die Reise von Wakefield nach Portsmouth zu machen. Er konnte kaum schlafen, als sie in einer Herberge auf halbem Wege zur Küste Rast machten, und als er ankam, war er müde und schläfrig. Es war bereits dunkel, als er ausstieg und das Dock erreichte – so dunkel, dass er nicht einmal mehr das Schiff sehen konnte. Er mietete ein kleines Fischerboot, das ihn an Bord der *Falke* brachte. Als er an Bord ging, wurde er von Thomas Wakefield begrüßt, der ihm kräftig auf die Schulter schlug.

»Nun, Robin, da bist du ja! Und jetzt geht's auf See, beim Zeus!«

»Ja, Sir!«

»Nun, es ist zu dunkel, um dir das Schiff zu zeigen, aber komm in die Kajüte und ich zeige dir die Seekarten.«

Robin folgte dem Kapitän unter Deck und war entzückt, als er die behagliche Kajüte sah. »Ein wenig klein, aber geräumig genug«, sagte Thomas. »Eines Tages wirst du auch eine haben – aber fürs Erste wirst du im Mannschaftsquartier schlafen. Sag deinem hübschen Zimmer zu Hause Lebewohl, Robin!«

»Das ist mir gleich, Onkel!«, sagte Robin und lächelte. »Ich bin hier – das ist das Einzige, was zählt.«

»Gut so! Und jetzt will ich dir zeigen, wohin die Reise geht ...«

Der frischgebackene Kapitän konnte an nichts anderes denken als an sein neues Schiff und das Abenteuer, das vor ihnen lag. Er hatte in der vergangenen Nacht gut geschlafen und hielt seinen Neffen bis spät in die Nacht hinein wach. Um halb eins ließ er Essen aus der Kombüse bringen, und Robin aß hungrig.

Nachdem der Matrose die Teller abgeräumt hatte, erzählte Thomas weiter und zeigte immer wieder auf die Seekarte. Die schwingende Lampe warf Schatten, die auf dem Papier hin und her glitten. Die spinnenartigen Umrisslinien des Landes und das Netzwerk der Schiffahrtslinien schienen sich unablässig zu verändern. Die Stimme seines Onkels schmolz zu einem monotonen Singsang, der sich in das Seufzen des Ozeans vor dem Rumpf der *Falke* mischte.

Schließlich führte der Kapitän ihn zum Vorschiff, wo Schlafende beinahe Schulter an Schulter das Deck bedeckten. »Such dir einen Platz zum Schlafen, Robin«, sagte Thomas. »Wir stechen mit der ersten Flut in See. Und von jetzt an bin ich dein Kapitän, nicht dein Onkel – verstanden?«

»Aye, Kapitän!« Robin wartete, bis sein Onkel gegangen war, dann stieg er über mehrere reglose Gestalten hinweg, bis er eine Stelle nahe an einem Querschott fand. Er warf seinen Seesack zu Boden, fiel aufs Deck nieder und schlief augenblicklich ein.

★ ★ ★

Er wurde so abrupt geweckt, wie er eingeschlafen war.

»Mach schon, du Tölpel! Heb deinen Hintern!«

Robin riss in Sekundenschnelle die Augen auf, und wie er da auf dem Deck lag, sah er einen mürrisch aussehenden Mann mit einem dicken Schopf schwarzer Haare über ihn gebeugt stehen. Er rappelte sich auf, aber nicht schnell genug, denn kräftige Finger packten eine Handvoll seiner Haare und zerrten ihn hoch. Robin blinzelte vor Schmerz, sagte aber kein Wort.

Der Seemann schob sein Gesicht ganz nahe an Robins und knurrte ihn an: »Was meinst du wohl, was du hier machst, eine Vergnügungsfahrt?«

»Nein, ich war –«

»Du bist hier auf diesem Schiff, um zu arbeiten, milchgesichtiger Tölpel! Und ich werde schon drauf achten, dass du auch wirklich arbeitest, bilde dir keine Schwachheiten ein!« Die Finger krallten sich fester in sein Haar, aber Robin zwang sich, sich den Schmerz nicht ansehen zu lassen.

»Harte Arbeit hält ein Bürschchen wie dich von dummen Gedanken ab, und du kannst deinem Herrgott danken, dass er dir einen Maat geschickt hat, der dich arbeiten lässt, bis du umfällst! Begriffen?«

Die Finger zerrten noch stärker an seinem Haar, und Robin sagte laut: »Ja, Sir!«

Die Finger gruben sich wütend in seinen Haarschopf. »Der Neffe des Kapitäns, was?«

»Nun – ja, Sir.«

»Dann treffen wir beide jetzt eine Vereinbarung, Bürschchen. Du arbeitest, bis du umfällst, und ich verpasse dir keine Tracht Prügel, verstanden?«

Diese letzte Rede wurde von einem so grimmigen Reißen und Zerren an Robins Locken begleitet, dass er halb und halb glaubte, der Maat würde ihm das Haar vom Kopf reißen.

»So – und jetzt runter in die Kombüse mit dir und geh dem Koch zur Hand!«

Robin stolperte aufs Hauptdeck hinaus und sah sich um. Die Dämmerung färbte bereits den Himmel, und die *Falke* lief flott vor einer frischen Brise. Die Küste war nur noch eine dünne graue Linie am Horizont. *Endlich – ich bin auf See!*

Aber ihm blieb kaum eine Sekunde, sich an seinem neuen Leben zu erfreuen, denn die Stimme des Maats bellte ihm ins Ohr: »Ich hab gesagt, hilf dem Koch, Dummkopf!«

Ein Stiefel traf seine Kehrseite, dass Robin flach auf dem Deck landete. Er schürfte sich das Schienbein an einer scharfen Ecke der Hauptluke auf, stolperte und wäre um ein Haar in die Feuerstelle gefallen, über der der Koch den Inhalt eines dampfenden Topfes rührte. Er sprang auf die Füße und sah, dass der Koch über ihn lachte. »Frisch gefangen, was?« Er war ein zwergenhafter Mensch, der keinen Zahn mehr im Mund hatte. Er trug die schmutzigste Schürze, die Robin je gesehen hatte, und seine Hände waren noch schmutziger.

»Hast du schon mal den Spruch gehört: ›Bellende Hunde beißen nicht‹?«

»Ja, hab ich.«

»Na, dann sag ich dir eines: Der Maat bellt schlimm, aber er beißt noch viel schlimmer!«

Während der nächsten Wochen arbeitete Robin so schwer, dass ihm kaum einmal Zeit blieb, einen Blick auf die See zu werfen. Jeder pfiff nach ihm, und er musste laufen, der Kapitän, der Maat, der Bootsmann und all die dienstälteren Seeleute. »Hol das.« »Sag dem Waffenmeister jenes.« »Putz das hier auf.«

Er schlang sein Essen zwischen zwei Aufträgen hastig hinunter und fiel nachts wie betäubt in den Schlaf. Jeden Morgen weckte ihn der Maat persönlich. »Auf, Kapitänsneffe, auf!« Und Robin raffte sich auf und begann mit einem neuen langen Tag voll Knochenarbeit.

Einmal hielt er inne und warf einen Blick auf die Segel, die sich in einer steifen Brise blähten. *Und ich habe immer gedacht, die Matrosen brauchten nur die Segel zu setzen, und der Wind machte die ganze Arbeit! An all die andere Arbeit, die getan werden muss, habe ich nie gedacht!*

Der Kapitän sprach nie ein freundliches Wort mit ihm, seine Befehle waren kurz und knapp, seine Augen hart. Er gab niemandem Anlass, ihm vorzuwerfen, er bevorzuge seinen Neffen – ganz im Gegenteil!

Eines Nachmittags jedoch blieb er neben Robin stehen, der auf Händen und Knien lag und erschöpft das Deck schrubbte. »Schiffsjunge!«, sagte er forsch. »Komm mit mir!«

Robin erhob sich voll Eifer und folgte dem Kapitän, der sich zum Bug der *Falke* begab. Als sie sich an der vordersten Stelle des Schiffes befanden, wandte sich der Kapitän um und lächelte. »Hast du eine schlimme Zeit verbracht, Robin?«

»Nein, Sir!«

Thomas betrachtete den Jungen, bemerkte seine abgearbeiteten Hände und die tief in den Höhlen liegenden Augen. »So redet ein Mann!« Er lächelte. »Du hast dich wacker gehalten. Der Maat sagt, du warst der beste Schiffsjunge, den er je gehabt hat.«

Robin errötete vor Freude. »Es – es gefällt mir, Onkel – ich meine *Kapitän*!«

»Gut! Jetzt, wo du gezeigt hast, was in dir steckt, möchte ich, dass du mehr über die Seefahrt lernst, als schmutzige Teller zu waschen und das Deck aufzuwischen. Heute Abend werde ich dir die Anfangsgründe der Navigation beibringen. Aber fürs Erste will ich dir die *Falke* zeigen ...«

Robin Wakefield folgte seinem Kapitän, der mit ihm durch das ganze Schiff ging und ihn auf die elegante Bauweise aufmerksam machte, und er dachte: *Das ist es, was ich mir immer gewünscht habe! Eines Tages werde ich ein Seefalke sein, wie Drake und Hawkins!*

Irgendwie erschien es ihm, dass dieser lang gehegte Traum kein Ding der Unmöglichkeit mehr war. Er fühlte, wie das Schiff sich unter seinen Füßen aufbäumte wie ein lebendes Wesen und blickte zu den windgeblähten Segeln auf, die die *Falke* durch das grüne Wasser trugen. Er sog tief die Luft ein und genoss den Salzgeschmack des Meeres und wusste, dass er, solange er lebte, das Meer brauchen würde!

12

EIN NEUES MITGLIED DES HOFSTAATS

Königin Elisabeth mochte die frühen Morgenstunden nicht, wie sie selbst bereitwillig zugab. Manchmal stand sie um acht Uhr auf, aber für gewöhnlich blieb sie im Bett, während das Hauspersonal seinen Pflichten nachging. Das war den Mägden und Zofen am Hofe sehr recht, denn die Königin dachte nicht daran, sie bis nach Mitternacht wach zu halten.

Dorcas Freeman, die erst kürzlich in die Dienste der Königin getreten war, sah darin eine Gelegenheit, die Gunst der Königin zu gewinnen. Sie achtete darauf, immer als Erste aufzustehen, und stand immer zur Verfügung, wenn Elisabeth nach einer Zofe schickte.

Dorcas war die Tochter eines verarmten Adeligen, der so sehr dem Spielteufel verfallen gewesen war, dass er vom Familienvermögen nur wenig übrig gelassen hatte. Dieser Sir Matthew Freeman hatte nur noch einen einzigen Trumpf in der Hand, nämlich seine wunderschöne Tochter. Er hatte alle nötigen Fäden gezogen und alle notwendigen Bestechungsgelder bezahlt, damit Dorcas als eine der Hofdamen der Königin bei Hofe aufgenommen wurde, dann hatte er sich zurückgelehnt und gewartet, dass die Ernte reif wurde. Darunter war natürlich ein wohlhabender Ehemann zu verstehen, der einem Schwiegervater ein standesgemäßes Leben ermöglichen konnte.

Der Hof der Königin Elisabeth war genau der richtige Ort dafür. Die jungfräuliche Königin gestattete keine Liebesaffären unter ihren Hofdamen. Sie erwartete, dass alle ein so keusches Leben wie sie selbst führten. Überdies erwartete sie, dass die jungen Männer in erster Linie an ihre Loyalität der Königin gegenüber dachten und nicht an Liebesabenteuer. Elisabeth wusste natürlich, was die koketten Blicke und ekstatischen Seufzer in dunklen Torbögen zu bedeuten hatten. Die Gerüchte über amouröse Paarbeziehungen in ihrer Gefolgschaft entgingen ihr nicht. Sie wusste so gut wie jeder andere, welche geheimnisvolle »Krankheit« die Mädchen zuweilen zwang, sich vom Hof zurückzuziehen und einige Monate auf dem Land zu verbringen. Offiziell jedoch wusste sie von alledem nichts, und wenn ein Skandal aufflog, dann tobte sie in heller Wut.

Aber Dorcas Freeman hatte nichts gegen diese Haltung der Königin einzuwenden. Sie verstand, dass ein Fehltritt ihr nur ein kurzfristiges Vergnügen eingebracht hätte. Die Ehe mit einem Lord käme ihr weitaus gelegener! Deshalb setzte sie alles daran, das Wohlgefallen der Königin zu erringen.

Jane Barclay, die oberste Hausdame, trat eines Morgens um sieben Uhr vor die junge Frau hin. Sie hatte viele Zofen kommen und gehen gesehen, und sie wusste genau, was dieses Mädchen mit seinen Manövern bezweckte. Aber sie fand Gefallen daran, denn es bedeutete, dass das Mädchen loyal gesinnt war. »Ihre Majestät möchte dich sprechen, Dorcas«, sagte sie zu der jungen Frau.

Dorcas eilte augenblicklich ins Schlafgemach der Königin, wo sie Elisabeth im Nachthemd vorfand, wie sie aus dem Kammerfenster blickte.

»Dorcas, ich bin bereit.«

»Ja, Euer Majestät.«

Alle Zofen hatten gelernt, der Königin bei ihrer Schönheitspflege zur Hand zu gehen, aber Dorcas hatte augenblicklich begriffen, welch großen Wert Elisabeth auf persönliche Schönheit legte. So hatte sie sich zur Expertin auf diesem Gebiet gemausert.

Sie wusste, dass die Königin ihre klare weiße Haut bewahrte, indem sie eine Mischung aus Eiklar, gemahlener Eierschale, Alaun, Borax und weißem Mohnsamen anwandte. Die Zofe hatte sich große Geschicklichkeit darin erworben, die milchige Flüssigkeit aufzuschlagen, bis der Schaum drei Finger hoch darauf stand. Sie wusch Elisabeths Haar mit einer Lauge aus Holzasche und Wasser. Elisabeth schwor auf dieses milde Shampoo, im Gegensatz zu den eher ätzenden Lösungen, die andere Frauen anwandten.

Dorcas wusste, dass Elisabeth nichts von den drastischen Schönheitsmitteln hielt, mit denen andere Frauen ihre Haut schön zu erhalten versuchten. Nichts, so schien es, galt so sehr als Inbegriff der Schönheit wie eine reine, helle Haut. Um dieses Weiß zu erreichen, verwendeten manche Damen Kosmetika mit so exotischen Bestandteilen wie Bienenwachs, Eselsmilch und die gemahlenen Kieferknochen wilder Eber. Andere griffen zu eher gefährlichen Substanzen: Schwefel, gemahlenem Bimsstein, Terpentin und Quecksilber. Aber Elisabeth brauchte nichts dergleichen. Ihre Haut war, wie Sir Thomas Wyatt es ausdrückte, von Natur aus »so weiß wie die Klippen von Albion«.

Als Dorcas nun mit aller Sorgfalt an der Königin arbeitete, lauschte sie, wie die ältere Frau von Zeit zu Zeit über das Leben am Hof sprach. Hauptsächlich erwähnte sie dabei ihre Günstlinge, und Dorcas beeilte sich, voll Bewunderung von Sir Robert Dudley zu sprechen, denn er stand der Königin am nächsten – im Augenblick jedenfalls.

Als die Schönheitsbehandlung beendet war, beobachtete sie, wie Elisabeth sich die Zähne mit Zahntüchlein putzte, wobei sie eine Mischung aus Weißwein und mit Honig gekochtem Essig benutzte. Elisabeths Geruchssinn war bemerkenswert – sie hatte einige Leute vom Hofe verbannt, weil deren Körpergeruch ihr widerwärtig war! Oft benutzte sie Rosenwasser, das aus Antwerpen importiert wurde, aber an diesem Morgen sagte sie: »Gib mir den Majoran.« Es war allgemein bekannt, dass dieser Duft ihr besonders lieb war – so sehr, dass die Leute anfingen, ihn »Königin Elisabeths Parfüm« zu nennen.

Nach der Schönheitspflege hatte Dorcas der Königin das leuchtend gelbe Kleid anzulegen, das sie für diesen Tag ausgewählt hatte. Die Hofdamen trugen Schwarz und Weiß – vielleicht mit Absicht ausgewählt, um die aufregenden Farben und die schimmernde Stickerei von Elisabeths Garderobe hervorzuheben. Zuletzt legte die

Königin ein glitzerndes Diamanthalsband an und schmückte ihre Finger mit Ringen mit Rubinen und Smaragden.

»So«, sagte Elisabeth zufrieden, »jetzt kann ich der Welt unter die Augen treten.« Sie wandte sich vom Spiegel ab und lächelte, wobei sie schlechte Zähne zeigte. »Du bist morgens immer hier, Dorcas, ganz gleich, wie lange ich dich abends wach halte.«

»Ja, Euer Majestät«, antwortete Dorcas. »Das ist meine Pflicht.«

»Andere sind nicht so feinfühlig.« Elisabeth trat vor die junge Frau hin und umfasste ihr Kinn mit der Hand. »Du siehst liebreizend aus«, sagte sie nachdenklich. »Haben dir das junge Männer auch schon gesagt?«

»Einer oder zwei, meine Königin.«

Elisabeth wandte sich ab und schritt zum Fenster. Sie starrte auf den Hof hinaus und schien ihre Zofe zu vergessen. Aber dann drehte sie sich plötzlich rasch um und fragte: »Wie alt bist du?«

»Neunzehn, Euer Gnaden.«

»Und dein Vater möchte dich reich verheiraten.« Als das Mädchen große Augen machte, lächelte sie. »Oh, ich weiß genau, wie du an meinen Hof gekommen bist, aber es ist gleichgültig. Du bist hier, und du hast mir gut gedient.« Elisabeth betrachtete das Mädchen nachdenklich und versuchte hinter den äußeren Anschein zu sehen – einen sehr eindrucksvollen äußeren Anschein, denn Dorcas hatte langes blondes Haar und leuchtend blaue Augen. Ihre Gesichtszüge waren wohlgeformt, und ihre Gestalt war schlank, aber reizvoll gerundet. »Und du, meine Liebe«, sagte die Königin schließlich, »möchtest du gerne heiraten?«

»Nun, eines Tages gewiss, Euer Majestät.«

Elisabeth nickte entschieden. Sie mochte das Mädchen und wusste, wie es um sie stand. »Die meisten reichen und bedeutenden Männer sind alt. Eine solche Ehe würde dir keinen Spaß machen.« Als sie die Verwirrung in den Augen des Mädchens sah, sagte sie: »Mach dir keine Gedanken, Kind. Wir werden einen Ehemann für dich finden, der reich, jung und gut aussehend ist!«

Dorcas wusste, dass die Königin es ernst meinte, denn Elisabeth hatte eine Vorliebe dafür, Paare zusammenzubringen. »Das wäre sehr erfreulich, Euer Majestät. Aber der Vorrat an solchen Männern ist zwangsläufig sehr knapp.«

»Kein Zweifel, aber wir wollen sehen. Wir werden uns heute beim Gesellschaftsabend die Möglichkeiten ansehen. Vielleicht finden wir jemand Passenden.«

Dorcas lächelte, dass ein Grübchen in ihrer linken Wange erschien. »Ihr redet von der Ehe, als ginge es darum, ein neues Kleid zu kaufen, Euer Gnaden!«

Elisabeth fand die Bemerkung amüsant und lachte laut und schallend. Als dieses Lachen in den Räumen des Hofes widerhallte, erinnerte es manche an ihren Vater, Heinrich VIII. »Ich finde deinen Vergleich sehr zutreffend, Dorcas. In Wirklichkeit ist es doch so, dass Männer und Frauen oft mehr Sorgfalt auf die Auswahl ihrer Kleider verwenden als auf die ihrer Partner!«

»Ich werde mich von Eurer Weisheit leiten lassen, Euer Majestät. Jedermann weiß, dass Königin Elisabeth in Liebesdingen eine unübertreffliche Ratgeberin ist.« Dorcas hatte rasch herausgefunden, dass die Königin so überfüttert mit reichlichen Komplimenten von den Lords und Ladys ihres Hofes war, dass keine Schmeichelei zu weit hergeholt erschien.

Elisabeth sagte nachdenklich: »Mir ist da ein Einfall gekommen. Ein möglicher Bewerber für dich.« Ihre kleinen Augen glänzten, und sie sagte: »Zieh heute Abend etwas Farbenfrohes an – und trage einige meiner Juwelen.«

★ ★ ★

Nachdem die Königin sich im Verlauf der ersten Stunde des Banketts nicht weiter um sie kümmerte, dachte Dorcas, sie hätte ihr Gespräch wieder vergessen. *Aber sie hört der Musik zu – und wenn es Musik gibt, kümmert sie sich um wenig anderes.*

Nachdem die Musik zu Ende gegangen war und man den Musikanten applaudiert hatte, blickte Elisabeth plötzlich die beiden Männer an, die den Raum betreten hatten. Dann drehte sie sich um und winkte Dorcas, die augenblicklich an ihre Seite eilte. Sir Robert Dudley saß neben der Königin und lauschte aufmerksam, als sie sagte: »Dorcas, geh und sage diesen beiden Männern, sie sollen zu mir kommen. Einer ist ein edler Lord und der andere, sein Enkel, ist ein tapferer Seemann, der eben von einer Fahrt zurückgekehrt ist. Bring sie selbst zu mir.« Während sie sprach, lächelte sie, und ein Funkeln trat in ihre Augen. »Da könnte sich etwas ergeben.«

Dorcas begriff augenblicklich, was sie damit sagen wollte. Sie wandte sich den beiden Männern zu und sagte aufs Liebenswürdigste: »Ihre Majestät bittet Euch, zu ihr zu kommen.« Der Ältere der beiden Männer nickte dankend, und sie erhoben sich und folgten ihr.

»Ihr seid spät dran, Sir Myles«, sagte Elisabeth. »Aber Ihr habt unseren jungen Freund mitgebracht.«

»Wie Ihr es befohlen habt, meine Königin.«

»Robin, möchtet Ihr ein Weilchen an meinem Hof bleiben?«

Myles hatte Robin im Voraus gewarnt, dass diese Forderung kommen würde, so hatte er Zeit gehabt, mit seiner tiefen Enttäuschung darüber fertigzuwerden, dass er nicht wieder zur See fahren konnte. Jetzt nickte er. »Ja, Euer Majestät.«

Elisabeth sagte: »Ihr müsst all die Lords und Ladys kennenlernen. Ich werde es meiner getreuesten Hofdame überlassen, Euch vorzustellen.« Sie machte eine Handbewegung und sagte: »Dies ist Dorcas Freeman, die Euch alles erklären wird. Dorcas, dies ist Sir Myles Wakefield. Und sein Enkel, Robin.«

Robin und Myles verbeugten sich beide, und Dorcas sagte: »Wenn Ihr nun mit mir kommen wollt, Sir, so werde ich Euch mit einigen der Gäste bekannt machen.«

Sir Robert Dudley lachte laut. »Bewahre ihn vor den Versuchungen des Hofes, Dorcas. Mister Wakefield ist ein schlichter Landjunker, der solche Gefahren nicht gewohnt ist.«

Als die beiden gegangen waren, blickte Elisabeth Dudley an. »Es wird verwirrend werden, zwei Männer namens Robin bei Hofe zu haben.« Das war nämlich ihr Spitzname für Dudley. »Aber ich werde keine Probleme damit haben, Euch beide auseinanderzuhalten. Wie alt ist der junge Mann, Myles?«

»Es wird Euch leichtfallen, Euer Majestät, sich seinen Geburtstag zu merken«, sagte Myles mit leisem Lächeln. »Er wurde an dem Tag geboren, an dem Ihr Königin von England wurdet. Als er noch ein Kind war, dachte er immer, die großen Festlichkeiten im Dorf würden zu Ehren seines Geburtstags statt Eurer Thronbesteigung abgehalten.«

Die Königin hatte ihr Vergnügen daran, und Dudley sagte: »Er ist ein hübscher Bursche, Sir Myles.« Dann fügte er hinzu: »Zuerst habe ich im Scherz mit dem schönen Mädchen gesprochen, das ihn herumführen wird. Aber seid Ihr nicht ernsthaft besorgt, dass der junge Mann von einigen der moralisch minderwertigen Leute bei Hofe in die Irre geführt wird?«

Myles betrachtete Dudley und dachte daran, dass er in seinen Augen einer der moralisch minderwertigsten Männer in ganz England war. Aber er war immer ein Mann gewesen, der sich an die Wahrheit hielt, also sagte er: »Mir scheint, Sir Robert, dass der Hof Königin Elisabeths Ähnlichkeit mit jenen faszinierenden Kugeln aus Elfenbeinschnitzerei hat, die aus dem Orient kommen. Ihr habt sie gewiss schon gesehen. Sie bestehen aus einer Serie hohler Kugeln, von denen sich immer eine in der anderen befindet. Von außen kann man die innerste Kugel erkennen, aber ihr Muster im Detail auszumachen, wäre schwierig, wenn nicht überhaupt unmöglich!«

Elisabeth hatte einen scharfen analytischen Verstand und war überdies eine Dichterin. Sie nickte lebhaft und sagte: »Ein ausgezeichnetes Beispiel, Myles! Sehr passend, wirklich. Mein Hof ist tatsächlich ein komplexes Gebilde, aber ich baue darauf, dass Ihr genug Vertrauen habt, Euren Enkelsohn bei uns zu lassen?«

»Er ist ein fügsamer Junge, Euer Hoheit. Er wird tun, was ihm aufgetragen wird. Aber sein Herz hängt an der See.«

»Ich brauche gute Seeleute«, murmelte Elisabeth. »Aber wir werden ihn hier nicht verderben. Das verspreche ich Euch, alter Freund.«

»Ich habe nichts anderes erwartet, Euer Majestät.«

Als Myles sie verließ, um zu seinem Tisch zurückzukehren, fragte Dudley: »Was habt Ihr vor, Mylady? Dorcas trägt Eure Juwelen. Spielt Ihr wieder die Heiratsvermittlerin?«

»Aber natürlich!«, sagte sie mit breitem Lächeln. Sie blickte das Paar an, das auf der gegenüberliegenden Seite des Saales stand. »Sind sie nicht ein hübsches Paar?«

Dorcas hatte Robin eben mit Timothy Hatten bekannt gemacht, einem der Günstlinge der Königin. Die beiden vertieften sich augenblicklich ins Gespräch, und Dorcas gab sich damit zufrieden, schweigend danebenzustehen und den jungen Mann zu beobachten. Was sie sah, gefiel ihr.

Robin Wakefield war hochgewachsen, hübsch, jung und reich gekleidet. Er trug ein Wams im italienischen Stil, das mit roten Steinen bestickt war, und der breite Kragen um seine Schultern war von derselben tiefen weinroten Farbe.

Seine gut gebauten, muskulösen Beine steckten in engen Beinlingen, und an den Füßen trug er weiche Filzschuhe. Er trug eine goldene Kette um den Hals, und ein strahlender Rubin in goldener Fassung blitzte an seinem Finger.

Er war sehr groß, ziemlich hager, und sein dichtes kastanienbraunes Haar glitzerte unter den Kerzen und Kandelabern. Plötzlich traf der Blick seiner blaugrauen Augen den ihren, und sie fragte: »Mister Wakefield, würdet Ihr gerne etwas essen?«

Robin war wie geblendet vom Hof. Er fühlte sich unbehaglich in den kostbaren Kleidern, die sein Großvater für ihn gekauft hatte, aber die Schönheit dieses Mädchens, das ihn herumführen sollte, faszinierte ihn. »Ja, das würde ich gerne, wenn Ihr mir Gesellschaft leisten wollt.«

»Aber gewiss.« Sie suchten sich einen Platz, und bald kostete Robin von den erlesenen Speisen, die an Elisabeths Hof aufgetischt wurden. Ein Gang nach dem anderen wurde aufgetragen, eine Vielzahl seltsamer Speisen. Rindfleisch nach der Suppenbrühe, Kaninchen und Kapaun nach dem Karpfen, Schwan nach dem Storch.

»Was ist denn *das*?«, fragte er, als ein Diener einen neuen Teller vor ihn hinstellte.

»Ich glaube, das ist Bär.« Dorcas lächelte. »Mögt Ihr Bärenfleisch?«

»Hab es noch nie gekostet.« Robin probierte vorsichtig einen Bissen, kaute gedankenvoll und sagte dann: »Es schmeckt so, wie ich mir vorstelle, dass Falkenfleisch schmecken würde!«

Dorcas lachte so herzlich vor Vergnügen, dass ihr Grübchen wieder erschien. Sie trug ein smaragdgrünes Kleid, das ihre milchweißen Schultern enthüllte, und ein Halsband aus Jade und Smaragden glitzerte bei jeder Bewegung. »Sagt der Königin kein Wort davon – von dem Falken, meine ich. Sie würde augenblicklich einen servieren lassen!«

Robin schüttelte den Kopf. »Esst Ihr jeden Abend so üppig?«

»Oh nein. Nur bei Banketten. Und die Königin selbst isst fast nichts – und trinkt noch viel weniger.«

Die beiden aßen von den Cremes und Gelees, die folgten, aber schließlich sagte Robin: »Ich bin zum Platzen voll! Und ich könnte auf der Stelle einschlafen, es ist so warm hier.«

»Das finde ich auch. Sollen wir nach draußen gehen und frische Luft schnappen?« Dorcas erhob sich und führte ihn durch eine der Außentüren in einen kleinen Garten, der von einer Hecke und lebensgroßen Gartenfiguren umgeben war. »Es ist hübsch hier, nicht wahr, Mr Wakefield?« Dorcas lächelte und wandte sich ihm zu.

»Ja, aber nenn mich doch bitte Robin.«

»Dann musst du mich Dorcas nennen.«

Robin hatte sich selten zuvor so unbehaglich gefühlt. Er hatte nur sehr wenig Erfahrung mit Mädchen. Er war vollkommen unerfahren, von ein paar Küsschen abgesehen, die er den Dienstmädchen in Wakefield geraubt hatte. Was nun diese kostbar gekleidete und wunderschöne junge Frau anging, die ihn im Mondlicht anblickte – so wusste er genauso wenig, wie er sich ihr nähern sollte, wie er es bei einer persischen Prinzessin gewusst hätte. »Sag mir, Dorcas, was tut eine Hofdame eigentlich?«

Dorcas lächelte, und das Grübchen erschien. »Nun, wir helfen der

Königin morgens beim Anziehen und abends beim Ausziehen. Wir bedienen sie bei Tisch und begleiten sie bei ihren Amtsgeschäften. Wir gehen zur Kirche mit ihr, kümmern uns um ihre Wäsche und ihre Juwelen und Schmuckstücke …«

Während die junge Frau weitersprach, wurde Robin der Duft ihres Parfüms eindringlich bewusst. Es machte ihn ein wenig schwindlig, ebenso wie der Anblick ihrer bloßen Arme und Schultern und der Rundungen ihres Körpers. Er hatte Mühe, sich darauf zu konzentrieren, was sie sagte, und richtete den Blick starr auf ihr Gesicht. Als sie schließlich mit der Aufzählung ihrer Pflichten zu Ende gekommen war, sagte er: »Gefällt es dir? Hofdame zu sein, meine ich?«

»Oh ja, gewiss. All die großen Männer und Frauen unseres Landes leben in nächster Nähe der Königin, und ich lerne einige von ihnen kennen.« Wieder erschien das Grübchen. »Junge Höflinge wie Master Wakefield.«

Robin blinzelte vor Überraschung. »Nun, das bin ich wohl kaum!«

»Doch, das musst du sein, denn die Königin hat es gesagt.« Dorcas blickte eine Bank neben der Hecke an. »Setz dich und erzähl mir von dir, Robin. Wenn wir Freunde sein wollen, müssen wir alles voneinander wissen.« Sie setzte sich so dicht neben Robin, dass er die Berührung ihres Armes fühlen konnte. »Zum Beispiel – wie alt bist du?«

»Siebzehn.«

»Sieh einer an! Ich bin ein Jahr älter als du, also musst du Respekt vor älteren Leuten haben!« In Wirklichkeit war Dorcas zwei Jahre älter als Robin, aber diese Information behielt sie bei sich.

Im Verlauf der nächsten Stunde unterhielt Robin sich aufs Beste. Er machte sich keine Vorstellung davon, wie eine liebreizende junge Frau mit einer gewissen Erfahrung einen jungen Mann ohne jede Erfahrung aushorchen konnte. Schließlich sagte er: »Ich … denke, wir sollten jetzt lieber wieder hineingehen. Obwohl ich es gar nicht will.«

»Ja, wahrscheinlich hast du recht.« Dorcas erhob sich, aber als sie über den Ziegelboden schritt, glitt sie aus. Robin streckte rasch die Arme aus und hielt sie fest.

»Oh, wie ungeschickt ich bin!«, rief sie aus und umklammerte fest seinen Arm.

Robin lächelte. Auch wenn er nur wenig Erfahrung hatte, so war er doch nicht völlig ahnungslos. Als das Mädchen sich an ihn lehnte und mit halb geöffneten Lippen zu ihm aufblickte, zog er sie eng an sich und küsste sie leidenschaftlich. Der Geschmack ihrer Lippen und ihr warmes Entgegenkommen durchschauderten ihn mit einem Sturm von Gefühlen, und er verlor sich in der Süße ihrer sanften Umarmung.

Viel zu rasch für Robin löste Dorcas sich von ihm. »Du lernst schnell, wie es bei Hofe zugeht, Robin Wakefield! Du musst eine sehr geringe Meinung von mir haben, um mich so zu behandeln!«

»Oh! Das hatte ich nicht gemeint –« Er unterbrach sich beschämt, überzeugt, dass er die junge Frau beleidigt hatte. Er stand da, wagte ihr nicht in die Augen zu sehen und murmelte dann: »Es tut mir sehr leid, Dorcas! Ich bin nicht – ich verstehe nicht viel von all dem.«

Dorcas blickte zu Boden und bezwang die Neigung, über sein hilfloses Stottern zu lächeln. Sie sagte mit beherrschter Stimme: »Das sagst du so, aber ich werde in Zukunft vorsichtiger sein. Einigen Männern kann man nicht trauen.«

Robin fühlte sich wie ein gescholtener Schuljunge, aber er brachte ein Lächeln zustande. »Danke, Dorcas. Ich hatte nichts Böses im Sinn. Es liegt nur daran, dass du so – nun, eben so hübsch bist!«

»Oh, danke, Robin.« Dorcas lächelte züchtig, dann ergriff sie seinen Arm, als sie sich zur Tür wandten. »Du wirst einige Zeit hierbleiben, nicht wahr?«

»Ja. Wirst du mich morgen wieder herumführen?«

»Wenn die Königin es erlaubt, gerne. Sie passt sehr sorgfältig auf uns auf, musst du wissen. Aber ich glaube, es wäre möglich. Vorausgesetzt natürlich, dass du versprichst, dich gut zu benehmen.«

Das Bankett dauerte bis spät in die Nacht, aber schließlich zog Elisabeth sich mit ihren Zofen zurück. Als Dorcas ihr half, sich zum

Zubettgehen bereit zu machen, sagte die Königin: »Ich bemerkte, dass du und der junge Wakefield einen Spaziergang im Garten machten.«

»Ja, das stimmt, Euer Majestät.«

»Achte gut darauf, dass es nicht zu mehr kommt«, sagte Elisabeth. »Nun, was hältst du von ihm?«

»Er ist sehr nett.«

»Sein Großvater ist ziemlich wohlhabend. Er hat einen Sohn, Thomas, der den Titel erben wird, aber es ist genug Vermögen für beide da. Dennoch, er ist nur ein Junge. Du könntest etwas Besseres finden.«

»Er wird Seefahrer. Wenn sie ein spanisches Schatzschiff aufbringen, wird er sehr reich sein. Er hat mir davon erzählt.«

»Ich hoffe es, denn dann wird auch die Krone ihren Anteil erhalten! Lass mich von keinen Dummheiten zwischen euch beiden hören!«

Dorcas blickte die Königin an. Ihre Augen waren groß und unschuldig. »Nein, Euer Majestät! Ganz gewiss nicht!«

★ ★ ★

Nach drei Monaten des Lebens an Elisabeths Hof hatte Robin Wakefield eine Menge dazugelernt. Er hatte einige interessante Tatsachen in Erfahrung gebracht: Die Moral der Leute bei Hofe war um nichts besser als anderswo auch; die meisten derjenigen, die der Königin Treue bis in den Tod schworen, taten das in der Hoffnung auf irgendeinen offiziellen Posten, und selbst die raffiniertesten Mahlzeiten und Zeremonien, bei denen keine Kosten gescheut wurden, wurden mit der Zeit unendlich langweilig.

Aber eines ereignete sich bei Hofe, das Robin vollkommen überraschte: Er hatte sich in Dorcas Freeman verliebt. Wie es seit Anbeginn der Welt die Art junger Männer ist, die dies zum ersten Mal erleben, machte er sich völlig zum Narren.

Was das Objekt seiner Hingebung anging, so ließ sie ihn zappeln, sodass es ihm manchmal schien, als spielte sie nur ein Spiel mit ihm. Bei anderen Gelegenheiten wiederum war sie so warmherzig und liebenswert, dass es ihm schien, als könnte er ohne sie nicht leben. Robin hatte sich keine Vorstellung davon gemacht, dass die Liebe eine so überwältigende Kraft sein konnte. Die Tatsache, dass Dorcas, eine schöne junge Frau, die von reifen Männern umworben wurde, seine Gefühle erwidern könnte, berauschte ihn so sehr, dass er kaum noch wusste, wo ihm der Kopf stand.

»Die Liebe ist wie ein Fieber, Wakefield«, sagte Sir Robert Dudley eines Tages zu ihm. Er hatte das Erröten des jungen Mannes bemerkt, als Dorcas den Raum betreten hatte. »Von beiden Krankheiten bekommt man weiche Knie und einen wirren Kopf!«

Elisabeth beobachtete den jungen Wakefield, wie er lernte, ein höfisches Betragen an den Tag zu legen, sagte aber nichts weiter zu Dorcas. Sie hatte nichts übrig für überstürzte Verbindungen und dachte an ein Liebeswerben, das sich über mehrere Jahre hinzog. Auf diese Weise blieben ihr die Dienste ihrer Zofe erhalten, und gleichzeitig konnte sie sich das Verdienst an der glücklichen Verbindung zuschreiben, wenn sie schließlich zustande kam. Zu Myles sagte sie: »Euer Enkelsohn ist sehr angetan von einer meiner Zofen. Ich nehme an, er hat es Euch erzählt. Ich bin überzeugt, Ihr seid ganz meiner Meinung, dass er erst heiraten soll, wenn er älter ist.«

Robin schmollte und sehnte sich nach Dorcas – zu diesem Zeitpunkt betrat Sir Francis Walsingham die Szene. Robin war überrascht, als der Sekretär der Ratsversammlung ihn in seine Gemächer einlud, und ging augenblicklich hin. Als sie allein waren, bot Walsingham ihm Wein an und unterhielt ihn mit Anekdoten über die bedeutenden Männer und Frauen bei Hofe.

Nach einer besonders amüsanten Geschichte blickte Walsingham Robin mit interessiertem Blick an. »Und Ihr, Sir, habt vor, Seefahrer zu werden. Jedenfalls hat es mir Euer Großvater so berichtet.«

»Ja, Sir, gewiss. Das wünsche ich mir mehr als alles andere!«

»Eine schöne Berufung.« Walsingham erzählte von der Flotte und wie John Hawkins sie zu einer schlagkräftigen Kriegsmarine ausgebaut hatte. »Dort gibt es Platz für wackere junge Seeleute wie Euch, und ich würde Euch gerne behilflich sein, wenn die Zeit dazu gekommen ist.«

Robin war wie betäubt. Sir Francis war der mächtigste Mann in England, Lord Burghley natürlich ausgenommen. Es war unglaublich, dass ein solcher Mann den Vorschlag machen sollte, ihn zu fördern! »Sir, ich kann Euch nur danken. Ich hoffe, England treu zu dienen, wenn es so weit ist.«

Walsingham beugte sich vor, sein Gesicht war todernst. »Ihr braucht nicht bis dahin zu warten, um Eurem Land zu dienen, Sir. Ich habe Euch hierhergebeten, weil es einen Platz gibt, an dem Ihr gebraucht werdet.«

»Ich, Sir Francis? Aber ich kann mir nicht vorstellen, was ich tun könnte. Mein Großvater wäre viel eher –«

»Er tut bereits, was er kann, Mister Wakefield, aber er ist kein junger Mann mehr.« Walsinghams Augen schienen Robin zu durchbohren. Er ließ die Stille noch einen Augenblick im Raum schwingen, dann sagte er leise: »Soviel ich gehört habe, wurde Euer Vater von der katholischen Kirche hingerichtet.«

Robin spürte den Zorn, der immer in ihm aufwallte, wenn der Tod seines Vaters erwähnt wurde. »Ja, Sir. Er wurde auf dem Scheiterhaufen verbrannt.«

»Ihr habt die Erinnerung an Euren Vater geliebt. Liebt Ihr sie immer noch?«

»Ja, Sir.«

»Dann hört mich bis zu Ende an, junger Mann.« Der Sekretär beugte sich vor, seine Stimme war eindringlich. »Die Feuer von Smithfield werden wieder aufflammen, wenn nichts getan wird. Ich habe Beweise, dass Kardinal William Allen ein neues Kolleg in Douai in Frankreich eingerichtet hat. Sein einziger Zweck ist es, Priester auszubilden, die Jesuiten genannt werden.«

»Wofür sollen sie ausgebildet werden, Sir Francis?«

»Um sich in England einzuschleichen und die protestantische Religion zu zerstören!« Walsingham war ein glühender Christ, und seine Leidenschaft galt der Aufgabe, England von der römischen Kirche frei zu halten. Seine Sehnsucht war es, die protestantischen Länder Deutschland und Schottland mit England in einem Bündnis gegen die katholischen Mächte vereinigt zu sehen.

»Aber was kann *ich* dazu tun?«, fragte Robin.

»Ihr könnt mancherlei tun. Ihr seid gut bekannt mit Maria, der sogenannten Königin der Schotten. Ihr könnt sie beobachten. Sie wird niemals aufhören, Verschwörungen anzuzetteln, um den Katholizismus in dieses Land zurückzubringen.«

»Das sagt mein Großvater auch. Aber wie kann ich –«

»Ihr könnt ein Agent der Krone werden. Diese Jesuiten werden heimlich in England einreisen. Wir haben Grund zu der Annahme, dass einige bereits angekommen sind. Wenn Elisabeth und die protestantische Religion überleben sollen, dann *müssen* wir das Land von den Jesuiten befreien!«

Robin saß steif aufgerichtet da, und als er Walsingham sprechen hörte, stellte er fest, dass er ganz derselben Meinung wie der Staatssekretär war. Der Hass, den er während der letzten paar Jahre zurückgedrängt hatte, wallte plötzlich wieder in ihm auf – und die Worte und Warnungen seines Großvaters verflüchtigten sich.

Schon bevor Walsingham abschließend sagte: »Nun, Mister Wakefield, wollt Ihr der Königin in dieser Sache zu Diensten sein?« hatte Robin seinen Entschluss gefasst.

»Ja, ich werde mein Bestes tun, Sir!«

»Gut so! Gut so!« Das Gesicht des Mannes glühte vor innerer Freude. »Ihr werdet damit auch Gott dienen, denn wenn wir den Kampf gegen diese Männer, die nach England kommen, um uns zu zerstören, nicht gewinnen – dann wird es keine wahre Religion mehr in England geben! Nun, lasst mich Euch Eure Anweisungen erteilen …«

Robin verließ den Raum als offizieller Agent der Krone, der sich der Aufgabe geweiht hatte, die Bewegung der Jesuiten in England zu zerschmettern. *Jetzt endlich werde ich den Tod meines Vaters rächen!* Der Gedanke begleitete ihn die ganze Nacht lang, aber er wusste, dass sein Großvater und seine Großmutter seinen Entschluss nicht gebilligt hätten. Der Gedanke, ihr Missfallen zu erregen, verletzte ihn …

Aber er biss die Zähne zusammen und begann, Pläne zu schmieden, wie er der Königin zu Diensten sein konnte.

13

EIN BESUCH VON DER KÖNIGIN

»Du hast noch nie an einer der Landfahrten der Königin teilgenommen, nicht wahr, Robin?«

»Nein. Wie sind sie?«

Robin und Dorcas ritten in einer langen Prozession, an deren Spitze die Königin auf einem milchweißen Araberhengst saß. Der Tross hatte früh am Morgen den Palast verlassen, und sie ritten die gewundene Straße entlang, die sich in Richtung Süden schlängelte. Dorcas trug ein perlgraues Reitkleid, ihre Wangen waren von der Sommersonne rosig gefärbt – und Robin schien es, als sei sie nie schöner gewesen.

»Die Landfahrten der Königin sind wie ein reisendes Bankett«, antwortete Dorcas. »Jeden Sommer möchte sie sich ihrem Volk zeigen und sich unter die Leute mischen.«

»Sie lieben sie, nicht wahr?«, bemerkte Robin, als die Königin die ganze Prozession anhielt, um sich vom Pferd zu beugen und ein Blumensträußchen von einer Gruppe zerlumpter Kinder entgegenzunehmen. »Und das ist auch kein Wunder.« Er betrachtete die Szene, dann nickte er. »Ich habe in diesem letzten Jahr nicht viel gelernt, aber ich glaube, ich kenne das Geheimnis von Königin Elisabeths Erfolg. Für sie ist England ihr Ehemann. Die jungfräuliche Königin braucht keinen anderen.«

»Sie wird auch nie einen haben, da bin ich mir sicher.« Dorcas schenkte Robin ein plötzliches strahlendes Lächeln. »Und mir wird es genauso gehen, denke ich manchmal.«

Robin lenkte sein Pferd näher an ihres heran und ergriff ihre Hand. »Du wirst mich haben!«

»Ach ja? Aber wir werden in einer Hütte leben müssen, in der ich den Boden fege und du die Kuh melkst.« Sie sprach leichthin, aber in ihrer Stimme klang eine ernsthafte Note mit. Seit Monaten flehte er sie an, ihn zu heiraten, aber sie ließ ihn zappeln. Er war ein aufregender junger Mann, gut aussehend und liebenswert genug, um das Wohlgefallen einer jungen Frau zu erringen. Tatsächlich hatte eine der anderen Zofen am Hof, eine hochgewachsene Schöne namens Estelle Godolphin, angewidert zu ihr gesagt: »Wenn du ihn ohnehin nicht willst, Dorcas, überlass ihn mir. Ich hätte nichts dagegen, ihn zu nehmen!«

Dorcas hatte süß gelächelt und geantwortet: »Wenn *ich* ihn habe, Estelle, dann werde ich einen Ehering am Finger tragen.«

Jetzt warf Robin ihr einen argwöhnischen Blick zu. »Es ist wegen Sir Ralph Hastings, nicht wahr, Dorcas? Ich hab's satt zuzusehen, wie dieser alte Knacker mit hängender Zunge um dich herumschleicht!«

»Alt? Er ist nicht älter als fünfundvierzig«, gab Dorcas scharf zurück. Sie vergaß hinzuzufügen, dass der Ritter ein ungehobelter Bursche war und sie abstieß. Das hätte nicht gerade dazu beigetragen, Robin eifersüchtig zu machen. Aber als sie sah, dass er nahe daran war, wirklich ärgerlich zu werden, lächelte sie lieblich und drückte seine Hand. »Sei nicht böse auf mich, Robin! Ein Mädchen muss in diesen Dingen vorsichtig sein. Ich liebe dich, aber wir müssen auch leben.«

»Wenn Tom und ich nächstes Jahr eines von Philipps Schatzschiffen kapern, dann überhäufe ich dich mit Diamanten und Gold!«

»Dann musst du nicht mehr die Kuh melken – und ich könnte den ganzen Tag damit zubringen, mich für dich hübsch zu machen.« Die beiden ritten weiter, als die Prozession wieder loszog, und Dorcas lächelte. Das Gespräch hatte ihr gefallen. *Er hat wirklich alles außer Geld – und es wird nicht mehr lange dauern, bis er auch das hat.*

Als sie sich Kenilworth näherten, dem kostbar ausgestatteten Herrensitz von Sir Robert Dudley, sagte Robin: »Ich glaube, diese Landfahrten dienen dazu, der Königin Geld zu sparen. Sir Francis sagt, sie ist grauenhaft knickrig. Und einige ihrer Besuche haben Lords in den Bankrott getrieben, die nicht so reich sind wie Dudley oder Cecil.«

Tatsächlich kam es die Gastgeber zuweilen auf rund tausend Pfund am Tag zu stehen, die Königin bei ihren Landfahrten zu beherbergen; ein Arbeiter lebte von sieben Pence am Tag. Diese Ausgaben betrafen hauptsächlich die Kosten für Lebensmittel, die astronomische Höhen erreichten. Sir Nicholas Bacon, der Schatzmeister von England, musste sechzig Schafe kaufen, dazu vierunddreißig Lämmer, sechsundzwanzig Schweine, achtzehn Kälber, acht Ochsen, zehn Zicklein und Dutzende und Aberdutzende von Vögeln: mehr als dreihundert Hühner, mehr als zweihundert Tauben, zwölf Dutzend Enten und Reiher, zehn Dutzend Gänse, sechzehn Dutzend Wachteln, nicht zu reden von den riesigen Mengen von Rebhühnern, Lerchen, Brachvögeln, Pfauen und Stockenten.

Abgesehen von den ungeheuren Kosten für den Gastgeber, mussten auch die Städte, durch die der Tross zog, ihre Vorbereitungen treffen. Sobald die Route einmal festgelegt und der Zeitplan ausgearbeitet war – und der Tatsache Rechnung getragen war, dass die Königin ständig ihren Sinn änderte –, wurden die Städte und Dörfer entlang der Route benachrichtigt. Die Behörden machten sich dann ans Werk, entfernten die Misthaufen, Pranger und Schandpfähle; die Straßen, über die die Königin reiten sollte, wurden mit Kies bestreut, und bestreut mit Binsen und Kräutern wurden auch die Fußböden der Häuser, die sie betreten sollte. Feuerwerkskörper mussten gekauft werden, lateinische Festreden einstudiert und Chöre, Musikanten und Volkstänzer mussten ihre Darbietungen proben. Kleider und Kostüme mussten gewaschen und gebügelt werden, wichtige Requisiten poliert, Podien aufgebaut und Schlossattrappen aus Leinwand und hölzerne Burgen errichtet werden, um Militärparaden und Schlachtenszenen aufzuführen. Manchmal mussten sogar Mauern niedergerissen werden, um die Straßen breit genug zu machen für den großartigen Festzug, der sie passieren sollte.

Dennoch beklagten sich nur wenige über die viele Arbeit und die hohen Kosten. Robin sah am Nachmittag, warum das so war. Ein winziges Dörfchen hatte sein Bestes getan, um die Königin zufriedenzustellen, und sie hatte aufs Liebenswürdigste gesprochen und ihnen für ihre Freundlichkeit und Gastfreundschaft gedankt. Sie hatte auf ihre Gesichter niedergeblickt, als sie vor ihr knieten, und gesagt: »Ihr mögt eines Tages einen mächtigeren Fürsten haben als mich, aber niemanden, der euch mehr liebt!«

Die Reise nach Kenilworth dauerte drei Tage, und der Earl empfing die Königin und ihre Gefolgschaft sieben Meilen von seinem Herrensitz entfernt. Er hatte ein Fest für sie vorbereitet, unter einem Zelt, das so groß war, dass es mit sieben Fuhrwerken abtransportiert werden musste, sobald es einmal zerlegt war. Später, als Robin das Haus betrat, war er wie betäubt von der Pracht, die er hier sah. Scharlachrote Wandbehänge mit goldenen Aufdrucken bedeckten die Mauern, und ein türkischer Teppich von hellem Blau, mindestens 15 Meter lang, dämpfte das Geräusch der vielen Schritte. Überall befand sich Glas und fügte dem Bild sein zauberhaftes Funkeln hinzu. Die Speisekammer enthielt ganze Reihen gläserner Teller, in denen Sahne serviert wurde, und die großen Räume wurden von Kerzen erhellt, die in gläsernen Kerzenhaltern steckten.

Robin hielt inne, um einen der Kerzenleuchter anzustarren, ein wundervolles Stück aus blauem Glas mit goldenen Verzierungen. »Dieses Ding hier muss so viel wie eine ganze Farm gekostet haben!«, rief er Dorcas zu, dann schüttelte er den Kopf und presste die Lippen zusammen. »Die Königin braucht Schiffe, nicht Kerzenleuchter und Kinkerlitzchen!«

»Ach, Robin, nun sei nicht albern!« Dorcas kniff ihn in den Arm. »Jetzt vergiss dein Schiff und genieße das alles hier.«

Aber es war ihm nicht vergönnt, seine Zeit mit dem Rest der Reisegesellschaft zu verbringen. Sir Francis Walsingham, der unerwartet nach Kenilworth gekommen war, bat Robin nach einem luxuriösen Abendessen zu einem Gespräch. »Vielleicht sollten wir in Sir Roberts Gärten spazieren gehen, Mister Wakefield«, sagte er. »Ich möchte mehr über die *Falke* hören.«

Robin stimmte zu, überzeugt, dass das nur ein Trick war, um ihn allein sprechen zu können. Er hatte regelmäßig für den Staatssekretär gearbeitet und war erfolgreicher gewesen, als er selbst oder der Sekretär es erwartet hatten. Robin hatte ein Talent dafür entwickelt, das Vertrauen von Menschen zu gewinnen, und auf diese Weise wertvolle Informationen von Leuten erhalten, die niemals den Verdacht gehegt hätten, er könnte ein Spion der Königin sein. Er fand eine gewisse Befriedigung in der Erkenntnis, dass er jedes Mal, wenn er einen Priester oder einen heimlichen Freund der katholischen Kirche entlarvte, jenen einen Schlag versetzte, die seinen Vater ermordet hatten.

Sein Verdacht, was Walsinghams Absichten anging, erwies sich als richtig. Sobald die beiden Männer im Garten waren, sagte der Sekretär: »Ich habe aus verlässlicher Quelle erfahren, dass sich ein Jesuit in unmittelbarer Nähe Eures Vaterhauses versteckt.«

»Ihr meint Wakefield?« Robin sah erschrocken auf. »Aber davon habe ich kein Wort gehört, Sir Francis.«

Walsingham nickte nachdenklich. Sein langes Gesicht war ernst, und er sagte: »Ich fürchte, es ist wahr, und ich verlasse mich auf Euch, dass Ihr ihn ausfindig macht. Ihr habt gute Arbeit geleistet, Robin. Euren Bemühungen haben wir es zu verdanken, dass wir wenigstens drei Agenten Roms den Garaus machen konnten!«

»Ich – ich mache mir manchmal Gedanken, weil sie hingerichtet werden. Könnte man sie nicht einfach deportieren?«

»Die Jesuiten?« Walsingham starrte Robin ungläubig an. »Aber, nun hört einmal, mein Junge, Ihr habt die ganze Sache völlig missverstanden! Diese Männer haben einen Schwur getan, dem Protestantismus in England um jeden Preis ein Ende zu machen. Wenn wir sie einfach zusammenpacken und nach Frankreich oder Spanien deportieren, kämen sie mit dem nächsten Schiff zurück, um wie Vipern an Land zu schlüpfen!«

»Ich kann mir vorstellen, dass das so ist, aber –«

Walsingham legte die Hand auf die Schulter des hochgewachsenen jungen Mannes. »Ich weiß, es fällt einem nicht leicht, aber stellt es Euch so vor: Wenn Ihr einmal Seemann seid, was werdet Ihr tun, wenn Ihr eine spanische Galeone entdeckt?«

»Nun, was wohl! Sie kapern!«

»Ja, aber wenn die Besatzung nun Widerstand leistet? Und Ihr könnt gewiss sein, dass sie das tun wird. Ihr werdet sie bis zum Tode bekämpfen, nicht wahr? Nun, so müsst Ihr auch Eure Arbeit als Agent der Königin betrachten. Die Jesuiten sind eine tödlichere Gefahr für sie als jeder spanische Seefahrer!«

Robin lauschte aufmerksam und stellte schließlich eine Frage, die ihm schon lange auf dem Herzen lag. »Die Königin ... ist sie eine überzeugte Protestantin, Sir Francis?«

Walsingham antwortete nicht sofort. Er hielt den Blick auf den Pfad gesenkt, den er und Wakefield zwischen den Blumenbeeten entlangschritten. Die Luft war süß vom Duft der Blumen, und ein Summen erfüllte sie, als die Bienen zwischen den Blüten herumtaumelten. Schließlich sagte er: »Sie beschäftigt sich mehr mit Staatspolitik als mit der religiösen Lehre, muss ich zugeben. Oh, sie geht zur Kirche und liest die Bibel, aber ich glaube nicht, dass sie der neuen Religion, dem Protestantismus, so von ganzem Herzen anhängt, wie wir es gerne sehen würden. Dennoch – es ist ihr wichtig, England von den Gräueln des Katholizismus frei zu halten, und sie ist einverstanden mit meiner Politik, die Jesuiten zu verfolgen.«

»Ich werde sehen, was ich herausfinden kann, Sir Francis. Sofern die Königin mir die Erlaubnis gibt, den Hof zu verlassen.«

»Ich glaube, das lässt sich arrangieren.« Walsingham lächelte und forschte aufmerksam im Gesicht des jungen Mannes. »Ihr seid nicht gerne ein Höfling, nicht wahr, mein Junge?«

»Nein, Sir, gewiss nicht! Das ist alles nur Trug und Schein.« Robins Augen blitzten auf, als er sagte: »Ich kann es nicht mehr lange ertragen, Sir Francis! Könnt Ihr die Königin nicht überreden, mich wieder zur See fahren zu lassen?«

»Ich dachte, Ihr wärt aufs Eifrigste damit beschäftigt, einer jungen Dame den Hof zu machen?«

Robin errötete heftig und schüttelte den Kopf. »Ich muss meinen eigenen Weg in der Welt finden. Mein Onkel Thomas wird Wakefield erben, wie es rechtens ist. Mein Großvater wird für mich sorgen, da bin ich sicher, aber mein Herz hängt an der *Falke*. Ein einziges Schatzschiff – das ist alles, was ich brauche, um auf eigenen Füßen zu stehen, ja, vielleicht sogar mein eigenes Schiff zu kaufen und mit Drake zur See zu fahren!«

»Drake verlässt England. Er möchte die Welt umsegeln. Seit Magellan hat das niemand mehr getan.«

»Vielleicht würde er mich mitnehmen!«

»Er wird mindestens drei Jahre unterwegs sein. Ich glaube nicht, dass Euer Großvater auf Euch verzichten könnte. Er wird allmählich gebrechlich, wie Ihr wisst. Wie alt ist er jetzt?«

»Er ist siebzig.«

»Ein ehrwürdiges Alter, aber vielleicht würdet Ihr ihn niemals wiedersehen, wenn Ihr eine so lange Reise macht.« Walsingham sah die Sehnsucht auf dem Gesicht des jungen Mannes. »Ich will einen Handel mit Euch machen, Robin. Ihr macht diesen Jesuiten ausfindig, der sich in Eurem Winkel der Welt versteckt. Das sollte nicht allzu schwierig sein, vor allem, da niemand weiß, dass Ihr für mich arbeitet. Im Gegenzug dafür werde ich sehen, was ich tun kann, um Euch an Bord eines Schiffes zu bringen. Einverstanden?«

Robins Augen leuchteten auf. »Ja, Sir Francis! Das ist ein sehr faires Angebot.«

»Gut! Und jetzt bringe ich die Sache mit der Königin in Ordnung. Ihr könnt in Kürze aufbrechen.«

Robin machte sich augenblicklich auf die Suche nach Dorcas und erzählte ihr, dass er seinen Großeltern einen Besuch abstatten musste. Sie war missgelaunt, aber er war voll Begeisterung. »Ich werde bald gute Nachrichten für dich haben, Liebste«, sagte er. Die beiden waren allein in den Weingärten, und er nutzte die Gelegenheit, um sie in die Arme zu schließen.

Sie gab sich seinen leidenschaftlichen Küssen hin, aber dann zog sie sich zurück. »Ich werde auf dich warten, Robin!«

Zehn Minuten später ritt er bereits die Straße nach Wakefield entlang, und der Geschmack ihrer Lippen schien noch immer auf den seinen zu haften. *Nur ein einziges von Philipps Schatzschiffen – und sie wird mir gehören!*

Dorcas' Versprechen, auf ihn zu warten, stimmte ihn heiter, und er trieb das Pferd zu einem raschen Galopp an. Sein Kopf und sein Herz waren voll von Dorcas und der *Falke*.

★ ★ ★

Der Himmel war von pastellfarbenem Blau, nur flauschige weiße Wölkchen unterbrachen seine blasse Farbe, als Robin in Wakefield anlangte. Der Frühling hatte das tote braune Gras in einen smaragdgrünen Teppich verwandelt, dessen reicher, leuchtender Glanz beinahe in den Augen schmerzte. Die Düfte der fruchtbaren Erde drangen ihm reich und kräftig in die Nase. Er fühlte, wie alte Erinnerungen in ihm aufgewühlt wurden, und er rief laut aus: »Ich würde einen Tag hier nicht für ein Jahr bei Hofe eintauschen!«

Sein Pferd war müde, also ließ Robin es langsam die Straße entlangtrotten. Männer waren auf den Feldern am Pflügen, brachen die fette schwarze Erde in langen Furchen um, und einige der Arbeiter riefen ihm einen Gruß zu, als er vorbeiritt. Als er durchs Tor ritt, überkam ihn der Anblick des Schlosses wie ein Schluck einer starken Arznei. Als er den Eingang erreichte, sprang er vom Pferd und warf Bart, dem jungen Stallknecht, die Zügel zu. »Wie geht es dir, Bart?«, rief er aus, während er die Treppe hinaufrannte.

»Gut, Master Robin –!«

Robin hörte nicht mehr, was der Junge sonst noch sagte, so eilig hatte er es, seine Großeltern wiederzusehen. Als er die große Halle betrat, sah er seine Großmutter auf sich zukommen.

»Robin!«, rief sie aus, und er lief augenblicklich auf sie zu und nahm sie in die Arme. Sie fühlte sich sehr zerbrechlich an, und er schwang sie nicht im Kreis herum, wie er es früher immer getan hatte. Sie hielt ihn eng umschlungen, und als er sich losmachte, standen Tränen in ihren Augen. »Ich bin froh, dass du gekommen bist«, sagte sie.

»Ich bin froh, dass ich hier bin«, sagte er. »Das Jahr ist mir lang geworden.« Er warf einen Blick auf die Treppe und fragte: »Ist Großvater in seinem Arbeitszimmer?«

»Nein, er ist im Bett.«

Etwas in ihrem Tonfall ließ Robin erstarren. Er blickte sie scharf an und bemerkte die Linien in ihrem Gesicht, die nicht da gewesen waren, als er fortgeritten war. Irgendetwas stimmte nicht.

»Ist Großvater krank?«

»Ja, das ist er.« Hannah ließ die Hände an den Seiten herabfallen und zwang sich zu einem Lächeln. »Wir wussten nicht, dass du kommst. Du musst hungrig sein –«

»Was ist nicht in Ordnung mit ihm?«

Hannah biss sich auf die Lippen und sagte leise: »Es ist eine sehr weitverbreitete Krankheit, mein Lieber, eine, die uns alle heimsucht.« Sie zögerte, dann sagte sie: »Das hohe Alter, und ich fürchte, dafür gibt es kein Heilmittel.«

Robin spürte, wie es ihm die Kehle zuschnürte. Sein Großvater war wie ein Fels in seinem Leben gewesen. Wie sehr sich auch alles andere verändern mochte, er hatte immer gewusst, dass sein Großvater derselbe bleiben würde. Als er jetzt den Kummer in den Augen seiner Großmutter sah, wusste er, dass seine Welt in ihren Grundfesten erschüttert wurde.

»Aber es ging ihm so gut, als ich fortging ...«

»Ja, er war immer mit guter Gesundheit gesegnet. Bis letzten Winter; da wurde er zweimal schwer krank. Seine Krankheiten haben seine Lungen angegriffen, denke ich. Es schien ihm ein wenig besser zu gehen, aber er ist einfach nicht mehr derselbe.«

»Warum hast du nicht nach mir geschickt?«

»Er wollte es nicht zulassen, Robin.« Hannah schüttelte den Kopf. »Er wollte nicht eingestehen, dass es ihm so schlecht ging, dass du deinen Besuch abbrechen solltest. Und du weißt, wie starrsinnig er sein kann!«

»Die Ärzte müssen doch *irgendetwas* tun können!«

»Du hast dich den größten Teil deines Lebens für Medizin interessiert. Du hast so viel von Kate Moody gelernt, mein Lieber, also musst du auch wissen, dass es eine Zeit gibt, wo die besten Ärzte und Arzneien nicht mehr helfen können. Oh, der Arzt war hin und wieder da. Beim letzten Mal versuchte er mir klarzumachen, dass es nur noch eine Frage der Zeit ist.«

»Ich gehe hinauf und sehe nach Großvater«, sagte Robin.

»Ja, du musst bei ihm sein. Thomas ist auf See, er könnte nicht mehr rechtzeitig herkommen. Alice steht kurz vor der Geburt eines Kindes. Sie wollte kommen, aber sie würde riskieren, das Kind zu verlieren, wenn sie die Reise über die holprigen Straßen macht.«

Robin starrte Hannah an, dann wandte er sich um und ging mit schweren Schritten die Treppe hinauf. Als er die Kammer seines Großvaters erreichte, klopfte er, dann öffnete er die Tür. Der erste Blick, den er auf seinen Großvater warf, versetzte ihm einen Schock. Als er fortgeritten war, war Myles Wakefield ein hochbetagter, aber immer noch rüstiger Mann gewesen. Jetzt sagte ihm ein einziger Blick auf den ausgemergelten Körper und die eingesunkenen Augen, dass seine Großmutter nicht übertrieben hatte.

Robin rang um Selbstbeherrschung. Er straffte den Rücken und trat neben die reglose Gestalt auf dem Bett. »Großvater, bist du wach?«

Myles' Lider flatterten, dann öffnete er langsam die Augen. Erkenntnis dämmerte darin auf, und ein Funken glomm auf. »Robin, mein Junge!«

Robin blinzelte rasch und zwang die Tränen zurück, die in seinen Augen brannten. »Sieh einer an, kaum bin ich ein Weilchen fort, nutzt du die Gelegenheit, um krank zu werden. Schöne Sitten sind das!« Er zog einen Stuhl nahe ans Bett heran, dann streckte er die Hand aus und ergriff die gebrechliche Hand, die auf der Decke ruhte.

Er musste daran denken, wie stark sie gewesen war – und nun wirkte sie wie ein loses Säckchen zerbrechlicher Knochen. »Schluss jetzt mit dem Unsinn; du musst wieder gesund werden, Sir«, sagte er mit vorgetäuschter Fröhlichkeit.

Myles' Lippen waren geschrumpft, aber er brachte ein Lächeln zustanden. »Erzähl mir vom Hofe«, sagte er. »Hast du gelernt, wie man sich verbeugt und Kratzfüsse macht und Süßholz raspelt?«

»Oh, ich habe es darin geradezu zur Berühmtheit gebracht«, sagte Robin. Er begriff, dass sein Großvater nicht wünschte, dass er viel Aufhebens von seinem Kummer machte, also begann er, über unbedeutende Kleinigkeiten zu sprechen. »Ja, ich kann schon so gut schleimen und winseln wie die Besten von ihnen ...«

Als Hannah eine halbe Stunde später hereinkam, war Robin erschöpft. Er wollte weinen, aber er wusste, dass das nicht sein durfte. Er blickte auf und sagte: »Nun, Großmutter, diesmal bleibe ich zu Hause. Es wird Zeit, dass ich zur Abwechslung einmal eine anständige Arbeit mache.« Er spürte, wie die schwache Hand sich um die seine schloss und blickte auf das geliebte Gesicht nieder. »Ich werde es schon schaffen, dass du im Handumdrehen aus dem Bett springst. Du wirst es sehen!«

»Ich – ich bin sehr froh, dass du hier bist, mein Junge«, sagte Myles mit schwacher Stimme. Dann schloss er die Augen und schien in Bewusstlosigkeit zu versinken. Es geschah so plötzlich, dass Robins Herz einen Schlag aussetzte, und er blickte seine Großmutter mit wilden Augen an.

»Es ist schon in Ordnung«, sagte sie. »Er schläft ziemlich oft so plötzlich ein. Komm jetzt, mein Lieber, er wird ein Weilchen schlafen.«

Sie führte ihn aus dem Zimmer und ins Esszimmer. Ein Diener trug Essen auf, aber Robin brachte nicht mehr als ein paar Bissen hinunter. »Willst du wirklich längere Zeit hierbleiben?«, fragte Hannah.

»Ja. Hier werde ich gebraucht. Bei Hofe habe ich nichts zu tun.«

Hannah nickte, und er sah, wie Erleichterung in ihre blassen Augen trat. »Ich bin froh darüber, Robin. Er braucht dich, und ich ebenfalls!«

Während der nächsten paar Tage hielt Robin sich dicht beim Haus auf. Sein Großvater durchlebte gute Zeiten, in denen er ganz sein altes Selbst war, aber Robin konnte nicht leugnen, dass er langsam verfiel. Der Arzt kam, und als er mit Robin sprach, konnte er nur sagen: »Er wird jedes Mal schwächer, wenn ich ihn besuche. Wie das enden wird, ist vorhersehbar, das wisst Ihr selbst.«

Dennoch schien die Gegenwart seines Enkels den alten Mann beträchtlich aufzurichten. Er hatte seine Freude am Schachspielen, und zweimal fuhr Robin mit ihm aus, um die Felder anzusehen. Sie unterhielten sich, und Robin fand bald heraus, dass zwar Myles' Körper immer gebrechlicher wurde, sein Verstand jedoch in keiner Weise geschwächt war. Mit seinem typischen Scharfsinn brauchte Myles nur einige wenige Tage, um Robin das Geheimnis herauszulocken, das er sich geschworen hatte, niemals zu enthüllen: seine Werbung um Dorcas Freeman.

»Ich bin nicht überrascht«, sagte Myles nachdenklich. »Du bist jung und voll Saft und Kraft. Ist sie ein christliches Mädchen?«

»Nun, sie geht zur Kirche, Großvater.«

»Dass ein Mädchen in die Kirche geht, macht sie genauso wenig zur Christin, als würde sie ein Pferd, nur weil sie in den Stall geht!«

Robin lachte. »Was du für Einfälle hast!«

Myles begann, von Hannah zu sprechen, und nachdem es nicht mehr lange dauern würde, bis er nicht mehr da war, um seinen Enkel zu beraten, sprach er frei heraus und mit einer Leidenschaft, wie er sie nie zuvor an den Tag gelegt hatte. Er erzählte die ganze Geschichte, wie sie einander kennen- und lieben gelernt hatten, und legte besonderes Gewicht darauf, dass sie immer mehr als Ehemann und Ehefrau gewesen waren.

»Wie können ein Mann und eine Frau denn *mehr* sein als Eheleute?«, staunte Robin.

»Sie können *Freunde* sein, Robin. Heirate niemals eine Frau, die dir nicht die beste Freundin auf Erden sein kann.«

Ein Tag folgte auf den anderen, und Robin sann über die Worte seines Großvaters nach. Eines Tages ritt er hinüber, um John Spenser in einer geschäftlichen Angelegenheit zu sprechen, und unterwegs grübelte er über die Sache nach. *Ich kann Dorcas nicht aus meinen Gedanken verbannen, aber ich habe sie niemals als gute Freundin betrachtet.* Das beunruhigte ihn, und er erreichte das Haus der Spensers, ohne dass er eine Antwort auf die Frage gefunden hätte. Er sprang ab und band sein Pferd an, dann pochte er an die Tür. Martha Spenser öffnete und starrte ihn an. »Nanu – ich wusste nicht, dass Ihr wieder zu Hause seid«, sagte sie.

»Ich bin letzte Woche angekommen, Mrs Spenser. Ist Euer Gatte zu Hause?«

»Nein, er ist zur Mühle gefahren. Wollt Ihr eintreten und auf ihn warten?«

Mrs Spenser trat von der Tür zurück, und als Robin eintrat, sah er einen Mann am Fenster sitzen und lesen. »Das ist Mr Davis. Er ist der Hauslehrer der Kinder. Mr Davis, das ist Mr Robin Wakefield.«

Die beiden Männer unterhielten sich kurz, und Martha Spenser sagte: »Ich habe eben den Tee aufgesetzt. Ich bringe ein paar Kuchen.«

Robin setzte sich und fragte: »Wie kommen Eure Schüler voran, Mr Davis?«

Davis, ein kleiner, dunkelhäutiger Mann mit einem üppigen Bart, nickte. »Oh, sehr gut. Kennt Ihr sie?«

»Ich kenne eines der Kinder recht gut.«

»Ja, das ist wohl Allison. Sie erzählt viel von Euch.« Davis redete eine Zeit lang über die Kinder und fügte hinzu, dass er neu im Land sei. Er hatte einen leichten Akzent, den Robin nicht zuordnen konnte, und schien ein recht sympathischer Bursche zu sein.

Robin trank seinen Tee, aber als nach fünfundvierzig Minuten noch immer keine Spur von John Spenser zu sehen war, erhob er sich und sagte: »Ich komme auf dem Heimweg an der Mühle vorbei, Mrs Spenser. Ich hoffe, Euren Gatten dort zu treffen.«

»Allison ist bei ihm, Mr Wakefield«, sagte Davis. »Sie wird sich freuen, Euch zu sehen.«

»Gut, ich hoffte ebenfalls, sie zu treffen. Ich habe ihr ein kleines Mitbringsel mitgebracht.« Robin nickte. »War nett, Euch kennengelernt zu haben, Sir.«

Er verließ das Haus und ritt zur Mühle, wo er Allison beim Mühlbach spielend vorfand. Als sie ihn sah, sprang sie auf die Füße. »Mister Robin!«, rief sie voll Freude und kam auf ihn zugerannt.

Er beugte sich vor und umarmte sie, lächelnd über ihre Aufregung. Sie sprudelte die Worte so rasch hervor, dass er die Hand heben musste, um dem Strom Einhalt zu gebieten. »Nun komm, lass mich deinen Vater sprechen, nachher habe ich eine Überraschung für dich.«

Allison folgte ihm ins Innere des Gebäudes, und nachdem er seine Geschäftsangelegenheiten mit ihrem Vater erledigt hatte, traten die beiden wieder nach draußen. Sie führte ihn zu dem plätschernden Mühlbach, und er griff in die Tasche und zog ein kleines Päckchen hervor. »Ich habe deinen Geburtstag verpasst, also ist es ein verspätetes Geschenk.«

Allisons Augen wurden groß, als sie das Päckchen vorsichtig ergriff. Sie entfernte das Papier, öffnete das kleine Päckchen und sog scharf den Atem ein. »Oh, wie sind die hübsch!« Robin hatte die großen Perlen einem Seemann an den Docks abgekauft und zu einem Paar Ohrringe für das Mädchen verarbeiten lassen. »Du bist jetzt noch zu jung, um sie zu tragen, aber wenn du eine erwachsene junge Dame bist, werden sie sehr hübsch an dir aussehen.«

Sie schlenderten am Fluss entlang, und Allison konnte nicht aufhören zu plappern. Als er sie nach Mr Davis fragte, sagte sie: »Er ist mein Lehrer.«

»Und ein guter Lehrer, da wette ich.«

»Oh ja, er war schon überall. Sogar in Frankreich.«

Eine winzige Alarmglocke schlug in Robins Kopf an. Mit aller Vorsicht sorgte er dafür, dass das Mädchen weiter über Davis erzählte.

»Er hilft uns beim Lesen und all dem, und er liest auch die Messe für uns am Sonntag.«

Ein Jesuit! Robin war bestürzt, denn er wusste, ihm blieb keine andere Wahl, als den Mann anzuzeigen. Früher hatte es ihn nicht weiter belastet, so etwas zu tun, aber damals hatte er die Männer, die er suchte, auch nicht in seinem Bekanntenkreis gefunden. Diesmal war es etwas anderes.

Als er Allisons freudig erregtes Gesicht betrachtete, wusste er, dass er in der Falle saß.

Er ritt heim und war zwei Tage lang so still, dass sein Großvater sagte: »Was bedrückt dich, Junge? Irgendetwas liegt dir doch auf der Seele.« – »Ach, es ist nur eine – eine Geschäftssache. Etwas, das mit dem Hof zu tun hat, Großvater.« Er sagte nichts weiter, war aber froh, dass es ihm erspart geblieben war, seinen Großvater zu belügen. Er hatte ihm natürlich nicht die ganze Wahrheit gesagt. Aber er hatte auch nicht gelogen.

Ich muss mich vergewissern, dass dieser Mann mehr ist als nur ein Hauslehrer, dachte er am nächsten Tag. *Ich kann ihn nicht anklagen, ohne irgendwelche Beweise in Händen zu haben.* Aber er hatte gelernt, Beweise zu finden, und in kaum einer Woche hatte eine unschuldige Bemerkung von Allison ihm den unwiderleglichen Beweis geliefert, dass der Mann namens Davis ein Priester war.

Obwohl es ihm schwer auf dem Gewissen lag, das Kind auf diese Weise zu seinem Werkzeug zu machen, fühlte er sich an seinen Eid gebunden, der Königin behilflich zu sein. Das redete er sich jedenfalls ein.

Schließlich wusste er, was er zu tun hatte. Mit einem Widerwillen, der ihn bedrückte, setzte er sich in seinem Zimmer an den Schreibtisch und zog ein Blatt Papier heraus.

Ein Brief an Sir Walsingham, und die Sache war erledigt. Aber nachdem er den Brief abgeschickt hatte, wünschte er, er hätte es nicht getan. Er überlegte sogar, den Brief wieder abzufangen, wusste aber, dass das unmöglich war.

Eine Woche später erreichte ihn die Nachricht, dass der Mann namens Davis von Hofbeamten verhaftet worden war. Im ganzen Umkreis sprach man davon, und schließlich ritt Robin hinüber zu den Spensers. Als er sich dem Haus näherte, empfand er Widerwillen gegen sich selbst, und als Martha Spenser die Tür öffnete, sah er den Hass in ihren Augen. Ihr Gatte trat an ihre Seite, und es fiel Robin noch schwerer, seinem vorwurfsvollen Blick zu begegnen.

»Ich kam, um zu sagen –« aber er unterbrach sich, denn Allison war um die Ecke des Hauses gebogen.

Als sie ihn sah, ergriff sie vertrauensvoll seine Hand und sagte: »Kommt Ihr mit und seht Euch die Enten an, Mister Robin?«

»Ich begreife nicht, wie Ihr es wagen könnt, uns unter die Augen zu treten!« Martha Spensers Gesicht war verzerrt vor Wut. »Ihr steckt doch dahinter!«

John Spensers Gesicht war eingesunken. »Ich werde vor Gericht kommen, weil ich einem Priester Unterschlupf gewährt habe«, sagte er anklagend. »Ich habe immer gewusst, dass Ihr die Katholiken hasst, Wakefield, aber ich hätte nicht gedacht, dass Ihr uns so etwas antun würdet!«

»Kommt niemals wieder hierher, habt Ihr verstanden?«, schäumte Martha und streckte die Hand nach ihrer Tochter aus. »Komm her, Allison! Geh nicht in die Nähe dieses Ungeheuers!«

Allison starrte ihre Mutter an, dann begann sie zu weinen. Robin legte die Hand auf ihren Arm, und als sie sich ihm zuwandte, zog er sie in seine Arme. »Lasst mich erklären –«, begann er, aber weiter kam er nicht. Welche Erklärung hätte er auch geben sollen?

Die wutentbrannte Mutter kam herbei und riss ihre Tochter aus seinen Armen. Als sie das tat, traf Robin der vorwurfsvolle Blick der Frau. Ihr Gesicht war hart und kalt, aber Robin sah Schmerz und Furcht in ihren Augen. Sie presste ihre Tochter schützend an sich. »Allison, sprich nie wieder mit dem Mann! Er ist ein Mörder!«

Bevor Robin noch antworten konnte, blickte Allison ihn an, Kummer auf ihrem kleinen Gesicht, und schrie auf: »Mister Robin –!« Aber ihr wurde das Wort abgeschnitten, als ihre Mutter sie ins Haus zerrte.

John wandte sich mit bleichem Gesicht um und ging ebenfalls hinein, wobei er die Tür krachend hinter sich zuschlug.

Wie benommen stieg Robin wieder auf sein Pferd. Später konnte er sich nicht an den Ritt zurück nach Wakefield erinnern. Aber er wusste, dass er die Szene vor dem Haus der Spensers niemals vergessen würde. Sie war in seine Erinnerung eingebrannt – und auch Allisons schmerzlicher Schrei: »Mister Robin!«

Drei Tage lang durchlitt er die Hölle, die in seinem Herzen tobte, und sagte nichts zu seinen Großeltern. Dann kam eines Morgens seine Großmutter, um ihn noch vor Anbruch der Dämmerung zu wecken, und er wusste, dass der Mann, der ihm mehr als irgendein anderer bedeutete, nicht mehr lange zu leben hatte. Er warf hastig seine Kleider über und ging ins Zimmer des Sterbenden. Das schwache Licht der Kerzen warf einen bernsteinfarbenen Schimmer auf Myles' Gesicht. Robin trat mit einer hölzernen Bewegung an seine Seite.

»Robin?«

»Ja, Großvater, ich bin hier.«

Myles Wakefield öffnete die Augen und flüsterte: »Ich ... ich bin froh, dass du kamst, Robin. Muss dir – dir etwas sagen ...«

»Ja, Großvater?«

Myles versuchte die Hand zu heben, brachte es aber nicht fertig. Robin ergriff sie und hielt sie fest. Seine Finger drückten auf den Puls, der schwach pochte. Myles befeuchtete seine Lippen und sprach wiederum in trockenem Flüstern. »Musst lernen ... zu verzeihen ... was deinem Vater geschehen ist.«

Er blickte in die Augen seines Großvaters, hörte die gewisperte Bitte, und plötzlich wusste Robin Wakefield, was wirklich Reue war. Wogen des Kummers überschwemmten ihn, und er stützte seine Stirn auf die ineinander verklammerten Hände. »Ich weiß, Großvater«, flüsterte er mit gebrochener Stimme.

»Hasse niemals jemand!« Myles raffte sich mit unerwarteter Kraft auf. Seine Augen waren klar, und er sagte: »Versprich es mir! Du wirst nicht hassen …«

»Ich – ich verspreche es!«

Robins kurze Worte schienen den Sterbenden zufriedenzustellen. Er lächelte, und Robin fühlte den Druck seiner Hand. »Ich habe … Jesus gedient, und jetzt gehe ich zu ihm.« Sein Blick glitt zu der Frau an seiner Seite, und er flüsterte: »Hannah … meine Liebe.«

Robin erhob sich und verließ den Raum, denn dieser Augenblick gehörte den beiden allein. Seine Augen brannten von Tränen, als er die Halle entlangstolperte und vor einem der hohen Fenster stehen blieb. Gram wallte in ihm auf, und er wusste, dass er den besten Freund auf Erden verlor.

Als seine Großmutter an seine Seite trat, wandte er sich um und sah, dass sie unter Tränen lächelte. »Er ist heimgegangen zu seinem Herrn, Robin. Und er war so glücklich!«

»Ich – ich kann mir nicht vorstellen, wie es ohne ihn sein wird, Großmutter! Ich kann nicht glauben, dass wir – wir ihn verloren haben!«

Sie schlang die Arme um ihn und drückte ihn eng an sich. »Oh, wir haben ihn nicht verloren! Wenn man etwas verloren hat, weiß man nicht mehr, wo es ist.«

Hannahs Augen leuchteten im Schimmer der Dämmerung. »Aber wir *wissen*, wo Myles ist. Er ist bei unserem Herrn. Und wir werden ihn eines Tages wiedersehen. Das verspricht uns die Heilige Schrift.«

Die beiden standen nebeneinander, und der hochgewachsene junge Mann klammerte sich an die zierliche Frau. Trotz ihres hohen Alters war Hannah Wakefield stärker als ihr Enkelsohn.

»Erinnere dich an das Versprechen, das du ihm gegeben hast, mein Lieber«, sagte sie leise.

»Ich werde es nicht vergessen. Gott helfe mir, mich daran zu erinnern!«

Das Licht, das durchs Fenster drang, fiel auf das junge Gesicht Robin Wakefields – und er wusste, dass das letzte Versprechen, das er seinem Großvater gegeben hatte, in seinem Leben unausweichliche Wirklichkeit werden würde.

III

Allison
1580–1585

14
DIE HEIMKEHR DES SEEFAHRERS

Schnee wirbelte in der steifen Brise, die sich im Pelzbesatz an Robin Wakefields Mütze verfing. Die Eisbröckchen berührten sein Gesicht wie winzige Elfenfinger, so kalt, dass sie sein Fleisch zu verbrennen schienen. Der Himmel war den ganzen Tag lang schon bleiern gewesen, und nun glomm ein ockerfarbener Schein im Osten, ein Vorbote der Kälte, die den winterlichen Schneefall begleitete.

Lange, ruppige Streifen von Weiß bedeckten die gefrorenen Äcker, und der fallende Schnee schien alle Geräusche zu dämpfen. Robin blickte auf den riesigen Hund nieder, der sich dicht an sein Bein drängte, dann hielt er inne und beugte sich vor, um den mächtigen Schädel zu tätscheln. »Du magst Schnee immer noch nicht, was, Pilot?« Er zupfte an den Ohren und bemerkte, dass ein Hauch von Silber um die Schnauze schimmerte. »Du wirst ja alt, Pilot!«

Als wollte er den Worten seines Herrn widersprechen, gab der Mastiff ein tiefkehliges Knurren von sich, erhob sich dann plötzlich auf die Hinterbeine und legte seine Pranken auf die Brust des Mannes. Robin stürzte beinahe unter dem Gewicht, lachte und packte die Vordertatzen des Tieres.

»Weg von mir, du Monster! Lauf und fang ein Eichhörnchen oder sonst etwas!«, protestierte er, dann schubste er den Hund von sich und setzte seinen Spaziergang durch die einsamen Wälder fort.

Die nackten Bäume streckten Gespensterarme in den Himmel, als sprächen sie ein stumpfsinniges Gebet. Während der nächsten fünf Minuten ging Robin gemächlich weiter und bog hin und wieder vom Weg ab, um lieb gewordene Orte zu besuchen, die Erinnerungen in ihm wachriefen: Den gefrorenen Fluss, wo er einen großen Hecht gefangen hatte; die Schlucht, in der er und Pilot einem Bären begegnet waren; die mächtige Eibe, in der er und seine Freunde einst eine Art Baumhaus im Schutz der Äste gebaut hatten.

Das alles hat mir gefehlt, aber irgendwie erscheint es mir jetzt viel kleiner. Er blickte in die Krone der Eibe hinauf und sah nur zwei oder drei morsche Bretter, die von rostigen Nägeln zusammengehalten wurden, an der Stelle, wo einst das Baumhaus gestanden hatte. In seiner Vorstellung war der Baum riesenhaft gewesen und das Haus hoch oben in der Luft – so hoch, dass es ihn schwindlig gemacht hatte, dort hinaufzuklettern. Jetzt jedoch sah er, dass der Unterschlupf nicht mehr als drei oder vier Meter vom Boden entfernt war.

Er krauste die Stirn, als er hinaufstarrte. *Seltsam, wie anders mir die Dinge jetzt erscheinen.* Aber der Schnee fiel jetzt rascher, in Flocken, die so groß wie Dukaten waren, also wandte er sich um und kehrte zum Pfad zurück. Bald erreichte er den Fluss und hielt beim Anblick von Kate Moodys Hütte an.

Auch sie erscheint mir kleiner, obwohl ich das niemals für möglich gehalten hätte, dachte er, als er sich dem Blockhaus näherte. In den drei Jahren, in denen er in der Ferne gewesen war, war der Schuppen um nichts schöner geworden. Das ganze kleine Haus sah noch verfallener aus als zuvor. Drei rohe Pfosten stützten eine Seite, offenkundig, um die ganze Konstruktion vor dem Einsturz zu bewahren, und das Schilf auf dem Dach war schimmlig und stellenweise nachlässig ausgebessert worden.

Robin hielt an der Tür inne, hob die Hand und pochte. Der Wind heulte klagend in den dichten Wäldern, die das Ufer des Flusses bedeckten, und er lächelte, als er sich an seine kindlichen Ängste erinnerte, dass das Heulen von einem Geist stammen könnte. Dann wurde die Tür geöffnet und Kate Moody stand vor ihm.

»Nicht zu glauben, er ist es tatsächlich, heimgekehrt von der See! Hast du Kate Moody auch einen Sack voll Gold mitgebracht?«

Er streckte rasch die Hände aus und lächelte. »Diesmal nicht, Kate. Ich muss noch mal losfahren, um einen zu holen.«

»Komm aus der Kälte herein, Junge.« Kate trat zurück und bemerkte, dass er den Kopf ducken musste, als er eintrat. »Du bist ja so groß wie ein Baum geworden, Robin Wakefield!« Die Frau schob den jungen Mann auf einen der beiden Stühle zu, die an dem kleinen Tisch standen. »Nun, setz dich, und wir wollen etwas Warmes trinken, um unsere Innereien zu erwärmen, während du mir von deinen Reisen erzählst.«

Während der nächsten halben Stunde erzählte Robin von der Reise über die spanischen Meere, die er mit seinem Onkel Thomas, dem Kapitän der *Falke*, gemacht hatte. Eine Zeit lang sprach er davon, wie hart das Leben eines Matrosen war.

»Du kannst dir nicht vorstellen, wie ekelhaft ein Schiff riecht – jedenfalls bestimmte Teile davon, Kate. Süß, sauer und unten im Kielraum ein Gestank nach dunklem, fauligem Zeug – schwarzer Sand und schwarzes Wasser, wo sich Müll und Unrat mit den Ausscheidungen der Mannschaft vermischen. All dieses faule Zeug vermischt sich mit dem Sand, der als Ballast dient, und verwandelt sich in eine Flüssigkeit, die dunkler als Tinte ist, abscheulich wie das Gebräu in einem Hexenkessel, bis selbst der Käpt'n hoch oben auf der Brücke nichts anderes riechen und atmen kann!«

»Warum säubert ihr es dann nicht?«, verlangte Kate zu wissen, während sie die kraftvollen Züge des jungen Mannes mit Interesse betrachtete. *Als Junge ist er fortgefahren, als Mann ist er zurückgekommen!* Sein Gesicht war voller geworden und zeigte ein kräftiges Kinn und eine breite Stirn. Sein Haar war üppig, und der schwache Schein der Lampe hob den rötlichen Schimmer hervor, den sie immer daran bewundert hatte.

»Sauber machen?« Robin grinste plötzlich. »Du liebe Zeit, Kate, wir *haben* sauber gemacht. Was war das für eine Drecksarbeit! Aber es ist unmöglich, es lange sauber zu halten. Trotzdem, es gibt auch angenehme Gerüche – der dicke, süßliche Geruch von Pech und Teer beispielsweise. Aber die Leute haben unrecht, wenn sie behaupten, Seeleute seien schmutzig, denn wir haben uns mit Salzwasser gewaschen, uns selbst und unsere Kleider – und die Läuse und das Ungeziefer herausgeklaubt.« Robins breite, volle Lippen kräuselten sich zu einem Lächeln, als er hinzufügte: »Wir kümmerten uns jeder um seine Kameraden und klaubten einer dem anderen das Ungeziefer ab, wo wir es selbst nicht an uns entdecken konnten. Bei schlechtem Wetter haben uns Regen und Wind sauber geschrubbt, bis sie uns die Knochen blank poliert hatten.«

Kate lauschte aufmerksam, während Robin vom Leben auf der *Falke* erzählte, dann schenkte sie ihm Tee nach. Während sie eine bernsteinfarbene Flüssigkeit hinzufügte, lächelte sie listig. »Ein so übler Bursche von einem Seemann wie du sollte etwas Stärkeres als Tee trinken.« Sie lehnte sich zurück und trank ihren eigenen Tee. »Erzähl mir von den Schiffen.«

»Ach, die Schiffe!« Robin nahm einen großen Schluck von dem Gebräu, das sie ihm eingeschenkt hatte, und erstickte beinahe daran. Sein Gesicht wurde rot, und er starrte die Frau an. »Was in aller Welt ist das?«, wollte er wissen. »So etwas hast du mir nie zuvor angeboten.«

»Du warst nicht Manns genug dafür. Nun erzähl von den Schiffen.«

Wäre Robin ein Dichter gewesen, so hätte er Sonette über die hohen Schiffe geschrieben. Selbst jetzt schwang ein Hauch von Poesie in seinen Worten mit.

»Schnell wie der Wind reiten sie auf den Wellen«, sagte er mit weicher Stimme. Seine Augen leuchteten, als das Bild seiner geliebten *Falke* in seinen Gedanken auftauchte. »Aus fester englischer Eiche gezimmert. Aus Devon, so weit es möglich ist, obwohl immer mehr aus Holz gebaut werden, das aus Irland kommt, aus dem Baltikum, ja, sogar aus Polen und der Moskowei. Jedes ist aus einem ganzen Baum gemacht, und die Stämme der Bäume werden auf der Werft zu Planken verarbeitet, aber erst richtig vorbereitet.

Es ist seltsam, aber ein Schiff wie die *Falke* erscheint dem Auge klein, dennoch ist sein Kiel dreimal so lang wie der Mast. Man teilt es ein in Vorschiff, Rumpf und Heck. Jenseits des Buges befindet sich das Bugspriet, ein dünner Mast für ein einzelnes, quadratisches Segel – das Sprietsegel. Das Vorschiff, hinter dem Bug, ist klein und niedrig, man verwendet es, um Taue und Takelwerk aufzubewahren.

Es gibt keine Kabinen für die Matrosen. Sie schlafen, wo es gerade möglich ist – auf dem offenen Deck, wenn das Wetter es zulässt.«

»Ich habe solche Schiffe von Land aus gesehen«, sagte Kate mit sanfter Stimme und drehte den plumpen Humpen in ihren kräftigen Händen. »Die Segel sind ein schöner Anblick.«

»Ja, ich liebe die Segel«, nickte Robin. »Sie sehen so zart und zierlich aus – ein Gespinst aus Tuch und Takelage, Masten und Wanten … und wenn der Wind die Segel füllt, schießt das Schiff übers Wasser wie ein Falke im Flug.«

Die Lampe brannte nur niedrig und warf bernsteinfarbene Schatten über die Gesichter der beiden. Während Robin vom Meer erzählte, dachte Kate daran, wie oft er als Knabe in ebendiesem Stuhl gesessen und ihr sein jugendliches Gesicht zugewandt hatte. Als sie ihn nun betrachtete, war sie erfreut und fasziniert von den Veränderungen, die sie an ihm entdeckte. *Er war immer schon ein hübscher Junge, aber der Mann, der er einmal werden wird, wird vielen Frauen das Herz brechen, daran habe ich keinen Zweifel! Mit diesem Gesicht und dieser Gestalt muss er ein Liebling der Frau werden.*

Schließlich zuckte Robin die Achseln und lachte. »Nicht zu glauben, Kate, ich schwatze wie ein Papagei!« Er blickte über den Tisch und bemerkte wie beiläufig: »Ich habe dich vermisst, Kate – all unsere Gespräche und die Zeit, die wir zusammen verbracht haben.«

Sie überraschte ihn damit, dass sie sich vorbeugte und die Hand auf die seine legte. Er hatte nicht erwartet, dass sie ihm ihre Zuneigung so offen zeigen würde. Sie lächelte und sagte mit sanfter Stimme: »Ich habe dich ebenfalls vermisst, Robin, mehr als du ahnst.« Dann zog sie rasch die Hand zurück und lachte kurz auf. »Noch eine Tasse von meinem ›Tee‹ und wir werden beide den alten Zeiten nachheulen wie ein paar Schlosshunde!«

Robin verstand. Obwohl sie niemals klagte, wusste er, dass Kate einsam war. Aberglauben und Furcht schnitten sie von ihren Mitmenschen ab. Nun griff er in seine Tasche und zog ein kleines, in braunes Papier gewickeltes Päckchen hervor, das er ihr reichte. »Einen Sack voll Gold habe ich dir nicht mitgebracht, Kate, aber ich habe das hier von einem Matrosen gekauft. Ich dachte, es würde dir gefallen. Ein Weihnachtsgeschenk.«

Kate ergriff das kleine Päckchen, starrte ihn an, dann entfernte sie das Papier. Sie verharrte völlig reglos und blieb so lange unbeweglich in ihrem Stuhl sitzen, dass es schien, als wäre sie zu Stein erstarrt. Nach einem langen Augenblick ergriff sie eine der beiden großen Perlen, die auf feinen Golddraht aufgefädelt waren, dann ruhte ihr Blick auf Robins Gesicht. »Du solltest dein Geld nicht für eine alte Frau ausgeben, Junge.« Ihre Stimme klang rau vor innerer Bewegung.

Robin zuckte leichthin die Achseln. »Nun, ich betrachte es als Teilzahlung für all die Kräuterkunde, die du mich gelehrt hast«, sagte er. »Jetzt lass mich sehen, wie sie dir passen.«

Sie entfernte die billigen Ohrringe, die sie getragen hatte, solange Robin sich erinnern konnte, und befestigte mit Händen, die nicht ganz ruhig waren, die Perlen an ihren Ohren. Robin lächelte. »Schau dich an, Kate«, sagte er, während er aufstand und das kleine Quadrat aus poliertem Metall aufhob, das auf einem Wandbrett lag. Als sie es ergriff und sich selbst betrachtete, wurde sein Lächeln breiter. »Sie stehen dir sehr gut.«

Kate starrte die Perlen an, wie verzaubert von ihrem warmen, leuchtenden Glanz – dann schnupfte sie auf. »Wahrscheinlich werden sie mein Tod sein«, sagte sie brüsk. »Eine Menge Leute werden in ihren Betten ermordet – für weniger als so etwas.« Aber als sie sich ihm zuwandte, sah er, dass ihre Lippen weich geworden waren und dass ein Hauch von Tränen in ihren Augen glitzerte. »Ich werde jedes Mal an dich denken, wenn ich sie ansehe, Robin Wakefield. Ich danke dir.«

Plötzlich verlegen, sagte er leichthin: »Na, jetzt musst du sie dir verdienen.« Ein Schatten zog über sein Gesicht, als er ernst wurde. »Meiner Großmutter geht es nicht gut.«

»Wie alt ist sie jetzt?«

»Vierundsiebzig.«

»Das ist ein hohes Alter. Sie vermisst deinen Großvater.«

»Ja, das tut sie.« Er krauste die Stirn und schüttelte den Kopf. »Sie fühlt sich einsam. Mein Onkel Thomas kann ihr nur selten Gesellschaft leisten, da er so oft auf See ist.«

»Aber seine Frau ist da, Lady Martha, und ihre Kinder. Sie sind doch liebenswerte Gefährten.«

»Nun, die Frau meines Onkels ist selbst nicht gesund. Aber ihre Kinder sind eine Freude für meine Großmutter.« Robin biss sich auf die Lippe, dann schüttelte er den Kopf. »Ich – ich war erschrocken, als ich sah, wie gebrechlich sie war, Kate. So dünn!«

»Sie hat zweimal so lange gelebt wie die meisten Menschen, Robin«, sagte Kate sanft. »Sie muss bald Abschied nehmen.«

»Ich mag gar nicht daran denken«, murmelte Robin. »Sie und mein Großvater – ich war immer so abhängig von ihnen. Ich habe mein ganzes Leben auf sie gebaut, denke ich.«

»Ist sie jetzt akut krank?«

»Ja, ein schrecklicher Husten – fast ein Hustenkrampf ist es, der sie überfällt.«

Kate erhob sich und trat an den altersschwachen Schrank heran, der an der Wand befestigt war. Sie öffnete die Tür und kam mit zwei Fläschchen zurück. »Du weißt das so gut wie ich, mein Freund«, sagte sie, als sie sie auf den Tisch stellte. »Dieses hier ist ein einfaches Hausmittel und wird tagsüber eingenommen. Das zweite bei Nacht – aber ich kann keine Heilung versprechen.«

»Es kann ihr nicht schaden.« Er hob die zweite Flasche auf. »Was ist hier drin?«

»Ein Opiumpräparat. Erzähl niemandem, dass du es von mir hast, oder wir bekommen beide Ärger.«

»Das bezweifle ich, Kate. Ich habe Sir Thomas und seiner Frau von dir erzählt. Solange er Herr auf Wakefield ist, wirst du keinen Schaden leiden.«

»Wir alle können Schaden leiden, Junge«, antwortete Kate. Sie ging jetzt auf die vierzig zu, und das Leben hatte sie gezeichnet. Obwohl ihre Augen so leuchtend hell wie eh und je waren, ging sie sichtbar gekrümmt, und ihre Zähne waren schlecht. Ein Gedanke blitzte in ihren Augen auf, und sie sagte: »Es ist gut, dass ich nie reich gewesen bin. Den Reichen fällt es schwer, dieses Leben zu verlassen. Der Trost des Alters ist den meisten versagt. Das Alter nimmt einem die Dinge, an die man sein Herz gehängt hat – und den meisten Menschen nimmt es überhaupt die Freude am Leben.«

»Wie meinst du das?«

»Nun, den süßen Geschmack des Lebens! Wenn du jung bist, schmecken alle Empfindungen süß, und alle Früchte sind köstlich. Aber wenn du älter wirst, verlieren sie ihren Liebreiz. Deshalb«, sagte sie leise, »bin ich froh, dass mein Leben niemals angenehm war. Jetzt muss ich mich nicht grämen, dass ich es aufgeben muss. Der barmherzige Gott wird sich um mich kümmern.«

Robin zögerte, dann fragte er: »Hast du niemals einen Mann geliebt, Kate?«

Ihre dunklen Augen hingen an ihm, und Stille schwebte einen Augenblick lang im Raum. »Doch, einmal habe ich es getan. Aber er hat eine andere geliebt.«

»Das tut mir leid.«

Sie bewegte ruhelos die Schultern und lachte. »Was wollen wir wetten, dass er mich geschlagen und in ein frühes Grab gebracht hätte!« Dann wurde sie ernst. »Und jetzt zu dir. Was ist mit dieser jungen Frau bei Hofe? Dorcas, wenn ich nicht irre?«

Robin fühlte, wie sich bei der Frage sein Gemüt verdüsterte. »Sie hat einen reichen Mann geheiratet, während ich fort war.« Bei seiner Rückkehr hatte er sich als Erstes auf den Weg zu Dorcas gemacht. Als er erfuhr, dass sie geheiratet hatte, hatten Zorn und Kummer ihn überwältigt. Aber die Leichtigkeit, mit der er sich wieder erholte, hatte ihn überzeugt, dass seine Liebe zu Dorcas nicht allzu ernsthaft gewesen war.

»Ah, ich verstehe. Hast du die Spensers besucht, seit du nach Hause zurückgekehrt bist?«, verlangte Kate zu wissen.

Robin blinzelte, dann biss er sich unwillkürlich auf die Lippen. »Nein, das habe ich nicht«, murmelte er. Er litt immer noch unter der Erinnerung daran, wie er eine Katastrophe über die Familie gebracht hatte. Im Lauf der Jahre hatte er tausendmal über seine Tat nachgedacht – und nie war es ihm gelungen, sie zu rechtfertigen. Obwohl der Hass gegen alles Katholische immer noch in seinem Herzen loderte, konnte er den Ausdruck auf Allisons Gesicht nicht vergessen, als ihre Mutter sie von ihm weggezerrt und ihn einen Mörder genannt hatte.

»Das Mädchen, deine kleine Allison, ist jetzt fast eine erwachsene Frau«, riss Kate ihn aus seinen Gedanken. »Eine Schönheit, aber sehr seltsam.«

»Seltsam? Wie das?«

»Nun, sie lebt so zurückgezogen wie ich! Ich habe sie in den Wäldern herumwandern sehen«, fügte Kate hinzu. »Manchmal bleiben wir stehen und unterhalten uns, aber es ist, als hätte sie eine Mauer um sich herum aufgerichtet. Sie wirkt ... verängstigt.«

Robin runzelte die Stirn. »Geht es der Familie wirtschaftlich besser?«

»Keine Spur! Manchen Leuten scheint alles zu verderben, was sie anfassen. So geht es John Spenser. Jetzt ist er obendrein noch krank.«

»Wie krank?«

»Er wird es nicht überleben«, sagte Kate rundheraus. »Manche Krankheiten kommen aus dem Fleisch, Junge. Aber manche beginnen im Herzen. Wenn es im Fleisch ist, können Heilmittel manchmal helfen. Aber wenn die Krankheit im Herzen sitzt, dann wird der Mann oder die Frau sterben. Es ist, als sagte das Herz dem Körper, er solle den Kampf aufgeben.« Kates Augen wurden scharf, und sie nickte kaum merklich. »Seine Frau gibt dir die Schuld daran, Robin. Sie sagte, du hättest sie mit einem Fluch belegt, und *ich* hätte es dir beigebracht.«

»Was für ein Unsinn!«, fuhr Robin ärgerlich auf. »Es ist nicht meine Schuld, dass sie das Gesetz übertreten haben!«

»Nein, aber wenn Bitterkeit ins Herz eines Menschen eindringt, dann findet er keine Ruhe, bis er jemandem die Schuld daran geben kann.«

Robin erhob sich beunruhigt. Er steckte die Fläschchen ein, die

Kate ihm für seine Großmutter gegeben hatte, und nickte ihr zu. »Es hat gutgetan, dich wiederzusehen. Ich schaue noch einmal vorbei, bevor ich wieder aufbreche.«

»Du gehst? Fährst du wieder zur See?«

»Nein, ich gehe an den englischen Hof.« Er schürzte mit einem trockenen Ausdruck des Widerwillens die Lippen. »Die Königin möchte immer noch ein Zierpüppchen aus mir machen – einen der Gecken, die dort ihre teuren Kleider zur Schau tragen.« Er streckte plötzlich die Hand aus und berührte die Perle, die an Kates linkem Ohrläppchen baumelte. Er grinste sie verlegen an. »Verkauf sie, wenn dir etwas anderes besser gefällt. Ich habe kein großes Talent dafür, Geschenke für Frauen auszusuchen.«

Kate betrachtete ihn feierlich, dann sagte sie mit gedämpfter Stimme: »Die werden mich ins Grab begleiten, Junge. Und jetzt komm wieder, sobald du kannst.« Sie folgte ihm zur Tür und beobachtete, wie er zum Waldrand hinüberging. Er wirkte sehr groß, als er so dahinschritt, den Hund an der Seite, und Kate hob langsam die Hand und berührte die Perle an ihrem Ohr. Sie wandte sich um, ging ins Innere des Hauses und hob den Spiegel auf, dann betrachtete sie lange und sorgfältig ihr Spiegelbild.

»Nicht auszudenken!«, flüsterte sie. »Er hat sie den ganzen weiten Weg übers Meer gebracht!«

★ ★ ★

Robin kam gerade noch rechtzeitig zu den Weihnachtsfeiertagen in Nonsuch Palace an. Nonsuch war einer von Elisabeths Lieblingssitzen, ein extravagantes Gebäude mit reichem Schmuck im Stil der Renaissance, das der Vater der Königin als Jagdschloss und Gästehaus für ausländische Besucher erbaut hatte. Hier ging Elisabeth mit Vorliebe auf die Jagd, wobei sie Kleider und Juwelen trug, die besser in ein offizielles Empfangszimmer gepasst hätten als zur Jagd, und auf ihrem Pferd so wild dahinstürmte, dass ihre erschreckten Gefährten oft erschöpft zurückblieben.

Bei jeder anderen Frau hätten die Männer es seltsam gefunden, so zu jagen, wie Elisabeth es tat, aber sie machten keine Bemerkungen über die Handlungsweise der Königin. Es war weit und breit bekannt, dass die Königin als fünfzehnjähriges Mädchen einem angeschossenen Hirsch die Kehle durchgeschnitten hatte – und sie hatte allen klargemacht, dass sie ohne jede Zimperlichkeit fortfahren würde, »die großen, fetten Hirsche mit meiner eig'nen Hand zu töten«.

Am Morgen nach seiner Ankunft erfuhr Robin, dass Königin Elisabeth selbst noch im Alter von siebenundvierzig Jahren mit bemerkenswerter Geschicklichkeit zu Pferde sitzen konnte. Er bemerkte das, als einer der Kämmerer ihn mit den Worten aus dem Bett jagte: »Ihre Majestät befiehlt, dass Ihr am Morgen mit ihr ausreitet.«

Robin langte in den Ställen an und sah, dass die Königin und ihr Tross bereits ihre Pferde bestiegen.

»Ach, der kühne Seefahrer ist vom Meere heimgekehrt!«, rief Elisabeth aus, als sie ihn sah. »Kommt, Sir, und erzählt mir von Eurem Abenteuer!«

»Mit Vergnügen, Euer Hoheit«, antwortete Robin und schwang sich in den Sattel eines kastanienbraunen Hengstes. »Guten Morgen, Sir«, begrüßte er Robert Dudley mit einer Verbeugung.

»Guten Morgen, Mr Wakefield«, sagte Dudley fröhlich. »Ich sehe, Ihr sitzt trotz der langen Seefahrt immer noch gut im Sattel. Immer noch ein wackerer Reiter.«

»Ach, es ist viel leichter, sich im Sattel zu halten als in der Takelage der Vormastes bei einem Sturm«, antwortete Robin. Er hatte seinen Gesichtsausdruck unter Kontrolle, aber beim Anblick des Paares war es ihm eisig über den Rücken gelaufen. In Gedanken hatte er Elisabeth und Dudley immer noch vor sich gesehen, wie sie bei ihrer ersten Begegnung ausgesehen hatten. Aber der Earl hatte Fett angesetzt, und seine Gesichtszüge waren grob geworden, sodass er älter wirkte, als Robin es sich jemals vorgestellt hatte. Der schlanke Höfling, der der Stolz des Hofstaats gewesen war, war verschwunden.

Und Elisabeth, dachte Robin, schien zehn Jahre gealtert zu sein.

Ich habe sie immer als eine Frau in mittleren Jahren vor mir gesehen – aber sie ist alt!

Es war deutlich zu sehen, dass die Königin schöne Kleider schätzte wie eh und je, denn sie trug eine schneeweiße Robe mit einem Saum aus Goldspitze. Robin hatte gehört, dass sie Weiß als besonders schmeichelnd für ihr alterndes Gesicht betrachtete. *Dabei hat sie gar keinen Grund, sich Sorgen zu machen*, dachte er, als er sie nun anblickte. *Ihre Haut ist so schön wie zuvor, und ihre Gestalt ist immer noch schlank.* Tatsächlich bewegte die Königin sich mit natürlicher Grazie und schien wie verwachsen mit der grauen Stute, auf der sie ritt.

Sie warf Robin einen Blick zu, als sie den Kopf ihres Pferdes zum Ausgang wandte und in flottem Trab zu reiten begann. »Euer Onkel, Sir Thomas, hat es nicht geschafft, ein spanisches Schatzschiff zu kapern«, rief sie ihm vorwurfsvoll zu.

»Nein, ich bedaure, es sagen zu müssen, aber wir hatten keine Chance, eines von Philipps Schatzschiffen in die Hände zu bekommen«, sagte Robin. »Aber beim nächsten Mal werden wir es besser machen, Euer Majestät.«

»Werdet Ihr wieder zur See fahren?«, erkundigte sich Dudley.

»Sobald mein Onkel in See sticht, Mylord.«

Aber Elisabeth warf ihm einen durchdringenden Blick zu. »Wir möchten Euch gerne ein Weilchen bei Hofe sehen, Mr Wakefield.«

Robin sank der Mut. Dennoch lächelte er. »Was gibt es Besseres für einen jungen Mann, als im Sonnenschein der Zierde des Himmels zu stehen?« Er hatte diese Rede genauso einstudiert wie mehrere andere, obwohl er seine Zweifel daran hatte, dass die Königin ihm dieses leere Geschwätz abkaufen würde. Sie glaubte es aber tatsächlich, und nun schenkte sie ihm ein strahlendes Lächeln. Er musste an seine Tage bei Hofe denken, als Raleigh, Dudley und Essex miteinander wetteiferten, wer der alternden Königin die ausgefallensten Komplimente machen konnte.

Dudley warf Robin einen raschen Seitenblick zu, dann lächelte er. »Es überrascht mich, dass Ihr gelernt habt, hübsche Reden zu halten.

Das Leben auf einem Kriegsschiff ist üblicherweise kein guter Nährboden für Poesie.«

»Das Thema ist es, das die Poesie hervorbringt, Sir Robert«, antwortete Robin prompt.

Elisabeth lachte und warf den beiden Männern einen schelmischen Blick zu. »Nun, Robin – will sagen, *Robert* –, gib dich damit zufrieden, dass dieser junge Bursche eine flinke Zunge hat. Er wird eine willkommene Bereicherung unseres Hofes sein.«

Später, als sie heimwärts ritten, gesellte sich Dudley zu Robin, der am Ende des Zuges ritt. Er erkundigte sich genauer nach Einzelheiten der Reise der *Falke*. Robin wusste bereits, dass er ein scharfsinniger und in gewisser Hinsicht sogar ein weiser Mann war. Seine Fragen waren präzise und treffend, und schließlich schüttelte er beinahe traurig den Kopf. »Krieg mit Philipp erwartet uns, fürchte ich.«

»Er wird es niemals wagen, Drake und Hawkins herauszufordern!«

»Ich wünschte, Ihr hättet recht, aber wir wissen, dass eine riesige Flotte von Kriegsschiffen in Spanien gebaut wird. Unsere Agenten berichten uns, dass sie im Rekordtempo gezimmert werden. Wenn es genug davon gibt, werden sie nach England kommen.«

»Die *Dons* werden Sir Francis niemals eine Niederlage beibringen!«

»Ihr bewundert Drake? Aber natürlich tut Ihr das, und ich ebenfalls. Aber selbst Drake kann keine Wunder wirken. Philipp wird es nicht einfach hinnehmen, was wir ihm auf See angetan haben.«

Die beiden Männer sprachen über den drohenden Krieg, aber Robin hatte keine Angst. Er war jung und von grenzenlosem Mut erfüllt. Sir Robert Dudley wusste jedoch, dass Königreiche so schnell zu Fall kommen können wie einzelne Menschen – und ebenso tragisch.

Die Gesellschaft blieb während des größten Teils der zwölf Tage vor Weihnachten in Nonsuch, zog aber für den Rest der Feiertage nach London. Der Palast war überfüllt, jedes Kämmerchen gerammelt voll mit Lords und Ladys. Kostüme mussten anprobiert und die richtigen Accessoires hervorgesucht werden. Die Zuckerbäcker buken in wilder Eile genug Weihnachtskuchen, in denen je eine Perle versteckt war, um den Appetit der Gesellschaft zu befriedigen.

Robin fand keine Gelegenheit für ein weiteres Gespräch mit der Königin und bekam die Zeremonien satt. In der zwölften Nacht betrat er die große Halle, die im charakteristischen Glanz von Kerzenlicht erstrahlte. Er hatte gehört, dass zehntausend Pfund Wachs für das Schauspiel zur Verfügung gestellt worden waren, aber er bemerkte auch, dass die oberen Regionen der Balkendecke in Schatten gehüllt waren. Er war sich dessen bewusst, dass draußen, jenseits der Wärme und des Lichts der Halle, der Winter lauerte.

Wie sagte doch der alte norwegische Barde? Das Leben ist ein verirrter Sperling, der seinen Weg in eine Halle wie diese hier gefunden hat und einen Augenblick lang Glück und Frieden gefunden hat – aber allzu schnell war er wieder draußen in der Kälte und starb.

Er holte tief Atem, schüttelte seine Depression ab und ließ sich von einer der Hofdamen zum Tisch ziehen, als das Fest begann. Sie war eine Schönheit mit Augen wie Schlehen, und Robin fühlte sich von ihr angesprochen. Drei Jahre waren vergangen, seit er zuletzt in Gesellschaft von Frauen gewesen war, und er genoss es, in ihre dunklen Augen zu blicken.

Das Fest übertraf alle Vorstellungen. Die Köche, Meister ihres Faches, ließen drei verschiedene Gänge auftragen, von denen jeder aus fünfundzwanzig verschiedenen Speisen bestand. Es gab zwanzig große Weihnachtskuchen, einen für jeden Tisch. Der kunstvollste wurde der Königin auf einem Tablett aus Elfenbein serviert. Er hatte Türme und Zinnen und ein Schachbrettmuster – ein genaues Abbild des Palastes.

An Robins Tisch schnitt Lord Huntingdon den Kuchen auf und reichte die mit Früchten gefüllten und glasierten Schnitten herum. Robin biss zaghaft in seine Portion – allzu viele Leute hatten schon einen Zahn verloren, weil sie auf die Perle im Inneren gebissen hatten. Er hielt nichts von dem Aberglauben, dass derjenige, der die Perle bekam, ein Jahr lang Glück haben würde, aber er genoss das köstliche Gebäck.

»Oh, ich habe sie!«

Das Mädchen mit den Schlehenaugen quiekte auf und drängte sich eng an Robin. Sie lächelte ihn an, und Robin fragte sich, ob sie wusste, welche Wirkung sie auf ihn ausübte. Er blickte ihr in die Augen und kam zu dem Schluss, dass in ihrer Koketterie keine Absicht lag, denn sie hatte den großäugigen Blick der Unschuld. Dennoch schenkte sie ihm den ganzen Abend lang heiße Blicke und lehnte sich oft an ihn, wenn sie mit ihm sprach. Schließlich beugte sie sich dicht zu ihm und flüsterte ihm ins Ohr: »Wie warm es hier drinnen geworden ist, findet Ihr nicht?«

Er nickte leicht, und sie lächelte. »Ich glaube, ich werde hinausgehen und mich erfrischen.« Sie erhob sich, immer noch lächelnd. »Ich hätte nichts gegen Gesellschaft«, sagte sie mit gedämpfter Stimme, sodass nur er es hören konnte, dann wandte sie sich um und verließ den Raum.

Das Blut rauschte Robin in den Adern, als er eine Bewegung machte, ihr zu folgen. Bevor er das jedoch tun konnte, schnitt eine befehlende Stimme durch den Lärm des Banketts: »Robin, kommt hierher!«

Er warf einen gequälten Blick auf die dunkelhaarige Schönheit, die sich entfernte, dann wandte er sich um und ging zur Königin. Elisabeth hatte das Gespräch zwischen Wakefield und dem jungen Mädchen beobachtet und hatte gesprochen, um das Netz zu zerreißen. Die jungen Männer ihres Hofstaates sollten ihre Aufmerksamkeit ihr, der Königin, zuwenden und niemand anderem.

Als Robin sich zu ihr setzte, blickte sie in die Runde. »Lasst mich mit Mr Wakefield unter vier Augen sprechen«, sagte sie und lächelte über den Ausdruck von Ärger auf den Gesichtern der Lords, die in der Nähe saßen. Aber sie erhoben sich augenblicklich und gingen fort.

»Ihr habt mir Feinde gemacht, meine Königin«, bemerkte Robin.

»Eurer Gegenwart beraubt zu werden, ist eine Beleidigung, die kein wackerer Mann ungestraft hinnehmen wird!«

»Keine Duelle!«, warnte Elisabeth. »Gebraucht all die harten Worte, die Euch belieben, aber ich kann auf keinen einzigen Mann verzichten.«

Robin fühlte sich unbehaglich, bemühte sich aber, es sich nicht anmerken zu lassen, während Elisabeth hastig zu sprechen begann. Er schaffte es, sich im Gespräch wacker zu halten, wobei er reichlich von Komplimenten Gebrauch machte. Als er eine weitere Bemerkung über das Vergnügen, sich in der Gesellschaft der Königin zu befinden, machte, fragte er sich, wie sein Großvater diese Worte wohl aufgenommen hätte. Ein Stich fuhr ihm durchs Herz, und etwas davon musste sich wohl auf seinem Gesicht widergespiegelt haben, denn die Königin wurde ernst.

»Ihr seht traurig aus, Robin. Liegt es daran, dass Ihr Euren Großvater vermisst?« Als er schweigend bejahte, nickte sie. »Ich vermisse ihn auch.« Ein Seufzer drang über ihre Lippen, und sie wirkte einen Augenblick lang abgekämpft. »Ich brauche jeden Mann, der treu zu mir steht, und das tat Myles Wakefield!«

»Ja, das und noch viel mehr. Wir werden seinesgleichen nicht wiederfinden, Euer Majestät.«

Elisabeth richtete plötzlich ihre blassen Augen auf Robin und hielt seinen Blick fest. »Ihr wisst, welchen Dienst er mir erwiesen hat?«

Robin wusste sofort, was sie meinte. »Ihr sprecht von Maria von Schottland?«

»Ja. Es war eine Pflicht, die nie nach seinem Herzen war, aber er klagte kein einziges Mal.« Die Musik schwebte durch die Halle, und Elisabeth summte eine Melodie mit. Dann blickte sie ihm voll ins Gesicht. »Ich habe einen guten Freund verloren, und das bekümmert mich. Aber vielleicht kann sein Enkel den Verlust wiedergutmachen. Werdet Ihr mir helfen, Robin?«

In diesem Augenblick begriff Robin, wie Elisabeth es schaffte, England zu regieren. Andere, die die Krone trugen, waren rasch gestürzt – selbst jene, die machtvoll und klug waren. Aber diese Frau hatte länger auf dem Thron gesessen als die meisten von ihnen, und Robin begriff jetzt, dass es daran lag, dass sie Macht über Männer hatte.

Er konnte sich nicht vorstellen, dass ein Mann sein Leben dafür geben würde, Elisabeth zu besitzen – sie war selbstherrlich, diktatorisch, und gelegentlich wirkte sie beinahe kalt; dann schien ihr jene Leidenschaft zu fehlen, die in den Augen eines Mannes fast alles andere ersetzen konnte, wenn sie nur stark genug war. Aber sie hatte andere Eigenschaften, die die Bewunderung und Begeisterung von Männern hervorriefen. Bleich und zerbrechlich, glitzernd von Juwelen, in einem langen, eng geschnürten Mieder und schlampigen Röcken, die nur auf eine Gartenwiese zu passen schienen, erregte sie jene Männer, deren Ehrgeiz so groß war wie ihr eigener.

Nun konzentrierte sich dieser Machtwille auf Robin, und Elisabeth flüsterte von Neuem: »Wollt Ihr mir mit Maria helfen?«

Kein Befehl hätte Robin weniger willkommen sein können! Er hatte seinen Großvater häufig begleitet, wenn er die abgesetzte Königin besucht hatte, und hatte sich jedes Mal schrecklich gefühlt. Nun protestierte er: »Oh, Euer Majestät, ich bin ungeeignet für eine solche Aufgabe!«

Aber Elisabeth kannte ihre Macht und legte ihre dünne, wohlgeformte Hand auf seine. »Maria würde mir das Leben nehmen, wenn sie könnte. Sie hat schon mehr als einmal versucht, mich meuchlings ermorden zu lassen. Ich brauche Eure Hilfe, Robin.«

Er fühlte, dass er in ein Netz gezogen wurde, in dem Gefahr lauerte. Alles in ihm verlangte danach, Einspruch zu erheben, aber als er Elisabeth ins Gesicht blickte, konnte er nur sagen: »Wie Euer Majestät wünschen.«

Elisabeth hielt seine Hand fest. »Ich weiß, Ihr sehnt Euch nach der See, und Ihr sollt eines Tages wieder zur See fahren. Das verspreche ich Euch!«

Dann wandte sie sich ab, und Robin erhob sich. Als er davonging, war sein Herz schwer bei dem Gedanken daran, was ihm bevorstand.

Als er das dunkeläugige Mädchen am Arm eines anderen sah, fühlte er nur einen kurzen Stich des Bedauerns.

Jetzt weiß ich, warum Großvater diese Aufgabe so sehr hasste! Gibt es etwas Widerwärtigeres, als eine Frau auszuspionieren?

So endete die zwölfte Nacht. Als Robin sich am nächsten Morgen erhob, um seinen Besuch bei Maria zu machen, hätte man kaum ein Herz in England finden können, das schwerer bedrückt war. *Elisabeth wird bald merken, wie ungeeignet ich für diese Aufgabe bin,* dachte er schwermütig. *Dann wird sie mir diese Aufgabe abnehmen, und ich kann zur See fahren!*

So tröstete er sich, während er aus London fortritt. Er bemerkte nicht einmal, dass der Ausdruck auf den mumifizierten Gesichtern, die auf Spießen auf dem Tower Gate steckten, kaum weniger trübselig war als sein eigener!

15

DIE SCHLINGE DES FALLENSTELLERS

»Beim Himmel, ich kann doch nicht ewig hier herumlungern!«

Sir Francis Walsingham schenkte Robin ein wohlwollendes Lächeln. »Wie viele junge Männer in England würden zehn Jahre ihres Lebens geben, um ›hier herumzulungern‹?«

Robin erhob sich und schritt unruhig vor dem massiven Eichenschreibtisch des Sekretärs auf und ab. Er hatte schon vor langer Zeit festgestellt, dass der Hof Elisabeths keine Anziehungskraft für ihn hatte, aber die letzten paar Wochen waren eine Qual gewesen. »Ich langweile mich zu Tode, Sir Francis!«, stöhnte er. »Schickt mich mit einem Auftrag fort. Lasst mich zu Maria gehen, wenn es schon sein muss.«

Walsingham nickte. »Euer Großvater war genauso«, bemerkte er nachdenklich. Er ergriff eine Schreibfeder und schrieb ein paar Worte auf ein Stück Papier. Das Eintreten des Dieners unterbrach ihn. »Der Rat ist versammelt, Sir Francis.«

»Sehr gut, Stafford.« Walsingham legte die Feder beiseite, dann erhob er sich und trat neben Robin. »Ihr werdet in Kürze Zeuge werden, wie Staatsmänner arbeiten, Mr Wakefield.«

»Sir?«

»Die Königin hat seit Tagen schreckliche Zahnschmerzen, und der Nation England sind Hände und Füße gebunden, bis etwas dagegen getan werden kann!« Walsingham schlug mit einer zornigen Geste die Hände zusammen. »Sie ist jetzt über vierzig und hat keine Kinder. Wer wird dieses Land regieren, wenn sie stirbt?«

»Ich frage mich, warum sie nie geheiratet und Kinder gehabt hat.«

»Sie wollte keinen Herrn über sich haben – darauf läuft es hinaus!« Walsinghams langes Gesicht wurde ernst. »Sie erlaubt niemandem, Entscheidungen zu treffen, daher bleiben alle Staatsgeschäfte liegen. Kaum ein Monat vergeht, ohne dass irgendeine Verschwörung gegen sie entdeckt wird. Ihr eigener Leibarzt, Lopez, wurde auf Tyburn gehängt, weil er versucht hatte, sie zu vergiften. Aber diese – diese eitle Frau ist nicht bereit, einen Nachfolger auf dem Thron zu benennen! Also haben wir keine Herrschaft, keine Sicherheit, keinen Erben. Aber die Leute begreifen nicht, in welcher Gefahr wir schweben. Alle sind sie betäubt von dem wunderschönen Bild ihrer jungfräulichen Königin, die mit ihrem Land verheiratet ist!«

»Elisabeth hat England in schweren Zeiten zusammengehalten«, protestierte Robin. »Eine Aufgabe, an der viele Männer gescheitert sind.«

»Ja, das stimmt. Und ich muss zugeben, das Bild ist tatsächlich wunderbar, selbst für meine Augen.« Walsingham nickte. »Aber in dem Augenblick, in dem sie stirbt, wird die Leinwand von oben bis unten, von einer Seite zur anderen, zerfetzt werden. Zum ersten Mal wird das einfache Volk – und ein paar der Hohlköpfe, die den Hofstaat bilden! – hinter das Gemälde schauen, und sie werden erkennen, dass wir keine Regierung haben!«

Robin war erschrocken. Er wusste zwar, dass Walsingham der einzige Mann in England war, der der Königin ins Angesicht hinein widersprach, aber er hatte ihn niemals so unverblümt sprechen gehört. »Und was haben die Zahnschmerzen mit der Frage der Thronfolge zu tun?«, fragte er.

»Sie hat mir versprochen, dass sie einen Nachfolger benennen wird, sobald die Zahnschmerzen vorbei sind.« Er lächelte grimmig. »Sie macht seit Jahren solche Versprechungen, Mr Wakefield, aber ich muss wirklich hoffen, dass sie es diesmal ehrlich meint.«

»Das hoffe ich auch.« Robin dachte einen Augenblick lang nach, dann sagte er: »Ich verstehe ein wenig von Kräuterkunde, Sir Francis. Vielleicht kann Knoblauchöl –«

»Oh, das haben wir hinter uns. Die Ärzte sind sich einig, dass der

Zahn nicht gerettet werden kann. Und wir haben kunstfertige Männer, die den Zahn ziehen können. Es wäre eine Gnade für die Königin, aber sie hat Angst. Sie lässt sich von niemandem anfassen.« Der grimmige Ausdruck auf dem Gesicht des Sekretärs heiterte sich plötzlich auf. Er lachte auf, zur großen Verblüffung Robins, der den Mann nie zuvor lachen gehört hatte, dann nickte er zufrieden. »Wie ich sagte, Ihr sollt Zeuge werden, wie Staatsmänner arbeiten.«

»Ich verstehe nicht, Sir Francis.«

»Nun, die Königin hat Angst, sich den Zahn ziehen zu lassen. Sie hat sich noch nie einen ziehen lassen, und ein wenig Angst ist nur natürlich. Es fiel mir soeben ein, dass wir *demonstrieren* müssen, dass die Operation relativ schmerzlos ist. Aber wie können wir das bewerkstelligen? Könnt Ihr mir das sagen?«

»Nein, das kann ich nicht.«

»Weil Ihr kein Staatsmann seid, junger Mann! Nun, die Sache ist ganz einfach, aber man muss ein Politiker wie ich selbst sein, um die praktische Lösung zu finden.« Walsingham lächelte breit, dann breitete er mit einer entschuldigenden Geste beide Hände aus. »Wir müssen die Königin beim Zahnziehen zusehen lassen. Sie wird sehen, wie schmerzlos es vor sich geht, und *voilà*! Dann wird sie zulassen, dass der Arzt ihr den Zahn zieht.«

Robin rieb sich nachdenklich das Kinn. »Nun, Sir, selbst ich kann die schwache Stelle in Eurem Plan sehen. Einen Zahn zu ziehen, ist nicht so einfach, wie Ihr es hinstellt. Ich habe starke Männer vor Schmerzen aufschreien gehört, wenn der Zahn sich als widerspenstig erwies.«

»Oh, das weiß ich, Sir, aber das geeignete Subjekt würde sich seine Schmerzen niemals ansehen lassen. Er würde schweigend leiden. Kein Zweifel, so etwas ist eine Täuschung, aber so ist die Politik nun einmal.« Er richtete seine dunklen Augen nachdenklich auf Robin. »Seht Ihr, worauf ich hinauswill?«

»Ich fürchte nein, Sir.«

»Nun, Ihr habt jede Menge Zähne, nicht wahr? Ein hübsches Gebiss! Ich habe sie schon oft bewundert. Und die Königin mag Euch.«

Robin starrte den Sekretär alarmiert an. »Ihr meint – *mein* Zahn?«

»Nun, Sir, Ihr würdet der Königin doch diese kleine Gunst nicht verweigern, nicht wahr? Andere geben ihr Leben auf dem Schlachtfeld für sie. Da könnt Ihr Euch doch gewiss von einem einzigen Zahn trennen?«

Wie betäubt starrte Robin den Mann an. Aber nur einige kurze Augenblicke lang. Dann nickte er langsam. »Wenn es getan werden muss, Sir Francis, dann bin ich bereit.«

Walsingham nickte erfreut. »Gut gemacht, Robin Wakefield! Wirklich gut gemacht. Euer Großvater wäre stolz auf Euch.« Dann klopfte er Robin auf die Schulter. »Aber Ihr müsst nicht so trübselig dreinschauen. Ich habe Euch nur geprüft. Das gehört zu meinem Beruf, fürchte ich. Wenn ich eine Gelegenheit sehe, den Mut eines Mannes zu prüfen – oder seine Ergebenheit –, kann ich nicht widerstehen.«

Robin war zum zweiten Mal völlig verblüfft. Dann schüttelte er verwundert den Kopf. »Ich würde niemals zum Politiker taugen, Sir Francis.«

»Nein, Ihr müsst der Königin auf dem Meer dienen, mein Junge. Überlasst die tückische Kunst der Politik alten Männern wie mir. Nun lasst uns zur Königin gehen. Die Operation wird an einem weitaus imposanteren Mann als Euch vorgenommen werden. Der Bischof von London wird als Demonstrationsobjekt für die Königin dienen.«

»Hat er schlechte Zähne?«

»Nein, mein Junge, seine Zähne sind so gut wie Eure eigenen – aber er hat uns in letzter Zeit eine Menge Ärger gemacht! Also habe ich ihn kurzerhand informiert, dass er aus dem Amt gejagt würde, wenn er der Königin nicht vorführen könnte, wie einfach das Zahnziehen ist!«

Robins Augen wurden groß. »Kann man einen Bischof denn wirklich so leicht loswerden?«

»Nun, es ist jetzt schwieriger als früher«, gab Walsingham zu. »Elisabeths Vater hätte ihm einfach den Kopf abhauen lassen. Aber es gibt

Möglichkeiten. Es gibt immer Möglichkeiten.« Er wandte sich zum Gehen, dann sagte er: »Ich habe den Bischof auch informiert, dass er sein Amt verlieren würde, wenn er zusammenzucken oder das geringste Anzeichen von Schmerz zeigen wird. Also kommt mit, mein Junge, Ihr könntet die Sache lehrreich finden.«

Robin fand die Operation tatsächlich lehrreich. Der Bischof, ein gewaltiger Mann mit einer mächtigen Stimme, ließ sich die Operation anscheinend gutwillig gefallen. Als der Zahn gezogen wurde, zeigte er keinerlei Unbehagen – obwohl er Walsingham einen Blick voller Hass zuwarf. Die Königin beobachtete die Operation sorgfältig, dann – überzeugt, dass der Bischof keinen Schmerz gespürt hatte –, stimmte sie zu, sich den Zahn ziehen zu lassen.

Als Robin Walsingham am nächsten Tag traf, fragte er trockenen Tones: »Ich bin beeindruckt von Euren staatsmännischen Künsten, Sir Francis. Ist alles erfolgreich verlaufen? Hat die Königin einen Thronfolger genannt?«

»Nein, aber ich habe Hoffnungen. Dergleichen Dinge bewegen sich langsam, mein Junge.« Er warf Robin einen aufmerksamen Blick zu, dann sagte er: »Geht zu Maria, Mister Wakefield. Ihr müsst nicht herausfinden, *ob* es eine Verschwörung gibt. Es gibt *immer* eine Verschwörung – seit diese Frau nach England gekommen ist, war es so! Versucht herauszufinden, wer diesmal darin verwickelt ist.«

»Ich werde mein Bestes tun, Sir, obwohl ich kein … Staatsmann bin.« Als Walsingham über seinen Gebrauch des Begriffs lächelte, fügte Robin hinzu: »Sie ist weitaus erfahrener als ich jemals sein könnte. Sie weiß, dass Ihr Agenten habt.«

»Ja, das weiß ich. Aber sie ist so gierig nach einer Krone, dass sie jeden Mann ausprobieren wird, der ihr ihrer Meinung nach helfen kann. Ich habe dafür gesorgt, dass sie von Eurer wachsenden Bedeutung bei Hofe gehört hat.«

»Bedeutung? Aber Sir, das stimmt nicht. Ich habe keine Bedeutung!«

»Vielleicht doch.« Walsingham betrachtete den jungen Mann nachdenklich, einen fragenden Ausdruck auf dem Gesicht. »Hübsche junge Männer haben an diesem Ort hier gute Chancen, Karriere zu machen. Seht Euch Essex an oder Hatfield. Je älter die Königin wird, desto lieber hat sie junge Leute um sich. Wärt Ihr ein, wie sollen wir es nennen, ein ›Staatsmann‹, so würdet Ihr weit kommen.« Als er den Abscheu auf Robins Gesicht sah, zuckte er die Achseln. »Aber Ihr seid nun einmal, wie Ihr seid, also muss ich Euch warnen, dass Maria Euch prüfen wird. Seid auf der Hut! Die Schlinge des Fallenstellers ist Marias liebstes Handwerkszeug. Sie hat schon viele Männer in ihr verderbliches Netz gezogen. Ihr wärt gut beraten, wenn Ihr nicht zulasst, dass Ihr zu einem ihrer Opfer werdet.«

★ ★ ★

Als Robin Schloss Tutbury betrat, überschwemmte ihn eine Welle von Erinnerungen, und die Nähe seines Großvaters schien beinahe körperlich fühlbar. Sooft er diese Tore früher durchschritten hatte, war Myles Wakefield an seiner Seite gewesen. Als er jetzt abstieg, überkam ihn ein Gefühl der Einsamkeit. Der trostlose Januarhimmel schien seinen Kummer noch zu verstärken, und er sehnte sich nach wärmeren, sonnigen Tagen – der Zeit, als sein Großvater noch bei ihm gewesen war.

Der Earl von Shrewsbury kam und begrüßte ihn am Eingang des mächtigen Hauses, also zwang er sich, seine düsteren Grübeleien zu verscheuchen. Er schob auch den Widerwillen beiseite, den er für seine Aufgabe empfand, und rief fröhlich: »Guten Morgen, Sir! Es ist lange her. Vielleicht habt Ihr mich vergessen –«

»Aber nicht im Geringsten, Mister Wakefield!«, antwortete der Earl. Er hatte Speck angesetzt, und Runzeln hatten sich in sein schmales Gesicht gegraben, seit die beiden einander zum letzten Mal gesehen hatten, aber er war immer noch sein lächelndes, liebenswürdiges Selbst. »Ihre Majestät wird außer sich vor Freude sein, Euch zu sehen, Sir! Sie vermisst Euren Großvater und hat oft von Euch gesprochen. Kommt herein, ich bringe Euch zu ihr.«

Robin lauschte dem Strom von Worten, die der Earl von sich gab, und erzählte in kurzen Worten, was er selbst in diesen letzten drei Jahren getan hatte. Ihm war bewusst, dass der Earl sich finanziell ruiniert hatte, indem er Maria und ihre kleine Armee von Dienern in seinem Haus aufnahm, aber er zeigte kein Anzeichen von Bedauern. *Wahrscheinlich hat er das Gefühl, dass es eine Ehre ist, königliches Blut zu beherbergen*, schätzte Robin.

Der Earl führte ihn durch die große Halle und die geschwungene Treppe hinauf, an die er sich so gut erinnerte, dann klopfte er an eine massive Eichentür. Ein Stimme antwortete kaum hörbar.

»Tretet ein.«

Als die beiden eintraten, sagte der Earl: »Heute gibt es etwas Besonderes für Euch, Euer Majestät. Seht nur, wer Euch besuchen kommt!«

»Na so etwas, Mister Wakefield!« Maria hatte an einem der hohen Fenster gesessen, aber nun erhob sie sich mit einer eleganten Bewegung und kam ihm mit ausgestreckter Hand entgegen. »Was für eine wunderbare Überraschung!«

Robin verbeugte sich und küsste ihre Hand, dann sagte er: »Ich habe Euch allzu lange warten lassen, Euer Majestät.«

»Das ist gewiss so!« Maria ließ den Blick über ihn schweifen, dann sagte sie mit offenkundigem Vergnügen: »Was für ein großer, hübscher Bursche seid Ihr doch geworden! Sir –«, sie wandte sich an den Earl, »seht zu, dass der Koch seine ganze Kunst an das Abendessen wendet! Wir haben einen überaus willkommenen Gast!« Dann wandte sie sich an Robin und lächelte. »Ihr müsst einfach über Nacht bleiben. Ich bestehe darauf! Oder sogar noch länger!«

»Es wird mir ein Vergnügen sein, Euer Majestät.«

Der Earl ließ sie allein, und Maria stellte Robin den drei jungen Frauen vor, die sich beim Eintritt der Männer erhoben hatten. Robin hatte kaum Zeit, ihre Namen zu hören, bevor Maria sie mit den Worten wegschickte: »Ihr werdet nachher noch genug Zeit haben, Euch mit Mister Wakefield zu unterhalten. Aber er und ich sind alte Freunde und haben viel zu besprechen.«

Sobald sie den Raum verlassen hatten, ging Maria zum Sofa und setzte sich. »Kommt und setzt Euch zur mir, Mister Wakefield. Oder darf ich Euch Robin nennen?«

»Aber natürlich, Euer Majestät.« Robin setzte sich neben sie, und als sie nach Einzelheiten seiner langen Seereise fragte, gelang es ihm, sie aufmerksam zu beobachten, während er seine Geschichte erzählte.

Maria, sah er, schien alterslos zu sein. Sie war beinahe vierzig, aber die Zeit schien keine Macht über sie zu haben. Sie war immer noch so reizvoll, wie er sie in Erinnerung hatte; ihre blauen Augen waren so klar wie immer, ihre Lippen rot und wohlgeformt. Sie trug ein Kleid aus dunkelblauer Seide, das ihre Augen vorteilhaft hervorhob, und eine Halskette aus roten Steinen, die an den meisten älteren Frauen zu grell gewirkt hätte, aber irgendwie der Haut dieser Frau einen leuchtenden Glanz verlieh. Das Kleid war mit Goldtuch gesäumt und tief ausgeschnitten. *Mit ihrer Schönheit und ihrer guten Figur wirkt sie viel reizvoller als Elisabeth*, dachte er plötzlich. *Sie wirkt so jung!*

Die beiden saßen lange Zeit beisammen und unterhielten sich, und Robin fühlte, wie er sich entspannte, als Kuchen und Wein hereingebracht wurden. Während sie aßen, sagte Maria plötzlich: »Ich vermisse Euren Großvater sehr.« Sie hatte Wein aus einem Kristallbecher getrunken, aber nun setzte sie den Becher ab und blickte Robin an. »Ich bin nun seit zwölf Jahren hier eine Gefangene, und in vieler Hinsicht war es ein hartes Leben. Aber wenn ich an die guten Dinge denke, die ich hier erlebt habe, dann zählt die Erinnerung an ihn zu den schönsten.«

»Wie gut von Euch, das zu sagen, Euer Majestät«, antwortete Robin. Er wusste, dass die Frau zu List und Tücke fähig war, aber irgendwie spürte er, dass sie es aufrichtig meinte.

»Ich sage nur die Wahrheit. Er war ein ehrenhafter Mann, und ich schätzte ihn mehr, als ich in Worte fassen kann.«

Wider Willen spürte Robin, wie dieses Lob für seinen Großvater sein Herz erwärmte – wie Maria es vorausgesehen hatte. Wenn die Schottin sich auf eines wirklich verstand, dann war es die Kunst, ihre Worte so zu setzen, dass sie Wertschätzung und Treue in einem

Mann wachriefen. Genau das hatte sie mit diesem jungen Mann vor, denn sie war zu dem Schluss gekommen, dass er sich als sehr nützlich erweisen konnte.

Als der Nachmittag zur Neige ging, stellte Robin überrascht fest, dass er die Zeit mit Maria genossen hatte. Aber als er ihr sagte, dass er sich nun verabschieden müsste, schien sie traurig zu werden.

»Ich bin sehr einsam hier, Robin«, sagte Maria, als sie sich erhob. »Könnt Ihr nicht eine Woche bleiben? Wir haben Pferde und Falken. Ihr würdet mir eine große Gunst erweisen.«

Geschmeichelt von ihrem offenkundigen Verlangen, ihn in ihrer Nähe zu haben, dachte er einen Augenblick nach, dann sagte er: »Nun, ich muss bald nach Hause, um dort einen Besuch abzustatten, aber vielleicht einen Tag oder zwei …«

»Ein Tag oder zwei« dehnte sich auf einige Tage aus, und er stellte fest, dass Maria von Schottland eine angenehme Gefährtin war. Sie hatte eine beträchtliche Anzahl von Dienern, aber alle waren auf die kleine Welt von Tutbury beschränkt. Besucher kamen und gingen; die meisten davon waren Robin fremd. Aber er verbrachte jeden Tag und an den meisten Abenden Zeit mit seiner Gastgeberin. Im Verlauf dieser Tage tat er sein Bestes, irgendetwas zu entdecken, das Walsingham von Nutzen sein konnte, aber in dem, was er sah und hörte, waren kaum Anzeichen von Gefahr zu entdecken.

Dann, an einem Mittwochabend nach einer erlesenen Mahlzeit, die er unter vier Augen mit Maria genoss, entdeckte er einen Charakterzug an der schottischen Königin, von dem er bis dahin nichts bemerkt hatte. Sie hatte ihn gebeten, ein Sofa vors Feuer zu rücken, damit sie sich zusammensetzen und miteinander reden konnten. Die Diener wurden fortgeschickt, und Robin, der ein üppiges Abendessen und vielleicht ein oder zwei Gläser Wein zu viel genossen hatte, saß neben ihr und sprach vom Meer. Er wusste, dass Maria eine gute Zuhörerin war, also war er nicht überrascht, dass sie schwieg und ihm nur gelegentlich eine Frage stellte.

Sie ließ ihn die goldenen Becher von Neuem mit Wein füllen, und als Robin sich zurücklehnte, wurde ihm bewusst, dass er sich überaus wohlfühlte. Die tanzenden gelben Flammen warfen unruhige Schatten an die Wände. Er saß Maria gegenüber, deren Augen das bernsteinfarbene Licht widerspiegelten. Schließlich murmelte er: »Ich muss morgen heimkehren, Euer Majestät. Ich bin schon zu lange geblieben.«

Maria rückte näher heran – so nahe, dass er in dem zarten Duft ihres Parfüms versank. Sie liebte Rosenduft, aber in das Parfüm mischte sich der Duft der Frau selbst – ein Duft, der üppig und berauschend war. Robin blickte sie alarmiert an. Was hatte sie vor?

Ihre Augen waren groß und leuchtend im Halbdunkel, als sie ihn anblickte. »Geht nicht, Robin«, flüsterte sie. Sie beugte sich zu ihm und schmiegte sich an seinen Arm. Das smaragdgrüne Kleid, das sie trug, ließ ihre Haut noch leuchtender erscheinen. Ihr Blick, ihre Nähe erregten ihn – und plötzlich verstummte die Stimme der Vorsicht, die in seinen Gedanken Alarm geläutet hatte.

Der Wein und die Situation taten das Ihre, und er tat, was er nie erträumt hätte. Er schlang die Arme um sie, zog sie an sich und küsste sie. Ihre Lippen waren weich unter den seinen, und ihre Arme glitten um seinen Nacken und zogen ihn näher heran.

Er vergaß alles – wer und was sie war, seine Rolle und seine »Pflicht« –, und seine Arme umschlangen sie fester.

Plötzlich zog sie sich zurück und keuchte: »Nein! Ich darf nicht!«

Robin griff nach ihr, so erregt von ihrer Umarmung, dass er nicht klar denken konnte. Aber sie legte die Hand auf seine Brust und hielt ihn auf Distanz. Einen Augenblick dachte er, sie sei nahe daran, sich ihm zu ergeben –, dann schüttelte sie den Kopf und legte die Hand auf seine Lippen. »Bitte, Robin, wir müssen einander erst besser kennenlernen, bevor – «

Sie unterbrach sich, aber Robin verstand die Andeutung und griff von Neuem nach ihr. Sie schob ihn jedoch von sich.

»Ich – ich finde Euch sehr reizvoll«, sagte Maria mit stockender Stimme, dann versank sie in Schweigen, als sei ihr etwas eingefallen. »Ihr seid jünger als ich, aber Ihr habt etwas an Euch, das ich – beinahe unwiderstehlich finde.«

»Warum wollt Ihr widerstehen?«, verlangte Robin zu wissen.

»Weil ich keine freie Wahl habe«, sagte Maria. »Ich habe ein vom Schicksal bestimmtes Los, das weiß ich!« Dann ergriff sie leidenschaftlich seine Hände. »Manchmal habe ich das Zweite Gesicht oder etwas Ähnliches. Dinge erscheinen mir, Dinge, die in Zukunft geschehen werden.« Ihr Griff wurde fester, und ihre Augen schienen ihn festzuhalten. »Ich spüre es jetzt … mag sein, dass das Schicksal Euch und mich aneinandergekettet hat.«

Vom Wein betäubt, wie er war, fühlte Robin doch einen Schauder naher Gefahr. »Aneinandergekettet? Wie denn?«

»Ich weiß es nicht.« Sie beugte sich vor, drängte sich an ihn, hob ihre Lippen. Nachdem er sie geküsst hatte, stand sie auf und trat einen Schritt zurück. »Eines Tages werde ich sein … was ich jetzt nicht bin. Irgendwie fühle ich, dass Ihr dann in diesem Land eine weitaus höhere Stellung einnehmen werdet als gegenwärtig. Ihr müsst jetzt gehen, aber vergesst diesen Augenblick nicht. Ich weiß, dass ich ihn jedenfalls nicht vergessen werde.«

Robin starrte sie an und erkannte das rätselhafte Licht, das in ihren blauen Augen glomm. »Ich – ich sollte jetzt heimgehen, Euer Majestät.«

»Nennt mich Maria, wenn wir allein sind, aber lasst ein paar Tage verstreichen, ehe das wieder der Fall ist.« Sie schüttelte den Kopf. »Ich traue mir selbst nicht, wenn Ihr in meiner Nähe seid. Geht jetzt, bevor ich –«

Sie brach ab und wandte sich von ihm ab, aber Robin trat an sie heran, ergriff ihre Hand und drückte einen Kuss darauf, dann verließ er sie. Er stolperte in sein Zimmer, kleidete sich aus und fiel ins Bett, bis ins Tiefste erschüttert von der Begegnung. Stundenlang warf und wälzte er sich herum, unfähig, die glühende Leidenschaft zu vergessen, die ihn erfasst hatte – und die, wie er spürte, auch in Maria von Schottland loderte.

Aber nachdem er in unruhigen Schlaf gesunken war, träumte er von seinem Großvater – und Myles Wakefields Gesicht war grimmig, ohne die Spur eines Lächelns.

✦ ✦ ✦

»So habt Ihr also eine ganze Woche mit ihr verbracht, eh?« Sir Francis Walsingham hatte Robin bei seiner Rückkehr augenblicklich eine Audienz gewährt, und er hörte sich den Bericht des jungen Mannes mit einem seltsamen Ausdruck in den Augen an. Als Robin zu Ende gekommen war, bemerkte er nachdenklich: »Und seid Ihr – ihr *sehr* nahegekommen?«

Die Bedeutung der Worte war nicht misszuverstehen, und obwohls Robins Haut noch von der langen Seereise gebräunt war, spürte er, wie ihn eine heiße Welle durchrann und die Röte sein Gesicht bedeckte. Einen Augenblick war er nahe daran, dem hochgewachsenen Mann, der ihn grübelnd betrachtete, mit scharfen Worten zu kommen, aber er begriff augenblicklich, dass er jeden intellektuellen Kampf mit Sir Francis verlieren würde.

»Nein, Sir, das habe ich nicht getan!«, sagte er nachdrücklich. Er versuchte Walsinghams ruhigem Blick standzuhalten, stellte aber fest, dass er es nicht zustande brachte. »Ich – das heißt, sie war ganz –«

Robin unterbrach sich verwirrt. Er hasste sich für seine Handlungsweise, die ihm nun schrecklich unrecht erschien. Er hatte eine ganze Woche in Tutbury verbracht. Jede Nacht hatte Maria mit ihm zu Abend gegessen. Und jede Nacht, so wurde ihm nun klar, hatte sie ihm Wein aufgedrängt, sodass er keine Chance gegen sie hatte. *Ich war ein Narr! Sie hat mich nur benutzt!* dachte er. *Wahrscheinlich hat sie schon Männer dazu verführt, nach ihrer Pfeife zu tanzen, bevor ich geboren wurde.*

Als er den Jammer in den ehrlichen Augen des jungen Mannes sah, wurde Walsingham milder. »Nun ja, das war zu erwarten«, sagte er sanfter. Er strich seinen Bart und betrachtete Robins Gesicht nachdenklich. »Ich bin überrascht, dass Ihr es geschafft habt, Euch gegen ihren Zauber zur Wehr zu setzen. Nicht alle Männer waren so stark.«

Robin sagte leise: »Ich war ein Narr, Sir Francis. Aber ich – fühlte mich geschmeichelt von ihrer Aufmerksamkeit, nehme ich an.«

»Das wäre den meisten Männern so ergangen, also denkt nicht weiter daran.« Dann hielt er inne und warf Robin einen nachdenklichen Blick zu. »Oder vielleicht solltet Ihr das doch tun. Hat sie Euch eingeladen wiederzukommen?«

»Oh ja, Sir.«

»Dann geht wieder hin. Sie wird natürlich versuchen, Euch wieder um den Finger zu wickeln, aber jetzt seid Ihr klüger. Ihr könnt die Situation zu Euren Gunsten ausnutzen. Sie wird Euch große Dinge versprechen, wenn Ihr bereit seid, ihr zu helfen, Königin von England zu werden.« Als er das sagte, wurde das Gesicht des Staatssekretärs hart und entschlossen. »Aber das wird sie niemals sein!«

»Muss ich wirklich wieder hingehen, Sir?«, protestierte Robin schwach, aber als der Staatssekretär ihm erklärte, wie wichtig es sei, nickte er resigniert. »Ich werde mein Bestes tun, Sir.«

»Ihr seid ein wackerer Mann!« Walsingham strahlte ihn an. »Unsere Königin ist nicht unwissend, was Eure Bemühungen angeht. Sie wünscht einen persönlichen Bericht. Geht auf der Stelle zu ihr.«

»Ja, Sir Francis.«

Robin verabschiedete sich und hatte später am Nachmittag eine Audienz bei der Königin. Sie fühlte sich nicht wohl und empfing ihn in ihren Privatgemächern. Eine der Zofen arbeitete an ihrem Haar, aber sie schickte sie fort. Sobald die junge Frau den Raum verlassen hatte, befahl Elisabeth augenblicklich: »Erzählt mir von ihr.«

Robin, den der brüske Befehl verwirrte, begann beiläufig zu erzählen, geriet aber bald auf dünnes Eis. Er hatte vorgehabt, die weniger sittsame Seite seines Abenteuers zu unterschlagen, aber Elisabeth war noch hartnäckiger als Sir Francis. »Sie hat also versucht, Euch zu verführen«, sagte sie und starrte ihn aufmerksam an. »Und ist es ihr gelungen?«

»Nein, gewiss nicht, Euer Majestät!«

Elisabeth starrte Robin so lange forschend ins Gesicht, dass er die Hitze in den Wangen aufsteigen fühlte. Zu seiner Überraschung brach Elisabeth in Lachen aus. »Du liebe Zeit!«, rief sie aus. »Ich habe seit Jahren keinen Mann mehr erröten gesehen – und übrigens auch nicht viele Mädchen.« Als sie sah, dass der junge Mann tödlich verlegen war, winkte sie augenblicklich ab und lächelte sanft. »Macht Euch nichts daraus, Robin. Es ist gut zu wissen, dass in dieser dunklen Welt noch ein wenig Tugend existiert.«

»Ich bin nicht stolz auf mich, Euer Majestät. Ich habe keinen Verdienst daran, ihr widerstanden zu haben – und ich fürchte, ich habe Euch nur wenig Nutzen gebracht. Es stimmt, ich bin zu einfältig, um einer Eurer Agenten zu sein.«

»Unsinn! Ihr werdet sehen, wie wertvoll Ihr seid. Erzählt mir jetzt alles und lasst nichts aus. Ihr werdet überrascht sein, wie viel wertvolle Informationen ein simples Gespräch enthalten kann.«

Es war keine Sternstunde in Robins Leben, aber eine, an die er sich noch lange erinnerte. Die Königin von England hing an seinen Lippen, und als er zu Ende gesprochen hatte, nickte sie ihm zu. »Ihr habt gute Arbeit geleistet, Robin. Eines Tages werdet Ihr mehr als nur meinen Dank haben. Aber die Zeit drängt. Wollt Ihr nach Tutbury zurückkehren … für Eure Königin?«

Wenn Maria wusste, wie man den Körper eines Mannes in Flammen setzte, so wusste Elisabeth, wie man ein Feuer in seiner Seele entzündete! Obwohl Robin den Gedanken verabscheute, zu Maria zurückzukehren, nickte er. »Wenn Ihr es befehlt, Euer Majestät, will ich gehen.«

Elisabeth war erfreut. Sie streckte die Hand aus, und als er niederkniete und ihr die Hand küsste, lächelte sie. »Ihr seid Eurem Großvater sehr ähnlich. Wirklich sehr ähnlich.«

Als Robin am nächsten Morgen mit Anweisungen von Walsingham den Palast verließ, fühlte er sich deprimiert. Er hatte jedoch die Erlaubnis erhalten, seine Großmutter zu besuchen, und das munterte ihn auf.

Ich werde ihr die ganze Geschichte erzählen, entschied er. *Sie wird wissen, wie man mit dieser Frau umgehen muss.* Er stieß seinem Pferd die Fersen in die Flanken, und den ganzen Morgen dachte er an zwei

Frauen: Elisabeth die Königin, und Maria, die Frau, die gerne Königin gewesen wäre. Er wusste, wenn es Maria jemals gelingen sollte, den Thron von England zu besteigen, würden die Feuer von Smithfield von Neuem entzündet werden – genau wie jenes Feuer, das seinen Vater verbrannt hatte.

16

ALLISON

»Hör auf herumzutrödeln, Allison!« Martha Spenser betrat das Haus, das Gesicht gerötet vom Biss des scharfen Winterwindes. »Du hast noch immer nicht damit angefangen, das Essen zu kochen, wie ich es dir aufgetragen habe!«

»Es – es tut mir leid, Mutter«, antwortete Allison hastig. Sie erhob sich eilig von dem hölzernen Tisch und versuchte das schmale Büchlein, in dem sie gelesen hatte, in der Schürzentasche zu verbergen.

Aber die scharfen Augen ihrer Mutter waren zu flink. Sie trat an die Seite des Mädchens, packte ihren Arm, stieß die Hand in ihre Schürzentasche und zerrte das verräterische Büchlein heraus, wobei sie ausrief: »Du hast wieder gelesen. Ich hätte es mir denken können!« Sie hielt das Buch in die Höhe, starrte es an und keuchte: »Unglaublich – das ist eine Bibel!«

»Nur ein Teil einer Bibel, Mutter«, sagte Allison nervös. »Giles Horton hat sie mir geborgt.«

»Giles Horton hasst uns!« Sie wandte sich zum Feuer und wollte das Buch in die Glut werfen, aber Allison machte eine rasche Bewegung und hielt den Arm ihrer Mutter fest. Schockiert von dieser unvermuteten Reaktion, starrte Martha das Mädchen an. »So, siehst du, was dieses Lesen aus dir macht? Du rebellierst gegen deine eigene Mutter!« Sie hob die Hand und schlug Allison ins Gesicht.

Allison blinzelte, als der brennende Schlag sie traf. Ihre Augen wurden nass, aber es war nicht das erste Mal, dass ihre Mutter sie geschlagen hatte. Sie erschrak über ihr eigenes Tun, aber sie flehte verzweifelt: »Mutter, ich habe es nicht böse gemeint und Giles auch nicht. Bitte verbrenn es nicht. Lass es mich zurückgeben. Wenn du es verbrennst, müssen wir es bezahlen.«

Allisons Worte trafen ihre Mutter, denn im Haus Spenser musste jeder Penny zweimal umgedreht werden. Sie stand schon bereit, das verhasste Buch ins Feuer zu werfen, hielt aber noch einmal inne und wog die Befriedigung, es verbrennen zu sehen, gegen die Kosten ab – dann warf sie es dem Mädchen hin. »Dann sieh zu, dass du es zurückgibst. Und bring nie wieder ein protestantisches Buch unter dieses Dach, verstehst du?«

»Ja, Mutter.« Allison steckte das Buch in die Tasche, erleichtert, dass sie diesmal so billig davongekommen war. »Ich setze die Kartoffeln zum Kochen auf –«

»Vergiss es, ich tue es selbst.« Martha Spensers breites Gesicht nahm einen verbitterten Ausdruck an. »Mit dir ist ohnehin nicht zu rechnen, wenn es um's Arbeiten geht.« Ihr dünner, klagender Tonfall erfüllte den Raum. »Wo dein armer Vater krank ist und wir kaum genug Geld haben, könntest du wenigstens das bisschen, das wir haben, kochen.« Sie starrte in Allisons bekümmertes Gesicht und empfand Befriedigung bei dem Gedanken, dass das Mädchen sich elend fühlte. Da sie selbst eine unglückliche Frau war, schien sie am zufriedensten zu sein, wenn auch alle Menschen in ihrer Umgebung unglücklich waren. Nicht dass sie das bemerkt hätte, denn sie empfand sich selbst als eine gute Ehefrau und Mutter. Hätte ihr jemand die Wahrheit gesagt – dass sie ihren Gatten mit ihrer scharfen Zunge beinahe ins Grab gebracht und ihren Kindern das Leben zur Hölle gemacht hatte –, so wäre sie wütend gewesen.

Jetzt begann sie, mit den Pfannen zu rasseln, ließ nicht zu, dass ihre Tochter ihr half, und machte ihr bei jedem Atemzug Vorwürfe, wie faul und gedankenlos sie doch sei. Sie wetzte ein scharfes Messer und begann, das Hammelfleisch zu schneiden. Ihre Stimme klang winselnd, ihr Gesicht war gerötet. »Ich bin ja auch keine gesunde Frau. Wenn ich gesund wäre, würde es mir nichts ausmachen, meine eigene Arbeit und deine dazu zu machen! Aber wie es ist, komme ich kaum aus dem Bett mit meinen schmerzenden Gelenken, und du weißt, dass ich mich zuweilen halb zu Tode huste!«

»Es tut mir leid, Mutter. Ich werde es besser machen.« Allison schlüpfte an die Seite ihrer Mutter, um ihr beim Kochen zu helfen. Sie war sich qualvoll der Tatsache bewusst, dass ihre Mutter die gesündeste Person im Haus war. Stämmig, klein gewachsen und kraftvoll, brachte Martha Spenser alles zustande, aber sie hegte hartnäckig ihre eingebildeten Krankheiten und experimentierte mit Arzneien und Wunderkuren.

Allison warf einen Blick auf die großen, starken Hände ihrer Mutter und dachte an die zerbrechlichen, leberfleckigen Hände ihres Vaters. *Er ist es, der krank ist, nicht du, Mutter.* Der Gedanke ging ihr durch den Kopf, aber sie hätte es nie gewagt, etwas dergleichen laut auszusprechen. »Leg dich nieder und ruh dich aus, Mutter«, sagte sie stattdessen. »Ich werde das Essen fertig haben, bis Vater nach Hause kommt.«

»Vielleicht wird dann mein Kopfweh besser. Aber nicht, dass du dich wieder mit einem Buch hinsetzt und das Fleisch anbrennen lässt!« Sie verließ mit einem verletzten Gesichtsausdruck die Küche.

Dankbar, dass ihre Mutter sie allein gelassen hatte, machte sich Allison mit der Zubereitung des Essens zu schaffen. Ein graues Licht drang durch das hohe Fenster und warf einen schwachen Schimmer auf ihr Gesicht. Einmal trat sie ans Fenster, um hinauszusehen. Sie liebte die freie Natur und sehnte sich danach, das Haus zu verlassen und einem der Pfade zu folgen, die sich durch den Wald wanden. Aber sie hätte es sich nicht einfallen lassen, das auch wirklich zu tun.

Kurz darauf, während sie darauf wartete, dass die Kartoffeln kochten und ihre Schalen platzten, trat sie an die offene Tür und lauschte heimlich. Das sonore Schnarchen ihrer Mutter drang an ihr Ohr, und rasch holte sie die Bibel vom Tisch und öffnete sie.

»*Das ist das Johannesevangelium*«, hatte Giles ihr erklärt. »*Mister Tyndales Bibel. Achte darauf, dass du keine Flecken machst, sonst zieht mein Vater mir das Fell über die Ohren!*«

Giles hatte ihr schon oft eines der Bücher seines Vaters geliehen, aber nie zuvor eine Bibel. Das dünne Bändchen hatte das Mädchen fasziniert – und geängstigt! –, denn der Priester hatte sie gelehrt, dass es gefährlich sei, die Bibel zu lesen. »Nur jemand, der das Studium der Heiligen Schrift gelernt hat, ist geeignet, das Wort Gottes zu interpretieren«, hatte Vater Dailey ihnen immer wieder gesagt. Er sagte das frei heraus, aber unter vier Augen sagte er zu Allison: »Sieh dich doch um, Allison, was aus England geworden ist – ein Land der Ketzer! Und wie ist es dazu gekommen? Weil Heinrich VIII. anfing, die Bibel zu lesen. Vertrau der Mutter Kirche und den Priestern und Bischöfen und dem Papst, Allison! Lass nicht zu, dass du eine Todsünde begehst, weil du dich dazu verleiten lässt, eine Bibel in die Hand zu nehmen!«

Und dennoch … aus einem Grund, den das Mädchen selbst nicht begreifen konnte, fühlte sie sich von dem verbotenen Buch stark angezogen. Sie hatte leicht lesen gelernt, hatte sich die Fähigkeit dazu ohne Mühe erworben und schien einer der Menschen zu sein, die geradezu mit einem unstillbaren Hunger nach Wissen geboren werden. Ihr Vater ermutigte sie mehr oder weniger auf diesem Gebiet, während ihre Mutter keinen Einspruch erhob, solange sie ihre Arbeit tat. Sie hatte nur zu wenigen Büchern Zugang, denn niemand in der Familie war gelehrt, aber da sich Giles – und die Bibliothek seines Vaters – ganz in der Nähe befanden, war das nicht so problematisch, wie es unter anderen Umständen gewesen wäre.

Es war Giles gewesen, der ihr Interesse an der Bibel erweckt hatte, denn er hatte mit seiner eigenen Kenntnis der Heiligen Schrift geprahlt. »Ihr Katholiken kennt die Wahrheit über die Religion nicht«, hatte er Allison eines Tages verkündet. »Wir Protestanten lesen die Bibel selbst, daher wissen wir auch, was Gott von uns will.«

Allison, die zu sanftmütig war, um zu streiten, hatte um ein paar Beispiele gebeten, die Giles nicht gerade im Handumdrehen einfielen, denn um ehrlich zu sein – er war kein eifriger Leser. Er reizte jedoch ihre Neugier mit einigen Beispielen aus dem Evangelium des Johannes. Allison hatte einige dieser Geschichten vom Priester gehört, aber als die Tage verstrichen, begann brennende Neugier in ihrem Herzen zu wachsen. Schließlich bat sie Giles um eine Bibel. Er brachte ihr das Evangelium des Johannes und versprach, niemandem ein Wort zu verraten, dass sie sich das Buch ausgeliehen hatte.

Das Evangelium wurde Allison zu einem Schatz, denn es erweckte das Leben Jesu für sie zum Leben. Sie war immer ein frommes Mädchen gewesen, aber das Ganze hatte etwas Äußerliches an sich gehabt. Nun wurde der Jesus des Evangeliums für sie zu einem lebenden, fühlenden Wesen – ein wirklicher Mensch, der einst auf Erden gewandelt war. Sie brütete über dem Buch, fasziniert und bezaubert von Jesus, von seinem schlichten Wesen und seiner überströmenden Liebe für alle, die ihm begegneten.

Nacht um Nacht lag sie stundenlang in ihrem kleinen Zimmer im Dachgeschoss wach, hingerissen von dem Buch, und las beim Licht von Kerzenstümpfchen. Beim flackernden bernsteinfarbenen Licht schauderte sie in der Kälte, war aber so fasziniert von der Heiligen Schrift, dass sie es kaum bemerkte. Die Frau am Brunnen, der Jude namens Nikodemus, der Blindgeborene, Maria und Martha, der temperamentvolle Simon Petrus – sie alle marschierten aus den Seiten und drängten sich in ihrer kleinen, kalten Kammer.

Noch etwas anderes geschah, abgesehen von dem Vergnügen, das sie dabei empfand, die dramatischen Geschichten der Bibel zu lesen. Sie entdeckte, dass das Buch eine eigene Kraft in sich trug – eine Kraft, die sie in keinem anderen Buch, das sie je gelesen hatte, gefunden hatte. Die Worte schienen in ihrem Herzen und in ihrer Seele widerzuhallen, selbst wenn sie nicht tatsächlich las. Sie hatte immer ein gutes Gedächtnis gehabt, aber das Buch ließ sie auf unglaubliche Weise nicht mehr aus seinem Bann. Wenn sie arbeitete oder in den Wäldern spazieren ging, hörte sie Textstellen aus dem schmalen Buch in ihren Ohren nachklingen.

Eine Textstelle vor allem kehrte immer wieder in ihre Gedanken zurück, eine, die sie weder verstehen noch vergessen konnte. Jede Nacht las sie die Geschichte im sechsten Kapitel des Johannesevangeliums über die Speisung der Menge. Irgendetwas an dem Wunder, Tausende Menschen mit fünf Broten und zwei kleinen Fischen zu speisen, begeisterte sie. Sie zweifelte keinen Augenblick lang an dem Wunder, denn sie hatte von Kind an an die Macht Gottes geglaubt. Sie entwickelte ein mächtiges und lebendiges Bild der Szene: Die

Menge, die ruhelos umherwimmelte, die Jünger, die dicht neben Jesus unter dem flammenden Himmel Judäas standen, und vor allem der eine, der das Wunder vollbrachte.

Allison hatte eine lebhafte Fantasie, und als die Szene ihr immer wieder vor Augen trat, stellte sie sich Jesus auf eine Weise vor, die sie verblüffte. Sie hatte ihn sich immer als fern und unerreichbar vorgestellt. Aber als sie las, machte sie sich ein Bild des Mannes, müde und hungrig, schwitzend unter dem heißen Himmel …, am meisten aber entwickelte sie ein Gefühl für die Liebe, die von ihm ausströmte.

Er machte sich wirklich Gedanken um diese hungrigen Menschen, dachte sie erstaunt. Sie hatte gehört, dass Gott die Menschen liebte, doch diese schlichte Handlung des Erlösers – die Hungrigen zu speisen – holte ihn irgendwie aus einem vagen und fernen Himmel in die Realität der Erde herab. Aber es waren die Worte, die Jesus am Tag nach dem Wunder gesprochen hatte, die sich in die Seele der jungen Frau brannten: »*Ich bin das Brot des Lebens. Wer von diesem Brot isst, der wird leben in Ewigkeit.*«

Irgendetwas an dieser Feststellung faszinierte Allison. »Wie kann Jesus *Brot* sein?«, murmelte sie mehr als einmal laut vor sich hin. »Ich esse Brot bei Tisch, aber wie kann eine *Person* Brot sein?«

Wochenlang grübelte sie über diesen Vers nach. Zuweilen hatte sie das Gefühl, dass der Priester recht hatte, dass ein einzelner Mensch diese Dinge niemals verstehen konnte. Aber sie kehrte oft und oft zu dem Kapitel zurück. Dann, eines Nachts, als ihre Augen vor Müdigkeit tränten, erlebte sie etwas, das sie zugleich erregte und ängstigte.

Sie schob das Buch unter ihre Strohmatratze, blies die Kerze aus und zog die Bettdecke hoch, um sich zum Schlaf bereit zu machen. Ihre Hände waren steif vor Kälte, denn in dem Raum brannte kein Feuer. Sie wölbte den Rücken und schob die Hände darunter und genoss es zu fühlen, wie sie wärmer wurden. Sie hatte den ganzen Tag hart gearbeitet und war nicht nur schläfrig, sondern todmüde. Als sie allmählich in Schlaf versank, murmelte sie das Gebet, das sie als Kind gelernt hatte: »Gegrüßet seist du, Maria, voll der Gnaden –«

Aber plötzlich hielt sie inne – ihr wurde bewusst, dass sie nicht allein war! Sie riss die Augen auf und starrte in dem kleinen Raum wild nach allen Richtungen, überzeugt, dass eines ihrer Geschwister heimlich hereingeschlüpft war; aber der Vollmond warf Silberstrahlen durch das eine kleine Fenster und badete den Raum in kaltes Licht.

Hier ist niemand, dachte Allison und kämpfte den jähen Schrecken nieder, der sie gepackt hatte. *Ich habe nur geträumt. Vielleicht ist Mutter wach, und ich habe sie gehört.*

Aber als sie die Augen schloss und einzuschlafen versuchte, blieb das Gefühl bestehen. Es war völlig unähnlich jedem anderen Gefühl, das Allison je gehabt hatte – eine innere Gewissheit, dass *irgendjemand* sich im Zimmer befand. Die Stille hing schwer im Raum, denn Mitternacht war bereits vorbeigegangen, und alle im Haus gingen kurz nach Einbruch der Dunkelheit zu Bett, um Kerzen zu sparen. Ein hartnäckiger Windhauch flüsterte vor ihrem Fenster und schien beinahe das Haus mit fragenden Fingern zu streicheln. Aber was sie fühlte, war nicht der Wind, das wusste sie.

Dann dachte sie an die Warnung des Priesters, was die Bibel anging – und sie fühlte einen Stich jäher Furcht. *Vielleicht ist es der Teufel! Er kommt mich holen, weil ich die Bibel lese!*

Sie hatte viel vom Teufel gehört. Ja, oft schien es ihr, als sei Satan wirklicher als Gott selbst. Sie hatte mehr als eine alte Frau gesehen, die hingerichtet wurde, weil sie einen Pakt mit dem Teufel geschlossen hatte – ein Anblick, der sie jahrelang mit Albträumen plagte! Hexen und Zauberflüche gehörten zum Alltagsleben in England, und Allison zitterte an allen Gliedern, als sie da in der Stille des kleinen Raumes lag.

Sie versuchte zu beten, aber die Furcht war so übermächtig, dass sie nur ihr auswendig gelerntes Gebet flüstern konnte – was ihr überhaupt nicht half, denn das Gefühl, dass *jemand* in der Dunkelheit in ihrer Nähe war, wurde zusehends stärker.

Schließlich flüsterte sie: »Oh Gott, lass nicht zu, dass mich der Teufel holt!«

In diesem Augenblick ließ ihre Furcht plötzlich nach. Der Raum schien wärmer zu werden – aber es war, als käme die Wärme aus ihrem Inneren, nicht von außerhalb. Sie entspannte sich; sie wusste nicht, was mit ihr geschah, war jetzt jedoch überzeugt, dass es etwas Gutes war.

Lange Zeit lag sie ganz still, aufmerksam, und ließ die Stille andauern. Schließlich drangen Gedanken in ihre Seele, Worte, die sie immer wieder gelesen hatte:

»*Wahrlich, ich sage euch, wer an mich glaubt, der hat das ewige Leben. Ich bin das Brot des Lebens. Eure Väter haben Manna in der Wüste gegessen und sind gestorben. Dies ist Brot, das vom Himmel kommt, damit die, die es essen, nicht sterben. Ich bin das lebendige Brot, das vom Himmel gekommen ist. Wer von diesem Brot isst, wird ewig leben, und das Brot, das ich gebe, ist mein Fleisch, das ich für das Leben der Welt geben werde.*«

Es war, als könnte Allison die Worte tatsächlich hören, die sie oft gelesen und über die sie nachgegrübelt hatte, und wiederum fragte sie: »Aber wie kann ein Mensch wie Brot sein?« Dann – wie eine Antwort auf ihre Frage – tauchten die Worte in ihr auf:

»*Wahrlich, ich sage euch, wenn ihr nicht das Fleisch des Menschensohnes esst und sein Blut trinkt, habt ihr das Leben nicht.*«

Etwas von ihrer früheren Furcht kehrte zurück. »Was soll das bedeuten, Herr?«, flüsterte sie. »Wenn jemand kein Leben hat, ist er *tot*! Und ich will nicht tot sein!«

»*Wer mein Fleisch isst und mein Blut trinkt, hat das ewige Leben, und ich werde ihn auferwecken am Jüngsten Tag. Wer mein Fleisch isst und mein Blut trinkt, der bleibt in mir und ich in ihm. Wie der lebendige Vater mich gesandt hat, und wie ich dank des Vaters lebe, so wird der, der mich aufnimmt, um meinetwillen leben. Dies ist das Brot, das vom Himmel gekommen ist – nicht wie das Manna, das eure Väter gegessen haben und sind doch gestorben. Wer dieses Brot isst, hat ewiges Leben.*«

Als die Worte in ihrem Herzen widerhallten, begriff Allison plötzlich. Ihr Herz tat einen wilden Schlag, als sie mit lauter Stimme sagte: »Oh ja! Das heißt, wie ich Brot esse, um meinen Körper zu nähren, muss ich Jesus aufnehmen, um meinem Geist Leben zu verleihen!«

Eine gewaltige Welle der Freude überschwemmte die junge Frau, als sie über diese Wahrheit nachsann, und sie betete fast unwillkürlich ein schlichtes Gebet: »Herr, gib mir dieses Brot, denn ich hungere nach dir!«

Während sie betete, wurde Allison von einem Gefühl der … *Billigung* erfüllt – anders konnte sie es nicht beschreiben –, und sie war gewiss, dass Gott ihr Gebet erhört hatte! Wie sie da in ihrem schmalen Bett lag, begann sie leidenschaftlich zu beten. Die Worte quollen aus den tiefsten Tiefen ihres Herzens. Lange Zeit tat sie nichts anderes, als Gott zu preisen, und ihren Geist überschwemmte das Gefühl, Jesus ganz nahe zu sein. Er war nicht mehr jemand, der ihr ferne war, sondern eine warmherzige Gegenwart genau in diesem Zimmer mit ihr, und er liebte sie und akzeptierte sie.

Als dieses Gefühl der Liebe sie überschwemmte, begann Allison, Gott mit einer Leidenschaft zu preisen, die sie nie zuvor erlebt hatte. Bislang hatte sie die Zeremonien des Gebets aus Gehorsam auf sich genommen. Diesmal sprach sie mit einem Freund – und mehr als einem Freund, einem Erlöser, der etwas Wunderbares in ihrem Herzen bewirkt hatte. Sie schrie lautlos auf: »Oh Herr Jesus, lass mich mehr von dir haben. Erfülle jeden Teil meiner selbst.«

Alles Gefühl für Zeit schwand, und Allison hatte keine Vorstellung, wie lange sie in dieser Nacht gebetet hatte. Es wurde ihr bewusst, dass die menschliche Sprache zu schwach war, um die Wellen der Dankbarkeit für Gott auszudrücken, die in ihr aufwallten, und ihre Gebete wurden zugleich weniger – und mehr – als bloße Worte. Sie war ihr Leben lang ein stilles Mädchen gewesen, aber nun überkam sie eine Freude, von der sie nicht gewusst hatte, dass es sie überhaupt gab. Als sie betete, schien sie in Engelszungen zu reden! Ein Brunnen der Liebe schien in ihrem Herzen aufzubrechen, und sie fand Worte dafür wie nie zuvor, voll Anbetung und Lobpreis Gottes.

Schließlich sank sie in Schlaf, aber ihr letzter Gedanke war: *Nun werde ich niemals mehr Angst haben müssen!*

★ ★ ★

»Ich weiß nicht, was dieses Mädchen sich eigentlich denkt, John.« Martha Spenser hatte Allison vom Schlafzimmerfenster aus beobachtet und hatte mit einer Spur Verwunderung in der Stimme zu ihrem Gatten gesprochen.

John, der auf seinem Bett lag, konnte gerade noch seine älteste Tochter erkennen, die eben eine Gans rupfte. Sie sang leise vor sich hin, und ihr Gesicht trug einen zufriedenen Ausdruck.

»Was macht dir Sorgen, Marth-« Er unterbrach sich, als ein schrecklicher Hustenanfall ihn packte. Er krallte eine Hand in die Brust, und das Bett zitterte, als die Krämpfe seinen mageren Körper schüttelten. Martha wandte sich rasch ab, um einen Becher Wasser zu holen, und schließlich ließ der Husten so weit nach, dass er ein paar Schlucke trinken konnte. Er rang nach Atem und keuchte: »So oft mir das passiert, denke ich, dass ich sterben muss.«

Seine Frau starrte ihn an und begriff, dass er nicht mehr der kraftvolle Mann war, der er einmal gewesen war. Die Krankheit hatte sich schleichend entwickelt, aber der letzte Winter schien ihm das Mark aus den Knochen zu saugen. Seine Augen lagen tief in den Höhlen, und sein Mund war eine schmale, vom Schmerz verkrampfte Linie. Er sah ihren Blick und schüttelte den Kopf. »Jetzt bin ich wieder in Ordnung. Was ist los mit Allison?«

»Ach, wahrscheinlich gar nichts.« Martha setzte sich neben ihn und starrte zum Fenster hinaus das Mädchen an. »In mancher Hinsicht geht es ihr besser als je zuvor. Sie tut sogar ihre Arbeit, ohne sie zu vergessen.«

»Sie war immer ein gehorsames Kind, mehr als alle anderen.«

»Du nimmst sie immer in Schutz.« Die Frau neigte den Kopf und lauschte dem Lied, das leise zum Fenster hereindrang, dann schüttelte sie den Kopf. »Mach dir keine Gedanken, John. Aber sie läuft jetzt schon seit Wochen lächelnd und singend herum. Genau wie jetzt. Dummes Ding!«, schnappte sie. Ihre Augen waren von Zweifel umwölkt. »Ich weiß nicht, was es da zu singen gibt!«

John Spenser kämpfte einen weiteren Hustenkrampf nieder, der ihn zerrissen hätte, wie es ihm schien. Er lag schweigend da und wollte seiner Frau versichern, dass alles wieder in Ordnung kommen würde, aber in Wirklichkeit war er keineswegs sicher, dass irgendetwas gut werden würde. Seine Lebensumstände waren schon trist genug gewesen, bevor er bettlägerig wurde, aber nun war sein Leben eine einzige Katastrophe. Er hatte in den Haushaltsbüchern geblättert, bis ihm die Augen tränten, und versucht, einen Weg aus seinen Schulden heraus zu finden. Nun dachte er verzweifelt: *Wir sind verloren! Ich kann nicht arbeiten, und wir werden das Haus verlieren – wenn ich nicht vorher sterbe!*

»Nun, Frau«, sagte er schließlich, »ich bin froh, dass wenigstens das Mädchen glücklich ist.«

Martha starrte ihn an. Sie wollte sprechen, war aber nicht sicher, ob sie sollte. In den vergangenen Monaten hatte sie sich noch mehr Sorgen als gewöhnlich gemacht. Nun presste sie die Lippen zusammen, als packte sie eine unangenehme Arbeit an. »Was hältst du von Alfredos Angebot, John?«

Ihre Frage ließ augenblicklich ein besorgtes Licht in den Augen des kranken Mannes aufglimmen. Er bewegte seine mageren Schultern, blickte zur Decke hinauf, dann blickte er seine Frau an. »Ich glaube nicht, dass das Mädchen glücklich wäre.«

Jetzt, wo offen über die Sache gesprochen wurde, drängte Martha energischer. Sie hatte genau darüber nachgedacht, was sie sagen wollte, hatte es sogar geübt, als sie allein war. Sie wusste, dass sie mit harten und offenen Worten nichts erreichen würde. Also sprach sie mit gedämpfter Stimme. »Es ist sicher nicht das, was wir alle uns vorgestellt haben, aber wir müssen an die Familie denken. Allison muss heiraten. Wenn sie einen armen Bauern heiratet, wird sie schwer arbeiten müssen, jedes Jahr ein Kind bekommen und eine alte Frau sein, noch bevor sie dreißig ist. Möchtest du das?«

»Nein, natürlich nicht, aber –«

»Ich weiß, du machst dir Sorgen, sie in ein fremdes Land zu schicken – aber denk doch, was für Vorteile sie hätte.« Martha sprach in überredendem Ton und beugte sich voll Eifer vor. »Sie wäre die Frau eines reichen Mannes, und die Mitgift, die Señor Corona uns zugesagt hat, würde ausreichen, um das Haus abzuzahlen, und es würde noch ein schöner Batzen Geld übrig bleiben …«

John hörte zu, wie seine Frau weiterredete, und er fühlte, wie ihn Verzweiflung überkam. Er wollte nicht, dass seine geliebte Allison leiden musste, er wollte sie nicht mit einem Mann verheiraten, nur weil dieser reich war, aber seine Verzweiflung wuchs mit jedem Tag, der vorüberging.

Es war durchaus möglich, dass es nur einen einzigen Weg gab, wie die Familie überleben konnte: Allison musste einen Mann heiraten, den sie nicht liebte.

★ ★ ★

Draußen vor dem Haus hatte Allison die Gans fertig gerupft. Sie band den Sack, der mit feinen weichen Federn gefüllt war, zu, dann trug sie das Geflügel in den Hinterhof und machte es zum Kochen fertig. »Du wirst ein leckerer Bissen, daran habe ich keinen Zweifel!«, sagte sie fröhlich und hob den Vogel in die Höhe. »Vater wird seine Freude haben an einem saftigen Stückchen!«

Seit Wochen, seit der Nacht, in der sie Gott angerufen hatte, hatte Allison in einer anderen Welt gelebt. Sie ging natürlich immer noch zur Messe, aber das war nur eine kurze Zeitspanne ihres Gottesdienstes. Tatsächlich wachte sie jeden Morgen mit einem Gebet auf den Lippen auf, sang den ganzen Tag, während sie arbeitete, und fühlte eine solche Freude im Inneren, dass sie überzeugt war, der Vers im dritten Kapitel des Evangeliums müsste sich darauf beziehen, was ihr widerfahren war: »Ihr müsst von Neuem geboren werden.«

Oft flüsterte sie vor sich hin: »Das muss es sein, was mir geschehen ist. Ich fühle mich wie neugeboren!«

Nun hängte sie den schlaffen Kadaver der Gans an einen Pflock, nahm ihre Schürze ab und wusch sich Gesicht und Hände am Brunnen. Dann warf sie einen leichten Mantel über und ging zur Tür, wobei sie ausrief: »Mutter, ich gehe jetzt zur Mühle, um das Mehl zu holen. Ich komme bald wieder.«

Fünf Minuten später befand sie sich auf dem Pfad, der sich um das Dorf schlängelte. Wie gewöhnlich benutzte sie eine Abkürzung, die zwischen den hohen Bäumen hindurchführte. Der Frühling hatte die Erde berührt, die einen satten, erdigen Geruch ausströmte, und die Baumwipfel oben waren golden gefleckt. Vögel zwitscherten im Laub wie Sänger in einem Chor.

Allison sann über einen Bibelvers nach und war so in Gedanken versunken, dass sie den hochgewachsenen Mann nicht sah, bis sie beinahe mit ihm zusammenstieß.

»Oh!«, japste sie und wollte beiseitetreten, dann erkannte sie den Mann. Ihr Gesicht wurde bleich, und sie stand stockfsteif da, während sie ihn anblickte. »Mister Wakefield!«, stieß sie hervor. »Ich – ich habe Euch nicht gesehen.«

Robin hatte Kate Moody besucht und befand sich auf dem Heimweg. »Ich freue mich, dich zu sehen, Allison«, sagte er augenblicklich, aber dann hielt er inne. Er fand keine Worte. Zweimal seit seiner Rückkehr hatte er Allison in der Ferne gesehen, hatte aber keine Anstalten gemacht, mit ihr zu sprechen. Nun jedoch wusste er, dass er etwas sagen wollte, denn die Erinnerung an die Vergangenheit bedrückte ihn.

»Du siehst gut aus.« Er lächelte sie an und bemerkte, dass sie größer gewachsen war, als man erwartet hatte. Sie war kein Kind mehr, wie die schlanken Kurven ihrer Gestalt bezeugten. Ihr aschblondes Haar hing ihr beinahe bis zur Taille über den Rücken, und in der Aprilsonne glänzte es mit edlem Schimmer. Ihre violetten Augen waren immer außergewöhnlich gewesen, und nun sah er, dass sie groß und wohlgeformt waren. Die dunklen Wimpern ließen sie seltsam geheimnisvoll erscheinen. Ihr Gesicht war oval und hatte den kindlichen Ausdruck, an den er sich erinnerte, verloren. Ihre Lippen waren breit und beweglich, und ihr Kinn hatte eine klassische Form.

Robin schüttelte verwundert den Kopf. »Als ich dich verlassen habe, warst du ein kleines Mädchen«, sagte er mit Bewunderung im Blick, »und jetzt komme ich zurück und finde eine höchst attraktive Frau vor.«

Allisons klare Wangen erröteten bei seinen Worten, aber sie schüttelte den Kopf. Mehrere junge Männer hatten ihr dasselbe gesagt, aber sie fand keinen Grund, warum sie ihnen glauben oder über ihre Worte nachdenken sollte. »Ich – ich habe gehört, dass Ihr zurückgekehrt seid, Mister Wakefield«, sagte sie. »Hattet Ihr eine gute Reise?«

»Nenn mich doch Robin, Allison. Ja, ich hatte eine gute Reise.« Er blickte den Pfad entlang und fragte: »Gehst du zur Mühle?« Als sie nickte, sagte er rasch: »Lass mich mit dir gehen. Ich möchte dir etwas sagen.«

Allison warf unwillkürlich einen Blick auf ihr Vaterhaus, dann schüttelte sie den Kopf. »Es wäre besser, wenn ich nicht mit dir gesehen würde. Meine Mutter würde keine Freude daran haben.«

»Ich kann ihr daraus keinen Vorwurf machen, nachdem ich solchen Kummer über sie gebracht habe.« Seine Augen und seine Stimme flehten sie an. »Aber schenk mir bitte nur ein paar Minuten.« Als sie zögerte, sprach er rasch weiter. »Es ist nur, dass ich – nun ja, ich habe ein so schlechtes Gewissen deshalb, was passiert ist. Hasst du mich, Allison?«

»Oh nein!«

Ihr rascher Widerspruch führte dazu, dass er sich besser fühlte, und er lächelte sie an. »Das ist deine Art, das weiß ich, aber es ist süße Musik in meinen Ohren. Ich danke dir für deine Vergebung. Sie bedeutet mir mehr, als du wissen kannst. Es war für mich ... eine Quelle des Kummers, dass ich dich verletzt habe – und natürlich auch deine Familie. Nun erzähl mir von dir.«

»Es gibt nicht viel zu erzählen –« Allison brach ab, als ein jäher Impuls, Robin von ihrem neuen Wandel mit Gott zu erzählen, sie überkam, aber sie fühlte sich zu verlegen dazu. »Mein Vater war krank, und wir haben eine schwere Zeit hinter uns. Ich glaube, er fürchtet, dass wir unser Haus verlieren.«

»Das tut mir leid. Ich habe von seiner Krankheit gehört.« Robin bewunderte den sanften Schimmer ihrer glühenden Wangen, dann fuhr er fort: »Ich würde ihn ja besuchen, aber das wäre nicht klug. Ich werde aber mit meinem Onkel Thomas sprechen. Ich bin überzeugt, ihm kann irgendwie geholfen werden.«

Allison lächelte augenblicklich. »Oh, würdest du das tun, Robin?«
»Natürlich werde ich! Aber wie steht es mit dir?« Seine Augen zwinkerten fröhlich. »Die jungen Männer stehen wohl Schlange vor deiner Tür, oder?«
»Nein, Sir, das kann ich nicht behaupten.«
»Dann müssen sie schöne Dummköpfe sein!«, scherzte Robin. Dann ergriff er ihren Arm und sagte: »Komm, erlaube mir, dich zu begleiten. Ich bin nur ein paar Tage zu Hause, vielleicht eine Woche. Vielleicht könnten wir uns treffen und Wildblumen pflücken, wie früher.«
»Meiner Mutter wäre es nicht recht, Robin.«
Er betrachtete sie einen Augenblick lang schweigend. »Es kann dir doch nicht schaden, ein paar Blumen zu pflücken«, wandte er ein. Er warf einen Seitenblick auf ihr Gesicht und sah – oder jedenfalls schien es ihm, dass er es sah –, dass sie ihn auch gerne wiedersehen wollte. »Wir hatten doch immer so viel Spaß dabei, nicht wahr, Allison?«

Allison nickte. Sie dachte an die Tage, als sie ein Kind und Robin Wakefield der Traum ihres Herzens gewesen war. Nun war er ein hochgewachsener, kraftvoller Mann – und der bewundernde Blick in seinen Augen sagte ihr, dass er über ihre Weiblichkeit nicht hinwegsah. Bei dem Gedanken durchfuhr sie ein Blitz jäher Freude, aber sie schüttelte den Kopf. »Es tut mir leid, Robin. Ich kann den Wünschen meiner Mutter nicht zuwiderhandeln.«

Robin merkte, dass Drängen nichts bewirkt hätte, aber er war entschlossen, etwas für die junge Frau zu tun. »Ich möchte dich nicht drängen, deiner Mutter ungehorsam zu sein, Allison. Es ist recht und billig, seinen Eltern zu gehorchen.«

Allison kehrte mit einem Sack Mehl auf der Schulter in ihr Elternhaus zurück, und den ganzen Tag lang dachte sie an Robin. Am nächsten Tag war sie überrascht, ihn zu sehen, als sie für ihren Vater ins Dorf ging, und er beharrte darauf, in den Straßen mit ihr spazieren zu gehen. Sie konnte ihm nicht gut aus dem Weg gehen – was ihr durchaus gelegen kam, denn gerade das wollte sie nicht. Sie gingen miteinander spazieren und unterhielten sich, und bevor sie einander Lebewohl sagten, kaufte Robin einige Süßigkeiten in einem kleinen Laden, und die beiden schlangen sie mit großem Vergnügen hinunter; sie leckten sich die Finger und lachten, wie sie es in alter Zeit getan hatten.

Diese Szene und ähnliche wiederholten sich häufig in den folgenden Tagen. Irgendwie ergab es sich, dass Robin für gewöhnlich zugegen war, wenn Allison ihr Elternhaus verließ und sich um das Vieh kümmerte und zur Mühle oder ins Dorf ging. Sie freute sich mehr und mehr darauf, ihn zu sehen, stimmte aber niemals zu, sich mit ihm zu treffen, so sehr er auch drängte.

Es war an einem Donnerstagnachmittag, als sie nach Hause zurückkam – sie hatte die Kuh auf eine bessere Weide geführt –, als ihre Mutter ihr an der Tür entgegentrat. »Allison, komm mit!« Sie drehte sich um und führte das Mädchen in die große Schlafkammer. Sie bedeutete ihr einzutreten und sagte: »Hier ist sie, John.«

Allison fühlte einen Anflug unbehaglicher Spannung, denn das Gesicht ihres Vaters war bleich und seine Lippen waren schmal. »Ja, Vater?«, fragte sie augenblicklich.

John Spenser warf seiner Frau einen gequälten Blick zu, fand aber keinen Trost in ihren strengen Zügen. Mit einem Seufzer sagte er: »Allison, wir haben dir etwas zu sagen, und ich hoffe, es wird dich glücklich machen.« Als das Mädchen nichts erwiderte, räusperte er sich. »Du wirst heiraten, Allison.«

Hätte ihr Vater gesagt, ihr würden Flügel wachsen, sie hätte nicht verblüffter sein können. »Heiraten, Vater?«

»Ja. Ich weiß, du bist noch ein wenig jung, aber viele junge Frauen heiraten mit sechzehn, und er wird dir einen guten Ehemann abgeben.«

Der Raum schien ihr vor den Augen zu verschwimmen, aber Allison brachte die Frage über die Lippen: »Wen – wen soll ich heiraten?«

Martha Spenser sagte rasch und mit forscher Stimme, bevor ihr Gatte noch antworten konnte: »Er ist der Sohn von Don Alfredo Corona, und sein Name ist Jaime.«

»Aber ... wer ist er? Ich kenne keine Familie dieses Namens.«

»Nun, er ist der Sohn eines spanischen Adeligen. Du wirst natürlich in Spanien leben«, sagte Martha augenblicklich. Als sie die Bestürzung auf dem Gesicht des Mädchens sah, sagte sie scharf: »Es ist an der Zeit, dass du heiratest. Meinst du, wir wüssten nicht, dass du dich mit diesem üblen Burschen, Robin Wakefield, herumtreibst?« Zorn flammte in ihren Augen auf, und sie schüttelte den Kopf. »Du wirst uns keine Schande machen, weil du dich mit einem solchen Mann abgibst!«

Allisons Vater sagte rasch: »Ich denke gewiss nicht schlecht von dir, mein Kind, aber Wakefield ist am Hof verdorben worden. Du kennst ihre lockeren Sitten nicht.« Seine Lippen verzerrten sich plötzlich, und er flüsterte: »Ich ... werde nicht immer da sein, um für dich zu sorgen. Auf diese Weise wirst du ein gutes Zuhause haben. Don Alfredo wird allmählich alt, aber er ist ein entfernter Verwandter von uns. Er ist ein wohlhabender Mann, und sein Sohn wird seinen Besitz erben.«

»Ich hoffe, du wirst deinem Vater dankbar sein, dass er ein so gutes Arrangement für dich getroffen hat«, sagte Martha. »Nicht viele Mädchen haben eine solche Chance!«

»Ich – ich danke euch – euch beiden.« Allison brachte die Worte nur mit Mühe über die Lippen. Sie war so unglücklich und verängstigt wie nie zuvor. Sie sollte ihre Heimat verlassen ... England verlassen und in ein fremdes Land ziehen, in dem sie nicht einmal die Sprache verstand!

Mit einem Nicken wandte sich ihre Mutter ab und verließ das Zimmer. »Ich kümmere mich um das Abendessen, während du mit deinem Vater alles Nähere über deine Heirat besprichst.«

Sobald sie gegangen war, streckte John die Hand aus und ergriff die zitternde Hand des Mädchens. »Es .. tut mir leid, Allison«, flüsterte er. Das Elend stand ihm deutlich in den Augen geschrieben. »Es ist das Beste, was ich für dich tun kann. Wenigstens wirst du dein eigenes Heim haben.«

Allison blinzelte, um die Tränen zurückzudrängen, und zwang sich zu einem Lächeln. »Ich werde sicher sehr glücklich sein. Aber ich hasse es, dich zu verlassen, und –« Sie unterbrach sich. »... und den Rest der Familie«, fügte sie lahm hinzu.

Spenser wusste, dass er dem Tode nahe war, aber er konnte darüber nicht mit seiner Tochter sprechen. Er tätschelte ihre Hand und sagte mit gepresster Stimme: »Es ist das Beste, Tochter ... für uns alle.«

Als Allison in dieser Nacht im Bett lag, betete sie, aber der Himmel war wie vermauert. Die Gegenwart Gottes war nicht da – so jedenfalls erschien es der verängstigten jungen Frau.

»Ist das dein Wille, Herr?«, flüsterte sie mit gebrochener Stimme.

Aber nur die Stille und Dunkelheit umgaben sie, als die lange Nacht über Allison Spenser hereinbrach.

17

DER HEILIGE STAND DER EHE

Die Nachricht von der bevorstehenden Hochzeit von John Spensers Tochter mit einem märchenhaft reichen spanischen Don verbreitete sich wie ein Steppenbrand im Dorf. Als angekündigt wurde, dass die zukünftige Braut in weniger als zwei Wochen nach Spanien reisen würde, fand das Geschwätz kein Ende.

Aber Allison merkte nichts davon, wie sich die boshaftesten Klatschmäuler der Stadt über ihre Lage das Maul zerrissen. Sie lebte wie in einem Traum – und es war kein erfreulicher Traum. Sie überließ ihrer Mutter alle Vorbereitungen, und ihr Mangel an Interesse versetzte Martha in Zorn.

»Es ist deine Hochzeit, Mädchen!«, sagte die ältere Frau mit scharfer Stimme, als Allison keinerlei Begeisterung für die Hochzeitsvorbereitungen an den Tag legte. »Man sollte meinen, du gingst zu einer Totenwache anstatt zu einer Hochzeit!«

Manchmal wünsche ich, es wäre eine Totenwache! Mein eigenes Begräbnis.

Der verzweifelte Gedanke fuhr Allison durch den Kopf, aber sie verjagte ihn und tat ihr Bestes, mehr Interesse an den Vorgängen in ihrer Umgebung zu zeigen. Ihre Nächte waren lang. Sie betete stundenlang und versuchte das verlorene Gefühl der Nähe Gottes wiederzuerlangen. *Habe ich so schwer gesündigt, dass Gott mich verstoßen hat?* Bei dem Gedanken überschwemmten sie schwarze Wellen des Kummers, und sie weinte in der Dunkelheit und grübelte nach, wie es möglich gewesen war, so schwer zu sündigen, dass Gott ihr die Pforten des Himmels vor der Nase zuschlug.

Die Tage kamen und vergingen so rasch, dass Allison fühlte, wie unwiderruflich die Zeit vorüberging – fast schien es ihr, als könnte sie die Umdrehungen der Erde fühlen, und jede Umdrehung brachte sie näher an den Zeitpunkt heran, ab dem sie ihre Familie und ihre Heimat nicht wiedersehen würde.

Nur einmal sah sie Robin ein paar kurze Augenblicke lang. Bevor sie ihm noch berichten konnte, was ihr widerfahren war, sagte er ihr, er müsse geschäftlich nach London reisen. Als es nur noch einige Tage bis zu ihrer Hochzeit dauerte und er immer noch nicht zurückgekehrt war, war sie sicher, dass sie ihn nicht wiedersehen würde. Sie konnte nicht leugnen, dass sie das mit Kummer erfüllte, denn trotz der Schwierigkeiten, die sie voneinander getrennt hatten, bewahrte ihr Herz seine Gefühle für ihn.

Sie sah ihn aber doch noch einmal wieder – drei Tage bevor sie nach Spanien reiste. Sie hatte so viel Zeit wie nur möglich mit ihrem Vater verbracht, denn beide wussten – obwohl keiner von ihnen darüber sprach –, dass das vermutlich ihre letzten gemeinsamen Tage waren. Mrs Spenser machte sich mit Allisons verheirateten Schwestern, Maria und Deborah, auf, um Einkäufe zu machen. Ihre Brüder waren alt genug, um selbst auf sich zu achten. So kam es, dass Allison, als sie unruhig wurde, das Haus verließ und einen Spaziergang machte. Sie sog den Anblick der Umgebung in sich auf, in dem Bemühen, die Erinnerung an dieses Dorf tief in ihrem Herzen zu bewahren. Aber so viele Leute hielten sie auf und wollten mit ihr über ihre bevorstehende Abreise sprechen, dass es ihr zu viel wurde, also bog sie von der Straße ab und schlenderte einen der gewundenen Pfade entlang, die zu dem Flüsschen führten, das sich in Serpentinen um das Flachland schlängelte.

Eine Stunde lang nahm sie die vertrauten Szenen in sich auf, die sie beinahe jeden Tag ihres Lebens vor Augen gesehen hatte. Traurigkeit überkam sie. *Werde ich dieses Feld jemals wiedersehen?*, fragte sie sich betrübt. So vertieft war sie in solche Gedanken, dass sie es erst gar nicht hörte, als sie bei ihrem Namen gerufen wurde. Als sie es schließlich hörte, wandte sie sich um und sah Robin aus der Baumreihe auftauchen, die den Fluss säumte.

Als er sich näherte, sah sie, dass sein Gesicht angespannt war. Er blieb vor ihr stehen und sagte brüsk: »Ich habe soeben von deiner Heirat gehört.« Er trug ein Paar Pluderhosen und ein waldgrünes Wams. Ein reinweißes Hemd hob die bronzebraune Farbe seines Gesichts hervor, und sie bemerkte von Neuem die Kraft und Grazie an ihm, die sie immer schon bewundert hatte.

Ihre großen Augen begegneten den seinen. »Ich – ich dachte nicht, dass ich noch Gelegenheit haben würde, dir Lebewohl zu sagen –« Ihr Stimme brach, als sie es sagte, und sie wandte den Blick ab.

Er betrachtete forschend ihr Gesicht und erkannte sofort, dass der Frieden, der es üblicherweise kennzeichnete, verschwunden war. Sie wirkte abgehärmt und war ein wenig bleich. Er merkte, wie es um sie stand. »Musst du das tun, Allison?«

Sie nickte müde. »Ja, meine Eltern hatten bereits alle Vorbereitungen getroffen.« Sie versuchte zu lächeln, als sie hinzufügte: »Es wird eine gute Ehe werden. Mein zukünftiger Gatte ist ein schwerreicher Mann.«

»Aber du liebst ihn nicht«, entgegnete Robin ihr rasch. »Du hast ihn noch nicht einmal gesehen.«

»Nein, aber das ist auch nicht notwendig. Du weißt, dass es allgemein so üblich ist. Viele junge Frauen lassen sich ihre Ehemänner von ihren Eltern aussuchen.« Sie wusste, dass sie nur die Worte ihrer Mutter nachplapperte, aber sie wusste nicht, was sie sonst sagen sollte.

»Wie du es sagst, klingt es, als wolltest du ein Kleid kaufen! Aber zu heiraten ist doch viel wichtiger«, beharrte Robin. Allison wirkte klein und schutzlos, und er fühlte einen Stich des Verlusts. »Du bist so jung!«

Allison hob mit einer jähen, trotzigen Geste das Kinn. »Ich bin *kein* Kind. Ich bin eine Frau, Robin Wakefield!« Sie blickte ihm ins Gesicht, aber als ihre Augen einander begegneten, konnte sie beim besten Willen nicht verhindern, dass ihre Unterlippe zu zittern begann. Sie biss sich rasch in die Lippe, um ihre Schwäche zu verbergen, aber sie konnte die Tränen nicht zurückhalten, die plötzlich in ihre Augen sprangen. Sie wandte sich blindlings um und wäre davongerannt, aber er ergriff ihren Arm und drehte sie zu sich herum.

»Lass mich gehen!«, tobte sie hilflos.

»Allison, warte!« Robin ignorierte ihre Versuche, sich zu befreien, und zog sie nah an sich heran. Sie zitterte wie ein Vögelchen, und er flüsterte: »Erinnerst du dich, wie du noch ein kleines Mädchen warst und wir einen Bären sahen? Wie sehr du damals Angst hattest?«

Allison verbarg den Kopf an seiner Brust und sog seinen Duft ein. Sie versuchte seine Kraft in sich aufzunehmen. Erinnerungen an das Abenteuer, das er erwähnt hatte, huschten durch ihre Gedanken, und sie sah wieder den kleinen schwarzen Bären vor sich, dem sie begegnet waren, als sie den Wald durchstreift hatten. »Ja ... ich erinnere mich.«

»Ich habe dich genauso wie jetzt festgehalten, bis du keine Angst mehr hattest.«

Geborgen in seiner Umarmung hob sie den Kopf. Tränen rannen ihr über die runden Wangen, und Tragik verdunkelte ihre schönen Augen. »Ich war ein Kind, Robin. Du kannst meine Angst nicht mehr so einfach vertreiben.«

Robin starrte sie wie betäubt an – obwohl es nicht an ihren Worten lag. Ihm wurde plötzlich mit aller Schärfe bewusst, dass er kein Kind mehr in den Armen hielt, sondern eine Frau. Ihre schlanke Gestalt presste sich an ihn, und plötzlich fühlte er, wie ein starkes Verlangen sich tief in ihm regte – ein Verlangen, sie zu beschützen und zu bewahren, nicht wie ein Kind, sondern wie jemand, der ihm auf eine Weise kostbar war, die er eben erst zu verstehen begann. Als er sie anblickte, spürte er plötzlich eine wilde Entschlossenheit, sich zwischen alle und alles zu stellen, das sie bedrohen mochte. Seine Arme schlossen sich, ohne dass es ihm bewusst wurde, enger um sie.

Allison fühlte die Veränderung in seiner Umarmung, sah einen dunklen Schatten in seinen Augen und erschrak. »Lass mich los!«

Aber Robin war von Mitleid erfüllt – und noch von etwas anderem, das er nicht ganz benennen konnte. Er blickte sie wie gebannt an. Sie hatte den Kopf in den Nacken gelegt, und ihre Lippen waren geöffnet, und bevor er noch wusste, was er tat, senkte er den Kopf und ließ seine Lippen zärtlich die ihren berühren. Zuerst erstarrte sie, dann wurden ihre Lippen weich und antworteten ihm – und er fühlte, wie er sich näher herandrängte und ihren Duft und ihre Berührung genoss.

Als bewegten sie sich allein, schlangen Allisons Hände sich um seinen Nacken, und sie schmiegte sich noch enger an ihn. Es war das erste Mal, dass sie geküsst wurde, aber sie empfand keine Furcht, kein Zögern. Es war, als wäre sie endlich an einen Ort gelangt, von dem sie lange geträumt hatte, einen Ort, an dem sie zu Hause war. Dies hier war es, was sie wünschte, das war der Mann, nach dem sie sich sehnte ... nicht irgendein unbekannter spanischer Lord.

Der Gedanke an ihren zukünftigen Gatten war wie ein Guss kalten Wassers. Mit einem erstickten Aufschrei wich Allison abrupt zurück.

»Allison, ich –«

Aber Robin sprach den Satz nicht zu Ende, denn sie fuhr herum und rannte fort. Er rief ihr nach, aber sie warf keinen Blick zurück. Als sie hinter einer Biegung des Pfades verschwunden war, wandte er sich schweren Schrittes Wakefield zu.

Was bist du nur für ein Mann!, schalt er zornig sich selbst. *Wie konntest du ihre Situation so ausnützen?*

Aber selbst das Schuldgefühl, das ihn überschwemmte, konnte nichts daran ändern: Tief in seinem Herzen hatte sich etwas verändert. Allison war nicht mehr nur seine liebe kleine Freundin. Sie war ein lebendiger und lebensnotwendiger Teil seiner selbst – ein Teil, der ihm nie gehören würde, denn sie gehörte einem anderen Mann. Ein jähes, scharfes Gefühl des Verlusts durchfuhr ihn und hinterließ eine Leere in seinem Herzen. Als er heimkehrte, sagte er seiner Großmutter nichts von der Begegnung, aber der Geschmack von Allisons Lippen und die Erinnerung an ihre Umarmung wollten ihn nicht mehr verlassen.

Was Allison anging, so fand sie eine ruhige Stelle tief im Wald und warf sich dort zu Boden, während sie die heißen Tränen fließen ließ, die sie bislang zurückgedrängt hatte. Sie weinte zum ersten Mal, seit sie erfahren hatte, dass sie heiraten musste. Sie sank auf den kalten Boden hin, verbarg das Gesicht in den Händen und weinte. Sie wusste nicht, wie lange sie da saß und weinte. Schließlich beruhigte sie sich ein wenig, aber die Traurigkeit, die sie überfallen hatte, erschien ihr jetzt noch schärfer und schmerzlicher als vor ihrer Begegnung mit Robin.

Er sieht immer noch ein Kind in dir, schalt sie sich selbst. Aber die Erinnerung an seinen Kuss überschwemmte sie, und sie wusste, dass das nicht länger zutraf. Er hatte sie wie eine Frau in den Armen gehalten – aber selbst das war eine Tragödie. Sie war den größten Teil ihres Lebens einsam gewesen, und ihre schönsten Erinnerungen waren die an ihr Zusammensein mit Robin. Als sie sich nun daran erinnerte, wie sie sich gefühlt hatte, als er sie eng an sich gedrückt hielt, glühten ihre Wangen mit unerwarteter Wärme. Sie berührte eine davon, überlegte einen Augenblick lang, dann schüttelte sie den Kopf. Sie erhob sich langsam, wischte sich die Augen mit einem Taschentuch und sagte mit fester Stimme: »Ich muss ihn aus meinem Leben streichen, wie alles andere an diesem Ort hier auch.«

Während sie sich wieder dem Dorf zuwandte, betete sie, aber wie zuvor fühlte sie nichts. Die Zukunft erschien ihr als eine dunkle Straße voll Ungewissheit, und die Furcht schien ihr einziger Begleiter zu sein. »Ich glaube an dich, Herr«, flüsterte sie beinahe wild, »selbst wenn ich niemals wieder etwas fühle! Du bist wirklich, und was ich in meinem Herzen gefühlt habe, war Wirklichkeit! Ich will dir die Ehre geben, selbst in dieser Ehe, die mich so erschreckt.«

Sie presste die Lippen fest zusammen und schritt den Pfad entlang weiter, aller Hoffnung beraubt – aber voll Entschlossenheit, Gott und ihrer Ehe treu zu sein.

★ ★ ★

Die ganze Familie hatte Allison am Morgen ihrer Abreise Lebewohl gesagt – und zu ihrer Überraschung waren die Augen ihrer Mutter tränennass, als sie sie umarmte.

Marthas Arme schlossen sich eng um das Mädchen, und als sie zurücktrat, musste sie sich räuspern, ehe sie sprechen konnte. »Das alles mag dir sehr hart erscheinen, Allison, aber ich möchte, dass du etwas Besseres bist als eine Bauersfrau.«

»Ich weiß, Mutter.« Allison umarmte sie von Neuem, dann, nachdem sie ihren Brüdern Lebewohl gesagt hatte, sagte sie: »Lass mich noch ein Wort mit Vater sprechen.« Sie wandte sich ab, eilte in die Schlafkammer und beugte sich über den Kranken. Sie schloss seine gebrechliche Gestalt in die Arme.

Er überraschte sie mit einer wilden Umarmung; seine tiefen Gefühle gaben seinen abgemagerten Armen Kraft. »Tochter, du warst immer mein gutes Mädchen!«

»Lebewohl, liebster Vater. Bete für mich!«

Allison riss sich von ihm los und verließ das Haus. Man hatte sich darauf geeinigt, dass ihre Familie sie nicht bis zum Schiff begleiten würde, also beugte sie sich vor und küsste Perkins und Daniel, dann ihre Mutter, bevor sie in die Kutsche stieg. Ein kurzbeiniger, dunkelhäutiger Mann half ihr hinein, dann stieg er neben ihr ein und sagte: »Auf denn, los geht's!«

Die Pferde fielen in flotten Trab, und als sie etwa hundert Meter weit gefahren waren, blickte Allison aus dem Fenster. Ihre Mutter weinte, und die beiden Jungen starrten ihr mit hängenden Schultern nach. Ihren Vater konnte sie natürlich nicht sehen, aber sie wusste, dass es ihn bekümmerte, sie zu verlieren.

Ihr Gefährte bemerkte, dass sie Mühe hatte, die Tränen zurückzudrängen, sagte jedoch nichts. Schließlich, als sie sich wieder gefasst hatte, sagte er mit gedämpfter Stimme: »Señor Jaime hat es leidgetan, dass er nicht persönlich kommen konnte, um Euch abzuholen, Señorita, aber es war unmöglich, das könnt Ihr mir glauben.«

Allison nickte dem Mann in mittleren Jahren zu, der gekommen war, um sie nach Spanien zu begleiten. »Ich verstehe, Señor Manti. Ich danke Euch für Eure Mühe.«

Manti lächelte sie unbehaglich an, nickte aber entschieden. »Er wird entzückt sein, eine so schöne Braut vorzufinden. Und die Familie ebenfalls; sie können es nicht erwarten, Euch zu empfangen.«

Manti sprach eine Weile über das vornehme Haus und das Gut, auf dem sie wohnen würde, dann versank er in düsteres Schweigen. Er war ein melancholischer Mann, hatte sich aber Allisons Familie gegenüber als sehr wohlerzogen erwiesen. Er stand seit vielen Jahren im Dienst der Familie Corona. Allison hätte sich einen gesprächigeren Begleiter gewünscht, denn obwohl Manti ausgiebig über das Gut redete, war er merkwürdig zurückhaltend, was ihren zukünftigen Gatten betraf.

Schließlich erreichten sie das Dock, und Allison stieg in ein kleines Boot und wurde über das Hafenbecken gerudert. Zwei Matrosen hoben sie hoch und stellten sie auf Deck, worauf Manti sie unter Deck in eine getäfelte Kabine begleitete.

»Ich hoffe, Ihr habt es hier bequem, Señorita. Meine Kabine liegt dieser hier gegenüber.« Er zögerte, dann fügte er vorsichtig hinzu: »Seeleute sind ein rohes Volk. Wenn Ihr an Deck gehen wollt, dann erlaubt mir bitte, Euch zu begleiten.«

»Danke, Señor Manti. Können wir hinaufgehen und zusehen, wie das Schiff den Hafen verlässt?«

»Gewiss!«

Die beiden kehrten an Deck zurück, Allison sah von der Back aus zu, wie die Seeleute am Gangspill sangen und der Anker gelichtet wurde. Manti erklärte ihr alles und fügte stolz hinzu: »Ich bin selbst Seemann, Señorita. Señor Corona hat zwei gute Schiffe, und ich habe auf beiden als Offizier gedient.«

Langsam wurde das Schiff aus dem Hafen gezogen und die Segel gesetzt. Allison sah zu, wie die Matrosen wie Affen in der Takelage herumkletterten, und dann blähten sich die riesigen Leinwandflecken nach außen und oben. Zum ersten Mal spürte Allison, wie ein

Schiff unter ihren Füßen lebendig wurde – der Bug hob und senkte sich, und das erste Zischen weißer Blasen und Gischt lief am Rumpf entlang.

Eine kleine Menschenmenge hatte sich am Kai versammelt, aber ihre Lebewohl-Rufe an die Passagiere, die an der Reling aufgereiht standen, vertieften nur ihren Kummer. Sie verließ England und würde vielleicht niemals wiederkehren.

Aber sie war entschlossen, sich nicht dem Heimweh zu überlassen. Sie entdeckte rasch, dass sie eine angeborene Vorliebe für das Meer hatte, und so genoss sie die folgenden Tage. Ein steifer Wind blies, und vier Tage und Nächte jagte das Schiff dahin, glitt rücklings in das Tal jeder Welle, die es überholte, rollte schwer, wenn die nächste daherkam, und zog eine blendend weiße Heckwelle hinter sich her, die sich wie eine riesige, unregelmäßige Narbe auf dem blauen Ozean ausnahm.

Abends wurde gewöhnlich zum Klang einer Leier auf Deck gesungen, obwohl die Musik in Allisons Ohren sehr traurig klang. Sie ging oft in ihre Kabine und lag stundenlang dort, lauschte dem wehmütigen Klang der Leier und versuchte Gott zu finden.

Eines Abends, als sie auf die funkelnde Heckwelle des Schiffes niederblickte, trat Señor Manti an ihre Seite. »Wir werden bald in Cadiz sein«, sagte er. »In zwei Tagen vielleicht.« Als sie keine Antwort gab, betrachtete er eindringlich ihr Gesicht, das sich scharf von den dunklen Wolken abzeichnete, die mit dem Schiff dahinzujagen schienen. Während der ganzen Reise hatte er sich keine persönliche Anteilnahme anmerken lassen, aber nun bewegte ihn etwas am Gesicht des Mädchens zu uncharakteristischer Sorge. »Ihr seid traurig, Señorita Spenser?«

»Nun, ich denke schon.« Sie schenkte ihm ein mattes Lächeln. »Ich war noch nie weiter als fünf Meilen von meinem Elternhaus entfernt, Señor Manti.«

Manti sah bekümmert aus, als wollte er etwas sagen. Aber er blickte nur, in düsteres Grübeln versunken, über das Meer hinaus. Einen Augenblick später entspannte sich sein Gesicht, und er sagte: »Gut

Ding braucht Weile, Señorita. Eine Ehe ist ein großer Schritt – aber Euer Heimatland zu verlassen und in ein fremdes Volk einzuheiraten, nun, dazu braucht es große Geduld.«

»Gott muss mir helfen. Ich fürchte, ich bin nicht geeignet, solche schwierigen Situationen zu bestehen.«

Ihre schlichten Worte schienen eine verwandte Saite in dem Spanier zu berühren, und er nickte zustimmend. Er setzte zum Sprechen an, zögerte – dann schien er eine Entscheidung zu treffen. Als er sprach, geschah es in einem sehr verhaltenen Ton, und in seinen dunklen Augen lag ein Ausdruck der Vorsicht. »Señorita, Ihr müsst Geduld haben … mit Eurem Gatten.«

Seine Worte erschreckten sie, und sie warf ihm einen beinahe furchtsamen Blick zu. »Ist er ein so harter Mann, Señor?«

»Nun, darüber zu urteilen, steht mir nicht zu. Aber andere Leute sagen, er wäre es.« Manti rang mit seinen Gedanken, schien aber nicht imstande, die richtigen Worte zu finden. Er warf mit einer für den Südländer charakteristischen Geste die Hände hoch. »Alle Männer sind hart, jedenfalls mag es einer zarten jungen Dame wie Euch so erscheinen. Señor Jaime ist … nun, daran gewöhnt, dass alles nach seinem Willen geht. Seine Eltern gestehen ein, dass sie ihm zu viel Freiheit gelassen haben, als er jung war. Und das hat ihn … schwierig gemacht.«

Allison dachte über Mantis Worte nach. Es schien, als wollte er sie warnen – aber warum? »Ich werde ihm eine gehorsame und getreue Ehefrau sein, Señor.« Sie blickte ihm ins Gesicht, dann krauste sie die Stirn. »Ist da noch etwas? Etwas, wovor ich mich hüten sollte? Ich frage nur, weil ich ihm zu Gefallen sein möchte.«

Manti zögerte; es schien da irgendeine Hürde zu geben, die er nicht überspringen konnte.

Schließlich sagte er: »Ihr müsst geduldig sein, wie ich schon gesagt habe. Don Jaime ist … anders als andere Menschen.«

Allison wusste nicht, was sie aus den Andeutungen des Mannes machen sollte, aber es schien, als hätte er ihr alles gesagt, was er zu dem Thema sagen würde. Als sie allein war, sann sie lange über das

Gespräch nach, und ihre Spannung wuchs. *Wenn ich nur wüsste, was ich tun – wie ich mich verhalten soll!* Ihre Mutter hatte ihr einige Hinweise gegeben, was die körperliche Seite der Ehe betraf, aber dieser Aspekt dessen, was vor ihr lag, erfüllte sie mit Widerwillen und Furcht. Sie hatte keine Erfahrung in solchen Dingen, und das wenige, was sie von älteren Mädchen gehört hatte, erschien ihr nutzlos.

Gott, bitte hilf mir!, betete sie fieberhaft. *Hilf mir, meinem Gatten eine gute Frau zu sein!*

Zwei Tage später, kurz nach Anbruch der Dämmerung, lief die *Princess* in die Bucht von Cadiz ein und ging vor Anker. Als Allison an Deck hinaustrat, sah sie die Mannschaft in wildem Eifer arbeiten. Der Bootsmann hatte eine gewaltige Putz- und Schrubbaktion angeordnet. Frische Fahnen wurden auf die Masten aufgezogen, bereit, sie zu hissen, und jedes sichtbare Stückchen Messing wurde poliert.

»Warum putzen sie das Schiff so sauber?«, fragte Allison.

»Ah, Don Jaime wird uns hier abholen, Señorita«, sagte Manti. Er hatte erwartet, man würde ihm eine verwöhnte, putzsüchtige Frau anvertrauen, die die ganze Reise über in ihrer Koje liegen und ihre Zofe mit Aufträgen herumhetzen würde. Es war eine völlige, und sehr angenehme, Überraschung gewesen, in Allison eine seltsame Mischung aus kindlicher Begeisterung und weiblicher Grazie zu finden.

»Ist er ein so bedeutender Mann?«, fragte Allison.

»Ja, das ist er.«

»Señor Manti, warum hat Don Jaime mich nicht selbst abgeholt?«

Manti starrte sie an, schüttelte aber nur den Kopf und sagte: »Er ist ein sehr beschäftigter Mann, Señorita.«

Ein paar Stunden später sah Allison ein weißes Boot auf die *Princess* zufahren. »Das ist Señor Jaime«, sagte Manti und deutete mit einem Kopfnicken auf das Boot. »Er steht am Bug.«

Allison richtete den Blick auf den Mann, den sie heiraten sollte, und als er schließlich an Bord kam, war ihre erste Reaktion Enttäuschung. Don Jaime Corona war klein gewachsen und etwas übergewichtig. Er hatte ein rundes Gesicht, ein Kinn, das von einem kurzen

Bart verborgen wurde, und ein Paar kleine Augen, die sich in die ihren bohrten, sobald er an Bord gestiegen war.

»Señor Corona«, sagte Manti augenblicklich, »darf ich Euch die junge Dame vorstellen, die Eure Frau werden soll, Señorita Allison Spenser.«

Don Jaime antwortete auf Spanisch, dann runzelte er die Stirn, als er den verwirrten Ausdruck auf dem Gesicht der jungen Frau sah. »Ist es möglich, dass Ihr kein Spanisch sprecht? Nur das barbarische Englisch?«

»Ich fürchte ja, Señor«, sagte Allison rasch. »Aber ich möchte Eure schöne Sprache lernen.«

»Nun gut, wir werden Euch einen Hauslehrer besorgen.« Don Jaime trug ein hellrotes Wams mit schneeweißen Ärmeln. Die flauschigen Breeches waren nach spanischer Mode gefältelt, und seine Beine wirkten wie fette Würste. Goldene Ringe schmückten seine Finger, und ein riesiger Diamant funkelte, als er das Sonnenlicht einfing. Er trat einen Schritt vor und ergriff ihre Hand, küsste sie, dann neigte er den Kopf und starrte sie an, als wäre sie ein Pferd, das er unbesehen gekauft hatte.

Er sieht aus, als wäre er nicht sicher, ob er einen guten Handel gemacht hat, dachte Allison, aber sie wagte nicht zu sprechen.

Schließlich zuckte Corona die Achseln. »Wir müssen uns auf den Weg machen«, sagte er, dann wirbelte er herum und trat an die Reling. Er warf Allison einen Blick zu, ein plötzlich verschlagenes Lächeln auf dem runden Gesicht. »Nun, dann kommt mit, Señorita. Je früher wir nach Hause kommen, desto früher könnt Ihr von meiner Mutter lernen, was mir gefällig ist!« Er lachte, ein hoher, schriller Laut, dann kletterte er die Strickleiter hinab.

Manti und zwei Matrosen halfen Allison hinunter, dann nickte Manti ihr zu. »Es war eine erfreuliche Reise, Señorita.«

Allison fühlte einen Stich der Furcht. »Kommt Ihr nicht mit?«

»Natürlich kommt er mit!«, schnaubte Don Jaime. »Ihr englischen Frauen könnt vielleicht frei herumlaufen, aber unsere spanischen

Damen würden sich niemals allein mit einem Mann zeigen, selbst wenn er ihr zukünftiger Ehemann wäre. Kommt mit, Manti. Meine Eltern können es nicht erwarten, die Zuchtstute zu sehen, die einen Wurf Söhne zur Ehre des Namens Corona in die Welt setzen wird!«

Als er das sagte, legte er den Arm um Allison und gab ihr einen Kuss. Seine Lippen waren feucht, und sein Atem roch wie die schwarzen Oliven, die zu jeder Mahlzeit auf dem Schiff serviert worden waren. Sie versuchte ihren Widerwillen zu verbergen, aber Don Jaime bemerkte ihn.

Er wieherte vor Lachen und brüllte: »Seht her! Sie mag die Küsse ihres Gatten nicht!« Er blinzelte lüstern den Matrosen zu, die das Schiff durch das Wasser jagten, und grinste dann wieder Allison an. »Aber es gibt eine Menge Wege, wie man Frauen dazu bringen kann, die Aufmerksamkeiten ihres Gatten zu genießen, nicht wahr, Männer?«

Allison senkte den Blick. Ihre Wangen brannten vor Scham. Als sie aufblickte, sah sie, dass Señor Mantis Blick voll Mitleid an ihr hing. Sie erinnerte sich plötzlich an seine Worte und versuchte zu lächeln. *Ich muss Geduld haben*, sagte sie zu sich selbst. *Alles wird gut werden. Gott wird mir beistehen!*

★ ★ ★

Als die Kutsche anhielt, sprang Don Jaime hinaus und sah dann zu, wie ein Diener Allison beim Aussteigen half. »Kommt jetzt, meine Eltern können es nicht erwarten, Euch zu sehen.«

Allison sah den eindrucksvollen gewölbten Eingang, dann schritt sie durch schwere Doppeltüren. Sie bemerkte blühende Kletterpflanzen und eine Statue der Heiligen Jungfrau über einem schweren massiven Durchgang. Sie betraten einen Hof, und Gesichter erschienen an den Fenstern, um dann hastig wieder zu verschwinden.

Eine Tür öffnete sich, und eine Stimme sprach: »Willkommen in Eurem neuen Heim, Señorita.« Der Sprecher war ein ältlicher Mann von sechzig Jahren, hochgewachsen und mager, mit einem üppigen weißen Haarbusch. »Ich bin Alfredo Corona, und das ist meine Frau, Doña Maria.«

»Wie gefällt sie Euch?«, mischte sich Jaime ein. »Ist sie das Geld wert, das Ihr für sie bezahlt habt?«

»Don Jaime! Du beschämst sie!« Doña Maria war eine kleine fette Frau mit schwarzem Haar, in dem Silberfäden schimmerten. Sie trat vor und gab Allison einen Kuss auf die Wange, wobei sie sagte: »Kommt herein. Ihr müsst erschöpft sein von der Reise.«

Als sie ins Haus traten, lächelte Don Alfredo seine Frau hölzern an. »Bring die Señorita in ihr Zimmer, Doña Maria.« Dann warf er Allison einen Blick zu. »Ruht Euch ein wenig aus vor dem Abendessen, Señorita.«

»Ruht Euch aus, so gut Ihr könnt«, sagte Don Jaime und grinste. »Wenn wir erst einmal verheiratet sind, werdet Ihr nicht mehr viel zur Ruhe kommen!«

Doña Maria führte Allison durch eine schwere Tür in eine geräumige, mit Fliesen belegte Halle. Auf jeder Seite befanden sich gefliestete Räume. Überall waren Fliesen, alle in Blau. In der Halle nahm ein Mosaik des Christus, wie er »sein Heiligstes Herz« zeigte, eine ganze Wand ein; ein anderes stellte die Heilige Jungfrau dar, wie sie von einer Schar Engel zum Himmel emporgetragen wurde; ein drittes den Heiligen Antonius, der eine Lilie hielt und liebevoll auf den Betrachter hinabblickte.

Dann öffnete Doña Maria eine Tür und trat einen Schritt zurück. »Das wird Euer Zimmer, Señorita. Ich hoffe, Ihr findet es behaglich. Ich werde eine Dienerin zu Eurer Zofe bestimmen.«

»Danke, Doña Maria«, sagte Allison. Sie war müde von der Reise und seelisch erschöpft. Sie wandte sich der kleinen Frau zu und sagte: »Ich möchte Eurem Sohn eine gute Frau sein. Bitte sagt mir, was ich dazu tun muss!«

Ihre Worte überraschten die Frau. Und schienen sie zu beunruhigen. Sie zögerte einen langen Augenblick lang, dann sagte sie: »Komm, setz dich einen Augenblick nieder, Kind.« Sie zog das Mädchen mit sich nieder und blickte Allison voll und forschend ins Gesicht. Ihr eigenes Gesicht, sah Allison, war von Anspannung und Sorge gezeichnet. Es trug einen Ausdruck von Hoffnungslosigkeit, der das Mädchen vor ein Rätsel stellte.

»Du bist ein jungfräuliches Mädchen, nicht wahr, Allison?«

Allison errötete und nickte. »Ich habe zu Gott gebetet, er möge uns eine Frau für unseren Sohn schicken. Er ist der Letzte unseres Blutes. Wir werden alt, sein Vater und ich, und wir sehnen uns danach, Enkelkinder zu sehen.«

Etwas an der Art, wie die Frau sprach, erfüllte Allison mit Furcht. Sie hatte etwas Sonderbares in Señor Mantis Augen bemerkt. Ein ähnlicher Ausdruck hatte auch auf Don Alfredos Gesicht gelauert.

Plötzlich musste sie es wissen. »Warum hat Don Jaime niemals geheiratet, Señora?«

Die Frage schien die alte Frau hart zu treffen. Sie senkte den Blick und ergriff Allisons Hand. »Du musst viel beten, meine Liebe! Glaubst du an Gott? Dass er Gebete beantwortet?«

»Oh ja!«

Ihre Antwort hatte ein Nicken zur Folge, aber plötzlich zitterten Doña Marias Lippen. »Ich – ich hatte mir vorgenommen, mit dir zu sprechen, aber – nicht so bald.«

»Mit mir sprechen, Señora?«

»Ja … über das … Problem meines Sohnes.«

Eine namenlose Furcht, kalt und tief, sickerte in Allisons Herz. Sie flüsterte: »Was *ist* es, Señora? Ist es, dass er ein Schürzenjäger ist und nicht treu sein wird?«

Doña Maria schüttelte den Kopf, und Tränen sprangen ihr in die Augen und rollten ihre Wangen hinab. »Nein! Es sind nicht die anderen Frauen – wollte Gott, das wäre das Problem! Sein Vater und ich könnten das ertragen, denn viele Männer haben diese Schwäche.« Sie zögerte, dann sagte sie mit so gedämpfter Stimme, dass Allison ihre Worte kaum verstehen konnte: »Das – ist immerhin nur – eine Schwäche des Fleisches!«

Allison konnte die Anspannung nicht mehr ertragen. »Bitte, Señora, Ihr macht mir angst! Was *ist* mit ihm – mit dem Mann, den ich heiraten soll?«

Doña Maria blickte Allison voll in die Augen. Sie tat einen tiefen schluchzenden Atemzug, dann senkte sie den Blick.

»Er – unser Sohn – er ist nicht ... normal. Geistig.«

Allison runzelte die Stirn. »Ich verstehe nicht.«

Doña Maria schüttelte den Kopf, und ihre Augen waren voll Schmerz. »Er wirkt nach außen hin ganz in Ordnung. Es gibt auch Dinge, die er mit solcher Leichtigkeit tut, dass man kaum glauben möchte, da wäre irgendetwas nicht in Ordnung. Er hat die Fähigkeit, seine Geschäfte gut zu führen, Entscheidungen zu treffen, die vernünftig sind ... eine Weile lang jedenfalls. Aber dann ... dann kommt der Wahnsinn über ihn.« Sie hielt inne, dann blickte sie Allison an. »Du hast mich gefragt, warum Jaime niemals geheiratet hat. Die Wahrheit ist, dass er einmal verlobt war. Mit einer liebreizenden jungen Frau, Rosalita de Cartagena. Sie war die Tochter unserer engsten Freunde.« Tränen füllten die Augen der Frau, und ihre Stimme senkte sich zu einem angstvollen Flüstern. »Wir hatten immer gehofft, unsere Kinder würden heiraten und unsere Familien vereinigen, also kannst du dir unsere große Freude vorstellen, als es schien, dass es tatsächlich so kommen würde.«

Allison nickte, sagte jedoch nichts.

»Rosalita war ein sanftes Kind. Wir hofften, es würde ihr gelingen, unserem Sohn Frieden zu bringen, ihre Wärme und Gutherzigkeit würden ihn gewinnen. Aber als die Hochzeit näher rückte, wurde er von Tag zu Tag unruhiger. Es schien, dass ihn etwas bedrückte. Selbst seine geschäftlichen Angelegenheiten wuchsen ihm über den Kopf. Und es gab viele ... Zwischenfälle.«

»Zwischenfälle, Señora?«

Doña Maria konnte Allison nicht in die Augen blicken. Sie starrte die Wand an und sprach mit ausdrucksloser Stimme. »Er irrte in den Fluren herum, flüsterte erst vor sich hin und schrie dann gellend.« Sie schloss die Augen, als wollte sie die Erinnerung aussperren. »Er sagte närrische Dinge, er warf Rosalita vor, ihm untreu zu sein, zu stehlen und zu lügen und noch vieles andere.« Ihre Augen öffneten sich, und ihr Blick flog zu Allisons Gesicht, und die innere Qual der Frau war so offenkundig, dass Allison den Drang, in Tränen auszubrechen, niederkämpfen musste. »Wir dachten, es hätte mit dem ständigen, steigenden Druck zu tun, der auf ihm lastete, mit all der öffentlichen Aufmerksamkeit. Unsere beiden Familien gehören seit Generationen dem Adelsstand an. Wenn solche Familien sich durch eine Eheschließung vereinigen, ist es nur natürlich, dass die Leute sich dafür interessieren, dass jedermann über die Sache redet. Aber Jaime konnte es nicht ertragen, dass man sich in sein Privatleben mischte, wie er es sah. Er hatte es nicht einmal als kleines Kind ertragen können, wenn man ihn unter die Lupe nahm. So wurden seine Wutanfälle schlimmer ... viel schlimmer. Bis er anfing, Rosalita zu beschuldigen, sie wollte ihn ermorden.

Natürlich stritt Rosalita alle bösen Absichten ab. Wir alle wussten, dass sie ihrer oder unserer Familie niemals eine solche Schande antun würde. Jaime wollte es nicht glauben. Er weigerte sich, sie zu heiraten, kreischte laut auf, wenn sie ihm in die Nähe kam, und verlangte, sie sollte unser Haus verlassen und niemals wiederkehren. Sein Vater und ich versuchten ihm gut zuzureden, ihn zu beruhigen, aber wir hatten keinen Erfolg. Schließlich machte sich Rosalita auf, ein letztes Mal mit ihm zu sprechen. Sie war überzeugt, sie könnte seinen gequälten Geist beruhigen, und wir dachten, er würde auf sie hören. Sie war ein so sanftes, schönes Mädchen ...«

Ihre Stimme verebbte, und Allison sah, dass Tränen über Dona Marias Gesicht liefen. Stumme, qualvolle Tränen. Sie streckte die Hand aus, ergriff eine Hand der alten Frau und hielt sie tröstend zwischen ihren eigenen.

»Bitte, wenn es zu schwierig ist –«

Dona Maria schnitt ihr das Wort ab. »Nein! Du musst es hören. Es wird nichts ändern, aber du musst wissen, was geschehen ist. Ich möchte, dass du es von mir hörst, nicht von einem der Diener oder den Leuten in der Stadt.« Sie holte tief Atem, um sich zu beruhigen, dann fuhr sie mit entschlossenem Ausdruck fort. »Ich weiß nicht, was an diesem Abend geschah. Niemand weiß es. Denn wir sahen Rosalita niemals wieder.«

Allison wich zurück. Sie war wie betäubt. »Señora, Ihr wollt doch wohl nicht sagen –«, begann sie, aber sie konnte die schreckliche Frage nicht zu Ende bringen.

Jaimes Mutter nickte nur. »Wir wissen wirklich nicht, was geschah. Jaime schwor, dass er Rosalita niemals gesehen hatte, dass sie niemals gekommen sei, um mit ihm zu sprechen, aber da war Blut an seinen Kleidern –« Sie brach ab, ihre Stimme erstickte in Tränen. »Ich konnte es nicht glauben, dass mein Sohn ein solch scheußliches Verbrechen begehen könnte! Dass er jemand zerstören könnte, der so voll Güte und Schönheit war! Die Männer suchten tagelang nach Rosalita, unser ganzer Haushalt, die ganze Stadt nahm an der Suche teil. Alle – außer Jaime. Er saß nur in seinem Zimmer, murmelte vor sich hin und ...«

»Und?«

»Und lachte.« Doña Maria holte mühsam Atem und blickte Allison an. »Das Gerücht verbreitete sich rasch, unser Sohn sei ein Mörder. Es gab keinen Beweis, keine – keine Leiche ... also konnte er nicht bestraft werden. Aber alle waren von seiner Schuld überzeugt. So blieb uns nichts anderes übrig. Wenn Jaime heiraten sollte, wenn wir Enkelkinder haben wollten, wenn unsere Familie vor dem Aussterben bewahrt bleiben sollte«, sie drückte Allisons Hand, »dann mussten wir eine Braut an einem fernen Ort ausfindig machen, einem Ort, an dem niemand jemals von Jaime – oder Rosalita gehört hatte.« Allison saß in entsetztem Schweigen da und fühlte, wie der Raum sich um sie zu drehen begann, als Dona Maria fortfuhr: »Einen Ort, wo niemand wusste, dass unser armer, lieber Sohn ... ein Mörder ist!«

18
SO LEICHTEN SCHRITTES GING SIE AUS DER WELT

»Ich habe das alles satt, Thomas! Lass mich wieder zur See fahren!«

Thomas Wakefield lehnte sich in seinem Stuhl zurück und warf Robin einen nachdenklichen Blick zu. Als hätte der junge Mann kein Wort gesagt, hielt er ein Instrument aus Messing in die Höhe und sagte: »Du musst dich in Navigation üben, Robin. Nimm dieses Astrolabium und arbeite damit.«

Robin starrte das Instrument mit finsteren Blicken an. Das Astrolabium wurde dazu benützt, den Stand der Sonne und der Sterne zu bestimmen. »Ich kann so gut wie jeder andere damit umgehen, aber was nützt mir das, wenn die Königin mir nicht erlaubt, zur See zu fahren?«

»Sie hat das Gefühl, du bist hier wichtiger. Sir Francis ist ganz ihrer Meinung.« Thomas starrte einen Augenblick lang durch den kleinen Ring, dann legte er das Instrument nieder. »Lass dich nicht entmutigen. Wir beide werden sehr bald zur See fahren.« Als Robins Augen aufleuchteten, hielt er die Hand in die Höhe. »Aber keiner von uns kann Mutter so krank zurücklassen, nicht wahr?«

Robins Gesicht verfiel, aber er sagte augenblicklich: »Nein, natürlich nicht.«

»Du hast einen Brief von dem Spenser-Mädchen bekommen?«

»Woher weißt du das?«

»Habe natürlich einen Diener bestochen«, bekannte Thomas fröhlich. »Wie geht es ihr? Der Tod ihres Vaters hat sie wohl schwer getroffen, nehme ich an?«

»Ja, das stimmt. Das ist der hauptsächliche Grund, warum sie mir geschrieben hat. Sie hat mich gebeten, ihrer Familie zu helfen.« Er schnitt eine Grimasse, als er sich seinem Onkel zuwandte und hinzufügte: »Ich hab's versucht, aber Martha Spenser hasst mich, weil ich ihren Priester ins Gefängnis gebracht habe. Kann nicht behaupten, dass ich ihr einen Vorwurf mache.«

»Du hast nur den Befehlen der Königin gehorcht. Aber was ist mit dem Mädchen? Sie sollte in Spanien glücklich sein. Dort ist es wohl kaum gefährlich, katholisch zu sein. Außerdem ist ihr Mann reich, so behauptet man jedenfalls.«

Robin runzelte mit einem verwirrten Ausdruck die Stirn. »Ich komme da nicht ganz klar, Thomas. Sie schreibt recht munter – über so ziemlich alles außer ihrem Ehemann. Nach allem, was in ihrem Brief steht, hat sie ihre Schwiegereltern herzlich lieb gewonnen. Sie hat alles, was ihr Herz begehrt – lebt in einem Herrenhaus, das Casa Loma genannt wird, am Stadtrand von Cadiz –, aber irgendwie habe ich das Gefühl, dass etwas nicht stimmt.«

»Ihr beide habt euch sehr nahegestanden, als sie ein Kind war«, sagte Thomas nachdenklich. Er warf dem jüngeren Mann einen prüfenden Blick zu, dann bemerkte er unschuldig: »Allison Spenser ist zu einer gut aussehenden Frau herangewachsen. Du hast wohl nicht bemerkt –«

»Doch, ich habe es bemerkt.«

Thomas hob die Augenbrauen, als Robin diesen brüsken Ton anschlug, schwieg aber. Er wusste, dass sein Neffe unglücklich war, aber er konnte nicht viel dagegen tun. Die Königin hielt die jungen Männer des Hofes oft in ihrer Nähe fest, während sie sich leidenschaftlich nach Taten sehnten, und sie taten ihm leid.

Bin froh, dass ich keiner ihrer Lieblinge bin, dachte er, dann schob er den Gedanken beiseite und begann, mit Robin die Seekarten der spanischen Gewässer durchzunehmen.

★ ★ ★

»Sir ... Eure Großmutter. Es steht sehr schlecht um sie!«

Matthew, der Verwalter, hatte Robin aus tiefem Schlaf geweckt. Noch bevor der Mann sprechen konnte, wusste er, was geschah. »Ich komme sofort, Matthew. Ist der Doktor gerufen worden?«

»Sir Thomas hat Jeremiah nach ihm geschickt.«

Zehn Minuten später betrat Robin die große Schlafkammer und sah Thomas neben der kranken Frau knien. »Sie hat nach dir verlangt, Robin«, sagte er. Er warf seinem Neffen einen warnenden Blick zu und schüttelte den Kopf.

Robin verstand die Geste und trat augenblicklich an die andere Seite des Bettes. Hannah Wakefield lag so still, dass sein Herz einen Schlag aussetzte, dann flatterten ihre Lider und öffneten sich langsam.

»Robin –?«

»Ich bin hier, Großmutter.«

Sie hob die Hand, und er ergriff sie augenblicklich. Sie wirkte gebrechlich, und er konnte die blauen Adern sehen, die unmittelbar unter der fahlweißen Haut verliefen. »Kann ich dir etwas bringen, Großmutter?«, flüsterte er.

»Nein.« Beide Männer sahen, dass es ihr Mühe machte zu sprechen. Seit Wochen verfiel sie zusehends, und nun wussten sie, dass das Ende gekommen war.

Robin hielt die zerbrechliche Hand fest und dachte daran, wie rund und stark und fest sie gewesen war, als er noch ein Junge gewesen war. Wie oft hatte diese Hand seine Schrammen verarztet, sein Haar gekämmt, ihm einen festen Klaps versetzt, wenn es notwendig gewesen war!

Und nun starb sie. Sie verließ dieses Leben, wie ein Schiff den Anker lichtet und langsam die Küste hinter sich lässt, um von den nebligen Weiten eines schattigen Meeres verschlungen zu werden.

»Robin, ich habe an deinen Vater ... und deine Mutter gedacht.«

»Ja, Großmutter?«

»Sie liebten dich so sehr! Lieber William! Mehr als alles andere wünschte er sich ... einen Sohn aufzuziehen!«

Langsam wandte sie den Kopf und hielt seinen Blick fest. »Er wollte einen starken Sohn, der seine Aufgabe vollenden konnte. Wie stolz wäre er auf dich gewesen!«

»Ich – ich wünschte, ich hätte ihn gekannt.«

»Du wirst ihn wiedersehen, Robin. Gewiss!« Sie lächelte süß. »Christen sagen niemals Lebewohl, nicht wahr?«

»Nein, Großmutter.«

»Robin ... ich muss dich verlassen. Aber versprich mir ...«

Hannahs Stimme brach, und einen Augenblick schien sie in Schlaf gesunken zu sein. Robin wartete still und kämpfte mit den Tränen, die ihn zu überwältigen drohten. Schließlich öffnete sie von Neuem die Augen, und er spürte, wie sie mit unerwarteter Kraft seine Hand drückte.

»Vergiss die Liebe nicht, mein Junge!«

Robin blinzelte überrascht. »Was meinst du?«

»Das Leben ist für die Liebe da, nicht für den Hass. Das ... hat unser lieber Erlöser gesagt.«

Robin nickte langsam. »Du meinst ... die Katholiken?«

»Hasse niemanden, Robin. Das ist etwas Tödliches!« Sie blickte zu ihm auf und forschte in seinem Gesicht. Sie strahlte jetzt Ruhe und Frieden aus, und zuletzt lächelte sie. »Myles und ich haben jeden Tag für dich gebetet. Seit er ... dahingegangen ... ist, habe ich allein für dich gebetet.«

Robin Wakefield spürte, wie ihm seine Gefühle die Kehle zuschnürten, als er da neben der Frau kniete, die er auf der Welt am liebsten hatte. Er wusste ohne jeden Zweifel, dass sie ihn verließ, und dass er nichts tun konnte, um sie zurückzuhalten. Ein scharfer Kummer durchfuhr ihn, der wie ein Messer durch sein Herz schnitt, und er flüsterte: »Ich liebe dich, Großmutter!«

Sie sah die Tränen auf seinen Wangen und hob die Hand, um sie wegzuwischen. »Nun, du darfst nicht ... darfst nicht weinen, Lieber!« Ein Ausdruck des Staunens trat auf ihre Züge, und sie nickte. »Es ist Zeit heimzugehen ... und ich werde Myles und William sagen, was für ein feiner Mann ... du geworden bist.«

Sie versank in Schweigen, und Robin vergrub das Gesicht in den Kissen und ließ den Tränen freien Lauf. Ihr flaches Atmen war eine Zeit lang das einzige Geräusch im Raum. Schließlich stand er auf und stand mit dem Rücken zur Wand da, während andere kamen, um sich von Hannah Wakefield zu verabschieden. Der Raum war dunkel, mit Ausnahme eines einzigen gelben Sonnenstrahls, der durch ein hoch gelegenes Fenster hereinfiel. Er badete Hannahs Gesicht in bernsteinfarbenem Licht und löschte die Furchen aus, die die Jahre in ihre edlen Züge gegraben hatten.

Schließlich war alles Lebewohl gesagt. Kurz vor der Dämmerung öffnete sie die Augen, holte tief Atem und sagte mit klarer Stimme: »Es ist Zeit. Ich gehe zu ihm, der mich liebt!«

Dann war sie verschieden.

Thomas legte die Hand sanft auf ihren Kopf und murmelte: »Sie war einer der besten Menschen, die je gelebt haben. Und so leichten Schrittes ging sie aus der Welt!«

Robin schien es plötzlich, dass die Sonne aus der Welt verschwunden war. Alle seine Träume und Hoffnungen erschienen ihm bitter und geschmacklos. *Das engste Band, das ich im Leben hatte – und nun ist sie tot!*

Er ertrug die folgenden Tage, aber das Begräbnis bedeutete ihm nichts. Er konnte an Hannah nicht anders denken, als wie sie jung und stark gewesen war. Selbst als er neben dem Grab stand und zusah, wie der Sarg hinabgesenkt wurde, konnte er es nicht annehmen.

Ein paar Tage später kam Thomas zu ihm und sagte: »Ich steche nächste Woche in See, Robin. Komm mit.«

»Was ist mit der Königin?«

»Sie ist nicht auf dem Schiff.«

»Sie wird aber da sein, wenn wir zurückkommen.«

Thomas betrachtete den jüngeren Mann. In den letzten Tagen war ihm sein Schmerz deutlich anzumerken gewesen. Auch für Thomas war es schwer gewesen, denn er hatte seine Mutter verloren – aber er hatte immer noch seine eigene Familie, während Robin keine hatte. Er legte seine Hand auf die starke Schulter seines Neffen. »Wenn wir ein Schatzschiff zurückbringen, wird die Königin wohl geneigt sein, uns zu verzeihen.«

»Und wenn nicht?«

»Na, dann kannst du ihr hübsche Komplimente machen, bis du wieder in Gnaden aufgenommen wirst – wie es Raleigh und Essex tun!«

Robin holte tief Atem. »Ich werde es tun!« Der bloße Gedanke, wieder auf See zu sein – nichts mehr damit zu tun haben zu müssen, Maria von Schottland auszuspionieren und die Intrigen an Elisabeths Hof mitzubekommen –, wirkte wie ein Lebenselixier! Neue Energie durchströmte Robin, und er lächelte zum ersten Mal seit Wochen. »Diesmal werden wir den Preis gewinnen, Thomas!«, rief er aus. »Ich weiß es!«

Während er sprach, entstand das Bild einer lebhaften Szene vor seinem inneren Auge. Er sah, wie er das Lösegeld eines Königs zu Elisabeths Füßen niederlegte. Er ließ seinen Gedanken die Zügel schießen, sah sich an Bord der *Falke* knien und konnte beinahe die leichte Berührung eines Schwertes auf seiner Schulter spüren, während Elisabeths Stimme erklang: »Erhebt Euch, Sir Robin Wakefield!«

19

GEFANGEN!

Als die *Falke* vierzehn Tage nach Hannah Wakefields Begräbnis den Hafen von Plymouth verließ, waren sowohl der Kapitän wie auch sein Zweiter Offizier erleichtert, als sie die Küste in nebliger Ferne verschwinden sahen. Robin hatte den Posten des Zweiten erhalten, nachdem er Thomas zu dessen Zufriedenheit bewiesen hatte, dass er ein Schiff steuern konnte.

Ein steifer Nordwestwind blies von Steuerbord, und die *Falke* flog vor dem Wind durch den Ärmelkanal, vorbei an Ushant, und hinaus in den Atlantik. Thomas erklärte Robin seinen Plan, als sie an ihrem ersten Morgen auf See auf der Brücke standen. »Was wir tun werden, Leutnant«, sagte er fröhlich, »ist Folgendes: Wir segeln nach Süden, auf Westindien zu, wo wir hoffen können, uns wie Adler auf Philipps Sklaven- und Schatzschiffe zu stürzen. Wir entreißen ihm die, und seine ehrgeizigen Pläne und Kriege werden ein rasches Ende nehmen!«

Robin war damit beschäftigt, das Deck in Augenschein zu nehmen, aber alle Männer waren wacker an der Arbeit. »Man wird uns als Piraten behandeln, wenn wir gefangen werden«, bemerkte er. Dann breitete sich ein Lächeln über seine Lippen. »Wir werden uns jedoch in guter Gesellschaft befinden, mit Hawkins, Drake und Frobisher!«

»Englands Feinde nennen seine edelsten Söhne bei Schimpfnamen. Hast du gehört, wie die Spanier Drake nennen? ›Der Meisterdieb!‹«

»Sie nennen ihn noch viel Schlimmeres, Sir«, sagte Robin und nickte. Er beobachtete den ungespurten Ozean, der sich in großen Wogen bewegte und die *Falke* einmal hochhob, dann wieder durch glatte Wellentäler gleiten ließ. »Diesmal machen wir fette Beute – ich weiß es. Und wir werden den Papisten obendrein einen harten Schlag versetzen!«

Thomas beobachtete das Gesicht des jüngeren Mannes einen Augenblick lang, dann sprach er nachdenklich: »Robin, vergiss nicht, was Mutter dir gesagt hat. Und was Vater immer zu sagen pflegte. Sie waren beide bekümmert darüber, dass du solchen Hass gegen Spanien hegst.«

Robins Gesicht wurde hart. »Spanien hat meine Eltern ermordet!«

Thomas schüttelte den Kopf. Seine Augen waren voll Sorge. »Erinnerst du dich an unsere letzte Reise, als wir an Land gingen und diese Stadt eroberten?«

»Ja, natürlich erinnere ich mich.«

»Erinnerst du dich, wie du an der Kanone standest und die Verteidiger in Stücke geschossen hast?« Der junge Mann nickte widerwillig. »Kannst du dir nicht vorstellen, dass einige dieser Männer Kinder hatten? Würde es dich überraschen, wenn sie dich als den Mörder ihres Vaters betrachteten?«

Robin hob überrascht den Blick. »Aber – das war *Krieg!*«

»Und es war Krieg, der deinen Vater tötete«, beharrte Thomas. »Es ist nur eine andere Art Krieg, Neffe. Viele sind um ihrer Treue zu Gott willen gestorben. Du hast deinen Großvater oft erzählen gehört, wie William Tyndale starb. Nannte er ihn nicht sogar einen Krieger Gottes? Tyndale wurde aus demselben Grund verbrannt wie dein Vater.«

Er legte seine Hand auf die Schulter des jungen Mannes, dann zog er sie hastig wieder zurück. Es war nicht günstig, wenn jemand in der Mannschaft bemerkte, dass er dem Jungen Zuneigung oder besondere Gunst schenkte. Er erwiderte gleichmütig Robins frustrierten Blick. »Du musst lernen zu kämpfen, das wissen wir beide, Robin. Aber du musst auch lernen, deinen Feinden zu vergeben.«

Robin hielt dem Blick seines Onkels stand, dann wandte er sich ab und starrte auf den Ozean hinaus. »Ich – werde darüber nachdenken,

Sir«, sagte er, dann fügte er hinzu, mehr zu sich selbst als zu Thomas: »Und ob. Ich denke jetzt schon ständig darüber nach.«

★ ★ ★

Die *Falke* glitt unter wolkenlosen Himmeln dahin, und die Stimmung auf dem Schiff war ausgezeichnet. Die Männer der Besatzung, die einen Anteil an jeder Beute bekamen, waren überzeugt, dass sie als reiche Leute heimkehren würden. Jeden Tag bei Morgen- und Abenddämmerung hielt Robin sich auf dem Vorschiff auf und beobachtete mit seinen Navigationsinstrumenten die Sterne. Jeden Tag stieg ihre Hoffnung, Beute zu machen. Von Zeit zu Zeit exerzierte Leutnant Boswell, der Artillerieoffizier, mit den Kanonieren. Das Gebrüll der Waffen und die schwarzen Rauchwolken, die aus ihren Mündungen stiegen, verliehen allen ein Gefühl von erhöhtem Selbstvertrauen und Macht.

Als die Dämmerung des fünfzehnten Tages nach der Abreise aus Plymouth anbrach, erschallte der Ruf »Segel – ho!« vom Ausguck, und augenblicklich ging das Gerücht auf der *Falke* um, das gesichtete Schiff sei ein Spanier.

Robin, dessen blaue Augen vor Erregung funkelten, rief: »Es ist ein Kriegsschiff, Sir! Eine Galeone! Seht nur ihre Kanonen!«

Kapitän Wakefield lief auf Deck auf und ab und klatschte vor Aufregung in die Hände. »Wir kapern es, Leutnant!«

Der Ruf des Bootsmanns schallte über Deck, und Boswells heisere Stimme bellte durch die Luken hinunter: »Kanoniere an die Kanonen, Schiffsjungen ans Pulvermagazin!« Innerhalb von Sekunden verwandelte sich die Stille des frühen Morgens in wilde Geschäftigkeit. Die Kanoniere schrien: »Ho-ruck! Ho-ruck!«, als die Feldschlangen aus ihren Stauräumen gezerrt und in Position gerollt wurden. Die Männer und die Pulverjungen hasteten mit Pulverfässern im Arm herum, einige der Burschen krümmten sich unter dem Gewicht von mehreren Runden Munition.

»Lasst die Leinen am Bug locker! Auf geht's!«, schrie der Kapitän, als er seinen Posten neben dem Steuermann einnahm, um das Schiff unter günstigen Wind für den Angriff zu bringen.

Die Kluft zwischen den beiden Schiffen wurde rasch enger, als die *Falke* herbeischoss. Noch bevor sie in Schussweite kamen, begann das spanische Schiff zu feuern. »Geh hinunter und befehlige die Kanonen an Backbord, Leutnant!«, befahl der Kapitän. »Wir verpassen ihnen eine doppelte Breitseite.«

»Aye, Sir!«

Robin hastete die Strickleiter hinunter und befahl, die Kanonen in Position zu bringen. »Männer, wir greifen dieses Schiff an! Überstürzt nichts, gehorcht den Befehlen und alles wird gut gehen.« Er trat neben eine der Kanonen. Sein Herz pochte wild, als er sich unter den Männern umsah. Ein Mitglied der Besatzung war ein Junge von nur fünfzehn Jahren – Will Blevins. »Nun, Blevins, wir werden den Dons eine Lehre erteilen, eh?« Er fing den Blick eines der älteren Männer, Pike Cothen, auf und zwinkerte ihm zu. »Fette Beute, Cothen. Es dauert nicht mehr lange, und wir haben die Taschen voll Gold!«

»Ja, Sir, das werden wir!«

Auf Deck oben wartete der Kapitän bis zum letzten Augenblick damit, die Segel zu setzen, denn wenn er den richtigen Zeitpunkt traf, würde das spanische Schiff in Reichweite seiner Kanonen kommen, bevor es seine eigene Artillerie abfeuern konnte.

»Macht euch bereit!«, schrie er.

Der Steuermann schrie: »Bereit, Sir!«

Auf diesen Befehl hin wurden die Großsegel gesetzt, und das Schiff legte sich in den Wind. Der Bootsmann brüllte die Männer an den Tauen an, als die Segel sich donnernd über ihren Köpfen blähten. Das Schiff rollte weiterhin, und der Kapitän schrie: »Leinen los!«

Das war der Augenblick, der zählte. Wenn das Schiff nicht reagierte, würde es reglos im Wasser liegen und nichts mehr tun können, als die Breitseite der spanischen Galeone hilflos hinzunehmen.

Plötzlich schrie der Bootsmann entsetzt auf. Erschrocken wandte

Thomas den Blick vom Feind ab. Er wandte sich rasch um und sah ein Durcheinander von klatschenden Segeln und zuckenden Leinen – und wusste mit Übelkeit erregender Furcht, dass das Manöver erfolglos gewesen war.

»Sie werden uns zum Himmel schießen!«, flüsterte der Steuermann, ein kleiner muskulöser Mann namens Grimes.

»Leutnant Sikeston, holt Schützen an Deck! Erschießt die Männer an den Segeln!« Der Leutnant rannte los, um den Befehl seines Kapitäns auszuführen, und er war dankbar, keine Stellung innezuhaben, bei der ein solcher Fehler den Tod bedeuten konnte!

Unter Deck fühlte Robin, wie das Schiff zurückfiel, und wusste, was ihm bevorstand. Seine Augen trafen die des alten Seemannes, Cothen, und er zwang sich zu einem Lächeln. »Mögen wir uns dankbar erzeigen für alles, was uns rechtens zuteilwird!« Cothen lächelte schwach über den alten Scherz, und dann hob Robin die Stimme. »Männer, wir müssen ihnen den ersten Schuss überlassen, aber wir kommen noch an die Reihe!«

Plötzlich schauderte der Schiffsrumpf unter seinen Füßen, und splitterndes Holzwerk flog in alle Richtungen. Die Luft erzitterte und schauderte, als das Krachen von Kanonen und das nervenzerreißende Kreischen der Kugeln durch den Rauch peitschten.

Das Kreischen vorüberfliegender Kugeln mischte sich mit näheren, irdischeren Geräuschen, als fliegende Splitter in die dicht gedrängte Menge der Kanoniere fuhren. Bald war das Deck scharlachrot, vom Blut der sterbenden Männer gefärbt. Ein Matrose namens Jones, dem die Kanone Nummer sieben anvertraut war, fiel aufs Deck nieder und krallte die Hände ins Holz, als könnte er sich darin vergraben und verbergen.

Robin rannte zu ihm hin, zerrte ihn auf die Füße und schlug ihn hart ins Gesicht. »An deine Kanone, du Feigling!«

In diesem Augenblick gerieten viele der Kanoniere in Panik. Die meisten von ihnen waren noch nie an kriegerischen Handlungen beteiligt gewesen; die blinde Furcht trieb sie in wilder Hast davon. Sie jagten auf die Leiter zu, ohne zu bedenken, dass es oben auch keine

Sicherheit gab. Ihr einziger Gedanke war, der Hölle von Rauch und Geschossen zu entfliehen, die das Kanonendeck erfüllte.

Robin zog sein Schwert und sprang an den Fuß der Leiter. Sein Gesicht war bleich vor Zorn, und seine Schwertklinge blitzte wie Silber in der raucherfüllten Luft. »Zurück an die Kanonen!«, kreischte er und trieb die Männer zurück. Als ihm erfahrene Kanoniere zu Hilfe kamen, wendete sich das Blatt.

Robin rannte dahin und dorthin, schrie und stieß die Männer auf ihre Posten. »Laden!«, schrie er gellend. »Seht nur, der Kapitän hat's geschafft, wir rühren uns wieder! Wir brauchen denen da drüben nur den Bauch voll Blei zu pumpen! Feuert! Feuert! Kanonen in Position!«

Die *Falke* schauderte, als ihre Kanonen feuerten. Oben auf Deck schrie Thomas laut auf. »Das ist's! Diesmal haben sie's zu spüren bekommen! Wir geben ihnen noch eine Ladung zu schmecken!«

Der Kampf tobte stundenlang, und die Galeone hielt sich tapfer. Ein gutes Viertel der Besatzung der *Falke* lag tot oder verwundet auf Deck, bevor Kapitän Wakefield schrie: »Seht! Sie haben die weiße Flagge gehisst!«

Thomas wandte sich einem der Matrosen zu. »Leutnant Wakefield soll sich auf Deck melden.« Wenige Minuten später stand Robin vor ihm, das Gesicht schwarz von Rußflecken. Thomas lächelte triumphierend. »Leutnant, nimm die besten Männer mit dir. Der Admiral möchte, dass ein spanisches Schiff nach England gebracht wird.«

»Um seine Kanonen und seine Segeltechnik genau zu erforschen«, stimmte Robin mit einem Kopfnicken zu. »Können wir sie nicht bemannen und gemeinsam zurücksegeln?«

»Nein. Wir müssen unsere eigene Pflicht tun und sehen, ob noch andere Schätze in unsere Hände fallen. Du nimmst zehn Männer mit, und wir gehen an Bord, um alles für deine Abreise vorzubereiten. Aber pass auf, dass die spanischen Offiziere und Matrosen während der Reise in sicherem Gewahrsam sind. Wenn sie sich befreien, hacken sie dich in Stücke und nehmen das Schiff wieder in Besitz.«

Der Wechsel dauerte seine Zeit. Viele der spanischen Matrosen und Offiziere waren tot, andere so schwer verwundet, dass sie nicht überleben würden. Thomas ging an Bord und sorgte dafür, dass das Schiff in eine Art schwimmendes Gefängnis verwandelt wurde. Als alles bereit war, stand er an Deck der *Santa Louisa*, wie das Schiff genannt wurde, und streckte seinem Neffen die Hand hin. »Du hast die gefährliche Aufgabe, Robin. Gott sei mit dir!«

»Ja, und danke dir, Onkel. Ich werde nur eine kleine Weile lang Kapitän sein, nicht wahr?«

Seine Worte waren prophetisch, denn am zweiten Tag ihrer Reise nach England rief der Mann vom Ausguck: »Drei Segel an Steuerbord!«

Robin starrte die Fleckchen an, die am Horizont auftauchten, und als der Ausguck rief: »Spanische Galeonen!«, sank ihm das Herz.

»Sollen wir zu fliehen versuchen, Sir?«, fragte Eli Framden. Sein Gesicht war bleich.

»Keine Hoffnung«, sagte Robin langsam. »Wir müssen uns ergeben.«

Framden schluckte schwer. »Das bedeutet ein spanisches Gefängnis für uns oder die Galeeren – wenn sie uns nicht überhaupt hängen. Ich glaube, ich möchte lieber tot sein, als auf einer Galeere für diese Teufel rudern zu müssen!«

Robin hatte Schreckensberichte über die Qualen gehört, die gefangene englische Seeleute auf spanischen Galeeren erdulden mussten. Sie lebten von Abfällen und wurden vom Aufseher gnadenlos ausgepeitscht. An ihre hölzernen Bänke geschmiedet, saßen sie in ihrem eigenen Kot, bis sie starben.

»Gott helfe uns allen«, flüsterte Robin, als die Segel größer wurden. Er dachte an seinen Traum, in Glanz und Gloria nach England zurückzukehren – dann sagte er: »Hisst die weiße Flagge, Mr Framden. Wir sind nun in Gottes Hand.«

»Nein, Sir!«, kam die bittere Antwort. »Wir sind in den Händen von Teufeln!«

★ ★ ★

Das unterirdische Verlies in Cadiz war einsam und dunkel. Drei aneinanderstoßende Zellen befanden sich am Ende eines langen, niedrigen Tunnels. In einer dieser Zellen stand Robin Wakefield und starrte aus einem vergitterten Fenster, durch das er einen Hof und eine weitere Passage sah, die etwas höher liegend im rechten Winkel verlief. Die Zelle neben der seinen wurde von einem spanischen Seemann belegt, der dabei ertappt worden war, wie er eine der Schatztruhen des Königs plünderte. Sein Name war Juan Hernandez, und er sprach recht gut Englisch.

Die anderen Mitglieder von Robins Mannschaft waren weggebracht worden. Der Kapitän des spanischen Schiffes war irgendwie zu der Überzeugung gelangt, dass sie für Robin ein Lösegeld erhalten könnten, da er ein Offizier war, und so hatten sie ihn in den Hafen gebracht und in das Verlies gesperrt.

Den größten Teil des Tages war die Zelle still wie ein Grab. Fast das einzige Geräusch waren gelegentliche Schritte auf dem harten Stein der oberen Passage und das Gefängnisglöcklein, das in der Ferne hörbar wurde.

Zuerst war Robin erleichtert, dass er den Galeeren entkommen war, denn er durfte hoffen, ausgelöst und in Freiheit gesetzt zu werden. Sicher würde Thomas ihm helfen oder sogar Sir Francis oder die Königin selbst. Aber die Tage vergingen, bis er zu dem Schluss kam, dass man ihn auf den langen Irrwegen der Bürokratie vergessen hatte, dass er lebendig begraben war. Wer immer sich um solche Dinge kümmerte, hatte ihn ans Ende einer langen Liste gesetzt.

Der Wärter redete nicht mit ihm, und seine einzige Zerstreuung bestand darin, Spanisch zu lernen. Hernandez war ein stumpfsinniger Bursche, der sich zu Tode langweilte und nichts dagegen hatte, lange Stunden damit zu verbringen, dass er Robin spanische Vokabeln beibrachte.

Das Essen war schlecht, eine eintönige Diät aus Fischsuppe und hartem Brot, gelegentlich ergänzt durch ein Mischmasch breiig gekochter Gemüse auf einem Blechteller, der zweimal täglich unter der Tür durchgeschoben wurde.

Robin markierte die Tage mit seinem hölzernen Löffel, mit dem er in die Wand über seiner hölzernen Pritsche ritzte. Nach sechs Monaten gab er jede Hoffnung auf, jemals freigelassen zu werden. Er wusste, dass man August 1585 schrieb, aber es bedeutete ihm nichts. Als die Zeit verging, wurde die Last der Einsamkeit zu einer Gefahr für seinen Verstand – und er fürchtete, verrückt zu werden.

Er bat um Schreibstift und Papier, aber es wurde ihm verweigert. Er bat um ein Buch – irgendein Buch – oder irgendeine Arbeit oder Beschäftigung. Nichts kam. Als er fragte, ob jemals Lösegeld für ihn bezahlt würde, sagte man ihm, dass der Kommandant keine Anweisungen hätte. Eines Tages grinste einer der Wächter und sagte: »Ich glaube, sie sparen dich auf für ein *Autodafé*.« Ein böses Funkeln trat in seine Augen, als er an die Methode der spanischen Inquisition, Ketzer hinzurichten, dachte. »Ich hoffe, ich werde da sein, wenn sie dich verbrennen, *Ingles*!«

Manchmal hämmerte er wie ein Rasender an die Tür und verlangte, freigelassen zu werden. Daraufhin bemerkte Hernandez: »Du könntest es genauso gut bleiben lassen, Wakefield. Wir beide werden hier drinnen verrotten, bis sie uns in die Kalkgrube werfen.«

Robin schüttelte den Kopf. »Nein, wir kommen hier raus.« Er zwang sich, Konversation zu machen. Sein Spanisch wurde allmählich sehr gut, denn er hatte ein aufnahmefähiges Ohr, ein gutes Gedächtnis und jede Menge Zeit zum Üben. »Sag mir, Juan, hast du jemals von einem Ort namens Casa Loma gehört?«

»Casa Loma, das Haus von Alfredo Corona?«

»Ja. Dann kennst du es also?«

»Gewiss. Er ist ein sehr reicher Mann. Wieso kennst du ihn?«

»Jemand, den ich – den ich kenne, lebt dort.«

»Dann ist er an einem guten Ort! Corona ist ein guter Mann!«

»Ist Casa Loma hier in der Nähe?«

»Oh ja, nicht weit von hier.« Robin bestand auf Einzelheiten, und Hernandez tat ihm den Gefallen und beschrieb ihm die Lage des Corona-Gutes bis in die kleinsten Einzelheiten. Ein boshaftes Vergnügen klang in Hernandez' Stimme mit, als er fragte: »Hast du etwa vor, den Herrn zu besuchen? Ich bin sicher, er würde sich freuen, dich kennenzulernen, dich, einen englischen Piraten!«

Robin ignorierte die Spitze, und noch mehrmals nachher holte er aus Hernandez alles, was er über die Familie Corona erfahren konnte, heraus. Immer wieder ging er in Gedanken die Beschreibung des Weges zu dem Herrensitz durch, obwohl er daran zweifelte, dass dabei jemals etwas herauskommen würde. Dennoch überkam ihn ein Gefühl innerer Ruhe bei dem Gedanken, dass Allison sich nur wenige Meilen von seinem fauligen Gefängnis entfernt befand.

In dieser Woche gelang es ihm, zwei rostige Nägel aus seiner Pritsche zu ziehen, und ein Gefühl der Hoffnung kehrte in seine Brust zurück. Augenblicklich begann er, mit einem der Nägel in seinem Zellenfenster zu kratzen – und zu seinem Erstaunen stellte er fest, dass er so schwach geworden war, dass er nicht länger als dreißig Minuten arbeiten konnte. Die jämmerliche Ernährung hatte ihn aller Kräfte beraubt, und seine Hände waren so schwach, dass es ihm schwerfiel, den Nagel zu halten. Wenn er ihn überhaupt halten konnte, konnte er nur kurze Zeit arbeiten, bevor seine Hände sich verkrampften und schmerzhafte Zuckungen ihn durchfuhren, die seine Hände in Klauen verwandelten.

Anfangs schritt er stundenlang hin und her, aber als seine Kräfte nachließen, lag er auf seiner Pritsche und starrte zur Decke. Seine Gedanken schweiften, als das Fieber ihn überkam, und er fragte sich oft, ob das alles die Strafe für seinen langen Hass gegen die Katholiken war. Er fragte sich, ob ein Gericht über ihn verhängt war, das ein Todesurteil bedeutete, und die Angst durchschauderte ihn, dass er dann Gott von Angesicht zu Angesicht gegenübertreten musste!

Er dachte endlos an Myles und Hannah, wie sie ihn gewarnt hatten – ihn angefleht hatten –, von solchem Hass abzulassen. Zuweilen schien es ihm, dass er ihre Gesichter sah und ihre Stimmen hörte. Einmal, als er hohes Fieber hatte, weinte er und rief Gott um Erbarmen an, aber niemand schien zu kommen.

Er kratzte sich am Bein und rief eine winzige Wunde hervor, aber infolge seines jämmerlichen Zustandes weigerte sie sich beharrlich zu heilen. Stattdessen entzündete sie sich in einem Ausmaß, dass es ihm Todesqualen bereitete, sein Gewicht auf das Bein zu verlagern. *Lass mich daran sterben*, dachte er starrsinnig. *Der Tod wäre besser als das!*

Das Essen wurde schlechter – was er nicht für möglich gehalten hatte. Der Fisch war verdorben, das Brot voll Rüsselkäfer, das Wasser faulig. Er würgte es hinunter, sein Lebenserhaltungstrieb war stärker als die Sehnsucht, zu sterben und so zu entkommen. So oft er konnte, arbeitete er an dem Mörtel, der die Gitterstäbe festhielt.

Eines Tages holten die Wächter Juan Hernandez zur Hinrichtung ab. Robin rief ihm nach: »Gott steh dir bei, Juan«, erhielt aber keine Antwort.

Der Schrecken des Todes lastete schwer auf dem Mann, und er verließ seine Zelle ohne ein Wort. Robin stand auf seinem Lager und beobachtete die Hinrichtung, die in dem Hof außerhalb seiner Zelle stattfand. Sie lief jedoch nicht so ab, wie er es sich ausgemalt hatte. Er hatte sich ein Erschießungskommando vorgestellt, wobei das Opfer an einer Wand stand.

Als er mit fiebrigen Augen zusah, sah er zwei Soldaten, die die kleine Gestalt des Gefangenen stützen mussten. Sie führten ihn bis zu einem verkümmerten Bäumchen, wo sie ihn zu Boden sinken ließen. Ein Offizier erschien, schritt zu dem wild um sich schlagenden Hernandez hinüber und zog seine Pistole. Ohne jede Sorgfalt setzte er die Mündung an den Kopf des Mannes und drückte ab. Robin sah den abgemagerten Körper krampfhaft hochschnellen und dann schlaff auf das steinerne Pflaster niedersinken. Der Leutnant machte eine Handbewegung, und die Soldaten kamen herbei, um den Körper wegzuschleifen, wobei jeder eine Ferse packte. Der grausige Anblick des Toten, der so fortgeschleift wurde, war zu viel für Robin. Er stolperte vom Fenster fort und würgte krampfhaft in einem Winkel des Raumes.

Lieber Gott, ich kann das nicht mehr aushalten!, dachte er verzweifelt. *Lass mich freikommen oder lass mich sterben. Aber lass mich nicht noch länger hierbleiben.*

Das Ende kam so plötzlich, dass es ihm wie ein Traum erschien.

Robin war mitten in der Nacht aufgewacht, halb erstickt in der dumpfen Hitze des Spätsommers. Lustlos holte er den Nagel aus seinem Versteck, stellte sich auf sein Lager und begann, an dem Mörtel zu kratzen. Er tat es ohne jede Hoffnung; es war eine bloße Reflexhandlung, um sich zu beschäftigen.

Der Nagel war stumpf und glitt in der Furche herum, auf die er so viele Stunden verwandt hatte – und als er ein leises kratzendes Geräusch machte, dachte Robin plötzlich an Allison.

Das Bild ihres Gesichts erschien ihm, wie er sie zum letzten Mal gesehen hatte. In der Hitze und dem Schmutz der Zelle überfiel ihn die Erinnerung an ihre Frische, und es war, als könnte er von Neuem die sanfte Weichheit ihrer jungen Lippen spüren. Es war nicht das erste Mal, dass er an ihren Kuss dachte – aber seltsam, wie er vor Erschöpfung zitternd dastand, war die Erinnerung schärfer, durchdringender als je zuvor.

Er war so versunken in seine Erinnerung, dass er gar nicht merkte, wie er länger als sonst arbeitete. Aber er wachte abrupt aus seinem schlafwandlerischen Zustand auf, als der Nagel zu verschwinden schien!

Blinzelnd vor Verblüffung spähte er hinunter und sah in der Dunkelheit, die nur der Vollmond erhellte, dass er den Mörtel durchstoßen hatte! Mit zitternden Fingern holte er den Nagel zurück und begann, an der Höhlung zu bohren. Er hatte offenkundig eine hohle Stelle getroffen, eine Schwäche im Mörtel selbst, denn der Zement bröckelte bei der bloßen Berührung durch den Nagel! Beinahe schluchzend stieß und kratzte er an der Basis des Eisenstabes und war erschöpft vor Erleichterung, als er merkte, dass die Höhlung tief wie der Stab selbst war. Eine Stunde lang machte er weiter, bis seine Finger verkrampft und blutig waren, bis er endlich das untere Ende des Stabes freigelegt hatte.

»Muss etwas finden, mit dem ich ihn lockern kann!«, krächzte er heiser. Es gab nur wenige Möglichkeiten, denn die Pritsche war das einzige Möbelstück in der Zelle. Er warf den Strohsack zu Boden und begann, an den rohen Planken zu zerren. Es gelang ihm, die

Sprüssel von den Beinen loszureißen. Das brachte ihm vier kurze Beine und zwei lange Stäbe. Er wusste, dass das obere Ende des Stabes festsaß, dort gab es keine Höhlung! –, aber seine Zeit auf See hatte ihn gelehrt, dass man mit einem Hebel eine Menge anfangen kann, wenn man nur einen Drehpunkt hat.

Vorsichtig nutzte er die kurzen Teile, um einen Rahmen aufzubauen, der als Stützpunkt für das längere Stück dienen konnte. Sie hielten nicht und fielen mit einem solchen Krach zu Boden, dass er wie zu Stein erstarrt stehen blieb. Sein Herz klopfte, als er darauf wartete, dass ein Wächter nachsehen käme. Die Zeit verging, und er brach in kalten Schweiß aus. Niemand kam, so wandte er sich wieder seiner Aufgabe zu.

Er arbeitete beharrlich. Sein Kopf wirbelte von Ideen, während er hunderterlei verschiedene Methoden ausarbeitete, wie er seine »Ausrüstung« dazu bewegen konnte, den Stab ordentlich zu packen. *Das ist meine letzte Chance – wenn sie merken, dass mein Bett zusammengebrochen ist, werden sie sich umsehen und merken, was ich mit dem Fenster gemacht habe. Ich muss heute Nacht noch hier raus!*

Aber was er auch versuchen mochte, nichts funktionierte. Schließlich waren seine Arme taub vor Anstrengung, und er sank kraftlos auf den Boden hin, das Gesicht in den Händen verborgen. *Ich schaffe es nicht! Ich schaffe es einfach nicht!*

Lange Zeit saß er da und weinte vor Enttäuschung. Der silbrige Mondschein tauchte die Zelle in ein geisterhaftes Licht, und die Stille lag über dem Verlies wie eine schwere Decke. Langsam begann er, seine Fassung wiederzuerlangen, und hörte zu weinen auf. Er hatte seit Jahren nicht mehr geweint, außer beim Tod seiner Großeltern, und irgendwie hatten die Tränen eine Art Tür in seinem Geist geöffnet. Jedenfalls erschien es ihm so, als er da in der heißen Dunkelheit saß.

Schließlich wurde er still, nicht nur körperlich, sondern auch geistig, und in dieser Stille schien es ihm, als hörte er etwas. Zuerst dachte er, es sei vielleicht nur ein schwaches Echo von einem der Wärter auf der nächsten Etage ... dann erstarrte er, als ihm bewusst wurde, dass es eine Stimme war, die er oft im Leben gehört hatte, eine Stimme, die auf dieser Erde seit Jahren nicht mehr gehört worden war ... die Stimme seines Großvaters, Myles Wakefield!

Zuerst dachte Robin, er würde wahnsinnig – oder sei es bereits. Dann erinnerte er sich, dass er dergleichen schon früher erlebt hatte. Sein Großvater hatte jede Nacht laut aus der Bibel vorgelesen, und dieses ständige Hören hatte dazu geführt, dass die Worte der Schrift tief im Unbewussten des Jungen verborgen lagen. Von Zeit zu Zeit erinnerte Robin sich an diese Gelegenheiten, und oft konnte er beinahe den Klang dieser milden Stimme hören, die die alten Geschichten des Glaubens vorlas.

Und nun, weit entfernt von der Erde Englands, in der Myles Wakefields Asche lag, schien sein Enkelsohn die Worte zu hören:

Und worum immer ihr im Gebet bitten werdet, das sollt ihr erhalten.

Als die Worte in der Luft zu hängen schienen wie das Echo eines alten, süßen Liedes, das er vor langer Zeit gehört hatte, begann Robin, in Gedanken all die Versprechungen durchzugehen, die Myles und Hannah ihm in der Bibel gezeigt hatten. Schließlich holte er tief Atem und wisperte: »Herr, ich bin kein Mann, der im Glauben bitten kann, denn ich war ein Sünder. Aber ich vertraue auf den Glauben meines Großvaters und meiner Großmutter. Sie haben an dich geglaubt, und so gut ich kann, fordere ich das Versprechen ein, das ich soeben gehört habe. Ich bitte um viel: Lass mich diesen Stab herausreißen und dann irgendwie nach England zurückkehren!«

Kein Geräusch war in der dunklen Zelle zu hören, außer dem seines eigenen Atems und dem Schrei eines Nachtvogels, der über dem Wald neben dem Gefängnis schwebte. Keine Stimme versicherte ihm, dass er gehört worden war – kein winziger Hinweis, dass irgendetwas sich geändert hätte.

Aber Robin sprang auf die Füße und studierte die Holzstücke. Langsam kam ihm eine Lösung in den Sinn; erst flüchtig, aber immer deutlicher fügten sich die Puzzleteile zusammen. »Es wird funktionieren ... aber wie kann ich den Angelpunkt fixieren?«, fragte er.

Benütze dein Hemd und mache einen Knoten –

Robin blinzelte, dann schlüpfte er augenblicklich aus seinem zerlumpten Hemd. Er riss es in Streifen, flocht die Lumpen zu einer Art Strick zusammen und hatte die Holzstücke bald fest zusammengebunden. Er hob einen der Sprüssel auf und betrachtete ihn eindringlich, dann schüttelte er den Kopf. *Nicht stark genug.* Er hob ein anderes Stück auf, band sie zusammen, schob sie dann durchs Gitter, sodass die Enden hinter den gelockerten Stab passten. Der Doppelhebel war nun angebracht, knapp 2 Meter lang – aber würde er der Belastung standhalten? Würde der Angelpunkt aushalten?

In diesem Augenblick erlebte Robin sein erstes Aufblitzen blinden Glaubens. Irgendwie *wusste* er, dass der Stab nachgeben würde, und ohne weiteres Zögern krümmte er den Rücken und stemmte sein ganzes Gewicht gegen den Hebel. Zuerst ereignete sich nichts, aber als er sich zurückzog und mit wilder Anstrengung gegen den Hebel stieß – da hörte er ein kratzendes Geräusch, und dann bewegte er sich!

Er stieß mit aller Kraft zu und fühlte, wie der Hebel sich ein paar Zentimeter weiterbewegte – und dann brach der Hebel ab. Er fiel zu Boden, sprang aber augenblicklich wieder auf die Füße und spähte zum Fenster hinauf. Es befand sich über seiner Kopfhöhe, aber er sah, dass der Stab beinahe im rechten Winkel hervorstand!

»Danke, Gott!«, keuchte er. Das Bett war zerstört, daher gab es nur noch einen Gegenstand, auf den er steigen konnte. Er packte den übel riechenden Eimer, der als Toilette diente, leerte ihn aus und stülpte ihn um. Als er darauf stand, sah er, dass der Raum zwischen den Stäben weit genug war, um seinem ausgemergelten Körper Durchgang zu gewähren.

Er griff hinaus, packte die beiden Stäbe zu beiden Seiten des verbogenen Stabes und zog sich hinauf. So schwach wie er war, fiel er einmal zurück, aber Entschlossenheit und Verzweiflung mischten sich, und er schaffte es, einen Arm über den unteren Teil des Fensters zu strecken. Er löste den Griff um den anderen Stab und hatte bald beide Arme über das Fenster gestreckt. Er krümmte sich wild hin und her und zog seinen Körper durch.

Er hielt nicht einmal an, um Atem zu schöpfen. Er zwängte seinen Körper durch die Öffnung und fiel augenblicklich auf die harte Oberfläche des Pflasters im Durchgang. Der Sturz verschlug ihm den Atem, aber er erhob sich atemringend und stolperte auf das Tor zu. Die Wächter spielten nachts für gewöhnlich Karten oder schliefen, aber es bestand immer die Möglichkeit, dass er gesehen wurde.

Als er sich auf den Weg machte, wusste er, dass seine Chancen gering waren. Er befand sich in einem fremden Land, in dem jeder Mann sein Feind war. Er war ausgehungert und krank, und am nächsten Morgen würden die Wächter jeden Straßengraben durchsuchen.

Als Robin die Reihe von Bäumen erreichte, die die Stadtgrenze von Cadiz und den Beginn des offenen Landes markierten, hatte er nur einen einzigen Gedanken: *Allison! Ich muss Allison finden!*

Er stolperte ins Gebüsch. Seine Sinne waren stumpf und sein Körper schmerzte vor Anstrengung. Trotzdem, im Augenblick war er frei, und er wusste, dass Gott es bewirkt hatte!

20

EIN SICHERER HAFEN

An einem Morgen im August erschien Allison spät zum Frühstück.

Doña Maria sah das Gesicht der jungen Frau und fragte: »Fühlst du dich nicht wohl, meine Liebe?«

Allison verstand augenblicklich, welche unterdrückte Hoffnung sich im Tonfall ihrer Schwiegermutter widerspiegelte. Die einzige, überwältigende Sehnsucht ihres Herzens war es, einen Enkelsohn zu haben, um die Dynastie der Coronas fortzusetzen, und morgendliche Übelkeit wäre ein gutes Zeichen gewesen, sowohl für Doña Maria wie für Don Alfredo. Die ältere Frau hatte seit Allisons Ankunft offen von dieser Sehnsucht gesprochen, und auch ihr Gatte sehnte sich so verzweifelt danach, dass er einmal ganz offen mit ihr gesprochen hatte.

»Mein Sohn ist nicht – was ein Mann sein sollte«, hatte er zu ihr gesagt, als sie eines Nachmittags unter vier Augen miteinander gesprochen hatten. Das Eingeständnis hatte ihn schmerzlich getroffen, und er hatte sich entschuldigt und hinzugefügt: »Es war unrecht von mir, dich nicht zu informieren, wie es um ihn steht. Aber wir können unsere Familie nicht wegen seiner Krankheit aussterben lassen –«

Er hatte sich unterbrochen, und sein Kummer war so tief, dass Allison ihre Hand auf die seine gelegt und gesagt hatte: »Bei Gott ist kein Ding unmöglich. Wir wollen um seine Weisheit und sein Wirken beten.«

Als Allison sich nun mit Doña Maria zu Tisch setzte, zerstörte sie die Hoffnungen der Frau, indem sie sagte: »Mir ist nicht unwohl, aber ich habe letzte Nacht schlecht geschlafen.« Der begierige Ausdruck in den Augen der älteren Frau erlosch, und Allison fühlte, wie sie der Drang packte, die Wahrheit zu sagen – dass keine Aussicht bestand, dass sie jemals ein Kind haben würde, denn ihr Gatte rührte sie nicht einmal an!

Aber der Schmerz und Kummer in Doña Marias Gesicht erfüllten ihr Herz mit Mitleid, und sie sagte nichts. Während sie die Früchte aß, die ihr vorgesetzt wurden, dachte sie plötzlich an ihre Hochzeitsnacht. Diese Erfahrung war einer der schmerzlichsten Aspekte ihres Lebens in Cadiz gewesen, und obwohl es ihr gelang, das meiste davon in den tiefsten Nischen ihres Herzens zu vergraben, fühlte sie nun ein Aufblitzen von Scham und Zorn, als die Erinnerung zurückkehrte.

Sie hatte sich bereit gemacht, zu Bett zu gehen, und trug ein wunderschönes weißes Seidennachthemd. Die Vorbereitungen auf die Hochzeit, dann die Zeremonie selbst – und die nicht enden wollenden Festlichkeiten danach – hatten sie erschöpft. Ihre Unschuld und ihre nervöse Anspannung hatten an ihren Nerven gezerrt, und als Don Jaime in ihr Schlafgemach gekommen war, war sie von Furcht erfüllt.

»Ah, meine jungfräuliche Braut!«, hatte er gebrüllt, so laut, dass – wie Allison wusste – die Diener ihn hören konnten. »Du bist doch noch Jungfrau, oder etwa nicht?«

»Ja, Don Jaime«, hatte sie schlicht geantwortet.

»Ich hätte nicht gedacht, dass es noch welche in England gäbe unter dieser barbarischen, sittenlosen Rasse! Ausgenommen natürlich Elisabeth, die jungfräuliche Königin.« Er hatte sich unter trunkenen Flüchen das Hemd vom Leib gerissen, und der Anblick seines fetten Körpers, der bleich und ungesund wirkte, erinnerte sie an die Nacktschnecken, die den Garten heimsuchten.

Er war im Zimmer herumgetrottet, fluchend und um sich tretend, und hatte in langen Schlucken Wein aus der Flasche getrunken, die auf dem Tisch stand. Von Zeit zu Zeit war er herumgewirbelt, um das verängstigte Mädchen anzustarren, das dalag und ihn beobachtete. Er hatte ihr das Hemd vom Leib gerissen und dann eine Handvoll von ihrem üppigen Haar gepackt. Er hatte ihren Kopf am Haar gerissen, während er die Engländer verfluchte, dann sie und seine Eltern verfluchte.

»Ihr wollt alle, dass ich sterbe, nicht wahr?«, kreischte er. »Ich weiß es, sooft ich dich ansehe, Rosalita.«

Kalte Finger des Entsetzens waren Allison über die Haut gefahren, denn es wurde immer offenkundiger, dass Don Jaime sie nicht einmal wahrnahm, sondern glaubte, eine andere Frau vor sich zu haben.

»Ich habe dich schon einmal abgeschüttelt, erinnerst du dich? Ich kann es wieder tun. Sie werden alle nach dir suchen und suchen, und die alte Frau wird weinen ... aber sie werden dich niemals finden. Niemals, niemals, niemals ...«

Seine Worte waren in jenes erschreckende Lachen übergegangen, das Allison bald nur zu gut kannte. Sie wollte aus dem Bett springen und zur Tür stürzen, um sich in Sicherheit zu bringen, aber es gab keine Zuflucht. So hatte sie zusammengekauert im Bett gesessen, während ihr Gatte stundenlang trank und tobte.

Niemals hatte Allison erwartet, dass ihr etwas so Schreckliches zustoßen könnte, aber sie war so gelähmt vor Furcht, dass sie nicht einmal protestierte. Schließlich hatte alles ein Ende genommen. Coronas Augen wurden glasig vor Hass, und er hatte sie am Haar gepackt und aus dem Bett geschleift. »Du meinst, ich brauchte eine Frau wie dich? Nein! Ich verabscheue schon deinen Anblick! Schlaf auf dem Boden – oder noch besser, lauf zur Bucht hinunter und ertränke dich!«

Damit war er auf dem Bett zu einem betrunkenen, besinnungslosen Haufen zusammengebrochen, und sie war davongeschlichen, um im Ankleidezimmer daneben zu schlafen.

Als diese grausame Erinnerung Allison durch den Kopf fuhr, wurde ihr eine gesegnete Erleichterung bewusst: *Wenigstens hat er mich kein zweites Mal so beschämt!* Er hatte das Schlafgemach eine Woche lang mit ihr geteilt, aber jede Nacht hatte er sich besinnungslos betrunken und gesagt: »Schlaf auf dem Fußboden, englische Hexe!«

Allison hatte das mit dankbarem Herzen getan, und nach einer Woche hatte Jaime seinen Eltern gesagt: »Meine Braut ist sehr nervös. Sie schläft schlecht. Wir werden ihr ihr eigenes Zimmer geben, wo ich sie aufsuchen werde, um meine ehelichen Pflichten zu erfüllen, bis es nicht mehr nötig ist.«

Im Lauf der letzten fünf Jahre war Allison weitgehend allein gelassen worden. Ihr Gatte nahm seine alte Lebensweise wieder auf – die darin bestand, lange Geschäftsreisen mit seinen vertrauenswürdigen Gefährten zu unternehmen. Männern, die dafür bezahlt wurden, auf ihn zu achten und zu verhindern, dass er sich selbst oder anderen ein Leid zufügte. Seine Geschäfte blühten, was er zum Anlass nahm, nur selten nach Hause zurückzukehren, und diese Besuche waren erfreulich kurz.

Als Allison über den Tisch hinweg Doña Maria anblickte, fühlte sie einen scharfen Stich des Mitleids. *Wie wenig Hoffnung ihr noch geblieben ist – ihr Sohn war ihr Lebensinhalt, und jetzt ist er ein Ungeheuer!* Obwohl sie überzeugt war, dass sie niemals in der Lage sein würde, den beiden alten Leuten die Enkelkinder zu schenken, die sie sich so verzweifelt ersehnten, war sie entschlossen, ihnen eine gute Schwiegertochter zu sein. Nun lächelte sie ihre Schwiegermutter an. »Warum gehen du und ich nicht in die Stadt, ein wenig einkaufen?«

»Aber wir müssen doch zum Autodafé gehen, Allison«, antwortete Doña Maria. »Hast du das vergessen?«

»Nei-ein, aber ich würde lieber nicht gehen.«

»Nicht gehen! Aber du *musst* hingehen, meine Liebe!« Doña Marias rundes Gesicht war plötzlich besorgt. »Du weißt doch, dass die Inquisition ... aufmerksam beobachtet, wer hingeht, und –«

»Und da ich Engländerin bin, werden sie besonders aufmerksam sein?«

»Genau! Nun, ich weiß, dass du ein braves katholisches Mädchen bist, aber man muss der Geistlichkeit keinen Anlass zu ... zu Misstrauen geben.«

Allison sagte nichts weiter, denn sie wusste nur zu gut, dass selbst die ergebensten Mitglieder der Kirche in Angst und Schrecken davor lebten, der Ketzerei angeklagt zu werden. Sie legte ihr düsterstes Gewand an, und als sie an diesem Nachmittag mit Don Alfredo und

Doña Maria auf der Plaza Mayor anlangte, waren dort bereits zwei- oder dreitausend Menschen versammelt. Weitere Hunderte drängten sich auf den Balkonen der vierstöckigen Häuser. Auf einer Seite des Platzes befand sich der Balkon des Königs und ihm gegenüber auf einem Podium zwei Käfige, in denen eine kleine Gruppe Gefangener eingesperrt war. Die hölzernen Tribünen waren gedrängt voll, aber spezielle Sitze waren für den Adel reserviert, und als Allison sich auf einem davon niederließ, dachte sie sarkastisch: *Es wäre mir lieber, keinen Logenplatz bei dieser Gelegenheit zu haben – je weiter weg, desto besser!*

Ein hochgewachsener, magerer Priester trat herzu und wurde ihr als Vater Securo vorgestellt, das Oberhaupt der Inquisition. Sie nickte und sprach mit leiser Stimme mit ihm, sah jedoch, dass seine glitzernden Augen mit einem geradezu räuberischen Ausdruck an ihr hingen. Furcht flackerte in ihr auf. *Es ist doch gut, dass ich gekommen bin*, dachte sie.

Eine halbe Stunde später nahmen König Philipp und sein Hofstaat ihre Plätze ein, und sobald sie sich gesetzt hatten, begann die Prozession. Diese bestand aus etwa hundert Henkersknechten mit Musketen und Hellebarden und zwei- oder dreihundert Dominikanermönchen mit Bannern. Ein Mann auf einem weißen Pferd führte sie an, der die Fahne des heiligen Offiziums trug, rot mit einem silbernen Schwert in einem Lorbeerkranz. Ihm folgten weitere Bewaffnete und drei Männer, die ein in schwarzen Trauerflor gehülltes Kruzifix trugen. Das Kruzifix und die Fahne wurden auf dem Altar aufgerichtet, und die Gebete begannen.

Allison hasste das alles – die glänzenden Augen der Zuschauer, die dichten Reihen glänzender Soldateska, die zusammengedrängten Haufen von Mönchen. Es war ein Teil ihres Glaubens, den sie niemals akzeptieren konnte – und sie hatte völliges Verständnis dafür, dass in England die Inquisition das Hauptsymbol der verhassten Papisterei war.

Nach einer weiteren Parade begann der Großinquisitor zu predigen. Die Sonne brannte auf Allisons Scheitel, und die Hitze wurde erstickend. Einige der Zuschauer holten Brote hervor und begannen, sie mit Lauch und Knoblauch zu essen. Fliegende Händler bauten ihre Lädchen am Fuß der Tribünen auf und machten gute Geschäfte mit dem Verkauf von Suppe und Getränken. Ein Mönch im seltsamen Habit eines Kapuziners sammelte Spenden für die Armen.

Schließlich beendete der Großinquisitor seine Predigt, und der König erhob sich, um zu antworten. Obwohl seine Stimme trocken und dünn war, lag eine stille Leidenschaft darin. Mehr als einmal bewegte er seine Zuhörer zu einem Murmeln der Zustimmung. Einmal gab es ein polterndes Aufbrüllen, als er von der Gegenreformation mit Feuer und Schwert sprach. Als er zu Ende kam, zog eine Prozession von Mönchen rund um das Amphitheater. Sie trugen Statuen und Bilder von Heiligen und ein Dutzend mit Flammen bemalter Särge. Diese, hatte Don Alfredo Allison erklärt, enthielten die Gebeine von Ketzern, die im Gefängnis gestorben waren.

Nun wurden die Gefangenen einer nach dem anderen vorgeführt und ihre Verbrechen vorgelesen. Eine der vier Frauen und fünf der dreizehn Männer wurden zum Tode verurteilt. Die anderen kamen auf die Galeeren, in den Kerker oder wurden gestäupt.

Die Messe wurde in der sinkenden Dämmerung zelebriert. Unrat und Schmutz lagen überall herum, und Weinflaschen wurden herumgereicht – von denen Allison nur kostete. Ihr Appetit war dahin, und sie schauderte vor dem, was folgen musste.

Schließlich wurden die Gefangenen an die Pfähle inmitten des Platzes gebunden, Scheite und Holzkohle wurden von den schwarz gekleideten Henkersknechten und den Priestern des heiligen Offiziums rund um sie gehäuft. Nun flatterte die Fahne mit dem weißen Kreuz in der Brise, und einer der Gefangenen rief mit klarer Stimme ein paar Worte in einer fremden Sprache.

»Er ist wahnsinnig geworden«, sagte Don Alfredo. »Wie schrecklich, so vor Gott zu treten!«

Ein Mann wollte seinem kleinen achtjährigen Jungen einen besseren Platz verschaffen, wo er besser sehen konnte. Dann legten die Henkersknechte Seile um die Nacken der vier Gefangenen, die abgeschworen hatten. Einer von ihnen schrie, ein anderer rezitierte das

Vaterunser auf Lateinisch. Einer der Beamten gab einem Mann ein Zeichen, der eine lange metallene Trompete hob und einen schrillen Stoß blies. Die Menge wurde still, und das Fluchen und Beten der Gefangenen endete in ersticktem Husten, als die Henker die Seile zuzogen. Bald darauf waren sie tot. Die Leute seufzten; ein Mönch intonierte mit hoher Stimme ein Gebet.

Allison war übel, aber noch Schlimmeres stand bevor. Die Männer mit den Fackeln zündeten die Scheite um die übrigen Opfer an, und Flammen leckten um ihre Füße. Einer von ihnen, ein Mann in zerlumpter schwarzer Kleidung, begann mit hoher Stimme zu schreien, wie ein Pferd, das Allison unter den Händen eines ungeschickten Schlächters schreien gehört hatte. Der andere gab keinen Laut von sich, aber als die Flammen höher leckten, erschienen Blasen auf seiner Haut und platzten rasch, wie die Blasen in einem kochenden Topf. Als sie barsten, strömte das rote Blut reichlich heraus, und ebenso aus seiner Nase.

Überwältigt von der grausigen Szene, wandte Allison rasch den Kopf ab und übergab sich. Doña Maria warf einen Blick auf den Großinquisitor, sah, wie seine Raubvogelaugen die Reaktion des englischen Mädchens beobachteten, und streckte die Hand aus, um das Mädchen aufzurichten, als sie die Loge verließen.

»Es ist schrecklich für eine junge Frau, zuschauen zu müssen«, murmelte Don Alfredo, während er Allisons Arm hielt. »Aber die Ketzer müssen ausgerottet werden, oder die Wahrheit wird zugrunde gehen.«

Allison war zu erschöpft, um zu sprechen, aber alles in ihr rebellierte gegen die Szene, die sie hatte mitansehen müssen. *Das ist nicht die Liebe Jesu!*, stieg ein Schrei des Protests in ihr auf. Sie würgte ihn hinunter, als das Ehepaar sie aus der Arena führte.

★ ★ ★

Noch Wochen nach dem Autodafé schlief Allison schlecht. Sie fiel in unruhigen Schlaf, fuhr aber erschreckt wieder hoch, als lebhafte Bilder der schrecklichen Hinrichtungen ihren Geist füllten. In manchen Nächten saß sie wach bis zur Dämmerung, vor Furcht einzuschlafen, und bei diesen Gelegenheiten las sie im abgegriffenen Evangelium des Johannes, das Giles ihr unmittelbar vor ihrer Abreise nach Spanien geschenkt hatte. Sie kannte es auswendig, aber irgendwie gab es ihr das Gefühl, in die Vergangenheit zurückzukehren, wenn sie das vertraute Büchlein in Händen hielt – eine Erinnerung an die Tage, in denen sie noch sicher im Schoß ihrer Familie gelebt hatte.

Eines Nachmittags kam ein Priester, Vater Cortez, zu Besuch. Er trank Tee mit Don Alfredo und Doña Maria, dann bat er, der schönen Frau Don Jaimes vorgestellt zu werden.

»Er ist ein Sonderbeauftragter der Großinquisition«, flüsterte Doña Maria, als sie Allison holen kam. »Sei vorsichtig, was du sagst. Die Inquisition kann sehr hart zu Fremden sein!«

Aber der Priester zeigte sich liebenswürdig; er nickte Zustimmung, als die Coronas ihre Schwiegertochter mit Lob überhäuften. Schließlich sagte er: »Vielleicht wollt Ihr mir Euren Garten zeigen, Señorita? Ich liebe Blumen, müsst Ihr wissen.«

»Natürlich, Vater.«

Eine halbe Stunde lang streiften die beiden durch den weitläufigen Garten des Gutes, und Vater Cortez erwies sich tatsächlich als ein Blumenkenner. Schließlich fragte er: »Haben diese Blumen hier Ähnlichkeit mit denen in England? Ich war noch nie in England.«

»Oh nein, überhaupt nicht.« Allisons Wangen wurden warm, als sie offen über die englischen Gärten und die wilden Blumen dort sprach, und als sie innehielt, fragte Vater Cortez: »Vermisst Ihr Eure Heimat?«

»Ja, sehr sogar.« Es hätte keinen Sinn gehabt, diesen Mann anzulügen, das wusste Allison instinktiv. Als Mitglied der Inquisition musste er ein ausgezeichneter Menschenkenner sein. »Ich glaube, ich vermisse vor allem die Blumen, obwohl diese hier auch sehr schön sind«, fügte sie rasch hinzu.

Cortez hatte ein rundes, ausdrucksloses Gesicht, aber hinter einem Paar milder brauner Augen lag ein messerscharfer Verstand.

Der Großinquisitor hatte ihn geschickt, um das englische Mädchen zu überprüfen, und hinzugefügt: »*Sie macht ja einen sehr demütigen Eindruck, aber forscht in ihrer Seele, Cortez – Ihr wisst, wie verbreitet die Ketzerei unter den englischen Katholiken ist!*«

Nun sagte der kleine Priester mit vorsichtiger Zurückhaltung: »Und Eure Ehe – Ihr seid glücklich mit Eurem Gatten?«

Allison senkte einen Augenblick lang den Blick, dann sah sie auf. »Nein, Vater«, antwortete sie schlicht.

Ihre unverblümte Antwort fand Cortez' Billigung. Er wusste natürlich von der abwegigen Veranlagung des Sohnes der Familie Corona, und er hatte mit dem Pfarrer des Ortes über die Sache gesprochen, bevor er Allison aufgesucht hatte.

Man hatte ihm erzählt, dass die alten Leute in Verzweiflung verfallen waren und nach einem englischen Mädchen geschickt hatten – in der Hoffnung, dass Don Jaime wenigstens einen Sohn zeugen würde. *Aber ich habe die Beichte der jungen Frau gehört*, hatte er hinzugefügt. *Don Jaime hat sich nicht geändert, und ich fürchte, die junge Frau sitzt in der Falle.*

Cortez sagte sanft: »Die Ehe ist auch im günstigsten Fall ein hartes Los, Allison. Für Euch – ist es schwerer als für die meisten anderen.«

Rasch blickte Allison ihm in die Augen. *Er weiß Bescheid!*, dachte sie, dann flüsterte sie: »Ich ... ich möchte gern eine gute Ehefrau sein, aber ...«

Als der jungen Frau die Stimme versagte, sagte Vater Cortez rasch: »Ich verstehe. Wir wollen für Euren Ehemann beten. Seid Señor Corona und seiner braven Frau eine gute Tochter. Seid der Kirche treu. Ich habe einen guten Bericht über Euch von Vater Gonzales. Wir werden sehen ...«

Als Cortez dem Großinquisitor seinen Bericht ablieferte, zuckte er die Achseln. »Der Sohn Don Alfredos ist ein Mann, der geistig und seelisch krank ist. Das wissen wir längst. Die junge Frau? Sie ist ein einfältiges Kind, aber eine gute Katholikin. Ich werde sie von Zeit zu Zeit überprüfen, wenn es Euer Wunsch ist, aber ich sehe aus dieser Ehe nichts Gutes kommen. Eine Tragödie für die Coronas, einen rechtschaffenen Mann und eine gute Frau! Wenn sie sterben, wird ihr abwegiger Sohn rasch genug zugrunde gehen, nehme ich an.«

»Seid argwöhnisch, José! Diese Engländer sind gerissen.« Zorn rötete das Gesicht des Großinquisitors. »Das Oberhaupt ihres Geheimdienstes hat letzten Monat drei Jesuiten gefangen gesetzt und nach Folterungen hinrichten lassen! Einer von ihnen wurde auf der Streckbank so grausam gebrochen, dass er nicht mehr die Hand heben konnte, als er vor Gericht geführt wurde! Aber sie haben die Stirn, *uns* grausam zu nennen!«

»Eines Tages wird alles anders sein.« Cortez nickte. »Wenn wir in England einfallen und eine gute Katholikin auf den Thron setzen, dann werden wir sehen, wer hingerichtet wird.«

»Ah, Ihr begünstigt Maria von Schottland?«

»Gewiss!«

»Nun, sie hat ein Anrecht auf den Thron, und sie ist eine ergebene Tochter der Kirche.« Er beugte sich vor und senkte die Stimme, als er hinzufügte: »Habt Ihr Neues von der Verschwörung gehört, Elisabeth zu, äh, *entfernen?*«

»Ich weiß ein wenig. Unsere Agenten berichten uns, es würde nicht schwierig sein. Elisabeth verachtet es, sich selbst zu schützen, sagt man uns. Wir werden den richtigen Zeitpunkt finden, macht Euch keine Sorgen!«

»Die Inquisition wird alle Hände voll zu tun haben, sobald Maria regiert!« Die Augen des hochgewachsenen Mannes schienen zu brennen, aber er lächelte, als er hinzufügte: »Ich kann mir keinen Priester vorstellen, der besser geeignet wäre, Oberhaupt der Inquisition in England zu werden, als Euch, Vater Cortez!«

»Das geschehe, wie Gott will, Vater!«

★ ★ ★

Allison ging oft den Pfad entlang spazieren, der zum Fluss führte. Die Dienerschaft des großen Hauses benützte diesen Pfad, um ihre

Kleider an einen stillen Platz im Schatten eines Wäldchens zu bringen, wo sie die Wäsche wuschen und manchmal auch badeten.

An einem Septemberabend sank die Sonne im Westen, als sie den Fluss erreichte. Sie blickte aufs Wasser hinaus und bemerkte, wie der gelbe Ball die flüssige Oberfläche zu berühren schien. Allison setzte sich auf einen der Felsblöcke, die den kleinen Fluss begrenzten, zog ihre Füße hoch und schlang die Arme um die Knie, eine Gewohnheit, die sie von Kindheit an hatte.

Aus der Ferne drang das Klingeln von Glöckchen an ihr Ohr – Schafglöcklein, wie sie wusste, zart und melodiös. Dann läutete die Kirchenglocke den Angelus, ein weicher Klang, der in der stillen Luft zu schweben schien.

Allison schätzte die friedliche Stille hoch und saß eine lange Zeit so da. Sie beobachtete, wie die kleinen Fische sprangen und die Fliegen schnappten, die die Oberfläche des Wassers berührten. Sooft einer nach einer Fliege sprang, sandte seine Bewegung ein perfektes Wellengekräusel über das Wasser, das sich ausbreitete, bis es das Ufer zu ihren Füßen erreichte. Sie hob einen Kiesel auf, warf ihn hinein und beobachtete die Ringe, die sich bildeten – vollkommen, schlicht, rein. Sie begann, weitere Kiesel zu werfen, und stellte fest, dass ein einzelner Stein ein schlichtes Muster bildete, zwei Steine aber Wellenringe erzeugten, die sich berührten und auseinanderliefen. Wenn sie eine Handvoll hineinwarf, wurde das Muster so kompliziert, dass der einfache Kreis überhaupt nicht mehr sichtbar war.

So hätte ich das Leben gerne – schlicht! Aber so ist es nicht. Ich wünschte, ich wäre wieder zu Hause, könnte die Kuh melken und für meine Familie kochen. Das war so einfach! Aber das Leben ist wie das Wasser, wenn man eine Handvoll Steine hineinwirft – alles ist so verwirrend.

Plötzlich erwachte sie aus ihren Träumen, als Geräusche hinter ihr laut wurden. Allison sprang auf die Füße und wirbelte herum. Sie sah einen hageren Mann aus den Wäldern kommen. Er war in Lumpen gekleidet, seine Augen waren hohl und seine Füße nackt: Sie konnte die blutigen Spuren sehen, die er auf dem Boden hinterließ, als er näher kam.

»Wenn Ihr Essen braucht, geht in die Küche«, sagte sie rasch und kämpfte ein jähes Aufwallen der Furcht nieder. Er wirkte geschwächt, aber auf seinem Gesicht lag ein Ausdruck verzweifelter Entschlossenheit. Sie wollte sich mit einer raschen Bewegung zum Gehen wenden, aber er sprach sie an.

»Allison –!«

Die Stimme war dünn und brüchig, aber irgendetwas darin fesselte ihre Aufmerksamkeit. Sie blieb stehen und betrachtete ihn. »Wer seid Ihr?«, flüsterte sie. »Woher kennt Ihr meinen Namen?«

Der Bettler schwankte im Stehen und schien nahe daran hinzufallen. »Du erkennst mich nicht ...«, flüsterte er. »Natürlich ... wie könntest du auch?« Dann tat er einen Schritt vorwärts, aber die Schwäche schien ihn zu überwältigen. Er streckte die Hand aus, fiel aber langsam nach vorn und schlug mit einem dumpfen Krach auf dem Boden auf.

Allison fühlte sich versucht, einfach davonzurennen, aber irgendetwas an der Endgültigkeit, mit der der Mann zusammengebrochen war, hinderte sie daran. Vorsichtig trat sie auf die reglose Gestalt zu, und als er sich nicht rührte, fragte sie nervös: »Geht es Euch gut?«

Aber der Mann lag still. *Vielleicht ist er tot!* Der Gedanke erschreckte sie, und sie näherte sich der Stelle, wo er lag, dann kniete sie plötzlich nieder. Voll Furcht legte sie die Hand auf seine Schulter, schüttelte ihn, dann, als er nicht reagierte, drehte sie ihn herum. Die letzten Strahlen der Sonne fielen auf das ausgemergelte, bärtige Gesicht, und sie sah, dass er bewusstlos war. Rasch erhob sie sich und eilte zum Fluss, tränkte ihr Taschentuch mit Wasser und kehrte zu dem Bewusstlosen zurück. Unbeholfen zog sie ihn in eine sitzende Stellung hoch, ohne sich um den schrecklichen Geruch zu kümmern, und wusch ihm das Gesicht.

Langsam öffnete er die Augen, und sie sah, dass sie blau waren. *Wie lange ist es her, seit ich zum letzten Mal jemand mit blauen Augen gesehen habe?*, fragte sie sich. Das waren keine spanischen Augen! »Wer bist du?«, flüsterte sie. »Woher kennst du mich?«

Er versuchte zu sprechen und fuhr sich schmerzlich mit der Zunge über die Lippen. »Allison ... ich bin's ... Robin!«

Ihr Kopf fuhr mit einem Ruck zurück, und ein Gefühl der Unwirklichkeit breitete sich über sie – als wäre die ganze Szene ein Traum. Sie starrte in das abgemagerte Gesicht und sah, dass es tatsächlich Robin Wakefield war!

»Was – wie kommst du hierher?«, flüsterte sie. Sie stützte ihn mit einem Arm und merkte, dass der starke Mann, den sie einst gekannt hatte, jetzt kaum mehr als ein Skelett war.

»Vor Monaten gefangen genommen ... gestern aus dem Kerker entflohen ...«

Gedanken huschten durch den Kopf der jungen Frau, aber eines war ihr klar. »Du wirst gefunden werden«, rief sie aus. »War es das Gefängnis in Cadiz?« Als er nickte, sagte sie: »Sie werden die ganze Umgebung nach dir absuchen!«

»Wusste ... nicht, wohin sonst ...«

Allison wusste augenblicklich, dass er sterben würde, wenn er gefunden wurde. Ihre Gedanken überschlugen sich, und sie sagte: »Ein Stückchen flussabwärts liegt eine alte verlassene Hütte. Niemand geht jemals dorthin. Ich weiß nicht einmal, ob außer mir jemand weiß, dass es sie gibt. Kannst du überhaupt gehen, Robin?«

»Versuche es –«, ächzte er. Seine Gedanken waren verwirrt, denn das Fieber tobte in ihm, und die langen Stunden, in denen er sich im Wald versteckt hatte, hatten ihn erschöpft. Er kam auf die Füße, wäre aber wieder hingefallen, hätte sie ihn nicht aufgefangen.

»Leg deinen Arm um meine Schultern«, drängte sie ihn. »Stütz dich auf mich.«

Sie hielt ihn aufrecht und konnte nicht anders, als sich daran zu erinnern, wie sie als Kind auf seinen mächtigen Schultern geritten war. Vorsichtig bewegte sie sich den Fluss entlang, langsam, damit er nicht hinfiel. Er rang nach Atem, als sie die alte Hütte erreichten, und als sie ins Innere traten, fiel er auf einem staubigen, halb niedergebrochenen Bett neben dem einzigen Fenster nieder.

»Ich bringe dir etwas zu essen, dann müssen wir dafür sorgen, dass das Fieber heruntergeht«, sagte sie. Sie wandte sich zum Gehen, aber seine Stimme, die ihren Namen rief, hielt sie auf. »Ja, was ist?«

Seine Augen lagen tief in den Höhlen, und seine Lippen waren aufgesprungen. Er hob eine magere Hand und protestierte: »Kann nicht riskieren … finden dich bei mir … wie du mir hilfst. Darfst nicht … wiederkommen!«

Allison kam augenblicklich zu ihm und kniete neben dem zerfallenen Bett nieder. Sie ergriff seine dünne, kaltfeuchte Hand und hielt sie zwischen den ihren.

»Robin, ich werde dich hier nicht alleinlassen. Du bist mein Freund, und du hast mir heute etwas Wundervolles gebracht.« Ihre Stimme erstickte unter ungeweinten Tränen, und er blickte sie fragend an. »Als ich dein Gesicht sah, als ich wusste, dass du es bist, da fühlte ich … wie die Gegenwart Gottes mich überkam.« Ihre Augen leuchteten vor Glück wie zwei Sterne. »Ich kann es nicht erklären, warum, Robin, aber ich fühlte Gottes Gegenwart, und ich wusste, was er von mir verlangt!«

Ihr war, als wollte ihr Herz vor Freude überfließen, denn sie hatte den Herrn nicht mehr auf diese Weise gefühlt, seit sie England verlassen hatte. Aber nun, in der Dunkelheit des faulig riechenden Raumes, in Gesellschaft eines Sterbenden und in akuter Gefahr, lebendig verbrannt zu werden, wenn man sie fasste – selbst unter diesen Umständen war sie plötzlich voll überschäumender Freude. Sie hatte sich krank gefühlt, nachdem sie die Hinrichtungen bei dem Autodafé mitangesehen hatte, aber nun hatte sie eine Chance bekommen, Leben zu *schenken*!

Sie beugte sich über ihn und wischte ihm das feuchte Haar aus der Stirn. »Gott hat mich nach Spanien gebracht, Robin. Ich habe es immer gewusst, aber ich wusste niemals, warum. Nun weiß ich es. Es musste sein, um dich zu retten. Und das will ich tun, mit Gottes Hilfe!«

Robin Wakefield starrte in ihr glattes Gesicht. Plötzlich überfluteten ihn Scharen süßer Erinnerungen. Er konnte nicht sprechen, sondern schluckte krampfhaft, dann flüsterte er: »Ja – Gott hat mich gerettet!«

Allison fühlte den Druck seiner Hand und erwiderte ihn. »Ich muss jetzt gehen. Aber ich komme mit Essen wieder.«

Dann war sie verschwunden.

Aber die Dunkelheit der Hütte war nicht wie die Schwärze seines Gefängnisses. An diesem Ort war Robin wirklich allein gewesen, aber nun wusste er, dass jemand bei ihm war. Jemand anderer als die junge Frau, die soeben gegangen war.

»Gott ist hier!«, rief er aus – und dann fügte er mit einem schwachen Lächeln hinzu: »Und Allison – auch sie ist da!«

IV

Armada!
1586–1588

21

DIE SPANISCHE DAME

Eine milde Aprilsonne warf warme Streifen gelben Lichts über den gekachelten Fußboden, als Allison den Raum betrat. Sie ging augenblicklich zu einem schweren eichenen Bücherschrank, zog einige ledergebundene Wälzer heraus und legte sie auf den Tisch. Rasch griff sie hinter die restlichen Bücher und zog ein schmales, in blaues Leder gebundenes Notizbuch hervor. Sie warf einen unruhigen Blick auf die Tür, als sie sich an dem geschnitzten Mahagonitisch niedersetzte, ergriff eine Schreibfeder, fand die richtige Stelle im Buch und begann zu schreiben.

5. April 1586
Jaime ist gestern nach Madrid abgereist. Er kam letzte Nacht in mein Schlafzimmer und überschüttete mich mit Flüchen, wobei er mich beständig Rosalita nannte und mir drohte, er würde »mich an einen Ort befördern, wo niemand mich jemals finden würde«. Er tut das, um mich fertigzumachen, und er hat Erfolg damit. Gott sei es gedankt, dass er mich meistens allein lässt!

Sie tauchte die Feder in die Tinte, kaute nachdenklich am Ende des Griffels und schrieb dann weiter:

Als Robin vor sechs Monaten hier auftauchte, war meine größte Sorge, dass die Gefängnisbehörden ihn finden könnten, aber sie haben sich anscheinend keine große Mühe gegeben. Eine Patrouille kam vorbei und fragte bei den Coronas nach, drei Tage nachdem ich ihn in der Hütte untergebracht hatte. Aber ich hatte niemandem etwas von seinem Kommen gesagt, also ging die Patrouille wieder und kam nie mehr zurück.
Das scheint so lange her zu sein! Nur ein paar Monate, aber wenn ich

jetzt zurückschaue, denke ich, wenn er nicht gekommen wäre – nein, ich möchte nicht darüber nachdenken. Es war eine Herausforderung für mich, ihn gesund zu pflegen, ihn verborgen zu halten, bis er für sich selbst sorgen konnte. Wie krank war er eine ganze Woche lang! Ich musste ihn füttern und waschen wie ein Baby!

Dann wollte er fort, sobald er sich wieder auf den Füßen halten konnte. Ich war so frustriert, dass ich ihn ausschelten musste. Es kostete mich einige Mühe, ihn zu überzeugen, aber schließlich begriff er, dass er unmöglich hier wegkonnte. Vor allem, als ich ihm klarmachte, dass ich in Schwierigkeiten geraten könnte, wenn er zu nahe an Casa Loma gefasst würde. Vater Securo ist immer noch viel zu interessiert an mir, und eine solche Entdeckung würde nur sein Interesse verstärken und seinen Verdacht erwecken! Außerdem hatte ich bereits einen perfekten Plan. Zuerst sagte Robin, es würde nicht funktionieren, aber schließlich stimmte er zu, es zu versuchen. Ich weiß nicht, warum er sich so viel Gedanken machte. Er sah zerlumpt genug aus, um an die Tür zu kommen und um Arbeit zu bitten. Jedermann im Hause weiß, wie ich denen helfe, die weniger Glück im Leben hatten. Es war also ganz einfach, sie zu überzeugen, dass ich einen Mann gefunden hatte, der in den Gärten und Weinbergen arbeiten konnte. Das ist also getan, und Robin ist sicher in Casa Loma untergebracht. Nun müssen wir zusehen, wie wir ihn aus Spanien hinausschmuggeln.

Freilich, es wird mir nicht gefallen, ihn gehen zu sehen. Oh, wie werde ich ihn vermissen!

★ ★ ★

Allison hielt inne, um die Feder von Neuem in die Tinte zu tauchen, aber statt weiterzuschreiben, erhob sie sich und schritt zum Fenster hinüber. Unten sah sie Robin im Schatten eines großen Feigenbaumes sitzen und mit Anita lachen und scherzen. Einen Augenblick lang krauste sie die Stirn, aber dann dachte sie: *Sie ist ein sehr hübsches Mädchen – es ist nur natürlich, dass er an ihrer Gesellschaft Freude hat.* Dennoch machte sie sich im Geist eine Notiz, vorsichtig zu sein – ein einziges Wort konnte ihn verraten.

Sie stand da und beobachtete ihn. Er trug ein Paar abgeschnittene Baumwollhosen und hatte die Ärmel von einem weißen Hemd abgeschnitten. Ein breitkrempiger Strohhut saß auf seinem Hinterkopf, und er trug Sandalen aus Lederriemen. *Er sieht längst nicht mehr aus wie das gerupfte Huhn, dem er ähnlich sah, als ich ihn beim Fluss gefunden habe!* Sie merkte, wie sie seine kraftvollen, sonnengebräunten Arme bewunderte, an denen die Muskeln wie Stricke hervorstanden, und die schmalen Konturen seines Gesichts. Sein kastanienbraunes Haar war lang und ein wenig gelockt, und seine blaugrauen Augen waren hell und klar.

Allison betrachtete das Pärchen eine Weile, dann wandte sie sich um und kehrte zum Tisch zurück. Ein paar Sekunden lang saß sie dort und dachte daran, wie schwierig es gewesen war, als sie Robin erstmals nach Casa Loma gebracht hatte. Gemeinsam hatten sie die Geschichte ausgeheckt, er sei Norweger, sei zur See gefahren und an Bord krank geworden, worauf sein Kapitän ihn an der Küste ausgesetzt habe. Es war keine sehr überzeugende Geschichte, und wäre irgendein richtiger Norweger aufgetaucht, so wäre die Lüge sofort aufgeflogen. Aber sie hatte gesagt: »Ich glaube, tausend Meilen im Umkreis gibt es hier keinen Norweger, Robin – und mit deiner hellen Haut und deinen blauen Augen wüssten sie sofort, dass du Engländer bist, wenn wir uns keine gute Geschichte ausdenken.«

Er hatte sie angelächelt, und sie erinnerte sich an seine Worte: »Als wir gemeinsam Vogelnester suchen gingen und ich dich auf meiner Schulter trug, da hätte ich nie gedacht, dass du eine solche Ränkeschmiedin bist!« Dann, erinnerte sie sich, waren seine Augen ernst geworden, und er hatte gesagt: »Ich schulde dir mein Leben, Allison.«

Ihre Wangen überzogen sich plötzlich mit brennender Röte, als sie sich erinnerte, wie er ihre Hand genommen und geküsst hatte. Aber ihr blieb keine Zeit, um weiter ihren Gedanken nachzuhängen, denn ein Pochen an der Tür schreckte sie auf. Sie sprang auf, legte das Tagebuch an seinen Ort zurück und schob die schweren Wälzer davor; dann rannte sie zur Tür und öffnete sie.

Doña Maria stand da. »Bist du bereit, Allison?«

»Oh ja. Ich wollte nur eben meine Einkaufsliste holen.«

»Du solltest lieber deinen breitkrempigen Hut aufsetzen. Die Sonne ist sehr warm, und du bekommst so leicht Sonnenbrand.«

»Ja, das tue ich.« Allison trat an die Wand und nahm einen weißen Strohhut vom Haken, dann schritt sie zum Spiegel, um ihn zurechtzurücken.

Die ältere Frau beobachtete sie, als Allison Strähnen aschblonden Haars unter den Hut stopfte, und ihr Blick war voll Zuneigung und Bewunderung. Als Allison eingetroffen war, hatte Doña Maria anfangs gefürchtet, die Belastung könnte zu viel für das junge Mädchen sein. Weder sie noch ihr Ehemann hatten sich träumen lassen, dass ein so liebreizendes Mädchen zu ihnen kommen würde, aber im Laufe der langen Monate hatten sie beide sie wie eine Tochter lieben gelernt. Nun bewunderte Doña Maria die reine, blasse Haut, die so ganz anders aussah als die der spanischen Frauen. Und die dunklen Augen – sie waren tatsächlich violett! An diesen Augen war etwas beinahe Geheimnisvolles.

Die ältere Frau betrachtete die schlanke Gestalt ihrer Schwiegertochter und spürte einen Stich der Enttäuschung. Immer noch schlank wie eh und je, obwohl sie eine liebliche Gestalt und volle weibliche Rundungen hatte. *Jaime ist ihr kein Ehemann*, so ging es ihr durch den Kopf, aber sie hatte Allison niemals gedrängt, ihr Einzelheiten ihres Ehelebens mitzuteilen. Sie wollte nicht noch den letzten Hoffnungsschimmer verlieren.

»Wie lange werden wir unterwegs sein?«

»Oh, ich gehe nicht mit«, sagte Doña Maria. »Ich hatte noch keine Gelegenheit, es dir zu sagen, aber eine meiner ältesten Freundinnen kommt heute Nachmittag zu Besuch. Du musst die Einkäufe allein erledigen.« Sie runzelte die Stirn und fügte hinzu: »Vielleicht solltest du bis morgen warten?«

»Nein, natürlich nicht. Genieße deinen Besuch.« Sie ging zur Tür und bemerkte beiläufig: »Ich nehme Roberto mit, er kann die schweren Sachen tragen.«

»Ja, das ist eine gute Idee.« Sie trat an Allison heran und küsste die glühende Wange des Mädchens. »Du siehst so gut aus«, murmelte sie. »In den letzten paar Monaten warst du viel glücklicher als anfangs. Ich freue mich sehr. Es war alles sehr schwierig für dich, fürchte ich. Aber jetzt bist du wieder glücklich.«

»Oh, ich nehme an, das liegt am Frühling«, sagte Allison rasch. »Ich werde mich bemühen, einen besonders hübschen Stoff für dein neues Kleid zu finden. Du kannst den Besuch des Marquis von Santa Cruz doch nicht in deinen Alltagskleidern empfangen, oder?«

Allison verließ das Haus und rief scharf: »Roberto, bring die Kutsche! Ihr beide lungert schon den ganzen Morgen faul herum!«

Robin sprang auf die Füße, riss sich seinen Strohhut vom Kopf und sagte respektvoll: »Si, Señora! Sofort!« Er eilte zum Stall und kehrte kurz darauf mit einer schwarzen Kutsche zurück, die von einem schönen Gespann zueinander passender weißer Stuten gezogen wurde. Er sprang herab und ergriff ihre Hand. »Es tut mir leid, dass ich Euch habe warten lassen, Señora.« Er drückte leicht ihre Hand, und sie konnte die Spur eines Lächelns auf seinen breiten Lippen sehen.

»Nun gut, aber gib dir nächstes Mal mehr Mühe!« Allison sprach kurz angebunden mit ihm; ihre Stimme war noch eine Spur strenger, als Doña Maria es sie im Umgang mit den Dienern gelehrt hatte, und sie ließ eine gewisse Schärfe in ihren Worten mitschwingen.

Anita stand da und sah zu, wie die Kutsche die Straße hinunter verschwand und eine Staubsäule in die Luft sandte. Ein hochgewachsener, schlaksiger junger Mann mit einem Paar lachender schwarzer Augen trat an ihre Seite. »Du hast deinen Liebsten verloren, Anita. Vielleicht kann ich ihn ersetzen.«

»Sei kein Narr, Manolito!«, schnappte das Mädchen.

»Bin ich ein Narr, weil ich den Norweger deinen Liebsten nenne oder weil ich an seiner Stelle sein möchte?«

Anita lachte plötzlich, denn sie mochte Manolito gern. »Beides! Aber du darfst mich heute Nachmittag zur Fiesta ins Dorf begleiten und mir alles kaufen, was ich mir wünsche.« Sie plauderte weiter mit dem jungen Mann, aber ihre Augen folgten der Kutsche. »Er ist ein seltsamer Mensch, Manolito. Und Don Jaimes Frau – es ist, als ob sie ihn verachtete. Wie kommt das?«

»Frauen kann man nicht erklären – man kann sie nur lieben und bewundern!« Sie kicherte und schlug ihn auf die Hand, dann eilten die beiden den Pfad entlang, der zum Fluss führte.

Sobald das Gespann sich von Casa Loma entfernt hatte, wandte Robin sich um und sah Allison an. »Du warst heute Morgen besonders grob zu mir, Señora Corona«, sagte er mit einem Lächeln. »Aber ich verzeihe dir.«

Sie warf ihm einen grimmigen Blick zu. »Das hoffe ich auch; schließlich war es deine Idee, dass ich dich so behandle, um jeden Verdacht abzuwenden!«

»Ja, aber wie konnte ich wissen, dass du deine Aufgabe so ernst nehmen würdest?«

Sie errötete ein wenig und wandte sich ab, während er lachte. »Du siehst heute sehr gut aus, Señora Corona. Ich habe diesen Hut richtig lieb gewonnen.«

Allison hob den Kopf ein Stückchen höher und tat, als faszinierte sie der Verkehr, der die staubige Straße nach Cadiz entlangströmte. Wie an jedem Samstagmorgen war die enge Straße gedrängt voll mit Reitern in breitkrempigen Sombreros, mit Kutschen und Gespannen aller Art. Natürlich war da auch eine Schlange von Bauersleuten, die zum Markt gingen und ihre Waren auf dem Rücken transportierten oder auf winzigen Eseln mit ungeheuer großen Ohren.

Robin schlängelte die Kutsche kunstvoll durch das Gewirr, wobei er lässig auf dem Kutschbock saß. Er hatte die Gabe der Südländer angenommen, sich zu entspannen, und schaukelte nun locker auf seinem Sitz mit den Bewegungen der Kutsche hin und her. Er bemerkte, dass Allison sich aus irgendeinem Grund entschlossen hatte, in Schweigen zu verharren. Ein plötzlicher Gedanke fuhr ihm durch den Kopf, und er krauste die Stirn. *Irgendwie habe ich ihre Gefühle verletzt! Was kann es nur gewesen sein?*

In den letzten paar Monaten war ihm bewusst geworden, wie wenig er dieses Mädchen verstand – diese Frau besser gesagt. Er hatte sie als Kind gekannt, und das hatte ihm eine gewisse Einsicht in ihr Wesen beschert. Dennoch war es genau diese Tatsache, die ihn verwirrte, denn wider Willen war das Bild Allisons, das in seinen einsamen Stunden vor ihm auftauchte, immer zwiespältig. Einen Augenblick sah er ihre glatten Wangen, vollen weiblichen Lippen und Formen – und dann erschien vor ihm das Bild eines kleinen Mädchens mit fliegendem Haar, das mit all der unbeholfenen Grazie eines jungen Fohlens über die Wiese jagte.

Lange Wochen nachdem er die Arbeit in Casa Loma aufgenommen hatte, hatte sie nur in Gegenwart Dritter – und obendrein in scharfem Ton – mit ihm gesprochen. Diese ersten Wochen waren sehr schwierig gewesen. Er hatte immer am Rande der Verzweiflung gelebt und erwartet, jeden Moment ausgeforscht zu werden. Er hatte keine nennenswerten Freundschaften geschlossen, sondern war für sich geblieben. Zuerst hatte man ihn aufmerksam beobachtet, aber er hatte seine Arbeit getan und war schließlich mit dem Alltag des geschäftigen Herrengutes verschmolzen.

Als sie sich nun der Stadt Cadiz näherten, warf er Allison einen heimlichen Blick zu. Sie saß immer noch sehr aufrecht, und ihre Augen hingen an den Umrissen der Gebäude vor ihnen. Abrupt wandte sie sich um und fing seinen Blick auf. »Warum starrst du mich so an?«, verlangte sie zu wissen.

Robin zuckte die Achseln. »Ich habe dich beleidigt und weiß nicht, womit.« Er schob seinen Hut zurück, sodass er an dem ledernen Kinnband hing, dann fuhr er sich mit der Hand durchs Haar. Als er wieder zu sprechen begann, schwang eine Spur Einsamkeit in seiner Stimme mit. »Du bist die einzige Freundin, die ich an diesem Ort habe. Ich möchte mich dir nicht entfremdet fühlen.«

Auf das hin wandte Allison sich zu ihm um und legte ihre Hand auf seinen bloßen Arm. »Oh, Robin, es war nichts!« Sie biss sich auf die Lippe und schüttelte den Kopf. »Ich schätze, ich bin einfach eine dumme Frau! Kümmere dich gar nicht um mich.«

»Du bist keine dumme Frau.« Robin wollte ihr schon längst mitteilen, wie ihm ums Herz war, aber er hatte nie die richtige Gelegenheit gefunden. Nun holte er tief Atem und sagte: »Ich – ich denke, du hältst mich wohl für den undankbarsten Burschen der Welt. Ich habe zugelassen, dass du alles aufs Spiel setzt – sogar dein Leben –, und ich hatte niemals Gelegenheit, dir dafür zu danken.«

Allison senkte den Blick. »Ich war froh, dass ich dir helfen konnte«, sagte sie mit gedämpfter Stimme. Dann blickte sie auf, und er dachte von Neuem, wie lieblich ihre Augen waren. »Wenn ich dir geholfen habe, Robin, so hast du mir doch auch geholfen.«

»Ich sehe nicht, wie.«

»Erinnerst du dich noch, was ich an dem Abend sagte, an dem du zu mir kamst?«

»Ja. Du sagtest, Gott hätte mich zu dir gebracht.« Er ließ den Gedanken auf sich einwirken, und seine Augen wurden nüchtern. »Ich habe dir nie gesagt, wie ich aus dem Gefängnis entkommen bin, nicht wahr?«

»Nein, das hast du nie getan.«

Robin erzählte die Geschichte, und Allison lauschte. Ihr Blick hing an seinem Gesicht. Er sprach langsam und erklärte ihr, er wäre niemals entkommen, hätte er nicht einen Weg gefunden, die Holzstücke zu benützen, der sich als Ausweg erwies. Er beendete seinen Bericht mit den Worten: »Ich hatte schon aufgegeben, musst du wissen. Nachdem ich alles ausprobiert hatte, was mir nur einfiel, wollte ich einfach aufhören. Und dann – betete ich.«

»Und Gott hat dein Gebet erhört?«

»Ja! Ich habe nie zuvor etwas Ähnliches empfunden, Allison!« Als er den Augenblick von Neuem erlebte, streckte er, ohne zu denken, die Hand aus und hielt ihren Arm fest. Er presste ihn so fest, dass er ihr wehtat, aber sie sagte nichts, aus Angst, die Worte könnten versiegen, die jetzt aus seinem Mund strömten. »Es fiel mir einfach ein – und ich wusste, dass es von Gott kam!«

»Und wie du mich gefunden hast«, fügte Allison hinzu. »Wenn

nicht gerade dieser Mann, der unser Haus kannte, in der Zelle neben der deinen gesessen hätte, dann hättest du Casa Loma niemals gefunden!«

Robin bemerkte plötzlich, dass er ihren Arm quetschte, und ließ sie hastig los. »Es tut mir leid. Ich – wollte das nicht tun.«

»Ist schon in Ordnung.«

Die beiden sprachen noch eine Weile mit gedämpfter Stimme darüber, wie er befreit worden war, und sie fragte plötzlich: »Robin, hasst du die Menschen, die den Tod deiner Eltern verursacht haben, immer noch?«

Er wandte sich verblüfft um und starrte sie an. »Merkwürdig, dass du das fragst, Allison. Seit ich hier bin, wo es von Katholiken wimmelt, erscheint mir alles … irgendwie anders.« Er hatte Mühe, seine Gedanken in Worte zu fassen, und schüttelte den Kopf. »Vielleicht bin ich jetzt älter, verständnisvoller. Als ich ein Kind war, schlug ich wütend auf alles los, das mir mit dem Tod meiner Eltern in Verbindung zu stehen schien. Du weißt ja, wie man in England denkt – was auch immer schiefgeht, schuld ist der Papst!«

Das rechte Vorderrad der Kutsche rumpelte in ein Schlagloch, und die Kutsche schwankte so heftig, dass Allison gegen Robin gestoßen wurde. Er reagierte instinktiv damit, dass er seinen Arm um sie schlang, um sie zu stützen. »Vorsichtig!« Das Hinterrad fasste wieder Grund, und er hielt sie fest an sich gepresst. Er konnte ihr schwaches Parfüm riechen, und der Druck ihres Körpers an dem seinen sandte einen angenehmen Schauder durch seine Nerven.

Allison spürte es ebenfalls, aber sie bemerkte, dass ein junger Reiter in schwarzer und silberner Kleidung den Zwischenfall gesehen hatte. »Lass mich los, Robin«, flüsterte sie. Sie machte sich los und sagte: »Wir müssen vorsichtig sein.«

»Du hast recht«, stimmte er zu, und sie sprachen nicht mehr miteinander, bis sie beinahe vor den Toren der Stadt angelangt waren. Dann sagte er abrupt: »Ich muss es dir sagen. Ich empfinde jetzt ganz anders, was diese Dinge angeht – die Katholiken –, und es ist alles deinetwegen.«

»Meinetwegen?«

»Nun ja, ich habe dich immer gern gemocht, aber als ich dich hier gesehen habe, wie du dein Leben für mich aufs Spiel setzt –« Er zuckte leicht die Achseln, dann sagte er: »Ich beginne zu verstehen, dass es ein *System* war, das meinen Vater tötete. Ein böses System, scheint es mir – aber ein System kann man nicht hassen. Deshalb habe ich meinen Hass gegen Menschen gerichtet. Aber es hat mir weder Glück noch Befriedigung gebracht. Meine Großeltern versuchten mir zu erklären, wie gefährlich eine solche Besessenheit ist, aber ich konnte sie nicht abschütteln. Aber nun habe ich dich gesehen, Allison.«

»Aber, Robin –«

Sie waren nur noch wenige Meter vom Stadttor entfernt, und er wandte sich um und sagte: »Du bist die lieblichste und sanfteste Frau, die ich jemals kennengelernt habe. Du hast mich gelehrt, über die Etiketten hinauszusehen – weil du Gott kennst, Allison –, und er in dir wohnt. Das möchte ich, ganz gleich, welchen Namen es trägt!«

Er sagte nichts weiter, denn nun befanden sie sich innerhalb der Stadt und viele Augen ruhten auf ihnen. Sie hatten auch auf dem Heimweg keine Gelegenheit mehr, denn eine Cousine von Doña Maria bat, auf dem Heimweg mitfahren zu dürfen, weil sie Casa Loma einen Besuch abstatten wollte. Während der ganzen Heimfahrt zum Herrenhaus plauderte die Lady, und »Roberto« kutschierte schweigend, dumpf und gleichgültig auf dem Kutschbock hockend.

★ ★ ★

Ramon Varga war ein junger Mann, der es verstand, eine Gelegenheit am Schopf zu packen. Er war ein nichtsnutziger Bursche, der jüngste Sohn einer verarmten Familie, die ihr Vermögen verloren hatte. Er lebte davon, dass er anderen als Gesellschafter diente. Einer von denen, die bereit waren, ihn mit Einladungen zu Essen und Wein zu versorgen, war Don Jaime Corona.

Varga begegnete Don Jaime eines Abends in der *Cantina*, und als die beiden drauf und dran waren, sich sinnlos zu betrinken, scherzte Varga: »Ihr solltet besser daheimbleiben, Corona. Sonst läuft Euch eines Tages noch die Frau weg!«

Jaime starrte den anderen an. »Was soll das denn nun heißen?«, verlangte er zu wissen. Er lauschte, als Varga ihm erzählte, wie er auf der Straße zur Stadt einen Bedienten gesehen hatte, der Señora Allison umarmte.

Zuerst war Jaime amüsiert. »Ihr lügt, Ramon«, fuhr er auf ihn los. »Pah! Sie ist zu rein, um irgendetwas mit einem Mann anzufangen – schon gar nicht einem Bauern.«

»Keine Frau ist so rein, Jaime«, sagte Varga achselzuckend. »Und wer ist dieser Bursche überhaupt? Er ist hübsch genug, um sich ins Herz einer einsamen Frau zu schleichen. Und in die Geldsäcke ihres Gatten. Passt lieber auf Euch auf, sonst habt Ihr eines Tages ein Messer im Rücken, während Eure schöne Frau ihr Erbe mit einem neuen Mann teilt.«

Varga erntete nichts weiter als einen Fluch von Jaime – das und ein ausgezeichnetes Essen und genug Wein, um sich zu betrinken. Die beiden trennten sich, und Corona ging zu Bett, aber als er am nächsten Morgen erwachte, stellte er fest, dass ihm Ramons Andeutungen nicht aus dem Kopf gehen wollten.

»Sie ist nicht klug genug, um eine solche Verschwörung auszuhecken«, redete er sich selbst zu. Aber irgendwie konnte er sich nicht dazu bringen, das zu glauben. Bald grübelte er nicht nur über Vargas Worte nach, sondern war überzeugt, dass sie die Wahrheit trafen. »Sie hat kein Vergnügen daran, mit mir verheiratet zu sein. Sie hat mich voll Verachtung angesehen. Aber sie ist um nichts besser als ich, und wenn sie vorhat, mir die Kehle abzuschneiden, muss sie früher aufstehen!«

Sein Zorn wuchs, und er ritt nach Casa Loma, fest entschlossen, Allisons Betrug aufzudecken. Er sprang vom Pferd und polterte ins Haus, das Gesicht straff vor Zorn. Als er Allison nicht in ihrem Zimmer fand, suchte er seine Eltern. »Sie sind zu Besuch zu Eurem Onkel gefahren, Don Jaime«, sagte der Verwalter.

»Und meine Frau?«

»Ich glaube, sie ist im Weinberg, Señor.«

Don Jaime fuhr herum und eilte aus dem Haus. Als er den Rand der weitläufigen Weingärten erreichte, blieb er stehen, denn er sah Allison in einem leichten blauen Kleid und einem weißen Kopftuch im Weinberg arbeiten. Das war nicht ungewöhnlich, denn sie liebte den Weinberg.

Aber da, kaum fünf Fuß von ihr entfernt, war der bleichgesichtige *Ingles!* Don Jaimes Lippen krümmten sich in einem grausamen Lächeln. »Wir werden sehen …« Er kehrte um und trat wieder ins Haus. Rasch eilte er in sein Zimmer, öffnete eine Lade und zog eine kostbare Pistole heraus. Er bewahrte sie immer geladen auf – man wusste nie, wann ein Feind ins Haus schlüpfen mochte –, überprüfte sie aber trotzdem noch einmal sorgfältig. »Wir werden sehen, wir werden sehen …«, murmelte er in leisem Sprechgesang vor sich hin. Als er sich überzeugt hatte, dass die Waffe schussbereit war, verließ er das Haus von Neuem und ging in den Weinberg.

Allison wurde keine Warnung zuteil, denn sie kümmerte sich um die Weinreben und suchte nach überschüssigen Trieben. Plötzlich erschallte Don Jaimes Stimme: »So, hier finde ich dich also mit deinem Liebhaber!«

Erschrocken fuhr Allison herum, und ihr Gesicht wurde bleich, als sie die Pistole auf sich gerichtet sah. »Don Jaime!«

»Halts Maul!«, sagte Jaime brutal. »Ich kümmere mich um dich, sobald ich diesen – diesen Zuchthengst hier erledigt habe!« Er deutete zornig auf Robin, hielt den Blick aber auf Allison gerichtet. Plötzlich verfiel sein Gesicht wie das eines Kindes, dem das Herz bricht.

»Du hättest mich lieben sollen!«, winselte er. »Du bist meine Frau! Aber ich lasse nicht zu, dass du deine bösen Pläne ausführst.«

»Don Jaime«, sagte Allison und bemühte sich, ihre Stimme ruhig klingen zu lassen. »Du bist erregt. Erlaube mir, einen der Diener zu rufen –«

»Sei still! Sei still!«, kreischte er, während er die Pistole auf sie gerichtet hielt. Dann stand er da, schwankte hin und her und sang vor sich hin: »Wir wollen sehen, wir wollen sehen, einer muss als Erster gehn, ihr beide oder ich!«

Allison fühlte, wie ein Schauder eisigen Entsetzens sie durchfuhr. Er war vollkommen verrückt. Der winzige Funken der Vernunft in seinen Augen war erloschen. Es war unmöglich, mit Don Jaime Corona vernünftig zu reden.

Robin hatte einen Korb mit abgeschnittenen Trieben gefüllt, als Allisons Gatte auftauchte, aber nun stand er stocksteif da und beobachtete sorgfältig, was geschah. Er sah Wahnsinn – und Mordlust – in Coronas Augen, und sein Verstand arbeitete fieberhaft. Er kannte den spanischen Adel gut genug, um zu wissen, dass ein Edelmann durchaus einen Knecht erschießen konnte, den er im Verdacht hatte, eine Affäre mit seiner Frau zu haben. Es gab keine Verteidigung, und wenn er überlebte, war das Beste, was er sich erhoffen konnte, ein weiteres spanisches Gefängnis.

»Steh still, Abschaum!« Jaimes stumpfer Blick hing an Robin, und seine Augen wurden schmal. »Soll ich dich töten?«, fragte er beinahe im Gesprächston. »Nein, ich glaube nicht, dass ich das sollte. Ich glaube, ich sollte dich lieber zu Tode peitschen lassen. Ich werde dich lehren, mit der Frau eines Corona herumzutändeln!«

»Jaime, es ist nicht wahr!« Allison trat vor und berührte ihren Gatten am Arm, aber er schlug nach ihr und traf sie mit der Handfläche voll auf den Mund.

Im selben Augenblick, als Corona herumfuhr und Allison schlug, geriet Robin in Bewegung. Er wusste, dass er keine zweite Chance haben würde, also warf er sich nach vorn und schlug mit der Faust zu. Er traf Don Jaime am Kiefer, und der kleinere Mann wurde von der Wucht des Schlages zu Boden gestreckt und lag bewusstlos da. Robin hob die Waffe vom Boden auf, und Allison eilte an seine Seite.

»Du musst fort, du kannst nicht länger in Sicherheit hierbleiben!« Sie dachte hastig nach. »Komm, ich besorge dir Geld und Kleider.« Robin zögerte, aber sie schüttelte den Kopf. »Ich weiß einen Weg, wie wir beide uns in Sicherheit bringen können. Komm mit!«

Robin rannte mit ihr aufs Haus zu, und sie sagte: »Warte hier.« Sie verschwand, und als sie zurückkehrte, trug sie ein sperriges Bündel im Arm. »Hier sind Kleider. Sie gehörten Don Alfredo. Ich hatte sie beiseitegelegt, um sie den Armen zu geben.« Sie schob ihm einen kleinen Lederbeutel zu. »Hier ist Gold, Robin. Du brauchst es auf der Flucht.«

»Allison, sie werden wissen, dass du mir geholfen hast!«

»Nein, das werden sie nicht. Sie werden es vielleicht vermuten, aber sie werden es nicht wissen. Wenn du hierbleibst, wird er dich töten lassen.«

»Ich kann dich nicht verlassen –«

Sie fiel ihm ins Wort. »Wenn du hierbleibst, werden wir beide sterben! An der Küste liegt ein kleines Dorf namens Cayo. Geh nach Cadiz – es befindet sich etwa fünf Meilen von dort entfernt. Du kannst bis morgen dort sein. Dort legen Schiffe an, kleine Schiffe aus aller Welt. Es ist ein guter Hafen. Geh an Bord eines Schiffes, gleichgültig, wohin es fährt, dann schlag dich nach England durch!«

Verwirrt von der Katastrophe, schüttelte Robin den Kopf. »Ich gehe nicht, Allison!«

Ihre Augen waren riesig, als sie ihn betrachtete. Sie hatte bis zu diesem Augenblick, als sie ihn verlieren musste, nicht gewusst, welchen wichtigen Platz er in ihrem Leben einnahm. »Du musst leben, Robin«, flüsterte sie. »Gott hat dich mit einer bestimmten Absicht vom Tod errettet. Du musst diese Absicht herausfinden, wenn du – wenn *wir* – ihm die Ehre erweisen wollen! Und ich könnte es nicht ertragen, wenn du getötet wirst!«

Plötzlich streckte Robin die Arme aus und zog sie an sich. Er sah den verblüfften Ausdruck auf ihrem Gesicht, aber er wusste genau, was er wollte. »Komm mit mir, Allison! Ich brauche dich!«

Tränen füllten plötzlich ihre Augen, und einen Augenblick lang lehnte sie sich an ihn. Er hielt sie dicht an sich gedrückt und flüsterte, die Lippen in ihrem Haar: »Komm mit mir ... ich liebe dich!«

Allisons Herz quoll über von Gefühlen – und dann schien es plötzlich zu brechen. Sie entzog sich seiner Umarmung und straffte den Rücken. Ihre Lippen wurden fest, und sie schüttelte den Kopf. »Nein, Robin. Ich – habe einen Ehemann!«

»Er ist dir kein Ehemann, Allison!«

»In Gottes Augen ist er es.« Schmerz durchzuckte sie, aber sie wusste, was sie tun musste. Sie ergriff seinen Arm und schob ihn auf die Tür zu, wobei sie ausrief: »Geh jetzt, Robin. Wir haben keine Zeit, du musst gehen – und Gott wird dich beschützen!« Abrupt wirbelte sie herum, rannte aufs Haus zu und ließ ihn einfach stehen.

Er hatte keine andere Wahl. Er raffte das Bündel an sich, stopfte das Gold in seine Kleider und rannte auf den Wald zu. Er kannte das Land rundum gut genug, um den Dörfern aus dem Weg zu gehen. Obwohl er einige Bauern in der Ferne sah, erreichte er bei Anbruch der Dämmerung die Küste. Er suchte sich einen Weg an der Küste entlang. Die Dunkelheit brach früh herein, und er fand eine Taverne in der Vorstadt, in der er sich ein Zimmer nahm.

Früh am nächsten Morgen ging er in den Hafen und verwickelte einen älteren Mann in ein Gespräch, um ihn nach den Schiffen auszufragen. Der Mann, dessen weißes Haar eine Krone über seinem von Wind und Wetter gegerbten Gesicht bildete, kannte jedes Gefährt. Er nannte sie eines nach dem anderen bei Namen – und eines, das er erwähnte, fesselte Robins Interesse.

»Es legt heute noch ab? Wohin?«

»Zurück nach Frankreich. Sie haben eine Ladung Schafe an Bord. Sie haben das Schiff heute Morgen beladen. Der Maat hat mir erzählt, dass der Kapitän in aller Frühe schon segeln will.«

Robin verabschiedete sich von dem alten Mann, und als er das französische Schiff erreichte, stellte er fest, dass der Kapitän bereit war, einen Passagier mitzunehmen – für gutes Geld.

Zwei Stunden später war die spanische Küste nur noch eine zackige Linie am Horizont. Robin schritt vor zum Bug und lehnte sich auf die Reling.

Irgendwo in der Ferne lag England! Die Brise zerwühlte sein Haar, und er sog gierig die salzige Luft ein. Aber trotz seiner jubelnden Freude darüber, frei zu sein, und der Hoffnung, seine Heimat wiederzusehen, musste er immer wieder zu der verblassenden Linie am Horizont zurückblicken.

»Allison …«, flüsterte er, und sein Herz war plötzlich schwer. Dann wandte er das Gesicht England zu.

Ich werde dich wiedersehen, meine Liebste – irgendwie!, schwor er sich, und er wusste, er würde niemals ruhen, bis er sein Ziel erreicht hatte.

22

DER TOD EINER KÖNIGIN

Robin verbrauchte den letzten Rest der kleinen Menge Goldes, das Allison ihm gegeben hatte, um einen Sitzplatz in der Kutsche zu bezahlen, die durch Wakefield fuhr. Er hatte den Rest seiner Finanzen für Lebensmittel und den Fahrpreis auf einem Schiff, das von Frankreich nach Dover fuhr, ausgegeben. Nun, da er endlich wieder Land unter den Füßen hatte, sehnte er sich danach, seine Heimat wiederzusehen.

Als er aus der Kutsche stieg, wandte er sich um und ging zu Fuß zum Schloss. Hunter empfing ihn, ein riesiger Mastiff, dessen Vorfahr der getreue Pilot gewesen war. Zuerst jagte Hunter auf Robin zu, als er sich dem Haus näherte, den mächtigen Schädel gesenkt und tief in der Kehle knurrend.

»Hunter!«, rief Robin aus, und beim Klang seiner Stimme eilte das riesige Tier augenblicklich herbei. Es sprang so heftig an ihm hoch, dass es den Mann beinahe umgeworfen hätte. »Ich hoffe, jeder hier freut sich so sehr über das Wiedersehen wie du, alter Junge!«, lachte Robin, denn der Hund war in jeder Hinsicht das Ebenbild seines geliebten Pilot. Der Anblick des riesigen Hundes erfüllte sein Herz mit Freude. Er wusste jetzt, dass er wieder zu Hause war, dass die Zeit der Trennung von seinen Lieben vorüber war – und er eilte rasch zur Tür und trat, ohne zu klopfen, ein.

Anna, die uralte Magd, die viele Jahre seiner Großmutter gedient hatte, kam mit einem Tablett voll Teller aus der Halle. Sie warf einen Blick auf ihn, stieß einen kleinen Schrei aus und ließ das Tablett fallen. »Anna, ich bin's!« Robin sah, wie die alte Frau bleich wie Asche wurde, und sprang hastig an ihre Seite, um sie zu stützen. Sie zitterte am ganzen Leib und wäre hingefallen, hätte er sie nicht gehalten. »Ist alles in Ordnung?«

»Master Robin! Ihr seid am Leben!«

»Aber natürlich bin ich das. Hattest du gedacht, ich wäre gestorben?«

Anna begann zu weinen und zupfte mit mageren Fingern an seinem Ärmel. »Ja, das haben wir getan! Keine Nachricht all diese Monate lang, und Master Thomas versuchte überall, Nachricht zu bekommen –« Die Tränen rannen über ihr runzliges Gesicht, aber ihre alten Augen leuchteten. »Ihr müsst sofort zu Eurem Onkel gehen! Er ist im Studierzimmer des gnädigen Herrn.«

»Der gnädige Herr« war, in Annas Augen, Myles Wakefield. Unbekümmert darum, wer zurzeit den Titel trug, lebte sie in der Vergangenheit und dachte viel öfter an die Tage, als ihr geliebter Herr und seine Frau im Haus das Sagen gehabt hatten, als in der Gegenwart.

»Ich gehe sofort zu ihm.« Er blickte auf sie herab und sagte: »Es tut gut, dich zu sehen, Anna.« Dann ließ er sie los, rannte beinahe die Halle entlang und klopfte an die massive Eichentür. Als die Stimme seines Onkels »Herein!« rief, öffnete er die Tür und trat ein.

Thomas Wakefield saß an seinem Schreibtisch, der mit Landkarten und Büchern übersät war. Bei Robins Anblick erstarrte er, als hätte ihn jemand über den Schädel geschlagen, dann sprang er auf die Füße. Seine Lippen zitterten so heftig, dass Robin seinen Namen nur von den Lippen ablesen konnte, die stumm die Laute formten. Thomas stürzte hinter dem Schreibtisch hervor, schlang die Arme um Robin und hielt ihn fest umschlungen. Robin wurde in der Umarmung beinahe erdrückt, und er hielt seinen Onkel ebenso fest. Als der große Mann einen Schritt zurücktrat, standen Tränen in seinen schönen Augen. »Mein Junge! Wir hatten dich schon aufgegeben!«

»Ich war in einem spanischen Gefängnis, Onkel«, sagte Robin. Die Begegnung hatte ihn erschüttert, denn all die Tage seiner Gefangenschaft hatte er sich nach dem Anblick seines lieben Onkels gesehnt. »Ich hatte dir einen Brief geschrieben – aber er muss wohl verloren gegangen sein.«

»Er kam niemals an«, sagte Thomas. Er biss sich auf die Lippen, dann riss er sich zusammen. »Du solltest einen alten Mann nicht so erschrecken, Robin!« Dann sagte er: »Komm, wir müssen es Martha erzählen!«

»Wo sind Maria und Robert?«, fragte Robin voll Eifer. »Kein Tag verging, an dem ich nicht an sie gedacht hätte.« Er bemerkte den Ausdruck der Qual, der sich auf dem Gesicht seines Onkels malte, und wusste, dass etwas nicht in Ordnung war.

»Wir – haben Rob, meinen Jungen, verloren.«

Robert war der ganze Stolz seines Vaters gewesen, und Robin sah, dass dieser Kummer für seinen Onkel wie eine frische Wunde war. Es fuhr ihm selbst wie ein Messer durchs Herz, denn Robin hatte den aufgeweckten Jungen herzlich geliebt. »Wie ist es geschehen?«

»Die Pest. Wir hätten beinahe auch Maria verloren, aber schließlich erholte sie sich wieder.« Thomas' Schultern sanken nach vorne, und seine Augen waren von Gram verdunkelt. »Nun, Gott muss unser Tröster sein. Komm, wir suchen Martha – und dann erzählen wir es auch Maria.«

Die Nachricht vom Tod seines Neffen schmälerte Robins Freude über seine Heimkehr. Thomas versuchte fröhlich zu sein – und er war auch tatsächlich voll Dankbarkeit über die Rückkehr seines Neffen. Die beiden Männer verbrachten viel Zeit zusammen; sie gingen auf die Jagd oder streiften einfach durch die Felder. Irgendwie schmiedete der Verlust Roberts sie näher zusammen, als sie einander jemals gewesen waren, und eines Tages sagte Thomas: »Ich habe keinen Sohn, Robin. Du wirst nach mir den Titel tragen.«

»Mach dir darüber keine Sorgen«, sagte Robin rasch. »Du wirst noch Admiral werden und mich um fünfzig Jahre überleben.«

Thomas machte keine Bemerkung dazu, sondern wechselte das Thema. »Du musst nun zur Königin gehen. Sie war deinetwegen bekümmert, Robin.« Die beiden blieben auf einer Hügelkuppe stehen, und Thomas ließ den Blick über das Tal unten schweifen. »Sie fürchtet sich vor dem Tod, musst du wissen. Nicht um ihrer selbst willen, glaube ich, sondern um der Dinge willen, die der Tod ihr nehmen kann. Sie klammert sich an Menschen, und wenn der Tod sie ihr stiehlt, stirbt sie ein wenig mit ihnen mit, so will es mir scheinen.«

»Ist sie gesund?«

»Ja, aber die Zeiten sind schwer.« Thomas blickte ihn an und schüttelte den Kopf. »Es gab eine neue Verschwörung gegen ihr Leben.«

»Was ist geschehen?«

»Sir Francis Walsingham entdeckte, dass Maria mit dem Feind Kontakte unterhalten und Pläne geschmiedet hatte, Elisabeth ermorden zu lassen. Walsingham entwickelte einen ausgefeilten Plan, um unwiderlegbare Beweise gegen Maria zu sammeln.«

»Ich kann nicht glauben, dass sie so etwas tun würde! Obwohl sie unbedingt Königin sein will, würde sie doch nicht so tief sinken, die Hand zu einem Mord zu leihen!«

»Doch, es ist erwiesen, dass sie genau das tun würde – wie Walsingham es seit Jahren behauptet. Oh, die Beweise lassen keinen anderen Schluss zu, fürchte ich. Sie sind so überwältigend, dass Elisabeth sie nicht ignorieren konnte.«

Robin dachte an die schöne Frau, die ihn so erregt hatte, und schüttelte leise den Kopf. »Was wird jetzt geschehen?«

»Ich glaube, dass sogar Elisabeth ernstlich an eine Hinrichtung denken muss. Die ganze Ratsversammlung drängt seit Jahren darauf, aber die Königin wollte nie etwas davon hören.«

»Ich hoffe, es kommt nicht so weit, Onkel.«

Thomas warf seinem Neffen einen nachdenklich forschenden Blick zu. »Du kennst Maria sehr gut, nicht wahr? Eigentlich seit deiner Kindheit. Wie ist sie? Man hört so viele Geschichten über sie, dass es schwer ist, sich ein Bild zu machen.«

Robin zögerte, dann sagte er: »Sie ist eine seltsame Frau. Furchtbar ehrgeizig, wie zu erwarten ist. Sobald eine Frau eine Krone trägt –

oder auch ein Mann –, werden sie immer etwas im Herzen tragen, das sich danach sehnt, wieder an der Macht zu sein.«

»Höchstwahrscheinlich.« Thomas schüttelte den Kopf. »Lass uns heimkehren. Ich habe der Königin einen Brief geschrieben, in dem ich ihr von deiner sicheren Rückkehr berichtete. Man wird bald nach dir schicken.«

»Wann fährst du wieder zur See?«, fragte Robin augenblicklich. »Ich muss mit dir gehen.« Er sah den interessierten Blick seines Onkels und wusste, dass er sich über Robins Heftigkeit wunderte. Aber Robin hatte das Gefühl, dass seine Beweggründe zu persönlich waren, um sie mit einem anderen zu teilen. Es genügte, dass er in seinem eigenen Herzen wusste, warum er zur See fahren musste: Um die eine Frau zu vergessen, die er immer lieben würde – aber nicht besitzen konnte.

»Die Königin mag andere Vorstellungen von deiner Zukunft haben.« Er grinste. »Das ist jedenfalls im Allgemeinen so. Aber ich würde dich liebend gerne an Bord der *Falke* sehen, Robin! Lass uns auf jeden Fall hoffen, dass es dazu kommt. Komm jetzt, machen wir uns auf den Weg.«

★ ★ ★

Am nächsten Tag kam die Nachricht für Robin, er möge die Königin aufsuchen – in Gestalt eines Briefes von Sir Francis Walsingham. Robin ging am nächsten Morgen. Er umarmte seine Nichte Maria und warf sie hoch in die Luft. »Ich bringe dir etwas Hübsches aus London mit, Herzchen. Du passt auf deine Mama und deinen Papa auf, während ich fort bin.«

»Das mache ich, Cousin Robin«, rief Maria aus. Sie klammerte sich eifrig an ihn, und Robin dachte an die Tage, als Allison um nichts älter gewesen war. Er küsste sie, dann wandte er sich seiner Tante zu. »Martha, du hast gut für mich gesorgt. Ich hoffe, du fühlst dich bald besser.« Die Frau seines Onkels war ebenfalls an der Pest erkrankt gewesen, die ihren Sohn dahingerafft hatte. Sie lächelte matt und sagte: »Komm möglichst bald zurück, Lieber. Maria vermisst dich.«

Die beiden Männer gingen nach draußen, und als Robin sich in den Sattel schwang, blickte Thomas voll Zuneigung zu ihm auf. »Setz all deinen Charme ein, um die Königin dazu zu bringen, dass sie dich die Reise mit mir machen lässt. Drake plant etwas Großes, und er hat mich eingeladen, mich ihm mit der *Falke* anzuschließen. Ich hätte es gerne, wenn wir zusammen sein könnten.«

»Ich werde mein Bestes tun. Du weißt, wie ich mich nach dem Meer sehne.«

Robin ritt zum Tor hinaus und war bald in London angelangt. Er meldete sich bei Sir Francis Walsingham, der sich herzlich freute, ihn zu sehen. Robin war recht erstaunt, mit welcher Wärme und Herzlichkeit der Mann ihn begrüßte, denn er hatte ihn immer für ziemlich zurückhaltend gehalten.

Es gab jedoch keinen Zweifel, dass das Willkommen in der Stimme und dem Gesichtsausdruck des Sekretärs echt war. »Nun, mein Junge, dies ist ein glücklicher Tag für mich – und für die Königin!« Er schüttelte Robin ausgiebig die Hand und zog ihn in sein Arbeitszimmer. Während der nächsten zwei Stunden lauschte er aufmerksam, als Robin die Geschichte der letzten Monate nacherzählte.

»Dass Ihr lebendig und in England seid, ist ein Wunder Gottes, mein lieber Robin!«, rief er aus und nickte mit dem Kopf. »Es gibt keine andere Erklärung!«

»Ich glaube, Ihr habt recht, Sir«, antwortete Robin. »Und ich danke ihm dafür.« Er berichtete, wie er im Laufe dieser Erfahrung Gott nahegekommen war, und Walsingham war hocherfreut.

»Gut so! Gut so! Wenn alle Stricke reißen, merkt man erst, wie nahe man Gott kommen kann, nicht wahr?«

Schließlich fragte Walsingham: »Habt Ihr irgendetwas über die Armada gehört, während Ihr in Spanien wart?«

»Oh ja, eine Menge. Alle Welt redet darüber, Sir. Sogar die Bauern auf den Feldern.«

»Das habe ich auch gehört. Habt Ihr irgendetwas Bestimmtes gehört? Wir haben natürlich unsere Agenten dort, aber Ihr wart in einer besonderen Situation. Die Leute haben vor Euch kein Blatt vor den Mund genommen.«

Robin dachte einen Augenblick lang nach, dann nickte er. »Einmal kam ein Mann zu der Familie Corona auf Besuch. Sein Name war Don Alvero. Er war eine Art Adeliger –«

Walsingham, dessen Interesse erwachte, fiel ihm ins Wort. »Ja, tatsächlich, er ist der Marquis von Santa Cruz. Habt Ihr ihn gesehen?«

»Nur aus der Ferne, Sir. Ich war nur ein Ackerknecht – aber eine der Mägde im Haus, eine junge Dame, servierte bei Tisch. Sie ist ein aufgewecktes Mädchen, und wie Ihr Euch vorstellen könnt, habe ich genau hingehört, als sie mir das Gespräch wiedergab.«

»Was hat das Mädchen gesagt?«

»Sie sagte, der Marquis würde die Armada befehligen. Oh, sie war überaus aufgeregt deshalb, Sir, und sehr stolz.« Robin nahm einen Schluck vom Wein, den der Sekretär hatte bringen lassen. Seine Gedanken kehrten zu dem Gespräch mit Anita zurück. »Sie sagte, Don Alfredo hätte den Marquis gefragt, wie hoch die Chancen eines Erfolges stünden. Der Marquis sagte ihm, er würde eine Flotte von zweihundert Schiffen haben, und dass der Herzog von Parma ein Landheer zum selben Zeitpunkt gegen England führen würde, wenn die Armada angriffe.«

»Dieser Bericht stimmt mit dem überein, was ich von meinen Agenten höre. Habt Ihr das eine oder andere der Schiffe zu sehen bekommen?«

»Im Hafen von Cadiz lagen immer Schiffe, Sir Francis …« Robin sprach eine Zeit lang über seine Beobachtungen, dann fragte er schließlich: »Können wir einer solchen Macht standhalten?«

»Das liegt in Gottes Hand«, sagte Walsingham achselzuckend. Dann lächelte er. »Aber Gott bedient sich der Menschen, und solange England Männer wie Hawkins und Drake und Howard hat – und wie Robin Wakefield, darf ich hinzufügen! –, können wir auf den Sieg hoffen!«

»Wird die Königin mir erlauben, meinen Onkel zu begleiten?«
Walsingham antwortete nicht direkt. »Wir werden sehen, was sie sagt. Kommt jetzt, mein Junge. Sie kann es kaum erwarten, Euch zu sehen.«

Robin folgte dem Sekretär in das große Audienzzimmer des Palasts. Als er die große Schar armer Leute dort sah, sagte Walsingham: »Sie legt den Grindkranken die Hände auf.« Als sie näher traten, flüsterte er: »Wir wollen warten, bis sie fertig ist.«

Robin war immer schon von dieser Krankheit und ihren Heilmethoden fasziniert gewesen. Er hatte von Monarchen gehört, die mit Skrofeln Behaftete »berührten«, aber er hatte die Praxis nie zuvor gesehen. Die Krankheit war eine ziemlich erschreckende Heimsuchung, und seit den Zeiten Edward des Bekenners dachte man in England, sie könnte durch die Berührung eines Königs geheilt werden. Robin hatte Kate Moody davon erzählt, und ihre Antwort hatte gelautet: »Viele Krankheiten reichen tiefer als die Haut, Junge! Manchmal sitzen sie in der Seele. Wenn sie dort sind, kann kein Kraut sie beeinflussen. Aber ich habe da schon merkwürdige Dinge geschehen sehen. Weil die Krankheit in der Seele ist, kann sie verschwinden, sobald die Seele glaubt, dass sie verschwunden ist!«

Die Königin saß auf einem Stuhl mit gerader Lehne, und ihre Leibwächter hielten die Menge zurück. Sie erlaubten einem Bittsteller nach dem anderen, sich Elisabeth zu nähern, die ihre Hände auf den Kopf der Menschen legte und zu beten schien. Walsingham flüsterte: »Wie oft habe ich ihre köstlichen Hände schon die Wunden und Geschwüre berühren sehen, und kein anderer Ausdruck lag auf ihrem Gesicht als Mitleid. Einmal hat sie an einem einzigen Tag über hundert Kranke berührt!«

»Sind sie tatsächlich geheilt?«

»Nun, das steht bei Gott!«

Die beiden warteten geduldig. Nachdem der letzte der Kranken berührt worden war, hob Elisabeth den Kopf und sagte mit trauriger

Stimme: »Ich wünschte, ich könnte euch allen Hilfe und Beistand geben. Gott ... Gott ist der beste und größte Arzt. Ihr müsst zu ihm beten!«

Dann beugte sie zu Robins Überraschung den Kopf und betete. »Du hast mich auf einen hohen Stuhl gesetzt, oh Herr. Mein Fleisch ist schwach und gebrechlich. Wenn ich dich jemals vergessen sollte, berühre mein Herz, oh Herr, dass ich deiner wieder gedenke!«

»Manchmal denke ich«, sagte Walsingham leidenschaftlich, »dass dies die edelsten Augenblicke der Königin sind! Kommt jetzt, Robin. Wir wollen in ihre Gemächer gehen.«

Die beiden hatten fast eine Stunde gewartet, denn die Matrone, die den Hofdamen vorstand, informierte sie, dass die Königin Zeit brauchte, sich wieder zu fassen. Die beiden warteten in einem kleinen Zimmer und unterhielten sich mit leiser Stimme über die Invasion, die Philipp plante.

»Drake möchte die Spanier auf ihrem eigenen Grund und Boden ins Herz treffen«, sagte der Sekretär. »Er ist überzeugt, wenn wir selbst eine Armada hätten, so könnten wir Philipps Flotte zerstören, bevor sie angreifen könnten.«

Robins Vorstellungskraft enzündete sich an der Idee. »Aber natürlich! Deshalb möchte er meinen Onkel und sein Schiff bei sich haben! Bitte, Sir Francis, Ihr *müsst* die Königin überzeugen, dass sie mich auf der *Falke* mitfahren lässt!«

Aber er konnte Walsingham kein Zugeständnis abringen, und irgendwie hatte er das Gefühl, dass der hochgewachsene Mann bereits einen bestimmten Plan im Auge hatte, was ihn betraf. Schließlich kam die Matrone heraus und sagte: »Ihre Majestät wird Euch jetzt empfangen.«

Die beiden Männer fanden die Königin nicht in ihren Gemächern, sondern in dem weitläufigen Rosengarten davor. Sie trug eines ihrer prachtvollen Kleider, weißer und scharlachfarbener Satin, der über und über mit Perlen in der Größe von Vogeleiern benäht war, und eine Halskrause, in der winzige Diamanten wie Tautropfen glitzerten.

Robin kniete nieder, als er auf sie zutrat, und küsste die Hand, die sie ihm entgegenstreckte – wobei er bemerkte, dass sie fest und stark wie eh und je war. »Robin! Gott sei gedankt, dass Ihr zu mir zurückkehrt!« Robin erhob sich auf ihren Wink hin, und Elisabeth forschte in seinem Gesicht. »Als wäre Myles Wakefield von den Toten auferstanden!«, rief sie aus. Dann nickte sie. »Ihr könnt gehen, Sir Francis!«

Sir Francis Walsingham, vermutlich der zweitmächtigste Mann in ganz England, war an solche Behandlung gewöhnt – wie alle Ratgeber der Königin. Er verbeugte sich. »Kommt wieder zu mir, wenn Ihr hier fertig seid.«

»Kommt jetzt, erzählt mir von Eurer Gefangennahme, Mister Wakefield«, sagte Elisabeth und wies auf die Sitzbank. Robin wiederholte die Geschichte, und als er fertig war, sagte die Königin augenblicklich: »Und die junge Frau, sagt Ihr, sei Engländerin?«

»Ja, Euer Majestät. Ich habe sie von Kind auf gekannt.«

Elisabeth beobachtete sein Gesicht aufmerksam; ihre scharfen Augen schienen jede winzigste Schattierung seines Mienenspiels in sich aufzunehmen. Von allen Einzelheiten von Robins Gefangenschaft schien sie am meisten an dieser Facette der Geschichte interessiert. Eine halbe Stunde lang fragte sie ihn aus, dann lächelte sie schließlich. »Sie ist kein kleines Mädchen mehr, Eure Allison, nicht wahr?«

Robin wusste kaum, was er darauf antworten sollte. »Nein, Euer Majestät. Sie ist eine der liebreizendsten jungen Frauen der Welt.«

»Und mit einem spanischen Don verheiratet?«

»J-ja, Euer Majestät.«

Elisabeth studierte sein Gesicht; ihre kleinen Augen waren nachdenklich. Dann erhob sie sich und schien die Angelegenheit beiseitezuschieben. »Kommt und seht Euch meine Rosen an«, befahl sie. Bald darauf bewunderte Robin die säuberlich gepflegten Rosenbeete, die mit solch üppiger Blütenpracht blühten, dass es schien, als wollten die Zweige unter dem Übermaß von Farbe, Gewicht und Vielfalt brechen. Die südlichen und westlichen Mauerflächen waren eine einzige Masse von Kletterrosen, sodass auf jedem Ziegel gut zwanzig Blüten sprossten.

»Seht Ihr diese hier?« Elisabeth lenkte seine Aufmerksamkeit auf die Kletterrosen, indem sie eine davon in die Hand nahm. »Diese hier habe ich vor Jahren gezüchtet. Ich nenne sie ›Blut des Erlösers‹. Seht Ihr die Farbe?«

Robin starrte die Blüte an, dann fragte er: »Könnt Ihr jede beliebige Rosenfarbe züchten, Euer Majestät?«

»Mit der Zeit vielleicht.«

Ein Gedanke kam ihm, und er berührte die Ranke. »Wäre es möglich, eine Rose ohne Dornen zu züchten?«

Elisabeth blinzelte vor Überraschung. »Die Dornen scheinen ein Teil der Blume zu sein, Robin. Einige sind grün, einige schärfer als die anderen – aber jeder Zweig muss seine Dornen haben, denke ich.«

»Aber wenn Ihr es versuchen würdet?«

Elisabeth wirkte plötzlich alt. Ihr Gesicht war mit weißem Puder bedeckt und, im Gegensatz zu ihren Händen, von zahlreichen Fältchen gezeichnet. Wie er wusste, war sie fünfundfünfzig Jahre alt, aber als das Sonnenlicht auf ihr Gesicht fiel, wirkte sie uralt.

»Eine Rose ohne Dornen –« Die Worte drangen ihr flüsternd über die Lippen, und sie starrte mit leeren Augen die Blüte in ihrer Hand an. »Das Leben hat seine Dornen. Ihr begreift das allmählich, merke ich. Meine Dornen sind Philipp und die Armada, und Ihr … Ihr habt die junge Frau in Spanien verloren.« Sie lächelte, als er sie verblüfft ansah. »Ihr seid sehr jung, Robin, und habt noch nicht gelernt, Eure Gefühle zu verbergen. Ihr liebt sie, nicht wahr?«

»Ja, Euer Majestät, aber es ist hoffnungslos. Sie will bei ihrem Gatten bleiben und ihre Ehepflicht erfüllen, so bitter es sie auch ankommt.«

»Ah, so hat also auch sie ihre Dornen, wie Ihr seht.« Sie drehte die Blüte in ihrer Hand um und betrachtete sie. »Wie zart – so zerbrechlich wie unsere Leben!«

Es schien Robin, dass eine merkwürdige Stimmung die Königin überkam, und er betrachtete sie, als sie leise zu sprechen begann, die Augen verhangen von Erinnerungen.

»Ich erinnere mich an meinen Vater, als er noch ein junger Mann war. Seine Tage waren angefüllt mit knochenbrechenden Aktivitäten – Jagen, Ringen, Reiten. Und wie er tanzte, voll Saft und Kraft, und sprang und hüpfte wie ein junger Hirsch!« Elisabeth berührte ihre welke Wange mit der frischen jungen Rose, dann fuhr sie fort. »Ich sage Euch, der Boden erzitterte unter Heinrich VIII. Er sah aus wie eine Götterstatue, so riesenhaft und kräftig, in schimmernden Satin und schweren, glühenden Brokat gekleidet, die Finger glänzend von juwelenbesetzten Ringen. Seine ganze Gestalt leuchtete wie Gold!«

Dann zerdrückte sie die zierliche Blume und ließ sie zu Boden fallen. »Nun ist er seit vielen Jahren tot – und was hat das alles zu bedeuten?«

»Euer Majestät«, sagte Robin augenblicklich, »Ihr seid heute betrübt, aber niemand weiß besser als Ihr selbst, dass das Leben doch eine Bedeutung hat. Seht Eure Herrschaft an! Wie lange habt Ihr dieses Land mit einer Hand zusammengehalten! Wir beide werden sterben, das ist gewiss, aber die Engländer werden von Elisabeth erzählen, solange es ein England gibt!«

Die Königin starrte ihn an, und dann kehrte die Farbe in ihre Wangen zurück. Sie streckte die Hand aus und legte sie auf seinen Arm. »Ihr seid Eurem Großvater so ähnlich! Wie oft munterte er mich mit einem Wort auf, wenn ich mich einsam oder traurig fühlte. Nun seid auch Ihr Eurer Herrscherin zum Segen geworden, Robin Wakefield!«

»Das ist eine höhere Belohnung, als ein Mann sich zu ersehnen wagt, Euer Majestät!« Er sah, dass sie erschöpft war. Bald darauf lächelte sie und entließ ihn mit den Worten: »Ich werde Euch eine Gefährtin finden. Eine, die Euch die junge Frau in Spanien vergessen lässt!«

»Das ist unmöglich, selbst für die Königin!«

»Wir werden sehen.« Sie zögerte, dann sagte sie: »Ihr sehnt Euch nach der See, nicht wahr?«

»Mehr als alles auf der Welt, meine Königin!«

Elisabeth wurde ernst und warf einen vorsichtigen Blick auf den jungen Mann. »Ihr könnt mir auf andere Weise besser dienen, Robin. Das ist die Prüfung eines guten Soldaten – auf eine Weise zu dienen, die er selbst nicht wählen würde.«

»Wie kann ich Euer Gnaden dienen?«

Sie zögerte, dann sagte sie in beinahe schmerzlichem Ton: »Sobald Maria hingerichtet ist, wird Philipp zuschlagen. Es gibt viele Männer, die tapfer in der Marine dienen werden – aber es gibt eines, das Ihr tun könnt und sie nicht.«

»Nennt es mir, Euer Majestät!«

»Sir Francis erwähnte es. Er hat Kontakte in Spanien, und er möchte einen Agenten ausschicken, der unmittelbar in der Armada tätig wird!«

Robin stand reglos. »Aber das ist unmöglich!«

»Sir Francis besteht darauf, dass es möglich ist«, sagte Elisabeth eindringlich. »Denkt nur, was das für unseren Admiral und seinen Kommandanten bedeuten würde! Informationen von jemandem zu bekommen, der im Herzen der feindlichen Flotte agiert!« Sie sah seinen niedergeschlagenen Blick und lächelte sanft. »Könnt Ihr das für Eure Königin tun, Robin?«

Robin zögerte nicht. »Ja, Euer Majestät!«

Elisabeth wandte den Blick nicht von ihm. »Ihr seid Eurem Großvater so ähnlich. Ich werde das nicht vergessen, Robin Wakefield. Geht jetzt zu Sir Francis, aber wir werden noch öfter miteinander sprechen.«

* * *

Die wirklich entscheidenden Dinge im Leben sind Kleinigkeiten – entdeckte Robin Wakefield. Ein einziges Gespräch mit einer Königin, und sein ganzes Leben wurde ihm aus der Hand gerissen und mit einer Intrige verknüpft, die er hasste. Die Höfe aller englischen Monarchen brodelten vor Intrigen. Die Windungen der Verschwörung und Treulosigkeit wickelten sich wie Schlangen um beinahe jeden Höfling, sei er mächtig oder verwundbar, und brachten ihn letztendlich dazu, alles aufzugeben – sogar seine Ehre und sein Leben.

Von dem Augenblick an, in dem Sir Francis Robin anheuerte, hatte der junge Mann keine ruhige Minute mehr. Monatelang studierte er mit den Angestellten des Staatssekretärs und lernte alles, was er nur konnte, von den Agenten. Er verbrachte Stunden damit, sein Spanisch aufzupolieren. Ein erfreulicher Aspekt tauchte dabei auf: Er verbrachte Stunden mit den Kapitänen der Kriegsschiffe. Er sprach sogar mit Admiral Howard, einem Mann, der mit allen Einzelheiten der Armada vertraut war.

Dann, im Februar 1587, wurde er zu einer besonderen Aufgabe berufen. »Ich möchte, dass Ihr mich begleitet«, sagte Walsingham am Ende einer ihrer Zusammenkünfte. Die Augen des Staatssekretärs waren hart, als er hinzufügte: »Ich möchte, dass Ihr Zeuge der Hinrichtung seid.«

Robin hatte gewusst, dass Maria sterben sollte, aber er schauderte vor dem Gedanken zurück, Zeuge ihres Todes zu sein. »Sir, muss das sein?«

»Ihr habt eine Schwäche für diese Frau!«, sagte Walsingham, der ganz gewiss keine hatte. »Sie ist die schlimmste Feindin, die England hat, und ich möchte, dass es in Euren Kopf geht, was sie ist. Ihr dürft nicht mit Bedauern an sie denken, wenn Ihr nach Spanien zieht.«

Robin nickte. »Ich werde Euren Befehlen gehorchen.«

Am nächsten Morgen begleitete er Walsingham in die große Halle von Schloss Fotheringay. Er stand stocksteif da, als Maria, begleitet von sechs ihrer Hofdamen, zur bestimmten Stunde in schwarze Seide gekleidet erschien. Ein Gefühl düsterer Bedrückung senkte sich auf Robin, als er sie mit majestätischen Schritten auf das schwarz verhängte Schafott zuschreiten sah, das neben dem offenen Kamin errichtet war.

Maria von Schottland blickte über die Menge hin, und ihr Blick ruhte auf Robin. Sie ließ sich nichts anmerken, aber er war überzeugt, dass sie ihn erkannt hatte.

Die feierlichen Formalitäten waren rasch erledigt, aber der eifernde Bischof von Peterborough versuchte der Königin noch in letzter Minute eine Bekehrung aufzuzwingen. Mit grandioser Würde fegte sie seine lautstarken Ermahnungen beiseite. »Herr Bischof«, antwortete sie mit weithin hallender Stimme, »ich bin Katholikin und muss als Katholikin sterben.«

Maria hatte sich für diesen letzten Auftritt ihres Lebens aufs Kostbarste gekleidet. Als sie sich für die Axt des Henkers entkleidete, wurden ihre Kleider aus schwarzer Seide von den weinenden Zofen entgegengenommen und enthüllten ein Mieder und einen Unterrock aus scharlachfarbenem Samt. Eine der Damen reichte ihr ein paar scharlachfarbene Ärmel, die sie anlegte. Tödliches Schweigen breitete sich in der Halle aus, als sie niederkniete – und schon war die Tat getan. Der Henker bückte sich und hob den Kopf Marias von Schottland hoch.

»Das wäre vorbei.« Sir Francis holte tief Atem, als er und Robin die Halle verließen. Er blieb abrupt stehen, richtete den Blick auf den jungen Mann und sagte: »Ihr habt die Katholiken Euer Leben lang gehasst. Was hier geschehen ist, sollte Euch glücklich machen.«

Robin hob den Kopf und sprach mit gleichmäßiger Stimme. »Nein, Sir, das hat es nicht getan.«

Sir Francis' Augen wurden schmal. »Ich stelle fest, dass Eure Gefühle schwächer geworden sind. Fühlt Ihr Euch noch in der Lage, als Agent der Königin zu dienen?«

Robin nickte hölzern. »Ja, ich will meinem Land und meiner Königin dienen. Was ich aber nicht tun will, ist dies – mich über den Tod einer tragischen und bemitleidenswerten Frau freuen!«

Seltsamerweise schien Walsingham seine Rede zu billigen. »Ja, wir dürfen unser Mitgefühl nicht verlieren.« Er nickte, dann sagte er plötzlich: »Ihr müsst morgen nach Spanien abreisen, wenn Ihr Euch bis dahin bereit machen könnt.«

Robin neigte mit fest zusammengepressten Lippen den Kopf. »Ich werde mein Bestes tun.«

»Das, Sir«, sagte Walsingham grimmig, »ist das Einzige, was wir alle tun können – und was wir tun *müssen*, wenn England gerettet werden soll!«

Am nächsten Tag verließ Robin England, um auf Umwegen nach Spanien zu gelangen. Seine Gedanken waren bei Allison gewesen, als er Spanien verlassen hatte. Nun suchten sie die Zukunft und erweckten das Bild ihrer Augen und ihres Lächelns in ihm, als das Schiff stieg und fiel, das grüne Wasser teilte und ihn seiner Mission entgegentrug – und seinem Schicksal.

23
EIN SONDERBARER ENGLÄNDER

»Und Ihr beharrt weiterhin darauf, dass Ihr nichts von dem Mann namens Roberto wisst? Dass er Euch nichts bedeutete?«

Die Stimme des Großinquisitors bebte vor frommem Zorn. Es war der vierte Tag der Inquisition der Engländerin, Allison Corona, und sie hatte nur wenig Ruhe gefunden. Vater Cortez und andere Agenten der Inquisition hatten sie stundenlang befragt, und nun waren ihre Augen hohl vom Mangel an Schlaf, als sie sagte: »Da war nichts zwischen uns, Vater. Er war ein Diener, der seine Arbeit tat.«

»Aber Ihr habt verlangt, dass er eingestellt würde!«

»Er hatte einige Erfahrung als Gärtner, und wir brauchten weitere Helfer. Ich habe mehrere Männer für solche Arbeiten angeheuert.«

»Aber habt Ihr gewusst, dass er Engländer ist?«

»Er sagte, er sei Norweger.« Der Großinquisitor knirschte vor Zorn mit den Zähnen. Er und seine Helfer hatten auf alle nur erdenkliche Weise versucht, die junge Frau in eine Falle zu locken, aber sie saß da mit dieser höllischen Ruhe auf ihrem Gesicht, ohne eine Spur von Furcht oder Zorn. Bei all den Verhören, die er schon durchgeführt hatte, war ihm nie etwas Ähnliches begegnet. Vater Cortez hatte schließlich unter vier Augen zu ihm gesagt: »Ich glaube, sie sagt die Wahrheit. Keine schuldige Frau könnte so lange durchhalten, ohne sich zu verraten!«

Aber der Großinquisitor war nicht überzeugt. Sein Hass gegen die Engländer ließ ihm keine Ruhe. »Euer Gatte hat geschworen, dass er Euch und den Engländer auf frischer Tat ertappte.« Als die junge Frau keine Antwort gab, schrie er sie an: »Nun? Das ist doch wahr, oder?«

»Nein, es ist nicht wahr.«

Die schlichte Antwort schien den Großinquisitor nur noch mehr in Zorn zu versetzen. »Seid Ihr bereit, das Zeichen des Kreuzes vor uns zu machen, vor dem Erlöser, vor seiner heiligen Mutter und all den Heiligen, zum Zeichen, dass Ihr unschuldig seid, dass Ihr mit diesem Mann nichts zu tun hattet und ihm nicht zur Flucht verholfen habt?«

Allison richtete sich auf und sprach mit völliger Selbstbeherrschung. »Gott ist mein Richter, Vater, ich schwöre vor Euch, dass mein Gewissen rein ist.«

Der Inquisitor zog ein seidenes Taschentuch heraus und presste es gegen die Stirn. Seine dunklen Augen wanderten über seine Helfer, aber er las nichts in ihren Gesichtern. *Sie haben sich von ihrem hübschen Lärvchen verzaubern lassen,* dachte er zornig, *aber ich lasse mich nicht so leicht hinters Licht führen!*

»Allison Corona, in Anbetracht des Glaubens und der Loyalität der Familie Corona habe ich mich entschlossen, Euch mit großer Milde zu behandeln. Ich zweifle keinen Augenblick daran, dass Ihr tief im Schlamm der Todsünde versunken seid, und um Eure Seele zu retten, ist harte Buße notwendig.«

»Wie Ihr wünscht, Vater«, sagte Allison leise. Wider Willen kam dem Großinquisitor der Gedanke, sie sähe so unschuldig aus wie die Heilige Jungfrau selbst! Aber er hatte seinen Entschluss gefasst, also sprach er mit harter Stimme. »Mein Entschluss lautet, dass Ihr in strenger Einzelhaft unter Vater Cortez' Aufsicht gestellt werden sollt. Man soll Euch den Kopf rasieren, und Ihr sollt nur ein einziges Kleidungsstück aus grobem Tuch tragen, um ständig an Eure Lügen und Untaten erinnert zu werden. Ihr sollt nur das Essen der Dienerschaft essen. Wenn Vater Cortez meint, dass Ihr den Stand der Gnade wiedererlangt habt, wird Euer Fall noch einmal geprüft werden. Wenn ich keinen guten Bericht erhalte, soll Euch eine letzte Gelegenheit zuteilwerden, Euren erbärmlichen Leib in einem wahren Akt des Glaubens aufzuopfern. Nun möge Gott Euch die Kraft geben, durch Buße Euer sterbliches Fleisch vor dem vergänglichen Feuer und Eure unsterbliche Seele vor den ewigen Feuern der Hölle zu bewahren. Im Namen des Vaters und des Sohnes und des Heiligen Geistes. Amen.«

★ ★ ★

Die Hinrichtung Marias von Schottland versetzte den ganzen Kontinent in Erregung. Die Schockwellen erreichten als erstes Paris, wo der Königshof tiefe Trauer anlegte, dann den Palast, in dem König Philipp sein Reich verwaltete, dann Rom, wo die Priester Elisabeth verfluchten, die mörderische »babylonische Hure«, und der Schrei zum Himmel stieg: »Erhebe dich, Herr, und vertritt deine Sache.«

Die Forderungen nach einer Invasion in England erreichten einen hysterischen Höhepunkt. Als König Philipp schließlich dem Druck nachgab und befahl, das »Unternehmen England«, wie es genannt wurde, zu starten, stieg ein Seufzer der Erleichterung in ganz Spanien auf. Jeder kriegstüchtige Mann mit einem wackeren Herzen betrachtete es als seine fromme Pflicht, in den Krieg zu ziehen.

Cadiz kochte vor Aufregung, wie jede andere Stadt in Spanien auch. Die Straßen wimmelten von Kriegsleuten, Schiffe legten jede Woche an, und in den Herbergen und Tavernen sprach man von nichts anderem als vom Unternehmen England. Als das Schiff *Fortuna* aus Rom einlief, wurden die Segel eingezogen und Grüße mit dem Wachschiff und der Hafenbesatzung ausgetauscht; die langen Ruder tauchten mit gleichmäßigen Schlägen ein, das große Schiff glitt an der Punta Candelaria vorbei und ging neben anderen Schiffen der gewaltigen Flotte vor Anker.

Innerhalb von Minuten waren die Ruder verstaut, und eine Flottille von Booten und Barken nahm die Fracht auf und brachte die Offiziere und Passagiere ans Ufer.

Unter den Leuten, die ans Ufer gefahren wurden, befand sich auch Robin Wakefield.

Er trug einen Mantel, ein Wams mit Puffärmeln, samtene venezianische Kniehosen und Schnallenschuhe. Als er am Landeplatz unterhalb der Stadtgarnison von Bord ging, wurde er von General Savaldos empfangen.

Obwohl es noch früh am Tag war, wimmelte die Stadt von Geschäftigkeit. Die Morgensonne strömte zwischen den Gebäuden herab, und die schmalen Seitengassen waren gedrängt voll mit Straßenhändlern, Eselskarren, Wäscherinnen und Sklaven. Auf dem Marktplatz wurden Hunderte von stöhnenden und jammernden Afrikanern in Ketten in Pferche getrieben, um die Auktion zu erwarten, die an diesem Tag stattfinden sollte. Der junge Leutnant strich seinen buschigen Schnurrbart und lächelte Robin an. »Gefällt Euch unsere Stadt?«

»Sie ist sehr schön«, antwortete Robin in makellosem Spanisch.

»Wir haben in diesen Tagen alle Hände voll zu tun.« Der Leutnant nickte ihm zu. »Wir werden die Engländer bald besiegt haben.« Er führte Robin in die Stadt, und sie erreichten den Platz vor der Kathedrale. Nebel breitete sich wie Altweibersommer über die Hügel Andalusiens, und im Süden glitzerten die langen weißen Küsten in der Morgensonne. Als die Glocken der Kathedrale läuteten, sank Robin auf die Knie und bekreuzigte sich. Der Leutnant blickte geradeaus, ein wenig peinlich betroffen von so viel Frömmigkeit, und dann räusperte er sich und sagte: »Wir wollen jetzt gehen.«

Robin wurde zu einem großen weiß getünchten Gebäude geführt und dann in ein Arbeitszimmer im zweiten Stock. Ein kurzbeiniger, muskulöser Mann mit weißem Haar saß hinter einem mit Papieren überhäuften Schreibtisch. Der Leutnant sagte: »Sir, dies ist Señor Robert Hawkins. Señor Hawkins, Ihr steht vor General Miguel Savaldo.«

Der General starrte Robin an, dann grinste er hämisch. »Ein weiterer Märchenprinz, nehme ich an.« Er ergriff das Papier, das Robin ihm reichte, und seine Augenbrauen wanderten in die Höhe, als er das päpstliche Siegel sah. Robin lächelte leise. Offenbar war es das kleine Vermögen, das Walsingham für dieses Siegel gezahlt hatte, wert! Der General reichte ihm den Brief zurück und starrte einen

Augenblick lang den jungen Mann an. »Ihr sollt also hier einquartiert werden.«

»Ja, General. Ich bin mit dem Auftrag hierhergesandt worden, das heilige Unternehmen auf jede nur mögliche Weise zu unterstützen.«

»Und was könnt Ihr tun?«

»Ich habe als Adjutant eines entfernten Verwandten, Admiral Hawkins, gedient. Ich habe das Gefühl, das könnte Eurem Admiral von einigem Nutzen sein.«

Savaldos Augenbrauen marschierten wieder in die Höhe. »Ah? Und wie kam es dazu?«

»Mein Vater war ein Reeder, Señor. Ich lernte das Handwerk eines Seefahrers und wurde zu einem ausgezeichneten Navigator. Admiral Hawkins ist immer auf der Suche nach Männern mit dieser Fähigkeit.«

»Das glaube ich gerne.« Der Mann betrachtete ihn mit kalten Augen. »Und wie kommt es, dass ein Engländer so gut Spanisch spricht?«

Robin hatte die Antwort parat, denn er und seine Lehrer in England hatten die Frage erwartet. »Ich habe es in einem spanischen Gefängnis gelernt.« Die Augenbrauen wanderten in die Höhe, und er fügte hinzu: »Ich befand mich an Bord eines kleinen Schiffes, das in Küstennähe aufgebracht wurde.«

»Und ich nehme an, Euch gelang die Flucht?«

»Nein, mein Vater bezahlte ein hohes Lösegeld für meine Freiheit. General Savaldo, es ist keine leichte Art, eine Sprache zu lernen.«

Savaldo lachte plötzlich und schlug seine harte Handfläche auf den Tisch, dass die Papiere davonflogen. »Ich habe mein Englisch in einem englischen Gefängnis gelernt, Señor Hawkins, daher weiß ich, dass Ihr die Wahrheit sprecht!« Irgendwie schien die Tatsache, dass sie beide im Gefängnis gewesen waren, die Stimmung des Generals aufzulockern. »Kommt, ich will Euch dem Admiral vorstellen, dem Marquis von Santa Cruz.«

Eine Stunde später standen die beiden Männer am Ufer und betrachteten die Flotte. »Ein wahrhaftig grandioser Anblick!«, rief Robin aus, dann blinzelte er überrascht, als Salvado ein verächtliches Schnauben ausstieß. Er warf dem Älteren einen Blick zu. »Habt Ihr etwa Zweifel am Ausgang des Unternehmens?«

»Ich glaube daran, dass es erfolgreich sein kann, gewiss. Aber unsere Aufgabe wäre um vieles leichter, würde der König mehr auf den Marquis hören und weniger auf den Herzog von Parma.« Zweifel füllte die dunklen Augen des Mannes, und er murmelte: »Schön und gut, die Armada ›unbesiegbar‹ zu nennen, aber in meinen Augen ist eine Flotte erst dann unbesiegbar, wenn sie sich im Kampf als unbesiegbar erwiesen hat.«

»Habt Ihr so wenig Vertrauen in die Macht der Heiligen Jungfrau und der Heiligen, General? Unsere Sache ist heilig, und Gottes Stellvertreter auf Erden hat sie gesegnet.«

Aber der stämmige General schüttelte den Kopf und sagte: »Kommt, wir wollen an Bord des Flaggschiffes unseres Generals gehen.« Er rief ein kleines Boot herbei, und während sie über das funkelnde grüne Wasser glitten, begann er von Neuem zu sprechen. »Die Armada ist schlecht organisiert und hat zu wenig Vorräte an Bord. Außerdem ist es ein Fehler, den Oberbefehl über die Invasion zwischen Parma und dem Marquis aufzuspalten. Wir verlangten 150 Schiffe und bekamen 90! Nun, wir werden natürlich unser Bestes tun, aber ich wäre nicht überrascht, wenn wir ein weiteres Jahr warten müssten.«

Der Admiral war unterwegs, wie sie feststellten, aber der General überredete seinen Ersten Offizier dazu, Hawkins als Berater für englische Seefahrtkunst und Marinestrategie bei sich aufzunehmen. Es war ein fantastisches Geschenk des Glücks, als Mitglied der Offiziersmesse an dem Unternehmen teilzunehmen, und an diesem Abend schrieb Robin in der Intimität seiner Kajüte seinen ersten Bericht in Geheimcode. Für ungeübte Augen wäre es nur ein verworrener Haufen Unsinn gewesen, aber er wusste, dass Walsinghams Agenten die Botschaft verstehen würden.

Große Schiffe liegen in Cadiz vor Anker. Vorbereitungen werden durch Geldmangel behindert. Abfahrt für Ende Juli geplant, aber Mangel an Vorräten könnte zu weiterer Verzögerung führen. Sechs Galeeren verteidigen den Hafen. Nur wenige Schiffe sind mit Männern und Kanonen kriegsmäßig ausgerüstet. Nur wenige der Kanonen der Stadt sind auf den Hafen gerichtet. Schwadron von Galeonen könnte großen Schaden zufügen.

Am nächsten Morgen traf er seinen Kontaktmann auf dem Marktplatz, und die Botschaft war unterwegs zu Walsingham und Admiral Howard. Es schien nur eine Kleinigkeit zu sein, aber Robin hatte sein Bestes für seine Königin getan.

★ ★ ★

Casa Loma stand auf einem Hügel, und in der Nacht des 19. April 1587 hingen alle Augen an den Hunderten von Kerzen und Lampen, die die Diener anzündeten, als die Nacht hereinbrach. Selbst die niedrigsten Diener spürten, dass etwas Besonderes bevorstand – und Carlos, der Butler, fasste es in Worte.

»Es liegt daran, dass die Frau von Don Jaime zurückgekehrt ist.« Er nickte weise seiner Frau Delores, der Köchin, zu. »Und sie ist immer noch dieselbe. Die Inquisition hat einen Fehler gemacht, was sie betrifft. Sie war völlig unschuldig an allem Bösen.«

»Halt den Mund, Dummkopf!« Delores blickte sich nervös um, dann zischte sie: »Du weißt, was mit denen geschieht, die die Inquisition kritisieren!«

Aber Carlos war ein starrsinniger Mann und murmelte trotzig: »Wir wissen doch, wie ihr Ehemann ist. Er hat keine Ehre im Leib!« Er ging in der Küche herum und schnupperte am Essen, das in eisernen Pfannen und Töpfen schmorte. »Sieh zu, dass du etwas Ordentliches kochst. Du weißt, wer der Ehrengast ist.«

»Irgendein Seemann, habe ich gehört.«

Carlos warf ihr einen vernichtenden Blick zu. »*Irgendein Seemann*«, äffte er sie nach. »Es ist der Marquis von Santa Cruz, der die unbesiegbare Armada anführen wird!«

Tatsächlich handelte es sich um ein Ereignis von größter Bedeutung. Seit Allison weggebracht worden war, um bewacht vom zarten Mitleid der Inquisition Buße zu tun, hatte es in Casa Loma keine Bankette oder Festlichkeiten gegeben. Weder Don Alfredo noch Doña Maria hatten den Wunsch nach Gesellschaft verspürt. Aber nun, da Allison zurückgekehrt war, schien es ihnen nur recht und billig, ihr Willkommen mit einem Festmahl auszusprechen.

»Wir können nichts Besseres tun, als den berühmten Marquis zu uns einzuladen«, hatte Don Alfredo gesagt.

Jaime hatte versprochen, ebenfalls anwesend zu sein – und noch während die Gäste sich versammelten, war er in Allisons Zimmer gekommen. Sie hatte ihn seit ihrer Rückkehr nicht gesehen, aber ein Blick genügte, um ihr zu sagen, dass er sich nicht verändert hatte. Er schritt hinter ihr auf und ab, während sie am Frisiertisch saß. »Nun, ist das schlimme Frauchen in die Arme seines Gatten zurückgekehrt, eh?« Als er merkte, dass sie sich nicht einmal umwandte, um ihn anzusehen, packte er sie an den Schultern und zwang sie, ihn anzusehen. »Du solltest tot sein. Warum bist du nicht tot? Ich dachte, ich hätte vor langer Zeit mit dir Schluss gemacht ...« Seine Stimme verebbte, und der benommene Ausdruck in seinen Augen verriet Allison, dass er wiederum mit Rosalita sprach, nicht mit ihr. Plötzlich richtete sich sein Blick fest auf ihr Gesicht, und er fuhr zurück, als wäre sie eine Viper, die er plötzlich unter der Bettwäsche entdeckt hatte. »Hätte die Inquisition nicht diesen Narren Securo zum Oberhaupt, so wärst du längst auf dem Scheiterhaufen verbrannt worden!«, knurrte er sie an.

»Es tut mir leid, dass du so fühlst, Jaime«, sagte Allison ruhig. Die langen Wochen, in denen sie von zu Hause fort gewesen war, waren eine Zeit der Einsamkeit und des Gebets für sie gewesen. Sie hatte nichts gegen das schlechte Essen und die Unbequemlichkeit gehabt; ihre dunkle Nacht der Seele war vorüber. Sie fühlte von Neuem die

Gegenwart ihres Herrn. Das Gefühl, Jesus nahe zu sein, war so wirklich gewesen, dass die Tage unbemerkt vergangen waren. Als Vater Cortez gekommen war, um ihr zu sagen, dass er sie heimschickte, war sie ziemlich bestürzt gewesen und voll Sorge, dass Don Jaime den Frieden zerstören würde, der ihr so lieb geworden war.

Nun stand sie auf und sah ihm ins Gesicht. Sie bemerkte, dass er zugenommen hatte und dass seine Augen vom Suff rot gerändert waren. »Bitte, Jaime, ich bin nicht deine Feindin«, sagte sie mit stiller Sicherheit. »Können wir nicht versuchen, freundlich zueinander zu sein?«

Jaime starrte sie an und blinzelte vor Verwirrung. Sie fragte sich, ob er eine zornige Reaktion von ihr erwartet hatte, aber sie fühlte nichts dergleichen. Nur die Sehnsucht, in Frieden zu leben und ihrem Mann zu helfen, wenn es in ihren Kräften stand.

»Warum kehrst du nicht nach England zurück?«, fragte er plötzlich.

»Ich bin deine Frau. Nur der Tod kann das ändern.«

Er starrte sie an, dann sagte er scharf: »Komm, wir wollen gemeinsam hinuntergehen. Ich möchte dem Marquis zu Gefallen sein.« Als sie ihr Schlafgemach verließen und auf die Stiege zugingen, fügte er hinzu: »Ich möchte etwas von ihm.« Er sah die Überraschung in ihrem Blick und brach in dieses selbstgefällige Lachen aus, bei dem es ihr eisig über den Rücken lief. »Ich werde Botschafter sein, liebe Frau, Botschafter in Frankreich. Das ist es, was ich mir wünsche – in Frankreich zu leben, unter Leuten, die mich gut behandeln.«

Allison runzelte die Stirn. Sie konnte den Gedankengängen ihres Gatten nicht folgen. Aber sie hatte längst herausgefunden, dass Dinge, die Jaime als klar und vernünftig erschienen, anderen Leuten nur selten im selben Licht erschienen. Also blickte sie ihn nur neugierig an. »Wie kann der Marquis dir helfen, Jaime? Wählt nicht der König die Botschafter aus?«

»Ja, aber der König hört im Augenblick auf den Marquis. Sei nett zu dem alten Mann, sag ihm, wie brillant dein Ehemann ist – und wie gerne du nach Frankreich ziehen möchtest.« Er machte tatsächlich einen ernsthaften Eindruck, als verstünde – und wünschte – er wirklich, was er da sagte. »Wenn wir von hier wegkommen könnten, wäre vielleicht alles anders.« Er sah sich nervös um, als fürchtete er, jemand zu entdecken, der ihnen folgte oder sie belauschte. Er hielt inne und blickte ihr ins Gesicht. Seine Stimme sank zu einem Flüstern herab. »Ich würde dir deine eigene Wohnung besorgen, Rosalita, du könntest dein eigenes Leben haben – und ich meines. Wir würden einander niemals begegnen müssen, und ich müsste dich nicht mehr zwingen wegzugehen ...«

Seine Stimme verebbte, als er sie anblickte, und wiederum füllten sich seine Augen mit Verwirrung. Er neigte den Kopf zur Seite, als er sie anstarrte. »Ich dachte, du wärst fort ...?« Dann zuckte er die Achseln, packte ihren Arm und drängte sie ins Esszimmer.

Sie betraten den Raum, und Jaime führte sie an den Tisch, wo sie seine Eltern begrüßten. »Der Marquis und sein Stab sind soeben eingetroffen«, erzählte ihnen Don Alfredo. »Wir werden das Neueste über die Armada von ihm hören.«

Allison setzte sich nieder, und kurz darauf betraten der Marquis und sein Stab von drei Männern den Raum. Allison war ihm schon früher im Haus der Coronas begegnet, aber sie bemerkte, wie sehr er seit ihrem letzten Zusammentreffen gealtert war. Dann hörte sie, wie er seine Begleiter vorstellte. Die Namen bedeuteten ihr nichts. Sie nickte den ersten beiden Soldaten in kostbaren Uniformen zu – und dann war es, als bliebe ihr Herz stehen, denn der dritte Mann war Robin Wakefield!

Er hatte nicht die geringste Ähnlichkeit mit dem Diener Roberto. Er stand hochgewachsen und muskulös da, und ein sauber gestutzter Bart bedeckte die untere Hälfte seines Gesichts. Dennoch wunderte sie sich, dass niemand ihn wiedererkannt hatte. Er beugte sich über ihre Hand und küsste sie, wie die anderen Offiziere es getan hatten, sprach aber kein Wort. Seine Augen jedoch sprachen Bände. Einen Augenblick lang tauchten ihre Blicke ineinander, und sie spürte, wie die Kraft seiner Liebe sie überschwemmte.

Die Gäste nahmen Platz und das Essen wurde aufgetischt, aber so köstlich die Mahlzeit auch war, so waren doch alle weit mehr an dem Marquis als am Essen interessiert. Schließlich lächelte er und sagte: »Ihr macht Euch alle Gedanken über das große Unternehmen. Nun, ich kann Euch genauso gut etwas darüber erzählen. Anders würdet Ihr Eure Mahlzeit ja doch nicht genießen. Oder besser, ich überlasse es meinen Mitarbeitern, Euch zu informieren.« Sein Blick glitt über die Männer, die er mitgebracht hatte, und plötzlich sagte er: »Wir haben einen hochinteressanten Offizier an unserer Seite, einen Engländer, Leutnant Robert Hawkins.«

Don Jaime rief aus: »Ein Engländer? Eure Königin ist ein Trampel und eine Mörderin!«

Ohne zu blinzeln, erwiderte Robin: »Ich stehe nicht auf ihrer Seite, Señor. Ich bin hier als ein Diener des Heiligen Vaters, um bei dem großen Unternehmen mitzuhelfen und England für Spanien zurückzugewinnen.«

»Wir haben Leutnant Hawkins Referenzen aufs Genaueste geprüft, dessen könnt Ihr sicher sein, Don Jaime«, bemerkte der Marquis. »Er ist uns treu ergeben.«

»Ich würde gerne hören, was Leutnant Hawkins zu sagen hat«, sagte Don Alfredo mit ruhiger Stimme. »Ich bevorzuge die altmodische Kampftechnik: Kommt dem Feind so nahe wie möglich und entert sein Schiff.«

»Recht so!«, schnarrte einer der Leutnants. »Unsere Schiffe können die Engländer einkreisen! Das leugnet Ihr doch nicht, Hawkins, oder?«

Vorsichtig sagte Robin: »Ich stimme zu; wenn die Engländer sich in einiger Entfernung halten, würden sie nicht imstande sein, die starken Balken unserer Schiffe zu beschädigen, aber ihre Rümpfe sind so stark wie die unseren. Deshalb glaube ich, wir müssen sie in einen Nahkampf verstricken, wo immer es möglich ist.« Das war die Art irreführender Informationen, die Robin und Walsingham der spanischen Kommandantur zuschanzen wollten, und Robin hatte gute Argumente zur Hand.

Der Marquis hatte seine Freude an dem jungen Engländer, und er sprach frei heraus über die Schwierigkeiten, Nachschub zu erhalten. Nach einer Weile hielt er inne und sagte: »Ich möchte eine Bitte an das Haus Corona richten.«

Don Alfredo nickte voll Eifer. »Sie ist bereits gewährt, Señor! Wir wollen alles tun, um Euch behilflich zu sein!«

Der Marquis neigte dankend den Kopf. »Ich nehme Euch beim Wort, Don Alfredo.« Er lächelte leise und sagte: »Ich bitte Euch, dem Unternehmen Euren Namen zu geben, und ich bitte um ein Zeichen Eures guten Willens, unsere Sache zu unterstützen.« Er blickte Don Jaime geradewegs an. »Es ist mein Wunsch, dass der Sohn von Don Alfredo Corona unter meinem Kommando dient.«

Allison warf ihrem Ehemann einen raschen Seitenblick zu und sah, dass er bei den Worten des Marquis aschfahl geworden war. »Señor!«, stotterte er, »ich bin kein Seemann und auch kein Soldat!«

»Nein, aber Ihr seid ein Corona«, sagte der Marquis mit ausdrucksloser Stimme. »Und die Nation erwartet, dass der Adel sich an diesem Unternehmen beteiligt. Wir werden ... einen Platz für Euch finden.«

Don Jaime saß in der Falle, und er wusste es. Ein Blick auf das strenge Gesicht seines Vaters, und er begriff, dass eine Weigerung sein Vaterhaus entehren würde – und das würde bedeuten, dass er enterbt wurde. Sein Vater hatte einen unüberbietbaren Sinn für Treue und Ehre. Er hatte keine Chance, ihn zu einer anderen Einstellung zu überreden.

Er schluckte schwer und blickte wieder den Marquis an. »Gewiss, Señor, es ist eine große Ehre.« Aber sein jammernder Ton strafte seine Worte Lügen.

Der Marquis schien es nicht zu bemerken. »Großartig! Meldet Euch morgen zum Dienst auf meinem Flaggschiff.« Der Marquis wusste nur zu gut, wie wertlos der junge Corona als Kriegsmann war, aber er wusste auch, dass Don Alfredo, sobald sein Sohn einmal aktiv an dem Unternehmen beteiligt war, das Abenteuer mit seinem Geldbeutel unterstützen würde. Er war überzeugt, dass er einen Platz für Corona finden konnte, wo er unter Beobachtung und aus dem

Weg war. »Nun wollen wir unser Essen genießen«, sagte er und wandte sich seiner Mahlzeit zu.

Alle genossen die Mahlzeit, mit Ausnahme von Don Jaime. Er stocherte in seinen Speisen herum, und nach der Mahlzeit entschuldigte er sich und sagte mit dünner Stimme: »Ich muss meine Vorbereitungen für morgen treffen. Ich fahre zur See.«

Kaffee und Kuchen wurden aufgetischt, und die Gäste schlenderten herum, wobei die meisten den Marquis umdrängten. Robin stand neben Allison und machte eine höfische Verbeugung.

»Señora Corona, der Marquis hat mir von Eurer großartigen Gemäldesammlung erzählt. Dürfte ich sie vielleicht sehen?«

»Natürlich!« Don Alfredo strahlte und nickte Allison zu, »Zeig dem Gentleman die Galerie, meine Liebe.«

»Ja, Señor.«

Allisons Herz schlug schneller, aber sie sagte nichts, bis sie beide in der langen Gemäldegalerie allein waren. Sie schloss die Türen, als sie eintraten, dann, als sie überzeugt war, dass niemand sie hören konnte, wandte sie sich um und blickte ihn mit großen Augen an. »Robin, du musst von Sinnen sein.«

Er ignorierte ihre Worte und ergriff stattdessen ihre Hände. »Du bist lieblicher als je zuvor«, flüsterte er. »Ich habe jeden Tag an dich gedacht, seit ich hier abgereist bin.«

»Das darfst du nicht!«, protestierte sie, aber sie konnte ihre Hände nicht aus seiner Umklammerung befreien. »Warum bist du zurückgekehrt?«

»Ich bin ein Agent der englischen Regierung, Allison. Ich habe geschworen, alles in meiner Macht Stehende zu tun, um die Armada daran zu hindern, dass sie mein Land erobert.«

Allison atmete rasch. Seine bloße Gegenwart ließ sie erzittern. Er sah so gut aus in seiner Uniform, und die Erinnerung an die gemeinsame Zeit, als er fieberkrank gewesen war und sie ihn gepflegt hatte, überfiel sie mit aller Gewalt. »Bitte sei vorsichtig!«, sagte sie. »Wenn dir irgendetwas zustieße –«

Er ergriff ihre Hand, zog sie an die Lippen und drückte einen Kuss auf ihre Handfläche. Mehr würde er niemals wagen, das wusste er. Sosehr er sich danach sehnte, sie in den Armen zu halten, ihre Lippen auf den seinen zu fühlen, so wusste er doch, dass sie eine verheiratete Frau war. Er hatte diese Tatsache nur ein einziges Mal ignoriert, und aus Hochachtung vor ihr und den heiligen Eiden, die sie geschworen hatte, würde er es niemals wieder tun. Aber das konnte sein Herz nicht daran hindern, dass er sie mehr liebte, als er jemals für möglich gehalten hatte. Er wusste, dass er niemals eine andere heiraten würde, selbst wenn niemals die Zeit käme, in der sie zusammen sein konnten.

Seine blaugrauen Augen waren dunkel vor Gefühl, als er in ihren Blick eintauchte. »Wir Männer von Wakefield lieben immer nur eine einzige Frau, und von allen Frauen auf Erden bist du die einzige für mich, Allison. Ich werde dich lieben, solange ich atme.« Sie setzte zum Sprechen an, aber sein Blick hielt sie davon ab. »Ich weiß, dass meine Liebe keine Frucht bringen kann, nicht, solange du mit Don Jaime verheiratet bist. Obwohl mein Herz danach schreit, dich aus diesem qualvollen Leben, das du erdulden musst, fortzubringen, will ich deine Entscheidung zu bleiben respektieren. Ich will dich Gottes Fürsorge anvertrauen. Nun musst du auch dasselbe für mich tun und daran glauben, dass Gott mit mir ist, und dass alles, was mir widerfährt, aus seiner Hand kommt.«

Wortlos nickte sie, tief bewegt von seinen Worten und dem Ausdruck in seinen Augen. Der Drang, ihm zu sagen, wie ihr zumute war, wallte in ihr auf. »Robin –«, sagte sie, aber was sie auch sagen wollte, ihr wurde das Wort abgeschnitten, als ein jäher Aufschrei und dann ein Durcheinander von Stimmen aus dem Hauptteil des Hauses herüberdrang.

»Irgendetwas ist geschehen«, sagte Robin, und sie eilten zurück ins Speisezimmer, wo die Gruppe sich um einen Offizier versammelt hatte, der vom langen Ritt auf der Straße mit Staub bedeckt war.

»Was ist geschehen?«, fragte Robin einen der übrigen Offiziere.

»Drake! Drake hat Cadiz überfallen!«

Ohne ein weiteres Wort stürzte der Marquis aus dem Raum. Robin folgte ihm und bestieg gemeinsam mit anderen Mitgliedern des Stabes seine Kutsche. Während der Fahrt unterhielten sie sich in abgehacktem Ton miteinander.

»Was hat das zu bedeuten, Señor?«, fragte einer der Männer den Marquis. Die einzige Antwort war ein steinernes Schweigen.

Zuletzt hielt die Kutsche an, und sie stürzten hinaus – und erstarrten augenblicklich in betäubtem Schweigen, als sie das Bild erfassten, das sich ihren Augen darbot. Im gesamten Hafen standen die Schiffe in Flammen!

Der Marquis stand da und starrte die Szene an. Sein Gesicht war von kalter Wut erfüllt. Als er sprach, zitterte seine Stimme vor Wut. »Meine Herren, das bedeutet, dass das große Unternehmen sich um ein Jahr verzögern wird. Dieser Mensch Drake!« Er spie den Namen des Engländers aus, als sei er etwas Ekelhaftes und Obszönes. »Er hat uns das angetan!«

Laute Ausrufe von Zorn und Wut stiegen in der Gruppe auf, und Robin schloss sich den zornigen Schreien an. Aber er sah ein Schiff in der Entfernung, das die spanischen Galeonen bombardierte – und erkannte die *Falke!*

Gib's ihnen, Thomas, schrie er im Geiste. *Wie gerne wäre ich jetzt an deiner Seite und würde Philipps Armada beschießen!* Er wollte schreien und winken und jubeln – stattdessen blieb er an Ort und Stelle bis Mitternacht, als die englische Flotte schließlich unter Wind kam und die Schiffe eins nach dem anderen hinter Drakes Positionslichtern her aus dem Hafen schlüpften.

Der kühne Mut eines einzigen Mannes hatte König Philipp von Spanien, den mächtigsten Monarchen der Erde, zuschanden werden lassen. Die Armada musste von Neuem gebaut werden – und Robin betete, dass es lange genug dauern würde, dass England in der Zwischenzeit seine eigenen Schiffe bauen und sich darauf vorbereiten konnte, der spanischen Flotte im Kampf gegenüberzutreten.

24
DIE ARMADA STICHT IN SEE

Fast ein Jahr später ging Robin in den Obstgärten von Casa Loma spazieren und betrachtete die kahlen Zweige der Feigenbäume. Neben ihm schritt Don Jaime und beklagte sich bitter über die Unmöglichkeit der Aufgabe, die Robin vom Admiral mitgebracht hatte. Die Flotte hatte sich in Lissabon versammelt, und Robin reiste mindestens einmal in der Woche nach Cadiz.

»Ich sage Euch, Hawkins, es ist unmöglich!« Sein rundes Gesicht war von der Anspannung der Aufgabe gezeichnet, die der Marquis ihm zugeschanzt hatte – all den Papierkram für das große Unternehmen zu erledigen. Es war Robin gewesen, der in taktvoller Weise dem Marquis diesen Vorschlag gemacht hatte, denn er war zum Verbindungsmann zwischen den Kommandanten der Flotte und Don Jaime Corona geworden. Er hatte damit einen Grund, oft nach Casa Loma zu kommen, und während der letzten Monate war er dort ein willkommener Gast geworden. Es bereitete ihm eine Art grimmiger Befriedigung, dass er nun so respektvoll behandelt wurde, nachdem er ein Knecht auf dem Acker gewesen war.

Nun beobachtete er Don Jaime, der unruhig auf und ab eilte. »Ich kann die offizielle *Relacion* nicht aus der Tasche hervorzaubern!«, stöhnte Don Jaime. Die *Relacion* war die komplette Inventurliste aller Vorräte und Ausrüstungsgegenstände für 130 Schiffe und Tausende Männer, die auf ihnen leben und arbeiten würden. Der junge Corona hatte sich in die Aufgabe gestürzt, in der Hoffnung, den Marquis zu überzeugen, dass er tüchtig genug war, und entschlossen, einen Posten in Frankreich zu ergattern. Aber der Job war zu einem Albtraum geworden! Seine Bemühungen, auch nur die geringste Ordnung in diese riesenhafte Kollektion von Männern und Schiffen zu bringen, hatte nur zu einem Gefühl der Verzweiflung geführt, zu Überlastung, ja, sogar zu Krankheit.

Wäre irgendein anderer Mann in einer solchen Lage gewesen, so hätte Robin Mitleid empfunden. Wie die Dinge lagen, beobachtete er den erregten Mann mit distanzierten Gefühlen. »Der Marquis sagt, die Arbeit muss gemacht werden, Señor. Der König selbst hat angeordnet, dass die Armada am fünfzehnten Februar in See sticht, selbst wenn nur vierzig Schiffe segeln können. Er befiehlt, dass Ihr die *Relacion* spätestens eine Woche vor diesem Datum drucken lasst.«

Hätte Corona erraten können, wie erfreut der hochgewachsene Engländer über das Chaos war, das die Invasionspläne bedrohte, so wäre er schockiert gewesen. Aber Robin ließ sich nichts von seinem inneren Jubel anmerken, als er mit vorgetäuschter Sympathie bemerkte: »Ich verstehe Eure Probleme, Don Jaime, aber der Marquis lässt nicht mit sich handeln. Warum erstellt Ihr nicht die gesamte *Relacion*, jedes einzelne Stück, aber lasst die Zahlen aus, wenn sie nicht verfügbar sind? Dann könnt Ihr anfangen, jede einzelne Liste drucken zu lassen, sobald sie verfügbar ist.«

Don Jaimes Gesicht leuchtete auf, und er schlug seinem hochgewachsenen Gefährten auf die Schulter und rief aus: »Großartig! Warum ist mir das nicht selbst eingefallen?«

»Man muss im Herzen ein Buchhalter sein, um auf einen solchen Gedanken zu kommen«, erwiderte Robin bescheiden. »Der Adel sollte sich mit solch alltäglichen Problemen gar nicht abgeben müssen.«

»Nun, da habt Ihr wohl recht, Hawkins! Meine üblichen geschäftlichen Unternehmungen sind weitaus komplizierter. Nun kommt ins Haus und trinkt ein Glas Wein mit mir. Ich gebe Euch, was bislang an Listen für den Marquis erledigt wurde.«

Die beiden betraten das Haus, wo ihnen Doña Maria entgegenkam. »Ah«, sagte sie mit einem liebenswürdigen Lächeln, »ich wollte Euch eben suchen und zum Tee einladen.«

»Geht mit ihr, Hawkins«, sagte Jaime. »Ich hole die Papiere.«

Robin folgte Doña Maria in das große Wohnzimmer, wo Don

Alfredo und Allison bereits beim Tee saßen. »Kommt und gesellt Euch zu uns«, sagte der alte Mann mit warmem Lächeln. »Seid Ihr und mein Sohn mit Euren Geschäftsangelegenheiten fertig geworden?«

»Don Jaime sucht einige Papiere für mich zusammen, die ich dem Marquis überbringen soll«, sagte Robin. »Wie geht es Euch heute, Señor? Und Euch, Señora?«

Im Lauf der letzten Monate hatte Allison gelernt, einen gelassenen Gesichtsausdruck zur Schau zu tragen, wenn Robin das Haus betrat. Sie waren kaum ein halbes Dutzend Mal miteinander allein gewesen seit der Nacht, in der Drake mit seinem Überfall auf Cadiz dem König von Spanien den Bart versengt hatte, aber sie sahen einander mehrmals in der Woche in Gegenwart anderer Leute. Sie nickte und machte ein paar wohlerzogene Bemerkungen, dann saß sie still da, während die beiden Männer über die Armada diskutierten.

Schließlich kam ein Diener herein und sagte: »Don Alfredo, hier ist ein Bote für Euch. Er besteht auf einem Gespräch unter vier Augen.«

Corona erhob sich. »Entschuldigt mich, Señor Hawkins«, und er verließ den Raum. Seine Frau erhob sich und folgte ihm, wobei sie sagte: »Ich muss mich um die Diener kümmern. Unterhalte unseren Gast, Allison.«

Robin lächelte plötzlich und sagte: »Ja, unterhaltet Euren Gast, Allison.«

»Soll ich Euch etwas vorlesen, Señor Hawkins? Ich habe einige ausgezeichnete Predigten zur Hand, die Eurer Seele nur guttun würden.«

»Nein, ich würde lieber mit Euch nach draußen gehen und nach Vogeleiern suchen.«

Sie senkte den Blick, ein kleines Lächeln spielte um ihre Lippen. »Ein Zeitvertreib, an dem ich als Kind großes Vergnügen hatte. Ihr auch, Sir?«, murmelte sie mit gedämpfter Stimme.

»Gewiss doch.«

»Ich denke fast jeden Tag an diese Zeit zurück«, sagte sie, und ihr

Gesicht nahm einen ruhigen Ausdruck an. Robin betrachtete sie und bewunderte die edle Linie ihres Kinns und ihre feine Haut. »Ich erinnere mich, wie ich einst ein Nest mit kleinen Lerchen fand.« Sie warf ihm aus den Augenwinkeln einen Blick zu. »Ich war damals mit einem sehr lieben Freund auf der Suche.«

»Ich wette, es war im April«, sagte er augenblicklich und tat sein Bestes, das Lächeln nicht merken zu lassen, das in seinen Mundwinkeln nistete. »Wahrscheinlich wurden ihre Eltern von einem Falken getötet. Ich kann mir vorstellen, dass Ihr die Jungen nach Hause mitgenommen und am Leben erhalten habt, indem Ihr sie mit Würmern gefüttert habt, die im Garten ausgegraben wurden.«

»Tatsächlich«, sagte sie und zwinkerte. »Obwohl es mich überrascht, dass Ihr mich so gut kennt.« Sie erhob sich und trat ans Fenster, um hinauszublicken.

Er trat augenblicklich neben sie. Als sie sich zu ihm umwandte, erschien es ihm, als erfüllten ihre violetten Augen die ganze Welt. Allison trug eine Sanftmut und Güte im Herzen, die jeden berührte, der mit ihr zu tun hatte. Seine Großmutter war genauso gewesen. Er dachte oft an Hannah, wenn er die junge Frau anblickte.

»Lasst mich raten«, sagte er mit einem schelmischen Lächeln. »Ich wette, Ihr habt Euren drei Vögelchen sogar Namen gegeben!«

Sie starrte ihn überrascht an. »Selbst wenn ich es getan hätte, würde sich doch niemand daran erinnern!«

»Ich wette mit Euch, ich kann diese Namen erraten, Señora. Wenn nicht, bringe ich Euch ein Fläschchen Parfüm aus der Stadt mit.«

»Und was bezahle ich, wenn ich verliere?«

Plötzlich war alle Neckerei aus seinen Augen verschwunden, und seine Antwort kam mit gedämpfter, feierlicher Stimme. »Wenn es nach mir ginge, Allison, dein edles und wunderbares Selbst.«

Augenblicklich wandte sie sich ab und starrte aus dem Fenster, denn sie wollte nicht, dass er das Verlangen in ihren Augen sah. *Ich muss dem augenblicklich ein Ende machen!*, dachte sie, während sie mühselig nach Atem rang. Als sie sprach, war ihre Stimme kaum mehr als ein Flüstern, obwohl sie nicht wusste, woher es rührte – aus Vorsicht oder aus der Wirkung, die Robin auf sie ausübte. »Du darfst nicht von solchen Dingen sprechen, Robin. Ich habe es dir schon einmal gesagt. Wenn du es trotzdem tust, muss ich – muss ich mich weigern, mit dir zu sprechen.«

»Dann werde ich nur daran denken«, sagte er. »Die Gedanken sind frei, das musst sogar du zugeben –« Er unterbrach sich, als er ein Geräusch an der Tür hörte. Er hob seine Stimme, als befänden sie sich mitten in einer Diskussion: »Und daher müssen wir uns um die Kanonen kümmern, bevor wir abfahren –«

Don Alfredo stand in der Tür. Sein Gesicht war bleich. »Ich habe schreckliche Nachrichten!«

»Was ist es, Señor?«

»Ich habe soeben die Nachricht erhalten …, dass Don Alvaro de Bazan, Marquis von Santa Cruz … tot ist!«

Ein Schock durchschauerte Robins Nerven, und er keuchte: »Aber – ich habe ihn noch vor zwei Tagen gesehen!«

»Sein Herz.« Don Alfredo nickte, Trauer in den schönen alten Augen. »Er hoffte immer auf einen Tod auf dem Schlachtfeld, aber er starb im Schlaf.« Er schüttelte den Kopf und fragte wehmütig: »Was wird aus dem Unternehmen England werden, da er nun von uns gegangen ist?«

Doña Maria legte den Arm um ihn. »Gott wird uns einen anderen Mann senden«, flüsterte sie.

★ ★ ★

Vierzehn Tage lang betrauerte Spanien den Hingang des Mannes, der so viele glorreiche Siege errungen und dessen selbstbewusstes Versprechen, England für Spanien zurückzugewinnen, König Philipp angespornt hatte, den Befehl zum Bau der gewaltigsten Flotte zu geben, die die Welt je gesehen hatte.

In Madrid läuteten die Glocken den ganzen Tag, und in jeder Kapelle, an jedem Altar wurden Messen für die Seele des Marquis gelesen, während die Admiräle, Generäle und Stabsoffiziere nervös in den Hallen und Fluren miteinander tuschelten. Die Vorbereitungen für das Unternehmen – für das der verstorbene Marquis sich zu Tode gearbeitet hatte – blieben eine Woche lang gänzlich liegen.

Aber die Pläne waren zu weit gediehen, um die Armada nun wieder zu vergessen. König Philipp, der so lange gezögert hatte, war nun von feuriger Begeisterung erfüllt, so rasch wie möglich weiterzumachen. Das schicksalhafte Jahr 1588 war endlich angebrochen, und ganz Europa wartete mit angehaltenem Atem auf die apokalyptische Schlacht, die kurz bevorstand.

Die offizielle Bestellung für den Nachfolger des Marquis traf eine Woche nach seinem Begräbnis ein. Philipps Wahl war auf Don Alfonso Pérez de Guzmán el Bueno, den Herzog von Medina Sidonia, gefallen. Robin wartete sorgenvoll auf das Erscheinen des Herzogs. Er wusste, dass die britischen Kommandanten darauf warteten, wie er ihren neuen Gegner einschätzte.

Aber der Mann, der in Cadiz eintraf, entsprach in keiner Weise dem Bild, das Robin sich gemacht hatte. Statt eines polternden Militaristen erschien ein Mann, der genauso aussah, wie er in seinem Wesen auch war: ein selbstgefälliger ältlicher Landedelmann, der keine Kriegserfahrung hatte und sich nur allzu bewusst war, wie ungeeignet er war, die schwere Last der Verantwortung zu tragen, die der König ihm praktisch aufgezwungen hatte.

Er hatte eine triefende Nase, und bald wusste alle Welt, dass der neue Oberbefehlshaber der spanischen Armada sich erkältete, sooft er ein Boot bestieg!

Der Herzog, berichtete Robin an Walsingham, *steht dem Unternehmen ganz anders gegenüber als sein Vorgänger. Santa Cruz zwang seinen Untergebenen seinen Willen auf, aber Medina Sidonia gibt seine Unerfahrenheit in Angelegenheiten der Seefahrt bereitwillig zu. Er ist nicht der Kriegsmann, der der Marquis war, also auch viel weniger tollkühn.*

Aber wenn der Herzog auch kein Kriegsmann war, so war er doch ein ausgezeichneter Administrator. Unter seinen Händen verwandelte sich das Chaos in Ordnung. Als der Frühling anbrach, waren die

Bilanzen ausgeglichen, die Soldaten hatten ihren Sold erhalten, und neue Schiffe wurden der Flotte angegliedert, sodass die Gesamtzahl auf 150 stieg.

Robin stellte fest, dass viele der Schiffe nicht kriegstauglich waren; einige von ihnen waren unterhalb der Wasserlinie morsch. Er schrieb einen Bericht darüber und fügte hinzu: *Vorräte, die mit Fuhrwerken angeliefert werden, werden in das erste verfügbare Boot geladen und in das erstbeste Schiff gekippt, das bereit ist, sie entgegenzunehmen. Berge von Zwieback schimmeln im Lagerhaus. Einige Schiffe haben mehr Kanonen an Bord als vorgesehen, aber zu wenig Munition, während andere bis zum Dollbord mit Kugeln beladen sind, die nicht in ihre leichten Geschütze passen. Einige der Kriegsschiffe werden zu Frachtern umgebaut, um die riesigen Mengen an Lebensmitteln, Schießpulver und Kanonenkugeln zu transportieren, die für die Armee unterwegs gebraucht werden.*

Er übergab den Bericht so rasch wie möglich an seinen Vertrauensmann, musste aber feststellen, dass die Eile nicht nötig gewesen war. Mehr als ein Jahr war vergangen, seit die Königin von England ihre Cousine hatte enthaupten lassen, und die gesamte katholische Christenheit hatte Philipp gedrängt, ihren Tod zu rächen. Das Datum, zu dem die Flotte in See stechen sollte, war für Ende April festgesetzt worden, und die Atmosphäre der Erwartung war in Lissabon beinahe mit Händen zu greifen.

Jeden Tag bildeten sich lange Schlangen vor den Beichtstühlen in Kirchen und Klöstern. Der Herzog von Medina Sidonia hatte angeordnet, dass jeder Mann, der mit der Armada an Bord ging, im Stand der Gnade sein musste, seine Sünden bekannt und das heilige Sakrament empfangen haben musste. Keine Frauen wurden an Bord der Schiffe geduldet, keine Lästerungen und Flüche waren gestattet, und jede Art unsittlichen Betragens sollte aufs Strengste von den zahllosen Priestern und Fratres bestraft werden, die mit an Bord der Flotte gingen.

Der April ging vorbei, dann kam der Mai und brachte das schlimmste Wetter seit Menschengedenken. Tag für Tag peitschten Stürme und Unwetter vom Atlantik her gegen das Land, und Tag für

Tag – zwanzig Tage lang – wurde der Aufbruch der unbesiegbaren Armada verzögert.

Schließlich kam jedoch der unausweichliche Tag heran. Don Alfredo war mit seiner Familie nach Lissabon gereist, um Don Jaime zu verabschieden, und Robin gesellte sich zu ihnen, als sie sich zum Abschiedsmahl setzten. Don Jaime war bleich und trank viel, und seine Eltern waren erschöpft von all den tausenderlei Dingen, die zu erledigen waren.

»Sie hätten nicht kommen sollen«, flüsterte Robin Allison nach der Mahlzeit zu. Die beiden saßen auf dem Balkon und blickten auf den Wald von Masten hinunter, die den Hafen füllten. »Sie sind zu alt für das alles.«

»Sie denken, es wäre das letzte Mal, dass sie ihren Sohn sehen«, antwortete Allison. Sie blickte auf die Straße hinunter, die mit drängenden und stoßenden Menschen gefüllt war, und fügte traurig hinzu: »Viele von denen, die jetzt gehen, werden niemals zurückkehren. Die Frauen klammern sich bis zum letzten Augenblick an sie. Das tun auch Don Alfredo und Doña Maria.«

»Wie können sie ihn nur lieben?«, fragte Robin verwundert. »Seit Jahren quält er sie, dass ihre Herzen bluten – und selbst jetzt noch lieben sie ihn.«

»Liebe ändert sich nicht.«

Robin starrte sie erstaunt an. »Das glaubst du doch nicht im Ernst!«

»Doch, das glaube ich.« Sie lächelte über seinen Gesichtsausdruck. »Gottes Liebe ändert sich nie, nicht wahr? Er wusste, wie wir sind, bevor er Jesus sandte, um für uns zu sterben. So schreckliche Dinge Männer und Frauen auch getan haben, er liebt uns immer noch.«

»Nun ja, das ist *Gott*.« Robin zuckte die Achseln. »Aber Menschen sind anders.«

»Einige schon.« Ein Gedanke überkam sie, und sie lächelte ihn an. »Du hast mir so viel von deinen Großeltern erzählt. Du hast mir sogar erzählt, dass sie einander noch viel mehr liebten, als sie beide schon alt waren, als in ihrer Jugend!«

»Das war auch so.« Er schloss die Augen und dachte an das Paar, das ihm so lieb gewesen war, und dann öffnete er sie wieder. »Da stimme ich dir zu, Allison. Ihre Liebe veränderte sich nie – außer vielleicht, um noch größer zu werden.«

Sie saßen schweigend da und lauschten den Stimmen, die von der Straße unten zu ihnen hinaufdrangen. Ein Spielmann schlenderte vorbei und spielte ein klagendes, wehmütiges Lied.

»Das ist der Grund«, sagte Robin mit heiserer Stimme, »warum ich meine Großeltern geliebt habe. Ich wusste, was immer ich tun würde, was immer aus mir würde, sie würden mich immer lieben. Und so werde ich auch dich immer lieben.«

»Robin –!«, protestierte sie, aber er hob die Hand.

»Lass mich nur dieses eine sagen und nicht mehr. Du hattest recht, was diese Fahrt angeht. Viele von uns werden nicht überleben. Daher möchte ich dich wissen lassen, dass ich für dich etwas ganz anderes fühle als für andere Frauen.« Er berührte ihre glatte Hand und suchte nach Worten, mit denen er ausdrücken konnte, wie ihm ums Herz war. Schließlich blickte er ihr in die Augen. »Ich weiß, du hast einen Ehemann. Dagegen kann ich nichts tun. Aber ich möchte, dass du eines weißt, Allison – selbst wenn du eine alte Frau mit grauem Haar und einem runzligen Gesicht bist, werde ich dich immer noch genauso lieben, wie ich es in diesem Augenblick tue.«

Sie wandte das Gesicht ab, und sie konnte ihre Tränen nicht zurückdrängen. Als sie sich ihm zuwandte, flüsterte sie: »Und ich werde dich ebenfalls immer so lieben, Robin. Ich habe dich schon geliebt, als ich noch ein kleines Mädchen war.«

Er wollte sie in die Arme nehmen – aber das war unmöglich. Sie saßen da und dachten an die Zukunft, und als er schließlich aufstand und Lebewohl sagte, beugte er sich über ihre Hand, küsste sie und nickte ihr zu. »Ich bitte Euch um Eure Gebete, Señora Corona.«

Die beiden gesellten sich zu den Coronas, und Robin küsste auch Doña Marias Hand zum Abschied. Als er den Raum verließ, begann Doña Maria zu weinen und stützte sich auf ihren Gatten. »Ich kann es nicht ertragen, Alfredo!«

Don Alfredo bewahrte mit Mühe seine Fassung, als er hölzern sagte: »Es muss sein, meine Liebe. Wir wollen beten, dass Gott sich unseren wackeren Soldaten und Seeleuten gnädig erweise.«

Am nächsten Morgen stand Allison an der Küste, wo die Frauen standen und Gebete schrien und weinten, während sie mit aufgehobenen Röcken am Ufer entlangliefen und versuchten, den Schiffen ihrer Männer so lange wie möglich nahe zu bleiben.

Stunde um Stunde fuhr die Flotte im Gänsemarsch durch den engen Hafeneingang. Zuerst die großen portugiesischen Galeonen, als Nächste die Schwadron von Biskaya, nach ihnen die Guipuzkoaer und Kastilier und hinter ihnen die Andalusier – das große Flaggschiff *Nuestra Señora del Rosario*, an dessen Reling Robin stand.

Als das große Schiff von dannen zog, hob Robin ein Teleskop aus Messing auf, das einem der Offiziere gehörte. Er ließ den Blick über die Küste schweifen und studierte die Gesichter der Menschenmenge – und dann sah er Allison.

Er hielt das Glas ruhig und betrachtete lange ihr geliebtes Gesicht, und die Liebe zu ihr erfüllte von Neuem sein Herz. Er behielt sie im Auge, so lange er konnte. Als das Schiff rollte und seinen Weg durch den Kanal nahm, schloss er langsam das Teleskop und reichte es dem Leutnant.

Don Jaime trat neben ihn. Sein Gesicht wies eine kränkliche Blässe auf. »Ich wünschte, wir hätten das schon hinter uns«, stöhnte er. »Ich hasse das Meer!«

»Ihr werdet die Seekrankheit bald überstanden haben, Don Jaime«, sagte Robin, dessen Gedanken bei Allison weilten. Dann wandte er sich um und sagte mit gedämpfter Stimme: »Einige von uns werden nicht überleben. Ein Mann sollte seinen Frieden mit Gott gemacht haben, wenn er in den Krieg zieht.«

Aber Don Jaime starrte ihn nur mit leeren Augen an. »Ich habe gebeichtet und bin zur Kommunion gegangen.« Er zuckte die Achseln. »Was könnte ein Mensch mehr tun?«

Robin schüttelte den Kopf. »Gott zu kennen, bedeutet mehr als nur das, Don Jaime.« Es erschien ihm seltsam, dass er sich um diesen

Mann kümmern sollte. Er hätte Don Jaime verabscheuen müssen – er war Katholik, er handelte ohne jede Rücksicht gegen die Menschen, die ihn liebten, und er war die Hauptursache für Allisons Leiden – und das Haupthindernis für sein eigenes Glück, denn er und Allison konnten niemals heiraten, solange Don Jaime lebte.

Dennoch hatte der kleine Mann etwas Mitleiderregendes an sich, und Robin versuchte noch einmal, ihm zu mehr Verständnis zu verhelfen. »Wenn ein Mann dem Tod ins Auge blickt, muss er sein Leben anschauen. Manchmal stellt Gott uns an gefährliche Orte, um uns vor Augen zu führen, was wir gewesen sind, und was wir ihm überantworten müssen, um seine Führung und Hilfe zu erhalten.«

Don Jaime schürzte die Lippen. »Ich brauche nichts zu ändern«, murmelte er.

»Wir alle halten das eine oder andere vor Gott zurück«, sagte Robin mit fester Stimme. »Und wir alle müssen uns Gottes Erbarmen ergeben. Ich glaube, das ist es, was Jesus meinte, als er sagte: ›Ihr müsst von Neuem geboren werden.‹«

»Jesus hat das gesagt?« Don Jaime runzelte die Stirn. »Was soll das bedeuten – und woher wisst Ihr, dass er es gesagt hat?«

»Oh, ich denke, unser Priester hat es einmal erwähnt. Ich glaube, es heißt, dass ein Mensch sich im Innersten verändert, wenn er wahrhaftig dem Herrn begegnet.«

»›Von Neuem geboren‹? Unmöglich!«

»Nicht bei Gott, Don Jaime.«

Ein Ausdruck der Sehnsucht malte sich auf dem Gesicht des kleineren Mannes. Er sagte schließlich: »Ich habe mich manchmal gefragt, was ... was mit mir nicht in Ordnung ist. Aber ich ändere mich nicht. Ich glaube nicht, dass es möglich wäre.« Er wirkte sehr klein und krank, wie er da stand, und schließlich flüsterte er: »Es ist ohnehin zu spät«, dann wandte er sich um und verließ das Deck.

Robin stützte sich auf die Reling und dachte an die verabscheuungswürdigen Dinge, die der Mann getan hatte, aber er fühlte keinen Hass im Herzen. Er fühlte ein freudiges Aufzucken in seinem Inneren, als ihm das klar wurde, und während er den Blick über die

Schiffe schweifen ließ, die nach England unterwegs waren, flüsterte er: »Großvater, Großvater, ich danke dir! Deine Gebete sind Wahrheit geworden, und jetzt endlich kannst du stolz auf mich sein! Ich hasse nicht mehr!«

Der Bug des Schiffes hob sich plötzlich, und ein Gefühl der Freude durchflutete Robin, als er begriff, dass die Bitterkeit, die seinen Geist jahrelang in Ketten gelegt hatte, verschwunden war. Es war, dachte er, als er da auf dem schwankenden Deck stand, als trete er aus einem finsteren Verlies in eine Welt voll Sonnenschein und strahlend hellem Himmel!

25

DER STURM GOTTES

Lord Admiral Howard befand sich eben mitten in einer Kegelpartie mit seinen bedeutendsten Kapitänen – Sir John Hawkins, Sir Martin Frobisher und Sir Francis Drake –, als die vier Männer aufblickten und Kapitän Thomas Fleming auf sich zustürzen sahen. Fleming hielt vor dem Admiral inne und keuchte: »Sir! Die spanische Flotte ist gesichtet worden!«

Wenn Fleming erwartet hatte, die vier berühmten Kapitäne würden ihr Spiel sein lassen und zur Flotte rennen, wurde er enttäuscht. Admiral Howard lächelte sanft und sagte: »Danke, Kapitän Fleming, wir werden Euch aufsuchen, sobald wir unser Spiel beendet haben.«

So geschah es, dass die unbesiegbare Armada kam, um England zu unterwerfen, während die vier Männer, die die Verantwortung dafür trugen, die große Flotte zurückzuschlagen, in aller Ruhe ihr Spiel zu Ende spielten.

Aber in der darauffolgenden Nacht verschwand der Wald von Schiffsmasten in Cattewater und Sutton Pool so vollständig, als hätte er sich in dem grauen Nebel aufgelöst, der Plymouth umhüllte. Diese Schiffe, das Herz und der Stolz Englands, verließen den Hafen, und am Mittag des 30. Juli befanden sie sich bereits auf ihrer schicksalhaften Fahrt.

Als die Sonne nur noch vier Finger über dem Horizont stand, hallte ein Schrei aus dem Krähennest am Hauptmast der *Ark Royal*, Howards Flaggschiff:

»Armada! Armada in Sicht!«

★ ★ ★

Bei Anbruch der Dämmerung kam der Herzog von Medina Sidonia an Deck seines Flaggschiffes, der *San Martin*. Er hatte keine seemännische Erfahrung, aber beim ersten Blick über die Reling rief er aus: »Don Diego, die englische Flotte – sie ist windwärts?«

Don Diego sah schmerzlich betroffen drein. »Ich fürchte ja, Admiral.«

»Aber – ich verstehe das nicht. Sind wir nicht letzte Nacht übereingekommen, dass unser wichtigstes und hauptsächlichstes Ziel darin bestehen müsste zu verhindern, dass sie sich diesen Vorteil zunutze machen?«

»Sir, das Problem ist, dass einige unserer schweren Schiffe nicht so nahe am Wind segeln können wie unsere Galeonen, und wir konnten nicht riskieren, sie ohne Schutz zu lassen. Aber sie haben nur einen geringen Vorteil. Sie können nicht angreifen, ohne uns nahe zu kommen, und wenn sie das tun, werden wir sie aus nächster Nähe zerquetschen. In diesem Punkt sind wir ihnen meilenweit überlegen.«

»Gut so, aber lasst uns unsere Formation einnehmen, Don Diego.«

Diego gab den Befehl, und bald darauf begannen die Schiffe, sich zu einer seltsamen Formation zu ordnen, die drei Monate zuvor entworfen worden war. Aus der Luft gesehen, erinnerte die Reihe der Schiffe an die Hörner eines Stiers, wobei die sechs Schwadronen in langer Reihe aufgefächert waren. Die besten Kampfgaleonen befanden sich an den tastend ausgestreckten Spitzen der Reihe, und die ungefügen Riesenschiffe, die Waffen, Maultiere und Soldaten für die Invasion geladen hatten, befanden sich zwischen ihnen.

Das erste Scharmützel begann zwei Stunden später. Die *Ark Royal* näherte sich; ihre weitreichenden Feldschlangen donnerten. Der spanische Admiral versuchte die Engländer in einen Nahkampf zu verwickeln, aber es wurde augenblicklich klar, dass die spanischen Schiffe nicht hoffen konnten, es an Schnelligkeit und Manövrierfähigkeit mit Howards Flotte aufzunehmen.

Der Herzog von Medina Sidonia war außer sich über den Misserfolg, aber Don Diego sagte: »Señor, wir müssen sie zu einem Nahkampf zwingen, wie ich die ganze Zeit schon sagte.«

»Und wie wollt Ihr das bewerkstelligen?«, schnappte der Herzog.

»Howard wäre ein Narr, wenn er zuließe, dass wir ihm in die Nähe kommen. Er braucht nichts weiter zu tun, als auf Distanz zu bleiben und uns mit seinen weitreichenden Kanonen zu beschießen. Und wir können nichts weiter tun, als das Blei einzustecken, das er gegen uns abfeuert!«

Trotz seines Mangels an Ausbildung sah der Herzog die Sachlage klarer als seine Offiziere. Sie alle waren so indoktriniert mit alten Kampftechniken, dass sie nicht verstehen konnten, dass die neue Schiffsgeneration, die Sir John Hawkins entworfen hatte, Seeschlachten alten Stils obsolet machte. In der Vergangenheit hatten alle Marineeinheiten riesige, schwer manövrierbare Schiffe gehabt, und die einzige Kampfmöglichkeit bestand darin, Breitseite an Breitseite zu gehen und das feindliche Schiff zu entern. So war die Seeschlacht im Grunde eine Schlacht auf trockenem Boden, die von Matrosen ausgefochten wurde. Aber der Herzog sah, dass die erstaunliche Geschwindigkeit und Wendigkeit der niedrig gebauten englischen Schiffe eine solche Taktik unmöglich machte.

Als die Sonne sank, bereiteten sich die beiden Flotten auf die Schlacht am nächsten Tag vor. Bei Anbruch der Dämmerung am 2. August brachte Drake die *Nuestra Señora del Rosario* auf, während die *San Salvador* – eingehüllt in den Gestank brennender Leichen – von den Spaniern aufgegeben und von Thomas Flemings Pinasse, der *Goldenen Hirschkuh*, nach Weymouth ins Dock geschleppt wurde.

Obwohl mehrere Schiffe der spanischen Armada in Trümmern lagen, war kein einziges englisches Schiff zerstört worden! Als die Sonne sank, dachte der Herzog von Medina Sidonia: *Wir sind verloren! Wenn Gott uns nicht zu Hilfe kommt, werden wir diese Gewässer niemals lebendig verlassen.*

★ ★ ★

Für Don Jaime war es, als wäre er in die Feuer der Hölle gestürzt worden. Er kauerte neben einem Querschott, die Augen geschlossen, am ganzen Leib zitternd. Die englischen Feldschlangen spien Flammen und Rauch, Kanonenkugeln zischten über die Köpfe der Männer dahin, und riesige Wasserfontänen spritzten unmittelbar neben dem Schiff auf.

Panisches Entsetzen überkam ihn plötzlich, und er sprang auf die Füße und rannte zum Achterdeck, wo er zitternd wie ein Strohhalm im Wind stand und unablässig vor sich hinflüsterte: »Heilige Maria! Heilige Maria!«

Das Deck schwankte, als die *San Martin* eine Breitseite von zehn Kanonen abfeuerte, und Jaime taumelte rückwärts und griff hastig nach einem Geländer, um sich auf den Füßen zu halten. Eine schwere Haubitze, die auf einer dreibeinigen Lafette ruhte, ging mit einem ohrenbetäubenden Krach unmittelbar neben ihm los. Kapitän Diego schrie dem Steuermann mit gellender Stimme zu, er möge ausweichen, und ein Major bellte seinen Soldaten Befehle zu. In der Mitte des Decks wurde ein massiver Pfosten mit einem bösartig aussehenden Enterhaken am Ende hin und her geschwungen und über die Seite des Schiffes gehievt, und die Soldaten fluchten und brüllten ihren Gegnern zu, sie sollten näher kommen und wie Männer kämpfen.

Aber das englische Schiff hatte offenkundig nicht die geringste Absicht, näher zu kommen. Es feuerte eine zweite Breitseite ab und schoss ein paar Salven aus den Portluken am Heck ab, bevor es hastig drehte und der nächsten Galeone in der Reihe Platz machte. Don Jaime sah den Kapitän dieses Schiffes klar vor Augen. Der Mann stand lässig auf dem Quarterdeck, eine Feder am Hut und ein Schwert an der Seite. Er hob sein Schwert und rief einen Befehl, und die Feldschlangen brüllten los.

Der Hagel von Geschossen war wie eine Rückkehr in die Hölle für Don Jaime. Der Lärm der Musketen und Haubitzen folgte dem Donner der schwereren Geschütze. Eine Rauchwolke umhüllte das Schiff, und die Luft wurde beißend und übel riechend. Männer kreischten vor Schmerz und Schrecken, und einige krochen auf dem blutigen Deck herum wie zerschnittene Würmer.

Plötzlich hielt Don Jaime es nicht länger aus. Er duckte sich und stürzte auf die Leiter zu.

Robin, der auf die *San Martin* verlegt worden war, um bei der Strategie der Schlacht mitzuhelfen, hielt seine Stellung auf dem Achterdeck. Von seinem Ausguck aus sah er Don Jaime – und empfand Mitleid. *Er ist hier oben für nichts zu gebrauchen – er kann sich genauso gut irgendwo verstecken, wo er sicherer ist.*

Aber Don Jaime fand den dunklen Ort, den er suchte, nicht. Als er die Leiter beinahe erreicht hatte, explodierte eine Granate auf dem Deck der *San Martin*, keine zehn Fuß von dem Unglücklichen entfernt. Die Gewalt der Splitter schleuderte ihn durch die Luft, und er verschwand durch dieselbe Luke, auf die er zugelaufen war.

»Don Jaime!«, rief Robin. Er sprang mit einem Satz vom Achterdeck und rannte zur Luke hinüber. Drinnen sah er den zusammengekrümmten Körper des kleinen Mannes liegen, die Hände um den Magen geklammert. Robin versuchte seine Hände wegzuziehen, aber als er die blutige Masse sah, legte er die Hände voll Bedauern wieder darauf.

»Bitte! Lass mich nicht sterben!« Don Jaimes Mund war verzerrt, und plötzlich rann Blut über seine Lippen.

»Ich kann dir nicht helfen, Jaime«, sagte Robin leise.

Seine Worte trafen den Sterbenden. Entsetzen sprang in seine Augen, und er begann zu weinen. Er flehte jammervoll um Hilfe, rief nach seinen Eltern, Rosalita und Allison. Robin legte den Arm um die Schultern des Mannes und sagte: »Bitte Gott, dir deine Sünden zu vergeben, Jaime. Tu es jetzt!«

»Aber es ist kein Priester da –!«

»Gott hört dich«, sagte Robin. Er sah, dass der Mann so rasch Blut verlor, dass sein Gesicht immer bleicher wurde. »Jesus liebt dich, er wird dich nicht abweisen.«

Don Jaime starrte ihn mit wilden Augen an. Robin fragte sich, ob der Mann wirklich verstand, was mit ihm geschah, und so war er überrascht, als Don Jaime ihn anblickte, die Augen voll Bedauern. »Ich bin – ein zu großer Sünder! Ich habe ein unschuldiges Leben genommen ... meine kleine Rosalita ...«

»Nein, Jesus ist gestorben, um Sünder zu retten. Und er wird auch dich aufnehmen, wenn du nur deine Sünden bekennst und ihn um Vergebung bittest.«

»Ich weiß nicht ... wie man betet ...«

»Sprich einfach mit Gott, wie du mit mir sprechen würdest. Er wird dich hören.«

Don Jaimes Augen flackerten, und seine Brust hob sich krampfhaft. Aber er flüsterte: »*Dios mio* ... wie habe ich ... gesündigt. *Oh Cristo*, errette mich!«

Noch während der Sterbende betete, füllte sich sein Mund mit Blut. Es drang ihm in die Kehle und ergoss sich über sein Hemd. Er erstickte beinahe, und Robin spürte, wie sich sein Herz mit Mitleid – und Gebet – für den Mann füllte, den er zu hassen geglaubt hatte. *Oh Gott – erhöre sein Gebet – errette ihn!*

Noch während er betete, erschlaffte Don Jaimes Körper, und seine Augen wurden stumpf und glasig. Er flüsterte: »*Jesus –*« –, dann wurde sein Körper schlaff und still.

Robin legte ihn hin und erhob sich. Er blickte auf den zerschmetterten Körper nieder und spürte einen jähen Stich des Bedauerns. »Ich habe für ihn getan, was ich konnte, Allison.« Dann wandte er sich ab, kletterte zurück auf das Achterdeck und richtete den Blick auf die englischen Schiffe, die wie Adler über die unbesiegbare Armada herfielen und eine Salve nach der anderen auf die hilflosen Galeonen abfeuerten. Gleich darauf wendeten sie und flogen über das glitzernde Wasser davon.

* * *

Robin sollte die Zeit, die auf Don Jaimes Tod folgte, niemals vergessen. Tag für Tag segelte die Armada an der englischen Küste entlang, wobei sie ständigen Angriffen der »Seefalken« ausgesetzt war. Sooft ein Mann auf der *San Martin* als blutiges Bündel zusammenbrach, spürte Robin, wie Mitleid in ihm aufwallte. Dies waren Englands Feinde – aber er wusste, dass sie auch Männer mit Hoffnungen und Träumen waren – und Familien.

Er erlangte die Erlaubnis, Don Jaimes Leichnam in einem Weinfass einzubalsamieren, in der Absicht, ihn zu seinen Eltern zurückzubringen. Sofern er selbst überlebte, natürlich. Das war noch längst nicht sicher, denn binnen Kurzem warf England seine gesamte Seemacht der Armada entgegen – und der spanische Herzog machte einen fatalen Fehler. Als die Dunkelheit einbrach, sandten die Engländer sechs Feuerschiffe mitten in die Formation der Armada. Diese Schiffe waren mit Schießpulver gefüllt, und als eine Serie von Explosionen die Luft erschütterte, geriet der Herzog in Panik. Er gab Befehl, die Taue zu durchschneiden, und die Armada floh aufs offene Meer zu. Zahllose Zusammenstöße waren die Folge, und Chaos herrschte in der flammendurchzuckten Dunkelheit.

Bei Tagesanbruch hatte sich die »unbesiegbare« Armada aus einer Flotte in ein wildes Durcheinander von Treibgut verwandelt, das eine weite Fläche bedeckte, wobei jedes Schiff sich, so gut es konnte, alleine durchschlagen musste.

Die englische Flotte brach beim ersten Tageslicht auf und fing die Nachzügler ab. Die Spanier kämpften tapfer, nicht für Spanien oder die Christenheit, sondern um ihr Leben! Sie kämpften um der Hoffnung willen, ihre Lieben wiederzusehen. Sie kämpften für schattige Höfe, blau gekachelte Torbögen, den Duft von Kräutern, das Versprechen von Küssen. Sie kämpften für das Lachen von Kindern und die Liebe von Frauen.

Die Winde heulten und pfiffen in der Takelage. Die Schiffe luvten scharf auf, und als sie sich wieder aufrichteten, peitschten die weißen Segel über Decks, die in Blut schwammen.

Schließlich dämmerte die Wirklichkeit: Die unbesiegbare Armada war nichts mehr als eine zerstreute Flottille von Wracks mit durchlöcherten und leckgeschlagenen Rümpfen, während ihre Generäle und Quartiermeister, Adeligen und Hildagos grau wie Asche waren –

hohläugig vor körperlicher Erschöpfung und der unbarmherzigen Erkenntnis, eine Niederlage erlitten zu haben.

★ ★ ★

Während die beiden Flotten vor der Küste im Kampf lagen, kam die Königin nach Tilbury, um die Armee zu inspizieren. Sie trug einen stählernen Brustpanzer und einen Helm mit einer weißen Feder und redete die Soldaten mit den bewegenden Worten an:

»Mein liebendes Volk, mögen Tyrannen sich ängstigen! Ich habe mich immer so verhalten, dass ich im Angesicht Gottes meine Stärke und Sicherheit auf die treuen Herzen und den guten Willen meiner Untertanen gebaut habe; und daher bin ich zu euch gekommen, wie ihr seht, entschlossen, für Gott und mein Königreich und mein Volk meine Ehre und mein Blut aufzuopfern, und sei es im Staube. Ich weiß, ich habe den Körper einer schwachen und zerbrechlichen Frau, aber ich habe das Herz und den Mut eines Königs, und obendrein eines Königs von England, und ich habe nichts als Abscheu und Verachtung übrig für Parma oder Spanien oder irgendeinen anderen Fürsten Europas, der es wagen sollte, die Grenzen meines Reiches zu überschreiten. So will ich selbst zu den Waffen greifen, und ich selbst will euer General und euer Richter sein und eure Tugenden im Felde lohnen.«

★ ★ ★

Die zerstreute Armada zog nach Norden, das Wetter wurde kälter, und jeden Tag starben weitere Männer. Auch die Schiffe starben. Jeden Morgen, wenn die Flotte zur Musterung antrat, waren einige einfach verschwunden. Als die Armada Nordirland erreichte, schlugen die Stürme zu. Vor dieser öden, windgepeitschten Küste wurden Dutzende Schiffe und Hunderte Männer von den heulenden Stürmen vernichtet – Stürme, die die Engländer »den Sturm Gottes« nannten.

Tatsächlich erschien es dem Herzog und seinen Offizieren, als sei Gott gegen sie. Als die Armada im Oktober Spanien erreichte, waren nur 65 Schiffe von den 130, die wenige Wochen zuvor so stolz in See gestochen waren, übrig geblieben.

Die Engländer hatten kein einziges Schiff verloren und kaum hundert Männer. Dreißig Jahre lang hatte sich der Schatten der spanischen Macht drohend über England erhoben. Nun erschien die Niederlage der Armada wie ein Wunder. Ein Medaille wurde zur Erinnerung an den Sieg geprägt; sie trug die Inschrift: *Afflavit deus et dissipantur* – »Gott blies und sie wurden zerstreut.«

Elisabeth und ihre Seeleute wussten, wie wahr das war. Die Armada war in der Schlacht angeschlagen worden, aber das Wetter war es gewesen, das sie demoralisiert und heimgejagt hatte.

26

DER HERR AUF WAKEFIELD

Die Niederlage der Armada sandte Schockwellen über die gesamte westliche Welt. Die Glocken Englands läuteten jubelnd zur Feier des Sieges – während die Glocken Spaniens dunkel und düster für die Toten läuteten.

Fast jedes adelige spanische Haus hatte einen Verlust erlitten, und ein gramgebeugter Vater fasste es in die Worte: »Wir sind wie Ägypten, als der Würgeengel darüber hinwegging und die Erstgeborenen der königlichen Häuser erschlug!«

Die Nachricht von der Niederlage erreichte das Haus Don Alfredos in Form einer Botschaft, die der Herzog selbst verfasst hatte: »Unsere Armada hat eine Niederlage erlitten, aber ich appelliere an Euch, Don Alfredo, steht Eurem Volk in einer dunklen Stunde bei. Es wird andere Armadas geben, und England wird noch unser werden.«

»Er sagt nichts über Don Jaime«, sagte Doña Maria erleichtert, als ihr Gatte ihr die Nachricht vorlas. »Er hätte es doch gesagt, wenn unserem Sohn etwas zugestoßen wäre.« Sie hatte keine Ahnung, dass der Herzog alle Hände voll damit zu tun hatte, die Überlebenden nach Spanien zurückzubringen, und keine Zeit hatte, Einzelnen zu kondolieren. Er hatte Robin augenblicklich die Erlaubnis gegeben, den Leichnam Jaime Coronas in sein Vaterhaus zurückzubringen.

Die Flotte erreichte Spanien, und die vom Kampf gezeichneten Schiffe ließen die hohlwangigen Mannschaften an der Küste von Bord gehen. Als Robin dafür sorgte, dass die Kiste mit Coronas Leichnam an Land gebracht wurde, blickte er sich um und bemerkte die traurigen Gesichter und die schwarz gekleideten Frauen. *Kein Vergleich mit unserem glanzvollen Aufbruch*, dachte er grimmig. Er kümmerte sich darum, dass die Kiste auf ein Fuhrwerk verladen wurde, kletterte auf den Kutschbock und gab dem Kutscher Anweisungen. Als er durch die Straßen fuhr, fühlte er beim Anblick der weinenden Frauen einen Stich im Herzen. Er blickte sich voll Mitleid um, dann wandte er den Blick ab, um den Kummer der Familien nicht länger mitansehen zu müssen.

Der Leichenbestatter teilte ihm mit, dass die sachgemäße Behandlung des Leichnams eine Woche dauern würde – aber er ließ sich erweichen, als Robin ihm drei Goldstücke gab und mürrisch sagte: »Ich bin morgen früh hier, um den Leichnam abzuholen.«

Er verließ das feuchte, übel riechende Gebäude und ging stundenlang an der Küste spazieren. Der kalte Oktoberwind drang ihm durch Mark und Bein, aber er war dagegen abgehärtet und kümmerte sich nicht weiter darum. Während er an der Küste entlangschritt, kreischten die Möwen über seinem Kopf. Sie zeichneten sich als weiße Spritzer gegen den grauen Horizont ab, der das ganze Bild rahmte. Die trostlose Atmosphäre des Ortes schien seinen Geist zu umdüstern. Die Zukunft war so leer wie der Himmel, und er ging langsamer, während er sich auszumalen versuchte, was ihm bevorstand.

Monatelang hatte er gedacht, dass seine Zukunft klar vor ihm läge, wenn nur Don Jaime tot wäre. Robin hatte gedacht, ohne das Hindernis von Allisons geistesgestörtem Ehemann könnte er die Frau, die er liebte, für sich selbst fordern. Aber nun, wo diese Träume Realität geworden waren, waren die Dinge weitaus weniger klar, als er es sich eingebildet hatte. Als er darüber nachgrübelte, wie Allison auf den Tod ihres Gatten reagieren würde, war sich Robin in einer Hinsicht ziemlich im Klaren: Sie würde sich verpflichtet fühlen, bei ihren Schwiegereltern zu bleiben. Ihre Zuneigung zu den Coronas war ihm während seines Aufenthalts in Casa Loma deutlich geworden. Allison war nicht der Mensch, der sie in ihrem Kummer alleingelassen hätte. Sie würde sich nicht frei fühlen, sie zu verlassen – und er konnte es nicht von ihr verlangen.

Die einzige Wahl, die ihm blieb, hieß, in Spanien zu bleiben, solange Don Alfredo und Doña Maria lebten. Und das konnten noch Jahre sein.

Ich kann nicht zurückkehren und mein Leben als Schmuckstück an Elisabeths Hof verbringen – das tue ich einfach nicht! Er hatte nie Gefallen an diesem Leben gefunden, und die Erinnerung an seine Leere widerte ihn an. Er hob einen Stein auf und warf ihn beinahe zornig ins Meer, dann starrte er trübsinnig den winzigen Spritzer an, den er machte, als er von den düsteren Wellen verschlungen wurde.

Zwei Stunden lang schlenderte er langsam die mit Steinen besäte Küste entlang, tief gebeugt unter der Last seiner Gedanken. Der Tod so vieler Männer – von denen einige seine Freunde gewesen waren, seien sie nun Katholiken oder nicht – bedrückte ihn. *Wäre ich ein Offizier auf der ›Falke‹ gewesen, das wäre etwas anderes,* war sein melancholischer Gedanke. Er hatte sich nie mit seiner Aufgabe innerlich ausgesöhnt, und sein Hass gegen die Rolle eines Spions, die er spielen musste, wurde zusehends stärker.

Schließlich knirschte er mit den Zähnen und tat einen Schwur: »Ich werde auf der *Falke* zur See fahren. Oder, wenn Onkel Thomas mich nicht haben will, werde ich mit Drake zur See fahren!« Er dachte an Wakefield, aber dort war Thomas der Lord, und obwohl sein Onkel tiefe Zuneigung zu ihm hegte, wusste er, dass es in einem Herrenhaus nur einen Herrn geben konnte.

Als der Himmel beinahe schwarz war, kehrte er in die Stadt zurück und nahm sich ein Zimmer in einer Herberge. Er schlief schlecht, und am nächsten Morgen wachte er mit umdüstertem Herzen auf. *Ich werde Don Jaime heimbringen,* dachte er. *Und dann kehre ich nach England zurück.*

★ ★ ★

»Die *San Martin* hat um diese Zeit doch gewiss schon angelegt«, sagte Don Alfredo beim Frühstück. »Ich verstehe nicht, wieso Don Jaime nicht zu uns kommt.«

Allison butterte ein Stück frisches Brot und legte es auf einen Teller. Sie stellte es vor Don Alfredo hin und sagte: »Es gibt doch gewiss noch vieles zu erledigen, nicht wahr?«

Der alte Mann presste seine Lippen zusammen, und Allison bemerkte, wie tief seine Augen in den Höhlen lagen. Die Niederlage der Armada hatte ihn schrecklich erschüttert. Er hatte qualvoll darüber nachgegrübelt, gebetet und verzweifelt versucht herauszufinden, warum Gott zugelassen hatte, dass eine so entsetzliche Katastrophe sein Volk überfiel. Jetzt schüttelte er nur den Kopf und schob den Teller beiseite, dann stand er auf und ging eilends aus dem Zimmer.

Allison sah ihm mitleidig nach, dann sagte sie: »Er ist tief betrübt, Doña Maria. Ich habe ihn nie zuvor so gesehen.«

Doña Maria biss sich nervös auf die Unterlippe. »Ich auch nicht, meine Liebe. Er ist kein junger Mann mehr – und er hat so große Hoffnungen auf die Armada gesetzt.«

»Wir müssen beten, dass Gott ihm Frieden schenken möge.« Allison erhob sich, und die beiden Frauen begaben sich aus dem Speisezimmer ins Nähzimmer. Sie setzten sich nieder und begannen, an ihren Handarbeiten zu sticheln, wobei sie sich von Zeit zu Zeit leise miteinander unterhielten. Allison warf der alten Frau einen verstohlenen Blick zu und bemerkte besorgt, welch tiefe Linien Kummer und Sorge in ihr rundes Gesicht gegraben hatten. *Es war zu viel für sie beide.*

Mehr als eine Stunde saßen sie da und arbeiteten still vor sich hin, ohne viel miteinander zu sprechen. Schließlich kam eine kleine Magd namens Delores herein und sagte: »Doña Maria, hier ist ein Herr, der nach Don Alfredo fragt, aber ich kann ihn nicht finden.«

»Wer ist es, Delores? Kennst du ihn?«

»Ja, es ist der hochgewachsene Herr, der zum Stab des Marquis gehörte – Señor Hawkins.«

Allisons geschäftige Hände hielten abrupt inne, und Doña Maria rief aus: »Er hat gewiss eine Nachricht von Don Jaime!« Sie sprang auf die Füße und rief erregt: »Allison, komm!«

Die beiden Frauen eilten den Korridor entlang, bis sie einen großen Raum unmittelbar neben der Eingangshalle erreichten. Allison fühlte, wie Schwäche sie überkam, als sie Robin sah, und sie trat zurück, als Doña Maria mit ausgestreckten Händen auf ihn zueilte. »Señor Hawkins!«, rief die alte Frau aus und ergriff seine Hände, während sie in sein Gesicht aufblickte. »Ich freue mich, dass Ihr sicher heimgekehrt seid.«

Robin blickte der Frau ins Gesicht, dann warf er Allison einen Blick zu. »Ich – kam so schnell ich konnte. Aber es gab viel –«

»Señor Hawkins!« Don Alfredo trat durch die Tür; sein Gesicht leuchtete vor Willkommen. »Wie wunderbar, dass Ihr gekommen seid!«

Robin nahm die magere Hand, die der alte Mann ihm entgegenstreckte, und zwang sich zu den Worten: »Ich danke Euch, Sir. Es war – eine schwere Zeit.«

»Gewiss! Gewiss!« Don Alfredos Augen hingen an Robins Gesicht, als suchte er darin Unterstützung. »Eine Niederlage ist bitter – aber sie dauert nicht ewig. Spanien wird wieder kämpfen!«

»Gewiss, Don Alfredo«, stimmte Robin zu. Er hatte verzweifelt darüber nachgegrübelt, wie er der Familie die Nachricht überbringen sollte, aber keine Worte konnten etwas daran ändern, was in dem reich verzierten Sarg draußen auf dem Karren lag.

Schwere Stille senkte sich über den Raum, und Doña Maria sagte mit zitternder Stimme: »Don Jaime – ist er immer noch auf dem Schiff? Konnte man im Augenblick nicht auf ihn verzichten?« Furcht lag in ihren Augen, und ihre Lippen zitterten, als der hochgewachsene Mann zögerte.

Don Alfredo sprach die Worte aus, die seine Frau nicht über die Lippen brachte. »Ist er verwundet? Unser Sohn?«

Robin wünschte, er wäre an jedem anderen Ort der Welt, nur nicht hier im Zimmer mit diesen beiden alten Leuten. Ihre Augen flehten ihn an zu verneinen, was ihnen ihr Herz bereits als Wahrheit bestätigt hatte. Aber er konnte nicht schweigen, und mit einer Stimme, die zu brechen drohte, sagte er: »Ich – ich bedaure, es Euch sagen zu müssen – aber Euer Sohn ist vor der englischen Küste im Kampf gefallen –«

Doña Maria stieß einen durchdringenden Schrei aus und sank an die Brust ihres Gatten. Don Alfredo straffte den Rücken, als hätte ihn eine Kugel getroffen, und er legte die Arme tröstend um seine Frau. Sein Gesicht war bleich und straff vor Schmerz, als er Robin anstarrte.

Allison stieß keuchend den Atem aus, und Robins Augen flogen zu ihrem Gesicht. Sie wirkte wie betäubt, als sie sich umwandte und zum Fenster schritt. Irgendwie hatte sie niemals etwas dergleichen erwartet! Im innersten Herzen hatte sie mit der Furcht gekämpft, Robin könnte sterben – aber sie hatte kein einziges Mal daran gedacht, dass ihr Ehemann zugrunde gehen könnte.

Ich hätte mehr für ihn beten sollen –! Der qualvolle Gedanke durchfuhr sie mit einem stechenden Schmerz, der wie ein Stein auf ihrem Herzen lastete. *Ich war nicht liebenswürdig zu ihm – ich habe ihm niemals mein Mitgefühl gezeigt – nur meine Furcht vor ihm! Nun kann ich nie mehr etwas daran ändern!*

Die Stille des Raums wurde vom Schluchzen der gramgebeugten Mutter gebrochen, und schließlich fragte Don Alfredo mit heiserer Stimme: »Wie ist er gestorben?«

Robin hatte bereits einen Entschluss gefasst, was das anging. Es war nicht nötig zu berichten, dass Jaime sich wie ein Feigling benommen hatte. Es hatte keinen Sinn, seinem Vater und seiner Mutter noch mehr Schmerzen zu bereiten. »Er fiel im Kampf als ein pflichtgetreuer Soldat. Ihr solltet stolz auf ihn sein, Ihr und seine Mutter.« Er zögerte, dann fügte er hinzu: »In seinen letzten Augenblicken schien ihm alles bewusst zu werden, was er getan hatte, all die Sünden, die er begangen hatte. Ich hielt ihn in den Armen, und er rief den Herrn Jesus an, ihm seine Sünden zu vergeben.«

»Gott sei gedankt!«

Allison drehte sich um, eilte zu den Coronas und schloss sie in die Arme. Tränen liefen ihr über die Wangen, aber ein Licht der Freude strahlte in ihren Augen. »Gott war barmherzig! Er hat den Wahnsinn durchdrungen, der Euren Sohn so lange gefangen hielt, und sein Herz berührt. Nun hat er ihn auf ewig befreit.« Sie trat einen Schritt zurück, wischte sich die Tränen aus den Augen und stand hoch aufgerichtet vor ihnen. »Ich bin traurig, dass er tot ist, aber ich freue mich, dass er Frieden mit Gott gefunden hat.«

Don Alfredo starrte sie an. »Meinst du das wirklich, Allison? Kann Gott einen Mann erreichen, der so vom Bösen geplagt war wie unser Sohn?«

»Wir müssen nur daran denken, wie viele unser Herr berührt und geheilt hat – und an den sterbenden Schächer –, um diese Frage zu beantworten, Don Alfredo!«

Ihre Worte erweckten einen Schimmer von Hoffnung in den Augen des alten Mannes. Er nickte langsam, dann flüsterte er: »Du hast recht – unser Sohn war lange ein unglücklicher Mensch. Aber ich glaube, Gott wird ein gnädiger Richter sein und Jaime wird bald im Paradies sein, zusammen mit dem Schächer, den der Herr Jesus rettete!«

Robin fühlte, wie ihn eine große Welle der Erleichterung überkam, und während der nächsten Stunde saß er mit den dreien beisammen und erzählte ihnen Einzelheiten der Schlacht. Er machte viel Aufhebens um jede Kleinigkeit, bei der es um Don Jaime ging, und da er selbst in seinem Herzen überzeugt war, dass der Mann in den letzten Augenblicken seines Lebens Vergebung gefunden hatte, gelang es ihm auch, seine Eltern zu trösten.

Schließlich erhob er sich und sagte: »Ich habe ihn heimgebracht. Darf ich bis zum Begräbnis bleiben?«

Die gramgebeugten Eltern erhoben sich und drängten ihn zu bleiben, und während der nächsten zwei Tage schienen sie ihm nicht von der Seite zu weichen. Allison blieb für sich, aber einmal kam sie und fragte: »Hast du die Wahrheit gesagt, was Jaime anging?«

»Ja, er hat Gott angerufen, und ich glaube daran, dass Gott ihn erhört hat.«

Allisons Gesicht war straff vor Anspannung gewesen, aber nun lächelte sie. »Ich bin froh, dass du an seiner Seite warst, Robin. Ich weiß, es muss ihm ein Trost gewesen sein, dich bei sich zu haben.«

»Das glaube ich auch – aber ich bin überzeugt, es war dein guter Einfluss, der ihn bewogen hat, Gott zu suchen.«

Sie schüttelte traurig den Kopf. »Das glaube ich nicht.«

Robin nickte langsam. »Er sprach mehr als einmal über dich, Allison. Er schien sich ständig den Kopf zu zerbrechen, wer du nun eigentlich bist. Er sagte mir einmal, er könnte nicht verstehen, warum du ihn nicht hasst.«

»Was hast du darauf gesagt?«

»Nun, ich sagte ihm, du hättest eine solche Liebe für Gott – für den Herrn Jesus –, dass du deine Liebe von ihm hättest.«

Allisons Augen standen voll Tränen, und sie flüsterte: »Ich danke dir, Robin, für den Trost, den du den Coronas gebracht hast – und mir.«

★ ★ ★

Das Begräbnis Don Jaimes wurde von vielen Trauergästen besucht. Die Kirche war gedrängt voll mit Leuten, die ihm die letzte Ehre erwiesen. Die Eltern wussten – und auch Robin und Allison wussten es –, dass viele eher kamen, um ihre Zuneigung für die Familie zu zeigen, als aus persönlichen Gründen, aber es tat den trauernden Eltern gut, dass man ihnen so viel Mitgefühl erwies.

Dann war das Begräbnis vorbei. Robin blieb über Nacht, aber am nächsten Morgen sagte er: »Ich muss zurück nach England.«

»Nein, bleibt noch ein Weilchen länger. Bitte!« Doña Maria schien ihn zu brauchen, und Don Alfredo teilte ihm unter vier Augen mit: »Es wäre ein großer Trost für meine Frau, wenn Ihr bleiben wolltet, wenigstens noch ein paar Tage.«

»Gewiss, Sir. Ich werde tun, was ich kann, um Euch beiden zu helfen.«

Während der nächsten drei Tage blieb Robin als Gast im Haus und aß mit der Familie. Er ritt auf einem edlen Pferd über die Felder und erinnerte sich daran, wie er auf ebendiesen Feldern als Knecht gearbeitet hatte – aber die Erinnerung erschien ihm fern und schemenhaft.

Eines Dienstagabends saß er im Wohnzimmer und trank Tee mit Don Alfredo. Es traf ihn wie ein Schock, als der alte Mann sagte: »Meine Frau und ich wollen ein neues Leben anfangen, Señor Hawkins.« Er trank in kleinen Schlucken seinen Tee und saß schweigend da.

In der Zeit, die er mit dem alten Mann verbracht hatte, hatte Robin festgestellt, dass er oftmals verblüffende Äußerungen von sich gab und dann eine Pause einlegte, um seine Gedanken zu sammeln, also gab er sich keine Mühe, ihn zur Eile anzutreiben. Nach ein paar Augenblicken fuhr Don Alfredo fort: »Da ich keinen Sohn mehr habe – und nie einen haben werde –, habe ich meinen Neffen gebeten, nach Casa Loma zu kommen.«

»Euren Neffen? Was wird er hier tun, Don Alfredo?«

Wiederum das lange Zögern. »Ich werde alt – und meine Frau und ich sind beide nicht gesund. Mein einziger Bruder starb vergangenes Jahr, und unser Neffe ist sein einziger Sohn. Er ist ein guter Junge, Señor! Wir alle sind sehr stolz auf ihn. Er flehte seinen Vater an, mit der Armada fahren zu dürfen, aber er verbot es ihm.«

»Wie alt ist er?«, fragte Robin.

»Er ist siebzehn.«

»Er wird Euch ein großer Trost sein, Señor, Euch und Doña Maria.«

Don Alfredo betrachtete den Engländer nachdenklich, dann sagte er traurig: »Er ist – wie ich wünschte, dass mein Sohn gewesen wäre.« Dann, nach einer weiteren langen Pause, fügte er hinzu: »Er wird der Herr auf Casa Loma sein, Señor. Ich habe ihn zu meinem Erben gemacht.«

»Ich verstehe. Das erscheint mir sehr klug, Señor.« Ein Gedanke kam Robin, und er fragte: »Und was soll aus Señora Allison werden?«

»Oh, sie wird hier ein Zuhause haben, solange wir leben!«

Ich fürchte, das wird nicht mehr allzu lange sein, dachte Robin. Aber er sagte nur: »Ich freue mich, dass ein Corona die Ehre der Familie hochhalten wird.«

»Ich danke Euch, Señor, für Euer Mitgefühl, für alles, was Ihr für uns getan habt.«

Robin versank nach diesem Gespräch in tiefe Gedanken, und zwei Tage lang beobachtete er Allison genau. Sie verbrachte viel Zeit mit Doña Maria; offenbar war sie entschlossen, alles in ihrer Macht Stehende für die Frau zu tun.

Am späten Nachmittag des Mittwoch überraschte Robin sie mit der Frage: »Allison – könnten wir spazieren gehen?«

»Nun – es ist ziemlich kalt für einen Spaziergang –«

»Bitte, komm.«

Allison zögerte, aber als sie die Eindringlichkeit in seinem Blick sah, nickte sie. »Ich muss nur noch meinen Mantel holen –«

Bald darauf schritten die beiden den Pfad entlang, der zum Fluss führte. Die kalte Luft färbte ihre Wangen rot, und sie sprachen nur wenig miteinander, bis sie den Fluss erreichten. Er wandte sich um und starrte das Ufer entlang, dann fragte er: »Ist die Hütte noch da? In der du mich versteckt hast?«

»Nein, ein paar Jungen haben sie niedergebrannt.«

»Ich hätte sie gerne wiedergesehen«, murmelte er. »Ich habe so oft von diesem Ort geträumt!« Er stand still da, während seine Gedanken zu der Zeit zurückkehrten, dann sagte er: »Du hast dich um mich gekümmert. Ich wäre gestorben, wenn du mir nicht geholfen hättest.«

»Das alles scheint so lange her zu sein«, murmelte Allison. Ihre Lippen verzogen sich zu einem leisen Lächeln. »Du warst ein schrecklicher Anblick, als du hier aufgetaucht bist. Ich hatte Angst vor dir.«

Robin drehte sich um und sah ihr ins Gesicht. »Das glaube ich nicht«, sagte er. »Ich glaube, du hast nie vor irgendetwas Angst gehabt.« Er betrachtete den Schwung ihrer Wangen, bewunderte die feinen Knochen und die klaren Linien ihrer Stirn. Sie hatte etwas Gelassenes an sich, das er bewunderte.

»Warum schaust du mich so an?«

Er streckte die Hand aus und fuhr mit einem Finger ihre Wange entlang, voll Bewunderung für die seidige Glätte ihrer Haut. »Ich dachte an das kleine Mädchen, das ich einst gekannt habe.« Er legte die Hände auf ihre Schultern, und als sie mit großen Augen zu ihm aufblickte, fuhr er nachdenklich fort: »Was ist wohl aus ihr geworden?« Als sie keine Antwort gab, sagte er: »Sie wuchs zu einer wunderschönen Frau heran.«

»Robin …« Allison versuchte sich loszumachen, aber er hielt sie fest. Sie hörte auf, sich zu wehren, und sagte dann: »Ich bitte dich um einen Gefallen.«

»Was immer du willst!«

»Nimm mich mit, wenn du nach England zurückfährst!«

Erschrecken malte sich auf Robins Gesicht, und er stieß einen leisen Schrei der Überraschung aus. »Aber, Allison, das ist der Grund, warum ich dich hiergebracht hatte – ich wollte dich bitten, mit mir zurückzukommen!«

Die beiden standen ganz still. Sie hatte um Führung gebetet, was sie mit ihrem Leben tun sollte, und am frühen Morgen hatte sie eine Antwort erhalten. »Ich habe hier nichts mehr zu suchen, Robin«, sagte sie langsam. »Don Alfredo und Doña Maria haben mich gedrängt hierzubleiben, aber ich kann nicht.«

»Nein, es wäre kein gutes Leben für dich«, sagte Robin rasch. Dann holte er tief Atem und trat näher. »Aber du wirst als meine Frau mit mir nach England zurückkehren, Allison.«

Ihre Augen wurden groß, und sie sagte: »Robin!«, aber seine Lippen pressten sich auf die ihren und erstickten, was immer sie hatte sagen wollen.

Zuerst erstarrte Allison, dann entspannte sie sich und sank mit einem kleinen Seufzer an seine Brust. Ihre Arme umschlangen seinen Nacken, und sie erwiderte seinen Kuss mit einer Leidenschaft, die sie beide überraschte. Ihre Lippen waren weich und sanft unter den seinen, und als er den Kopf hob, sagte er schlicht: »Ich liebe dich,

Allison. Daran hat sich nie etwas geändert. Ich gehe nicht nach Hause zurück, ohne dich an meiner Seite zu haben.«

Allison streckte die Hand aus, um seine Wange zu liebkosen, und sagte mit zitternder Stimme: »Ich liebe dich auch, Robin. Ich glaube, ich habe mich in dich verliebt, als ich zehn Jahre alt war.«

Er küsste sie von Neuem, drückte sie an sich und flüsterte: »Nun, ich bin ein armer Mann. Ich besitze kein großes Gut wie dieses hier. Wir werden vermutlich in einer kleinen Hütte leben, und du wirst die Kuh melken müssen.«

»Das kümmert mich nicht, solange ich nur dich habe, lieber Robin. Ich wäre in jeder Hütte glücklich!«

Sie schritten am Fluss entlang, hielten einander an den Händen und sprachen über die Dinge, die Liebenden eigen sind. Einmal sagte sie: »Ich – muss dir etwas sagen, Robin –« Ein tiefes Erröten malte sich auf ihrem Gesicht, aber sie hielt den Kopf hoch erhoben, als sie sagte: »Ich komme als Jungfrau zu dir.«

Robin starrte sie an und begriff, dass dies das Einzige war, was sie jemals über ihre Ehe mit Don Jaime sagen würde. Er nickte. »Wir müssen heiraten, sobald wir wieder in England sind.« Dann kam ihm ein Gedanke, und er lachte reuevoll. »Ich habe kaum noch genug Geld, um unsere Überfahrt zu bezahlen. Wenn wir in England von Bord gehen, werden wir keinen Penny mehr in der Tasche haben!«

»Gott wird für uns sorgen!« Allison lächelte und ergriff seine Hand. »Wir werden vorsichtig sein müssen, welchen Grund wir den Coronas für meine Abreise angeben. Aber bald werden wir in England sein, und dann kann alle Welt wissen, dass wir einander lieben.«

Robin grinste breit. »Ich werde mein Bedürfnis beherrschen, es aller Welt ins Gesicht zu schreien. Aber nur, bis wir England erreicht haben!«

★ ★ ★

Als der Frachter *Resolution* in Southampton anlegte, gingen Robin und Allison von Bord. Allison blickte zu ihm auf, und Tränen glitzerten in ihren schönen Augen. »Ich kann es nicht glauben, dass ich wieder in England bin!«

»Und ohne einen Penny Geld in der Tasche«, fügte Robin lächelnd hinzu. »Wir fahren nach Wakefield. Mein Onkel wird uns gerne aufnehmen.«

»Sogar mit einer Frau?«

»Vor allem mit einer Frau wie dir! Weißt du, ich glaube, Thomas hat längst gewusst, dass ich in dich verliebt bin.«

»Wir müssen meine Mutter besuchen, bevor wir heiraten, Robin.«

»Natürlich, aber zuerst auf nach Wakefield.«

»Robin! Robin Wakefield!«

Eine starke Stimme fesselte sein Aufmerksamkeit, und als Robin sich umwandte, sah er Sir Francis Walsingham auf sich zueilen. Die Augen des Sekretärs glänzten vor Willkommen, und er schlang den Arm um Robins Schulter. »Nun, mein Junge? Warum habt Ihr mir nichts gesagt, dass Ihr kommt?«

Robin erklärte zögernd, stellte ihm Allison vor und sagte dann: »Was macht Ihr hier, Sir Francis?«

»Ich kam hierher, um mich mit Sir Francis Drake zu treffen.« Er zögerte, dann fragte er mit einem merkwürdigen Blick in den dunklen Augen: »Habt Ihr schon mit irgendjemand gesprochen – über die Schlacht?«

»Aber nein, Sir!«

»Dann –« Sir Francis war kein Mann, dem es oft an Worten fehlte, aber Robin sah, dass er irgendwie zögerte.

»Gibt es Schwierigkeiten, Sir Francis?« Er dachte augenblicklich an seine Mission und fragte: »Habe ich einen Fehler gemacht?«

»Oh nein – nein, mein lieber Junge!«, protestierte Walsingham und hob eine Hand. »Ganz im Gegenteil! Eure Mission war höchst erfolgreich, so sehr, dass die Königin Euch zu sehen verlangt hat. Aber –«

Robin starrte Walsingham an. Ein Gedanke kam ihm, und er fragte: »Was ist es, Sir Francis? Ich merke schon, Ihr habt schlechte Nachrichten.«

»Es sind tatsächlich schlechte Nachrichten, mein Junge, und es tut mir leid, dass ich der Überbringer sein muss.« Walsingham legte plötzlich seine Hand auf Robins Schulter und sagte sanft: »Es ist Euer Onkel, Thomas –« Er holte tief Atem und fuhr fort: »Er wurde am letzten Tag der Schlacht auf seinem Posten getötet.«

Die Welt schien sich um ihn zu drehen, und Robin fühlte, wie Allisons Hand seinen Arm berührte. »Oh Robin!«, stieß sie hervor. »Das tut mir so leid!«

Walsingham stand da und sah den Gram, der die Augen des jungen Wakefield verdunkelte. Dann sagte er: »Ihr habt einander sehr nahegestanden, nicht wahr?«

»Sehr nahe, Sir!«

»Er war ein guter und rechtschaffener Mann – treu und mutig. Sehr ähnlich seinem Vater.«

Robin blinzelte plötzlich und sagte: »Ich muss heim. Martha ist gewiss ganz verzweifelt – und die arme Maria! Ihr Vater war die Welt für sie!«

»Ja, brecht augenblicklich auf«, drängte Walsingham. Er zögerte, dann fuhr er fort: »Ihr seid gewiss sehr müde, aber Ihr habt keine Zeit, Euch auszuruhen. Ihr habt jetzt viel zu tun.«

»Sir?«

»Nun, Ihr seid jetzt Herr auf Wakefield!«

Robin starrte Walsingham an und sagte: »Hat Thomas das so gewünscht?«

»Ja. Er hat dafür gesorgt, dass es seiner Frau an nichts mangelt, aber Ihr seid der nächste männliche Erbe.« Walsingham nickte, und ein schwaches Lächeln huschte über seine Lippen. »Von jetzt an muss ich Euch also Sir Robin Wakefield nennen.«

Der Staatssekretär sprach noch kurz mit ihm und nahm ihm das Versprechen ab, ihn bei erster Gelegenheit besuchen zu kommen.

Dann schüttelte er Robin die Hand, verbeugte sich vor Allison und verließ das Dock, um an Bord eines hohen Schiffes zu gehen.

Robin sagte mit gedämpfter Stimme: »Wir müssen nach Wakefield fahren, Allison. Martha geht es gesundheitlich nicht gut.«

»Vielleicht sollte ich nicht mitkommen –?«

Er ergriff ihre Hand und küsste sie. »Ich kann das nicht alleine bewältigen. Bitte komm mit und hilf mir. Ich weiß, Maria braucht eine Freundin, und du würdest ihr guttun.«

»Gut, Robin, wenn du es wünschst.«

Die beiden standen da, und plötzlich legte er den Arm um sie. Sie protestierte, aber er zog sie nur umso enger an sich.

»Weißt du, was wir sein werden, wenn wir erst verheiratet sind?«

»Nun, Mr und Mrs Wakefield!«

Er küsste sie auf die Lippen, sodass ein Matrose, der zufällig vorbeiging, zustimmend lachte.

»Nein, das werden wir nicht sein!«, sagte Robin.

»Was dann?«

»Wir werden Sir Robin und Lady Allison sein!« Er zog den Hut und wandte sich nach Norden, als sähe er die Felder und das Schloss vor sich. »Der Herr und die Herrin von Wakefield, wie Großvater und Großmutter … und Onkel Thomas.« Er lächelte sie zärtlich an. »Wir haben ein schönes Erbe, Allison. Die besten der Besten waren vor uns Herren und Herrinnen auf Wakefield. Nun kannst du und ich der Erinnerung an sie durch unser Leben Ehre erweisen. Gott hat unsere Familie auf vielfältige Weise gesegnet – und nun hat er mich mit dir gesegnet.« Er ergriff ihre Hand und zog sie den Kai entlang.

»Komm, Lady Allison, lass uns sehen, was die Zukunft und Gott für uns bereithalten.«

Sie lief mit ihm; Hand in Hand eilten sie auf die wartende Kutsche zu.

Hoch in den Lüften beobachtete ein Falke ihre Bewegung, dann stieß er einen scharfen, durchdringenden Schrei aus und zerriss die Luft mit den mächtigen Schlägen seiner kraftvollen Flügel, von Gottes stürmischen Lüften getragen.

Mehr über Wakefield in Band 3
»Der Schlüssel der Weisheit«

1

DIE LETZTE DER TUDOR

April 1603

»Seid Ihr auch gekommen, um das Begräbnis der alten Königin zu sehen, eh?«

Christopher Wakefield fuhr zusammen, als eine Hand seinen Arm berührte. Er dachte an die Gefahr, von Taschendieben bestohlen zu werden, und so wirbelte er augenblicklich herum, und seine Hand schloss sich um die Hand eines hochgewachsenen Mannes, der an seine Seite getreten war.

»He, Mann! Ihr braucht mir nicht die Finger zu brechen!«

»Oh, das tut mir leid –!«, entschuldigte sich Chris. Seine Wangen brannten.

Der Mann grinste ihn an und hob die Augenbrauen. »Ihr seid neu in London, nicht wahr? Und ganz allein?« Er hatte ein Paar frostiger blauer Augen unter schwarzen Brauen und trug Kleider, die beträchtlich besser als der Durchschnitt aussahen.

Chris war beeindruckt von der Lässigkeit und dem Selbstbewusstsein, die der Mann zur Schau trug. »Nun – meine Familie – wir sind zum Begräbnis gekommen.«

»Eure Familie? Doch sicher keine Ehefrau. Ihr seid ja noch keine achtzehn Jahre alt, darauf wette ich.« Er betrachtete ihn herausfordernd. Was er sah, war ein junger Mann, fast ein Meter achtzig groß. Er bemerkte das keilförmige Gesicht, den breiten Mund und ein sehr kampflustiges Kinn. Er wusste, dass die Damen Gefallen am kastanienbraunen Haar des Jungen finden würden, und an seinen dunkelblauen Augen, die erstaunlich scheu in die Welt blickten.

Da Chris erst vierzehn war – freilich groß und kräftig gebaut für sein Alter –, fühlte er bei den Worten des Mannes eine Welle von Stolz. Dass man ihn für einen *Mann* hielt, war schon eine großartige Sache! Er warf sich in die Brust, als er sagte: »Ich meinte meinen Vater, Sir Robin Wakefield –«

»Nicht zu glauben, ich habe im ersten Augenblick gesehen, dass Ihr ein Lord seid! Nun, mein Name ist Harry Jones. Und der Eure, Sir?«

»Chris Wakefield.«

»Darf ich annehmen, dass Ihr schon oft in London wart?«

»Nein, das ist das erste Mal. Allein, meine ich.«

»Das sagt Ihr mir?« Jones riss die Augen weit auf und klopfte Chris freundschaftlich auf die Schulter. »Nun, es gibt eine Menge zu sehen in dieser Stadt. Aber Ihr müsst vorsichtig sein, wisst Ihr.«

»Vorsichtig?«

»Nun, es wimmelt hier geradezu von Halsabschneidern, Sir!« Jones schüttelte missbilligend den Kopf, »und schlechten Weibern, wie ich leider sagen muss. Ich musste schon mehr als einen jungen Burschen davor bewahren, sich auf Böses einzulassen.«

»Das ist sehr gut von Euch, Mr Jones, davon bin ich überzeugt.«

Jones machte eine abwehrende Geste mit der Hand. »Wozu sind wir sonst da, als um unseren Mitmenschen zu helfen? Wir alle sind Brüder; die Bibel sagt uns, dass zwei besser sind als einer!«

Chris stand da und lauschte Jones' Worten. Der Bursche war so unterhaltsam, dass er seine Einsamkeit vergaß. Schließlich sagte Jones: »Warum machen wir beide nicht einen kleinen Spaziergang? Ich kann Euch die Stadt zeigen.«

»Oh, das kann ich nicht«, sagte Chris rasch, »mein Vater schärfte mir ein –«

»Nun, ein junger Edelmann wird doch ein paar Minuten mit einem Freund spazieren gehen dürfen, oder? Es dauert noch *Stunden*, bis das Begräbnis beginnt! Kommt, wir sehen uns ein Weilchen die Stadt an.«

Chris protestierte schwach, aber Jones ergriff seinen Arm und zog ihn die geschäftige Straße entlang. *Nur eine kleine Weile,* versprach er sich selbst. *Ich habe noch jede Menge Zeit, bis der Trauerzug beginnt ...*

Während der nächsten Stunden führte Harry Jones den jungen Mann durch die brodelnden Straßen der Stadt. Nach den schmalen, stillen Straßen in seinem Dorf schien es ihm, als sei ganz London ein riesiges Uhrwerk! Karren und Kutschen donnerten vorbei, dass es ihm in den Ohren brauste. An jeder Ecke und in jedem Winkel trafen sich Männer, Frauen und Kinder, drängten sich aneinander, schwatzten, lachten, schubsten einander herum und schrien. Es ging so geschäftig zu wie in einem Bienenstock! Hammer dröhnten an einem Ort, Teekessel pfiffen an einem anderen, Töpfe klirrten an einem dritten!

Er sah Rauchfangkehrer, die schmutzige Lumpen trugen, während Angehörige des Adels in Gold und glänzendem Satin vorbeistolzierten. Träger schwitzten unter ihrer Last, Kunden eilten von einem Geschäft ins andere, und Händler hasteten hin und her wie Ameisen und zogen mögliche Kunden an den Röcken.

»Vorsicht, Sir Chris!«, rief Harry Jones scharf und zog Chris gerade noch rechtzeitig zurück, um einer Flut von Spülwasser zu entgehen, das jemand aus einem Fenster im Oberstock schüttete. »Wir wollen doch nicht, dass Eure schönen Kleider ganz schmutzig werden, nicht wahr?«

Während die blasse, weiß glühende Sonne des April 1603 ihre goldenen Strahlen über London breitete, zog Jones Chris Wakefield durch die Straßen der großen Stadt. Wie hypnotisiert von den Geräuschen, den Farben, der wirbelnden Geschäftigkeit dieser Welt verlor der junge Mann sich darin und vergaß völlig, dass die Zeit verging.

Die beiden Männer blieben stehen und beobachteten die Kapriolen einiger dressierter Affen, die auf einem Hochseil ihre Kunststücke zeigten. Die Tiere waren wie hohe Herrschaften gekleidet und zogen ihre Hüte unter dem Applaus der Menge, die sich zusammengefunden hatte, um sie zu betrachten. »So gut wie Lords, nicht wahr,

Chris?«, lachte Jones. Der Junge beobachtete hingerissen, wie einer der Affen mit einem Korb Eier in der Hand einen Purzelbaum schlug, ohne ein einziges Ei zu zerbrechen. Danach zeigte ein zierliches italienisches Mädchen Kunststücke auf dem Hochseil.

»Kommt schon!«, wisperte Harry Jones. »Seht Euch nicht die fremde Dirne an! Solche machen Euch nichts als Ärger. Nun, ich kenne zufällig eine junge Dame, die einen Burschen wie Euch zu schätzen wüsste …!«

Sie schritten weiter durch die Straßen, und Jones sagte: »Seht nur, dort drüben neben dem Gasthaus *Zum Roten Pferd* findet ein Stierkampf statt. Gefällt Euch das?«

Jones führte ihn an die Stelle, wo das Ereignis stattfinden sollte. Er bezahlte für zwei Sitze, die an zwei Seiten eines großen Hofes aufgestellt worden waren. Sie kamen gerade rechtzeitig, denn als sie sich eben setzten, wurde ein junger Ochse hereingeführt und mit einem langen Seil an einem Eisenring mitten im Hof festgebunden. »Seht nur!«, sagte Jones. Seine Augen glitzerten vor Erregung, »hier kommen die Hunde!«

Chris beobachtete, wie ein paar in Lumpen gekleidete Männer den offenen Raum betraten. Sie hatten eine Meute Hunde bei sich. Zwei von ihnen ließen etwa sechs Hunde los, die sich augenblicklich auf den angebundenen Ochsen stürzten und ein wildes Knurren von sich gaben. Sie fielen über das arme Tier her, das sich wehrte, so gut es konnte, aber es hatte keine Chance. Der Ochse schlug wild mit den Hinterhufen aus und schaffte es sogar, einige der Hunde zu treffen, ja, ihnen sogar die Gedärme herauszureißen. Aber die Männer ließen einfach noch mehr Hunde los. Diese Bestien, die jetzt vor Blutdurst rasten, fielen von allen Seiten über den schwer verwundeten Ochsen her. Einer der größeren Hunde packte das brüllende Tier an der Schnauze, die anderen stürzten sich auf seine Beine.

Die Menge lärmte, feuerte einzelne Hunde mit lautem Geschrei an, heulte vor Erregung, wenn einer der Hunde tot liegen blieb. Als der Ochse schließlich verendete, sagte Jones: »Jetzt haben sie ihn! Er war ein wackerer Bursche, was, Chris?«

Er gab keine Antwort. Die Hitze und der Blutgeruch hatten ihn überwältigt, so dass die Süßigkeiten, die er zuvor gierig hinuntergeschlungen hatte, ihm jetzt hochzukommen drohten. Er kämpfte gegen die Übelkeit an, während er sich umdrehte und den Hof verließ. Er hielt sich tapfer aufrecht und weigerte sich, dem Brechreiz nachzugeben. Sobald sie draußen waren, blieb er stehen. Harry Jones trat an ihn heran und sagte: »Oh, fühlt Ihr Euch nicht wohl? Kommt nur mit. Wir gehen in eine Schenke, die ich kenne, und genehmigen uns einen Drink.«

Während Chris Jones durch ein Labyrinth von Straßen folgte, fühlte er sich zerrissen vor Unentschlossenheit. *Ich sollte lieber zur Herberge zurückkehren*, sagte er sich. Aber London hatte ihn bezaubert, und Jones war ein amüsanter Bursche. Die beiden erreichten eine Schenke mit einem blauen Adler auf dem Schild, das über der Türe schwang, und Jones wurde von zwei Männern begrüßt, die Karten spielten. »Hier ist ein wackerer Bursche, der eben in London eingetroffen ist«, verkündete er, dann deutete er auf die Männer. »Der hier ist James, und dieser hässliche Bursche ist Henry.« Die beiden begrüßten Chris voll Wärme, und bald saß er mit ihnen zusammen und genoss das Braunbier, das der Wirt in Strömen fließen ließ.

Die drei Männer schienen jedermann in London zu kennen. Chris lauschte mit brennendem Interesse ihren Geschichten, während er mehrere Maßkrüge voll des warmen bernsteinfarbenen Biers trank. Es dauerte nicht lange, und seine Gedanken schienen ihren Lauf zu verlangsamen. Er fühlte sich wohlig warm und dachte voll Befriedigung: *So lässt sich's leben!*

»Und nun lasst uns etwas Besonderes ausprobieren«, drängte Jones. Er winkte dem Wirt, der sofort eine braune Flasche mit vier Gläsern brachte. »Das ist das Wahre. Ich verschwende es nicht an irgendwelche Leute, müsst Ihr wissen. Das ist nur für meine guten Freunde!«

Die feurige Flüssigkeit brannte in Chris' Kehle, als er sie schluckte, aber er schaffte es, sie ohne zu husten hinunterzuwürgen. »Wunderbar!«, verkündete er, aber seine Stimme kam schwach und krächzend über die Lippen. Er räusperte sich und streckte sein Glas vor. »Ich zahle die nächste Runde!«

Die Flasche ging im Kreis, und dann begann ein Kartenspiel. Chris stellte fest, dass seine Zunge immer dicker wurde, und seine Finger fühlten sich wie betäubt an. Ihm war bewusst, dass er zu viel lachte, aber es schien ihm, dass er nicht einhalten konnte. »Muss – bald – gehen!«, murmelte er, dann stand er schließlich auf und sagte: »Muss – nach Hause.« Aber da überkam ihn eine Welle von Übelkeit.

»He, geht's dir nicht gut, Chris?«, fragte Jones. Seine Stimme klang wie aus weiter Ferne, und Chris musste die Augen verdrehen, um sein Gesicht zu erkennen. »Hier, komm mit. Leg dich ein wenig nieder. Gleich geht's dir wieder gut ...«

Chris stolperte, von Jones geführt, in ein Zimmer und fiel auf ein Bett nieder. Es schien emporzuschnellen und ihm ins Gesicht zu schlagen – und ihm war, als falle er in eine tiefe Grube ...

Chris war zumute, als versuche er aus einer Art Loch zu kriechen, einem sehr tiefen Loch. Sein Kopf drehte sich, und als er versuchte, die Augen zu öffnen, schoss ihm eine Welle von Schmerz durch den Kopf. Es war, als hätte jemand einen glühenden Bratspieß durch seinen Schädel gerannt. Er schloss rasch die Augen und lag still. Die Sonne blendete ihn, und er hustete und rollte sich auf die Seite. Irgendetwas roch abscheulich, und er begann sich zu erbrechen. Er war so schwach, dass er nicht einmal den Kopf heben konnte. Schließlich ließ der Brechreiz nach, und er setzte sich auf und sah sich um.

Er lag in einer Art Hintergasse, in der sich der Unrat häufte. Er lag mit dem halben Körper in einem Haufen Abfälle, und noch während er sich aufsetzte, hastete eine riesige braune Ratte mit einem weißen Schnäuzchen an seinen Füßen vorbei. Er stieß danach und raffte sich in panischer Eile auf. In seinem Kopf drehte sich alles – und er war wie betäubt, als er an sich herunterblickte und sah, dass er nur seine Unterwäsche trug.

Ein Zittern ergriff ihn, und er wollte aufschreien, aber da war niemand, den er um Hilfe bitten konnte. Er schaute mit wilden Blicken um sich und sah einen Haufen alter Lumpen an der Mauer aufgestapelt liegen. Als er sie durchwühlte, fand er einige zerlumpte Kleidungsstücke. Sie stanken und waren von Schmutz bedeckt, aber er hatte keine andere Wahl. Mit zitternden Händen zog er sie an, dann drehte er sich um und verließ die Hintergasse mit weichen Knien.

Was würde sein Vater sagen – und seine Mutter?

Er sehnte sich danach, einen dunklen Ort zu finden und sich zu verstecken, aber da bestand keine Hoffnung. Die Leute lachten über ihn, als er durch die Straßen stolperte, aber er kümmerte sich kaum darum. Er hatte nur einen einzigen Gedanken: *Jetzt habe ich es vermasselt! Sie werden mir das in alle Ewigkeit vorhalten!*

★ ★ ★

»Ich denke immer noch, du hättest nicht mitkommen sollen, Liebste.« Robin Wakefield hielt vorsichtig den Arm seiner Frau, während sie die überfüllte Straße entlangschritten. »Deine Zeit ist so nahe.«

»Ich kann ein Baby genauso gut in London wie in Wakefield kriegen.« Augenblicklich bedauerte Allison ihre scharfe Antwort. Sie wusste, dass Robin sich große Sorgen um sie machte. *Er benahm sich genauso, als Christopher geboren wurde*, dachte sie, dann erinnerte sie sich: *Jetzt gibt es noch mehr Grund zur Sorge – ich bin neununddreißig Jahre alt. Möglicherweise zu alt, um ein Kind zu bekommen.* Leise ergriff sie die Hand ihres Mannes und weckte augenblicklich sein Interesse. Ihr aschblondes Haar umrahmte ihr ovales Gesicht, und ihre violetten Augen waren so klar wie an dem Tag, an dem er sie zum ersten Mal gesehen hatte. »Mir geht es gut«, sagte sie mit leiser Stimme. »Hat Gott uns nicht versprochen, dass es mir und meinem Kind wohlergehen wird?«

Robin Wakefield blickte in die Augen der Frau, die er mehr als alles andere auf Erden liebte. Als sie seinen Blick auffing, dachte Allison, dass er immer noch in vieler Hinsicht so aussah wie bei ihrem ersten Treffen. Er war ein Junge gewesen, älter als sie, aber doch noch ein Junge. Als Erwachsener war er groß und schlank geworden, und seine blaugrauen Augen waren voll Wärme, als er sagte: »Ja, das hat er getan. Ich glaube, du musst mich öfter daran erinnern. Ich bin nervös wie eine Katze!«

»Komm jetzt, lass uns gehen.« Sie schob ihre Hand unter seinen Arm, und sie schritten langsam durch die gedrängt vollen Straßen. Sie waren kaum fünfzig Fuß weit gegangen, als sie sagte: »Oh, sieh nur, Robin. Da sind die Cromwells.«

»Tatsächlich.« Robin hob die Stimme und rief: »Robert – Robert Cromwell!« Ein hochgewachsener Mann, der mit einer Frau und mehreren Kindern spazieren ging, blieb stehen, sah sich nach dem Paar um und winkte dann.

»Lass uns gehen und das neue Baby ansehen«, sagte Allison. Sie ging voran, und als sie die Gruppe erreichten, sagte sie: »Guten Tag, Mr Cromwell, Elisabeth und all ihr jungen Cromwells.«

Die Kinder piepsten ein gedämpftes »Guten Tag«, und Elisabeth Cromwell meldete sich fröhlich zu Wort. »Ich erwartete nicht, dich hier zu sehen – nachdem deine Schwangerschaft so weit fortgeschritten ist, Allison.« Sie wechselte das Baby, das sie trug, auf den anderen Arm und fügte hinzu: »Ich werde kommen und dir helfen, wenn das Kind geboren ist.«

»Lass sie ansehen.« Allison streckte die Arme vor, und als sie das Baby hielt, berührte sie die feisten roten Bäckchen. »Wie hübsch sie ist!«

»Sie ist ein Mädchen!« Der kleine Junge, der dicht bei seinem Vater stand, sprach die Worte voll Abscheu aus. »Ich wollte einen Bruder.« Er sah sich stirnrunzelnd um und fügte hinzu: »Wer braucht schon so ein dämliches Mädchen?«

»Ich brauche eines, Oliver«, sagte Allison augenblicklich. »Und du wirst sehen – du wirst diese Kleine lieben, wie du alle deine Schwestern liebst.« Ihr Blick hing an dem immer noch aufgebrachten Gesicht des kräftigen Jungen. Obwohl er erst vier Jahre alt war, hatte der Junge einen sehr starken Willen – wie seine Mutter. Allison lächelte: »Vielleicht werde ich einen Jungen haben, dann könnt ihr zwei Freunde sein.«

Während die beiden Frauen plauderten, zog Robert Robin beiseite. »Nun, die Königin ist dahin. Was wird jetzt kommen?«

»Nichts, das so gut wäre wie sie, Robert«, sagte Robin ernst.

»Du hattest immer eine hohe Meinung von ihr, nicht wahr? Aber du hast sie auch sehr gut gekannt. Ich glaube, im hohen Alter hat sie ein paar dumme Fehler gemacht.«

Robins klare Augen wurden traurig und nachdenklich. »Sie war die Letzte der Tudors. Mehr als hundert Jahre lang haben sie sich mit nur einer Handvoll Leibgardisten auf dem Thron gehalten, für Frieden gesorgt, die diplomatischen Angriffe Europas zurückgeschlagen und das Land sicher durch Veränderungen gesteuert, an denen es hätte zerschellen können.«

»Ja, das stimmt.« Cromwell nickte. Er war ein hochgewachsener, vierschrötiger Mann von strengem Charakter und mit humorlosen Ansichten; ein gewissenhafter Gutsherr und Friedensrichter. »Was kommt jetzt, meinst du?«, verlangte er von Neuem zu wissen.

»Elisabeth hat Jakob IV. von Schottland zu ihrem Nachfolger berufen.«

»Was für eine Art Mann ist er?«

»Ein ehrbarer Mann, denke ich – aber er ist kein Tudor. Er wird es nicht so leicht finden, England zu regieren, wie sein heimatliches Schottland.«

»Nun, es liegt in Gottes Hand.« Als strenggläubiger Calvinist akzeptierte Cromwell den neuen Mann auf dem Thron, wie er die Sonne am Himmel akzeptierte. Beide waren von Gott an ihren Ort gestellt. Er zuckte die schweren Schultern. »Komm jetzt, es ist an der Zeit, dass wir uns einen Standplatz suchen.«

»Ja, aber wo ist mein Junge?« Eine Spur von Ärger klang in Wakefields Stimme mit. »Ich habe ihm die Erlaubnis gegeben, sich in London umzusehen, aber er versprach mir, um ein Uhr zurück zu sein.«

Robert strich sich den Bart und betrachtete eindringlich seinen Freund. Er wusste, dass Robin Wakefield ein Mann von vorzüglichen Qualitäten war, aber er fürchtete, dass diese Vorzüge irgendwie nicht auf Christopher, den einzigen Sohn der Familie, übergegangen waren. Er dachte sorgfältig nach, dann sagte er langsam: »Du machst es dem Jungen zu leicht, Robin.«

Der Jüngere blickte voll Überraschung auf. Er hatte denselben Gedanken gehabt, und es erschütterte ihn, dass ein Mann, der ein so guter Richter war, ihn aussprach. »Ich – ich wollte ein guter Vater sein«, sagte er mit gedämpfter Stimme. »Aber Chris hat kein Gefühl dafür, was es heißt – gehorsam zu sein.« Das war die bittere Wahrheit, die Robin kaum jemals aus seinen Gedanken verbannen konnte – und Allison wohl auch nicht, dessen war er sich sicher. Die Geburt ihres Sohnes war eine Zeit der Freude gewesen, und sie hatten große Pläne für das Kind gemacht, das eines Tages der Herr von Wakefield sein würde. Aber Christopher war von frühester Jugend an rebellisch und launisch gewesen.

Robin blickte rasch zu Allison hinüber, und sein Gesicht wurde ernst. »Er hat seine Mutter um den kleinen Finger gewickelt. Und ich war zu lasch.« Seine Lippen wurden schmal, und er nickte kurz. »Er muss lernen, was es heißt, Verantwortung zu tragen.«

»Nun, er wird sich schon noch blicken lassen.« Cromwell zuckte die Achseln. »Aber wenn wir einen Platz finden wollen, wo wir den Trauerzug vorbeiziehen sehen, müssen wir uns beeilen. Jedermann in London ist hier – und sogar Leute vom Land.«

Die beiden gesellten sich zu den Frauen, und die kleine Gruppe begann, sich durch die Menschenmenge zu drängen. »Das ist unmöglich!«, schnappte Robin zuletzt. »Du hältst das nicht durch, Allison!«

»Aber ich möchte den Leichenzug sehen!«

Robin dachte nach, dann nickte er. »Wir müssen mit einer Droschke nach Westminster fahren. Ich glaube, ich finde eine.«

»Oh, Robin, wirklich?«

Augenblicklich rief Robin eine Droschke herbei, und als sie am Straßenrand hielt, begann er, Allison hineinzuhelfen. Aber noch während er ihre Hand hielt, hörte er Elisabeth Cromwell ausrufen: »Aber da ist ja Christopher –!«

Chris Wakefield hatte ihre Zimmer in einem hübschen Anzug aus Plüsch und Seide verlassen. Sein Haar war sorgfältig gekämmt gewesen, und er hatte mit ein paar Goldstücken in seiner Börse geklimpert.

Der Junge, den sie vor sich sahen, war in schmutzige Lumpen gekleidet, die zum Himmel stanken! Sein Haar war verfilzt. Und das Schlimmste von allem war, dass er ein wenig stolperte, als er auf sie zukam, und sobald er vor ihnen stand, rochen beide den säuerlichen Geruch von Alkohol.

»Christopher!«, wisperte Allison und streckte die Hand aus, um sein bleiches Gesicht zu berühren. »Was ist dir zugestoßen?«

Aber Robin war nicht so sanft gestimmt wie seine Frau. Er hatte seinem Sohn erst erlaubt, mit ihnen zu kommen, nachdem er ihm ein festes Versprechen abgerungen hatte, sich gut zu benehmen. Und nun das! Er bemerkte das unterdrückte Lachen der Leute, die herankamen, um zu gaffen, und eine Welle des Zorns durchlief ihn. Als er sprach, war seine Stimme leise und kalt.

»So hältst du also dein Versprechen?«

Chris' Augen flogen zum Gesicht seines Vaters, während ein dunkles Rot in seine Wangen stieg. »Ich – ich kann nichts dafür!«

»Jeder ist selbst schuld daran, der sich betrinkt!«

Chris war durch die Straßen geirrt und hatte die angewiderten Blicke, die ihn trafen, nicht einmal bemerkt. Als er seine Eltern gesehen hatte, war er voll Scham zu ihnen gegangen. Jetzt wusste er, dass es klüger gewesen wäre, ihnen aus dem Weg zu gehen und zur Herberge zurückzukehren und sich in Form zu bringen.

»Verschwinde mir aus den Augen, Christopher«, sagte Robin. »Geh zur Herberge und bleib dort.«

»Aber – das Begräbnis –!«

»Du bist ein prachtvoller Anblick für das Begräbnis einer Königin!« Robin Wakefield neigte für gewöhnlich nicht zur Bitterkeit, aber jetzt hatte er vorgehabt, seinen Respekt und seine Liebe zu seiner Herrscherin zu bezeugen. Herbe Enttäuschung erfüllte ihn, und er wandte sich von seinem Sohn ab und nahm Allisons Arm.

»Robin –!«, protestierte Allison, als er sie in die Kutsche schob, aber er schüttelte den Kopf. Sie warf Chris einen qualvollen Blick zu, dann wurde die Türe geschlossen. Als die Droschke davonrollte, sprach keiner von beiden ein Wort. Allison kannte das Herz ihres Gatten so gut wie ihr eigenes. Sie wusste um die Liebe, die er für Chris empfand, aber sie hatte gesehen, wie seit Jahren der rebellische Geist seines Sohnes eine Kluft zwischen ihnen aufgerissen hatte – und sogar zwischen Chris und ihr selbst.

Sie legte ihre Hand auf Robins Hand, und als er sich umwandte und ihr ins Gesicht blickte, sah sie, dass die Sehnen an seinem Hals vor Anspannung hervorstanden und Qual aus seinen Augen sprach. »Ich kann ihn einfach nicht verstehen, Allison!«, flüsterte er. »Ich würde für diesen Jungen sterben – aber ihm ist alles egal!«

Allison fühlte, wie ihr Tränen in den Augen brannten, und sie blinzelte, um sie zurückzudrängen. »Ich weiß, Liebster«, flüsterte sie. »Aber er ist jung. Er wird sich noch ändern.« Während die Droschke dahinrollte, betete sie: *Oh Gott! Schenke uns mehr Liebe für diesen Jungen! Er hat uns schrecklich verletzt, aber nicht so arg, wie wir dich oft verletzt haben! Lass uns ihn lieben, wie du uns liebst.*

★ ★ ★

Hinten an der Straße stand Chris und sah der Droschke nach, bis sie verschwand. Krank machende Scham erfüllte ihn, und ihm war plötzlich bewusst, dass die Cromwells ihn beobachteten. Er wandte sich ab, unfähig, ihnen ins Gesicht zu blicken, aber Elisabeth Cromwell sagte mit leiser Stimme: »Geh in die Herberge und warte auf sie, Christopher. Nach dem Begräbnis kannst du ihnen erklären, wie es dazu gekommen ist.«

Chris wandte sich ihr zu. Sie hielt Olivers Hand, und die Augen des Jungen betrachteten ihn eindringlich. Irgendwie entnervte dieser Blick des Jungen Chris, und er schüttelte den Kopf. »Nein«, murmelte er. »Sie würden es nicht verstehen.«

Chris hatte immer eine Vorliebe für Oliver gehabt und hatte sich oft mit ihm getroffen, wenn sein Vater und Robert Cromwell sich trafen, um geschäftliche Dinge zu besprechen. Jetzt kam der junge

Oliver ohne Warnung zu ihm herüber und nahm Chris' Hand. Er blickte auf und sprach mit klarer, heller Stimme: »*Ich* bin nicht böse auf dich, Christopher!«

Chris blinzelte den Jungen an, dann flüsterte er: »Wirklich nicht, Oliver?«

»Nein!«

»Das – das tut gut.«

Dann zog Chris seine Hand zurück und ging eilends davon. Als er verschwand, schüttelte Robert traurig den Kopf. »Zu schlimm! Er wird ihnen das Herz brechen – er hat es schon getan.« Dann sagte er mit schwerer Stimme: »Komm mit. Lass uns einen Platz finden, wo wir die Prozession beobachten können.«

Chris eilte blindlings die Straßen entlang und ignorierte die höhnischen Worte, die ihm mehrere Leute nachriefen. Der Schock der Worte seines Vaters – und der Anblick des angstvollen Gesichts seiner Mutter – hatten die Wirkung des Rausches vertrieben. Nun war es wie ein erschreckender Albtraum – nur, dass es kein Albtraum war. Er würde nicht aufwachen – wie es bei anderer Gelegenheit geschehen war – und einen Seufzer der Erleichterung ausstoßen, dass es nicht Wirklichkeit war. *Ich werde niemals den Ausdruck auf Mutters Gesicht vergessen, als sie mich sah!*, dachte er qualvoll. *Warum habe ich es nur getan? Warum?* Aber Chris fiel keine Antwort ein. Er fand niemals Antworten auf sein schlechtes Benehmen. Kummer empfand er zuweilen, aber er wusste nie, *warum* er den Versuchungen nicht widerstehen konnte, die ihn verlockten. Er stolperte die Straße entlang und fragte sich, warum er Harry Jones überhaupt Beachtung geschenkt hatte. Er quälte sich selbst mit Fragen. *Du wusstest doch, was er war – warum um Himmels willen hast du ihn nicht einfach stehen gelassen?*

Aber ihm fiel keine Antwort ein. Überhaupt keine. Er hatte diese Selbstvorwürfe schon oft in seinen vierzehn Jahren durchlitten und wusste, dass er lange Nächte damit verbringen würde, sich qualvolle Vorwürfe wegen seines Verhaltens zu machen. Vor langer Zeit hatte er gelernt, diese törichte Seite seines Lebens verborgen zu halten; niemand hatte ihn jemals gesehen, wie er Kummer über sein schlechtes Benehmen zeigte. Aber der Kummer war da, und er fuhr ihm wie ein Messer durchs Herz!

Schließlich ging er langsamer und hob den Blick, um die Menschenmengen zu beobachten, die sich alle in die Straßen drängten, durch die der Trauerzug hindurchziehen würde. Ein Stich der Enttäuschung durchfuhr ihn und machte beinahe augenblicklich einer dickköpfigen Entscheidung Platz. »Ich werde ihn mir eben allein ansehen. Wie kann das schlimmer sein, als was ich bereits getan habe?«

Ein perverser Geist ergriff ihn, und er schloss sich der Menge an, die vorwärtsdrängte. Die Straßen waren gedrängt voll, aber er verzog sich in eine Hintergasse und kletterte auf das Dach einer Herberge mit Namen *Das Springende Pony*. Da saß er nun, hoch oben auf der scharfen Kante des Dachfirsts, und wartete auf den Trauerzug.

Unten drängte sich die Menge und kämpfte um Raum, aber Chris fühlte sich allein auf seinem hohen Ausguck. Die Menge schien weit weg, das Geräusch ihrer Rufe drang gedämpft zu ihm herauf. Er war gerne allein und fühlte sich, als wäre er in einer klaren Blase eingeschlossen. Er konnte sehen und hören, was sich ereignete – aber es hatte nur wenig mit ihm zu tun. Ein Gedanke kam ihm, als die ersten Reiter unten auf der Straße auftauchten: *Ich wünschte, ich könnte immerzu so allein sein!*

Aber er wusste, dass er das nicht konnte. Niemand war allein. Jeder hatte seinen Platz – und Chris hatte nie gelernt, wo sein Platz war. Als die lange Reihe der Adeligen auf ihren glänzend herausgeputzten Pferden an ihm vorbeizog, dachte er: *Ich bin der Sohn von Lord Robin und Lady Allison Wakefield. Eine Menge Jungen wären gern reich und hätten einen Titel. Warum kann ich nicht gut sein?*

Die Schuld brannte in ihm wie ein Feuer und versengte sein Herz – aber er hatte gelernt, damit zu leben. Mit stoischer Entschlossenheit klammerte er sich an den Dachziegeln fest und starrte hinunter, während der Trauerzug unter ihm vorbeizog. Er war der Königin einmal begegnet, ganz kurz nur, und als die Staatskarosse mit ihrem Sarg erschien, heftete er den Blick darauf. Etliche schwarz gekleidete Trauergäste flankierten den Wagen und hielten die Fahnen des Empire hoch. Die Stille der Luft war erfüllt von dem Trauergesang, den sie anstimmten, aber Chris' Blick hing an dem Sarg. Er versuchte sich den Leichnam vorzustellen, brachte es aber nicht zustande.

»Sie ist tot«, murmelte er und versuchte über den Tod nachzudenken. »Wo ist sie jetzt? Im Himmel oder in der Hölle?«

Irgendwie ängstigte ihn der Gedanke, und er schlüpfte über die Dachziegel hinunter und stieg zum Pflaster ab. Der Gedanke kam ihm ganz plötzlich: *Ich kann davonlaufen! Weit weg – und Vater und Mutter niemals wiedersehen! Ich kann niemals gut sein, also werden sie mich auch niemals lieben!*

Dann hob er den Kopf und starrte den Himmel an – der ihm eine Farbe wie Grabsteine zu haben schien. Einsamkeit ergriff ihn, und er wusste, dass er keine Wahl hatte. Langsam drehte er sich um und verließ die Hintergasse, dann trottete er die Straßen von London entlang zu der Herberge.

Gilbert Morris

Das Schwert der Wahrheit

England im 16. Jahrhundert. Myles, unehelicher Sohn einer Magd, lernt seinen adligen Vater kennen. Er findet sich in einer komplett anderen Welt wieder. Bei Auseinandersetzungen um William Tyndale, der die Bibel ins Englische übersetzt, muss er sich zwischen der Liebe und dem Glauben entscheiden. Der erste Band der Wakefield-Saga!

Gebunden, 13,5 x 21,5 cm, 464 Seiten
Nr. 395.929, ISBN: 978-3-7751-5929-6
Auch als E-Book

Julie Klassen

Die Braut von Ivy Green

Das große Finale der Ivy-Hill-Trilogie. Einige Bewohner des idyllischen Dorfes haben ihre große Liebe gefunden, bei anderen bleiben Fragen offen und Träume müssen noch erfüllt werden. Außerdem überrascht eine unerwartete Braut die Menschen in Ivy Hill.

Paperback, 13,5 x 21,5 cm, 496 Seiten
Nr. 395.968, ISBN: 978-3-7751-5968-5
Auch als E-Book e

Carolyn Miller

Die hinreißende Lady Charlotte

Charlotte ist jung, hübsch, begehrenswert – und auf der Suche nach der großen Liebe. Der wohlhabende Herzog William Hartwell ist der Wunschkandidat Ihres Vaters, doch er entspricht ganz und gar nicht ihren Vorstellungen. Und dann ist da noch seine Vergangenheit, die die Liebe im Keim zu ersticken droht.

Gebunden, 13,5 x 21,5 cm, 384 Seiten
Nr. 395.971, ISBN: 978-3-7751-5971-5
Auch als E-Book e